Gustav Weil

Tausend und eine Nacht

Erster Band

Salzwasser

Gustav Weil

Tausend und eine Nacht
Erster Band

1. Auflage | ISBN: 978-3-84608-467-0

Erscheinungsort: Paderborn, Deutschland

Erscheinungsjahr: 2015

Salzwasser Verlag GmbH, Paderborn.

Inhalt des ersten Bandes

Einleitung

1865

Als vor etwa anderthalb Jahrhunderten *Anton Galland* einen Teil der Märchen, welche unter dem Namen Tausend und eine Nacht bekannt sind, in französischer Sprache veröffentlichte, wollten nur wenige dieses Werk für eine Übersetzung aus dem Arabischen halten, weil es mit dem, was man damals von der arabischen Literatur kannte und von Sitten, Gebräuchen und geselligem Verkehr der Araber wusste, gar wenig in Einklang stand, weil Galland selbst in seiner Vorrede über den Ursprung des von ihm übersetzten Werkes gar nichts zu sagen wusste, auch über die benutzten Handschriften ungenügende Auskunft gab. Was nun ersteren Punkt betrifft, so ist jeder Zweifel längst geschwunden, indem inzwischen viele Texte der 1001 Nacht nach Europa gebracht worden sind und nunmehr sogar mehrere gedruckt vor uns liegen. Das Befremdende in Bezug auf Sitten und Gebräuche rührte teils von der Übersetzung Gallands her, welcher den Stoff seinen an fremde Kost nicht gewöhnten Franzosen mundgerecht machen wollte, teils von der geringen Bekanntschaft mit dem Leben der späteren Araber, welches von dem der älteren, das man im achtzehnten Jahrhundert allein näher kannte, sehr verschieden ist.

Von längerer Dauer als die Zweifel an Gallands Ehrlichkeit war die Ungewissheit über den Ursprung und die Zeit der Abfassung der 1001 Nacht.

H. v. Hammer hat darüber zuerst Aufschluss gegeben. Er hat eine Stelle aus den »Goldenen Wiesen« von *Masudi*, einem Historiker aus dem zehnten christlichen Jahrhundert, aufgefunden, in welcher von verschiedenen wunderbaren Erzählungen die Rede ist und wo es heißt: »Manche betrachten diese Erzählungen als eine Fiktion, gleich dem Buche »1000 Märchen,« welches gewöhnlich »1000 Nächte« (in einigen Handschriften 1001 N.) genannt wird; es ist die Geschichte des Königs, des Veziers und seiner Tochter und ihrer Amme (oder nach anderen Handschriften, Schwester), welche Schirsad und Dunjasad (oder Dinarsad) hießen.« Später entdeckte derselbe Gelehrte eine Stelle im Buch » *Fihrist*«, einer arabischen Literaturgeschichte aus derselben Zeit, in welcher der Verfasser zuerst berichtet, dass die alten Perser die ersten Werke verfassten, welche Märchen und wunderbare Erzählungen enthielten, sodann, dass die Araber solche Werke in ihre Sprache übersetzten, sie später noch weiter ausschmückten und andere ähnliche dichteten. Der Verfasser fährt dann fort: »Das erste Buch dieser Art war das » *Hesar Afsan*«, d. h. »tausend Märchen.« Folgendes war die Veranlassung zu diesem Werke: Einer dieser Könige pflegte, sooft er ein Mädchen heiratete, es am Morgen nach der Hochzeit töten zu lassen. Er heiratete auch unter anderen eine gebildete und geistreiche Prinzessin, welche Schehersad hieß. Diese erzählte ihm Märchen und richtete es so ein, dass, wenn der Morgen heranbrach, der König begierig war, das Ende der Geschichte zu hören und sie darum noch verschonte. So vergingen tausend Nächte, während derer sie seine Gattin blieb und ihm ein Kind gebar, das sie ihm endlich zeigte. Zugleich gestand sie ihm, dass sie, um ihr Leben zu fristen, ihn durch ihre Erzählungen zu fesseln gesucht habe. Er bewunderte ihre Klugheit, gewann sie lieb und schenkte ihr das Leben. Der König hatte auch eine Schlossverwalterin, Dinarasad genannt, welche die Prinzessin in ihrem Unternehmen unterstützte. Man behauptet, dieses Buch sei der Königin *Humai*, der Tochter *Bahmans* gewidmet worden. Es enthält tausend Nächte, aber weniger als zweihundert Erzählungen, denn eine Erzählung füllt häufig mehrere Nächte aus. Ich habe mehrere vollständige Exemplare davon gesehen, es ist in Wahrheit ein schlechtes Buch, voll alberner Geschichten.«

Der gelehrte *Silvestre de Sacy* hat (in den Memoires de l'Institut) eine vortreffliche Abhandlung über den Ursprung der 1001 Nacht geschrieben und aus dem Inhalt derselben nachgewiesen, dass sie nicht nur aus der islamitischen Zeit herrühren, sondern sogar erst im 15ten Jahrhundert geschrieben wurden. Da ihm nur die zuerst angeführte Stelle aus dem Werke Masudis bekannt war, so behauptete er, entweder die Worte, »welche gewöhnlich 1000 Nächte genannt werden,« seien eine Interpolation, oder das Werk, von welchem Masudi spricht, sei ein ganz anderes als das, welches wir jetzt unter dem Namen 1001 Nacht kennen. Erstere Vermutung hat sich durch das

Buch *Fihrist* als unrichtig erwiesen, letztere aber ist nicht nur nicht widerlegt worden, sondern der gelehrte Engländer Lane, einer der besten Kenner der neueren arabischen Literatur sowohl als des Lebens, der Religion, der Sitten und Gebräuche der Araber, dem nicht nur die Stelle aus dem *Fihrist* bekannt war, sondern der auch später von einer anderen in *Makkaris* Geschichte von Spanien Kenntnis erhielt, aus welcher hervorgeht, dass in Ägypten ein Werk unter dem Titel »1001 Nacht« im dreizehnten Jahrhundert bekannt war, pflichtet doch *de Sacy* darin bei, dass *unsere* 1001 Nacht ein Erzeugnis des 15ten bis 16ten Jahrhunderts sei. Manche von diesem Gelehrten angeführte Beweisgründe sind zwar nicht stichhaltig,[1] andere aber von ihm sowohl als von *de Sacy* geltend gemachte, lassen keinen Zweifel übrig, dass von der alten persischen Sammlung nur ganz wenige Märchen und der Rahmen übrig geblieben sind, der bei Weitem größere Teil aber echt arabisch, und zwar ziemlich neu ist. Dass dies von allen den Märchen gilt, in welchen Harun Arraschid und noch viel spätere Fürsten vorkommen, versteht sich von selbst, aber auch wo dies nicht der Fall ist, tragen manche unverkennbare Zeichen einer späteren islamitischen Zeit an sich. So ist in mehreren von moslimischen Sultanen in Ägypten die Rede, was doch vor dem sechsten Jahrhundert der Flucht nicht vorgekommen ist. In der Geschichte des Buckligen wird Kahirah *Mißr* genannt, ein Name, der in den ersten Jahrhunderten der Flucht nur für Fostat gebraucht wurde; auch kommt ein Quartier *Habbanieh* darin vor, das im 14. Jahrhundert noch nicht existierte. In der Erzählung von *Djaudar* ist von einem *Scheich el Islam* die Rede, ein Titel, der erst unter Mohammed 11. vorkommt, auch von Münzen, die erst unter den späteren Mamelucken den ihnen beigelegten Wert hatten. In der Erzählung von *Abußir* und *Abukir* ist sogar von Tabak die Rede, der bekanntlich erst gegen Ende des 16. Jahrhunderts im Osten geraucht wurde, doch mochte dieses Märchen, da in keinem anderen von Tabak, auch nur einmal von Kaffee, der früher Eingang fand, die Rede ist, erst später hinzugefügt worden sein. Aber auch die allerersten Märchen, welche die meisten Handschriften gemein haben und von denen man zunächst annehmen sollte, sie bildeten den Grundstock des aus dem Persischen über-

---

[1])So glaubt er z. B. aus einer Stelle in der Geschichte des Königs der schwarzen Inseln, wo es heißt, die christlichen Bewohner der Stadt seien in blaue und die jüdischen in gelbe Fische verwandelt worden, beweisen zu können, dieses Märchen sei erst im achten Jahrhundert der Hidirah geschrieben worden, in welchem der Sultan Kilawun die Christen nötigte, blaue und die Juden gelbe Turbane zu tragen. Aber solche Vorschriften bestanden schon mehrere Jahrhunderte früher und Kilawun hat sie nur wieder aufs neue eingeschärft.

setzten Werks, an dem sich dann allmählich neuere Dichtungen anreihten, welche ältere verdrängten, tragen ein entschiedenes moslimisches Gepräge.

Gleich in der Erzählung des Kaufmanns mit dem Geiste werden Koranleser erwähnt. In der des ersten Greises mit der Gazelle ist vom großen Beiramfeste die Rede, an welchem er seine in eine Kuh verzauberte Gattin schlachtet. In der Geschichte des Fischers mit dem Geiste sagt dieser, er sei einer von den Geistern, welche Salomon ihrer Widerspenstigkeit willen in kupferne Flaschen einzusperren pflegte, ganz wie sie die moslimische Tradition nach jüdischen Sagen kennt. Der Arzt Duban, der den König von Persien oder von Griechenland heilen sollte, hat seine Kenntnisse unter anderm aus arabischen und türkischen Büchern geschöpft. Der Geist führt den Fischer an den See, in dem er weiße, blaue, rote und gelbe Fische fängt; die Farben der Juden, Christen, Feueranbeter und Mohammedaner, welche wie in der Folge erzählt wird, die Bewohner der Stadt bildeten, die in Fische verwandelt worden sind. An die Geschichte vom Fischer reiht sich die vom Lastträger in Bagdad und die der drei Kalender, in welcher Harun Arraschid eine Rolle spielt, sodass an ihrem späteren Ursprung ebenso wenig ein Zweifel sein kann, als an dem der darauffolgenden Geschichte des Veziers Ali aus Kahirah und Bedreddin Hasans aus Bassrah. In der Geschichte des Buckligen ruft der Jude: o Eleazar! O Moses! O Aron! O Josua, Sohn Nuns! Namen, die wohl einem Moslem, aber schwerlich einem alten Perser oder Indier bekannt waren. Die Wache sagt zum christlichen Schreiber: »Bei Gott, das ist schön: Ein Christ bringt einen Muselmann um!« Der Christ beginnt seine Erzählung damit, dass er von seinem früheren Aufenthalte in *Kahirah* spricht, und der Jüngling mit der abgeschnittenen Hand wohnte daselbst im *Chan Masrur*, führte Waren aus Bagdad mit sich und stahl den Beutel eines Soldaten am Tore *Suweila*, Lokalitäten, die einer späteren Zeit angehören. Bald darauf tritt dann eine Sklavin Subeidas, der Gattin Harun Arraschids, auf. In der Geschichte des Jünglings mit dem Barbier liebt jener die Tochter des Kadhi von Bagdad und will sie während des Freitagsgebets besuchen. Der Barbier sagt im Beginn seiner Geschichte, er sei einmal zur Zeit >des Kalifen Mustanßir< (im 13. Jahrhundert) in Bagdad gewesen usw. In der Geschichte von *Ali Ibn Bekar* tritt wieder Harun Arraschid auf, ebenso in der von Nureddin und der schönen Perserin. Die Geschichte des Kamr essaman, dessen Vater König der Chalidaninseln an der persischen Küste war, ist ebenso gut arabischen Ursprungs als die, deren Schauplatz Kahirah oder Bagdad ist. Der alte König hat moslimische Untertanen, die Mutter des jungen Prinzen heißt Fatimeh, KamrEssaman, dessen Name auch arabisch ist, rezitiert im Gefängnisse den Koran, die Genien, welche hier vorkommen, gehören auch zu denen Salomons, und es wird überhaupt, wie *de Sacy* richtig bemerkt, in der ganzen Erzählung von den Feueranbetern in einer Weise gesprochen, wie es nur ein Moslim konnte. Es unterliegt daher nicht dem geringsten Zweifel, dass die Erzählungen der *uns* bekannten 1001 Nacht, mit ganz wenigen Ausnahmen, arabischen Ursprungs und ganz verschieden von denen sind, welche in den ersten Jahrhunderten mohammedanischer Zeitrechnung aus dem Persischen übersetzt worden sind, und wenn auch unser Verfasser häufig seine Helden nach Persien, Indien oder China versetzt, so tut er dies, nur um desto freieren Spielraum für seine Dichtung zu haben und auch das Unglaubliche wahrscheinlich machen zu können. Wir dürfen um so eher annehmen, dass nicht nur das von Masudi und dem Fihrist, sondern auch das von Makari erwähnte Buch der 1001 Nacht ein anderes als das uns hier beschäftigende ist, als selbst unter den neueren Werken, welche diesen Titel führen, wenig Übereinstimmung herrscht, einzelne sogar nicht nur andere Märchen als in den bekannteren Handschriften, sondern auch eine von denselben abweichende Einleitung enthalten. In *unserer* 1001 Nacht findet man sowohl die Sprache als die Kostüme, Sitten und Lokalitäten Ägyptens, zur Zeit der späteren Mameluckensultane, in den meisten Erzählungen treu gezeichnet, selbst da, wo andere Länder des Ostens als Schauplatz der Handlung gewählt werden. So wenig also auch mehr geleugnet werden kann, dass die alten persischen tausend Märchen der späteren 1001 Nacht als Muster gedient haben, so steht doch auch fest, dass diese, mit wenigen Ausnahmen, als eine arabische Schöpfung selbst in den Märchen angesehen werden können, deren Stoff aus dem Persischen oder Indischen entliehen wurde. Letztere sind größtenteils daran leicht zu erkennen, dass übernatürliche Ereignisse eine Hauptrolle darin spielen, während in den arabischen Dichtungen bald das romantische, bald das komische Element vorherrscht, und durchweg ein frischer Humor dem Gemälde einen unwiderstehlichen Reiz verleiht. Auf eine spätere Komposition oder wenigstens freiere Umgestaltung der 1001 Nacht deutet ganz besonders auch der moderne, an das Vulgärarabische streifende Dialekt, in welchem sie geschrieben sind, und in den sie unmöglich in älterer Zeit übertragen werden konnten. Diesen Dialekt finden wir auch in *den* Märchen, die wahrscheinlich älteren Ursprungs sind, wie z. B. in dem vom Zauberpferde, und mit Recht bemerkt H. Lane, es sei nicht anzunehmen, der ältere klassisch-arabische Text sei nach und nach verdorben worden, indem dies ohne Beispiel in der arabischen Literatur wäre, welche nur gut geschriebene oder ursprünglich im Volksdialekt verfasste Werke ausweist, auch müsste sich doch wenigstens ein Exemplar der älteren Übersetzung erhalten haben, wovon aber bis jetzt nichts bekannt ist. Nimmt man hingegen an, dass die wirklich aus dem Persischen übersetzten Märchen ganz verschieden von denen in unserem Buche waren, so lässt sich ihr Verlust leicht dadurch erklären, dass eben ihr Stoff den

Arabern nicht zusagte, wie schon aus der angeführten Stelle des Fihrist ersichtlich, und dass sie deshalb gänzlich vernachlässigt wurden. Wir müssen jedoch bemerken, dass der Stil in den verschiedenen Erzählungen keineswegs so gleichmäßig ist, dass sich daraus schließen ließe, sie rühren sämtlich von einem Verfasser oder Überarbeiter her, außerdem weichen auch hierin die verschiedenen Handschriften voneinander ab. Das Wahrscheinlichste dürfte also sein, dass im 15. Jahrhundert ein Ägypter nach altem Vorbilde Erzählungen für 1001 Nächte teils erdichtete, teils nach mündlichen Sagen, oder früheren schriftlichen Aufzeichnungen, bearbeitete, dass er aber entweder sein Werk nicht vollendete, oder dass ein Teil desselben verloren ging, sodass das Fehlende von anderen bis ins 16. Jahrhundert hinein durch neue Erzählungen ergänzt wurde.

Über die verschiedenen Übersetzungen der 1001 Nacht, von Galland bis auf die neueste Zeit, können wir uns kurzfassen, da der Leser, der sich dafür interessiert, sich in jeder Literaturgeschichte oder in jedem Konversationslexikon darüber belehren kann. Wir bemerken nur, dass zwar Galland in seiner Vorrede berichtet, »er habe Sorge dafür getragen, die Eigentümlichkeiten der Araber zu erhalten und nichts von ihren Gedanken und Ausdrücken zu verwischen, und er sei nur dann von dem Urtexte abgewichen, wenn es der Anstand erforderte,« dass er aber in der Tat auch allerlei Zusätze und Änderungen vorgenommen hat, welche häufig den Text entstellen. Ich erinnere nur an die ersten Zeilen der ersten Erzählung: »Der Kaufmann und der Geist.« Da heißt es im Texte: »er nahm einen *Quersack* mit auf die Reise, den er mit Lebensmitteln gefüllt hatte,« und dann einige Zeilen weiter: »Er nahm Datteln aus dem Quersack, aß und warf die *Kerne* rechts und links.« Bei Galland aber »ritt er mit einem *Felleisen* (valise) hinter sich« und in der neuesten deutschen Übersetzung liest man vielleicht nach einer älteren Ausgabe Gallands, in der mir vorliegenden (Paris 1786) heißt es richtig » *noyaux*« und nicht » *écorces*«, »indem er die Datteln aß, warf er die *Schalen* rechts und links.« Wer hat aber je einen Araber mit einem Felleisen hinter sich gesehen? Und welcher Araber, der *trockene* Datteln als Vorrat auf die Reise mitnimmt, schält sie oder kann sie schälen? So unbedeutend auch diese Änderungen erscheinen, so sind sie doch nicht nur eine Untreue gegen den Text, sondern auch eine Entstellung der Tatsachen. In der Geschichte des ersten Greises gibt er das *Messer* dem Pächter, um die Kuh zu schlachten, bei Galland aber dem *Schläger* (maillet), wer weiß aber nicht, dass Moslime ihre Tiere nur mit einem Messer schlachten dürfen; überhaupt gibt Gallands Übersetzung dem europäischen Leser kein treues Gemälde von der Denk- und Redeweise der Araber, denn er hat mehr danach gestrebt, seine Franzosen zu unterhalten, als zu belehren und darum den Stoff ganz nach damaliger französischer Mode zugestutzt. Seine Nachfolger, die Franzosen *Caussin de Perceval* und *Gautier*, der Engländer *Scott* und die Deutschen *Habicht* und *v. Hammer* haben aus anderen Handschriften neue Märchen zu den von Galland übersetzten hinzugefügt, keiner hat sich aber bis zum Jahre 1837 die Mühe gegeben, die von Galland schon übersetzten aufs Neue aus dem Urtext zu übertragen, und so wurde denn auch bis zu dieser Zeit die Gallandsche Übersetzung, trotz ihrer großen Mängel, nicht nur immer wieder abgedruckt, sondern auch zu allen weiteren Übertragungen in andere Sprachen benützt, und erst als ein Teil der vorliegenden neuen Verdeutschung erschienen war, ist (im Jahr 1839) auch in London und Kalkutta der arabische Text nach ägyptischen und indischen Handschriften von *Lane* und *Torrens* neu ins Englische übersetzt worden.

Der Übersetzer.

Eingang.

Bei dem Namen Gottes, des Gnädigen und Barmherzigen, Friede und Heil über unsern Herrn Mohammed, den Obersten der Gesandten Gottes, auch über seine Familie und Gefährten insgesamt; Friede und Heil immer fortdauernd bis zum Tage des Gerichts. Amen, o Herr der Welten! Das Leben der Früheren ist eine Lehre für die Späteren, dazu dass der Mensch die Lehren, welche anderen zuteilgeworden sind, schaue und sich daran belehre, und die Geschichte der älteren Völker lese und sich daraus unterrichte. Gelobt sei Gott, der die Begebenheiten der Früheren als Unterricht für Spätere aufgestellt hat. Zu dieser Art von Belehrung gehören nun auch die Erzählungen: »Tausend und eine Nacht« genannt. Es wird nämlich von dem, was bei früheren Völkern geschehen, berichtet (Gott weiß das Verborgene; er ist allweise und barmherzig und edel!):

Es regierte einst in den ältesten Zeiten und verflossenen Äonen ein König von den Sassaniden[2] auf den Inseln Indiens und Chinas, der viele Truppen und Verbündete, Diener und zahlreiches Gefolge besaß. Auch hatte er zwei wackere, tapfere Söhne, von denen jedoch der ältere noch tapferer war, als

[2] Man sieht hieraus, wie wenig historische und geografische Kenntnisse unser Erzähler haben musste, da er einen persischen Regenten über Indien und China herrschen lässt.

der jüngere; er herrschte über viele Länder, und war so gerecht gegen seine Untertanen, dass ihn alle sehr liebten. Sein Name war Scheherban, sein jüngerer Bruder hieß Schahseman und war König von Samarkand in Persien. Beide hatten ihre Heimat nicht verlassen und jeder regierte höchst glücklich 20 Jahre lang in seinem Reiche. Da sehnte sich der ältere König nach seinem jüngeren Bruder und befahl seinem Vezier, zu jenem hinzureisen und ihn zu ihm zu bringen. Der jüngere Bruder gehorchte alsbald und machte Anstalten zur Reise, und ließ Zelte, Kamele, Maultiere, Diener und Gefolge herbeikommen. Die Regierung war indes dem Vezier übertragen und der König reiste ab nach dem Lande seines Bruders. Um Mitternacht erinnerte er sich, etwas im Schlosse vergessen zu haben; als er dahin zurückkam, fand er seine Frau in vertrautem Umgang mit einem schwarzen Sklaven; bei diesem Anblick ward die ganze Welt schwarz in seinen Augen; er dachte, wenn dies schon vorfällt, ehe ich kaum die Stadt verlassen, was wird diese Verruchte tun, wenn ich einmal weit entfernt bin? Er zog sein Schwert und erstach beide; dann ließ er sogleich wieder aufbrechen und reiste immer fort, bis er in die Nähe der Hauptstadt seines Bruders kam. Dort ließ er seinem Bruder durch Boten seine Ankunft melden. Dieser erschien sehr erfreut, um ihn zu begrüßen, ließ er die Stadt beleuchten, setzte sich zu ihm und unterhielt sich aufs Angenehmste mit ihm. Aber der König Schahseman dachte an die Begebenheit mit seiner Gemahlin, und dieses kränkte ihn so tief, dass er bleich wurde und sein Körper an Kraft abnahm. Als sein Bruder ihn in diesem Zustande sah, dachte er, dies ist gewiss, weil er von seinem Lande und Königreiche entfernt lebt; er ließ ihn deshalb in Ruhe und fragte nach nichts. Doch eines Tages sagte er zu ihm: »O mein Bruder! Ich sehe, dein Körper wird immer schwächer und deine Farbe bleicher.« Jener antwortete ihm: »Ich habe eine innere Krankheit«; aber er sagte ihm nicht, was er von seiner Frau gesehen. Hierauf versetzte der ältere: »Ich möchte, dass du mit mir auf die Jagd gingest, vielleicht wird dich dies zerstreuen;« da jener sich aber weigerte, ging er allein fort. Nun waren im Schlosse des jüngeren Königs, d. h., das der jüngere Bruder bewohnte, Fenster, die auf den Garten seines Bruders gingen. Hier sah er auf einmal die Türe des Schlosses sich öffnen, und zwanzig Sklavinnen und zwanzig Sklaven herauskommen; in ihrer Mitte ging die Frau seines Bruders, ausgezeichnet schön und von bewundernswertem Wuchse. Als sie, d. h. die Sklavinnen, zu einem Teiche gelangt waren, entkleideten sie sich und setzten sich zu den Sklaven. Da rief die Königin: »Masud!« und es kam ein schwarzer Sklave und umarmte sie und sie umarmte ihn. Die übrigen Sklaven taten dasselbe mit den Sklavinnen, und so brachten sie den ganzen Tag zu mit Küssen und Umarmungen. Als der Bruder des Königs dies sah, dachte er bei sich: Bei Gott! Mein Unglück ist geringer als dieses; dies ist mehr als mir geschehen! Kummer und Gram fühlte er nun plötzlich weichen und er konnte wieder essen und trinken.

Als hierauf sein Bruder von der Reise zurückkam und sie einander begrüßten, da sah der König Scheherban, dass sein Bruder Schahseman sein voriges Aussehen erlangt hatte und mit Appetit aß, während er früher nur wenig gegessen, und er sagte zu ihm: »O mein Bruder, ich sah dich ganz gelb und nun siehst du wieder gut aus, sage mir doch, wie dieses zugeht?« Worauf ihm jener antwortete: »Ich will dir zuerst sagen, warum ich übel aussah, und dann, wie ich wieder meine vorige Farbe bekam. Wisse, mein Bruder, als du deinen Vezier schicktest, um mich zu dir zu holen, machte ich mich reisefertig und ging zur Stadt hinaus; da erinnerte ich mich, dass ich etwas im Schlosse vergessen; ich kehrte allein zurück und fand einen schwarzen Sklaven bei meiner Frau; ich erschlug sie beide und kam zu dir her und dachte immer an diesen Vorfall. Dies ist die Ursache, warum sich meine Farbe verändert und ich so schwach geworden. Was aber das wiedererlangte gute Aussehen betrifft, so erlasse mir, es zu erwähnen!« Als sein Bruder dies hörte, sprach er: »Ich beschwöre dich bei Gott, sage mir alles.« Da erzählte jener ihm alles, was er gesehen. Und als hierauf Scheherban seinen Bruder Schahseman sagte: »Ich will mich mit meinen eigenen Augen überzeugen«, entgegnete ihm dieser: »Sprich, du wollest auf die Jagd gehen, und verbirg dich bei mir, dann wirst du sogleich zur Überzeugung gelangen.«

Der König ließ bekannt machen, er wolle eine Reise machen; es zogen Truppen mit Zelten zur Stadt hinaus. Der König begab sich auch ins Lager und sagte seinen Pagen: »Lasset niemand zu mir hereinkommen!« Er verkleidete sich dann und ging heimlich in seines Bruders Schloss, setzte sich dort ans Fenster, das den Garten beherrschte, und nach einer Weile kamen die Sklavinnen mit ihrer Gebieterin und den Sklaven in den Garten und taten wieder alles, so wie es der Bruder erzählt hatte, solange bis das Nachmittagsgebet ausgerufen wurde. Als Scheherban dies gesehen, verließ ihn die Besinnung, und er sprach zu seinem Bruder Schahseman: »Komm, wir wollen unseres Weges gehen; wir wollen nichts mit der Regierung zu schaffen haben, bis wir jemand finden, dem es ebenso geht,

wie uns; ist dieses nicht der Fall, so sei uns Tod besser als Leben.« Sie gingen hierauf zu einer verborgenen Türe des Schlosses hinaus und reisten Tag und Nacht, bis sie in eine liebliche Ebene kamen, wo neben dem Meere eine süße Wasserquelle sprudelte. Sie tranken von dieser Quelle und ruhten aus; nach einer Weile fing das Meer an zu toben, es stieg eine schwarze Säule zum Himmel empor, die ihre Richtung gegen die Ebene nahm. Als sie dies sahen, fürchteten sie sich sehr und stiegen auf einen Baum, erwartend, was es wohl geben möchte?

Da kam ein Geist, von denen unseres Herrn Salomo (Friede sei mit ihm!), von langer Statur, großem Kopfe und breiter Brust; er hatte einen gläsernen Kasten auf dem Kopfe, an dem vier Schlösser von Stahl waren. Er setzte sich unter den Baum, auf welchen die Brüder gestiegen, legte den Kasten ab, nahm vier Schlüssel aus dem Schoß, öffnete die Schlösser und zog ein Mädchen heraus, vollkommen gewachsen, mit gewölbtem Busen, süßem Munde und mit einem Gesichte wie der Vollmond. Der Geist sah sie liebevoll an und sprach: »O Herrin aller freien Frauen! O du, die ich entführt, ehe sie jemand außer mir gekannt! O Geliebte meines Herzens! Lass mich ein wenig in deinem Schoße schlafen.« Hierauf legte er den Kopf auf ihre Knie und schlief und schnarchte wie der Donner. Als das Mädchen nun aber den Kopf in die Höhe hob und Scheherban und seinen Bruder erblickte, legte sie langsam den Kopf des Geistes auf den Boden, und bat sie, sie möchten doch herunterkommen. Jene antworteten: »Bei deinem Leben, o Herrin! Entschuldige uns, wenn wir nicht kommen!« Da erwiderte sie: »Wenn ihr nicht kommt, so rufe ich den Geist, meinen Gemahl, dass er euch auffresse.« Sie winkte ihnen dann noch einmal freundlich zu, und sie stiegen zu ihr herunter. Jetzt verlangte sie, dass sie ihr beide zu Willen sein sollten. Sie antworteten aber: »Bei Gott, Herrin! Verschone uns damit, wir fürchten uns zu sehr vor diesem Geist.« Sie sprach jedoch: »Ihr müsst mir gewähren, oder ich schwöre bei dem, der die Himmel gewölbt hat, wenn ihr meinen Wunsch nicht erfüllt, so wecke ich den Geist, dass er euch töte. Ihr dürft mir nicht widerstehen!« Da taten beide Brüder, was sie verlangte. Jetzt zog sie einen Beutel aus ihren Gewändern hervor und zählte 98 Siegelringe und sprach: »Wisst ihr wohl, was dies für Ringe sind? Sie kommen von 98 Männern, die sich mir gefällig zeigten. Gebt mir also auch die Eurigen, so sind es hundert Männer, die mir dazu verhalfen, diesen hässlichen, abscheulichen Geist zu hintergehen, der mich in diesen Kasten eingesperrt und in diesem tobenden Meere wohnen lässt und so strenge bewacht, damit ich tugendhaft bleibe und niemanden außer ihm zuteil werde. Dieses Scheusal weiß nicht, dass die Bestimmung sich nicht ändern lässt und dass das Wollen der Frauen sich von niemandem abhängig macht.«

Als die beiden Könige dies hörten, wunderten sie sich sehr und sagten: »Gott! Gott! Es gibt keinen Schutz und keine Macht, außer beim erhabenen Gott! Wir wollen deshalb bei Gott gegen die List der Frauen Hilfe suchen, denn sie ist wahrlich zu groß.« Hierauf sprach sie zu ihnen: »Geht nun eures Weges!« Und als sie hierauf weggegangen waren, sprach Scheherban zu seinem Bruder: »Mein Bruder! Sieh, dies Abenteuer ist noch bedeutungsvoller als das Unsrige. Hier ist ein Geist, der sein Mädchen in der Hochzeitsnacht raubte und es in einen gläsernen Kasten gesperrt hat, der mit vier Schlössern geschlossen ist. Er hat ihr das Meer zur Wohnung gegeben, weil er glaubte, sie so der Bestimmung und dem Schicksal zu entreißen, sie aber hat doch, wie wir gesehen, hundertfache Untreue geübt. Lass uns also jetzt getrost in unser Königreich zurückkehren, und den Beschluss fassen, nie mehr zu heiraten: Ich will dir schon sagen, wie ich es machen will.« Sie kehrten also wieder um und gingen, bis es Nacht ward; und am dritten Tage kamen sie wieder in ihre Heimat, traten unter die Zelte, setzten sich auf den königlichen Thron, und es kamen die Intendanten, Adjutanten, Fürsten, Großen und andre Leute. Sogleich wurde befohlen, in die Stadt zu ziehen. Der König begab sich in das Schloss, ließ den Vezier kommen und befahl ihm, sogleich seine Gemahlin zu töten. Der Vezier brachte sie um. Alsdann ging der König zu den Sklavinnen, zog sein Schwert, erschlug sie alle, ließ dann andere kommen und schwur: dass er jede Nacht eine andere sich erwählen wolle, die er dann des Morgens hinrichten lassen werde, denn es gäbe auf der ganzen Erde kein tugendhaftes Weib. Schahseman machte sich auch sogleich auf, um abzureisen, nachdem ihm sein Bruder das Nötige zur Reise gegeben hatte, und so kehrte er in sein Land zurück. Sultan Scheherban befahl indessen seinem Vezier, ihm die Sklavin für die Nacht zu bringen. Dieser führte ihm eine der Fürstentöchter zu. Der König verfügte sich zu ihr, aber am Morgen befahl er dem Vezier, ihr den Kopf abzuschneiden. Dieser musste den Befehlen des Sultans gehorchen und sie umbringen. Dann schaffte er ihm eine andere Tochter der Großen des Landes, die auch wieder am Morgen umgebracht wurde. Und so ging es lange fort; jede Nacht erhielt er ein Mädchen und des Morgens ließ er sie dann hinrichten, bis es zuletzt kein Mädchen mehr gab und die Mütter und Väter weinten und seufzten und dem König den Tod wünschten und dem Schöpfer der Himmel klagten und den Erhörer der Gebete zu Hilfe riefen. Nun hatte der oberste Vezier, dem er stets den Befehl gegeben, die Frauen umzubringen, zwei Töchter. Die ältere hieß Schehersad und die jüngere Dinarsad. Jene hatte viele Bücher gelesen, unter anderen auch philosophische und medizinische Werke; sie hatte Gedichte auswendig gelernt und kannte Geschichten, Volkstraditionen und Reden der Weisen und der Könige; sie war sehr gelehrt und gebildet. Einst sprach nun Schehersad zu ihrem Vater: »Mein Vater! Ich will dir mein Geheimnis anvertrauen; ich wünsche, dass du mich mit dem Sultan Scheherban verheiratest; denn ich will entweder die Welt von diesen Mordtaten befreien oder selbst sterben wie die andern.« Als ihr Vater, der Vezier, dies hörte, sagte er: »Du Törin, weißt du nicht, dass der König geschworen hat, jeden Morgen sein Mädchen töten zu lassen? Wenn ich dich also zu ihm führe, so wird er mit dir dasselbe tun.« Sie antwortete: »Ich will zu ihm geführt werden, mag er mich auch umbringen.« Da erwiderte der Vater: »Was fällt dir ein, dass du dich selbst so in Gefahr bringen willst?« Sie antwortete: »Gleichviel, aber führe mich nur zu ihm!« Der Vezier sagte hierauf zornig: »Wer nicht mit Klugheit zu Werke geht, stürzt sich ins Verderben, und wer nicht die Folgen einer Sache berechnet, hat keinen Freund in der Welt; wie man sprichwörtlich sagt: Ich saß in Wohlbehagen, da ließ mir mein Übermut keine Ruhe. Ich fürchte sehr, es möchte dir gehen, wie dem Ochsen und dem Esel mit dem Bauer.« Da sagte sie: »Was ist das für eine Geschichte?« und der Vezier erzählte:

»Wisse! Es war einmal ein reicher Kaufmann, der viele Güter, Diener, Kamele und anderes Vieh besaß; er hatte Frau und Kinder, wohnte auf dem Lande und beschäftigte sich mit Ackerbau; er kannte die Sprache aller Tiere und es war über ihn verhängt, dass, sobald er dies Geheimnis einem mitteilen würde, er sogleich sterben müsse. Obschon er nun die Sprache der Tiere und Vögel verstand, so durfte er doch niemanden etwas davon erzählen, aus Furcht vor dem Tode. Er hatte in seinem Hause einen Ochsen und einen Esel an einer Krippe nahe aneinander festgebunden. Eines Tages setzte sich der Kaufmann in ihre Nähe mit seiner Frau und seinen Kindern, die vor ihm spielten. Da hörte er, wie der Stier dem Esel sagte: »Ich wünsche dir Glück zu deiner Ruhe, zu der Bedienung, die du hast, indem man unter dir kehrt und spritzt, und dir gesiebte Gerste und klares Wasser bringt, während man mich Armen von Mitternacht an fortführt und mich ackern lässt; man legt auf meinen Hals etwas, das man Joch und Pflug nennt, und so arbeite ich den ganzen Tag, durchfurche die Erde, werde unausstehlich müde, werde noch von den Bauern geschlagen, meine Seiten werden zerschunden, an meinem Halse wird die Haut abgerieben, man lässt mich von einer Nacht zur anderen arbeiten, dann bringt man mich in den Rindstall, wirft mir Bohnen mit Unrat vermischt und Spreu vor; ich liege im Kot, wie in einer Pfütze, die ganze Nacht, während du dich in einem gekehrten, bespritzten und abgeputzten Stalle befindest; deine Krippe ist rein und mit Stroh gefüllt; du ruhst immer aus; nur selten kommt unserm Kaufmann ein Geschäft vor, zu dem er auf dir reitet, und auch dann kehrt er bald wieder nach Hause zurück. Du ruhest, während ich mich abmühe, du schläfst, während ich wache, ich hungre, wenn du satt bist.« Als der Stier ausgeredet hatte, wendete sich der Esel zu ihm und sagte: »O Dummkopf! Wer dich den Vater der Verblüfften genannt, hat nicht gelogen; du hast weder Verstand noch Schlauheit, du weißt dir nicht zu raten und bringst dich allmählich durch deinen inneren Groll ums Leben; hast du noch nie das Sprichwort gehört: Wer keine Leitung annimmt, verfehlt den rechten Weg? Höre mich drum, Stier! Wenn der Landmann dich anbindet, so stampfe mit den Füßen, stoße mit den Hörnern, und schreie immer fort, bis man dir Bohnen hinwirft. Dann friss nichts davon, rieche nur so daran herum und schiebe sie zurück und koste sie nicht, begnüge dich mit dem Stroh und der Spreu. Tust du dies, so wirst du sehen, dass es dir gut bekommt und deiner Ruhe zuträglich wird.« Als der Stier dies hörte und sah, dass der Esel ihm diesen Rat gegeben, dankte er ihm in seiner Sprache, wünschte ihm viel Gutes zum Lohne, hielt seinen Rat für gut, und sprach zu ihm: »Mögest du vor allem Übel bewahrt sein, o Vater der Gescheiten!« Dies alles, meine Tochter, geschah, während der Kaufmann es hörte und verstand.

Als nun am folgenden Tag der Bauer kam, um den Ochsen herauszuführen, und ihn an den Pflug zu spannen, damit er arbeite, da fand er den Ochsen nachlässig in seiner Arbeit, denn er befolgte den Rat des Esels; als der Bauer aber anfing ihn zu schlagen, fiel der Ochs aus List auf den Boden, so wie es ihn der Esel gelehrt, bis es Nacht geworden war. Da ging der Bauer mit ihm nach Hause und band ihn an die Krippe; aber der Ochs fing an mit den Füßen zu stampfen und laut zu brüllen und suchte sich von der Krippe loszureißen. Der Bauer wunderte sich darüber und brachte ihm Bohnen und Futter; der Ochse roch daran herum, ging zurück, legte sich weit davon nieder, und kaute an dem Stroh und der Spreu bis zum Morgen. Als der Bauer kam und die Krippe voll mit Bohnen und Stroh fand, und nichts daran fehlte, und den Ochsen mit aufgeblasenem Leibe, ausgestreckten Füßen und fast ohne Atem erblickte, ward er sehr betrübt und sprach: »Bei Gott, der Ochs muss heute krank sein, darum konnte er auch gestern nicht arbeiten.« Er ging nun zum Kaufmann und sagte ihm: »Herr! Der Ochs ist krank, er hat diese Nacht nichts von seinem Futter gefressen.« Da aber der Kaufmann die Sache wohl wusste, so sprach er zum Bauer: »Geh, nimm den listigen Esel, spanne ihn an den Pflug, und zwinge ihn zur Arbeit, bis er des Ochsen Stelle versieht.« Der Bauer spannte den Esel ein, führte ihn aufs Feld, schlug ihn und quälte ihn, bis er pflügte; er schlug in so lange, bis er fast die Rippen zerbrochen und die Haut vom Halse abgeschunden hatte; als er ihn des Abends wieder nach Hause führte, konnte der Esel keinen Fuß mehr rühren und trug seine Ohren niederhängend. Der Ochs hingegen hatte den ganzen Tag ausgeruht, die ganze Krippe geleert, und für den Esel gebetet und seinen Rat gelobt. Als abends der Esel zu ihm kam, stand er vor ihm auf und sprach: »Guten Abend, o Vater der Gescheiten: Du hast mir bei Gott eine unbeschreibliche Wohltat erwiesen, mögest du stets geleitet und zum Ziele geführt werden; Gott belohne dich dafür statt meiner, o Vater der Aufgeweckten!«

Aber vor Zorn antwortete ihm der Esel nichts; denn er dachte: Dies alles ist mir wegen meines unseligen Rats widerfahren; es war mir ganz wohl, da ließ mir mein Übermut keine Ruhe, bringe ich ihn nicht durch irgendeine List in seinen früheren Stand zurück, so gehe ich dabei zugrunde. Er schlich hierauf müde zur Krippe. Der Ochs aber streckte sich und kaute wieder und wünschte ihm immer viel Gutes.

»Ebenso, meine Tochter, wirst du verderben durch deinen schlimmen Entschluss; bleibe also ruhig und stürze dich nicht selbst in das Verderben; ich rate dir aus Mitleid für dich.« Sie aber erwiderte: »Ich will zum Sultan gehen, um ihn zu heiraten.« Der Vater sagte noch einmal: »Tu dies nicht!« aber sie erwiderte: »Es muss geschehen.« Da der Vater sprach: »Wenn du nicht ruhig bleibst, so werde ich mit dir verfahren, wie der Kaufmann mit seiner Frau.« »Was tat der Kaufmann mit ihr?« fragte die Tochter und der Vezier antwortete: »Wisse, nachdem dies zwischen dem Ochsen und dem Esel vorgefallen, ging der Kaufmann einmal in der Nacht beim Mondschein in den Stall; da hörte er, wie der Esel dem Ochsen sagte: »O Vater der Ochsen! Was wirst du wohl morgen tun, wenn dir der Bauer das Futter bringt?« Jener antwortete: »Was anders, als du mich gelehrt? Das werde ich stets tun, ich werde mich krank stellen, auf den Boden werfen und meinen Leib aufblasen.« Da schüttelte der Esel seinen Kopf und sagte: »Tu dies nicht, o Vater der Ochsen! Weißt du, was ich von unserm Herrn, dem Kaufmann, gehört habe, und was er dem Bauer gesagt?« »Nun, was hat er gesagt?« fragte der Ochs. »Er sagte,« antwortete der Esel, »wenn heute der Ochs nicht aufsteht, und sein Futter nicht frisst, so lass ich ihn gleich beim Metzger schlachten; lass ihm die Haut abziehen, und ich verteile dann sein Fleisch unter die Armen. Folge mir daher, ich fürchte für dich, und einen guten Rat erteilen ist eine Gewissenssache; wenn man dir das Futter bringt, so friss alles rein auf, damit man dich nicht schlachte.« Der Ochs fing an zu schreien und zu blasen, und der Kaufmann machte sich auf und lachte laut über diesen Vorfall. Da fragte ihn seine Frau: »Warum lachst du? Spottest du meiner?« Er sagte: »Nein.« »So sage mir, warum du lachest?« »Ich kann dir's nicht sagen, denn ich habe ein Unglück zu befürchten, wenn ich ausplaudre, was die Tiere in ihrer Sprache reden.« Sie fragte hierauf noch einmal: »Wer hindert dich, mir es zu sagen?« »Ich weiß, dass ich sterben muss.« »Bei Gott, du lügst! Das ist nur eine Ausrede, und bei dem Herrn des Himmels, wenn du mir's nicht sagst, bleibe ich keinen Augenblick mehr bei dir, du musst es mir sagen.«

»Sie ging dann ins Haus und weinte bis zum anderen Morgen. Der Kaufmann fragte sie: »Was meinst du also? Fürchte Gott! Geh in dich! Nimm deine Frage zurück und lass mich in Ruhe!« »Ich lasse davon nicht ab, du musst es mir sagen.« »Wie? Du bestehst darauf, wenn ich dir gleich sage, dass ich sterben muss?« »Du musst mir's sagen und solltest du auch sterben.« »So will ich vorerst deine Familie und Verwandte rufen.« Er ging nun und holte ihren Vater, ihre Verwandten und noch einige Nachbarn.«

Der Kaufmann sagte ihnen, sein Tod wäre nahe, sie weinten alle, so wie auch die Kinder und der Bauer: Es war eine große Trauer um ihn. Jetzt ließ er die Zeugen und Gerichtsleute kommen, gab seiner Frau, was ihr gebührte, machte ein Testament für seine Kinder, schenkte seinen Sklavinnen die Freiheit und nahm von den Seinigen Abschied. Nun weinten sogar die Zeugen; die Kinder liefen zur Frau und sprachen: Lass doch ab von deinem Willen! Denn wüsste dein Mann nicht ganz gewiss, dass er sterben muss; wenn er sein Geheimnis offenbart, so würde er alles dies nicht tun;« da sie sich aber nicht zurückbringen ließ, so weinten und trauerten alle.

»Nun aber, meine Tochter Schehersad, waren in diesem Hause fünfzig Hühner und ein Hahn; der Kaufmann saß betrübt über seine Trennung von der Welt, von seiner Familie und seinen Kindern. Während er so nachdachte und schon das Geheimnis entdecken wollte, da hörte er, wie sein Hund in

seiner Sprache zum Hahn sagte, der eben die Flügel übereinanderschlug und auf ein Huhn sprang, dann sogleich wieder auf ein anderes: »O Hahn! Schämst du dich nicht vor deinem Herrn, dich heute so zu betragen?« »Was gibt's denn heute?« fragte der Hahn; da antwortete der Hund: »Weißt du nicht, dass unser Herr heute in Trauer ist, weil seine Frau durchaus sein Geheimnis wissen will, worauf er sogleich sterben muss? Es handelt sich nämlich darum, dass er ihr die Sprache der Tiere erkläre, weshalb er sehr betrübt ist, und du schlägst mit deinen Flügeln und springst umher mit Freuden, schämst du dich nicht?« Da hörte der Kaufmann, wie der Hahn antwortete: »O der einfältige, närrische Mann! Wie doch unser Herr so wenig Verstand hat! Ich habe fünfzig Hühner und stelle sie alle zufrieden, und mein Herr hat nur eine Frau und glaubt noch Verstand zu haben. Weiß er sich nicht mit ihr zu helfen.« Da sagte der Hund: »Aber was sollte er mit ihr beginnen?« Und der Hahn antwortete: »Er sollte einen Eichenstock nehmen, mit ihr in sein Zimmer gehen, die Türe schließen, über sie herfallen und sie solange prügeln, bis er ihr Hände und Füße zerschlagen; sie würde dann bald schreien: »Ich will keine Worte und keine Erklärung.« Er solle sie aber dann so lange schlagen, bis sie von ihrer Verrücktheit ablässt, und er soll nicht aufhören, bis sie ihm in nichts mehr widerspricht. Tut er dies, so hat er Ruhe, bleibt leben und macht der Trauer ein Ende.«

Als der Kaufmann die Rede des Hahnes mit dem Hunde hörte, stand er schnell auf, nahm einen Stock von Eichenholz, führte seine Frau auf sein Zimmer, riegelte die Türe zu, angeblich um ihr die Erklärung zu geben, und fiel dann über ihre Rippen und Schultern mit Schlägen her; er prügelte sie in einem fort; sie schrie um Hilfe und sagte: »Ich will dich nach nichts mehr fragen.« Zuletzt, als er müde war vom Schlagen, öffnete er die Tür, die Frau ging hinaus, den Vorfall bereuend, und durch den guten Rat des Hahns ward die Trauer in Freude verwandelt. Nun, meine Tochter, werde ich mit dir auch so verfahren, wenn du nicht ablässt.« Aber sie

antwortete: »Ich werde nie zurücktreten, auch wird diese Geschichte meinen Entschluss nicht ändern, und führst du mich nicht zum Sultan, so werde ich allein zu ihm gehen und gegen dich klagen, dass du einem Mann seines Standes mich verweigerst, und ein Mädchen, wie mich deinem Herrn entziehst.« Der Vater fragte wieder: »Es muss also sein?« »Ja«, antwortete sie. Nun, sagt der Erzähler, als er sich lange mit ihr abgemüht und geplagt hatte, ging er zum König Scheherban und wünschte ihm Glück, küsste die Erde vor ihm, und sagte ihm, dass er ihm in der nächsten Nacht seine Tochter bringen werde. Der Sultan fragte ganz erstaunt: »Was ist dies? Da ich doch bei dem, der die Himmel gewölbt, bis morgen befehlen werde, sie umzubringen? Und tust du es nicht, so werde ich ohne Weiteres dich umbringen lassen.« Er antwortete: »O König der Zeit! Sie hat es gewünscht, ich habe ihr alles gesagt, sie wollte nichts hören, sondern diese Nacht bei dir sein.« Der König sprach: »Gut, geh, mache Vorbereitungen zu ihrer Ankunft und bring sie diese Nacht zu mir!« Der Vezier ging, brachte die Botschaft seiner Tochter und sagte: »Gott gebe mir keine Sehnsucht nach dir!« Schehersad freute sich sehr, machte alle ihre Sachen zurecht, ging zu ihrer jüngeren Schwester Dinarsad und sprach zu ihr: »Höre, meine Schwester, was ich dir anempfehle: Wenn ich bei dem Sultan bin, werde ich nach dir schicken; wenn du dann kommst und siehst, dass der Sultan sich nicht mehr mit mir beschäftigt, so sage zu mir: O Schwester! Wenn du nicht schläfst, so erzähle uns von deinen schönen Geschichten, damit wir die Nacht dabei durchwachen! Dies wird meine und der Welt Rettung von diesem Unheil verursachen und den König von seiner unseligen Gewohnheit abbringen.« Jene sagte zu, und als es Nacht war, begab sich Schehersad zu dem König. Dieser empfing sie in zärtlicher Weise und begann mit ihr zu scherzen, sie aber weinte. Als er sie fragte, warum sie weine, antwortete sie: »O König der Zeit! Ich habe eine Schwester, von der ich diese Nacht noch Abschied nehmen möchte.« Der König schickte nach Dinarsad. Diese wartete, bis der Sultan sich an ihrer Schwester ergötzt und etwas geschlafen hatte, dann seufzte sie und sagte: »O meine Schwester! Wenn du nicht schläfst, so erzähle uns von deinen schönen Geschichten, dass wir die Nacht dabei durchwachen, vor Tagesanbruch will ich dir dann Lebewohl sagen, denn ich weiß ja nicht, wie es morgen mit dir enden wird.« Schehersad fragte den Sultan um Erlaubnis, und als er diese erteilte, ward sie hocherfreut und begann:

Geschichte des Kaufmanns mit dem Geiste.

Man behauptet, o glückseliger, einsichtsvoller König, es sei einmal ein reicher, wohlhabender Mann gewesen, der viele Güter, Sklaven, Bediente, Weiber und Kinder besaß, und in allen Ländern Waren und Schulden ausstehen hatte. Dieser bestieg einst sein Tier, nachdem er einen Quersack mit Lebensmitteln, aus Zwieback und mekkanischen Datteln bestehend, gefüllt, und reiste nach Gottes Willen viele Tage und Nächte. Gott hatte ihm eine glückliche Reise bestimmt, und er erreichte das erwünschte Land, machte seine Geschäfte dort ab, und trat die Rückreise nach seiner Heimat und zu seiner Familie an. Als er am dritten, vierten Tage auf der Reise war, ward ihm sehr heiß, und als die Hitze immer heftiger ward, sah er einen Garten vor sich, in welchem er Schatten zu finden hoffte. Er stellte sich unter einen Nussbaum, neben welchem eine Wasserquelle rann, setzte sich neben denselben, band sein Tier fest, nahm einige Zwiebacke und Datteln aus dem Quersacke, aß und warf die Dattelkerne rechts und links, bis er satt war, dann stand er auf, wusch sich und betete. Nachdem er dieses vollendet hatte, kam auf einmal ein alter Geist auf ihn zu. Seine Füße waren auf der Erde und sein Kopf in den Wolken; er hatte ein gezogenes Schwert in der Hand, ging auf den Kaufmann los, blieb dann vor ihm stehen und schrie ihm zu: »Steh auf, dass ich dich mit diesem Schwerte umbringe, wie du mein Kind umgebracht.« Als der Kaufmann die Worte des Geistes hörte, und ihn ansah, erschrak er und fürchtete sich sehr vor ihm: »Mein Herr! Für welches Vergehen willst du mich umbringen?« Der Geist antwortete: »Ich will dich umbringen, wie du meinen Sohn umgebracht.« Der Kaufmann fragte: »Wer hat denn dieses getan? Und der Geist antwortete: »Du«. Da sprach der Kaufmann: »Ich habe ihn bei Gott nicht umgebracht, wo, wann und wie soll ich ihn denn getötet haben?«

Da entgegnete der Geist: »Bist du nicht hier gesessen und hast Datteln aus deinem Sack genommen, die Datteln gegessen und die Kerne rechts und links geworfen?« »Es ist wahr, dieses habe ich getan,« antwortete der Kaufmann. »Nun,« versetzte der Geist, »auf diese Weise hast du meinen Sohn getötet; denn während du aßest und die Kerne wegwarfst, ging mein Sohn vorüber, es traf ihn ein Kern und tötete ihn. Und spricht nicht das Gesetz: Wer tötet, soll wieder getötet werden?« Der Kaufmann sagte: »Ich gehöre Gott und wende mich zu ihm, es gibt keine Macht und keinen Schutz, außer beim erhabenen Gott; wenn ich wirklich dein Kind getötet habe, so habe ich es ungern getan, du solltest mir also wohl verzeihen.« Aber der Geist antwortete: »Keineswegs, du musst umgebracht werden!« Hierauf ergriff er ihn, streckte ihn auf den Boden hin, und hob das Schwert auf, ihn zu töten; da weinte der Kaufmann und schrie nach seiner Familie, seiner Frau und seinen Kindern, er glaubte schon zu sterben und vergoss so viele Tränen, dass seine Kleider davon nass wurden, und sagte: »Es gibt nur bei dem erhabenen Gott Macht und Schutz!« Hierauf sprach er folgende Verse:

> »Die Zeit besteht aus zwei Tagen, der eine gewährt Sicherheit, der andere droht Gefahren; das Leben besteht aus zwei Teilen, der eine ist klar, der andere trübe; siehst du nicht, wenn Sturmwinde toben, wie sie nur die Gipfel der Bäume erschüttern? Wie manches Grüne und Dürre ist auf der Erde und doch wird nur das, was Früchte hat, mit Steinen geworfen. Im Himmel sind zahllose Sterne, und nur Sonne und Mond verlieren zuweilen ihr Licht. Du hast eine gute Meinung von den Tagen, wenn sie schön sind, und berechnest nicht, was das Schicksal noch bringt. Die Nächte haben dich in Ruhe gelassen, und du ließest dich durch sie täuschen; während die Nacht am klarsten scheint, kommt aber das Unglück herbei.«

Als der Kaufmann diese Verse gesprochen und sich satt geweint hatte, sagte der Geist abermals: Jetzt muss ich dich umbringen.« Da flehte der Kaufmann: »Kann es nicht anders sein?« »So muss es geschehen,« antwortete der Geist, und hob wieder das Schwert auf, um ihn zu töten. Hier bemerkte Schehersad den Tagesanbruch und erzählte nicht weiter; das Innere des Königs Scheherban glühte aber vor Verlangen nach der Fortsetzung der Erzählung. Als die Morgenröte schon angebrochen war, sagte Dinarsad ihrer Schwester Schehersad. »Bei Gott, wie schön, wie angenehm und wie wunderbar ist deine Erzählung!« Da antwortete sie: »Was ist dies alles im Vergleich zu dem, was ich in der nächsten Nacht erzählen werde, wenn mich mein Herr, der König leben lässt; es wird noch wunderbarer und überraschender sein.« Da sagte der Sultan: »Bei Gott, ich werde dich nicht umbringen lassen, bis ich das übrige der Erzählung gehört; erst nach der nächsten Nacht sollst du sterben!« Wie es nun ganz hell war und die Sonne zu leuchten anfing, stand der König auf und beschäftigte sich mit seinen Regierungsangelegenheiten.

Der Vezier, Schehersads Vater, war sehr erstaunt, als der König bis abends die Regierungsgeschäfte besorgte. Der König ging dann nach Hause, bestieg sein Lager, und Schehersad musste sich zu ihm verfügen. Nachdem dies geschehen, ruhten beide ein wenig, dann sagte Dinarsad ihrer Schwester Schehersad: »Ich beschwöre dich bei Gott, meine Schwester, wenn du nicht schläfst, so teile uns wieder etwas von deinen schönen Erzählungen mit, dass wir die Zeit, in der wir doch nicht schlafen, angenehm zubringen.« Da sagte der Sultan: »Doch zuerst den Beschluss der Erzählung des Kaufmanns mit dem Geiste, denn sie gefällt mir;« und Schehersad sprach: »Es gereicht mir zum Vergnügen und zur Ehre, o glückseliger König« und fuhr also fort:

Man behauptet, o glückseliger und wohldenkender König, dass, als der Geist seine Hand mit dem Schwerte in die Höhe hob, der Kaufmann zu ihm sagte: »Nun, stolzer Geist, willst du mich denn durchaus töten?« »Gewiss,« erwiderte der Geist. Da sagte der Kaufmann: »Willst du mir nicht Zeit lassen, bis ich von meiner Familie, von meiner Frau und meinen Kindern Abschied genommen, bis ich mein Erbe unter ihnen verteilt und meinen Letzten Willen ihnen bekannt gemacht habe? Wenn alles dies geschehen, will ich zu dir zurückkehren, und dann kannst du mich töten.« Der Geist antwortete hierauf: »Ich fürchte, wenn ich dich loslasse, dass du nicht mehr wiederkehren wirst.« Da sagte der Kaufmann: »Ich schwöre dir einen Eid und nehme den Herrn des Himmels und der Erde zum Zeugen, dass ich wieder zu dir kommen werde.« Nun sagte der Geist: »Wie lange Frist begehrst du?« »Ich fordere ein Jahr,« erwiderte der Kaufmann, »bis ich von meinen Kindern und meiner Familie Abschied genommen und mich von dem mir anvertrauten Gute befreit habe; zu Anfang des nächsten Jahres komme ich dann wieder.« Da fragte der Geist noch einmal: »Bürgt mir Gott für deine Wiederkehr?« »Gott bürgt dir für meine Worte,« antwortete der Kaufmann.

Als er nun so geschworen und ihn der Geist losgelassen, bestieg er sein Tier wieder, machte sich mit traurigem Herzen auf den Weg, und reiste in einem fort, bis er nach seiner Heimat kam. Als er seine Kinder und seine Frau sah, fing er an viele Tränen zu vergießen und höchst betrübt und niedergeschlagen zu werden. Seine Leute wunderten sich über ihn, und seine Frau fragte ihn, was ihm fehle und warum er so weine und so niedergeschlagen wäre, während sie sich doch alle über seine Ankunft freuten. »Wie soll ich nicht jammern,« antwortete er, »da ich nur noch ein Jahr und nicht mehr zu leben habe.« Hierauf erzählte er ihnen, was ihm auf der Reise mit dem Geiste widerfahren und wie er ihm geschworen, dass er nach einem Jahr wiederkehren werde, um sich von ihm töten zu lassen. Als sie dies vernahmen, weinten sie alle. Die Frau schlug sich ins Gesicht und riss sich die Haare aus, die Töchter stießen Jammergeschrei aus, und die Söhne groß und klein schrien laut. Alles trauerte, die Kinder weinten den ganzen Tag um ihren Vater herum, und sie nahmen gegenseitig Abschied voneinander. Am folgenden Tage fing er an sein Erbteil unter ihnen zu verteilen und sein Testament zu machen; er machte sich auch von den Leuten frei, denen er etwas schuldig war, gab große Geschenke und Almosen, und nahm Leute an, die den Koran für ihn lesen mussten. Dann ließ er Zeugen und Gerichtsschreiber kommen, schenkte seinen Sklaven und Sklavinnen die Freiheit, gab den erwachsenen Kindern ihren Teil von seinem Vermögen, machte ein Testament für den Teil der Kleinen, gab seiner Frau, was ihr verschrieben war, und so war er beschäftigt, bis das Jahr abgelaufen und nur noch so viel davon übrig blieb, als er zur Reise brauchte. Nun schickte er sich zur Reise an, wusch sich, betete, nahm sein Totengewand und sagte seiner Frau und seinen Kindern Lebewohl. Diese schrien und weinten alle zusammen, und auch er vergoss viele Tränen und sprach zu ihnen: »Bei meinem Haupt und bei meinen Augen, dies ist ein Beschluss Gottes, es ist sein Urteil und seine Bestimmung, der Mensch ist eben nur zum Tode geschaffen.« Jetzt nahm er zum letzten Male Abschied, bestieg sein Tier, reiste Tag und Nacht, bis er zu dem Garten gelangte. Es war gerade ein Jahr verstrichen. Er setzte sich an den Ort, wo er die Datteln gegessen, und erwartete mit traurigem Herzen und weinenden Augen den Geist. Während er so dasaß, kam ein alter Mann mit einer Gazelle an einer Kette auf ihn zu und grüßte ihn. Der Kaufmann erwiderte seinen Gruß und der Alte fragte ihn, was er hier tue an diesem Orte der Geister und Teufelskinder; denn dieser Garten ist von Dämonen bewohnt und es geht keinem gut, der darin verweilt. Der Kaufmann erzählte ihm seine ganze Geschichte mit dem Geiste von Anfang bis zu Ende. Der Alte wunderte sich sehr, wie er hörte, dass er hier seinen Tod erwarte, und sagte: »Du musst ein Mann von großer Redlichkeit sein.« Hierauf setzte er sich neben ihn und sprach: »Ich werde nicht von hier weichen, bis ich sehe, wie es dir mit dem Geiste gehen wird.« Sie blieben nun beisammen sitzen und unterhielten sich miteinander.

Hier bemerkte Schehersad, dass der Tag nahe sei, und sie hörte auf zu erzählen. Ihre Schwester Dinarsad sagte zu ihr: »Wie schön und wunderbar ist deine Erzählung.« Aber Schehersad erwiderte: »Ich werde auch die nächste Nacht noch viel Schöneres und Wunderbareres erzählen, wenn mein Herr, der König, mich leben lässt.«

In der folgenden Nacht sprach Dinarsad zu ihrer Schwester: »Ich beschwöre dich bei Gott, meine Schwester! Wenn du nicht schläfst, so erzähle uns wieder eine von deinen schönen Erzählungen, dass wir die Nacht dabei durchwachen,« und der König setzte hinzu: »Vollende die Geschichte des Kaufmanns!« - »Es gereicht mir zum Vergnügen und zur Ehre,« erwiderte Schehersad und fuhr also fort:

Ich hörte, o glückseliger König, dass, während der Kaufmann mit dem Alten der Gazelle sich unterhielt, noch ein alter Mann mit zwei schwarzen wolfsartigen Hündinnen dazu kam; er grüßte sie und die beiden erwiderten seinen Gruß; dann sagte er, was sie hier täten, und der Alte mit der Gazelle erzählte jenem die Geschichte des Kaufmanns mit dem Geiste, dem er geschworen, wieder zu kommen, und den er nun erwarte, um von ihm getötet zu werden. »Ich kam nur zufällig hierher,« setzte er hinzu, »aber ich schwor, nicht von hier zu weichen, bis ich sehe, was zwischen ihm und dem Geiste sich ereignen wird.« Als der Mann mit den Hündinnen dies hörte, wunderte er sich besonders darüber, dass der Kaufmann seinen Eid so treu gehalten, und sagte: »Auch ich kann diesen Ort nicht verlassen, bis ich weiß, was sich zwischen dem Kaufmann und dem Geiste zutragen wird.« Während sie so im Gespräch waren, kam noch ein alter Mann mit einem schlechten mageren Maultiere; nach gegenseitigem Gruße fragte dieser: »Was tut ihr hier und warum ist der Kaufmann so traurig und niedergeschlagen?« Die beiden Alten erzählten ihm nun die Geschichte und sagten ihm auch, dass sie hier warten wollten, um zu sehen, wie es ihm mit dem Geist ergehen werde. Als der Alte dies hörte, sagte er: »Auch ich, bei Gott, will nicht von hinnen weichen, bis ich sehe, was sich mit diesem Mann und dem Geiste ereignen wird; er setzte sich hierauf zu ihnen, und sie unterhielten sich eine kleine Weile. Da kam auf einmal ein großer Staub aus der Wüste hergezogen und der Geist erschien mit einem bloßen Schwerte von Stahl in der Hand und ging auf sie zu, ohne sie zu grüßen. Als er bei ihnen war, zog er den Kaufmann an der linken Hand in die Höhe und sprach: »Steh auf, dass ich dich töte!« Der Kaufmann weinte, und die drei Alten weinten auch und jammerten laut.

Hier bemerkte Schehersad den Tagesanbruch und schwieg. Dinarsad sprach zu ihr: »O wie schön und wundervoll ist deine Erzählung, meine Schwester.« Schehersad erwiderte: »Was ist dies im Vergleich zu dem, was ich euch in der folgenden Nacht erzählen werde, wenn mein Herr, der König, mich leben lässt; es wird noch weit wunderbarer, angenehmer und entzückender sein.« Das Herz des Königs entbrannte vor Verlangen, die weitere Erzählung zu hören, und beschloss bei sich: Bei Gott, ich lasse sie nicht umbringen, bis ich das Ende der Geschichte vernommen, und gehört habe, was aus dem Kaufmann geworden, dann erst will ich sie, nach meiner Gewohnheit, gleich den übrigen Frauen töten lassen. Er ging hierauf seinen Regierungsgeschäften nach und traf ihren Vater, den Vezier, der darüber sehr erstaunt war. Bis zur Nacht blieb er im Divan,[3] ging dann wieder in seinen Palast zurück, begab sich zu Bette, und nachdem er mit Schehersad eine Weile geschlafen, sprach Dinarsad: »Ich beschwöre dich bei Gott, meine Schwester! Wenn du nicht schläfst, so erzähle uns eine deiner schönen Erzählungen, damit wir den übrigen Teil der Nacht dabei durchwachen.« Jene sagte: »Es macht mir Vergnügen und Ehre,« und erzählte:

»Man behauptet, o glückseliger König, dass, als der Geist den Kaufmann töten wollte, der erste Alte mit der Gazelle auf jenen zuging und ihm Hände und Füße küsste, und also sprach: »O du Krone der Könige der Geister, wenn ich dir erzähle, was mir mit dieser Gazelle widerfahren, und du meine Erzählung noch wunderbarer findest, als das, was dir mit dem Kaufmann begegnet, wirst du mir zuliebe ihm ein Drittel seiner Schuld verzeihen?« »Recht gern,« entgegnete der Geist. Und der Alte erzählte:

Geschichte des ersten Greises mit der Gazelle.

»Wisse, o Geist, dass diese Gazelle die Tochter meines Oheims ist; sie ist mein Blut und von Kindheit an meine Frau, denn sie war erst zehn Jahre alt, als ich sie heiratete, und ist folglich erst bei mir mannbar geworden. Ich lebte dreißig Jahre mit ihr, ohne mit einem Kinde beglückt zu werden; doch hatte ich während dieser ganzen Zeit ihr immer viel Gutes erzeigt und sie geehrt. Aber ich kaufte noch eine Sklavin, die mir einen Knaben gebar, schön wie der Mond. Jetzt wurde meine erste Frau eifersüchtig. Als mein Sohn zwölf Jahre alt war, musste ich eine Reise unternehmen; ich empfahl ihn meiner Frau aufs Angelegentlichste, ihn und seine Mutter. Ein Jahr blieb ich aus. Während meiner Abwesenheit hatte meine Frau die Zauberkunst gelernt; sie nahm meinen Sohn und verzauberte ihn in ein Kalb, ließ meinen Hirten kommen und übergab ihm das Kalb und sagte: »Lass dieses Kalb mit den Stieren weiden.« Dann verzauberte sie die Mutter in eine Kuh und übergab sie ebenfalls den Hirten. Als ich nun bei der Rückkehr meine Frau nach dem Sohn und seiner Mutter fragte, sagte sie mir, die Mutter sei gestorben und der Sohn vor zwei Monaten davongelaufen; sie aber habe seither nichts mehr von ihm gehört.

---

[3] Divan bedeutet hier Staatsrat, wird aber auch sonst für jede Versammlung, wo Staatsgeschäfte besorgt werden, gebraucht; das Wort heißt eigentlich Rat, wird aber auch bekanntlich von einer Sammlung Gedichte und von einem Sofa gebraucht.

Als ich diese Worte vernahm, entbrannte mein Herz über meinen Sohn und bekümmerte sich um die Mutter. Ich stellte ein ganzes Jahr Nachforschungen nach meinem Sohn an. Nun kam das große Fest Gottes,[4] ich schickte zum Hirten hin und ließ ihm sagen, er möge mir eine fette Kuh bringen, damit ich das Fest feiern könne. Er brachte mir meine verzauberte Frau. Als ich sie nun binden ließ und sie schlachten wollte, weinte und seufzte sie: »Mbu! Mbu!« und die Tränen liefen ihr über die Wangen herunter: Ich war darüber erstaunt, blieb gerührt vor ihr stehen und sagte dem Hirten: »Bringe mir eine andere.« Da sagte meines Oheims Tochter: »Schlachte nur diese, denn er hat keine bessere und keine fettere, wir wollen sie daher am Festtage verzehren.« Ich ging wieder auf sie zu, um sie zu schlachten, aber sie schrie wieder: »Mbu! Mbu!« Ich blieb vor ihr stehen und sagte hierauf zum Hirten: »Schlachte du sie, statt meiner.« Er schlachtete sie und zog ihr die Haut ab, aber er da fand er weder Fleisch noch Fett, es war nichts an ihr als Haut und Knochen. Ich bereute es, sie geschlachtet zu haben, und sagte zu dem Hirten: »Nimm du sie, oder gib sie, wem du willst, und suche mir ein fettes Kalb heraus.« Er nahm die Kuh und ging fort; ich weiß nicht, was er mit ihr getan; dann kam er wieder und brachte mir meinen Sohn, die Seele meines Herzens, in der Gestalt eines fetten Kalbes. Als mein Sohn mich sah, zerriss er das Seil, das an seinem Kopf befestigt war, sprang auf mich zu und legte seinen Kopf auf meine Füße. Ich wunderte mich darüber, war gerührt und bemitleidete durch eine geheime göttliche Kraft mein eigenes Blut. Mein Innerstes kam in Bewegung, als ich die Tränen des Kalbes, meines Sohnes sah, wie sie über seine Wangen herabflossen und wie es dabei mit seinen Vorderfüßen die Erde scharrte; ich ließ es nun los und sprach zu dem Hirten: »Lass dieses Kalb bei der Herde und verpflege es gut und bring mir ein anderes!« Da schrie meines Oheims Tochter, diese Gazelle hier: »Schlachte kein anderes als dieses Kalb!« Ich erzürnte mich und sagte: »Ich habe dir schon gehorcht, als ich die Kuh schlachtete, und es hat nichts genützt, nun werde ich dir aber bei diesem Kalb kein Gehör geben und es nicht schlachten.« Sie drang aber in mich und sprach: »Dieses Kalb muss geschlachtet werden;« sie nahm dann ein Messer und ließ das Kalb binden.

Schehersad bemerkte nun den Tagesanbruch und hörte auf zu erzählen. Dinarsad sprach zu ihr: »O meine Schwester, wie schön und wunderbar ist deine Erzählung.« Schehersad erwiderte: »Was ist dies im Vergleich zu dem, was ich euch in der nächsten Nacht erzählen werde, wenn mein Herr,

---

[4] Das große Beiramfest wird am zehnten Tage des Monats Eilhudjah (der Wallfahrt) gefeiert, es wird dabei in allen reichen Familien ein Lamm geschlachtet.

der König, mich leben lässt; es wird noch viel wunderbarer, angenehmer und entzückender sein.« Das Herz des Königs brannte vor Verlangen, die weitere Erzählung zu hören, und er beschloss bei sich: Bei Gott, ich lasse sie nicht umbringen, bis ich das Ende der Geschichte vernommen und gehört habe, was aus dem Kaufmann geworden; dann erst will ich sie nach meiner Gewohnheit, gleich den übrigen Frauen töten lassen. Er ging hierauf seinen Regierungsgeschäften nach und traf ihren Vater, den Vezier, der darüber sehr erstaunt war. Bis zur Nacht blieb er im Divan, und dann ging er wieder in seinen Palast zurück, begab sich zu Bette, und nachdem er mit Schehersad eine Weile geschlafen, sprach Dinarsad: »Ich beschwör dich bei Gott, meine Schwester, wenn du nicht schläfst, so unterhalte mich mit einer deiner schönen Erzählungen, damit wir den übrigen Teil der Nacht dabei durchwachen.« Jene sagte: »Es macht mir Vergnügen und Ehre.« Da erwiderte Dinarsad: »Tu dies aber nicht, ehe dir unser König, Gott erhalte ihn lange! die Erlaubnis dazu gibt. Als hierauf der König sagte: »Erzähle!« da sprach Schehersad:

Ich habe vernommen, o glückseliger König, dass der Alte mit der Gazelle zu dem Geiste sagte: »Ich nahm ihr das Messer aus der Hand und wollte selbst mein Kind schlachten, da schluchzte und weinte es, legte seinen Kopf auf meine Füße, streckte die Zunge heraus, gleichsam um mir ein Zeichen zu geben. Ich aber wandte mich von ihm ab und ließ es los, denn mein Herz war zu gerührt. Hierauf sprach ich zu meiner Gemahlin: »Ich empfehle dir dieses Kalb, das ich eben losgelassen.« Sie gab sich zufrieden, als ich ihr versprach, es zum nächsten Feste zu schlachten, und sie willigte ein, jetzt ein anderes zu töten.« So verging diese Nacht. Am folgenden Morgen, als es hell geworden, kam der Hirte zu mir, ohne dass meine Frau etwas merkte, und sagte: »Mein Herr, ich habe dir eine gute Nachricht zu bringen, wirst du mir deshalb wohl ein Geschenk machen?« »Du sollst eines haben,« erwiderte ich; »erzähle nur!« Da sagte er wieder; »Ich habe eine Tochter, die zaubern kann und Beschwörungen gelernt hat; als ich gestern mit dem Kalbe, das du freigelassen, nach Hause kam, um es mit den anderen jungen Stieren weiden zu lassen, betrachtete meine Tochter dasselbe und weinte und lachte. Ich fragte sie: »Warum weinst und lachst du so?« Und sie antwortete mir: »Dieses Kalb ist der Sohn unseres Herrn, des Eigentümers dieses Viehes; er ist von der Gemahlin seines Vaters verzaubert worden, darum lache ich. Weinen muss ich über seine Mutter, die sein Vater geschlachtet hat.« Ich konnte kaum die Morgenröte erwarten, um dir diese gute Nachricht vom Leben deines Kindes zu bringen.« Als ich, o Geist, dies hörte, schrie ich laut auf und fiel in Ohnmacht. Nachdem ich wieder zu mir gekommen war, ging ich mit dem Hirten in sein Haus, lief zu meinem Sohne, warf mich über ihn her, umarmte ihn und weinte. Er wandte seinen

Kopf nach mir, aus seinen Augen flossen Tränen und er streckte seine Zunge heraus, gleichsam um mich auf seinen Zustand aufmerksam zu machen. Ich wendete mich hierauf zur Tochter des Hirten und sagte zu ihr: »Wenn du ihn wieder vom Zauber befreien kannst, so schenke ich dir mein Vieh und alles, was ich sonst besitze.« Sie beteuerte mir, dass sie weder nach meinem Vieh, noch nach meinem anderen Besitztum gelüste. »Nur unter zwei Bedingungen,« sprach sie, »will ich deinen Sohn befreien: Erstens musst du mich mit ihm verheiraten und zweitens musst du mir erlauben, die zu verzaubern, die ihn in diesen Zustand versetzt hat, denn sonst werde ich immer ihre Bosheit und ihre Ränke gegen ihn zu befürchten haben.« Ich erwiderte: »Ganz gut, ich gebe dir und meinem Sohne noch mein Vermögen obendrein; ebenso gebe ich dir volle Macht über die Tochter meines Oheims, die so gegen meinen Sohn gehandelt und mich überredet hat, seine Mutter zu schlachten; ich will sie dir bringen, du magst mit ihr verfahren, wie du willst.« Sie antwortete: »Ich will ihr nur das zu kosten geben, womit sie andere speiste.« Hierauf füllte sie eine Schüssel mit Wasser, sprach den Zauber darüber, beugte sich dann zu meinem Sohne und sagte: »O du Kalb, bist du ein Geschöpf des Allgewaltigen, Allmächtigen, so bleibe unverändert! Bist du aber treulos verzaubert, so verlasse diese Gestalt und nimm mit Erlaubnis des Schöpfers der Welt wieder eine menschliche an!« Sie bespritzte ihn dann mit dem Wasser aus der Schüssel, und er ward wieder ein Mensch wie früher; es dauerte aber nicht lange, da fiel ich ohnmächtig auf ihn hin. Als ich wieder zu mir gekommen war, erzählte er, was die Tochter meines Oheims, diese Gazelle hier, ihm und seiner Mutter getan. Ich sagte ihm: »Nun, mein Sohn hat uns ein Wesen gesandt, das für dich, deine Mutter und mich an ihr Rache nehmen wird.« Hierauf verheiratete ich meinen Sohn mit der Tochter des Hirten, die schön war wie der Vollmond, dabei sehr geschickt, gelehrt und kenntnisreich, viele Dichter gelesen und Zauber und Schwarzkunst gelernt hatte. Sie verzauberte die Tochter meines Oheims hier in die Gestalt einer Gazelle und sagte: »Dir zu lieb habe ich sie in eine schöne Gestalt verzaubert, damit ihr Anblick dir nicht zum Abscheu werde.« Und sie blieb Jahre und Monate bei uns; dann starb die Frau meines Sohnes, die Tochter des Hirten, und mein Sohn reiste in das Land des jungen Mannes, mit dem dir dieses Abenteuer begegnet ist. Ich ging nun, meinen Sohn zu besuchen, und nahm die Tochter meines Oheims, diese Gazelle hier, mit mir, und so kam ich hierher zu euch. Dies ist meine Geschichte; ist sie nicht sonderbar und wundervoll?«

»Nun«, antwortete der Geist, »ich schenke dir den dritten Teil seiner Schuld.« Hierauf, o erhabener König, kam der zweite Alte, der mit den beiden schwarzen Hunden und sprach: Auch ich will dir erzählen, was mir mit meinen Brüdern,[5] diesen beiden schwarzen Hunden, widerfahren ist; du wirst sehen, dass meine Erzählung noch wunderbarer und unglaublicher als die dieses Mannes ist. Wirst du, wenn ich dir sie erzähle, mir auch einen Dritteil seiner Schuld schenken?« »Jawohl,« antwortete der Geist.

Geschichte des zweiten Greises mit den beiden Hunden.

Hierauf sprach der zweite Alte mit den beiden Hunden also: »Folgendes ist meine Geschichte, o Geist: Diese zwei Hunde sind meine zwei Brüder; wir waren, als unser Vater starb, drei Brüder; er hinterließ uns 3000 Dinare; ich eröffnete einen Laden und kaufte und verkaufte, ebenso meine Geschwister. Es dauerte nicht lange, da verkaufte mein ältester Bruder, einer dieser Hunde, alles, was er im Laden hatte, für 1000 Dinare, kaufte verschiedene Waren mit diesem Gelde ein und reiste weg; er blieb ein volles Jahr aus. Eines Tages, als ich in meinem Laden saß, stand er bettelnd vor mir; ich sagte: »Gott helfe dir!« Da sprach er weinend: »Kennst du mich nicht mehr?« Ich betrachtete ihn näher und sah, dass es mein Bruder war; ich hieß ihn willkommen, trat mit ihm in den Laden, fragte ihn, wie es ihm ginge, und er antwortete mir: »Frage mich nicht, denn es ist mir schlecht ergangen; alles Geld ist dahin.« Ich brachte ihn dann ins Bad, gab ihm eines meiner Kleider anzuziehen und nahm ihn zu mir. Als ich nun meine Rechnungen über mein Geschäft in Ordnung brachte und fand, dass mein Kapital von 1000 Dinaren sich verdoppelt hatte, so teilte ich es mit meinem Bruder und sagte ihm: »Nun denke dir, du seiest gar nicht abgereist gewesen.« Er nahm das Geld voller Freude und eröffnete wieder einen Laden. Ich lebte so viele Tage und Nächte; da ging mein zweiter Bruder, der andere Hund hier, verkaufte auch, was er hatte, sammelte sein Vermögen ein und wollte ebenfalls eine Reise machen. Wir rieten ihm ab; er bestand aber darauf, reiste mit einer Karawane fort und blieb ein volles Jahr aus; dann kam er in demselben Zustand wieder zu mir, wie sein älterer Bruder. Ich sagte ihm: »Wie, mein Bruder, habe ich dir nicht von deiner Reise abgeraten?« Er erwiderte weinend: »O mein Bruder, es war so meine Bestimmung; nun bin ich arm, ich besitze keinen Dirham, ich bin nackt und habe kein Hemd.« Ich nahm ihn dann, o Geist! mit mir ins Bad gab ihm eins von meinen neuen Kleidern anzuziehen, ging mit ihm in meinen Laden, wo wir aßen und tranken. Hierauf sprach ich zu ihm: »Ich will nun, wie alljährlich, die Rechnungen schließen, und was ich gewonnen, will ich mit dir teilen.« Hierauf, o Geist, machte ich die Rechnung von meinem Geschäft und fand 2000 Di-

[5] Es heißt zwar an dieser Stelle im Texte Kinder, man sieht aber wohl in der Folge, dass es Brüder heißen muss, daher denn auch hier das Letztere gewählt wurde.

nare. Ich dankte dem erhabenen Schöpfer, gab 1000 Dinare meinem Bruder und behielt 1000 für mich, und mein Bruder eröffnete aufs Neue einen Laden. So lebten wir einige Zeit, da kamen meine Brüder zu mir und wollten, dass ich mit ihnen reise; ich weigerte mich und sprach zu ihnen: »Was habt ihr bei euren Reisen gewonnen, sodass auch ich einen Gewinn erwarten könnte?« Ich gab ihnen kein Gehör, und wir blieben wieder in unseren Läden und handelten. Sie aber schlugen mir alle Jahre von Neuem vor, mit ihnen zu reisen; ich wollte nie einwilligen, bis zum sechsten Jahre, da sagte ich zu ihnen: »Seht, meine Brüder, ich will wohl mit euch reisen, doch will ich zuerst sehen, was ihr an Vermögen habt.« Als ich suchte, fand ich nichts bei ihnen, denn sie hatten durch Essen, Trinken und allerlei Gelüste alles verschwendet. Ich sagte ihnen kein Wort, machte die Rechnung von dem, was ich an Geld und Waren im Laden hatte, und fand 6000 Dinare. Dies freute mich, und nachdem ich zwei Teile daraus gemacht, sagte ich zu beiden. »Hier sind 3000 Dinare für euch und für mich, dass wir damit handeln.« Ich vergrub dann die übrigen 3000 Dinare für den Fall, dass es mir ginge, wie es meinen Brüdern ergangen, damit ich wieder 3000 Dinare fände, um einen Laden eröffnen zu können. Es waren beide damit zufrieden; ich gab jedem 1000 Dinare und behielt 1000 für mich; wir kauften die nötigen Waren ein, bereiteten uns zur Reise vor, mieteten ein Schiff und reisten, auf Gott vertrauend, Tag und Nacht und Nacht und Tag.«

»Ich reiste nun einen Monat lang auf dem Meere mit meinen Brüdern, diesen beiden Hunden, da kamen wir vor eine große Stadt; wir gingen hinein, verkauften unsere Waren so gut, dass wir an einem Dinar zehn gewannen. Damit kauften wir andere Waren ein und wollten abreisen; da fand ich am Ufer des Meeres ein Mädchen mit zerrissenen Kleidern. Es küsste meine Hand und sagte: »Mein Herr, tu mir einen Gefallen, du wirst dafür belohnt werden, der Schöpfer wird mir wohl die Mittel verschaffen, dir deine Wohltat zu vergelten.« Ich sagte ihr: »Gut, ich will dir einen Gefallen erweisen, ohne dass du mich dafür zu belohnen brauchst.« Sie sprach hierauf: »Heirate mich und schenke mir Kleider und nimm mich mit als deine Frau; schon besitzest du mein Herz, sei daher wohltätig gegen mich, ich werde dich dafür belohnen, lass dich nur von meinem armseligen Zustand nicht abschrecken.« Als ich das hörte, bekam ich nach Gottes Eingebung Mitleid mit ihr, ich nahm sie mit aufs Schiff, machte ihr ein Lager zurecht und näherte mich ihr. Wir reisten Tag und Nacht; ich liebte sie immer mehr, denn sie war schön wie der Vollmond am Himmel; ich war stets um sie und vergaß durch sie meine beiden Brüder; diese Hunde, ganz. Sie aber waren neidisch und gönnten mir mein Glück nicht, auch waren sie nach meinem Vermögen und Wohlstand lüstern, daher sprachen sie davon, mich umzubringen, denn der Teufel hatte ihnen diese Tat schön vorgemalt. Als ich nun in einer Nacht mit meiner Frau fest schlief, nahmen sie uns beide und warfen uns ins Meer. Aber meine Frau verwandelte sich sofort in einen Geist und trug mich auf eine Insel. Als Gott Tag werden ließ, sprach sie zu mir: »Nun, mein Gatte, habe ich dich belohnt, indem ich dich vom Tode befreite. Wisse, dass ich zu den guten Genien gehöre, die alles im Namen Gottes tun. Als ich dich am Ufer des Meeres gesehen, liebte ich dich sogleich und ging zu dir in dem Zustande, wie du mich sahst, erklärte dir meine Liebe, und du nahmst mich auf; jetzt aber muss ich deine Brüder umbringen.« Als sie so zu mir sprach, war ich über ihre Handlungsweise sehr erstaunt; ich dankte ihr und bat, sie solle meine Brüder nicht umbringen, sonst würde auch ich sterben. Ich erzählte ihr hierauf alles, was mir schon mit ihnen widerfahren war. Als sie meine Erzählung angehört, erzürnte sie sich heftig gegen sie und sagte: »Sogleich soll ihr Schiff untergehen, damit sie umkommen.« Ich bat sie bei Gott, dass sie dies nicht tun möge. »Es gibt einen Spruch,« sagte ich: »Vergelte Böses mit Gutem! Es sind ja doch meine Brüder!« Hierauf drang ich in sie und mäßigte ihren Zorn; sie hob mich in die Luft und flog mit mir so hoch, dass man uns nicht mehr sehen konnte; dann ließ sie mich auf das Dach meines Hauses nieder. Ich ging ins Haus hinunter, grub die 3000 Dinare aus der Erde und öffnete meinen Laden wieder. Als ich abends, nachdem mich alle Leute vom Markte gegrüßt, in mein Haus zurückkehrte, fand ich diese beiden Hunde dort angebunden. Als sie mich sahen, seufzten sie mir zu, hingen sich an mich und vergossen Tränen; ich erschrak darüber und wusste nicht, was vorgefallen; da kam meine Frau und sprach: »Mein Herr! Hier sind deine Brüder.« Ich fragte sie, wer so mit ihnen verfahren. Sie antwortete: »Ich habe es über sie verhängt, und erst in zehn Jahren werden sie frei werden.« Hierauf verließ sie mich, nachdem sie mir ihren Wohnort angegeben. Nun sind die zehn Jahre verstrichen, und ich machte mich mit ihnen auf den Weg, damit sie erlöst werden. Hier fand ich nun diesen Mann und diesen Greis mit der Gazelle; ich erkundigte mich nach dem Zustande des jungen Mannes, er erzählte mir, was ihm mit dir widerfahren, und ich beschloss, nicht von hinnen zu weichen, bis ich sehe, was unser Herr, der Geist, dem Manne tun wird. Dies ist meine Erzählung, ist sie nicht wunderbar?«

Da sprach der Geist: »Ich schenke dir das Dritteil seiner Schuld.«

Der dritte Greis trat nun hervor und sprach also: »O du Geist, mein Herr! Du wirst mich wohl nicht betrüben und mir auch ein Dritteil seiner Schuld schenken, wenn ich dir meine Geschichte mit diesem Maultier erzählt haben werde, die noch wunderbarer und befremdender als die Geschichte dieser beiden ist.« »Erzähle,« versetzte der Geist und der Greis hub an:

Geschichte des dritten Greises mit dem Maultiere.

»Höre, o Geist! Diese Mauleselin war meine Gemahlin. Ich machte einst eine Reise und war ein volles Jahr von ihr weggeblieben. Nach vollendeten Geschäften kam ich in der Nacht wieder nach Hause zurück. Als ich ins Zimmer trat, fand ich einen schwarzen Sklaven bei ihr; sie unterhielten sich miteinander, warfen sich verliebte Blicke zu, scherzten und küssten und neckten einander. Als sie mich sah, kam sie mir mit einem Becher voll Wasser entgegen, sprach einige Worte darüber, besprengte mich damit und sagte: »Verlasse deine Gestalt und nimm die eines Hundes an.« Sogleich ward ich zum Hunde und sie jagte mich aus dem Hause. Ich lief in einem fort bis zu dem Laden eines Metzgers; dort fraß ich die Knochen, die unter seinem Tische lagen. Als der Metzger mich sah, nahm er mich zu sich, und als seine Tochter mich betrachtete, bedeckte sie ihr Gesicht vor mir und sagte zu ihrem Vater: »Was bringst du einen fremden Mann zu uns herein?« Ihr Vater antwortete: »Wo ist ein Mann?« »Diesen Hund,« antwortete sie, »hat seine Frau verzaubert; doch, ich kann ihn befreien.« Als ihr Vater dies hörte, sprach er zu ihr: »Bei Gott, meine Tochter! Befreie ihn, du wirst damit eine gute Tat ausüben.« Die Tochter des Metzgers stand nun auf, nahm einen Becher voll Wasser, murmelte etwas vor sich hin, bespritzte mich mit dem Wasser ein wenig und sagte dann zu mir: »Kehre wieder in deine frühere Gestalt zurück mit der Erlaubnis des erhabenen Gottes.« Als ich nun meine frühere Gestalt angenommen, küsste ich ihre Hände und sprach: »Ich beschwöre dich bei Gott, verzaubere meine Frau, so wie sie mich verzaubert hat.« Hierauf gab sie mir ein wenig von jenem Wasser und sagte: »Wenn sie schläft, so bespritze sie damit und sprich sie dann mit einem Namen an, welcher dir gefällt, sie wird die Gestalt annehmen, die du gewählt.« Ich nahm das Wasser, ging zu meiner Frau, fand sie tief schlafend, bespritzte sie mit dem Wasser und sagte dann: »Verlasse deine Gestalt und nimm die einer Mauleselin an!« Sogleich ward sie eine Mauleselin; und sie ist's, die du hier mit eigenen Augen siehst, o Sultan und Oberhaupt der Könige der Geister!« Der Greis fragte sie noch, ob dies nicht alles wahr sei. Sie nickte mit dem Kopfe und winkte ja. Dies ist die Erzählung von dem, was mir widerfahren.«

Der Geist verwunderte sich darüber, schüttelte sich vor Freude und sagte: Nun Greis, ich schenke dir das noch übrige Dritteil der Schuld dieses Mannes und lasse ihn völlig frei.«

Der Kaufmann ging hierauf zu den drei Greisen, dankte ihnen für ihre Güte, und sie wünschten ihm Glück zu seiner Rettung, nahmen Abschied von ihm und trennten sich. Jeder ging seines Weges; der Kaufmann kehrte in sein Land zurück, und seine Frau und Kinder freuten sich sehr, als sie ihn kommen sahen, und er lebte glücklich mit ihnen, bis ihn der Tod erreichte.

»Diese Erzählung,« sagte Schehersad, »ist jedoch nicht schöner und wunderbarer, als die des Fischers.« »Ich beschwöre dich bei Gott, meine Schwester!« sprach Dinarsad, »was ist dies für eine Erzählung?« Da begann jene:

Geschichte des Fischers mit dem Geiste.

Man erzählte mir, dass es einmal einen Fischer gegeben habe, der schon hoch bejahrt war, er hatte eine Frau und drei Töchter, war arm und besaß nicht einmal seine tägliche Nahrung. Er war gewohnt, sein Netz nur viermal im Tage auszuwerfen. Einst ging er bei Mondenschein zum Dorfe hinaus an das Ufer des Stroms, er legte seinen Korb ab, schürzte sein Hemd auf, watete bis zur Mitte des Körpers ins Wasser, warf das Netz aus und wartete, bis es untersank; dann zog er es an sich und wollte es langsam zusammenlegen, aber er fand es durch etwas zurückgehalten und zog daher mit größerer Gewalt daran. Da er es dennoch nicht von der Stelle brachte, so ging er ans Land, befestigte das Ende des Seils, an dem das Netz war, entkleidete sich, tauchte in der Nähe des Netzes unter und arbeitete sich so lange ab, bis er es endlich ans Ufer gezogen; hier fand er einen toten Esel darin, der das Netz ganz zerrissen hatte. Als der Fischer dies sah, war er sehr betrübt und niedergeschlagen und sprach: »Es gibt nur Schutz und Kraft beim erhabenen Gott. Mit dem Lebensunterhalte geht es wunderbar zu.« Hierauf sagte er folgende Worte:

»O du, der du untertauchest in das Dunkel der Nacht und der Gefahr, bemühe dich nicht so sehr, denn der Lebensunterhalt kommt nicht durch die Anstrengung; siehst du das Meer mit dem Fischer, der darin steht, um seinen Lebensunterhalt zu suchen, während die Sterne der Nacht sich verbergen? Er taucht unter bis zur Mitte des Körpers und lässt sich von den Wellen schlagen: Sein Auge hört nicht auf, das Netz zu beobachten. Und wenn endlich die tödliche Angel einem Fische die Kiemen spaltet, dann ist er mit seiner Nacht zufrieden. Den Fisch aber kauft ihm keiner ab, der die Macht im schönsten Wohlbehagen, nicht in der Kälte zugebracht. Gelobt sei mein Herr, er gibt dem einen und versagt dem andern; der eine fängt Fische und der andere isst sie.«

Als der Fischer seine Verse vollendet und den Esel aus seinem Netze befreit hatte, setzte er sich auf die Erde und besserte jenes wieder aus. Als er damit fertig war, drückte er es tüchtig aus, ging wieder ins Wasser, rief den

Namen Gottes an, warf es aus und wartete, bis es untertauchte. Jetzt zog er die Schnur langsam an sich, fand sie aber wieder anhängend, und zwar noch fester als zuvor. Er glaubte, es sei ein Fisch, und freute sich darüber, zog seine Kleider aus und tauchte unter, um es loszumachen. Langsam zog er es an Land und fand nun einen großen irdenen Topf voll Sand und Kot darin. Als er dies sah, weinte er und war sehr betrübt und sprach: »Dies ist ein wunderbarer Tag; ich gehöre Gott und vertraue auf ihn.« Hierauf sagte er folgende Verse:

»O quälendes Schicksal höre auf! Glaubst du mich noch nicht gehörig verfolgt zu haben? Verschone mich doch aus Gnade! Ich ging aus, meinen Lebensunterhalt zu suchen, und jetzt weiß ich's: Er ist für mich dahin. Ich werde weder vom Glücke begünstigt, noch nützt mir meiner Hände Arbeit. Wie mancher Unwissende ist bei den Sternen, und mancher Gelehrte bleibt im Staube verborgen.«

Er warf dann den Topf weg, drückte das Wasser aus dem Netze, breitete es aus, bat Gott um Verzeihung, ging wieder ans Meer, warf dann das Netz zum dritten Male aus und wartete, bis es untertauchte. Jetzt zog er es wieder an sich und fand es voll Scherben, Steine, Knochen und anderem Unrat. Der Fischer weinte vor vieler Müdigkeit, Anstrengung und wegen seines Missgeschicks; er gedachte auch seiner Frau und Kinder, die zu Hause ohne Nahrung waren, schlug sich ins Gesicht und sprach folgende Verse:

»Der Lebensunterhalt ist so, dass du ihn weder lösen, noch aber binden kannst; weder Bildung noch Kunst können dir ihn verschaffen. Glück und Unterhalt sind nur Bestimmung; so herrscht Fruchtbarkeit in einem Lande und Mangel in einem andern. Die Wechsel des Schicksals erniedrigen jenen edlen Menschen und erheben den, der keinen Wert hat. Hole mich daher heim, o Tod, denn das Leben ist abscheulich, wenn Falken erniedrigt und Enten erhöht werden. Es ist kein Wunder, wenn du einen Tugendhaften arm siehst und einen Lasterhaften mit reichen Gütern. Unser Lebensunterhalt ist uns vorausbestimmt, und im Schicksalsbuche sind wir wie Vögel, die bald hier, bald dort etwas aufzulesen finden. Ein Vogel umfliegt die Erde nach Osten und Westen, und ein anderer erhält das Wertvolle, ohne die Flügel zu bewegen.«

Der Fischer erhob dann sein Auge zum Himmel, die Morgenröte war schon angebrochen und der Tag fing an zu leuchten; da sprach er. »O Gott, du weißt, dass ich mein Netz an einem Tage nur viermal auswerfe; schon habe ich es dreimal getan, mir bleibt also nur noch einmal es zu tun übrig.

Tue mir ein Wunder, o Herr, wie du es Moses im Meere getan!« Hierauf flickte er das Netz wieder, warf es ins Meer, wartete, bis es untersank und hängen blieb, um es dann an sich zu ziehen; allein er konnte es nicht, denn es war ganz zerzaust und auf dem Grunde verwickelt. »Es gibt keinen Schutz und keine Macht, außer bei dem erhabenen Gott!« rief er aus, dann entkleidete er sich, tauchte unter und gab sich viele Mühe, es loszumachen. Als er damit an Land gegangen, fand er etwas Schweres darin, und als er es nach vieler Mühe entwirrte, fand er eine gefüllte messingne Flasche, oben mit Blei geschlossen und unseres Herrn Salomos[6] Siegel darauf eingegraben. Als der Fischer dies sah, freute er sich und dachte: »Dies verkaufe ich dem Kupferschmied, es ist gewiss zwei Malter Weizen wert.« Er schüttelte nun die Flasche und bemerkte, dass sie mit etwas angefüllt war. Da dachte er: Ich will doch einmal sehen, was in dieser Flasche ist; ich will sie erst öffnen und dann verkaufen. Er zog ein Messer aus der Tasche, durchstach damit das Blei und arbeitete so lange, bis er die Flasche geöffnet; hierauf nahm er sie, setzte sie an den Mund und schüttelte sie, aber es kam nichts heraus. Der Fischer war darüber sehr erstaunt. Doch nach einer Weile stieg Rauch aus der Flasche empor, der sich über die Erde verbreitete und immer zunahm, bis er das ganze Meer bedeckte, dann stieg er gegen die Wolken des Himmels. Der Fischer wunderte sich, als er dies sah. Als dann aller Rauch aus der Flasche war, verdichtete und vereinigte er sich und ward zu einem Geiste, dessen Füße auf der Erde waren und dessen Haupt bis in die Wolken ging. Er hatte einen Kopf wie ein Brunnenloch, Vorderzähne wie eiserne Hacken, einen Mund wie eine Höhle, Zähne wie Felsensteine, Nasenlöcher wie Trompeten, Ohren wie Tartschen, einen Schlund wie eine Gasse, Augen wie Laternen; mit einem Worte, er war abscheulich hässlich. Friede sei mit uns! Als der Fischer ihn sah, zitterte er am ganzen Körper, seine Zähne klapperten und sein Hals wurde trocken. Da sagte der Geist: »O Salomo, Prophet Gottes! Verzeihe, verzeihe! Ich will dir nie mehr ungehorsam sein und deinen Befehlen nimmer zuwider handeln.«

Als der Geist dies gesagt, erwiderte ihm der Fischer: »O Geist, was sagst du von unserm Herrn Salomo, dem Propheten Gottes, der vor achtzehnhundert und einigen Jahren gestorben ist, und wir leben jetzt in einer viel späteren Zeit? Was ist dir widerfahren? Wie bist du in diese Flasche hineingeraten?« Als der Geist dies hörte, sagte er: »Vernimm eine gute Nachricht!« Da dachte der Fischer bei sich: »O Tag der Glückseligkeit!« Der Geist aber fuhr fort: »Ich bringe dir die Nachricht, dass du sogleich umgebracht

[6] Nach den Traditionen der Mohammedaner war Salomo Herr der ganzen Erde mit allen ihren irdischen und geistigen Wesen.

werden sollst.« Hierauf sprach der Fischer: »Du verdienst für die Botschaft, dass dir der Schutz und die Gnade Gottes entzogen werde; warum willst du mich umbringen, da ich dich doch befreit, aus der Tiefe des Meeres herausgezogen und auf die Erde versetzt habe?« Der Geist aber antwortete: »Bitte dir etwas aus von mir.« Der Fischer sagte freudig: »Was sollte ich mir von dir ausbitten?« Und der Geist antwortete: »Bitte dir eine Todesart aus, an der du sterben willst, damit ich dich nach deiner Wahl töte.« »Was habe ich verbrochen«, wiederholte der Fischer, »ist das mein Lohn, dass ich dich befreit habe?«

Darauf sprach der Geist: »Höre meine Geschichte!« »So erzähle!« erwiderte der Fischer, »doch mach's kurz, denn ich gehöre zu den Heiligen.« Und der Geist sprach: »Wisse, ich gehöre zu den widerspenstigen und abtrünnigen Geistern, ich war mit dem Geiste Sacher Salomo, dem Propheten Gottes, ungehorsam. Er sandte mir Asas,[7] Sohn des Berachja, welcher gegen meinen Willen zu mir kam und das Urteil über mich aussprach und vollzog. Er fesselte mich auf eine demütigende Weise mit Gewalt und brachte mich zu Salomo, dem Propheten Gottes. Als dieser mich sah, nahm er zu Gott seine Zuflucht, sich vor mir und meiner Gestalt fürchtend. Er sagte mir, ich solle ihm gehorsam werden; aber als ich mich dessen weigerte, ließ er diese messingne Flasche bringen, sperrte mich hinein, schloss sie mit Blei, drückte den Namen des erhabenen Gottes darauf und befahl dann einem Geiste, mich wegzutragen und in die Mitte des Meeres zu versenken. Nachdem ich 200 Jahre darin geblieben war, beschloss ich, den reich zu machen, der in den ersten 200 Jahren mich befreien würde. Die 200 Jahre verflossen aber, ohne dass mich jemand befreite. Es vergingen dann wieder 200 Jahre, und ich beschloss nunmehr, dem, der mich befreien würde, alle Schätze der Erde zu öffnen; es vergingen aber 400 Jahre und niemand befreite mich. In den folgenden 200 Jahren beschloss ich, meinen Befreier zum Sultan zu machen, selbst sein Diener zu werden und ihm täglich drei Wünsche zu gewähren. Aber auch in diesen 200 Jahren befreite mich niemand. Nun ward ich böse, stampfte, tobte, schnarchte und beschloss, den zu töten, der von nun an mich befreien würde, ihn entweder den schrecklichsten Tod sterben, oder ihn selbst wählen zu lassen, wie er sterben wolle. Kurz, nach diesem Beschlusse kamst du, mich zu befreien. Sage mir jetzt also, auf welche Weise ich dich umbringen soll.«

Als der Fischer diese Worte des Geistes gehört, sprach er: »Ich gehöre Gott an und kehre zu ihm zurück: Musste ich gerade in diesen unglückli-

---

[7] Asas ist der berühmte Minister Salomos, der bei den Orientalen als Symbol der Weisheit gilt, sodass noch jetzt die Minister mit diesem Namen betitelt werden.

chen Jahren dich befreien, so ist mein Schicksal verflucht; doch verzeihe mir. Gott wird auch dir verzeihen, töte mich nicht, sonst wird Gott jemandem die Kraft verleihen, auch dich zu töten.« »Es hilft alles nichts«, erwiderte hierauf der Geist; »sage mir nur, wie du sterben willst.« Als der Fischer sah, dass er wirklich umgebracht werden sollte, war er sehr betrübt und rief weinend aus »O meine Kinder! Gott lasse mir nicht das Herz weich um euch werden!« Hierauf wandte er sich wieder zum Geiste und sagte: »Bei Gott, verzeihe mir zum Lohne, dass ich dich aus dieser messingnen Flasche befreit habe.« Da antwortete der Geist: »Gerade, weil du mich gerettet hast, will ich dich umbringen.« »Wie«, sagte der Fischer: »Ich habe dir eine Wohltat erzeigt, und du willst mir dafür Böses tun? Wahrlich, das Sprichwort lügt nicht, welches sagt:

> »Wir haben ihm Gutes erwiesen, man hat mit Bösem uns vergolten; so, bei meinem Leben, handeln alle ruchlosen Menschen. Wer Gutes tut, dem der es nicht verdient, dem wird es gehen wie einem, der einer Hyäne Obdach gibt.«

Der Geist versetzte nun. »Zaudere nicht lange, du wirst umgebracht, wie ich dir gesagt habe.« Da dachte der Fischer bei sich selbst: Dieser ist ein Geist und ich bin ein Mensch, Gott hat mich durch Verstand über ihn erhoben, ich will mit meinem Verstande ihn überlisten. Er überlegte eine Weile und sprach dann zu dem Geiste: »Willst du mich denn durchaus töten?« Und als der Geist diese Frage bejahte, sprach er weiter: »Bei der Wahrheit des höchsten Namens, der auf Salomos, Sohn Davids, Siegel gestochen war, wirst du mir die Wahrheit sagen, wenn ich dich um etwas befrage?« Der Geist zitterte und bebte, als er den erhabenen Namen erwähnen hörte und antwortete: »Frage immerhin, doch mach's kurz!«

Da sagte der Fischer zu dem Geiste: »Bei dem Namen des erhabenen Gottes frage ich dich, warst du in dieser Flasche eingesperrt?« »Ich war darin eingesperrt, beim erhabenen Gotte«, antwortete der Geist. »Du lügst«, versetzte der Fischer, »diese Flasche kann nicht einmal deine Hand fassen und würde schon durch deine Füße zersprengt werden, wie soll sie dich ganz fassen können?« Da sagte der Geist wieder: »Bei Gott, ich war darin; willst du es nicht glauben?« »Nein«, antwortete der Fischer. Da löste sich der Geist nach und nach auf, ward ganz Rauch, der in die Höhe stieg und sich über das Meer und das Land ausbreitete. Er zog sich dann wieder zusammen und nach und nach in die Flasche, bis er endlich ganz darin war, da schrie er aus der Flasche heraus: »Siehst du nun, Fischer, wie ich in der Flasche bin? Glaubst du mir jetzt?« Aber der Fischer nahm sogleich das Blei, mit dem die Flasche geschlossen war, und drückte es wieder auf dieselbe.

Dann rief er: »O Geist! Wähle du nun, wie du sterben willst und wie ich dich wieder ins Meer werfen soll; dann werde ich hier ein Haus bauen lassen und alle Fischer warnen, die hier fischen wollen, und ihnen sagen: Hier liegt ein Geist, der den umbringt, der ihn heraufzieht und befreit, und ihn nur wählen lässt, welchen Tod er sterben wolle.« Als der Geist dies hörte und sich eingesperrt sah und heraus wollte und nicht konnte, weil Salomos, des Sohnes Davids Siegel ihn zurückhielt, so merkte er wohl, dass der Fischer ihn überlistet hatte, und er sprach zu ihm: »Guter Fischer, tue doch das nicht, ich habe nur meinen Scherz mit dir gehabt.« - »Du lügst,« sagte der Fischer, »du schändlichster und niedrigster aller Geister!« Der Fischer rollte dann die Flasche gegen das Meer, während der Geist schrie: »Nicht doch, nicht doch!« Aber der Fischer sagte: »Ja doch, ja doch!« Jetzt ward der Geist sehr demütig und sprach in bittendem Tone: »Was willst du tun, guter Fischer?« »Dich ins Meer werfen,« antwortete dieser, »und hast du zum ersten Male 800 Jahre im Meer bleiben müssen, so werde ich dich diesmal bis zur letzten Stunde darin lassen. Habe ich dir nicht gesagt: Lass mich leben, Gott wird dich erhalten, du wolltest aber durchaus treulos gegen mich werden und mich umbringen. Nun werde ich eben so gegen dich verfahren.« Da sprach der Geist: »Öffne, o Fischer! Ich will dich reich machen und dir viel Gutes erweisen.« »Du lügst,« sagte der Fischer. »Wir beide gleichen dem Könige der Griechen und dem Arzte Duban.« »Wieso?« fragte der Geist.

Geschichte des griechischen Königs und des Arztes Duban.

»Wisse,« antwortete der Fischer, »es war in einer Stadt Persiens, im Lande Suman, ein König, der auch die Griechen beherrschte. Dieser war so aussätzig, dass kein Arzt ihn heilen konnte: Er hatte allerlei Medikamente getrunken, allein alles war vergebens. Nun kam einmal ein griechischer Arzt, Namens Duban, in diese Stadt, dieser hatte griechische, persische, türkische, arabische, lateinische, syrische und hebräische Bücher gelesen und alle in diesen Sprachen vorhandenen Wissenschaften studiert; er wusste die Grundsätze ihrer Arzneikunst, kannte alle Pflanzen, die nützlichen und schädlichen Kräuter, auch verstand er die Philosophie und hatte alle Wissenschaften umfasst. Als er in die Stadt des Königs der Griechen kam und nach einem Aufenthalte von einigen Tagen hörte, dass der König schon lange aussätzig sei und kein Arzt ihn heilen könne, so zog er gleich am folgenden Morgen, sobald Gott den Morgenstern leuchten ließ, sein schönstes Kleid an, ging zum König, sagte ihm, wer er sei, und sprach hierauf: »O König, ich habe von dem Aussatz gehört, der deinen Körper behaftet und den kein Arzt zu vertreiben weiß; ich will dich nun heilen, ohne dir eine Arznei zu trinken oder etwas Fettes zum Einreiben zu geben.«Als der König dies hörte, sagte er zu ihm: »Wenn du dies kannst, so will ich dich und deine Enkel reich machen, dir viel Gutes erweisen und du sollst mein Haus- und Tischgenosse werden.« Er schenkte ihm sogleich ein Ehrenkleid und andere Gegenstände und fügte hinzu: »Wirst du mich wirklich von meinem Aussatz heilen, ohne dass ich Arzneien trinken muss?« Und als jener dies bejahte, überraschte es den König sehr, und er fing an, große Freundschaft für ihn zu fühlen. Hierauf sprach er: »Sage mir voraus, bis wann du mich heilen wirst.« »Morgen, so der erhabene Gott will,« antwortete der Arzt. Er ging hierauf wieder in die Stadt, mietete sich ein Haus, holte seine Wurzeln und Medikamente herbei, verfertigte einen hohlen Kolben mit einem hohlen Griffe und goss die nur ihm bekannten Medikamente hinein; er befestigte darauf den Kolben mit vieler Kunst und Geschicklichkeit, machte auch nach seinem besten Wissen Bälle dazu, und als alles vollendet war, ging er damit am anderen Tage zum König, küsste die Erde vor ihm und wünschte ihm viel Ruhm und Glück.

Als der Arzt zum König kam, befahl dieser ihm, sich niederzusetzen: Es waren die Fürsten, Adjutanten, Veziere, Staatsräte und alle Vornehmen des Königreichs versammelt. Der Arzt reichte dann, in Gegenwart des ganzen Divans, dem König den Kolben und sagte ihm: »O erhabener König! Nimm diesen Kolben und gehe mit den Fürsten und Staatsmännern auf die Rennbahn und werfe Bälle damit, bis deine Hand schwitzt, die dann durch den hohlen Griff die Arznei in sich ziehen wird; von hier wird sie in den Arm gehen und sich dann über den ganzen Körper verbreiten. Hast du bemerkt, dass auf diese Weise die Arznei dich durchdrungen hat und in deinen Körper übergegangen ist, so kehre gleich in den Palast zurück, geh ins Bad, wasche dich rein, schlafe, und dann wirst du mit der Gnade Gottes gesund werden, Friede sei mit uns!«

Der König der Griechen nahm den Kolben und befahl, dass man nach der Rennbahn ziehe; man schleuderte die Bälle, der König fing sie auf, warf sie zurück und spielte so fort, immer auf seinem Pferde sitzend, bis seine Hand in Schweiß kam und die Arznei sich über seinen ganzen Körper verbreitet hatte. Als der Arzt Duban dies merkte, riet er dem König, jetzt in den Palast zurückzukehren. Der König nahm dann ein Bad, wusch sich und begab sich dann wieder in den Palast. Der Arzt Duban brachte die Nacht in seinem Hause zu. Morgens stand er früh auf, verfügte sich nach dem königlichen Palast und bat um die Erlaubnis, einzutreten. Als ihm dieses gestattet worden war, küsste er die Erde vor dem König und sprach folgende Verse:

»Die Tugenden haben eine hohe Stufe erreicht, als du ihr Vater genannt wardest; und ist je ein anderer ihr Vater genannt worden, so lehnte er es ab. Du, dessen Angesicht mit seinem Glanz die dunkelste Nacht des Schicksals verwischt, dessen Angesicht immer leuchtend strahlte, wenn auch das Antlitz der Zeit immerfort drohend aussieht, deine Güte hat uns so reich beschenkt, dass du uns geworden, was die Wolken dem trockenen Lande, du hast deine Güter durch Geschenke so lange verschleudert, bis du deinen Zweck: Den höchsten Ruhm erreichest!«

Als der Arzt Duban mit diesen Versen zu Ende war, erhob sich der König, um ihn zu umarmen und neben sich sitzen zu lassen. Dann unterhielt er sich mit ihm und machte ihm kostbare Geschenke; denn als der König früh ins Bad gegangen war, fühlte er sich schon ganz geheilt und sein Körper war wie reines Silber geworden. Hocherfreut ging er daher in den Staatsrat, wohin auch der Arzt Duban kam, dem er viel Ehren erwies und den er zu seinem Tisch- und Hausgenossen machte, denn er sagte ihm: »Ein Mann wie du, der Arzt aller Ärzte und ihr Lehrer, verdient, dass er Königen diene und in ihrer Gesellschaft lebe.«

Nachdem der König der Griechen den Arzt so reich belohnt und sich über seine Kunst und Geschicklichkeit höchst verwundert hatte, sprach er: »Dieser Mann verdient alle Ehrenbezeugungen, er soll stets in meiner Umgebung sein, denn er hat ohne Medizin mich geheilt, nachdem alle Ärzte mit allen ihren Medikamenten mich aufgegeben; er soll nun mein vertrauter Freund werden.« Hierauf brachte der König die ganze Nacht sehr heiter zu und hörte nicht auf, den Arzt zu loben. Des Morgens bestieg er den königlichen Thron, und als die Veziere und Großen des Reichs versammelt waren, ließ der König den Arzt rufen, behielt ihn bei sich bis Nacht und ließ ihm wieder 1000 Dinare geben; der Arzt ging nach Hause zu seiner Frau und lobte den König der Griechen.

Am folgenden Morgen bestieg der König wieder den Thron, und es kamen wie gewöhnlich die Veziere und Großen und wünschten ihm Glück und Heil. Nun hatte aber der König einen ebenso schmutzigen, als geizigen und neidischen Vezier; als dieser sah, wie gut der Arzt mit dem König stand und wie sehr er beschenkt und geehrt wurde, befürchtete er, dass der König ihn absetzen möchte, um dem Arzt seine Stelle zu geben; er beneidete ihn daher und hegte böse Gedanken gegen ihn. Als nun dieser Vezier vor den König trat und ihm Ruhm und Glück wünschte, fügte er die Worte hinzu: »O, erhabener König, tugendhafter Fürst, ich bin durch deine Wohltaten und deinen Segen groß geworden, darum muss ich dir einen wichtigen Rat geben, denn wenn ich ihn dir verschwiege, so müsste ich ein Bastard sein, der Gutes mit Bösem vergilt; wenn du es befiehlst, so werde ich dir ihn offenbaren.« Der König erwiderte: »Sprich, was hast du mir für einen Rat zu geben?« Und der Vezier antwortete: »O König! Wer nicht die Folgen einer Sache voraussieht, der findet am Schicksal keinen Freund; ich habe bemerkt, dass der König nicht auf dem guten Pfade geht, denn er hat seinem Feinde Gutes getan, der den Untergang seiner Regierung wünscht und seine Wohltaten missbraucht. Ja, du hast dich ihm so sehr genähert, dass ich für dich deshalb sehr besorgt bin.« »Wen meinst du?« sagte der König. »Wenn du schläfst, so erwache!« antwortete hierauf der Vezier, »denn ich meine den Arzt Duban, der vom Lande Suman kam.« Da fragte der König: »Und der wäre mein Feind? Der ist ja mein aufrichtigster Freund, ich achte ihn mehr, als alle Menschen, denn er hat mich geheilt, nachdem alle Ärzte an meiner Krankheit verzweifelten. Man findet in unserer Zeit seinesgleichen nicht wieder, weder im Orient, noch im Occident, nicht in der Nähe und nicht in der Ferne, und du wagst es, so etwas von ihm zu sagen? Ich werde ihm von heute an ein Monatsgehalt von 1000 Dinaren mit allen seinem Range gebührenden Ehren festsetzen, und wenn ich sogar meine Schätze und mein Königreich mit ihm teilte, so wäre es nur wenig im Verhältnis zu seinen Verdiensten; ich glaube, du sagst dies nur aus Neid, und ich fürchte, ich könnte, wenn ich deinen Rat befolge, es bereuen, wie der König Sindbad es bereute, seinen Falken getötet zu haben.«

»Um Verzeihung, o König der Zeit«, sprach der Vezier, »was ist das für eine Geschichte?« »Folgende«, erwiderte hierauf der König.

Geschichte des persischen Königs mit seinem Falken.

»Ein persischer König, welcher ein großer Jagdliebhaber war, hatte einen Falken, der ihm so teuer war, dass er ihn bei Tag und Nacht in seiner Nähe hatte und sogar auf der Hand herumtrug. So oft er auf die Jagd ging, nahm er ihn mit sich und gab ihm aus einer goldenen Schale zu trinken, die er ihm um den Hals hing. Eines Tages trat der Oberstjägermeister zu ihm herein und meldete ihm, es sei alles zur Jagd bereit. Der König machte sich auf, nahm den Falken in die Hand und zog mit seinen Leuten in ein gewisses Tal, wo die Jäger einen Kreis bildeten. Da zeigte sich eine Gazelle innerhalb des Kreises und der König sagte: Ich töte denjenigen, an dessen Seite die Gazelle entwischt. Der Kreis zog sich hierauf enger zusammen und siehe da, die Gazelle trat auf den König zu, stellte sich auf die Hinterfüße und legte die Vorderfüße auf die Brust, als wollte sie vor dem König die Erde küssen. Der König neigte sich zur Gazelle hin, diese machte aber einen Sprung über seinen Kopf und befand sich im Freien. Als der König sich hierauf seinen Leuten zuwandte, bemerkte er, wie sie sich mit ihren Augen Zeichen gaben und nach ihm hinsahen. Er fragte seinen Vezier, was dies bedeute? Dieser antwortete: »Sie geben einander zu verstehen, wie du den mit Todesstrafe bedroht hast, der die Gazelle entwischen lässt, und nun doch selbst an ihrer Flucht schuld bist.« Da schwur der König bei seinem

Haupte, er werde sie verfolgen, bis er sie fange. Alsbald setzte er ihr mit dem Falken nach, der ihr die Augen auspickte und sie blendete. Dann nahm er eine Keule, schlug sie zu Boden, zog ihr die Haut ab und befestigte sie an seinem Sattelknopf. Dies geschah an einem heißen Tage, in einer wasserlosen Wüste, sodass der König und sein Roß an Durst litten. Da erblickte er einen Baum, an welchem eine fette Flüssigkeit wie Wasser herablief. Er sammelte sie in einen Schlauch, den er mit sich führte, und füllte die Schale damit, die der Falke am Hals trug, und stellte sie vor sich hin; da stieß der Falke mit dem Schnabel daran und stürzte sie um. Der König füllte die Schale zum zweiten Mal, und stellte sie vor den Falken, weil er glaubte, er sei durstig und habe trinken wollen, aber auch diesmal stieß er mit dem Schnabel daran und stürzte sie um. Der König war aufgebracht gegen den Falken, füllte die Schale zum dritten Mal und reichte sie dem Pferd hin, aber der Falke stieß sie mit seinen Flügeln um. Da sprach der König: Gott beschäme dich, du verdammter Vogel, du hast mich, dich selbst und das Pferd vom Trinken abgehalten, und hieb ihm mit dem Schwerte die Flügel ab. Der Falke hob seinen Kopf in die Höhe und deutete nach dem Baum hin, unter welchem der König saß. Dieser blickte hinauf und sah eine Schlange und überzeugte sich, dass die Flüssigkeit das von ihr ausströmende Gift war. Jetzt bereute er es, dem Falken die Flügel abgehauen zu haben, und kehrte wieder auf seinem Pferde mit der Gazelle nach der Stelle zurück, wo er sein Gefolge gelassen hatte, gab die Gazelle dem Koch, setzte sich dann auf den Thron, mit dem Falken auf der Hand, der aber alsbald, einen schmerzlichen Ton von sich gebend, tot zur Erde fiel. Der König ergoss sich in Klagen darüber, dass er den Falken getötet, der ihm das Leben gerettet. Dies ist die Geschichte des persischen Königs. Eine andere Geschichte, die des Ehemanns mit dem Papagei, dient mir auch zur Warnung vor Übereilung.« Der Vezier bat den König, ihm auch diese Geschichte zu erzählen, und jener begann:

Geschichte des Ehemanns und des Papageien.

Ich habe gehört, dass es einmal einen sehr eifersüchtigen Mann gegeben, der eine schöne, liebenswürdige und tugendhafte Frau hatte. Obschon er dieser Frau wegen sich nie auf Reisen begeben, so musste er doch einmal eine notwendige Reise unternehmen. Da ging er auf den Geflügelmarkt, kaufte dort einen Vogel und brachte ihn nach Hause, damit er in seiner Abwesenheit als Wache dienen möchte und ihm, was in seinem Hause vorgegangen, erzähle. Dieser Papagei war sehr schlau und listig. Wie nun der Mann nach vollendeten Geschäften von seiner Reise zurückgekehrt war und den Papagei holen ließ, um ihn zu fragen, was seine Frau während seiner Abwesenheit getan, erzählte ihm derselbe, was sie jeden Tag mit ihrem

Geliebten getrieben. Als der Mann dies hörte, ging er zu seiner Frau, überhäufte sie mit Schlägen und geriet in den heftigsten Zorn. Die Frau glaubte, irgendeine ihrer Sklavinnen habe sie bei ihrem Mann verraten; sie ließ daher ihre Sklavinnen eine nach der anderen kommen, aber alle schworen, dass sie zugehört, wie der Papagei ihren Mann von allem benachrichtigt habe. Als dies nun die Frau hörte, befahl sie einer Sklavin, eine Mühle zu nehmen und unter dem Käfig zu mahlen, einer anderen befahl sie, über den Käfig Wasser herunter zu gießen, und einer dritten, die ganze Nacht mit einem Metallspiegel hin und her zu laufen. Ihr Gemahl war wieder abwesend in jener Nacht. Als er nun des Morgens den Papagei holen ließ und ihn fragte, was diese Nacht in seiner Abwesenheit sich ereignet, sagte dieser aus: »O mein Herr! Entschuldige mich, ich konnte nichts hören und nichts sehen vor lauter Dunkelheit und Regen und Donner und Blitz die ganze Nacht durch bis zum Morgen.« Dies war aber in der Sommerjahreszeit im Monat Tamus. Der Mann erwiderte ihm hierauf: »Wehe dir! Jetzt ist doch keine Regenzeit.« »So ist es«, antwortete jener, »bei Gott, ich habe gesehen, was ich dir erzählte.« Nun dachte der Mann, dass der Papagei auch damals gelogen habe, als er ihm von der Untreue seiner Frau erzählt. Hierüber geriet er in Zorn, streckte die Hand nach dem Vogel aus, zog ihn aus dem Käfig, schleuderte ihn gegen den Boden und brachte ihn um. Nachdem der Papagei tot war, erfuhr der Mann erst von seinen Nachbarn, dass der Papagei wahr gesprochen von seiner Frau, so wie auch die List, die diese gegen ihn angewandt; er bereute dann, ihn umgebracht zu haben, aber seine Reue half nichts mehr. Wie mancher ist schon unschuldig zu schwerer Strafe verurteilt worden, fuhr der König fort, wie uns auch die Geschichte des Malers Mahmud lehrt. Er erzählte dann dem Vezier folgende Geschichte:

Geschichte Mahmuds.

»Ein Maler sah eines Tages bei einem seiner Freunde das Bild einer Frau, in welche er sich leidenschaftlich verliebte; er ruhte nicht eher, als bis er erfuhr, wo diejenige wohne, welche als Urbild des Bildnisses gedient hatte. Man sagte ihm, es seien die Züge einer berühmten Sängerin des Großveziers, des Beherrschers von Indien. Alsbald begann Mahmud, so hieß der Maler, seine Reise nach Indien und gönnte sich weder Rast noch Ruhe, bevor er dort angekommen war. Er nahm seine Wohnung bei einem Salbenhändler und zog von ihm Erkundigungen ein; dieser erzählte seinem Gast, dass das Reich sehr durch die Verfolgungen beunruhigt würde, welche der Sultan gegen die Zauberer anstellte. Zu gleicher Zeit entdeckte Mahmud, dass seine Geliebte eine der Sklavinnen des Veziers sei, und baute darauf seinen Plan.

Mit allen einem Räuber nötigen Werkzeuge versehen, schlich er sich in einer Nacht zum Palast des Veziers, zu welchem er vermittelst seines Seiles sehr leicht Eingang fand. Über das flache Dach fand er bald den Weg in einen Hof, von welchem aus er ein hell erleuchtetes Gemach erblickte. Er wandte sich dahin und trat in ein Zimmer; hier sah er ein Mädchen, schön wie die aufgehende Sonne, schlafend auf einem elfenbeinernen, mit Gold und Edelsteinen reich verzierten Ruhebett. Um das Bett her standen Lampen, welche nach allen Seiten hin das glänzendste Licht verbreiteten. Indem er sich ihr näherte, erkannte er sogleich, dass es seine Geliebte sei.

Darauf zog er einen Dolch aus seinem Gürtel und machte ihr an der Hand eine leichte Wunde, sodass sie erwachte. Das Mädchen war ganz außer sich vor Furcht, als sie einen Fremden mit gezücktem Dolch erblickte. Sie hielt ihn für einen Räuber, bat ihn dringend, ihr das Leben zu lassen, und bot ihm ihr Schmuckkästchen, das neben ihr stand, mit allem, was darin war, an. Mahmud nahm das Kästchen und verließ eiligst den Palast des Veziers. Am folgenden Morgen verkleidete er sich als Sofi, verbarg das geraubte Kästchen unter seinem Gewande und trat vor den Kaiser von Indien. »Mächtigster Herrscher der Erde«, redete er zu ihm, »ich bin ein Geistlicher aus Chorasan; der Ruf deiner hohen Tugenden ist bis zu mir gedrungen, und ich habe mich aufgemacht nach deiner herrlichen Hauptstadt, um unter dem Zepter eines so gerechten Fürsten zu leben. Als ich ans Tor kam, fand ich es verschlossen, und war so gezwungen, die Nacht vor der Stadt zuzubringen. Ich legte mich auf den Boden zum Schlafen nieder, aber bald sah ich vier Weiber, die eine von ihnen ritt auf einer Hyäne, die zweite auf einem Widder, die dritte auf einer schwarzen Hündin und die vierte auf einem Leoparden. Ich sah gar bald, dass es Zauberinnen seien; eine von ihnen nahte sich mir und trat mich mit Füßen und schlug mich mit einem Fuchsschwanz, dessen Streiche furchtbar schmerzten. Ich rief laut mehrere Male den Namen des höchsten Gottes und mit einem Messer verwundete ich sie an der Hand, worauf sie mich losließ; doch fliehend ließ sie diese kostbare Schatulle in meinen Händen, für mich hat sie freilich keinen Wert, weil ich auf alle Freuden der Welt verzichtet habe.« Nach diesen Worten übergab Mahmud dem Kaiser von Indien das Kästchen und ging hinweg. Der Kaiser erkannte es alsbald, denn er hatte erst vor wenigen Tagen seinem Großvezier ein Geschenk damit gemacht, dieser es aber wiederum seiner Lieblingssklavin gegeben.

Sie wurde nach dem Palast geholt, und als man an ihrer Hand die Wunde entdeckte, von der der Sofi gesprochen hatte, zweifelte man nicht an der Wahrheit seiner Aussage. Hierauf ward sie als Zauberin verurteilt, in einer Grube, deren steile Wände ihre Flucht unmöglich machten, zu verhungern. Kaum hatte Mahmud den glücklichen Erfolg seiner List vernommen, so eilte er nach der Grube, in welcher seine Geliebte gefangen saß, und durch Bestechung und Überredung der Wächter, welchen er sein merkwürdiges Abenteuer erzählte, gelang es ihm, sie zu befreien; doch nahmen sie ihm vorher das Versprechen ab, auf der Stelle mit ihr aus dem Lande zu fliehen. Das tat er und erfreute sich so des Besitzes seiner Geliebten.

Als der Vezier diese Geschichten angehört hatte, sprach er: »O König, was hat mir denn der Arzt Böses getan, dass ich ihn zu töten Lust haben sollte? Ich gebe dir den Rat nur aus Liebe zu dir, aus Besorgnis für dich; wenn ich nicht die Wahrheit sage, so möge es mir gehen, wie jenem Vezier, der gegen einen König einmal eine arge List gebrauchen wollte.« »Wie war dies?« fragte der König der Griechen. Da begann der Vezier, zu erzählen:

»O glückseliger König, es war einst ein König, der einen Sohn hatte, welcher ein leidenschaftlicher Jäger war, deswegen der König einem Vezier befohlen hatte, seinen Sohn überall zu begleiten, wohin er auch gehen möge. Eines Tages war der Vezier mit dem Prinzen auf der Jagd. Als sie in der Wüste waren, sah der Vezier ein wildes Tier und befahl dem Prinzen, ihm nachzujagen: Der Prinz jagte ihm so lange nach, bis er die Spuren seines Weges verlor, er irrte eine Weile in der Wüste umher, ohne zu wissen, wohin er sich wenden sollte. Da sah er mit einem Male ein weinendes Mädchen, ging auf sie zu und fragte sie, woher sie komme. Das Mädchen antwortete: »Ich bin die Tochter eines Königs von Indien und reiste mit einer zahlreichen Gesellschaft. Auf einmal schlief ich ein, meine Gesellschaft ließ mich allein; ich kannte den Ort nicht, wo ich war, irrte in diesem abgelegenen Lande umher und wusste nicht, wohin ich mich wenden sollte. Als der Jüngling dies hörte, bemitleidete er sie, ließ sie hinter sich auf sein Pferd steigen und ritt mit ihr, bis er zu einer Ruine kam. Da sagte das Mädchen: »Ich habe hier ein Geschäft.« Er ließ sie absteigen, sie trat in die Ruine und blieb eine Weile darin; der Prinz ging ihr nach, und siehe da, es war auf einmal ein Werwolf,[8] der zu seinen Jungen sagte: »Ich habe euch einen schönen fetten Jüngling gebracht;« und sie antworteten darauf: »Bring ihn uns herein, o Mutter, dass wir uns an seinem Fleisch weiden.«

Es sagt der Erzähler: Als nun der Prinz dies hörte, fürchtete er sich sehr, seine Achseln bebten, er war für sein Leben besorgt und verließ schnell den Ort; aber der Werwolf ging ihm nach und fragte ihn: »Was fürchtest du?« Der Prinz sagte: »Ich habe mich verirrt, und fürchte mich vor einem Feind.« Da versetzte der Werwolf: »Wenn du doch, wie du mir gesagt hast, ein Prinz bist, warum suchst du ihn nicht durch Geld zu versöhnen?« »Er will

[8] Die Araber glauben, dieses dämonische Tier (arabisch ghula genannt) könne, um die Menschen irrezuführen, jede Gestalt annehmen.

kein Geld«, antwortete der Prinz, »er trachtet mir nach dem Leben, obgleich ich ihm kein Unrecht getan.« Jener antwortete ihm: »Fasse nur Mut, fürchte nichts!« Der Jüngling erhob dann seine Augen zum Himmel und sagte: »O Gott! Hilf mir gegen meinen Feind, du bist ja allmächtig.« Als der Werwolf dies Gebet hörte, lief er davon, und der Prinz konnte unbeschädigt zu seinem Vater zurückkehren; auch erzählte er diesem alles, was ihm widerfahren, und dass der Vezier ihn geheißen, dem Wild nachzujagen und dann zurückgeblieben sei, sodass ihm dann das Abenteuer mit dem Werwolf begegnet. Der König ließ sogleich den Vezier rufen und hinrichten. Ebenso du, o König! Sobald der Arzt hierher gekommen war, hattest du ihm viel Gutes erzeigt und dich ihm genähert, jetzt geht er damit um, dich zu töten; denn wisse, o König, er ist ein Spion, der von einem entfernten Lande zu deinem Untergang hierher gekommen ist. Hast du nicht erfahren, wie er deinen Körper durch etwas, das er dir in die Hand gegeben, geheilt hat?« »Das ist wahr, o Vezier«, sagte der König zornig. »Nun«, versetzte der Vezier, »es wäre leicht möglich, dass er dir etwas in die Hand gäbe, wovon du sterben müsstest.« Der König antwortete wieder zornig: »Du hast ganz recht, o Vezier, es ist so, wie du sagst! Er ist gekommen, mich zu töten, denn wer mich durch etwas heilen konnte, das ich in die Hand nahm, kann mich auch leicht durch irgendein Gift auf solche Weise töten. Aber«, fügte er noch hinzu: »o du Rat gebender Vezier, was soll ich nun mit ihm anfangen?« »Schicke zu ihm«, antwortete der Vezier, »lass ihn herkommen, und wenn er erscheint, so lass ihm den Kopf abschlagen, dann bist du am Ziel deiner Wünsche und hast deinen Zweck erreicht.« »Dies wird wohl das Beste sein«, sagte der König, »so kann's nicht fehlen.« Er schickte sogleich zum Arzt Duban, welcher ganz freudig erschien, weil ihm der König so viele Gnade erwiesen und so viele Geschenke gemacht, und sprach beim Hereintreten folgende Verse:

> »Wenn ich nicht jeden Tag deine Verdienste lobte, so sage mir, wem würde ich wohl meine Verse und meine Prosa weihen? Noch ehe ich um etwas bat, kamst du, fern von allen Ausreden und Entschuldigungen, mir mit deiner Gnade zuvor. Warum sollte ich dich nicht, wie du es verdienst, loben, und deine Huld, so wie ich sie im Herzen fühle, öffentlich verkünden? Ich will die Wohltaten, die du an mir ausgeübt, preisen, sie sind meiner Zunge leicht, wenn sie auch meinen Rücken beschweren.«

»Weißt du, o Arzt, warum ich dich hierher rufen ließ?« »Nein, o König«, antwortete der Arzt. »Nun«, sagte der König, »ich ließ dich rufen, um dich zu töten.« Der Arzt fragte ganz erstaunt: »Warum? Was habe ich verbrochen?« »Ich habe gehört«, sagte der König, »du seiest ein Spion und hierher gekommen, um mich zu töten, darum will ich dir zuvorkommen, ehe deine List gegen mich gelingt.« Hierauf schrie er sogleich dem Scharfrichter zu: »Schlage diesem Arzt den Kopf ab, und schaffe uns Ruhe vor den bösen Folgen, die er für uns haben könnte.« Es sagt nun weiter der Erzähler: Als der Arzt dies hörte, wusste er, dass er schon wegen der Gunst des Königs beneidet worden, dass man sich gegen ihn verschworen und ihn verleumdet habe, um durch seinen Tod sich vor ihm Ruhe zu schaffen; er sah auch, dass der König wenig Verstand und Geist habe, er bekam Reue, als ihm nichts mehr helfen wollte, und er sprach: »Es gibt keinen Schutz und keine Macht, außer bei dem erhabenen Gott! Ich habe etwas Gutes getan und es wird mit Bösem vergolten!« Während er dies dachte, sagte der König noch einmal: »Schlage ihm sogleich den Kopf ab!« Da sprach der Arzt: »Lass mich leben, Gott wird auch dich erhalten, bring mich nicht um, sonst wird Gott auch dich töten!«

Er wiederholte dann dasselbe, wie ich es bei dir tat, o Geist! Und du weigertest dich doch und wolltest mich umbringen.

Der König sagte hierauf zum Arzt Duban: »Ich muss dich umbringen lassen, denn da du mich durch ein bloßes Anfassen geheilt, so kannst du mich auch leicht auf solche Art noch töten.« Da sprach der Arzt: »Ist das mein Lohn, o König, willst du das Gute mit Bösem vergelten?« »Nur nicht lange gezaudert, du musst heute noch ohne Aufschub umgebracht werden.« Als der Arzt sah, dass es Ernst wurde, war er sehr betrübt, seufzte und weinte und machte sich Vorwürfe, Leuten, die es nicht verdienten, Gutes erzeigt und auf einen schlechten Boden Samen gestreut zu haben. Da kam der Scharfrichter herbei, verband ihm die Augen, fesselte ihm die Hände und zog sein Schwert. Der Arzt jammerte immerfort und sagte: »Bei Gott, o König, lass mich nicht umbringen, sonst wird Gott auch dich töten! Lass mich leben und Gott wird auch dich erhalten.« Dann sprach er folgende Verse:

> »Ich habe guten Rat erteilt und dafür Undank geerntet. Mein Rat hat mich in die Wohnung der Verachtung gebracht, während Treulose belohnt werden. Bleibe ich leben, so will ich nie mehr einen Rat erteilen, sterbe ich, so möge jedem Ratgeber von allen Menschen geflucht werden.«

Dann sagte er noch: »Ist das mein Lohn? Du belohnst mich wie das Krokodil.« Der König sagte: »Was ist das für eine Geschichte mit dem Krokodil?« »Ich kann dir sie jetzt nicht erzählen«, erwiderte der Arzt, »doch lässt du mich leben, so wird Gott auch dich erhalten, tötest du mich, so wird Gott dich auch töten.« Der Arzt weinte sehr; einige Vertraute des Königs standen auf und sprachen: »Verzeihe ihm, uns zuliebe, sein Verbrechen, wenn er ein solches begangen! Wir haben übrigens nichts von ihm gesehen, das eine solche Strafe verdiente.« Aber der König antwortete ihnen: »Ihr wisst nicht, warum ich ihn umbringen lasse. Ich sage euch, dass, wenn ich ihn verschone, ich gewiss selbst untergehe; wer mich durch ein äußeres Anfassen von einem Übel heilte, an dem alle Ärzte verzweifelten, kann mich auch etwas anfassen lassen, wovon ich sterbe, ich muss ihn also töten lassen, um sicher vor ihm zu sein.« Der Arzt flehte noch einmal: »Ich beschwöre dich bei Gott, lass mich leben.« Aber der König blieb dabei, ihn töten zu lassen.

Als der Arzt nun seinen Tod mit Gewissheit sah, sagte er. »O König, verschiebe nur meinen Tod, bis ich nach Hause gegangen, um anzuordnen, wie man mich beerdigen solle, Almosen verteile, Geschenke mache, unter meinen Kindern ihr Erbe verteile, meiner Frau ihr Bestimmtes gebe und meine Bücher Leuten schenke, die sie verdienen. Auch habe ich ein höchst ausgezeichnetes Buch, das ich dir schenken will, verwahre es wohl in deinem Schatze!« »Und worin besteht der Wert dieses Buches?« fragte der König. »Es enthält unzählbare Geheimnisse. Das erste ist: Wenn du mich hast umbringen lassen und das sechste Blatt öffnest und drei Zeilen von der rechten Seite liesest und mich ansprichst, so wird mein Kopf auf alle deine Fragen antworten können.« Der König war sehr erstaunt und sagte: »Das ist höchst sonderbar, dein Kopf wird mit mir reden, wenn ich das Buch öffne und drei Zeilen darin lese?« Er gab ihm dann sogleich Erlaubnis nach Hause zu gehen. Der Arzt tat dieses, verrichtete sein Geschäft bis zum anderen Tag, dann kam er wieder in den Palast, wo die Fürsten, Veziere, Adjutanten und sonstigen Großen des Reichs alle versammelt waren. Der Arzt Duban kam mit einem alten Buche und einem Schächtelchen mit Pulver, er setzte sich und forderte eine Schüssel. Als man sie ihm gebracht, streute er das Pulver hinein und sprach: »O König, nimm dieses Buch, öffne es aber nicht, bis mir der Kopf abgeschlagen ist. Wenn dies geschehen, so lasse ihn in die Schüssel auf das Pulver setzen; das Blut wird dann sogleich gestillt werden; öffne hierauf das Buch und frage meinen Kopf, er wird dir sicher antworten. Es gibt keinen Schutz und keine Kraft, außer bei dem erhabenen Gott: Doch lässest du mich leben, so wird auch Gott dich erhalten.« Aber der König sagte: »Ich werde dich um so gewisser töten lassen, damit ich sehe, wie dein Kopf mit mir sprechen wird.« Der König ließ ihm hierauf den Kopf abschlagen und nahm ihm das Buch ab. Als der Scharfrichter damit fertig war, ward der Kopf in die Schüssel auf das Pulver gedrückt, und das Blut hörte sogleich auf, zu fließen. Der Arzt Duban öffnete dann die Augen und sagte: »Nun kannst du das Buch öffnen, o König!«

Der König tat es und schlug ein Blatt nach dem anderen um; da die Blätter aber aneinander klebten, legte er den Finger an die Lippen und benetzte ihn; so wendete er bis zum siebenten Blatte herum, fand aber nichts darin geschrieben. Darauf sagte er: »O Arzt, ich finde ja nichts in diesem Buch.« Der Kopf des Arztes antwortete: »Schlage nur weiter um!« Der König schlug immer weiter um und benetzte den Finger dabei, bis er die Arznei, mit der das Buch vergiftet war, abgerieben hatte. Auf einmal fing der König an zu wanken und Schwindel zu fühlen.

Als der Kopf des Arztes sah, dass der König der Griechen nicht mehr aufrecht stehen konnte, dachte er sich, dass er das Gift eingesogen, und sprach folgende Verse:

> »Sie haben ein strenges Gericht gehalten, und noch ein wenig, so war es, als hätten sie kein Urteil gefällt. Wären sie gerecht gewesen, so wäre auch ihnen Gerechtigkeit widerfahren, ihre Gewalttat wurde ihnen aber vom Schicksal mit Elend und Tod vergolten, und nachher sagte ihnen eine bildliche Sprache: Dies ist dafür und man kann dem Schicksal keine Vorwürfe machen.«

Als der Kopf des Arztes so gesprochen, fiel der König tot hin, und auch der Kopf des Arztes blieb leblos.

Fortsetzung der Geschichte des Fischers mit dem Geiste.

Der Fischer sagte hierauf zu dem Geiste: »Hätte der König den Arzt leben lassen, so hätte Gott auch ihn erhalten, weil er ihn aber umbringen ließ, hat Gott auch ihn getötet; ebenso du, o Geist, weil du mich durchaus töten wolltest, werde ich dich wieder in diese Flasche sperren und in den Abgrund des Meeres werfen.« Der Geist schrie: »O Fischer, tu dies nicht! Befreie mich und bestrafe mich nicht. Der Menschen Handlungen müssen immer edler sein, als die eines Geistes, habe ich auch schlecht gehandelt, so tu du doch Gutes! Denn das Sprichwort sagt: Vergelte Böses mit Gutem, verfahre nicht, wie Imama mit Ateka verfuhr.« »Was haben Imama und Ateka getan?« »Jetzt«, sagte der Geist, »ist nicht Zeit, davon zu reden, so lang ich in diesem engen Gefängnis bin; wenn du mich freigelassen, will ich dir's erzählen.« Aber der Fischer antwortete: »Ich lasse dich nicht heraus, ich werfe dich ins Meer, denn ich habe dich lange gebeten und doch wolltest du mich schuldlos umbringen, obschon ich dich aus deinem Gefängnis befreite. Da du dies getan, weiß ich, dass du von schlechter Natur bist und von gemeinem Stoffe, du vergiltst Gutes mit Bösem; ich werde daher, wenn ich dich ins Meer geworfen habe, hier ein Haus bauen und darauf schreiben: Hier haust ein Geist; wer ihn heraufzieht, wird von ihm getötet; dann kannst du lange unten bleiben, du verächtlichster aller Geister!«

Da sprach der Geist: »Lass mich diesmal wieder frei; ich verspreche, dir gar nichts zuleid zu tun, vielmehr dir nützlich zu sein. Du sollst reich werden.« Als er darauf einen Eid geleistet und bei jenem erhabenen Namen geschworen, der auf Salomos Siegel stand, da öffnete der Fischer die Flasche, aus der wieder Rauch in die Höhe stieg, und es bildete sich ein Geist daraus; er zertrat hierauf die Flasche mit den Füßen und flog gegen das Meer hin. Als der Fischer dies sah, fürchtete er etwas Schlimmes; er verunreinigte seine Kleider und sah den Tod schon nahe, denn er hielt dieses Zertreten für ein böses Zeichen. Dann fasste er aber wieder Mut und sprach: »O Geist! Du hast einen Eid geschworen, darfst also nicht treulos gegen mich werden, sonst wird es Gott auch gegen dich. Ich wiederhole dir, was der Arzt Duban sagte: Lass mich leben, Gott wird dich auch erhalten.« Der Geist lachte und sagte: »Folge mir, Fischer!« Dieser folgte ihm nun erschrocken, denn er glaubte, nicht mit dem Leben davonzukommen. Sie gingen durch die Wüste bis zu einem Berge; dort fanden sie mitten in einer großen Einöde vier kleine Hügel und zwischen diesen einen See. Der Geist blieb hier stehen und sagte dem Fischer, er solle nun sein Netz auswerfen. Dieser sah im See rote, weiße, blaue und gelbe Fische und war sehr erstaunt darüber. Dann warf er sein Netz aus, und als er es an sich zog, brachte er vier Fische heraus: einen roten, einen weißen, einen blauen und einen gelben; als er dies sah, freute er sich sehr. Der Geist sagte ihm dann: »Gehe damit hin zu deinem Sultan, er wird dich reich machen; aber fische nicht mehr als einmal am Tage. Entschuldige mich, wenn ich dich jetzt verlasse, ich weiß, nachdem ich so lang in der Tiefe des Meeres gelebt habe, mir auf der Oberfläche der Erde nicht mehr zu raten. Allah stehe dir bei!«

Hierauf stampfte der Geist mit den Füßen; die Erde öffnete sich und verschlang ihn, und der Fischer ging freudig in die Stadt zurück, verwundert über das, was ihm mit dem Geist widerfahren und über die farbigen Fische. Er verfügte sich in den Palast des Sultans und brachte sie ihm.

Als der Sultan die Fische sah, wunderte er sich sehr darüber und sagte seinem Vezier: »Bringe sie der Köchin, die uns der König der Neugriechen geschenkt.« Der Vezier brachte sie diesem Mädchen und sagte: »Backe sie recht gut, denn es hat sie jemand dem König zum Geschenk gemacht.« Auch ließ der Sultan dem Fischer 400 Dinare geben; dieser lief damit nach Hause und fiel und stand auf und stolperte und glaubte, es sei nur ein Traum. Er kaufte dann seiner Familie, was sie bedurfte.

Dies ist's, was den Fischer angeht. Was aber die Köchin betrifft, so nahm sie die Fische und spaltete sie und salzte sie, setzte die Pfanne aufs Feuer, goss Öl hinein und wartete, bis es heiß war, warf dann die Fische hinein, ließ sie darin, bis sie auf der rechten Seite gebacken waren, und drehte sie um. Da spaltete sich auf einmal die Mauer und es kam aus der Öffnung ein schönes Mädchen heraus, von hübschem Wuchse, oval gebildeten Wangen, ohne Tadel, die Augen mit Kohle bemalt; sie hatte ein Oberkleid von blauem Atlas an mit Kreisen aus ägyptischen Blumen, kostbare Ringe an den Ohren und am Arm, und in der Hand trug sie ein indisches Rohr. Sie steckte das Rohr in die Pfanne und sagte mit wohltönender Stimme: »O Fisch, hältst du dein Versprechen?«

Es sagt der Erzähler: Als die Köchin dies sah und hörte, fiel sie in Ohnmacht. Das Mädchen wiederholte noch einmal seine Frage, und die Fische hoben ihre Köpfe auf und sagten ebenfalls in klarer Sprache: »Jawohl, jawohl, wenn du wiederkehrst, so kehren auch wir wieder, bist du treu, so sind auch wir treu, fliehst du uns, so haben wir doch das Unsrige getan.« Sie stürzte dann die Pfanne um und ging weg, wie sie gekommen war, und die Wand schloss sich wieder. Als die Köchin wieder zur Besinnung gelangt war und die Fische ganz verbrannt und in Kohlen verwandelt fand, war sie sehr betrübt und fürchtete sich vor dem König und sagte: »Dem König ist bei seinem ersten Kriegszug der Lanzenschaft zerbrochen.«[9] Als sie nun in diesem Zustande war, kam der Vezier und forderte die Fische und sagte ihr, der Sultan warte darauf. Die Köchin fing an zu weinen und erzählte dem Vezier, was ihr mit den Fischen geschehen. Er war sehr erstaunt, ließ sogleich den Fischer holen und sagte zu ihm: »Du musst uns sogleich andere Fische, die den ersten gleichen, bringen, denn sie gefallen uns sehr.« Der Fischer nahm seine Gerätschaften, ging zu den vier Hügeln an den See, warf sein Netz aus und zog vier ähnliche Fische heraus; er kehrte dann heim und brachte sie dem Vezier. Dieser gab sie der Köchin und sagte ihr: »Backe sie nun in meiner Gegenwart, ich will die Geschichte mit ansehen.« Die Köchin reinigte die Fische, stellte die Pfanne auf und warf sie hinein. Als sie gebacken waren, öffnete sich die Wand wieder, das Mädchen kam wieder in derselben Kleidung, mit einem Rohr in der Hand, steckte es in die Pfanne und sagte: »O Fisch, hältst du dein Versprechen?« Die Fische streckten dann ihre Köpfe in die Höhe und sagten: »Wohl, wohl, kehrst du wieder, kehren auch wir wieder, bist du treu, so sind auch wir es, fliehst du uns, so haben wir doch das Unsrige getan.«

Als die Fische so gesprochen, stürzte das Mädchen die Pfanne um und verschwand durch die Spalte der Wand und diese schloss sich hierauf wieder. Da sagte der Vezier: »So etwas kann man dem König nicht verbergen.« Er ging daher zu ihm und erzählte ihm, was sich mit den Fischen zugetra-

---

[9] Ein arabisches Sprichwort von einem, dem gleich der Anfang seines Unternehmens misslingt.

gen. Der Sultan rief voller Verwunderung: »Ich muss das mit meinen Augen sehen«, und schickte sogleich nach dem Fischer, zu dem er sagte: »Hole mir gleich noch vier Fische, wie die ersten, eile aber damit.« Der Fischer ging, nahm seine Gerätschaften mit an den See, fischte vier Fische von verschiedener Farbe, wie die ersten, und brachte sie dem Sultan. Dieser gab ihm wieder vierhundert Dinare, zugleich ließ er ihn streng bewachen, und sprach zum Vezier: »Geh und backe du selbst diese Fische in meiner Gegenwart!« Jener setzte nun die Pfanne aufs Feuer, nachdem er die Fische zurecht gelegt, goss Öl hinein und warf die Fische darauf, als es heiß geworden war. Sobald aber die Fische gebacken waren, spaltete sich wieder die Wand der Küche, und es kam ein schwarzer Sklave heraus, gerade als wäre es ein Berg oder ein Überbleibsel vom Stamme Aad.[10] Der König und der Vezier fürchteten sich vor ihm, denn er war sehr lang und breit und hatte einen grünen Ast in der Hand. Er sagte in deutlicher Sprache: »O Fische, bleibt ihr beim Versprechen?« Sie hoben ihre Köpfe auf und riefen: Wohl, wohl, kehrst du wieder, kehren auch wir wieder, bist du treu, so sind auch wir es, fliehst du uns, so haben wir doch das Unsrige getan.« Hierauf stürzte der Sklave die Pfanne um, die Fische verbrannten und wurden zu Kohlen. Dann verschwand der Sklave durch die Wand, die sich sogleich wieder zusammenfügte. Der Sultan erschrak über diesen Vorfall und sagte: »Ich kann mich unmöglich mehr niederlegen, bis ich auf den Grund dieser Sache gekommen, es ist gewiss ein besonderes Verhältnis mit diesen Fischen.« Er ließ schnell den Fischer holen, und als dieser kam, sprach er zu ihm: »Wo hast du diese Fische her?« »Aus einem See«, antwortete der Fischer, außerhalb der Stadt zwischen vier Bergen.« Der Sultan fragte dann den Vezier: »Kennst du diesen See?« Er antwortete: »Ich gehe schon dreißig Jahre lang auf die Jagd, durchstreiche die Ebenen und Gebirge und habe nie diesen See gefunden.« Da fragte der Sultan den Fischer: »Wie weit ist's nach diesem See?« »Zwei Stunden«, antwortete der Fischer. Der Sultan befahl hierauf einigen Soldaten, mit ihm zu reiten, auch den Vezier nahm er mit und der Fischer musste vorangehen. Der fluchte dem Geist. Sie gingen bis zum Berge hin und sahen den See mit Fischen von allen Farben. Der Sultan war sehr erstaunt darüber und sagte: Ists möglich, dass noch niemand diesen Ort gesehen hat, da dieser See doch so nahe an der Stadt liegt?« Er fragte die Soldaten, ob einer von ihnen diesen Ort gekannt; aber alle antworteten, sie sähen ihn jetzt zum ersten Mal. Da schwur der Sultan: »Beim erhabenen Gott: Ich gehe nicht in die Stadt zurück, bis ich weiß, was das für ein

[10] Aad ist ein Stamm, den Gott ausgerottet hat, als er dem Propheten Hud kein Gehör geben wollte, der ihn zum wahren Gottesdienste zurückzuführen sich bemühte. Alle Leute dieses Stammes waren von riesenhafter Gestalt.

See und für bunte Fische sind.« Er befahl dann, abzusteigen und die Zelte aufzuschlagen, dann stieg er selbst ab und blieb bis zur Nacht. Jetzt rief er seinen Vezier, der ein sehr erfahrener und vielwissender Mann war; er ging nämlich heimlich zu ihm, ohne dass die Soldaten es merkten, und sprach: »Ich will etwas tun, das ich dir mitteilen will; ich will mich nämlich von den übrigen absondern, um zu sehen, was dies für Fische sind. Ich gehe nun fort. Morgen sagst du den Truppen und hohen Beamten: Ich sei krank und es könne niemand vorgelassen werden; du wohnst indes in meinem Zelt, und ich bleibe drei Tage lang weg, nicht länger.« Der Vezier sagte: »Es soll alles so besorgt werden.« Dann umgürtete sich der Sultan mit seinem Schwerte, ging fort und schlug den Weg jenseits des Berges ein, bis der Morgen zu leuchten anfing. Als die Sonne aufging, sah er in der Ferne etwas Schwarzes, er freute sich und dachte, vielleicht finde ich jemanden, der mir Auskunft geben kann. Er ging darauf zu und siehe da, es war ein Schloss, aus schwarzen Steinen gehauen und mit eisernen Platten belegt, das unter einem glücklichen Gestirne gebaut war.

Das Schloss hatte ein Tor, von welchem ein Flügel durch den anderen Flügel geschlossen war. Der König freute sich und klopfte leise, hörte aber keine Antwort; er klopfte noch einmal etwas stärker, hörte wieder nichts und erblickte auch niemanden. Da dachte er, ohne Zweifel ist dieses Schloss unbewohnt; er machte sich dann Mut, ging in einen Gang und schrie: »O Bewohner des Schlosses! Hier ist ein fremder, bittender und hungriger Reisender; habt ihr wohl etwas Lebensmittel? Der Herr aller Sklaven wird euch reichlich dafür belohnen.« Er wiederholte dies zum zweiten und dritten Male, hörte aber keine Antwort. Dann fasste er stärkeren Mut, schritt durch den Gang ins Innere des Schlosses, drehte sich rechts und links um und sah niemand, bemerkte aber, dass das Schloss mit seidenen Teppichen, worauf goldene Sterne gestickt, bedeckt war, er sah auch schöne Vorhänge und Polster und Sofas. Mitten im Saale war ein großer Raum, rings herum Divans und Nischen und Nebenzimmer; auch war ein Springbrunnen da mit vier goldenen Löwen, die aus dem Rachen Wasser spien, das so klar wie Perlen und Edelsteine war. Es flogen allerlei Vögel im Saale herum, die ein goldnes Netz nicht entwischen ließ. Der König war sehr erstaunt, niemand hier zu finden, den er ausfragen konnte; er setzte sich auf die Seite des Saals und hörte dann eine seufzende Stimme aus traurigem Herzen, welche sang:

> »O Schicksal, du schonst mich nicht und hast kein Erbarmen; mein Leben schwebt ja zwischen Qualen und Gefahr. Habt ihr nicht Mitleid mit einem Großen seines Volks, der im Bunde der Liebe erniedrigt wurde, mit dem Reichsten unter seinem Volke, der ver-

> armte? Ich war eifersüchtig auf die Luft, die euch anwehte, aber wo das Schicksal niederfällt, da verdunkelt sich das Gesicht. Was nützt die Kunst des Schützen, wenn er dem Feinde begegnet, die Sehne aber in dem Augenblick zerreißt, da er den Pfeil schleudern will? Wenn dann ganze Scharen sich um den Tapfern häufen, wie sollte er dem Schicksal entfliehen?«

Als der König diese Verse und ein lautes Weinen gehört, ging er der Stimme nach und fand einen Vorhang an der Tür eines Zimmers hängen, hob ihn auf und sah darin einen Jüngling, auf einem eine Elle hohen Thron sitzend. Er war ein hübscher Jüngling von regelmäßigem Wuchs, klarer Sprache, leuchtender Stirne, frischen Haarlocken, roten Wangen, darauf hatte er ein Fleckchen wie Ambra, gleichwie der Dichter sagte:

> »Er war hübsch gewachsen, durch seine Haare und seine Stirne wandelte die Welt zugleich in Licht und Dunkelheit. Verleugnet nicht das braune Fleckchen auf seiner Wange, denn auch die Anemone hat ein solches.«

Der König freute sich und grüßte den Jüngling, der einen seidenen Mantel mit goldnen ägyptischen Stickereien anhatte; auf seinem Haupte trug er eine ägyptische Krone. Man merkte ihm aber an, dass er traurig war und geweint hatte; er erwiderte freundlich des Königs Gruß und sagte: »Du verdienst mehr, als dass ich vor dir aufstehe, drum entschuldige mich.« »Ich entschuldige dich, o Jüngling!« sprach der Sultan, »ich bin hier dein Gast und komme in einer wichtigen Angelegenheit zu dir. Du sollst mir nämlich über den See und die farbigen Fische Auskunft geben, über dieses Schloss, das du allein bewohnst, ohne dass dir jemand Gesellschaft leistet, sowie auch über die Ursache deines Weinens.« Als der Jüngling dies hörte, flossen seine Tränen auf seine Wangen und seine Brust, er sprach dann folgende Verse:

> »Sagt denen, die vom Schicksal misshandelt worden, wie viele Unglücksfälle hat es schon verbreitet! Wenn du auch schläfst, so schläft das Auge Gottes nicht; wem waren wohl die Zeiten immer günstig? Wem dauerte die Welt ewig?«

Er weinte dann wieder heftig, und der König wunderte sich darüber und fragte nochmals. »O Jüngling, warum weinst du?« Da antwortete er: »Wie soll ich nicht über meine Lage weinen?« Er hob den Saum des Kleides auf und der König sah, wie er halb Mensch und halb ein schwarzer Stein war.

Der König war sehr betrübt und niedergeschlagen über diesen Anblick und sagte: »O Jüngling, du hast meinen eigenen Kummer noch vermehrt, ich wünschte über die Fische Nachricht zu bekommen, nun muss ich auch noch nach deiner Geschichte mich erkundigen, es gibt keinen Schutz und keine Macht außer bei Gott. O Jüngling, erzähle mir schnell.« Nun sagte der Jüngling: »Leihe mir dein Gesicht und dein Gehör, denn es hat sich eine wunderbare Geschichte mit mir und diesen Fischen zugetragen; wenn sie mit einer Nadel in den Augenwinkel gestochen wäre, so würde sie eine Belehrung für jeden abgeben, der sich belehren möchte.

Geschichte des versteinerten Prinzen.

»Wisse, o Herr! Mein Vater war König dieser Stadt, sein Name war Sultan Mahmud, er regierte ungefähr 70 Jahre lang über die Inseln dieser Berge. Als er starb, regierte ich an seiner Stelle und heiratete meine Muhme, die mich so sehr liebte, dass, wenn ich nur einen Tag von ihr abwesend war, sie weder aß und trank, bis ich wieder bei ihr war; sie lebte auf diese Weise fünf Jahre mit mir. Eines Tags ging sie ins Bad, ordnete ein Nachtessen an, dann kam ich in dieses Schloss und schlief hier, an dem Orte, wo du jetzt dich befindest; ich ließ zwei Sklavinnen zu mir kommen, mich zu beräuchern. Eine saß mir zu Häupten und die andere zu Füßen. Es war mir nicht recht wohl, ich konnte nicht schlafen, obschon meine Augen geschlossen waren, ich atmete schwer. Da hörte ich, wie die eine Sklavin zur anderen sagte: »O Masuda! Sieh unseren armen Herrn! Schade für seine Jugend, die er mit unserer verfluchten Herrin zubringen muss.« »Schweige!« sagte die andere, »Gott verdamme die Verräterinnen und Buhlerinnen. Es passt wirklich ein junger Mann, wie unser König, nicht zu dieser Metze, die keine Nacht zu Hause schläft.« Aber unser Herr ist sehr dumm«, versetzte die Erstere wieder, »er sollte es doch merken, wenn er nachts erwacht und sie nicht neben sich findet.« »Weh dir«, sagte die zweite, »Gott verdamme die Metze, unsere Gebieterin, die gibt ihm einen Schlaftrank, dass er wie ein Toter schläft, dann geht sie aus, bleibt bis morgens weg, wo sie erst ihren Mann aufweckt mit Räucherwerk, das sie ihm vor seine Nase hält. Schade um ihn!« »Als ich«, sagte der Jüngling, »dies Gespräch der beiden Sklavinnen hörte, ward ich sehr aufgebracht. Wie nun meine Frau aus dem Bade kam, konnte ich die Nacht nicht erwarten, wir ließen den Tisch bereiten, aßen ein wenig, gingen dann zu Bett, sie reichte mir wieder einen Schlaftrank, ich tat, als wenn ich tränke, goss ihn aber aus, dann stellte ich mich, als wenn ich schliefe, und streckte mich auf dem Lager aus. Da sprach sie: »Schlafe! O möchtest du nie mehr erwachen! Bei Gott, deine Gestalt ist mir zum Ekel, ich bin deiner satt.« Sie stand dann auf, kleidete sich an, beräucherte sich, umgürtete mein Schwert, öffnete die Türe und ging hinaus; ich stand auf und folgte ihr durch die ganze Stadt nach bis ans Tor, ohne dass sie mich bemerkte, sie sagte am Tor etwas, das ich nicht verstand, die Riegel fielen und das Tor öffnete sich von selbst, sie ging zum Tor hinaus, ich folgte ihr, bis sie zwischen einigen Schutthaufen an eine kleine Hütte aus Ziegelsteinen kam, ich stellte mich auf das Dach der Hütte und belauschte sie, und siehe da, Meine Frau stand vor einem alten schwarzen Sklaven, der auf einem Bündel Rohr saß, ganz in Lumpen gekleidet. Sie küsste die Erde vor ihm. Der Sklave hob seinen Kopf zu ihr auf und sagte: »Wehe dir, wo bleibst du so lange? Soeben waren unsere schwarzen Vettern da, und haben sich jeder mit seinem Liebchen vergnügt, und haben getrunken, ich wollte nichts trinken, weil du abwesend warst.« Da sagte meine Frau: »O mein Herz! Geliebter meines Herzens! Weißt du nicht, dass ich mit meinem Vetter verheiratet bin? Dass ich die Welt hasse, weil ich ihn sehen muss; wenn ich nichts für dich fürchtete, so ließe ich die Sonne nicht aufgehen, ehe ich seine Stadt verwüstet hätte, dass Nachteulen und Raben darin herumschrien und Füchse und Wölfe darin wohnten; ich würde ihre Steine hinter den Berg Kaf werfen.« »Du lügst«, sagte der Schwarze, »du Verdammte! Ich schwöre dir bei der Ehre der Schwarzen, dass wir von dieser Nacht an nicht mehr mit unseren Vettern zusammenkommen, ich werde gar nicht mehr dein Freund sein und dich nicht mehr berühren. Du Verdammte spielst nur so mit uns; sind wir denn nur für deine Lust da, du Übelriechende!« Als ich hörte, wie er mit ihr umging, ward die Welt ganz schwarz vor mir, ich wusste nicht mehr, wo ich war. Meine Frau fing an zu weinen und sagte zu dem Schwarzen: »O Geliebter meines Herzens! Was bleibt mir, wenn du mir zürnst? Wer nimmt mich auf, wenn du mich verjagst? O mein Geliebter! Mein Herz! Mein Augenlicht!« Sie hörte nicht auf, vor ihm zu weinen und zu flehen, bis er wieder gut war; da freute sie sich, legte einige Kleider ab und sagte: »Mein Herr! Hast du nichts zu essen für deine Sklavin?« Er antwortete: »Decke dieses Becken auf!« Sie deckte es auf und fand darin ein Stück von einer Maus; dieses aß sie, dann sagte er ihr: »In diesem Topf ist noch Bier, trinke es!« Sie trank, wusch ihre Hand, setzte sich dann zu ihm auf das Bündel Rohr mitten unter den Lumpen. Ich stieg vom Dache herunter, nahm das Schwert, mit dem meine Frau gekommen, und schwang es, um beide zu töten; ich schlug zuerst den Schwarzen auf den Hals und glaubte schon mit ihm fertig zu sein, aber ich durchschlug nur die Haut, das Fleisch und die Kehle, es waren jedoch die Halsadern nicht durchschnitten. Ich glaubte indessen doch, ihn getötet zu haben, er schrie laut auf und meine Frau fiel seitwärts so, dass sie hinter mir war; ich legte dann das Schwert nieder an seine Stelle, kehrte zur Stadt zurück, ging ins Schloss, begab mich in mein Bett und blieb bis zum Morgen liegen. Als meine Frau zurückkam, sah ich, dass sie ihre Haare abgeschnitten und

Trauerkleider angezogen hatte; sie sagte mir: »O mein Vetter, wirst du dich wohl dem, was ich tue widersetzen wollen? Wisse, ich habe Nachricht erhalten, dass meine Mutter gestorben ist, dass mein Vater im Heiligen Kriege umgekommen, dass einer meiner Brüder durch einen Schlangenbiss und ein anderer durch einen Sturz das Leben verloren; ich muss daher weinen und trauern.« Als ich dies hörte, ließ ich sie gehen und sagte ihr: »Tu, was du willst, ich werde dich nicht hindern.« Sie verharrte nun ein volles Jahr in Weinen und Trauern.« Nach einem Jahr sprach sie zu mir: »Ich möchte, dass du mir im Hause eine Grabstätte mit einem Zimmer bauen ließest, damit ich darin allein trauern könnte, ich würde es das Trauergebäude nennen.« Ich sagte ihr wieder: »Tu, was dir gut dünkt!« Jetzt erteilte sie sogleich Befehl, ließ sich das Trauerhaus bauen, und in dessen Mitte eine Kuppel errichten. Den Sklaven aber brachte sie in die Grabeshöhle. Diesem war nicht mehr zu helfen. Er lebte zwar, denn seine Zeit war nicht abgelaufen, auch konnte er noch trinken, aber vom Tage an, wo ich ihn verwundet hatte, nicht mehr sprechen. Meine Frau besuchte ihn nun morgens und abends und weinte und brachte ihm Wein und Fleischsuppen. So verging ein ganzes Jahr, in welchem ich alles dieses mit Geduld ertrug. Nach diesem Jahre ging ich ihr einmal nach, ohne dass sie es merkte: Ich hörte, wie sie weinte und sagte: »O mein Geliebter! O mein Herz! Warum muss ich das von deiner Liebe erfahren? Warum sieht dich mein Auge nicht immer und warum in einem solchen Zustand? Warum sprichst du nicht mit mir, o sage mir doch etwas!« dann fügte sie noch folgende Verse hinzu:

> »Ein Tag der Wunscherfüllung ist der, an welchem ich eure Nähe gewonnen, ein Tag des Unheils der, an welchem ihr euch von mir trennt. Wenn ich in der größten Angst und Furcht übernachte, so ist mir eure Nähe doch süßer als die gewisseste Sicherheit.«

»Lebte ich im schönsten Wohlbehagen und besäße ich die ganze Welt, das Reich der Chosroen, so würde ich es doch nicht so hoch als den Flügel einer Mücke anschlagen, wenn mein Auge dich nicht sähe.«

Als sie dies vollendet hatte, sagte ich zu ihr: »Muhme, höre doch einmal auf zu trauern! Du hast genug vergebens geweint.« Sie antwortete mir: »Widersetze dich meinem Willen nicht, sonst bringe ich mich um.« Ich schwieg und überließ sie ihrem Zustand; sie aber fuhr wieder ein Jahr fort, zu trauern und zu weinen. Nach dem dritten Jahr, an einem Tage, wo ich gerade eines unangenehmen Ereignisses willen im Zorne war, ging ich ihr wieder nach, denn nun dauerte mir diese Qual doch zu lange; ich fand sie bei der Grabeshöhle unter der Kuppel und hörte, wie sie sagte: »Werde ich denn, o mein Herr, kein einziges Wort mehr von dir vernehmen? Nun gibst du mir schon drei Jahre keine Antwort.« Dann vernahm ich folgende Verse von ihr:

»O Grab! O Grab! Haben seine Reize aufgehört, zu sein? Ist seine blühende Gestalt von dir gewichen? O Grab, du bist ja doch kein Himmel und kein Lustgarten, wie kann Sonne und Mond sich in dir vereinigen?«

Mein Zorn nahm überhand, als ich dies hörte, und ich rief: »Wehe! Wie lange wird noch dieser Schmerz dauern.« Dann aber sprach ich folgende Verse:

»O Grab! O Grab! Haben seine Unvollkommenheiten noch nicht aufgehört? Hat sein abscheulicher Blick sich von dir gewandt? O Grab! Du bist ja doch kein Teich und kein Topf, wie kann Schmutz und Ruß sich in dir vereinigen?«

Als sie meine Verse hörte, stand sie auf und sagte: »Wehe dir! Du Hund! Du hast mir dies getan, du hast den Geliebten meines Herzens verwundet und hast mich um seine Jugend durch seinen Tod gebracht. Nun ist er schon drei Jahre weder tot noch lebendig.« Ich antwortete: »O du abscheulichste, du schmutzigste Dirne unter allen, die Schwarze lieben! Freilich habe ich dies getan.« Jetzt entblößte ich mein Schwert und ging auf sie zu, um sie umzubringen; als sie dies sah, rief sie lachend: »Ziehe dich zurück, wie ein Hund! Was vorüber ist, kehrt nicht mehr wieder, bis die Toten wieder belebt werden. Gott hat mir Macht gegeben über den, der mir etwas getan, worüber in meinem Herzen ein unauslöschliches Feuer entbrannte.« Sie stellte sich dann aufrecht auf die Füße, sprach etwas, das ich nicht verstand und rief: »Werde durch meine Kraft und meinen Zauber halb Stein und halb Mensch!« Ich ward nun sogleich, wie du mich jetzt siehst, o Herr! Betrübt und niedergeschlagen kann ich weder stehen, noch sitzen, noch schlafen, ich bin nicht tot bei den Toten und lebe nicht mit den Lebendigen.

»Als ich so war, wie du mich jetzt siehst«, erzählte der verzauberte Mann ferner, »erhob sich meine Frau und verzauberte die Stadt mit allen Gärten und Marktplätzen, und dies ist der Ort, wo jetzt deine Zelte mit den Truppen sind. Die Bewohner der Stadt waren Muselmänner, Christen, Juden und Feueranbeter. Sie verzauberte nun die Muselmänner in weiße Fische, die Feueranbeter in rote, die Christen in blaue und die Juden in gelbe, ebenso verwandelte sie die Inseln in vier Berge, die sie mit einem See umgab. Aber dies genügte ihr noch nicht. Nun kommt sie noch jeden Tag, entkleidet mich, gibt mir hundert Streiche, bis mein Blut fließt und meine Schultern wund sind; dann umkleidet sie meinen Oberleib mit einem härenen

Stoffe und hüllt darüber dieses Ehrenkleid.« Der junge Mann weinte hierauf und sprach folgende Verse:

»Ich trage standhaft deinen Beschluss und dein Urteil, o Gott! Ich habe Geduld, wenn du an diesem Zustande Wohlgefallen hast; man hat mir Unrecht und Gewalt angetan, doch wird vielleicht das Paradies mir meinen Verlust ersetzen. Gewiss, mein Herr, entgeht deinem Auge kein Übeltäter, ich bete daher zu dir, schütze mich gegen das Unrecht meiner Quäler.«

Der Sultan sprach zu dem verzauberten Manne: »Du hast zwar meine Wissbegierde gestillt, doch meinen Kummer nur noch vermehrt: wo, junger Mann, ist sie und wo ist der Sklave?«

»Mein Herr«, antwortete hierauf der junge Mann, »der Sklave liegt in der Grabstätte unter der Kuppel, und sie ist in dem Saale, dieser Tür gegenüber; sie besucht den Sklaven täglich bei Sonnenaufgang, und wenn sie dann zurückkommt, gibt sie mir die hundert Prügel; ich schreie und weine, kann mich aber nicht bewegen, um sie zu bändigen, ich habe keine Kraft, mich zu verteidigen, weil die eine Hälfte meines Körpers aus Stein und nur die andere Hälfte aus Fleisch und Blut ist. Nach meiner Züchtigung geht sie dann wieder zum Sklaven, gibt ihm Wein und Fleischbrühe zu trinken, und am morgen früh kehrt sie erst wieder zurück.« Da sprach der König: »Bei Gott! Junger Mann, ich werde hier etwas tun, was lange nach mir allenthalben erzählt werden wird.« Er setzte sich hierauf nieder und unterhielt sich mit dem jungen Manne bis zur Nacht. Sie schliefen dann bis an den Morgen, da machte sich der König auf, legte einen Teil seiner Kleider ab, zog sein Schwert aus der Scheide und ging zur Grabstätte. Hier erblickte er viele Wachskerzen und Lampen, Weihrauch, wohlriechende Öle und andere Aromen: er schritt auf den Sklaven zu, tötete ihn und warf ihn in einen Brunnen, der im Schlosse war. Dann zog er des Sklaven Kleider an, legte sich tief in die Grabeshöhle, behielt aber immer sein bloßes Schwert unter den Kleidern. Nach einer Weile kam die verruchte Zauberin, und das erste, was sie tat, war, ihren Vetter zu entkleiden und ihn tüchtig durchzuprügeln. Ihr Vetter schrie: »O wehe, Muhme, habe Mitleid mit mir, ich habe genug gelitten, der Zustand, in dem ich mich befinde, genüge dir!« Sie aber antwortete: »Hast du wohl mit meinem Geliebten Mitleid gehabt?«

Als die Zauberin ihren Vetter geschlagen, bis sie müde war und das Blut von seinen Seiten herabfloss, kleidete sie ihn in ein härenes Kleid, legte ein linnenes darüber und ging dann zum Sklaven. Sie nahm, wie gewöhnlich, Wein und Fleischbrühe mit, und als sie unter die Kuppel trat, fing sie an zu weinen und zu schreien: »O Geliebter, es war doch sonst deine Gewohnheit nicht, mir deine Nähe zu versagen; o stoße mich nicht länger zurück! Besuche mich wieder, denn dein Besuch gibt mir Leben. O nahe dich mir! Die Trennung ist doch nicht in deiner Gewohnheit: Bleibe nicht fern von mir, denn unsere Feinde frohlocken über uns! O mein Herr, sprich mit mir!« Sie fügte diesen Klagen noch folgende Verse hinzu:

»Wie lange noch diese Zurückhaltung? Diese Pein? Habe ich noch
nicht genug Tränen vergossen?«

»O mein Geliebter! Sprich doch mit mir! Sage mir doch etwas! O meine Seele antworte mir doch!« Da sprach der König mit schwerer Zunge und tiefer Stimme, so wie die Schwarzen reden: »Ach! Ach! Ach! Es gibt keinen Schutz und keine Macht, außer bei dem erhabenen Gott.« Als sie ihn sprechen hörte, freute sie sich so sehr, dass sie in Ohnmacht fiel; als sie wieder zu sich gekommen, sprach sie: »O mein Herr! Hast du wirklich mit mir gesprochen? Ist es wahr, dass du mich angeredet?« Da erwiderte der König: »Du Verfluchte! Verdienst du wohl, dass jemand dich anrede?« Sie fragte: »Warum dies?« und er antwortete: »Du quälst deinen Gemahl den ganzen Tag, er schreit immer um Hilfe, sodass ich gar nicht schlafen kann, er weint und klagt von abends bis morgens, und flucht dir und mir. Nun ist mir dies schon längst zum Überdruss und höchst lästig; und wäre dies nicht, ich wäre längst wieder genesen; das ist die Ursache, warum ich dir so lange nicht geantwortet und nichts mit dir gesprochen habe.« Sie antwortete hierauf: »Mit deiner Erlaubnis, mein Herr, will ich ihn befreien;« und da er zu ihr sagte: »So befreie ihn denn, dass wir einmal Ruhe vor ihm bekommen«, so ging sie hinaus, nahm eine Schüssel voll Wasser, sprach etwas darüber, bis es zu kochen und aufzuwallen anfing, wie ein Topf am Feuer; sie bespritzte hierauf ihren Gemahl damit und sprach: »Bei der Wahrheit dessen, was ich eben gesehen und gesprochen, hat dich Gott so geschaffen oder aus Zorn dir diese Gestalt gegeben, So verändere dich nicht, bist du aber durch meine Zauberkunst so geworden, so nimm durch die Kraft des Schöpfers der Welt deine frühere Gestalt wieder an!«

Sogleich erhob sich der junge Mann ganz aufrecht, freute sich seiner Befreiung, und dass er lebte, und rief: »Gott sei gelobt!« Die Frau aber sagte ihm: »Geh von mir hinweg und komme nie wieder hierher: Sobald ich dich wieder sehe, töte ich dich.« Als er weggegangen war, kehrte sie zur Kuppel zurück, trat in die Grabeshöhle hinunter und sagte: »O mein Herr, komme doch heraus, damit ich deine schöne Gestalt wiedersehe.« Der König antwortete wieder in einer Sprache, die der eines Schwarzen glich: »Wohl hast du jetzt mir vor einem Zweige Ruhe verschafft, nun aber schaffe mir auch Ruhe vor dem Stamme!« Sie antwortete: »O mein Herr! Was ist denn der

Stamm?« »Wehe dir!« versetzte er, »du Verruchte, es sind die Bewohner der Stadt der vier Inseln! Denn jede Nacht um Mitternacht strecken die Fische ihre Köpfe in die Höhe, schreien um Hilfe und fluchen mir; darum kann ich nicht gesund werden. Gehe also schnell hin und befreie sie, kehre dann wieder zurück; gib mir die Hand und hilf mir aufstehen, denn schon sehr nahe bin ich wieder der Genesung.« Als sie dies hörte, freute sie sich mit der guten Botschaft und sprach: »Recht gern, mein Herr! Im Namen Gottes, mein Herz!« Sie machte sich dann auf, ging zum See und nahm ein wenig Wasser daraus und sprach einiges über das Wasser, da fingen die Fische an zu tanzen, ihr Zauber löste sich und die Stadtbewohner standen wieder da, kauften und verkauften, gaben und nahmen. Sie kehrte jetzt wieder zur Kuppel und sprach: »O mein Herr! Gib mir deine edle Hand und steh auf!« Da sagte der König mit tiefer Stimme: »Komm näher!« Sie trat näher zu ihm hin. »Komm noch näher!« rief er wieder. Als sie nun hierauf ganz nahe zu ihm hinging, bis sie ihn berührte, sprang der König auf, spaltete sie mit dem Schwerte in zwei Teile und warf sie so geteilt auf den Boden, dann ging er hinaus und fand den entzauberten Mann, der ihn erwartete und den er zu seiner Rettung beglückwünschte. Der junge Mann küsste die Hand des Sultans, dankte ihm und wünschte ihm viel Gutes. Der König fragte ihn: »Willst du in deiner Stadt bleiben oder willst du mit mir in meine Stadt kommen?« Da erwiderte der junge Mann: »O Herr der Zeit und Meister deines Jahrhunderts, weißt du wohl, wie weit von meiner Stadt zu der Deinigen ist?« »Eine halbe Tagesreise«, antwortete der König. Aber der junge Mann sagte ihm: »Erwache doch! Man braucht ein volles Jahr von deiner Stadt zur meinigen; nur als du hierher kamst, war die Stadt verzaubert und der Weg dahin so nahe. Jetzt kann ich dich keinen Augenblick verlassen.« Da sagte der König: »Gelobt sei Gott, der dich mir beschert, du sollst nun mein Sohn werden, da ich noch in meinem Leben mit keinem Sohne beschenkt worden bin.« Sie umarmten sich, küssten sich, dankten einander und freuten sich. Als sie miteinander ins Schloss kamen, sagte der entzauberte König den Großen und Ausgezeichneten seines Reichs, dass er nun eine Reise machen wolle; er packte dann ein, was er für die Reise brauchte. Die Fürsten und Kaufleute der Stadt brachten ihm alles, was er bedurfte, und er machte zehn Tage lang seine Vorbereitungen zur Reise. Dann reiste er ab mit dem Sultan, dessen Herz sich nach seiner Residenz sehnte, von der er so lange abwesend war. Er nahm fünfzig Sklaven mit und hundert Ladungen an Geschenken, Vorräten und Gütern. Die Sklaven mussten sie auf der Reise bedienen, die sie ein ganzes Jahr lang, Tag und Nacht, fortsetzten.

Gott hatte ihnen eine glückliche Reise bestimmt. Sie langten in der Stadt an und ließen sogleich dem Vezier sagen, dass der Sultan glücklich angekommen sei. Der Vezier, alle Truppen und die größte Zahl der Einwohner zogen höchst erfreut dem Sultan entgegen, denn schon hatten sie alle Hoffnung verloren, ihn jemals wiederzufinden. Sie schmückten die Häuser der Stadt und breiteten seidene Teppiche auf den Boden aus. Nachdem die Truppen alle vorübermarschiert waren, blieb der Vezier beim Sultan, es verbeugten sich aber alle vor dem Sultan und brachten ihm ihre Glückwünsche dar. Der König setzte sich auf den Thron und sagte seinem Vezier alles, was dem jungen Manne widerfahren, er erzählte ihm auch, was er selbst dessen Muhme getan, und wie er dadurch jenen und die ganze Stadt befreit habe, weshalb er ein ganzes Jahr abwesend geblieben. Der Vezier wandte sich hierauf zum jungen Manne und wünschte ihm Glück zu seiner Rettung. Der König bestätigte dann die Verweser und Adjutanten, einen jeden in seinem Range, verteilte Ehrenkleider und machte viele Geschenke; er schickte auch nach dem Fischer, der die Ursache der Befreiung des jungen Mannes und der Einwohner gewesen war. Als jener erschien, beschenkte er ihn und fragte ihn, ob er Kinder habe. Nachdem dieser geantwortet, er habe einen Sohn und zwei Töchter, musste er sie gleich holen, der König heiratete die eine und der junge Mann die andere. Hierauf machte der König den Fischer zu seinem Schatzmeister. Dem Vezier verlieh er eine Ehrenkette und schickte ihn als Sultan in die Stadt der schwarzen Inseln, nachdem er ihn hatte schwören lassen, dass er ihn besuchen wolle. Die fünfzig Sklaven, die er mitgebracht hatte, gab er ihm mit und viel Volk, und die übrigen Großen und Statthalter wurden reichlich beschenkt. Der Vezier verabschiedete sich dann, küsste dem König die Hand und reiste ab; der Sultan und der junge Mann blieben in der Stadt, und der Fischer ward einer der reichsten Leute jener Zeit und seine Töchter waren alle mit Königen verheiratet.

Geschichte der drei Kalender.

Einst stand in Bagdad ein lediger Lastträger auf dem Markte auf seinen Korb gelehnt, da kam eine über jede Beschreibung erhabene schöne Frau im glänzendsten Aufzuge auf ihn zu, lüftete ihren seidenen Schleier, zeigte ihm ein paar schwarze, freundlich blickende Augen von langen Augenwimpern beschattet und sagte zu ihm mit zarter Stimme und holdem Ausdruck: »Nimm deinen Korb, Lastträger, und folge mir!« Der Lastträger hatte kaum die Worte der Frau vernommen, so nahm er seinen Korb und rief: »O Tag des Glücks, o Tag der Freude!« und folgte ihr, bis sie vor einem Hause stillstand und an dessen Tür klopfte.

Kaum war dies geschehen, so trat ein alter Christ zu ihr herunter, welche ihr eine geklärte, ölige Substanz (Wein) reichte, die sie in den Korb des

Lastträgers tat, nachdem sie dem Christen einen Dinar gegeben. Sie ging dann mit dem Lastträger weiter bis zu dem Laden eines Früchte- und Blumenhändlers; hier kaufte die Frau die besten Sorten Äpfel, Quitten, Pfirsiche, Gurken, Limonen, Orangen, Myrten, Basiliken, Kamillen, Lilien, Veilchen, Nelken, Rosen und andere wohlriechende Blumen, tat alles in den Korb, ging von da zu einem Metzger und ließ sich zehn Pfund Schaffleisch abwiegen, und nachdem sie dieses bezahlt, kaufte sie auch etwas Kohlen und ließ alles von ihrem immer mehr erstaunenden Lastträger sich nachtragen; dieser folgte ihr auch mit dem oft wiederholten Ausruf: »O Tag des Glücks! o Tag der Freude!« Sie ging dann in einen anderen Laden und kaufte verschiedene Sorten Oliven, Käse und allerlei eingemachte Kräuter; dann wieder in einen anderen und ließ sich große Nüsse, Haselnüsse, Zuckerrohr, Zibeben, Pistazien und andere trockene Früchte geben und legte es gleichfalls zum übrigen in den Korb des Trägers; sie ging dann noch zum Zuckerbäcker, bei dem sie das beste und feinste Backwerk und verzuckerte Früchte kaufte. Als sie auch dies noch dem Träger gab, sagte er: »Hätte ich gewusst, dass du so viele Einkäufe zu machen hast, so hätte ich ein Kamel oder ein Lastpferd mitgenommen.« Sie lächelte und ging dann noch zu einem Gewürzhändler, kaufte bei ihm Moschus, Rosenöl, Weihrauch, Ambra und viele andere Gewürze. Nachdem der Träger auch dieses noch aufgeladen, folgte er der Dame, bis sie vor einem großen Hause mit einer prächtigen Halle von hohen Pfeilern getragen, hielt. Hier klopfte sie ganz leise an eine elfenbeinerne mit Gold beschlagene Türe.

Der Träger, der schon von der Schönheit und Liebenswürdigkeit der Einkäuferin ganz entzückt war, verlor nun vollends seinen Verstand und ließ beinahe seinen Korb fallen, als eine Frau die Türe öffnete, welche die erste noch an Schönheit übertraf. Ihr Wuchs war schlank, der Busen rund geformt, die Stirne leuchtend wie der Mond; sie hatte Augen wie ein Reh, Wangen wie Rosen, Lippen wie Korallen, Zähne wie Perlen und einen Hals wie der einer Gazelle, einen Mund wie Salomos Siegelring.[11] Der Träger war ganz in Verwirrung, bis die Pförtnerin zur Wirtschafterin sagte: »Was wartet ihr so lange vor der Tür, kommt herein, wir wollen dem armen Manne seinen Korb abnehmen.« Jetzt traten sie in einen prächtigen Saal mit vielen Teppichen belegt, von Schränken und kleinen Kabinetten umgeben,

[11] Die Muselmänner fabeln viel von Salomos Ring, dem er viele Wunder zu verdanken hatte, und der ihm einmal, als er ein Bad genommen, von einer höllischen Furie geraubt ward, die ihn ins Meer warf. Salomo war ganz trostlos und bestieg so lange den Thron nicht, bis er den Ring in einem Fische, den man auf seine Tafel gebracht, wieder gefunden hatte.

deren Türen schöne Vorhänge verbargen. Mitten im Saale war ein großer Wasserbehälter mit einem kleinen Nachen. Ein Thron von Ambra, getragen von vier Säulen aus Zypressenholz, befand sich am Ende des Saales. Er war mit rotem Atlas überzogen und mit Perlen, so groß wie Haselnüsse, und mit Edelsteinen geschmückt. Auf diesem Thron saß ein Weib mit verzaubernden Augen, von rundgewölbten Augenbrauen eingefasst, ihr Atem füllte den ganzen Saal mit Ambraduft, süß wie Zucker war ihr Lächeln, ihre Stirne glich der leuchtenden Sonne, wie ein Dichter sagt:

»Man glaubte, ihr Lächeln enthülle schön gereihte Perlen, Hagelkörner oder Ukanth, die Haare, die ihre Stirne umflattern, gleichen der Nacht, die Stirne aber beschämt den Glanz des Sonnenaufgangs.«

Als sie den Träger nebst der Pförtnerin und Wirtschafterin erblickte, erhob sie sich vom Thron und ging ihnen langsamen Schrittes entgegen; die drei Frauen halfen nun dem Träger seinen Korb abnehmen, leerten ihn und ordneten alles, was darin war, legten die Blumen und wohlriechenden Wasser auf die eine, die Früchte und übrigen Speisen auf die andere Seite und gaben hierauf dem Träger seinen Lohn.

Als der Träger das Geld genommen, blieb er eine Weile stehen und bewunderte die drei Frauen, bei denen er keinen Mann erblickte und die doch so einen großen Einkauf an Wein, Fleisch, Früchten, Süßigkeiten, Blumen und Wachslichtern gemacht. Da nun eine der Frauen bemerkte, dass er noch nicht weggegangen, sagte sie zu ihm: »Was tust du noch hier? Findest du etwa deinen Lohn zu gering, so soll meine Schwester dir noch einen Dinar geben.« Da erwiderte der Träger: »Gott bewahre, dass ich mehr Lohn wünschen sollte, ich war nur über euch in Gedanken vertieft, denn ich konnte nicht begreifen, wie ihr Frauen ohne Männer so leben möget; ihr wisst doch, dass ein fröhliches Mahl aus vier Tischgenossen bestehen muss, ihr seid aber nur drei, und so wie eine Gesellschaft von Männern ohne Frauen nicht angenehm ist, so wenig kann es eine Frauengesellschaft ohne Männer sein. Zu einer guten Musik gehören vier Instrumente: eine Harfe, eine Laute, eine Flöte und eine Zither; zu einem schönen Strauß viererlei Blumen: Rosen, Myrten, Levkojen und Lilien; zu einem fröhlichen Leben: Wein, Gesundheit, Geld und ein geliebter Gegenstand; da ihr also nur drei seid, so bedürft ihr eines vierten und dieser muss ein Mann sein.« Den Frauen gefiel des Trägers Rede, doch antworteten sie: »Wir müssen als Mädchen ganz zurückgezogen leben, wir wollen nichts mit Männern zu tun haben, denn wir fürchten, verraten zu werden. Weißt du, wie ein Dichter sagte: »Vertraue niemanden ein Geheimnis an, denn hast du einmal etwas einem anderen anvertraut, so hast du dein Geheimnis verloren: Hat deine Brust nicht Raum genug, um ein Geheimnis zu bewahren, so ist gewiss die eines Vertrauten auch zu eng dafür.« Als der Träger dies hörte, sagte er: »Ihr habt einen erfahrenen, vernünftigen und gebildeten Mann vor euch, ich weiß das Schöne zu offenbaren und das Unanständige zu verheimlichen, ich habe sowohl Prosaisten als Dichter gelesen und gleiche dem, welcher sagte: »Nur edle Menschen wissen ein Geheimnis zu bewahren, bei diesen aber bleibt es auch wohl verborgen; bei mir hat ein Geheimnis ein eigenes Häuschen mit einem Schlosse, die Tür ist fest zu und der Schlüssel verloren.« Als die Mädchen dieses hörten, sprachen sie: »Du weißt, dass wir diesen Abend vielen Aufwand gemacht, kannst du nun wohl für deinen Teil uns einigermaßen entschädigen und auch etwas beitragen, so darfst du unser Gast sein. Eine Bekanntschaft, die nichts nützt, ist kein Brosämchen wert«, setzte hierauf die Hausherrin hinzu; »hast du etwas, so bist du selbst auch etwas, hast du nichts, so gehe auch mit nichts fort.« Da sagte aber die Wirtschafterin zu ihren Schwestern: »Ich will gern seinen Teil bezahlen, lasst ihn bei uns bleiben, denn er hat mich sehr gut bedient, kein anderer hätte mich so befriedigen können.« Der Lastträger freute sich darüber, küsste die Erde vor dem wohlwollenden Mädchen, dankte ihr vielmal und gestand, dass er nichts besitze, als den eben erhaltenen Lohn, den er gern wieder zurückgeben wolle, nicht um als Gast, sondern nur um als Diener bei ihnen bleiben zu dürfen.

Während die beiden Schwestern nun in ihn drangen, sich zu setzen, schürzte sich die Wirtschafterin, um freier arbeiten zu können, bereitete die Speisen und Getränke, reinigte allerlei Gold- und Silbergefäße, Tassen, Becher und Gläser, läuterte den Wein und wusch die Gemüse am Ufer des Stroms. Nachdem alles dies geordnet war, brachte sie den Wein und schenkte ihren Schwestern und dem Träger, der zu träumen glaubte, ein. Es trank eine Schwester nach der anderen, der Träger aber sprach folgende Verse, ehe er trank:

> »Trinke nur mit rechtschaffenen Leuten von reiner Abkunft. Der Wein gleicht dem Winde, der gut wird, wenn er vor wohlriechenden Pflanzen vorüberweht, und übel riecht, wenn er über Leichen streift.«

Als er hierauf den Becher geleert, reichte ihm die Pförtnerin einen anderen und wünschte, dass er ihm recht wohl bekommen möge; denn auch dieser gefiel er sehr. Er weigerte sich anfangs und wollte nicht zuerst trinken, doch das Mädchen drang so lang in ihn, bis er den Becher leerte, dann füllte er ihn wieder und reichte ihn dem Mädchen mit folgender Anrede:

»Sieh, ich überreiche dir, was deinen Wangen an Annehmlichkeit gleicht, beide verbreiten einen lichten Glanz, wie Feuerbrand.« Sie küsste den Becher lachend und sagte: »Wie willst du mir meine eigenen Wangen reichen?« »Trinke nur«, erwiderte er, »die Farbe des Weins gleicht meinen blutigen Tränen, und meine glühenden Seufzer haben ihm seine Wärme verliehen.« Nun versetzte das Mädchen: »Wenn du aus Liebe zu mir blutige Tränen weinst, so gib mir den Becher.« So blieben sie lange fröhlich beisammen, aßen, tranken, sangen, kosten und umarmten sich, und alle drei Mädchen waren nur mit dem Träger beschäftigt; die eine steckte ihm einen süßen Bissen in den Mund, die andere warf ihn mit Blumen, die dritte streichelte ihm die Wangen, bis sie alle so berauscht waren, dass sie jede Grenze des Anstands und der Sittlichkeit überschritten. Nachdem der Wein ihnen ihre Besinnung geraubt hatte, entkleidete sich die Pförtnerin, um in dem hinter ihrem Hause vorbeifließenden Strom ein Bad zu nehmen; sie blieb lange im Wasser, um alle Teile ihres Körpers reinzuwaschen, kam dann wieder zu ihren Schwestern herauf, setzte sich zu dem Träger und war ganz ausgelassen; doch so oft der Träger sich eines unanständigen Ausdrucks bediente, schlugen alle drei Schwestern nach ihm. Nach einer Weile entkleideten sich auch die beiden anderen Schwestern, nahmen ebenfalls ein Bad, und fielen dann mit dem größten Mutwillen über den Träger her. Er durfte alles tun, was er wollte, nur in seinen Worten musste er bescheiden bleiben. Nun entkleidete sich auch der Träger, um ebenfalls ein Bad zu nehmen. Nachdem auch dieser sich ganz rein gewaschen, kam er wieder zu den drei Schwestern zurück, setzte sich auf der einen Schoß, umarmte die andere, umschlang die dritte und scherzte mit ihnen auf alle mögliche Weise, bis es anfing, dunkel zu werden. Da sagten die Mädchen zum Träger »Jetzt ist es Zeit, dass du uns wieder verlässest.« Der arme Träger erwiderte ganz verzweifelnd: »Lieber will ich sterben, als euch verlassen; übrigens ist es schon so spät, dass ich gar nicht wüsste, wohin ich gehen sollte; lasst mich diese Nacht noch bei euch bleiben, morgen früh will ich dann meines Weges ziehen.« Wie früher bat die Wirtschafterin wieder die übrigen, ihn noch diese Nacht bei ihnen zu lassen. »Gott weiß«, sagte sie, »wann wir wieder so angenehme Gesellschaft haben, er ist ja so unterhaltend und witzig, dass wir uns gewiss noch länger mit ihm vertragen werden.« »Wir willigen unter der Bedingung ein«, sagten die Schwestern zu dem Träger, »dass du dich um nichts kümmerst, was sich auch vor dir begeben mag; magst du auch hören und sehen, was du willst, so darfst du, wenn es dir auch noch so auffallend scheint, nicht nach der Ursache fragen.« »Ich werde sein«, erwiderte der Träger, »als hätte ich weder Augen noch Ohren.« Sie führten ihn dann zu einer Tür, über welcher mit goldenen Buchstaben geschrieben war:

»Wer von den Dingen spricht, die ihn nichts angehen, muss Dinge hören, die ihm nicht angenehm sind.«

Nachdem der Träger dies gelesen und noch einmal beteuert hatte, er wolle sich um nichts bekümmern, was ihn nichts angehe, wurden Wachskerzen und Lampen angezündet und mit Ambra und Aloe bestreut, welches den ganzen Saal mit Wohlgerüchen erfüllte, dann wurde zu Nacht gegessen, man fing wieder an zu trinken, zu spielen und Verse herzusagen.

Plötzlich klopfte es an die Türe; die Pförtnerin stand auf, ging hinunter, um nachzusehen, kam nach einer Weile wieder und sagte ihren Schwestern: »Wenn ihr mir gehorchen wollt, so werden wir eine höchst lustige Nacht zubringen; an unserer Tür stehen drei halb blinde Kalender,« ohne Haare am Bart, am Haupt und an den Augenbrauen. Man sieht ihnen an, dass sie soeben von einer Reise kommen, sie waren noch nie in Bagdad,[12] klopften daher zufällig an unsere Tür, denn sie wissen nicht, wo sie übernachten können, und wollen sich, weil sie die Nacht hier überfallen, mit dem Stalle oder irgendeinem schlechten Zimmer begnügen. Stimmt ihr also mit ein, da sie doch niemanden hier kennen, und schon ihr äußerer Aufzug uns lachen machen wird, so bewirten wir sie diese Nacht und morgen können sie dann ihres Weges gehen.« Sie bat ihre Schwestern so lange, bis diese endlich ihr erlaubten, die Kalender zu rufen, doch unter derselben Bedingung, die dem Träger auch gemacht wurde. Voller Freude verließ sie den Saal und kam bald mit den drei halb blinden Gästen wieder. Als diese in das Zimmer traten, kamen ihnen die Mädchen freundlich entgegen, hießen sie bestens willkommen und wünschten ihnen Glück zu ihrer Ankunft in Bagdad. »Wie schön ist es hier, bei Gott!« riefen die Kalender einstimmig aus, als sie den schönen Saal, den mit den besten Speisen und Getränken beladenen Tisch und die liebenswürdigen Mädchen sahen. Als sie dann auch den vom vielen Trinken und den tollen Scherzen ganz bewusstlos daliegenden Träger bemerkten, fragten sie: »Ist dies auch ein fremder Kalender, wie wir, oder ist er ein hergelaufener Araber?« Als der Träger dies hörte, erwiderte er: »Setzt euch ohne ferneres Gerede; habt ihr nicht an der Türe gelesen: »Wer von Dingen spricht, die ihn nichts angehen, muss Dinge hören, die ihm nicht angenehm sind! Wie mögt ihr gleich beim Eintreten eure Zunge so gegen mich loslassen?« Die Kalender baten um Entschuldigung und die Mädchen stellten gleich wieder den Frieden zwischen ihren Gästen her. Die Kalender setzten sich dann zum Essen, die Pförtnerin

---

[12] Bagdad ist die von Manßur, zweitem Kalifen vom Geschlecht der Abasiden, am Ufer des Tigris erbaute Stadt. Ihre Gründung fällt in das Jahr 145 der Hidjrah; sie blieb lange der Sitz des Kalifats.

schenkte ihnen Wein ein und der Träger forderte sie auf, sie möchten doch irgendetwas zum Besten geben.

Die Kalender, die schon den Wein spürten, forderten Musikinstrumente; sogleich brachte ihnen die Pförtnerin ein Tamburin, eine Laute und eine persische Harfe; sie teilten diese Instrumente unter sich, stimmten sie und fingen an zu spielen und zu singen, aber die Mädchen sangen mit so hellen, wohlklingenden Stimmen, dass sie die übrigen weit übertönten. Sie sangen so eine Weile miteinander, da wurde wieder an die Türe geklopft. Die Pförtnerin ging hinunter, um zu öffnen; es war der Kalif[13] Harun Arraschid und sein Vezier Djafar. Diese hatten nämlich die Gewohnheit, oft in der Nacht allein die Stadt zu durchwandeln; als sie nun vor diesem Haus vorübergingen und die rauschende Musik, die lauten Stimmen der Mädchen und das fröhliche Getümmel vernahmen, sagte der Kalif zu seinem Vezier: »Ich hätte wohl Lust, ein wenig bei diesen lustigen Leuten einzutreten.« Djafar stellte ihm vergebens vor, dass diese betrunken seien, und da sie ihn nicht kennten, ihm leicht unhöflich begegnen könnten. Doch der Kalif bestand darauf und befahl sogar seinem Vezier, ihm durch irgendeine List den Zutritt zu verschaffen. Als nun die Pförtnerin geöffnet hatte, verbeugte sich Djafar vor ihr und fragte: »O Herrin, wir sind Kaufleute aus Mosul, leben schon seit zehn Tagen in einem Chan, wo wir ein Magazin für unsere Waren haben. Heute wurden wir von einem hiesigen Kaufmann eingeladen. Als uns nun die Speisen und der gute Wein recht aufgemuntert hatten, schickten wir nach Sängerinnen und Tänzerinnen und ließen auch noch einige andere Freunde rufen. Wir waren sehr vergnügt beim Gesange der Mädchen, von Harfen und Lauten begleitet, da wurden wir auf einmal von der Polizei überfallen. Wir mussten schnell entfliehen und über die Mauer springen, wobei sich einige beschädigten und gefangen wurden, wir aber mit noch wenigen anderen kamen glücklich davon. Nun können wir aber den Weg nicht nach Hause finden, denn unsere Wohnung ist sehr weit von hier, wir möchten leicht einen falschen Weg nehmen und der Polizei wieder in die Hände fallen, die uns, weil wir etwas betrunken sind, leicht wieder erkennen würde. Wenn wir auch glücklich die Tür unseres Hauses erreichten, würde man uns doch nicht öffnen, denn es ist in diesen Herbergen vor Tagesanbruch niemanden zu öffnen gestattet. Erlaubt uns daher, bei euch

[13] Harun Arraschid, oder der Gerechte, ist der fünfte Kalif der Abasiden; er bestieg den Thron im Jahr 170 der Hidjrah. Sein Vezier Djafar, Sohn Jahias, war lang in großer Gunst bei ihm: Es scheint aber die Familie der Barmesiden, aus der Djafar abstammte, durch ihre zahlreichen Anhänger und großes Ansehen den Neid und das Misstrauen des Kalifen erregt zu haben, der sie dann gänzlich auszurotten beschloss.

einzukehren, wir wollen gern sogleich unsern Teil bezahlen und mit euch vergnügt sein; ist euch aber unsere Gesellschaft nicht angenehm, so lasst uns die Nacht im Hausgang zubringen, wir wollen gewiss nicht von der Tür weichen, und auch diesen Platz sollt ihr uns nicht umsonst geben.« Als die Pförtnerin dies gehört und ihnen wohl ansah, dass sie vornehme Leute seien, berichtete sie ihren Schwestern, was sie gesehen und gehört; diese bemitleideten die Fremden, ließen sie hereinkommen, und alle, die Mädchen, der Träger und die Kalender, gingen ihnen freundlich entgegen.

Nachdem jeder wieder seinen Platz eingenommen und die Mädchen die neu angekommenen Gäste vielmal bewillkommt hatten, sagten sie ihnen: »Wir können euch nur unter der Bedingung als unsere Gäste aufnehmen, dass ihr wie Menschen mit Augen ohne Zunge sein wollt, ihr dürft nach nichts fragen, was ihr auch sehen möget, von nichts sprechen, was euch nichts angeht, sonst möchtet ihr hören, was euch missfällt.« Die vornehmen Gäste nahmen diese Bedingung an und versprachen, kein unnötiges Wort zu reden; sie mussten dann am Mahle teilnehmen und wie die Übrigen mitzechen. Mit Erstaunen betrachtete der Kalif zuerst die drei halb blinden Kalender, dann bewunderte er die Schönheit, die Liebenswürdigkeit und Grazie dieser Mädchen nicht minder, als ihre Anmut, ihre Beredsamkeit und Freigebigkeit; der Saal, in welchem sie waren, erregte seine gleiche Bewunderung, doch wagte er es nicht, sich näher nach den Mädchen zu erkundigen. Er unterhielt sich mit den Übrigen: Das Gespräch wurde immer lebhafter, die Kalender spielten lustige Weisen und der Becher ging von einem zum andern. Nach einer Weile sagte die Hausherrin zu ihren Schwestern: »Erhebet euch jetzt, wir dürfen die uns auferlegte Arbeit nicht versäumen.« Die Pförtnerin stand rasch auf, reinigte den Saal und besprengte ihn mit frischen Wohlgerüchen; sie hieß die Kalender an einer Seite des Saals auf einem Sofa Platz nehmen, den Kalifen mit seinen Begleitern bat sie, auf die andere Seite, jenen gegenüber, sich zu setzen, dem Träger aber rief sie zu: »Auf, du träger Mensch! Gehörst du nicht zum Haus? Hilf uns bei unserer Arbeit!«

»Was soll ich tun?« erwiderte der Träger. Da öffnete die Wirtschafterin ein Nebenzimmer und sagte zu ihm: »Komm, hilf mir!« Er musste hierauf eine Bank mitten ins Zimmer stellen und zwei schwarze, ganz wund geschlagene Hündinnen herausführen, deren Hals von einer Kette umschlungen war. Als er mit ihnen mitten im Zimmer war, nahm die schöne Hausherrin eine geflochtene Peitsche, entblößte ihren blendend weißen Arm und ließ sich vom Träger eine der Hündinnen vorführen. Die Hündin fing an zu heulen und den Kopf zu schütteln, sodass der Träger sie mit Gewalt zu seiner Herrin hinschleppen musste. Nun begann diese die arme Hündin so lange zu peitschen, bis ihr Arm ermüdet herabsank; dann warf sie die Peitsche weit von sich und nahm die Kette aus der Hand des Trägers, drückte die Hündin an ihren Busen, bedeckte sie mit Küssen, weinte mit ihr, wischte dann ihre Tränen mit einem Tuch ab und ließ hierauf den Träger sie wieder auf ihren Platz zurückführen und die andere hereinbringen. Der Träger tat, was ihm befohlen war, und auch diese Hündin wurde auf die nämliche Art gepeitscht, geküsst und wieder weggeführt. Die Anwesenden waren über diese Handlungsweise des Mädchens im höchsten Grade erstaunt und fingen an, unter sich zu lispeln, denn die konnten nicht begreifen, warum diese Hündinnen zuerst geprügelt und dann geküsst wurden. Djafar bemerkte, dass besonders der Kalif vor Neugierde nicht mehr lange werde schweigen können, und erinnerte ihn durch Winke, dass hier nicht Überflüssiges gesprochen werden dürfe. Als die Szene mit den Hündinnen vorüber war, sagte die Pförtnerin: »Nun will ich auch meine Pflicht erfüllen.« Die Hausherrin setzte sich wieder auf ihr Sofa, wo sie den Kalifen, Djafar und Masrur[14] zu ihrer Rechten und die Kalender mit dem Träger zur Linken hatte. So hell auch die Kerzen brannten, so würzig auch die Spezereien in die Höhe stiegen, so war doch die Ruhe aus dem Herzen der Anwesenden gewichen.

Als alles ruhig geworden war, setzte sich die Pförtnerin auf einen Stuhl und sagte zur Wirtschafterin: »Stehe auf, du weißt schon, was ich von dir verlange.« Das Mädchen stand nun auf, ging in ein Nebenzimmer, kam nach einer Weile wieder mit einem Futteral von gelbem Atlas, das mit grünen seidenen Quasten und mit allerlei Goldstickerei verziert war, und reichte es der Pförtnerin: diese öffnete das Futteral, nahm eine Laute heraus, legte sie auf ihren Schoß, und nachdem sie das Instrument gehörig gestimmt hatte, sang sie folgendes Lied:

> »O mein Geliebter, du mein einziges Verlangen, meine einzige Sehnsucht, in deiner Nähe nur ist ewige Seligkeit, fern von dir ist die brennende Hölle. Alle meine Gedanken und Gefühle sind dir zugewandt. Es ist gewiss kein Verbrechen, dich zu lieben; der Gram hat mit dem Gewande der Abzehrung mich umhüllt, darum ist auch meine Schuld kein Geheimnis geblieben, Mein Herz hat dich vor allen auserkoren, und nun fließen Tränen über meine Wangen, und diese verräterischen Tränen haben mein Geheimnis enthüllt. O heile doch meine gefährliche Krankheit, du bist zugleich Gift und Gegengift. Wie lange muss der leiden, der von dir seine Genesung erwartet! Das Licht deiner Augen hat mich aufge-

---

[14] Masrur ist der Diener des Kalifen; der Erzähler hat wahrscheinlich vergessen, seiner oben zu erwähnen.

> zehrt, durch die Rosen deiner Wangen bin ich gebleicht. Die Nacht deiner Haare hat mein Leben verdüstert, meine Pein macht mich zum Märtyrer. Nun gibt's kein Ende mehr für meinen Gram, mir bleibt nichts mehr zu wählen übrig; ich suche gar keinen Trost mehr, denn der Liebe will ich mein ganzes Leben opfern.«

Nach vollendetem Gesang bat sie die Wirtschafterin, an ihrer Stelle fortzufahren; diese nahm die Laute und sang folgendes Lied:

> »Wie lange noch dies Weigern und Versagen? Habe ich noch nicht genug Tränen vergossen? Wie lange wird noch unsere Trennung dauern? Selbst mein Feind muss schon seine Schadenfreunde an mir gestillt haben. Habe Mitleid mit mir, schon hat die Liebesqual mich tief gebeugt. O, mein Geliebter, wann wirst du dich mir wieder liebreich zuwenden? Wer will den armen Gefesselten rächen, der mit dem Schlafe nicht mehr befreundet ist, weil seine Hoffnung gänzlich erloschen? Erlaubt es das Gesetz der Liebe, dass ich allein sei, wenn mein Geliebter durch seine Nähe andere selig macht? Doch mag mein Geliebter hart sein gegen mich oder mild, wie viele Mühe und Beschwerde muss ich tragen!«

Als die Pförtnerin dieses Lied gehört, drückte sie ihren Beifall darüber aus, dann fasste sie ihr Kleid, zerriss es und fiel in Ohnmacht; dabei entblößte sich ihr Busen und die Anwesenden bemerkten nun, dass er ganz mit Beulen und Narben bedeckt war. Die Kalender wurden hierüber so bestürzt, dass einer zum anderen sagte: »Wären wir doch nie in dieses Haus gekommen, wir hätten besser auf der Erde geschlafen, als solche herzzerreißende Dinge anzusehen.« Der Kalif gesellte sich auch zu ihnen und fragte sie, was dies bedeute; sie sagten ihm aber, dass sie nicht zu diesem Haus gehörten, dass sie ebenfalls diese Nacht zum ersten Mal hierher gekommen und folglich weder von den zwei schwarzen Hündinnen noch von diesem gegeißelten Mädchen etwas wüssten. Nun dachte der Kalif, so kann uns doch vielleicht der Träger einige Auskunft geben, er winkte ihn zu sich, um bei ihm über diese Mädchen Erkundigungen einzuziehen. Der Träger schwor aber bei Gott, dass, obschon er ein Bewohner Bagdads sei, er doch in seinem Leben nie in dieses Haus gekommen wäre; »ich wunderte mich bei meinem Eintritt«, setzte er hinzu, »dass sie so allein ohne Männer lebten.«

Ehe er noch ausgeredet hatte, unterbrach ihn der Kalif mit den Worten: »Genug, ich glaubte, du gehörst zu den Mädchen, nun sehe ich, dass du nicht mehr weißt, als wir alle. Indessen sind wir hier ja sieben Männer, sie sind nur drei Frauen, ich werde sie nun fragen, wer sie sind, und antworten sie nicht gutwillig, so können wir sie schon dazu zwingen.« Alle waren damit einverstanden, Gewalt anzuwenden außer Djafar, der ihnen vorstellte, dass sie hier als Gäste seien und nur unter der Bedingung aufgenommen wurden, dass sie zu allem schweigen wollten, was sie auch sehen möchten. Er sagte leise zu dem Kalifen: »Die Nacht ist ja bald vorüber, dann trennen wir uns, jeder geht seines Weges; morgen früh bringe ich die Mädchen vor dich und du kannst dann von ihnen verlangen, dass sie dir über alles, was hier vorgegangen, die Wahrheit berichten.« Der Kalif war aber so ungeduldig, dass er Djafar ganz zornig anfuhr und darauf bestand, die Mädchen müssten ihnen schon jetzt über alles Aufschluss geben. Es wurde dann viel hin und her gestritten, bis endlich beschlossen war, der Lastträger müsse sie im Namen aller Anwesenden befragen. Als die Mädchen merkten, dass ihre Gäste in heftigem Wortwechsel waren, fragte sie: »Was gibt's, dass ihr so laut untereinander streitet?« Da antwortete der Lastträger: »Diese Leute wünschen, dass du ihnen erzählst, was mit diesen beiden Hündinnen vorgegangen, die du zuerst gepeitscht und mit denen du dann geweint hast; ebenso, warum deine Schwester so erbärmlich gegeißelt ist. Dies ist alles, was sie von dir verlangen.« »Ist dies wahr?« fragte die Hausherrin, zu den Leuten gewendet. Alle bejahten, außer Djafar, der kein Wort sprach. Als die Wirtin dies hörte, sagte sie zu ihnen: »Könnt ihr Gäste wohl so unbillig gegen mich sein? Haben wir euch nicht im Voraus gesagt: Wer von Dingen spricht, die ihn nichts angehen, muss Dinge hören, die ihm nicht angenehm sind? Wir haben euch in unser Haus aufgenommen und unser Mahl mit euch geteilt, nun wollt ihr uns Gewalt antun? Glaubt ihr, euch alles erlauben zu dürfen, weil wir so närrisch waren, euch unsere Türe zu öffnen?« Hierauf schob sie ihr Kleid zurück, trat dreimal den Boden und rief: »Eilet herbei!« Sogleich kamen aus einem Kabinette, dessen Tür sich schnell öffnete, sieben Sklaven heraus, jeder hatte ein bloßes Schwert in der Hand, fiel über einen der Gäste her, warf ihn zur Erde und in einem Augenblicke waren alle gefesselt, aneinander gebunden und in einer Reihe auf den Boden mitten im Zimmer hingestreckt. Neben dem Haupte eines jeden blieb ein Sklave mit gezogenem Schwerte stehen und sagte zur Hausherrin: »O erhabene Gebieterin und mächtige Herrin, du darfst nur ein Zeichen geben und ihre Köpfe fallen.« »Wartet noch«, erwiderte diese, »ich will zuerst sie fragen, wer sie sind.« Da schluchzte der Träger und rief: »O meine erhabene Gebieterin, lass mich nicht die Schuld anderer büßen, alle haben unrecht gehandelt, nur ich nicht! Wie schön war unser Tag, ehe diese Kalender gekommen, die, sobald sie in eine Stadt eingezogen, so viel Unheil stiften, bis sie verwüstet ist.« Dann setzte er auch noch weinend folgende Verse hinzu:

»Wie hoch ziert den Mächtigen die Nachsicht, besonders, wenn sein Feind hilflos ist; bei der heiligen Freundschaft, die zwischen uns bestand, lasst den Ersten nicht um des Letzten willen sterben.«[15]

Die Wirtin musste, so aufgebracht sie war, doch lachen und wandte sich dann zu den übrigen Gästen und sprach: »Saget mir, wer ihr seid, ihr habt nur noch kurze Zeit zu leben, wenn ihr nicht dartut, dass ihr vornehmen Standes, hohe Richter oder Häupter eures Volkes seid, sonst habt ihr wahrlich zu viel gegen uns gewagt.« Als der Kalif dies hörte, sagte er. »Djafar entdecke ihr eilig, wer wir sind, sie möchte uns sonst aus Unkenntnis umbringen lassen.« Djafar erwiderte hierauf: »Du hättest dies wohl zum Teile verdient.« Der Kalif sagte ihm zornig: »Es ist jetzt keine Zeit, dich über mich lustig zu machen.« Indessen fragte die Wirtin die Kalender, ob sie Brüder seien. Diese antworteten: »Nein, wir sind weder Brüder noch arme Derwische.« »Bist du halb blind geboren?« fragte sie den einen. »Nein bei Gott«, erwiderte er, »in meinem Leben haben sich so außerordentliche Begebenheiten ereignet, dass, wenn sie mit einer Nadel in das hohle Auge gestochen wären, sich ein jeder daraus belehren könnte; erst später verlor ich ein Auge, dann ließ ich meinen Bart abschneiden und wurde Kalender.« Nachdem die Wirtin, welche einen jeden der Kalender dasselbe gefragt, von jedem dieselbe Antwort erhielt und der letzte noch hinzusetze, jeder von ihnen sei aus einer anderen Stadt, Sohn eines Königs und selbst Regent, da sagte die Wirtin den Sklaven: »Verschonet den, der mir seine Lebensgeschichte und den Grund, warum er hierhergekommen, erzählt, und bringet denjenigen um, der dies zu tun sich weigert.«

Die Reihe kam zuerst an den Träger, der die Wirtin auf folgende Weise anredete: »Du weißt wohl, meine Gebieterin, dass ich ein Lastträger bin, deine Wirtschafterin hieß mich ihr folgen. Ich ging mit ihr zum Weinhändler, dann zum Metzger, dann zum Obsthändler, von diesem zu einem, der trockene Früchte verkauft, endlich zum Zuckerbäcker und Spezereihändler, dann kam ich hierher und somit wäre meine ganze Geschichte zu Ende.« Die Wirtin lachte und sagte ihm: »Dein Leben sei dir geschenkt, du kannst gehen;« er aber wünschte, noch da zu bleiben, um die Erzählungen der übrigen Gäste zu hören.

[15] D. h. den Lastträger, wegen des Ungestüms des zuletzt gekommenen Kalifen.

Geschichte des ersten Kalenders.

Nun nahm der erste Kalender das Wort und sprach: »Wisse, o meine Gebieterin, folgendes ist der Grund, warum ich ein Auge und meinen Bart verloren: Mein Vater und mein Oheim waren beide Könige: letzterer hatte einen Sohn und eine Tochter. Als ich groß geworden, besuchte ich zuweilen meinen Oheim und brachte oft bei ihm mehrere Monate zu, denn es bestand das freundschaftlichste Verhältnis zwischen mir und meinem Vetter. Bei einem dieser Besuche erfuhr ich von meinem Vetter die allergrößten Ehrenbezeugungen; er lud mich zu Gast, ließ Schafe schlachten und klaren Wein dazu bringen. Nachdem wir ziemlich viel getrunken hatten, sagte er zu mir: »Ich arbeite schon ein ganzes Jahr an etwas, womit ich dich nun bekannt machen will, du darfst aber nicht weiter davon mit mir sprechen; willst du dies beschwören?« Als ich geschworen hatte, verließ er mich einige Augenblicke, erschien dann wieder mit einer Frau in reicher Kleidung, mit herrlichem Kopfputz und die feinsten Wohlgerüche verbreitend, sodass ihr Anblick uns noch mehr als der genossene Wein berauschte. Nachdem wir eine Weile noch zusammen getrunken hatten, bat er mich, mit dieser Frau nach einem mir wohlbekannten Denkmal, das er mir genau beschrieb, zu gehen. Ich musste, meinem Eid gemäß, tun, wie er gesagt, und durfte nicht einmal fragen, was daraus werden sollte. Wir hatten kaum das Grab mit der Kuppel erreicht und uns daselbst niedergelassen, da kam mein Vetter mit einem Töpfchen Wasser, mit einem Säckchen Gips und mit einer eisernen Hacke. Er öffnete das Grab mit der eisernen Hacke, legte die weggebrochenen Steine auf die Seite der über dem Grab sich erhebenden Kuppel, grub dann mit der Hacke den Boden des Grabes auf, bis er auf eine äußere Platte stieß, so breit und so lang, wie die Tür des Grabes. Diese hob er weg und man sah darunter eine Treppe; er winkte dann der Frau und sagte ihr: »Komm hierher, hier findest du, was du wünschst.« Die Frau ging hinunter und verschwand vor meinen Augen. Er wandte sich dann zu mir und sagte: »Nun erzeige mir den letzten Gefallen und schließe das Grab hinter uns.«

Als ich, fuhr der erste Kalender fort, immer noch berauscht, so wie mein Freund befohlen, das Grab bedeckt hatte, ging ich nach meines Oheims Hause, der damals auf der Jagd war, zurück und schlief bald ein. Des anderen Morgens überdachte ich alles, was am vorhergehenden Tage sich zugetragen, fand es aber so außerordentlich, dass ich glaubte, geträumt zu haben. Da aber, als ich nach meinem Vetter fragte, niemand mir zu sagen wusste, was aus ihm geworden, ging ich nach dem Begräbnisort und suchte die Kuppel, konnte sie aber nicht finden, obwohl ich ein Grab nach dem anderen durchwanderte, bis mich endlich die Nacht überfiel. Nun wurde ich immer mehr um meinen Vetter besorgt, denn ich wusste ja nicht, wohin die Treppe unter dem Grab führte; immer glaubte ich noch, das Ganze sei nur ein Traum gewesen. Ich ging wieder nach Hause, aß ein wenig, denn ich hatte den ganzen Tag weder an Essen noch Trinken gedacht, und legte mich zur Ruhe. Ich brachte die folgenden vier Tage auf dieselbe Weise zu und suchte beständig jene mir bekannte Kuppel und konnte sie nicht finden. Ich wurde so melancholisch und trüb gestimmt, dass ich wohl wahnsinnig geworden wäre, wenn ich nicht den Entschluss gefasst hätte, nach meiner Heimat zu meinem Vater zurückzukehren. Ich hatte aber kaum die Stadttore meines Wohnorts erreicht, da fiel man mit Knüppeln über mich her, legte mich in Ketten und schleppte mich hinweg. Als ich mich nach der Ursache dieser grausamen Behandlung erkundigte, sagte man mir, der Vezier habe gegen meinen Vater sich empört und die ganze Armee gewonnen, meinen Vater ermordet, selbst den Thron bestiegen und sogleich Befehle erteilt, mir aufzulauern und mich festzunehmen. Wie ich dies hörte, fiel ich bewusstlos nieder, und als ich wieder zu mir kam, stand ich vor dem Vezier, der schon längst mein Feind war; denn da ich von Kindheit an ein großer Freund vom Bogenschießen war und einst von der Terrasse meines Schlosses einen Vogel, der sich auf dem Dach niedergelassen, schießen wollte, kam er zufällig dazwischen, und der Pfeil, statt den Vogel zu töten, verletzte ihm ein Auge. Ich war ihm daher kaum gegenübergestellt, da riss er mir ein Auge mit seinen eigenen Händen aus, sodass es über meine Wangen herunter auslief, und seitdem bin ich halb blind. Nachdem dieses geschehen war, ließ er mich binden und in eine Kiste sperren; dann sagte er dem Henker meines Vaters: »Gürte dein Schwert um, besteige dein Pferd, nimm diesen Menschen mit in die Wüste, dass wilde Tiere und Raubvögel sein Fleisch verzehren.« Der Henker tat, wie ihm befohlen worden; er ritt mit mir fort, und als wir mitten in der Wüste waren, stieg er vom Pferde ab, zog mich aus der Kiste heraus und wollte mich töten; da fing ich an heftig zu weinen, und folgendes Klagelied zu singen:

> »Ich nahm euch als Harnisch und Schild, damit ihr meiner Feinde Pfeile von mir abhalten solltet, aber ihr wurdet selbst zu deren Spitzen. Ich hoffte, dass ihr jedes Unheil von mir entfernen werdet, nun bin ich zufrieden, wenn ihr nicht selbst mich ins Verderben stürzt.«

Als der Henker meine Klagen hörte und meine Tränen sah, ward er gerührt und entschloss sich, mich leben zu lassen. »Rette dich so schnell du kannst«, sagte er mir, »komme nie mehr in dieses Land, sonst kostet es mein und dein Leben, erinnere dich der Verse eines Dichters:

»Fürchtest du eine Gewalttat, so suche dein Leben zu retten; lasse dein Haus das Schicksal seines Erbauers verkünden! Denn leicht kannst du ein Land mit dem anderen vertauschen, für dein Leben gibt's aber kein zweites.«

Ich küsste vor Freude dem Henker die Hand, denn ich hatte alle Hoffnung zu meiner Rettung verloren; nun, da mir das Leben geschenkt wurde, verschmerzte ich leicht das verlorene Auge. Ich machte mich sodann auf den Weg und reiste wieder zu meinem Oheim. Als ich ihm meine und meines Vaters Geschichte erzählt hatte, erwiderte er: »Auch ich habe der Leiden genug, denn mein Sohn ist verschwunden, niemand kann mir sagen, was aus ihm geworden ist.« Dabei weinte er so heftig, dass ich ihm nicht länger verschweigen konnte, was ich von seinem Sohne wusste. Er freute sich außerordentlich über meine Nachricht, und obschon ich ihm sagte, dass ich, nachdem sein Sohn verschwunden, lange die Kuppel gesucht, ohne sie wieder finden zu können, wollte er doch sogleich mit mir auf den Begräbnisplatz gehen. Ohne jemandem etwas davon zu sagen, gingen wir nun nach den Gräbern. Ungemein war meine Freude, als ich endlich jene Kuppel wiederfand und nunmehr hoffen konnte, zu erfahren, wo mein Vetter hingekommen. Wir gingen sogleich hinein, öffneten das Grab, bis wir die eiserne Platte fanden, und stiegen dann die ungefähr fünfzig Stufen lange Treppe hinunter. Als wir die letzte Stufe erreicht hatten, kam uns ein so starker Rauch entgegen, dass wir gar nicht mehr sahen, und mein Oheim schrie ganz erschrocken: »Nur der erhabene, mächtige Gott kann uns schützen!« Wir folgten dem Gange, der an die Treppe stieß, bis wir in eine Art Zimmer kamen, das auf Säulen ruhte und durch kleine Türmchen das Licht von oben empfing, wir fanden in diesem Zimmer eine Zisterne, Wasserkrüge, Früchte, Mehl und ähnlichen Mundvorrat. Mitten im Zimmer war ein Bett mit einem Vorhange; als mein Oheim den Vorhang vor diesem Bette aufhob, fand er darin seinen Sohn und die Frau, die ich mit ihm hinuntersteigen gesehen; sie hielten sich umarmt, waren ganz schwarz, als wären sie so lange am Feuer gelegen, bis sie zu Kohlen geworden. Mein Oheim jubelte, als er dies sah, er spie seinem Sohne ins Gesicht, indem er sagte: »Soviel hattest du hier zu leiden, nun kommen noch die Qualen jenes Lebens.« Hierauf zog er seine Pantoffel aus und schlug seinem Sohne damit ins Gesicht.

Als mein Oheim, fuhr der Kalender fort, seinen verbrannten Sohn so geschlagen, fragte ich ihn, ganz außer mir: »Warum schlägst du deinen Sohn noch, der schon so viel gelitten, dass mein Herz ganz betrübt darüber ist?« »Wisse, mein Neffe«, erwiderte er hierauf, »dass mein Sohn von seiner Kindheit an seine Schwester sehr leidenschaftlich geliebt; ich suchte diese

Liebe zu vertilgen, doch dachte ich: Sie sind ja beide nur noch Kinder. Als sie aber groß geworden und ich hörte, dass sie sich unwürdig betrugen, da ergriff ich meinen Sohn und prügelte ihn so durch, dass ich nicht wusste, wie er es aushalten konnte. Dann warnte ich ihn vor weiteren Fehltritten und sagte ihm:

»Hüte dich wohl, deiner Schwester zu nahe zu treten, denn Gott hat eine solche Liebe als strafbar erklärt: So etwas würde mich unter allen Regenten auf ewig brandmarken, bis in die entferntesten Länder würde diese Geschichte gebracht werden.« Dann trennte ich seine Schwester von ihm, aber auch ihrer hatte sich der Teufel schon bemächtigt, denn sie erwiderte seine Liebe. Nachdem daher mein Sohn sich von seiner Geliebten getrennt sah, ließ er diese unterirdische Wohnung bauen, einen Brunnen graben und verschiedenen Mundvorrat hierherbringen. Er benutzte den Tag, wo ich auf der Jagd war, um mit deiner Hilfe seine Schwester hierherzubringen. Er glaubte wahrscheinlich sie hier lange besitzen zu können, aber Gott war wachsam.« Als mein Oheim diese Erzählung vollendet und lange mit mir geweint hatte, sagte er mir endlich: »Nun wirst du an meines Sohnes Stelle treten.« Dann sprachen wir noch vieles über den Tod meines Vaters und über mein ausgerissenes Auge, sowie überhaupt über die verschiedenen Zufälle des menschlichen Lebens; erst nach vielen vergossenen Tränen stiegen wir wieder die Treppe hinauf, legten die eiserne Platte an ihre Stelle und gingen, ohne dass jemand uns bemerkt hatte, wieder ins Schloss zurück. Wir hatten uns aber kaum dort niedergelassen, als wir einen großen Lärm von Trompeten, Pauken und Trommeln vernahmen, Männertritte, Pferdegewieher, Schellengeklingel und Kampfgeschrei. Schon konnte man vor vielem Staub von der großen Menge Fußvolks und Reiter nichts mehr sehen, wir wurden ganz toll davon. Ich fragte, was es gäbe, und hörte, das derselbe Vezier, der meines Vaters Königreich an sich gerissen, so viel Soldaten zusammengebracht, dass man sie ebenso wenig als die Sandkörner der Erde zählen könne, und dass er mit dieser unwiderstehlichen Armee auf einmal auch dieses Land überfallen, ja sich sogar die Hauptstadt ihm schon ergeben habe. Gleich darauf hörte ich, dass mein Oheim ermordet worden, und da ich wusste, dass, wenn ich in die Hände des Veziers fiele, weder ich noch der Henker meines Vaters dem Tode entgehen würden, ergriff ich die Flucht; da ich aber in diesem Lande so bekannt als die Sonne war, und fürchtete, dass jemand durch meinen Tod sich beim Vezier beliebt zu machen wünschen könnte, blieb mir, nach vielen Tränen, in meiner Verzweiflung nichts anderes übrig, als meinen Bart und meine Augenbrauen abzuscheren und meine prächtigen Kleider mit denen eines Kalenders zu vertauschen. So reiste ich unerkannt als Derwisch hierher, in der Hoffnung, dass vielleicht mein gutes Glück mich mit einem Manne bekannt machen werde, der mich dem Fürsten der Gläubigen, dem Stellvertreter Gottes, vorstelle, damit ich ihn von allem, was mir widerfahren, in Kenntnis setze. Ich kam diese Nacht hier an, wusste aber nicht, wohin ich mich wenden sollte, da begegnete ich dem neben mir sitzenden Kalender, dem ich's gleich anmerkte, dass er auch von der Reise komme; ich grüßte ihn also und fragte ihn, ob er auch ein Fremder wäre, was er auch bejahte. Während wir so miteinander sprachen, kam, als wir am Stadttore waren, dieser dritte Kalender, er grüßte uns und sagte, er sei ein Fremder; »auch wir sind hier fremd«, erwiderten wir ihm. So gingen wir dann miteinander in der Stadt herum, ohne zu wissen, wohin, denn es war, schon lange Nacht. Nun hat aber ein günstiges Geschick uns hierher gebracht, ihr habt euch so freundlich und wohltätig gegen uns benommen, dass ich mein verlorenes Auge und haarlosen Bart ganz vergessen. Dies aber ist meine Geschichte.«

Die Wirtin schenkte auch ihm das Leben und hieß ihn gehen; aber auch er wollte noch gerne da bleiben, um die Erzählungen seiner Gefährten zu hören.

Alle Anwesenden waren höchst erstaunt über die Erzählung des Kalenders; auch der Kalif sagte zu Djafar: Er habe in seinem Leben nichts Merkwürdigeres als diese Geschichte gehört.

Hierauf begann der zweite Kalender seine Geschichte:

Geschichte des zweiten Kalenders.

Auch ich bin, bei Gott! Nicht halb blind geboren, mein Vater war auch ein König, er ließ mich in der Schreibkunst und im heiligen Koran[16] unterrichten; ich lernte bald dieses erhabene Buch nach allen sieben Lesearten auswendig, ward mit den Lehrern der verschiedenen Sekten bekannt, las theologische Werke mit gelehrten Kommentatoren; dann beschäftigte ich mich auch mit der Grammatik und arabischer Philologie; ich schrieb mit solcher Fertigkeit, dass ich alle meine Zeitgenossen übertraf, ich ward so gelehrt und beredt, dass man in allen Ländern und Weltteilen von mir sprach; alle Könige der Erde lasen meine Schriften. Mein Ruhm war so groß, dass einst der Sultan von Indien meinem Vater einen Boten mit königlichen Geschenken schickte und ihn bitten ließ, mir zu erlauben, dass ich einige Zeit bei ihm zubringen möchte. Mein Vater überschickte mich ihm mit einem Kurier und gab mir sehr kostbare Gegengeschenke mit. Ich reiste mit meinem

[16] Der Koran ist das vom Engel Gabriel dem Mohammed geoffenbarte Buch. Diese Offenbarung fand aber stückweise statt, und erst unter Abubekr wurden die zerstreuten Bruchstücke gesammelt und unter Othman berichtigt und bekannt gemacht.

Begleiter ungefähr einen Monat lang, da sahen wir auf einmal einen furchtbaren Staub vor uns, der uns immer näher kam, bis endlich fünfzig ungeheure Reiter mit furchtbaren Waffen vor uns standen.

Als wir diese Reiter sahen, fuhr der Kalender fort, wollten wir entfliehen, sie waren aber Straßenräuber, die, als sie unsere zehn mit Geschenken beladenen Kamele sahen, welche ihnen eine reiche Beute versprachen, mit gezogenen Schwertern und ausgestreckten Lanzen auf uns zueilten. Vergebens zeigten wir ihnen an, dass wir Gesandte des mächtigen Sultans von Indien seien; sie sagten: Wir sind nicht auf seinem Gebiete und stehen nicht unter seiner Botmäßigkeit. Dann töteten sie alle unsere Leute, und nur ich allein entfloh, während sie sich mit der Ladung der Kamele beschäftigten. Nun wusste ich aber gar nicht, wohin mich wenden, noch welchen Weg einschlagen, und so wurde ich auf einmal arm und verlassen, nachdem ich so reich und so vornehm gewesen war.

Nachdem ich den ganzen Tag, ohne zu wissen, wohin, herumgeirrt war, erzählte der Kalender weiter, bestieg ich gegen Abend einen Berg und brachte die Nacht in einer Höhle zu. So lebte ich einen ganzen Monat hindurch, bis ich endlich in eine sehr schöne, wohlbefestigte, volkreiche Stadt kam, deren Straßen von Menschen wimmelten. Es war zur Zeit, als der kalte Winter zu Ende gegangen und der Frühling mit seinen Rosen wiedergekehrt; freundlich öffneten sich die Blüten, sanft murmelten die Bäche und lieblich sangen die Vögel; es passten auf diese Stadt recht gut die Verse eines Dichters:

> »Es ist eine Stadt, deren Bewohner den Schrecken gar nicht kennen, denn die Sicherheit ist ihr Gefährte, sie gleicht einem reich geschmückten Paradiese, das seinen Bewohnern Wunderschätze öffnet.«

Ich freute mich, einen solchen Wohnsitz erreicht zu haben, doch ward ich über meinen erbärmlichen Zustand sehr betrübt, ich war so müde, dass ich kaum mehr gehen konnte, mein ganzer Körper, Gesicht und Hände waren von der Sonne verbrannt, und ich war vor vielem Kummer und Sorgen ganz entstellt. So wandelte ich traurig durch die Stadt, ohne zu wissen wohin. Endlich kam ich vor einem Schneiderladen vorüber; ich grüßte den Schneider, der mich bewillkommte, und Spuren früheren Wohlstandes an mir entdeckte. Er hieß mich sitzen, und da ihm meine Unterhaltung gefiel, erkundigte er sich nach meinen Verhältnissen, und als ich ihm alles, was mir widerfahren war, erzählte, machte es den schmerzlichsten Eindruck auf ihn. Dann sagte er mir: »Hüte dich, junger Mann, irgendjemandem zu sagen, wer du bist, denn der König dieser Länder ist ein großer Feind deines

Vaters.« Dann brachte er mir etwas zu essen, und wir blieben bei Tische bis tief in die Nacht. Als es spät ward, schaffte er Bett und Decken herbei und wies mir neben sich einen Raum zum Schlafen an. Nachdem ich drei Tage bei ihm zugebracht, fragte er mich, ob ich denn kein Handwerk erlernt, mit dem ich mich ernähren könne. Ich antwortete ihm, ich sei ein Gelehrter, Theologe, auch zugleich Belletrist, Grammatiker, Dichter und Schönschreiber. »Alles dies wird hierzulande nicht gesucht«, versetzte er. Nun sage ich: »Ich verstehe wahrscheinlich nichts anderes, als was ich dir eben genannt.« »So fasse Mut«, erwiderte mir der Schneider, »nimm eine Axt und einen Strick, geh in den Wald und haue Holz ab, so findest du doch zu leben; hüte dich aber sehr, dich jemandem zu erkennen zu geben, Gott wird dir weiter helfen.« Als ich seinen Rat zu befolgen versprach, kaufte er mir selbst eine Axt und einen Strick und empfahl mich einigen anderen Holzbauern. Mit diesen ging ich und haute den ganzen Tag Holz, trug es dann auf meinem Kopfe abends in die Stadt, verkaufte es um einen halben Dinar und brachte das Geld dem Schneider. So lebte ich ein ganzes Jahr fort. Eines Tages, als ich von meinen Gefährten mich getrennt hatte, entdeckte ich einen Garten mit Bäumen bepflanzt und von Bächen durchströmt. Als ich in dem Garten umherging, erblickte ich den Stamm eines sehr dicken Baumes, und als ich mit meiner Axt die Erde weggrub, stieß ich auf einen Ring, der an einer hölzernen Tafel befestigt war. Ich hob diese Tafel (mithilfe des Ringes) auf und gewahrte nun eine Treppe, die ich hinabstieg. Jetzt kam ich an ein Schloss, so schön und massiv gebaut, wie ich noch nie in meinem Leben ein ähnliches gesehen hatte. Als ich in diesem Schlosse mich eine Weile umgesehen, bemerkte ich ein Mädchen, so herrlich wie die reinste Perle, oder wie die hell leuchtende Sonne. Als es zu reden anfing, verscheuchten seine Worte jeden Kummer, sie waren so süß, dass sie selbst des verständigsten Mannes Herz bezaubern mussten. Es hatte einen schlanken Wuchs, einen schön gerundeten Busen, hübsche Wangen, eine zarte Gesichtsfarbe und ein vornehmes Aussehen, hell strahlte ihre Stirn unter den dunklen Locken hervor.

Das erste, was sie mich fragte, als sie mich erblickte, war, ob ich ein Mensch oder ein Geist wäre, und als ich ihr darauf erwiderte, dass ich ein Mensch sei, fragte sie mich, was ich denn wollte, da sie doch schon fünfundzwanzig Jahre hier verweile, ohne je von einem Menschen besucht worden zu sein. Ihre Worte waren so süß und so wohllautend, dass sie sogleich mein Herz gewannen, und ich antwortete ihr daher geradezu, wie ich gekommen sei, um mein Elend in Glück zu verwandeln, vielleicht auch, um ihren Kummer zu verscheuchen und sie glücklich zu machen. Ich erzählte ihr dann, was mir in meinem Leben zugestoßen, sie war sehr bestürzt darüber; dann sagte sie: »Nun sollst du auch meine Lebensgeschichte hören;« und begann Folgendes zu erzählen: »Wisse, dass ich die Tochter des Königs Jstimerus bin, des Gebieters über die Insel Ebenus. Mein Vater verheiratete mich mit meinem Vetter; in der Hochzeitsnacht aber, als ich im schönsten Brautschmucke meinem Gemahl zugeführt werden sollte, raubte mich ein Geist, flog eine Weile mit mir herum, brachte mich dann hierher und versorgte mich mit köstlichem Mundvorrat und den übrigen Lebensbedürfnissen. Da aber seine Leute nichts von unseren Verhältnisse wissen dürfen, so bringt er nur alle zehn Tage eine Nacht bei mir zu; brauche ich aber etwas, es sei Tag oder Nacht, so berühre ich nur die zwei an dieses Gewölbe gemalten Zeilen, und bevor ich noch meine Hand davon wegziehe, ist der Geist schon bei mir. Nun aber ist er schon vier Tage von hier abwesend und wird also noch sechs Tage ausbleiben; willst du«, fragte sie mich hierauf, »fünf Tage jetzt bei mir bleiben und den Tag, ehe er wieder kommt, mich verlassen?« Ich nahm mit Vergnügen ihr Anbieten an, und sogleich fasste sie mich bei der Hand, führte mich durch eine gewölbte Tür ins Bad und legte mir frische Kleider vor, die ich nach dem Bade anzog. Sie hieß mich, als ich aus dem Bade kam, neben sich auf einem hohen Sofa sitzen, reichte mir einen Becher Wein und, nachdem wir uns eine Weile miteinander unterhalten, setzte sie mir auch verschiedene Speisen vor. Als ich gegessen hatte, bot sie mir ein Polster, um ein wenig zu schlafen. Ich entschlief bald und erst nach einigen Stunden erwachte ich wieder mit neuen Kräften und hatte alle meine früheren Leiden vergessen. Ich dankte ihr für ihre Pflege und ward immer munterer. Sie fragte mich, ob ich etwas trinken wolle, und auf meine bejahende Antwort holte sie aus einem Schranke vom besten alten Wein, auch Speisen, und sprach folgende Verse:

> »Hätte ich deine Ankunft vorausgewusst, ich würde das Innerste meines Herzens oder das Schwarze meines Auges vor dir niedergelegt haben. Ich hätte meine Wangen wie einen Teppich auf die Erde gebreitet, damit du über meine Augenlider hergehen könntest.«

Ich vermochte nicht, ihr genug für ihre Freundlichkeit zu danken, ihre Liebe durchströmte alle meine Glieder, der Wein, den wir den Tag über zusammen genossen hatten, verscheuchte alle meine Sorgen, und die Nacht, die diesem Tage folgte, war die seligste meines ganzes Lebens. Da wir aber auch am anderen Morgen wieder, wie am verflossenen Tage, nur dem Vergnügen lebten, da sagte ich ihr, nachdem ich vom vielen Weine ganz besinnungslos geworden war und kaum mehr aufrecht stehen konnte: »Komm, Holde, verlasse diesen Kerker, steige mit mir zur Erde hinauf!« Sie aber sprach: »Bleibe doch ruhig, mein Herr, genügt es dir nicht, von zehn Tagen neun bei mir zuzubringen?« Ich aber antwortete ihr in meinem Rausche: »Ich werde sogleich auf den Talisman schlagen und, wenn der Geist erscheint, ihn umbringen. Ich habe deren schon zu Dutzenden totgeschlagen.« Als das Mädchen dies hörte, ward es blass, beschwor mich bei Allah, dies nicht zu tun, und sprach folgende Verse:

»O du, der du selbst die Trennung herbeirufst, übereile dich nicht.
Du kennst ja die Treulosigkeit des Schicksals, das jeder Vereinigung mit Trennung droht.«

Ich war so trunken, dass, trotz ihrer Bitten, ich doch mit dem Fuße auf den Talisman trat. Ich hatte dies kaum getan, fuhr der Kalender fort, da ward es auf einmal finstre Nacht; es blitzte und donnerte und die Erde fing heftig zu beben an. Jetzt erwachte ich aus meinem Rausche und fragte die Schöne, was dies bedeute? »Der Geist erscheint«, erwiderte sie, »rette dich, so schnell du kannst, wieder zur Oberfläche der Erde.« Ich eilte, aus Furcht, ertappt zu werden, so sehr ihren Befehl zu vollziehen, dass ich meine Axt und meine Sandalen vergaß. Ich hatte noch nicht ganz die Treppe erstiegen, da spaltete sich der Palast, der Geist trat herein und fragte das Mädchen: »Warum hast du mich durch dein ungestümes Rufen so erschreckt? Was ist dir widerfahren?« »Mein Herr!« antwortete sie ihm, »als mir heute nicht recht wohl zumute war, trank ich, um mich aufzumuntern, ein wenig Wein, dieser stieg mir in den Kopf und ich fiel auf den Talisman.« Da der Geist aber meine Sandalen und meine Axt erblickte, rief er: »Du lügst, elendes Weib, wie kommen Sandalen und Axt hierher?« »Ich bemerke sie erst in diesem Augenblick«, erwiderte das Mädchen; »gewiss sind sie an euch irgendwo hängen geblieben und mit hereingeschleppt worden.« »Bei mir hilft deine List nichts«, versetzte hierauf der Geist, der sogleich durch Folterqualen sie zu einem Geständnisse bringen wollte. Ich konnte ihr Weinen nicht anhören, auch fürchtete ich für mich selbst; ich schob mich daher zur hölzernen Tafel hinaus, legte diese wieder an ihren Platz und bedeckte sie mit Erde, wie ich sie früher gefunden hatte. Ich nahm eine Tracht Holz auf meinen Rücken und wanderte betrübt zur Stadt zurück. Als ich alle Gefahr überstanden zu haben glaubte, fing ich nun an, über das Vorgefallene nachzudenken. Zuerst gedachte ich des schönen Weibes, dass so wohltätig gegen mich gewesen und nun durch mich, nach fünfundzwanzig ruhigen Jahren, in eine so bedauernswerte Lage versetzt worden war; dies machte mich so traurig, dass mir dann auch wieder mein Vater und mein Königreich einfiel. Ich bemerkte mit Schaudern, dass nach kurzer Heiterkeit sich mein Leben wieder so getrübt habe, dass mir nichts übrig blieb, als wieder Holzhauer zu werden. Ich machte mir die bittersten Vorwürfe, weinte heftig und sprach folgende Verse:

»Hartnäckiges Schicksal, das mich wie seinen Feind verfolgt, warum bringst du mir jeden Tag neues Unglück? Kaum bist du mir im Leben einmal günstig, so stürzest du mich sogleich wieder in mein früheres Elend zurück.«

Nach vielem Weinen kam ich wieder zu meinem Freunde, dem Schneider, zurück, der sich sehr darüber freute und mir sagte, dass er besorgt gewesen sei, als er mich gestern Nacht nicht nach Hause kommen gesehen. »Nun, Gott sei gelobt, dass du wieder gesund und wohl bei mir bist«, setzte er dann hinzu. Ich dankte ihm für seine Teilnahme und zog mich nach einer Weile in mein Kämmerchen zurück, immer über mein Abenteuer nachdenkend und über meinen Übermut, der mich auf den Talisman zu treten verleitet hatte. Ich zürnte auf mich selbst, da kam auf einmal der Schneider zu mir herein und sprach: »Draußen steht ein alter Mann mit deiner Axt und deinen Sandalen; er erzählte mir, er habe sie im Walde gefunden, und von den Holzhauern, bei denen er sich nach ihrem Eigentümer erkundigt, erfahren, dass sie dir gehören.« Als ich dies vernahm, ward ich ganz blass, und noch ehe ich dem Schneider geantwortet, spaltete sich das Zimmer und der fremde Alte, welcher der Geist selbst war, trat herein. Da er, nämlich der Geist, trotz der Folter von der Dame nicht erfahren hatte, wer bei ihr gewesen, nahm er die Axt und die Sandalen und sagte: »Bin ich nicht ein Geist, Enkel des Iblis?[17] es muss mir wohl ein leichtes sein herauszubringen, wem diese Axt und die Sandalen gehören;« hierauf nahm er die Gestalt eines fremden Greisen an und fragte alle Holzhauer, bis er mich aufgefunden.

Der Geist war kaum erschienen, erzählte der Kalender weiter, so ergriff er mich ohne weitere Umstände, flog mit mir eine Strecke in die Höhe, und ließ sich dann zur Erde hinunter, die sich sogleich vor ihm spaltete, als er sie mit dem Fuße berührte. Hier verging mir das Bewusstsein, und als ich wieder zu mir kam, befand ich mich mitten im Palaste, in dem ich eine so schöne Nacht zugebracht hatte; ich sah das Mädchen entkleidet vor mir auf den Boden hingestreckt, das Blut strömte von allen Seiten ihres Körpers herab und ich musste über einen solchen Anblick heftig weinen. »Hier hast du deinen Liebhaber«, sagte der Geist sogleich zu ihr. Diese warf einen Blick auf mich und antwortete: »Ich kenne diesen Menschen nicht, ich sehe ihn zum ersten Male.« »Wehe dir!« rief ihr dann der Geist zu, »bist du noch nicht genug gepeinigt worden? Willst du deine Schuld noch nicht gestehen?« Das Mädchen aber wiederholte immer, sie kenne mich nicht und

[17] Iblis ist der Luzifer der Araber, der aus dem Himmel vertrieben wurde, weil er sich weigerte, vor Adam hinzuknien, wie es die übrigen Engel auf Gottes Befehl getan.

wolle nicht durch eine Lüge Ursache meiner Tötung werden. »Nun gut«, sagte der Geist, »wenn du ihn nicht kennst, so nimm dieses Schwert und schlage ihm den Kopf damit herunter.« Das Mädchen ergriff hierauf das Schwert und ging auf mich zu; als sie vor mir stand, suchte ich sie durch einen Mitleid erregenden Blick zu erweichen; aber auch sie gab mir durch einen Blick zu verstehen, dass ich selbst an meinem Tode schuld sei; wir verstanden uns gegenseitig so gut, dass wohl folgende Verse auf uns passend erscheinen:

> »Statt meiner Zunge spricht mein Auge zu dir und gesteht dir die Liebe, die ich verbergen wollte. Tränen flossen, als wir uns begegneten, ich schwieg, doch die Augen hatten alles gesagt. Du winkst mir zu, und ich verstehe dich schon; ich verändere nur meinen Blick, und schon weißt du, was ich will. Unsere Augenlider vermitteln unsre Anliegen, wir schweigen, aber die Liebe spricht.«

Nach und nach ließ sie sich doch von meinen Blicken erweichen, warf das Schwert weg und sagte dem Geiste: »Wie soll ich einen Mann töten, den ich nicht kenne? Wie soll ich sein unschuldiges Blut vergießen?« »Gewiss«, sagte der Geist, »kannst du ihn deswegen nicht umbringen, weil du ihn liebst und eine Nacht mit ihm hier zugebracht hast, darum lässt du dich lieber noch so hart bestrafen, als dass du etwas gegen ihn aussagest; übrigens weiß ich ja wohl, dass alle Geschöpfe nur ihre Gattung lieben und du daher natürlich mir einen Menschen vorziehst.« Er wandte sich dann zu mir und fragte mich, ob ich diese Frau kenne, und als ich beteuerte, sie nie gesehen zu haben, gab er mir das Schwert und sagte: »Bringe sie denn um, damit du wieder frei wirst, so nur glaube ich, dass du sie wirklich nicht kennst.« Ich nahm hierauf das Schwert und ging auf das Mädchen zu.

Als ich, fuhr der zweite Kalender in seiner Erzählung fort, mich mit dem Schwerte in der Hand ihr genähert, warf sie mir einen Blick zu, welcher deutlich sagte: »Belohnst du auf diese Weise meine Großmut?« Ich erwiderte ihren Blick mit einem andern, welcher sagen sollte: »Fürchte nichts! Gern gebe ich mein Leben für das Deinige hin.« Sehr gut finde ich unsere Lage in folgenden Versen beschrieben:

> »Wie mancher Liebende spricht, zu seiner Geliebten mit den Augenlidern von dem, was sein Herz verbirgt. Mit einem Blicke zeigte sie dann an, dass sie ihn wohl verstanden. Wie schön steht dem Gesichte ein bedeutungsvoller Blick, wie reizend ist ein Auge, das jeden Wink versteht. Es ist, als lese der eine mit den Augen, was der andere mit den Augenlidern geschrieben.«

Ich warf nunmehr das Schwert weg und sprach zu dem Geiste: »O du mächtiger Geist, wenn ein Weib von schwächlicher Natur, leichtfertigem Verstande und übereilter Zunge einen unbekannten Menschen nicht unschuldigerweise erschlagen wollte, wie soll ich überlegender Mann so etwas tun? Lieber will ich den Todesbecher leeren, als ein solches Verbrechen begehen.« Der Geist erwiderte darauf: »Ihr sollt nun gleich erfahren, dass ihr mir nicht ungestraft trotzen dürfet.« Dann ergriff er das Schwert und hieb der Schönen zuerst die rechte und dann die linke Hand ab; sie fiel sterbend hin und winkte mir ein ewiges Lebewohl zu. Auch ich fiel in Ohnmacht und wünschte nur recht bald durch den Tod von meinen Qualen befreit zu werden. Als ich wieder zu mir kam, sagte der Geist: »Du hast gesehen, wie Untreue bestraft wird. Bei uns Geistern ist es Sitte, dass, sobald ein Weib uns untreu geworden, wir sie nicht mehr berühren bedürfen, und es bleibt uns nicht übrig, als sie umzubringen. Was nun aber dich betrifft, da ich doch von deiner Schuld nicht überzeugt bin, so kannst du wählen, in welche Gestalt von folgenden Tieren du verwandelt werden willst. Du kannst unter einem Hunde, einem Esel, einem Löwen oder irgendeinem anderen wilden Tiere, oder auch einem Vogel, wählen.« Da ich nunmehr beim Geiste schon einige Spuren der Milde wahrgenommen, sagte ich zu ihm: »O erhabener Geist! Wie großmütig wärest du, wenn du mir gänzlich verzeihen wollest, wie jener Beneidete dem Neider verziehen.« Als der Geist fragte, was das für eine Geschichte wäre, erzählte ich ihm Folgendes:

Es wohnten einst zwei Männer hart nebeneinander in der Stadt. Einer derselben beneidete den anderen und gab sich alle mögliche Mühe, seinen Nachbar zu kränken und ihm allerlei Unannehmlichkeiten in den Weg zu legen. Der Neid plagte ihn so sehr, dass er zuletzt, vor Erbitterung über den immer zunehmenden Wohlstand seines Nachbars, weder essen, trinken noch schlafen konnte. Als der Nachbar dieses bemerkte, beschloss er, die Nähe eines so bösen Menschen zu meiden und nicht nur sein Haus, sondern auch die Stadt zu verlassen, um an einem fremden Orte sich niederzulassen. Er kaufte daher ein Stück Land in der Nähe einer anderen Stadt, das er mittelst einer alten Zisterne wässern und fruchtbar machen konnte. Er lebte hier still, zurückgezogen, in frommer Andacht. Er war aber so wohltätig gegen Arme, die ihn von allen Seiten her besuchten, dass man doch bald in der nahen Stadt viel von ihm redete und die vornehmsten Leute ihn zuweilen in seiner Einsamkeit besuchten. Als nun dem neidischen Nachbar dies zu Ohren kam, begab er sich auf das Gut seines ehemaligen Nachbars, sprach zum Beneideten, ich habe etwas Wichtiges mit dir allein zu sprechen, lasse die Armen sich zurückziehen, die dich umgeben. Nachdem diese, auf Geheiß des Gutsbesitzers, sich entfernt hatten und die beiden ehemaligen Nachbarn, im Gespräche vertieft, immer weiter gingen, bis sie in die Nähe der Zisterne gekommen waren, ergriff der Neider den Beneideten plötzlich und warf ihn hinein; hierauf ging der Neider wieder nach Hause, in der Gewissheit, den Beneideten glücklich getötet zu haben.

Da aber dieser Brunnen von Geistern bewohnt war, fuhr der zweite Kalender in seiner Erzählung fort, fingen diese den Beneideten auf und brachten ihn wieder aufs Trockene, dann erzählte einer der Geister den übrigen, wer dieser halb ertrunkene sei und wie er durch die Bosheit seines Nachbars ohne ihre Hilfe hätte sterben müssen. Dann berichtete ein andrer, wie der Sultan so viel von der Frömmigkeit und dem heiligen Leben dieses Mannes gehört, dass er sich entschlossen habe, ihn zu bitten, seine Tochter heilen zu wollen, die von bösen Geistern besessen sei, vom Geiste Maimun, Sohn des Dimdim, nämlich, der sich in sie verliebt habe. Da fragte ein Geist: Womit könnte aber die Tochter des Sultans geheilt werden? Der fromme Mann müsste, erwiderte der erste Geist, aus dem weißen Fleckchen am Schwanze seiner schwarzen Katze, das so groß ist wie eine Silbermünze, sieben Haare ausreißen und die Prinzessin damit beräuchern, dann muss der böse Geist sogleich aus ihrem Kopfe fahren und nie mehr zurückkehren. Da der Beneidete dieses ganze Gespräch der Geister mit angehört hatte, so nahm er, sobald der Tag angebrochen, sieben Haare aus dem weißen Fleckchen des Schwanzes seiner schwarzen Katze, und kaum war er wieder mit seinen Freunden, die ihn am Brunnen abholten, ins Haus zurückgekehrt, so trat auch schon der Sultan mit einem zahlreichen Gefolge herein, während eine Abteilung Soldaten vor der Türe stehen blieb. Der Beneidete sagte dem Sultan, nachdem er ihn willkommen geheißen: »Ich weiß schon, warum du mich heute besuchst; du wünschest, dass ich dir ein Mittel für deine besessene Tochter angebe.« »Es ist wahr, frommer Mann!« erwiderte der Sultan. »Nun«, versetzte der Beneidete, »lass sie nur hierher bringen, ich hoffe, so Gott will, sie im Augenblick zu heilen.« Der Sultan schickte sogleich jemanden, um seine Tochter zu holen. Als sie gebunden und gefesselt erschien, beräucherte sie der Beneidete mit den sieben Haaren und der Geist verließ sie alsbald mit einem grässlichen Geschrei. Die Prinzessin, die jetzt auf einmal ihren Verstand wieder gewann, bedeckte vor Scham ihr Gesicht und fragte, wie sie hierher gekommen sei? Als der Sultan bemerkte, dass seine Tochter wieder genesen, küsste er vor Freude dem Beneideten die Hände. Dann fragte er seine Umgebung: »Was verdient wohl ein Mann, der mir einen solchen Dienst erwiesen?« Alle erwiderten: »Er verdient, dass du ihm deine Tochter zur Gemahlin gibst.« Der Sultan schenkte ihrer Antwort Beifall und vermählte seine Tochter mit dem Beneideten. Bald nach der Hochzeit starb der Vezier und der Sultan erteilte, in Übereinstimmung mit seinen Großen, diese Würde seinem Tochtermann. Bald nachher starb dann der Sultan selbst und der Vezier ward einstimmig zum Sultan erhoben.

Eines Tages, fuhr der zweite Kalender zu erzählen fort, ging der Neider vor seinem Beneideten vorüber, der von den Vezieren, Fürsten und Großen des Reichs umgeben war. Als dieser den Neider erblickte, wandte er sich zu einem seiner Veziere und sagte ihm: »Bringe mir diesen Mann herbei, doch erschrecke ihn nicht!« Der Vezier ging fort, um den Neider, seinen ehemaligen Nachbar, zu bringen; da sagte der Sultan: »Gebt ihm 1000 Pfund aus meiner Schatzkammer, packt ihm 20 Ladungen Waren zusammen und gebt ihm eine Wache, die ihn in seine Heimat zurückführe.« Dann entließ er ihn und jener entfernte sich, ohne dass der Sultan ihn für das, was er getan, bestraft hätte. Sieh also, o Geist, wie der Beneidete seinem Neider verziehen, der ihn zuerst beneidet, dann ihm Gewalt angetan, dann ihm nachgereist, bis er ihn eingeholt, dann in der Absicht, ihn zu töten, ihn in den Brunnen geworfen hatte: Er hat ihn für all dieses Unrecht nicht bestraft, sondern ihm verziehen. Hierauf weinte ich heftig vor dem Geiste und sprach folgende Verse:

> »Schenke mir meine Schuld, die Verständigen begnadigen ja selbst Verbrecher, und sollte ich auch alle Verbrechen verübt haben, so übe du die schöne Großmut nach allen Seiten. Wer Verzeihung wünscht von dem, der über ihm steht, der erlasse die Schuld dem, der unter ihm steht.«

Da antwortete der Geist: »Nun, ich will dich nicht umbringen, doch verdienst du auch nicht, ganz unbestraft von mir entlassen zu werden; nun schenke ich dir zwar das Leben, aber ich will dich verzaubern.« Hierauf ergriff er mich und flog mit mir so hoch, dass mir die ganze Welt wie ein weißes Gewölk vorkam; er ließ mich dann auf einen Berg nieder, nahm ein wenig Erde, murmelte Beschwörungsformeln darüber und warf mich mit dieser Erde, indem er sagte: »Verwandle deine Gestalt in die eines Affen!«, worauf ich sogleich ein Affe wurde. Er aber verschwand. Ich weinte nun über meine Verwandlung und klagte das Schicksal an, das keinen Menschen in Ruhe lässt; ich stieg dann den Berg hinunter und fand eine große Wüste, die zu durchziehen ich einen Monat brauchte. Ich kam hierauf zum Ufer des Meeres und sah mich nun um, ob ich nicht ein Schiff entdecken würde; endlich bemerkte ich eines mitten im Meere, das mit gutem Wind dahinsegelte; ich brach einen Baumzweig ab, winkte damit dem Schiffe zu und lief immer hin und her nach der Richtung des Schiffes; dabei brach es mir das Herz, das ich mich nicht mit der Sprache auszudrücken vermochte. Auf einmal lenkte jedoch das Schiff gegen das Ufer hin, bis es bei mir war und siehe da, es war ein großes Schiff, mit Kaufleuten und vielen Waren und Spezereien beladen. Als die Kaufleute mich erblickten, sagten sie zu dem Schiffskapitän: »Du bist eines Affen willen mit uns hergefahren, der, wo er ist, den Segen vermindert.« Einer sprach: »Ich will ihn umbringen;« ein anderer: »Ich will einen Pfeil nach ihm schleudern;« ein dritter: »Wir wollen ihn ersäufen.« Als ich dies hörte, sprang ich auf, lief zum Kapitän, ergriff den Saum seines Kleides wie ein um Schutz Flehender und weinte dabei so sehr, dass mir die Tränen über das Gesicht liefen. Den Kapitän und alle Übrigen befremdete dies sehr und einige fingen schon an mich zu bemitleiden, als der Kapitän sprach: »Ihr Kaufleute, dieser Affe hat sich unter meinen Schutz begeben, den ich ihm auch zu gewähren schuldig bin, wer von euch ihn nur mit einem Dorn sticht, wird mich zum Feinde haben.« Auf solche Weise war der Kapitän sehr gütig gegen mich; ich verstand alles, was er sagte, nur konnte ich meiner Zunge nicht gebieten, ihm zu antworten. Wir reisten nun fünfzig Tage lang mit günstigem Winde, dann kamen wir in eine unermesslich große und volkreiche Stadt. Als unser Schiff in den Hafen eingelaufen war, kamen uns Boten, vonseiten des Königs, entgegen, sie stiegen auf unser Schiff und sagten: »Gemeinde von Kaufleuten! Unser Sultan grüßt euch und schickt euch ein Blatt Papier, auf das jeder eine Zeile schreiben soll; denn der König hatte einen gelehrten, sehr schön schreibenden Vezier, der nun tot ist, daher hat der Sultan den höchsten Eid geschworen, dass er niemanden zum Vezier ernennen wird, der nicht so schön schreibt, als der Verstorbene.«

Sie überreichten dann den Kaufleuten ein Blatt Papier, fuhr der Kalender fort, das zehn Ellen lang und eine Elle breit war, es schrieb jeder, der schreiben konnte, eine Zeile darauf. Da stand ich auch auf und nahm ihnen das Papier aus der Hand; aber sie schrien mir zu und packten mich, denn sie fürchteten, ich werde es ins Meer werfen oder zerreißen. Als ich daher ihre Besorgnis bemerkte, gab ich ihnen durch Zeichen zu verstehen, dass ich auch schreiben wollte, sie wunderten sich sehr darüber und sprachen: »In unserem Leben haben wir noch keinen Affen gesehen, der schreiben konnte.« Der Kapitän aber sagte: »Lasst ihn schreiben, was er will, schmiert er nur etwas hin, so jage ich ihn fort oder töte ihn, schreibt er aber gut, so nehme ich ihn an Kindesstatt an; denn ich habe noch niemanden so verständig und so gebildet als diesen Affen gefunden. Ich wollte, mein Sohn besäße diesen Verstand und diese Bildung.« Nun nahm ich das Schreibrohr, tauchte es ein und schrieb diese zwei Verse mit großen Schriftzügen:

> »Wenn die Zeit die Vorzüge der edlen Menschen aufgezeichnet
> hätte, so würden jetzt die Deinigen alles Geschriebene auslöschen.

> Möchte Gott die Welt nicht durch deinen Tod verwaisen, denn du bist der Tugend Vater und Mutter.«

Ich schrieb dann in einer anderen Schrift noch folgende Verse:

> »Aus seiner Feder entsprießt allen Ländern Heil und er verteilt mehr Geschenke als der ganz Ägypten befruchtende Nil.«[18]

In einer anderen Schrift schrieb ich hierauf folgende Verse darunter:

> »Ich beschwöre bei dem Einzigen und Mächtigen jeden, der sich meiner bedient, nie seine Feder jemanden einzutauchen, um seinen Lebensunterhalt abzuschneiden.«

In einer anderen Schrift schrieb ich noch folgende Verse:

> »Niemand schreibt, der nicht vergeht, doch bewahrt die Zeit, was seine Hände geschrieben; schreibe daher nichts, was du am Auferstehungstage nicht gerne wiedersiehst.«

Ich schrieb dann wieder in einer anderen Schrift folgende Verse:

> »Als wir benachrichtigt wurden, dass die Wechsel des Schicksals uns mit Trennung heimgesucht hatten, wendeten wir uns zu dem Munde der Tintengläser und klagten unsere bittere Trennung mit den Zungen der Federn.«

Zuletzt schrieb ich noch folgende Verse in einer anderen Schrift:

> »Öffnest du dein Tintenfass der Macht und des Glücks, so lass deine Tinte von Güte und Edelmut fließen, schreibe nur Gutes, so oft du es kannst, es wird dann die Spitze des Schwertes und der Feder deine Tugend preisen.«

Nachdem ich dies alles geschrieben hatte, überreichte ich das Papier, das sie mit größtem Erstaunen sahen. Die Schiffleute nahmen das Papier und brachten es dem Sultan, der die Schriften sehr schön fand und also sprach: »Geht, nehmet dieses Maultier und dieses Ehrenkleid und bringt es dem, der diese sieben Schriften geschrieben hat.« Die Leute lachten laut auf, doch als sie sahen, dass der Sultan darüber in Zorn geriet, sagten sie: »O König der Zeit und Meister des Jahrhunderts! Ein Affe hat diese Zeilen geschrie-

[18] Hier sind einige Wortspiele, die man nicht wiedergeben kann, ebenso wenig lassen sich für die verschiedenen arabischen Schriften entsprechende Namen finden.

ben.« »Ist dies wahr?« sagte der König. »Bei deiner Huld, der Schreiber dieser Zeilen ist ein Affe«, antworteten die Leute. Da schickte der König Boten ab und sagte ihnen: »Nehmet mein Maultier und dieses Ehrenkleid, zieht es dem Affen an und lasst ihn dann auf dem Maultier zu mir herreiten.« Als wir nun, ohne an etwas zu denken, auf dem Schiffe waren, kamen auf einmal die Boten des Königs, nahmen den Kapitän beiseite, zogen mir dann ein Ehrenkleid an, setzten mich auf das Maultier und gingen als meine Diener neben mir her. Die ganze Stadt war meinetwillen auf den Beinen, alle Leute liefen herzu, um mich zu sehen, es entstand ein großes Gedränge, denn niemand blieb zu Hause. Kaum war ich beim König, so hieß es schon überall, der König hat einen Affen zum Vezier ernannt. Ich aber fiel vor ihm nieder und machte drei Verbeugungen, dann verneigte ich mich vor den hohen Beamten und Verwaltern und kniete vor ihnen hin; alle Anwesenden wunderten sich über meine Artigkeit, am meisten aber war der König erstaunt. Er entließ dann alle Großen, blieb allein mit einem Diener und einem kleinen Sklaven, ließ einen Tisch bringen und winkte mir, ich sollte mit ihm essen; ich stand auf, küsste die Erde vor ihm und wusch meine Hände siebenmal; dann kniete ich nieder und aß ein wenig mit Anstand, nahm das Tintenfass und die Feder und schrieb auf die Schüssel einige Verse, in welchen ich mein Erstaunen über die zahlreichen und so wohlbereiteten Speisen ausdrückte. Als der König meine Verse gelesen, dachte er eine Weile darüber nach, dann füllte er einen Becher mit dem besten Weine und nachdem er davon getrunken, reichte er mir das Glas; ich küsste die Erde, trank und schrieb darauf:

> »Man verbrannte mich im Feuer, um mich sprechen zu lassen, man fand aber, dass ich jede Qual ertragen kann, deshalb ward ich nachher auf den Händen getragen und habe den Mund der Schönen berührt.«

Als der König dies gelesen hatte, sagte er: »Schade, dass diese Bildung nicht in einem Menschen sich findet, er würde alle Leute seines Jahrhunderts übertreffen.« Dann ließ der König ein Schachspiel bringen und winkte mir zu, ob ich spielen wolle. Ich küsste die Erde und machte einen bejahenden Wink, stellte die Figuren in Ordnung und verlor hierauf die erste Partie, die zweite und dritte gewann ich aber, sodass der König nicht wusste, was er von mir denken sollte, ich aber nahm wieder Tinte und Rohr und schrieb:

> »Zwei Armeen kämpfen den ganzen Tag miteinander und ihr Kampf wird immer heftiger, bis sie Dunkelheit umhüllt, dann schlafen beide auf einem Lager.«

Als der König diese Verse gelesen, erstaunte er immer mehr und ward ganz entzückt von mir; er sagte dann einem Diener: »Geh zu deiner Gebieterin Situlhasan, sprich, sie solle herkommen und diese wunderbaren Dinge mit ansehen.« Der Verschnittene blieb eine Weile weg und kam dann wieder mit der Prinzessin. Als diese hereintrat und mich sah, bedeckte sie ihr Gesicht vor mir und sprach: »O Vater! Hat deine Eifersucht so sehr abgenommen, dass du mich zu Männern hereinkommen lässt?« Der König erstaunte und sagte: »Meine Tochter! Es ist niemand hier, außer dem kleinen Sklaven, diesem Verschnittenen, der dich erzogen, und ich, dein Vater; vor wem bedeckst du also dein Gesicht?« »Vor diesem junge Manne«, antwortete die Prinzessin, »dem Sohne des Königs Aftimerus, des Beherrschers der Ebenholzinseln; ein Geist, Sohn der Tochter des Iblis, hat ihn in einen Affen verzaubert, nachdem er seine Gemahlin, die Tochter des Königs getötet, und der, den du hier als Affe siehst, ist ein gelehrter, verständiger, gebildeter und tugendhafter Mann.« Der König sah mich an und fragte: ob es wahr sei; ich nickte mit dem Kopfe ja. Er wandte sich jetzt zu seiner Tochter mit den Worten: »Ich beschwöre dich bei Gott, sage mir, woher weißt du, dass er verzaubert worden?« Da antwortete sie. »O mein Vater! Als ich noch klein war, ist eine alte, falsche, verräterische Zauberin bei mir gewesen, die mich die Zauberkunst lehrte. Ich beschäftigte mich damit, lernte siebzig Kapitel davon auswendig, sodass ich mit dem geringsten Kapitel jeden Stein aus deiner Stadt im Augenblick hinter den Berg Kaf und den Ozean versetzen könnte.« Der König war sehr erstaunt darüber und sprach: »Gottes Name sei mit dir! Wie, du besitzest diese hohe Kunst, ohne dass ich etwas davon weiß? Ich beschwöre dich bei meinem Leben, befreie diesen Affen, dass ich ihn zum Vezier ernenne und mit dir verheirate.« »Recht gerne«, antwortete die Prinzessin und nahm ein Messer. Das Messer war von Eisen und der Name Gottes mit hebräischen Buchstaben darauf eingegraben: Die Prinzessin zog mit einem Zirkel einen Kreis mitten im Schlosse und zeichnete Figuren in kusischer Schrift hinein. Dann fing sie an, Beschwörungen und Zaubersprüche herzusagen; da ward es auf einmal dunkel und so schwarz und alles Licht verschwand vor unsern Augen, dass wir glaubten, die Welt verschließe sich vor uns. Als wir in diesem Zustande waren, erschien uns auf einmal der Geist in Gestalt eines Löwen, so groß wie ein Kalb. Wir fürchteten uns und erschraken vor ihm. Da rief ihm die Prinzessin zu: »Zurück, du Hund!« Der Löwe antwortete: »O Verräterin! Brichst du so deinen Eid? Haben wir nicht geschworen, dass wir uns einander nicht widersetzen wollen?« Sie antwortete: »Habe ich dir etwas geschworen, du Verruchter?« Da antwortete der Geist: »Du sollst haben, was du verdienst!« und öffnete seinen Rachen und stürzte auf die Prinzessin los; diese nahm aber schnell ein Haar von ihrem Kopfe, bewegte es hin und her mit der Hand und murmelte etwas dazu mit ihren Lippen; das Haar ward sogleich zu einem schneidenden Schwerte, sie schlug den Geist damit und spaltete ihn in zwei Teile. Nun ward aber der Kopf zu einem Skorpion; die Prinzessin hingegen verwandelte sich in eine große Schlange, die lange mit ihm sehr heftig kämpfte; der Geist verwandelte sich dann wieder in einen Adler und flog aus dem Schlosse weg, und die Schlange nahm die Gestalt eines Falken an und folgte dem Adler; es blieben beide eine Weile aus, zuletzt spaltete sich die Erde, es kam eine gefleckte Katze heraus, die brummte, miaute und schnarchte, bald nachher kam ein schwarzer Wolf. Auch diese kämpften lange miteinander, bis zuletzt der Wolf Sieger blieb. Da schrie die Katze und verwandelte sich in einen Wurm und kroch in einen Granatapfel, der neben einem Springbrunnen lag; der Granatapfel schwoll bis zur Größe einer Wassermelone an; da ward der Wolf zu einem weißen Hahn, der hob den Granatapfel bis zur Höhe der Türe hinauf, ließ ihn dann auf den marmornen Boden fallen, dass die Körner sich weit und breit zerstreuten, der Hahn fiel darüber her und fraß eines nach dem andern, bis nur noch ein Körnchen übrig blieb, das neben dem Springbrunnen verborgen war; der Hahn fing an zu krähen, Die Flügel zu schütteln und den Schnabel zu öffnen, als wollte er fragen: ob nicht noch ein Körnchen übrig geblieben? Wir verstanden ihn aber nicht; er krähte hierauf so stark, dass wir glaubten, das Schloss würde mit uns zusammenstürzen; endlich entdeckte der Hahn das Körnchen neben dem Springbrunnen und sprang darauf los, um es aufzupicken.

Der Hahn freute sich schon und glaubte das letzte Körnchen des Granatapfels aufpicken zu können, aber es verwandelte sich in einen Fisch und tauchte in dem Springbrunnen unter; der Hahn nahm hierauf die Gestalt eines Walfisches an und tauchte dem Fische nach; sie durchbohrten nun beide den Boden und verschwanden wieder vor unsern Augen. Nach einer Weile erschreckte uns ein grässliches Geschrei, und auf einmal erschien der Geist von Neuem als eine Feuerflamme und die Prinzessin ward ebenfalls zu einer Feuerflamme. Der Geist blies feurige Funken aus Mund, Augen und Nase. Die beiden Flammen kämpften nun miteinander, aber es verbreitete sich plötzlich ein starker Rauch im Schlosse, dass wir beinahe erstickten, nun sahen wir erst unser Unglück und glaubten uns dem Tode nahe. Indes nahm die Flamme immer zu, der Brand ward größer, ich sagte: Es gibt keinen Schutz und keine Macht außer beim erhabenen Gott. Auf einmal schrie der Geist wieder und ging aus dem Feuer als eine einzelne Flamme hervor, schwang sich zu uns in den Saal und blies uns ins Gesicht; die Prinzessin jedoch holte ihn wieder ein und schrie in heftig an. Aber schon war durch das Blasen des Geistes ein Funke auf mein rechtes Auge gefallen und versengte es, als ich noch Affe war; ein anderer Funke traf den

König, verbrannte ihm die Hälfte seines Gesichtes, seinen Bart mit dem Halse und schlug ihm seine ganze Zahnreihe aus, ein dritter Funke fiel auf die Brust des Dieners, der vollständig verbrannte und starb. Wir verzweifelten schon an unserm Leben, da hörten wir eine Stimme, welche rief: »Gott ist groß! Gott ist groß! Er hat den Unglauben besiegt und zermalmt!« Und wirklich hatte die Prinzessin den Geist überwunden, der zu einem Haufen Asche geworden war. Die Prinzessin kam dann zu uns und sprach: »Bringt mir eine Schüssel Wasser!« und setzte hinzu: »Du sollst bei dem Namen Gottes und den heiligsten Schwüren frei sein!«, worauf ich folglich wieder zu einem Menschen wurde. Hierauf schrie die Prinzessin: »Ach, das Feuer! Das Feuer! O mein Vater, es tut mir leid um dich, ich kann nicht mehr leben: Denn es hat mich ein durchdringender Feuerpfeil getroffen; ich bin zwar nicht gewohnt, mit Geistern zu kämpfen, doch habe ich nur einmal zu lange gesäumt; denn als ich der Hahn war und den Granatapfel spaltete, da hatte ich das Körnchen, welches die Seele des Geistes war, nicht gesehen, hätte ich es aufgelesen, so hätte ich ihn längst vernichten können, darum habe ich dann unter der Erde und zwischen dem Himmel noch mit ihm Krieg führen müssen; freilich habe ich, so oft er auch eine neue Art Zauber benutzte, sogleich durch eine höhere Art seine Absicht vereitelt, Bis ich zu der des Feuers meine Zuflucht genommen, was selten jemand tut, ohne dabei sein Leben einzubüßen; doch war ich geschickter als er und habe ihn getötet, die Bestimmung war mir dazu behilflich, nun mag Gott, statt meiner, euch beistehen!« Dann schrie sie wieder: »O das Feuer! Das Feuer!«

Als die Prinzessin so schrie, fuhr der Kalender fort, sprach ihr Vater: »Mein Kind! Auch wenn ich am Leben bliebe, wäre es ein Wunder, da doch dieser Diener gleich starb, und dieser junge Mann sein Auge verloren hat;« er fing dann an zu weinen und ich musste mit ihm weinen. Nach einer Weile schrie die Prinzessin wieder: »Das Feuer! Das Feuer!« und siehe da, ein Funken blieb an ihrem Kleide hängen zwischen ihren Füßen, dann zog er sich zwischen ihre Lenden, sie schrie dabei immerfort: »Das Feuer! Das Feuer!« Nun ergriff es ihre Brust und sie schrie dabei immerfort, bis sie ganz verbrannte und zu einem Haufen Asche geworden war. Und bei Gott, meine Gebieterin! Ich wurde sehr betrübt darüber und wünschte, lieber ein Hund oder ein Affe geblieben, oder gar gestorben zu sein, um nur nicht die Prinzessin nach so vielen Kämpfen sterben zu sehen.

Als der Vater sie tot sah, schlug er sich ins Gesicht, ich tat dasselbe und rief die Diener herbei, die sehr erstaunt waren, den Sultan in einem bewusstlosen Zustande neben zwei Haufen Asche zu sehen. Sie umgaben den König, bis er wieder zu sich kam, und er erzählte ihnen, was seiner Tochter widerfahren war. Ihr Jammer war sehr groß; sie hielten sieben Trauertage, bauten ein Grabmal über die Asche der Prinzessin, die Asche des Geistes streuten sie aber in die Luft. Der Sultan war einen Monat krank, dann näherte er sich der Genesung, sein Bart wuchs wieder und Gott schrieb ihn unter die Geretteten ein. Er ließ mich dann rufen und sagte mir: »Höre, junger Mann, was ich dir sage, gehorche mir aber, sonst bist du des Todes!« Als ich ihm versprach, zu tun, was er befehlen würde, fuhr er fort: »Höre! Wir brachten unsre Zeit im angenehmsten Leben zu und waren sicher vor allen Launen des Schicksals, bis deine unselige Gegenwart uns Unglück brachte; da verlor ich meine Tochter um deinetwillen, auch mein Diener wurde getötet, nur ich entging allein dem Tode. Durch dich ist all dies geschehen! Seitdem wir dich gesehen, ist aller Segen verschwunden. O wäre es doch nie geschehen! Nun wünschte ich, da du doch nur unsrem Untergang deine Rettung zu verdanken hast, dass du in Frieden unser Land verlassest; denn sollte ich dich einst wieder schauen, so brächte ich dich um!«

Da er mir dies in einem heftigen Tone sagte, ging ich weinend aus der Stadt. Ich war halb blind, sah und hörte nichts, wusste nicht, wohin ich mich wenden sollte. Ich rief alles, was mir widerfahren, in mein Gedächtnis zurück: Wie ich als Affe in die Stadt gezogen war und nun als Mensch in einem solchen Zustande sie verließ; dies alles machte mich sehr traurig. Aber ehe ich aus der Stadt heraus war, ging ich noch in ein Bad, ließ mir meinen Bart und meine Augenbrauen abscheren, hing dann einen schwarzen Sack um und ging planlos vor mich hin, noch, o Gebieterin! Denke ich jeden Tag an den unglücklichen Tod der Prinzessin und an den Verlust meines Auges, dann weine ich heftig und spreche folgende Verse:

> »Ich verlor die Besinnung; das Unglück kam ganz unerwartet, doch
> kennt gewiss der Barmherzige meine Lage; ich habe daher Geduld,
> bis Gott anders über mich verfügen wird, so bitter auch mein
> Schicksal sein mag.«

Ich durchreiste nun viele Länder, um nach Bagdad zu kommen, wo ich hoffte, jemanden zu finden, der mich dem Fürsten der Gläubigen vorstellen werde, damit ich ihm meine Geschichte erzählen könnte. Ich kam nun diese Nacht an, fand meinen Bruder hier stehen, grüßte und fragte ihn, ob er auch ein Fremder sei? Nach einer Weile kam dieser Dritte, der uns ebenfalls so anredete; so gingen wir miteinander, bis uns die Nacht überfiel. Das Schicksal trieb uns dann zu euch. Dies ist die Ursache des Verlustes meines Auges und des Abscherens meines Bartes.« Da sagten die Frauen: »Rette dein Leben und gehe!« Er aber erwiderte: »Bei Gott! Ich weiche nicht, bis ich höre, was den Übrigen geschehen.« Man entfesselte ihn hierauf und er stellte sich neben den ersten.

Geschichte des dritten Kalenders.

Der dritte Kalender sprach hierauf: Gebieterin! Meine Geschichte ist nicht wie die der andern, sondern viel wunderbarer und befremdender; aber sie enthält auch die Ursache meines ausgestochenen Auges und abgeschorenen Bartes. Denn während meine Freunde vom Schicksal und der Bestimmung überfallen wurden, habe ich mir selbst ein trauriges Geschick bereitet. Mein Vater war nämlich ein mächtiger, angesehener König, und nach seinem Tode erbte ich sein Reich. Unsere Stadt war sehr groß, das Meer dehnte sich neben ihr aus und es waren in der Nähe mitten im Meere viele große Inseln. Mein Name war: König Adjib, Sohn des Königs Haßib. Ich hatte für meinen Handel fünfzig Schiffe auf dem Meere, fünfzig kleinere zur Belustigung und dabei noch fünfzig Kriegsschiffe. Als ich einmal eine Spazierfahrt nach den Inseln machen wollte, nahm ich auf einen Monat Lebensmittel mit, begab mich auf die Reise, belustigte mich einen Monat lang und kehrte dann wieder in mein Land zurück. Hierauf bekam ich Lust zu einer zweiten Reise, und diesmal nahm ich Proviant auf zwei Monate mit, und so gewöhnte ich mich an Seereisen, bis ich einst mit zehn Schiffen auslief und 40 Tage lang immer fort segelte; da kamen aber in der 41. Nacht heftige Gegenwinde, das Meer trieb uns mächtige Wogen entgegen, und schon verzweifelten wir an unserem Leben, denn es war ganz finster um uns. Da dachte ich: Wer sich in Gefahr begibt, verdient kein Lob, wenn er auch glücklich durchkommt. Wir flehten und beteten zu Gott; der Wind blies bald von dieser, bald von jener Seite und die Wellen schlugen immerfort gegen unser Schiff, bis der Morgen heranbrach, da legte sich endlich der Wind und das Meer ward wieder klar. Nach einer Weile schien die Sonne und das Meer lag ruhig, wie das Blatt eines Buches, vor uns; wir näherten uns dann einer Insel und bestiegen das Land, kochten, aßen, tranken und verweilten zwei Tage dort, dann reisten wir wieder zehn Tage lang; das Meer dehnte sich jeden Tag weiter vor uns aus und wir entfernten uns immer mehr vom Lande, sodass der Lenker des Schiffes zuletzt die Küste gar nicht mehr kannte. Er sprach nunmehr zu dem Späher: »Steige auf den Mastkorb und sieh dich einmal um!« Der Späher ging hinauf, blieb eine Weile oben und sah sich um, kam dann wieder herunter und sagte: »O Hauptmann! Ich habe zu meiner Rechten nichts als den Himmel über dem Wasser gesehen, und zu meiner Linken sah ich vor mir etwas Schwarzes leuchten, sonst aber nichts.« Als der Hauptmann dies hörte, warf er seinen Turban vom Kopfe, riss sich den Bart aus, schlug sich ins Gesicht und sagte weinend: »O König, wir sind alle verloren, es gibt keinen Schutz und keine Macht, außer beim erhabenen Gott.« Er weinte dann lange und wir weinten mit ihm; hierauf sagten wir: »O Hauptmann, erkläre uns doch die Sache ein wenig!« Da sprach er: »Mein Herr, von dem Tage an, wo der Sturm so heftig war, sind wir vom rechten Wege abgeirrt und nun können wir nicht mehr zurückkehren; morgen gegen Mittag werden wir an einen schwarzen Berg kommen, der aus einem Mineral besteht, das Magnet heißt. Das Wasser wird uns mit Gewalt an diesen Berg hintreiben, das Schiff wird zerschellen und jeder Nagel wird sich am Berge befestigen, denn der erhabene Gott hat dem Magnetsteine die Kraft verliehen, das Eisen anzuziehen; am Berg ist viel Eisen, denn mit der Zeit ist der größte Teil desselben durch die vielen Schiffe, die vorüberfuhren, damit bedeckt worden. Auf dem Gipfel des Berges ist eine Kuppel aus andalusischem Messing, die von zehn messingenen Säulen getragen wird; auf der Kuppel ist ein messingenes Pferd und ein messingener Reiter, auf der Brust des Reiters ist eine bleierne Tafel, auf der viele Eidesformeln gemalt sind.« Der Hauptmann setzte dann noch hinzu: »Dieser Reiter ist's, der alles tötet, sobald der fällt, werden die Menschen Ruhe haben.« Er weinte dann wieder heftig und wir sahen unsern Untergang mit Gewissheit vor uns und bangten um unser Leben. Einer nahm vom anderen Abschied, jeder von uns übergab dem anderen sein Testament für den Fall, dass einer gerettet würde; wir schliefen die ganze Nacht nicht. Gegen Morgen waren wir dem Magnetberge sehr nahe und gegen Mittag schon am Fuße des Berges. Da trieb uns das Wasser mit Gewalt hin, und sogleich zerschellten die Schiffe, die Nägel fuhren heraus und flogen gegen den Berg und befestigten sich darin, manche von uns ertranken, andere kamen davon, doch unter diesen Letztern wusste einer vom anderen nichts. So, ihr Frauen, hat auch mich Gott zu meiner Qual und meinem Elend gerettet! Ich bestieg nämlich ein Brett vom Schiffe, der Wind trieb es gegen den Berg, ich fand einen Pfad, der, wie eine Treppe mit ausgehauenen Stufen, auf die Höhe des Berges führte.

Als ich diesen Pfad erblickte, nannte ich den Namen Gottes und stieg langsam den Berg hinan. Der erhabene Gott half mir ihn ersteigen, ich kam glücklich auf den Gipfel, freute mich sehr über meine Rettung und trat in die Kuppel, wusch mich hier, betete und dankte Gott, der Gefahr entronnen zu sein. Als ich unter der Kuppel einschlief, hörte ich eine Stimme zu mir sagen. »O Adjib! Wenn du von deinem Schlafe erwachst, grabe unter deinen Füßen, dort wirst du einen kupfernen Bogen und drei bleierne Pfeile finden, auf denen mancherlei Talismane gemalt sind. Nimm den Bogen und die Pfeile, stürze damit den Reiter von seinem Pferd ins Meer; wenn dann das Pferd neben dir hinfällt, so begrabe es an dem Orte, wo der Bogen gelegen. Auf solche Weise wirst du die Welt von diesem großen Unheil befreien. Wenn du dies getan hast, so wird das Meer so hoch steigen, bis es die Kuppel erreicht; ist das Wasser bis zum Berge hinauf gestiegen, so wird ein Nachen auf dich zukommen, in welchem ein kupferner Mann sitzen wird, aber nicht der, den du vom Pferde geworfen; er hat zwei Ruder in den Händen; besteige seinen Nachen, nenne aber den Namen Gottes nicht; er wird ungefähr zehn Tage lang mit dir fortrudern, bis er dich in das Land des Friedens bringen wird, dort findest du jemanden, der dich in deine Heimat zurückführen kann. Dies alles wird so enden, wenn du den Namen Gottes nicht nennst.« Als ich erwachte, stand ich freudig auf und tat, was mir die Stimme gesagt; ich warf den Reiter vom Pferd und er fiel ins Meer, aber das Pferd stürzte neben mir hin; hierauf beerdigte ich es an dem Orte, wo der Bogen gelegen; das Meer ward nun emporgehoben und stieg bis zu mir herauf; nach kurzer Zeit bemerkte ich den Nachen im Meere, der auf mich lossteuerte, und als ich ihn sah, dankte und lobte ich Gott, denn er ruderte immer fort, bis er bei mir war. Es saß ein kupferner Mann darin mit einer bleiernen Tafel auf der Brust, auf der mannigfaltige Namen und Talismane geschrieben waren; ich bestieg den Nachen, ohne ein Wort zu sprechen, und der Mann ruderte bis zum neunten Tage mit mir fort, da freute ich mich sehr, denn schon sah ich Inseln und Berge, die mir als ein Zeichen der Rettung galten. Meine Freude hierüber war so groß, dass ich den erhabenen Gott lobte und groß nannte. Kaum aber hatte ich dies getan, so stürzte der Nachen mit mir um und sank unter. Ich musste den ganzen Tag bis zum Abend schwimmen. Als aber die Nacht herankam, meine Arme schon ermüdet, meine Schultern kraftlos waren und ich immer noch nicht wusste, wo ich war, und mich schon darauf gefasst machte, zu ertrinken, erhob sich plötzlich ein heftiger Sturm, das Meer fing an zu toben, es kam eine Welle, so hoch wie ein Berg, auf mich zu und stieß mich ans Land hin, weil Gott auf diese Weise mich retten wollte. Als ich nun im Trocknen war, presste ich meine Kleider aus, breitete sie auf den Boden hin und brachte hier eine lange Nacht zu. Des Morgens kleidete ich mich wieder an, um zu sehen, in welchem Land ich mich befand. Ich sah mich in einer fruchtbaren, mit Bäumen bepflanzten Gegend, und als ich darin umherging, bemerkte ich, dass ich auf einer kleinen Insel mitten im Meere war. Ich sagte: »Es gibt keinen Schutz und keine Macht, außer bei dem erhabenen Gott.« Während ich nun so über meine Lage nachdachte und schon den Tod herbeiwünschte, gewahrte ich in der Ferne ein Schiff mit Menschen, das auf die Insel zukam. Ich stieg auf einen Baum, verbarg mich im Laub und sah, als das Schiff anlandete, zehn Sklaven heraussteigen mit Schaufeln und Körben. Als sie mitten auf der Insel waren, gruben sie die Erde auf, bis sie auf eine Platte stießen. Sie kehrten dann zum Schiffe zurück, brachten Brot und andere Lebensmittel, Mehl, einen Wasserschlauch, Öl, Honig, mehrere Schafe, Früchte, auch allerlei Hausgerätschaften, Schüsseln, Betten, Teppiche, Matten und was man sonst in einer Wohnung braucht, wie Spiegel und ähnliche Dinge. Die Sklaven gingen stets hin und her, vom Schiffe in die Höhle, bis sie alles herbeigebracht hatten. Zuletzt kamen sie wieder mit einem ganz alten Manne, den das Schicksal so hart mitgenommen, dass wenig mehr von ihm übrig geblieben war; er glich einem Gegenstand in einen blauen Lumpen gehüllt, den der Wind hin und her bläst, wie ein Dichter sagte:

> »Ich zittere heftig von dem Schicksale, denn es ist mächtig und furchtbar; früher konnte ich gehen, ohne zu ermüden, jetzt bin ich müde, auch wenn ich mich gar nicht bewege.«

Der alte Mann führte einen hübschen Jüngling an der Hand, der nach der schönsten Form gebildet war: Er glich einem grünen Baumzweige, bezauberte jedes Herz durch seine Anmut und war eben so gebildet, als schön, sodass er alle Leute an Reizen und Tugenden übertraf, wie ein Dichter sagte:

> »Er kam, sich mit der Schönheit selbst zu messen, und sie beugte beschämt ihr Haupt. Man fragte dann: O Schönheit! Hast du je so etwas gesehen? Und sie antwortete: Nein, so etwas niemals.«

Es gingen nun alle zusammen in die Höhle und blieben mehr als zwei Stunden darin; dann kam der Alte mit den Sklaven wieder herauf, der Jüngling aber war nicht mit ihnen; sie schaufelten die Erde wieder eben, wie sie gewesen war, gingen aufs Schiff, und ich sah sie nicht mehr. Als sie weg waren, stieg ich vom Baume, ging auf die Höhle zu, grub mit großer Geduld die Erde weg, bis ich an die Platte kam; als ich diese wegschob, fand ich eine Treppe, und als ich diese hinuntergestiegen war, kam ich in ein reinliches Zimmer mit verschiedenen Betten, Teppichen und Seidenstoffen bedeckt; ich sah den Jüngling auf einem hohen Polster sitzen mit einem Fächer in der Hand. Um ihn herum lagen Früchte, Gemüse und wohlriechende Kräuter. Da er allein in diesem Zimmer war, ward er ganz blass, als er mich erblickte. Ich grüßte ihn und sprach: »Erschrick nicht, mein Herr! Es geschieht dir nichts, ich bin ein Mensch wie du, auch Sohn eines Königs, wie du; das Schicksal hat mich hierhergetrieben, um dir in deiner Einsamkeit Gesellschaft zu leisten; nun erzähle mir, warum du hier so allein unter der Erde wohnst.«

Als ich den Jüngling nach seiner Geschichte fragte, fuhr der Kalender fort, und er sich überzeugte, dass ich seinesgleichen war, freute er sich und sein Gesicht färbte sich wieder; er hieß mich näher treten und sagte: »O, mein Bruder! Meine Geschichte ist wunderbar. Wisse, mein Vater ist Juwelenhändler und besitzt viele Güter und Sklaven. Auch hat er Kaufleute, die für ihn mit Schiffen umherreisen; er macht Geschäfte mit Königen, er ward aber nie mit einem Sohne beschenkt. Einmal aber träumte er, dass er einen Sohn bekommen werde, der aber nicht lange leben könne. Mein Vater stand sehr traurig auf, und in derselben Nacht ward meine Mutter mit mir schwanger, und als ihre Zeit zu Ende war, gebar sich mich zur großen Freude meines Vaters. Als die Sterndeuter meine Geburt aufzeichneten, sagten sie meinem Vater: »Dein Sohn wird fünfzehn Jahre leben, er wird dann in Gefahr kommen, und wenn er ihr entgeht, so ist er eines langen Lebens sicher.« Als Beweis fügten sie noch hinzu: Es sei im Ozean ein Berg, den man den Magnetberg nenne, auf dem ein kupfernes Pferd und ein kupferner Reiter sei, mit einer bleiernen Tafel am Hals, und sein Sohn werde 50 Tage nachher, nachdem der Reiter vom Pferde gefallen, sterben, und zwar wird der, der den Reiter vom Pferde geworfen und Adjib, Sohn des Königs Haßib, heißt, ihn umbringen. Mein Vater ward hierüber sehr betrübt; er gab mir aber dennoch die sorgfältigste Erziehung, bis ich fünfzehn Jahre alt war. Vor zehn Tagen erhielt mein Vater Nachricht, dass der kupferne Reiter von Adjib, Sohn des Königs Haßib, gestürzt worden sei. Als er dies hörte, weinte er heftig, aus Furcht, mich zu verlieren und wurde wie ein Rasender. Er ließ mir dieses Haus unter der Erde bauen, nahm dann ein Schiff und brachte hinein, was ich für viele Tage brauchte. Nun sind von den fünfzig Tagen schon zehn vorüber, es bleiben mir noch vierzig gefährliche Tage, dann wird mein Vater mich wieder holen, denn alles geschah nur aus Furcht vor dem König Adjib, Sohn des Königs Haßib, damit er mich nicht umbringe. Dies ist die Geschichte meiner Absonderung und Einsamkeit.« Als ich, o meine Gebieterin! Diese Geschichte hörte, dachte ich bei mir: Ich habe ja den Reiter gestürzt und heiße Adjib, Sohn des Königs Haßib; aber, bei Gott! Ich werde diesen hier niemals umbringen. Ich sagte ihm dann: »Mein Herr! Du wirst nicht sterben und vor jedem Übel bewahrt sein, es wird alles zum Besten enden, fürchte nur nichts und mache dir keine Sorgen; ich werde diese vierzig Tage bei dir bleiben, dich bedienen und unterhalten, dann mit dir in dein Land gehen, von welchem du mich in das Meinige führen lassen wirst, und du wirst dir dadurch Gottes Lohn verdienen.« Der Jüngling freute sich über meine Rede. Ich setzte mich zu ihm und unterhielt mich mit ihm; dann zündete ich eine Wachskerze an und machte drei Laternen zurecht, reichte ihm eine Schachtel mit Süßigkeiten, und so aßen und unterhielten wir uns den größten Teil der Nacht; dann schlief er ein, ich deckte ihn zu und legte mich hierauf auch schlafen. Des Morgens wärmte ich ihm ein wenig Wasser; weckte ihn leise, und als er erwachte, brachte ich ihm das warme Wasser; er wusch sein Gesicht, dankte mir und sprach: »Bei Gott, wenn ich Adjib, dem Sohne des Königs Haßib, glücklich entkomme und Gott mich aus seiner Hand befreit, so wird mein Vater dich durch alle möglichen Wohltaten belohnen.« »O möchte Gott ein Unglück, das dir begegnen sollte, mir einen Tag früher zuschicken!« sagte ich. Ich holte dann etwas zu essen, und wir aßen miteinander, dann durchräucherte ich das Zimmer und reinigte es, wie spielten und scherzten und belustigten uns und aßen und tranken, bis es Nacht ward; da stand ich endlich auf, zündete die Wachskerzen an, reichte ihm süße Speisen und so aßen und unterhielten wir uns wieder, bis wir zu Bette gingen. So lebten wir Tag und Nacht; ich gewöhnte mich so sehr an ihn, dass ich meinen Kummer und alles, was mir begegnet war, vergaß: Die Liebe zu ihm bemächtigte sich meines ganzen Herzens. Ich dachte, gewiss haben die Sterndeuter gelogen, als sie seinem Vater sagten: Dein Sohn wird von Adjib, Sohn des Königs Haßib, umgebracht werden; denn, bei Gott, ich sehe nicht ein, wie ich diesen Jüngling umbringen sollte, den ich schon seit 39 Tagen bediene und so gut unterhalte. Als der 40. Tag herbeikam, freute sich der Jüngling über seine Rettung und sprach: »O, mein Bruder! Nun sind 40 Tage vorüber, gelobt sei Gott, der mich vom Tode befreit, dies verdanke ich deiner gesegneten Ankunft bei mir: Aber bei Gott, mein Vater soll dir die Wohltaten verdoppeln, die du mir erzeigt, und dich reich und unversehrt in dein Land zurückbringen lassen. Nun aber bitte ich dich noch, mir Wasser zu wärmen, damit ich mich wasche und meine Kleider wechsle.« Ich antwortete ihm: »Recht gern!« machte Wasser warm, ging dann mit dem Jüngling in sein Gemach, wusch ihn sauber, zog ihm andere Kleider an, machte ihm ein hohes Lager zurecht und breitete einen Himmel darüber. Der Jüngling kam und legte sich aufs Bett, denn das Bad hatte ihn schläfrig gemacht. Er sprach: »Mein Bruder, zerschneide doch eine Wassermelone und streue ein wenig Zucker darauf.« Ich holte eine schöne, große Melone herbei, legte sie auf eine Schüssel und sagte: »Mein Herr, wo ist das Messer?« Er antwortete mir: »Es ist vielleicht auf dem Gesimse über meinem Kopfe.« Ich machte schnell einen Schritt über ihn und nahm das Messer aus der Scheide, aber als ich wieder zurückschreiten wollte, glitt mein Fuß aus und ich fiel auf den Jüngling mit dem Messer in der Hand, das gerade ihm ins Herz fuhr, sodass er augenblicklich den Geist aufgab. Als ich sah, dass er tot war und ich selbst ihn getötet hatte, fing ich an, heftig zu schreien, schlug mir ins Gesicht, zerriss meine Kleider und sagte: »O, ihr Geschöpfe Gottes! Es blieb von den 40 Tagen nur noch dieser Einzige übrig, und ich musste ihn noch mit eigener Hand töten! Gott verzeihe mir! O wäre ich doch vor ihm gestorben! Nichts, als Unglück und Jammer! Mag Gott, was geschehen soll, vollziehen!

Als ich mich von seinem Tod überzeugt hatte, fuhr der Kalender fort, und wohl sah, dass es längst so aufgeschrieben und bestimmt war, ging ich die Treppe hinauf, legte die Platte an ihren Ort und bedeckte sie wieder mit Erde. Ich wandte dann meine Augen gegen das Meer und sah das Schiff zurück zur Insel kommen; ich dachte, nun werden sie hier wieder ans Land steigen, und wenn sie den Jüngling ermordet finden und mich bemerken, werden sie mich, als seinen Mörder, gewiss auch umbringen; daher suchte ich wieder einen Baum aus und verbarg mich in seinem Laube. Kaum war ich oben, so landete schon das Schiff, die Sklaven mit dem Alten, dem Vater des Jünglings, stiegen heraus, gingen zur Höhle, gruben die Erde weg und waren erstaunt, als sie sie so locker fanden. Sie stiegen dann hinunter und fanden den Jüngling schlafend, sein Angesicht glänzte noch vom Bad, er hatte hübsche Kleider an, im Herzen aber steckte das Messer und er war tot. Sie schrien alle, schlugen sich ins Gesicht, weinten, jammerten, wehklagten und stießen die grässlichsten Reden aus; der Vater lag lange in Ohnmacht, sodass die Sklaven glaubten, er sei auch gestorben. Endlich kam er wieder zu sich, ging mit den Sklaven hinauf, die den Jüngling in seinen Kleidern eingewickelt, nebst allem, was sonst noch in der Höhle war, mitnahmen und aufs Schiff brachten. Als der Alte hier seinen Sohn auf dem Boden ausgestreckt sah, streute er Erde auf sein Haupt und fiel nochmals in Ohnmacht. Da nahm ein Sklave ein seidenes Kissen, legte den Alten darauf hin und setzte sich ihm zu Häupten. Dies geschah unter dem Baum, auf welchem ich verborgen war, ich sah daher alles, was sie taten. Mein Herz ward vor meinen Haaren grau, wegen meines großen Kummers und Unglücks. Der Alte aber, o Gebieterin! Konnte bis Sonnenuntergang nicht aus seiner Ohnmacht erwachen.

Ich lebte nun einen Monat lang, fuhr der Kalender fort, auf dieser Insel, streifte bei Tag umher und ging abends in das Gemach. Als ich mich einst so auf der Insel umsah, bemerkte ich, wie gegen Sonnenuntergang das Wasser immer austrocknete und abnahm, und es dauerte kaum einen Monat, da war das Wasser ganz ausgetrocknet; ich freute mich sehr, als ich mich gerettet sah, ich schaffte dann dem Wasser, das noch übrig blieb, einen Ablauf und ging aufs feste Land. Hier sah ich nichts als Sand, so weit mein Auge reichte; ich fasste aber Mut, durchwanderte den Sand und bemerkte endlich in der Ferne ein großes, brennendes Feuer. Ich ging darauf zu, denn ich dachte, gewiss hat doch jemand dieses Feuer angezündet, vielleicht finde ich hier einigen Trost. Dabei sprach ich folgende Verse:

> »Vielleicht wird das Schicksal nun seine Zügel anders lenken und mir Gutes bringen, denn die Zeit ist veränderlich; vielleicht wird es meine Hoffnungen begünstigen und meine Wünsche erfüllen. Es werden gewiss nach diesen Umständen andere eintreten.«

Als ich aber dem vermeinten Feuer nahe kam, sah ich, dass es ein mit rotem Kupfer beschlagenes Schloss war, das durch den Glanz der Sonne in der Ferne wie Feuer aussah. Ich war sehr froh darüber und setzte mich. Kaum hatte ich aber Platz genommen, so traten mir zehn reinlich gekleidete Jünglinge entgegen mit einem sehr alten Manne. Allen Jünglingen war ihr rechtes Auge ausgestochen, und ich wunderte mich, so viele Einäugige beisammen zu sehen. Als sie mich erblickten, grüßten sie mich freudig und fragten mich nach meiner Geschichte; ich erzählte ihnen alle Unglücksfälle, die mir widerfahren, und sie waren sehr erstaunt darüber. Sie führten mich dann ins Schloss; dort fand ich zehn Sofas und auf jedem derselben ein blaues Polster mit einer blauen Decke; zwischen diesen größeren Sofas war noch ein ganz kleines, an dem ebenfalls alles blau war. Als wir in diesen Saal traten, setzte sich jeder Jüngling auf ein solches Sofa und der Alte ließ sich auf das kleinere, das in der Mitte stand, nieder. Sie sprachen zu mir: »Junger Mann, setze dich auf den Boden und frage nicht nach unserm halb geblendeten Gesicht.« Der Alte stand dann auf, reichte jedem besonders sein Essen, sowohl ihnen als mir, und wir aßen davon, dann reichte er auch mir und ihnen Wein, ebenfalls jedem besonders, und wir tranken. Sie fingen dann an, sich zu unterhalten und mich über mein Schicksal auszufragen, und über alle wunderbaren Dinge, die mir begegnet waren. Ich erzählte ihnen vieles davon, bis der größte Teil der Nacht verstrichen war; dann sagten die Jünglinge zu dem Alten: »O Alter! Es ist nun Zeit, dass du uns bringst, was unsre Pflicht erfordert, denn es ist schon die Stunde zum Schlafen.« Der Alte ging in ein Nebenzimmer und brachte zehn Schüsseln heraus, jede mit einer blauen Decke zugedeckt; er reichte jedem Jüngling eine; dann zündete er zehn Wachskerzen an und steckte eine auf jede Schüssel; hierauf nahm er den Deckel weg, und siehe da! Es war in der Schüssel: Asche, Kohlenstaub und Pfannenruß; sie beschmierten sich die Gesichter damit, zerrissen ihre Kleider, schlugen sich ins Gesicht und auf die Brust und sagten weinend: »Es war uns so wohl, da ließ uns der Übermut keine Ruhe.« So fuhren sie bis gegen Morgen fort. Dann machte ihnen der Alte warmes Wasser; die Jünglinge wuschen sich und zogen andere Kleider an. Als ich sah, o Gebieterin! Wie sie ihr Gesicht besudelten, verlor ich beinahe meine Fassung, mein Innerstes ward aufgeregt, ich vergaß alles, was mir begegnet war, und konnte nicht länger schweigen: Ich fragte sie daher, was dies bedeute, nachdem wir uns angenehm miteinander unterhalten hatten. Ich sagte zu ihnen: »Ihr seid doch, Dank sei Gott, ganz verständige Leute, aber nur Wahnsinnige tun, was ihr eben getan; ich bitte daher bei allem, was euch teuer ist, sagt mir, was mit euch geschehen, und warum eure Augen ausgestochen wurden und ihr euer Gesicht so mit Asche und Ruß schwärzt.« Sie antworteten: »Junger Mann! Lass dich von deiner Jugend nicht verleiten und höre auf, uns auszufragen.« Sie erhoben sich dann und brachten etwas zu essen; wir aßen zwar, aber in meinem

Herzen brannte ein unlöschbares Feuer, so sehr war mein Innerstes mit ihrem Benehmen beschäftigt. Nun unterhielten wir uns wieder bis abends, worauf der Alte Wein brachte, den wir bis Mitternacht tranken; dann sagten die Jünglinge zu dem Alten: »Bring uns das, was wir zur Erfüllung unserer Pflicht brauchen!« Er ging nun und kam nach einer Weile wieder mit den gewöhnlichen Schüsseln, und sie taten dasselbe wie in der vorigen Nacht; nicht anders, weder mehr noch weniger. Kurz, meine Gebieterin! Ich blieb einen Monat bei ihnen; sie taten jede Nacht dasselbe und des Morgens wuschen sie sich wieder. Ich erstaunte stets von Neuem und war zuletzt so missmutig und ungeduldig, dass ich nicht mehr essen und trinken mochte. Ich sagte ihnen dann: »O ihr Jünglinge! Wollt ihr meinen Kummer nicht verscheuchen und mir nicht sagen, warum ihr euer Gesicht so beschmiert und dabei sagt: Wir waren so glücklich, da ließ uns der Übermut keine Ruhe! So lasst mich von euch wegziehen und zu meiner Familie zurückkehren, damit ich einmal vor diesem so außerordentlichen Anblick Ruhe bekomme; das Sprichwort sagt: Was das Auge nicht sieht, betrübt das Herz nicht; drum ist's besser, ich entferne mich von euch.«

Als sie dies hörten, sprachen sie: »O Jüngling! Nur aus Mitleid mit dir haben wir dir bisher dies verborgen, denn es möchte dir auch gehen, wie uns.« Als ich aber darauf bestand, alles zu wissen, sagten sie noch einmal: »Folge unserm Rate, frage nicht mehr nach unserm Zustande, sonst wirst du einäugig werden wie wir.« Da ich aber nicht nachgab, sagten sie: »Wenn es dir so geht, wie wir voraussehen, so werden wir dich nicht mehr beherbergen, du darfst dann nicht mehr bei uns wohnen.« Sie gingen hierauf, schlachteten ein Lamm, zogen ihm die Haut ab und sagten mir: »Nimm dieses Messer und lege dich in diese Haut; wir werden dich darein nähen, dann weggehen und dich liegen lassen. Es wird ein Vogel kommen, der Roch heißt, dich zwischen seine Füße nehmen und mit dir gen Himmel fliegen. Nach einer Weile wirst du fühlen, dass er dich auf einen Berg niederlegt, du schlitzest dann die Haut mit diesem Messer und schlüpfst heraus. Der Vogel wird davon fliegen, sobald er dich sieht. Mache dich dann gleich auf und gehe einen halben Tag lang, bis du ein hohes Schloss finden wirst, das in der Luft steht, mit rotem Gold beschlagen und mit Smaragd und vielen Edelsteinen verziert ist; es ist von keinem anderen Holz als Sandelholz und Aloe gebaut. Geh in dies Schloss hinein, und du hast, was du begehrt; denn unser Eingang ins Schloss ist die Ursache des Beschmierens unseres Angesichts und des Ausstechens unserer Augen. Wollten wir dir das Nähere erzählen, so würde unsere Geschichte zu lange dauern, denn jedem von uns ist sein Auge auf eine andere Weise ausgestochen worden.«

Die Jünglinge nähten also die Lammhaut um mich, fuhr der Kalender fort, und gingen ins Schloss. Nach einer Weile kam der Vogel, nahm mich zwischen die Füße, flog mit mir davon und legte mich auf den Berg nieder. Ich zerschlitzte die Haut und schlüpfte heraus; als der Vogel dies sah, flog er davon und ich begab mich sogleich nach dem Schloss, das ich so fand, wie es mir beschrieben worden war. Da ich die Türe offen sah, trat ich hinein und fand es schön und geräumig, wie eine Rennbahn; rings herum waren hundert Schatzkammern mit Türen von Sandelholz und Aloe, mit rotgoldenen Platten belegt und mit silbernen Ringen. Mitten im Schloss sah ich vierzig Mädchen, wie der Mond; man konnte sie nicht genug ansehen. Sie hatten die kostbarsten Kleider und den reichsten Schmuck an. Als sie mich sahen, sagten alle auf einmal: »Willkommen! Wir freuen uns, Euch zu sehen, unsern Herrn. Wir erwarten schon seit Monaten einen Jüngling wie du. Gelobt sei Gott, der uns jemanden brachte, der unsrer eben so würdig ist, als wir seiner.« Hierauf liefen sie mir entgegen, ließen mich auf ein hohes Polster sitzen und sprachen: »Du bist nun unser Herr und Richter, wir sind deine ergebenen Sklavinnen, du kannst befehlen, was du willst.« Ich war sehr erstaunt über diese Anrede; und im Augenblick reichten mir einige unter ihnen zu essen, andere wärmten Wasser und wuschen mir die Hände und Füße, andere brachten mir frische Kleider, wieder andere schenkten mir Wein ein, und man sah ihnen an, wie sehr sie sich über meine Ankunft freuten; dann setzen sie sich und erkundigten sich nach meinem Zustand, bis die Nacht heranbrach.

Als es Nacht war, o Gebieterin! Fuhr der Kalender fort, versammelten sie sich wieder um mich her; fünf von ihnen legten eine Matte auf den Boden und rings umher frische und trockene Früchte und wohlriechende Kräuter; auch ein Krug Wein ward bereitgestellt. Wir setzten uns, tranken und die Mädchen versammelten sich um mich. Einige sangen, andere spielten Zither und Laute und auch andere Instrumente; die Becher und die Schalen gingen im Kreise herum, und ich war so vergnügt, dass ich allen Kummer der Welt vergaß. Ich dachte: Das ist das wahre Leben, wäre es nur nicht so vergänglich! Wir blieben so beisammen, bis der größte Teil der Nacht vorüber war und wir alle betrunken wurden. Nun begann ein fröhlicher Ball, die Mädchen tanzten miteinander, je zwei und zwei, mit unübertrefflicher Grazie. Als auch diese Lust zu Ende war, da sprachen sie: »Unser Herr! Wähle dir eine unter uns, welche die Nacht mit dir zubringe; dann darf sie aber vierzig Nächte lang nicht mehr bei dir sein.« Ich wählte eine mit hübschem Gesicht, die Augen wie Kohle, schwarze Haare, Zähne wie Eis und dichte Augenbrauen, wie der Zweig von Basilikum. Sie ergötzte das Auge und entzückte das Herz, so wie ein Dichter sagte:

> »Sie ist schmiegsam, wie die Zweige des Ban, den der Zephyr bewegt; wie reizend und anziehend ist sie, wenn sie geht! Bei ihrem

> Lächeln glänzen ihre Zähne, sodass wir sie für einen Blitzstrahl halten können, der neben Sternen leuchtet. Von ihren kohlenschwarzen Haaren hängen Locken herunter, die den hellen Mittag in die Wolken der Nacht hüllen; zeigt sie aber ihr Angesicht in der Finsternis, so beleuchtet sie alles von Osten bis Westen. Aus Irrtum vergleicht man ihren Wuchs mit dem schönsten Zweig und mit Unrecht ihre Reize mit denen einer Gazelle. Wo sollte eine Gazelle ihren schönen Ausdruck hernehmen? Ihre liebenswürdige Gesellschaft ist einzig. Ihre weiten Augen, die in der Liebe so gefährlich sind, fesseln plötzlich den von ihr Verwundeten; ich fühlte eine heidnische Liebe zu ihr; kann man aber über einen kranken Liebenden sich wundern, der seinen Glauben vergisst?«

Ich legte mich dann nieder und nie habe ich eine schönere Nacht gehabt.

Als ich des Morgens aufstand, so erzählte der Kalender weiter, führten mich die Mädchen in ein Bad, das im Schlosse war; und als ich gewaschen war, kleideten sie mich in kostbare Kleider, dann brachten sie, zu essen. Wir aßen und tranken auch den Wein, den sie holten; die Becher kreisten bis zur Nacht, hierauf sagten sie: »Wähle eine von uns, die diese Nacht bei dir bleiben soll, wir stehen dir alle zu Diensten.« Ich wählte hierauf ein sanftes Wesen mit zarten Hüften, wie ein Dichter sagte:

> »Ich erblickte an ihrem Busen zwei festgeschlossene Knospen, die der Liebende nicht umfassen darf; sie bewacht sie mit den Pfeilen ihrer Blicke, die sie dem entgegenschleudert, der Gewalt gebraucht.«

Ich brachte abermals eine herrliche Nacht zu; des Morgens ging ich wieder ins Bad und zog frische Kleider an. Kurz, meine Gebieterin, ich verlebte die schönste Zeit bei ihnen, wählte jede Nacht eine andere von den vierzig Mädchen, und so verging mit Essen, Trinken und Belustigungen ein ganzes Jahr. Aber am Anfang des folgenden Jahres fingen die Mädchen an zu wehklagen, sich an mich zu hängen und weinend Abschied zu nehmen. Ich fragte ganz erstaunt, was denn vorgefallen sei, dass sie mir so das Herz betrübten. Sie antworteten: »O hätten wir dich nie gekannt! Wir haben schon viele kennengelernt, doch noch niemand, der so angenehm gewesen, als du; noch nie sahen wir einen so feinen Mann.« Dann weinten sie wieder und ich fragte sie noch einmal: »Warum weinet ihr? Mein Herz zerspringt um euretwillen.« Jetzt antworteten sie alle auf einmal. »Du allein kannst Ursache unsrer Trennung werden; gehorchst du uns, so werden wir uns nie trennen, bist du aber ungehorsam, so müssen wir voneinander scheiden. Unser Herz sagt uns aber, dass du uns nicht gehorchen wirst, und darum weinen wir.« Ich bat sie, mir zu sagen, um was es sich eigentlich handle, und sie sprachen: »Wisse, o Herr und Gebieter! Wir alle sind Königstöchter und leben hier schon viele Jahre beisammen. Jedes Jahr müssen wir vierzig Tage von hier abwesend sein, dann kehren wir wieder und bleiben das ganze Jahr hier, essen, trinken und belustigen uns. Was nun deinen Ungehorsam gegen uns betrifft, so hat es damit folgende Bewandtnis. Wir werden dir während unsrer vierzigtägigen Abwesenheit alle Schlüssel des Schlosses überlassen; du findest darin hundert Schatzkammern, öffne sie, zerstreue dich damit, esse und trinke. Jede Türe, die du öffnest, wird dir auf einen Tag Unterhaltung gewähren; nur eine einzige Schatzkammer darfst du nicht öffnen, dich ihr nicht einmal nähern, sonst sind wir auf immer geschieden; hier allein könntest du uns ungehorsam werden. Doch hast du über neunundneunzig Schatzkammern zu gebieten; du kannst alle öffnen und dich darin ergehen, öffnest du aber diese hundertste Schatzkammer, die mit der Türe von rotem Golde, so müssen wir getrennt bleiben.«

Die vierzig Mädchen ermahnten und warnten mich lange, fuhr der Kalender fort, beschwuren mich bei Gott und ihrem Leben, doch ja nicht unsere Trennung zu verursachen, sie baten mich, die vierzig Tage hindurch Geduld zu haben, bis sie wiederkehren würden; hierauf überlieferten sie mir die Schlüssel und wiederholten noch einmal: »Hüte dich wohl, die eine Schatzkammer zu öffnen!« Es umarmte mich dann eines der Mädchen und sprach folgende Verse:

> »Als sie zur Trennung sich nahte, war ihr Herz zwischen Liebe und Verzweiflung geteilt; sie weinte frische Perlen und aus meinem Auge flossen blutige Tränen wie Karneol, sie bildeten zusammen eine Schnur auf ihrem Halse.«

Ich nahm Abschied von ihr und sagte: »Bei Gott! Ich werde jene Türe niemals öffnen!« Sie gingen dann fort und machten noch warnende Zeichen mit der Hand. Ich blieb allein im Schloss und beschloss bei mir, diese Türe nicht zu öffnen, um niemals von ihnen getrennt zu werden. Ich ging jetzt und öffnete die erste Schatzkammer; als ich hineinkam, fand ich einen Garten wie ein Paradies. Es waren mannigfaltige Früchte darin, dicht ineinander verflochtene Zweige, singende Vögel, murmelnde Gewässer. Mein Herz erweiterte sich bei diesem Anblick. Ich lief zwischen den Bäumen umher, atmete den Wohlgeruch der Blumen, hörte das Gespräch der Vögel, die den einzigen mächtigen Gott priesen! Wie ein Dichter von Äpfeln sagte:

> »Mancher Apfel vereinigt zwei Farben, die der aneinanderliegenden Wangen eines Liebespaares, welches auf einem Polster sich

> umarmt und erschreckt wird. Sie errötet vor Scham und er erblasst vor Furcht.«[19]

Ich sah dann Birnen, die besser als Julep und Zucker schmeckten und angenehmer als Moschus und Ambra rochen, so wie ein Dichter sagte:

> »Quitten vereinigen alle Annehmlichkeiten der Welt und sind als die vorzüglichsten Früchte bekannt; sie schmecken wie Wein, haben den Wohlgeruch des Moschus, ihre Farbe ist golden und ihre Form wie die des Mondes.«[20]

Ich bemerkte auch Aprikosen, die dem Auge so wohl gefallen wie Rubin, ging dann aus diesem Garten und verschloss die Türe. Am folgenden Morgen öffnete ich eine andere Türe; hier sah ich einen großen Platz, in dessen Mitte ein Bach einen Kreis bildete, und rings umher waren allerlei wohlriechende Blumen gepflanzt: Rosen, Jasmin, weise Rosen, Narzissen, Veilchen, Levkojen, Anemonen und Lilien; es wehte gerade ein leiser Wind über diese Blumen, sodass der ganze Raum mit Wohlgerüchen angefüllt war; ich unterhielt mich hier und fing an, meinen Kummer zu vergessen. Als ich fortging, schloss ich auch diese Türe und öffnete eine dritte. Hier fand ich einen großen Saal mit verschiedenem Marmor und anderen kostbaren Steinen durchschnitten. Es waren Käfige von Sandel- und Aloeholz darin mit singenden Vögeln, Nachtigallen, Ringeltauben, Turteltauben und noch vielen anderen Tieren. Hier ward mir ganz wohl und mein Kummer verließ mich. Ich ging schlafen und am folgenden Morgen öffnete ich die vierte Türe. Hier stand ein großes Haus mit vierzig Schatzkammern rings herum, alle mit offenen Türen. Ich ging hinein und sah Perlen, Smaragd, Rubin, Karfunkel und ganze Haufen von Silber und Gold; mir schwindelte der Kopf, als ich so viele Reichtümer sah und dachte, solche Schätze können nur großen Königen gehören, und ich glaube, dass wenn alle Könige der Erde sich vereinigten, sie nicht einmal so viele zusammenbringen könnten. Ich ward ganz heiter und dachte: Jetzt bin ich der König meiner Zeit, der Herr so mannigfaltiger Dinge, Reichtümer und Mädchen, die niemand außer mir hat. So, meine Gebieterin! Brachte ich meine Tage und meine Nächte zu, bis neununddreißig Nächte vorüber waren, es blieb also nur noch ein Tag übrig; schon hatte ich alle neunundneunzig Türen geöffnet, und es war die hundertste allein, die man mir eben verboten hatte. Diese verschlossene

[19] So im Texte, d. h.: Ich sah auch Äpfel, auf welche folgende Verse passen.

[20] Hier fehlen wahrscheinlich die auf die Birnen bezüglichen Verse, sowie die Worte: »Dann sah ich eine Quitte, auf welche folgende Verse passen.«

Türe beunruhigte und quälte mich, der Teufel bemächtigte sich meiner und ich hatte nicht Kraft genug, zu widerstehen. Zwar blieb nur noch eine Nacht übrig, dann wären die Mädchen zurückgekehrt, um wieder ein ganzes Jahr bei mir zu bleiben.

Aber der Teufel überwältigte mich, ich öffnete die mit rotem Golde beschlagene Tür; als ich hineintrat, umfing mich ein so feiner und zugleich starker Geruch, dass ich zu Boden stürzte. Ich machte mir aber wieder Mut und ging vollends in diese Schatzkammer hinein, deren Boden mit Safran bestreut war; ich fand wohlriechende Wachskerzen und silberne und goldene Lampen, in denen die feinsten Öle brannten; die Wachskerzen waren mit Ambra und Aloeholz besteckt; dann sah ich zwei große Rauchfässer, wie ein Waschbecken, mit Kohlen und Weihrauch, aus denen der Dampf des Moschus und Safran in die Höhe stieg. Ich bemerkte dann auch ein Pferd, so schwarz und schwärzer noch als die Nacht; vor ihm war eine Krippe von weißem Kristall, auf der einen Seite lag geschälter Sesam und auf der anderen stand Rosenwasser. Das Pferd hatte einen Zaum an und war mit einem goldenen Sattel bedeckt. Dies Pferd erregte bei mir das größte Staunen, ich dachte, es müsse eine hohe Bedeutung haben. Der Teufel trieb mich dann wieder an, und ich führte das Pferd ins Freie und bestieg es; es wich aber nicht von der Stelle; ich spornte es und es bewegte sich nicht, darüber geriet ich in Zorn und schlug es mit der Peitsche; als es den Hieb fühlte, da wieherte es wie der Donner, schlug zwei Flügel auf und flog dann mit mir vom Schlosse weg in die Luft, bis man es nicht mehr sehen konnte. Es ließ sich dann mit mir auf dem Dach eines Schlosses nieder, schüttelte mich von seinem Rücken ab, schlug mir heftig mit dem Schweife ins Gesicht, sodass mein Auge auf meine Wange auslief und ich halb blind war. Ich sagte: »Es gibt keinen Schutz und keine Macht, außer beim erhabenen Gott!« So hatte ich nicht geruht, bis ich wie die übrigen jungen Leute geworden. Als ich vom Dache herunter ins Schloss stieg, fand ich die zehn blau überzogenen Sofas; und siehe da, es war das Schloss der zehn halb blinden Jünglinge, deren Rat ich nicht befolgt. Ich hatte mich kaum auf einem dieser Sofas niedergelassen, da kamen auch schon die Jünglinge mit dem Alten herbei.

Als sie mich sahen, sagten sie weder Willkomm noch Gruß dem Gaste, sondern die Worte: »Bei Gott, wir beherbergen dich nicht mehr, denn auch du bist nicht der Gefahr entronnen.« Ich erwiderte ihnen: »Es geschah so, weil ich nicht ruhte, bis ich euch nach der Ursache eurer beschmierten Gesichter gefragt hatte.« Sie aber sagten: »Es ging einem jeden von uns wie dir: Auch wir hatten das schönste und angenehmste Leben und konnten uns nicht vierzig Tage gedulden, um dann wieder ein Jahr zu essen, zu trinken und uns zu belustigen, auf seidenen Stoffen zu schlafen, den Wein aus kristallenen Gefäßen zu schlürfen und an einem schönen Busen auszuruhen, wir begnügten uns nicht in unserem Übermute, bis unsere Augen ausgeschlagen waren, und nun weinen wir über das, was vorüber ist.« Ich sagte ihnen dann: »Nehmt mir nicht übel, da ich doch nun Euresgleichen bin, so reicht mir die rußigen Schüsseln, dass ich auch mein Gesicht schwärze«, wobei ich heftig weinte. Sie sprachen aber: »Bei Gott, wir beherbergen dich nicht, du kannst nicht bei uns bleiben, ziehe fort nach Bagdad, dort findest du vielleicht Hilfe gegen dein Missgeschick.«

Nun war mir sehr bang, als mich diese fortjagten, ich überdachte alles Unglück, das mir widerfahren, wie ich den jungen Mann getötet und meinen sonstigen Gram und Kummer und sagte: »Es ist wahr, es war mir wohl, da ließ mir mein Übermut keine Ruhe.« Nun ward ich so verzweifelt, dass ich meinen Bart nebst meinen Augenbrauen abscheren ließ, der Welt entsagte und als halb blinder Kalender ins Land Gottes wallfahrtete. Gott ließ mich nun glücklich diesen Abend nach Bagdad gelangen, wo ich diese beiden fand, die nicht wussten, wohin sie wollten; ich grüßte sie und sagte ihnen, dass ich fremd wäre; sie sagten, auch sie wären Fremde; so trafen wir drei halb Blinde am rechten Auge zu unserm größten Erstaunen zusammen. Dies, o meine Gebieterin! Ist die Ursache, warum ich mein Auge verloren und meinen Bart abgeschoren habe.

Da sprach das Mädchen: »Dein Leben ist dir geschenkt, ziehe fort mit deinen Kameraden und dem Träger;« aber alle riefen: »Bei Gott! Wir weichen nicht von hier, bis wir die Geschichte unserer Gefährten hier vernommen.« Das Mädchen wandte sich jetzt zum Kalifen, zu Diafar und Masrur, und sagte zu ihnen: »Erzählt mir eure Geschichte!« Da entgegnete Diafar: »Wir sind aus Mosul und kamen mit Waren hierher; als wir in eurem Land einkauften und verkauften, lud uns diese Nacht einer eurer Kaufleute zu einer Mahlzeit, zugleich aber auch von unserer Gesellschaft alle, die in demselben Wirtshause wohnten. Wir gingen zu ihm und brachten eine schöne Zeit bei ihm zu; der Wein war klar, der Saal hübsch, nicht minder die Sängerinnen. Man hatte von Verschiedenem gesprochen, da kam es zu einem lauten Wortwechsel zwischen den Gästen; der Polizeibeamte erschien, nahm einige von uns fest, während andere die Flucht ergriffen. Zu Letzteren gehörten auch wir; fanden aber das Haus geschlossen, das erst des Morgens wieder geöffnet wird. Nun waren wir in Verlegenheit und wussten nicht, wohin wir uns wenden sollten, auch fürchteten wir, von der Polizei eingeholt und festgenommen zu werden, was unserm Rufe hätte schaden können. Nun leitete uns das Geschick zu euch; wir hörten schönen Gesang und fröhliches Gespräch und dachten, dass hier ein großes Fest gehalten würde, wo viele Leute beisammen sind, und entschlossen uns, einzutreten, um euch unsere Dienste anzubieten und die Nacht bei euch angenehm zu vollenden. Ihr glaubtet uns, waret so gütig, uns einzulassen, und seid sehr gefällig und achtungsvoll gegen uns. Jetzt wisst ihr, warum wir hierher gekommen.« Da riefen die Kalender: »Wir wünschen sehr, o Gebieterin! Dass du uns diese drei Leute schenktest, damit wir alle gut von hier entlassen werden.« Das Mädchen wandte sich sogleich zu der ganzen Gesellschaft und sprach: »Es sei so!« und alle gingen nun fort aus dem Hause.

Der Kalif fragte dann die Kalender, wo sie hin wollten, da doch die Morgenröte noch nicht angebrochen sei. Jene antworteten: »Bei Gott, wir wissen es nicht.« Da versetzte er: »Kommt, schlaft bei uns.« Der Kalif sagte dann heimlich zu Djafar: »Diese Leute werden bei dir übernachten, morgen aber bringe sie zu mir, damit wir eines jeden Geschichte und Abenteuer aufzeichnen.« Djafar befolgte den Befehl des Kalifen. Dieser ging in sein Schloss, konnte aber vor vielem Nachdenken über die Geschichte der Kalender nicht schlafen, die Königssöhne waren, und sich nun in einem solchen Zustande befanden. Auch war er sehr mit der Geschichte der Frau mit den schwarzen Hündinnen, so wie der andern, mit der Peitsche geschlagenen, beschäftigt. Er konnte nicht schlafen und den Morgen kaum erwarten, wo er sich dann auf den Thron setzte und dem Vezier Djafar, der zu ihm hereintrat und die Erde vor ihm küsste, sagte: »Es ist keine Zeit zu verlieren, hole mir schnell jene Frauen, damit ich die Geschichte der zwei schwarzen Hunde höre, bring auch die Kalender mit, eile aber schnell!« Als der Kalif dies sehr heftig ausrief, eilte Djafar fort, und nach einer Weile kam er mit den drei Mädchen und den drei Kalendern wieder; er stellte die Ersteren vor den Kalifen und die Letzteren hinter einen Vorhang. Dann sprach Djafar: »Wir sind gnädig gegen euch, denn ihr seid uns mit Güte und Gastfreundschaft entgegen gekommen. Ihr wisst wohl nicht, vor wem ihr hier steht; ich will euch aber damit bekannt machen. Ihr seid hier in Gegenwart des Siebenten der Abbasiden, ihr steht vor Raschid, Sohn des Mahdi, Sohn des Hadi, Sohn des Saffah,[21] Sohn des Mansur. Seid also beredter Zunge und sichern Blicks und sagt nur die Wahrheit; seid aufrichtig, meidet die Lüge, sollte auch die Wahrheit euch wie das Feuer der Hölle brennen. Sage du nun, sprach er zur ältesten, dem Kalifen zuerst, warum du die zwei Hunde so misshandeltest und nachher mit ihnen weintest.«

Als die Dame hörte, dass Djafar so im Namen des Kalifen mit ihr sprach, sagte sie:

---

[21] Sowohl die Zahl sieben, als die Reihenfolge der Ahnen Raschids ist falsch im Text angegeben. Harun arraschid war Bruder des Hady (Musa), Sohn des Mahdi, Sohn des Mansur, Bruder des Saffah.

Geschichte des ersten Mädchens.

Mir ist eine wunderbare Geschichte widerfahren; wenn man sie mit der Nadel in die Tiefe des Auges schreiben wollte, so wäre es eine Warnung und Lehre für einen jeden; denn diese zwei schwarzen Hündinnen sind meine Schwestern. Wir waren drei Schwestern von einem Vater: Aber diese beiden Mädchen, von denen die eine Spuren der Schläge an sich trägt, und die andere die Wirtschafterin ist, sind von einer anderen Mutter. Als unser Vater starb, gingen diese beiden Schwestern zu ihrer Mutter, sobald des Vaters Erbe verteilt war; so vergingen viele Tage, bis unsere Mutter starb, die uns 3000 Dinare hinterließ, jede von uns erhielt 1000 Dinare als Anteil. Ich war die Jüngste von ihnen. Meine beiden Schwestern statteten sich aus und heirateten. Der Gemahl der Ältesten nahm sein und ihr Vermögen, packte Waren ein und reiste damit fort; er blieb fünf Jahre aus, verzehrte das ganze Vermögen, kam dann wieder zurück, aber behielt seine Frau nicht bei sich, sondern ließ sie im fremden Lande. Sie reiste in der Welt herum, und ich wusste nichts von ihr. Nach fünf Jahren kam sie zu mir als eine Bettlerin, mit zerlumpten Kleidern und in einem alten schmutzigen Aufzuge; sie war im erbärmlichsten Zustande. Als ich sie sah, erschrak ich und sagte zu ihr: »Was bedeutet dieser Zustand?« Sie antwortete mir: »Diese Worte helfen nichts, die Feder hat das göttliche Urteil aufgezeichnet.«[22] Hierauf, o Fürst der Gläubigen, führte ich sie ins Bad und zog ihr die schönsten Kleider an, kochte ihr auch Suppe, gab ihr Wein zu trinken und bediente sie einen Monat lang; dann sagte ich zu ihr: »O meine Schwester! Du bist unsere Älteste und an unsrer Mutter Statt, hier ist mein Vermögen, das Gott gesegnet hat, indem ich Seide spann und reinigte; mein Vermögen ist rein, nimm es hin, wir wollen gleich sein.« Ich erzeigte ihr die größten Wohltaten, sie blieb ein ganzes Jahr bei mir. Wir waren besorgt über das Los unserer anderen Schwester, als diese endlich in einem noch elenderen Aufzuge, als die ältere, ankam. Ich tat noch mehr für sie, als für jene. Einst sagten sie mir: »Wir wollen nicht ledig bleiben, sondern wieder heiraten.« Ich antwortete ihnen: »Ihr habt kein Glück in der Ehe; es gibt wenig gute Männer, bleibt lieber bei mir, wir werden einander gegenseitig trösten; ihr habt ja schon die Ehe gekostet und sie hat euch nichts Gutes gebracht.« Sie hörten aber nicht auf meine Rede und heirateten ohne meine Erlaubnis; ich musste sie ein zweites Mal von dem Meinigen ausstatten.

Es dauerte aber nicht lange, da nahmen ihre Männer alles, was sie hatten, reisten damit fort und verließen meine Schwestern. Diese kamen jetzt wieder zu mir und entschuldigten sich. Sie sagten: »O Schwester! Du bist jün-

---

[22] D. h., es ging mir, wie es von Gott bestimmt war.

ger als wir an Jahren, aber älter an Verstand. Nun sei dies das erste und letzte Mal, dass wir mit unserer Zunge eines Gatten erwähnen. Nimm uns als Sklavinnen zu dir, damit wir nur zu leben haben.« Ich sagte ihnen: »O meine Schwestern! Es ist mir niemand so teuer als ihr.« Ich wendete mich ihnen wieder in Liebe zu und verehrte sie noch mehr als früher. Wir lebten so drei Jahre lang; ich sah jeden Tag mein Vermögen zunehmen und meine Verhältnisse sich bessern.

Da wollte ich einmal, o Fürst der Gläubigen! Waren nach Bassrah verschicken; ich verschaffte mir ein großes Schiff und lud die Waren und viele Gerätschaften, deren ich bedurfte, darauf. Der Wind war uns günstig, aber wir fuhren doch zwanzig Tage lang fort, Tag und Nacht, bis wir endlich bemerkten, dass wir verirrt waren. Am zwanzigsten Tage stieg der Späher aufs Schiff, um sich umzuschauen und rief: »Gute Nachricht!« und stieg freudig herunter. Dann sagte er: »Ich habe in der Ferne etwas wie eine Stadt gesehen.« Wir freuten uns alle und kaum verging eine Stunde, so hatte das Schiff auch schon diese Stadt erreicht; ich stieg aus, um mich darin umzusehen, da erblickte ich Menschen am Tore mit Stäben in der Hand; ich näherte mich ihnen und sah, dass sie versteinert waren. Als ich ins Innere der Stadt kam, fand ich ebenfalls in den Basars alles versteinert. Keiner besuchte den andern, niemand blies Feuer an; ich sah in der Stadt nichts als versteinerte Menschen, wie Bildsäulen. Da erblickte ich eine Türe mit rotem Gold beschlagen, mit einem seidenen Vorhang und einer Lampe darüber; ich dachte, das ist bei Gott sonderbar, hier muss doch wohl ein Mensch sein! Ich trat zur Türe hinein und fand einen leeren Saal, in dem ich mich ganz allein befand; ich ging von diesem Saale noch in viele andere, bis ich endlich ins Frauengemach kam, das auf den höchsten Wohlstand deutet. Alle Wände waren mit goldbestickten Vorhängen verziert; hier sah ich die Königin schlafen, mit Perlen geschmückt, so groß wie Haselnüsse, auf ihrem Haupte eine Krone, mit Edelsteinen besetzt.

Das Schloss, fuhr das Mädchen dem Kalifen zu erzählen fort, war mit seidenen, goldgeblümten Teppichen bedeckt. Mitten im Saale stand ein Himmelbett von Elfenbein, mit Gold belegt und zwei grünen Smaragden, es hing ein Vorhang, mit Perlen gestickt, darüber hinunter, hinter dem Vorhange sah ich ein Licht hervorleuchten; ich bestieg dieses Himmelbett, steckte meinen Kopf durch den Vorhang hinein, und da fand ich, o Fürst der Gläubigen! Einen Edelstein, so groß wie ein Straußen-Ei, auf einem kleinen Postamente liegend, so stark glänzend, dass man fast geblendet wurde; es war ferner dort ein Bett gemacht und eine seidene Decke lag darüber. Neben dem Kopfkissen brannten zwei Wachskerzen. Niemand aber war zu sehen. Ich war sehr erstaunt und dachte: »Es kann doch nur ein Mensch diese Wachskerzen angezündet haben,« und ich wandte mich weg.

Da kam ich in eine Küche, dann in königliche Vorratskammern, und so ging ich immerfort von einem Gemach ins andere, bis ich mich selbst vergaß über alles Wunderbare, das mir in dieser Stadt begegnet. Endlich ward es Nacht, ich ging eine Weile im Dunklen herum und wusste nicht, wohin mich wenden, als ich wieder den Thron und den Vorhang bemerkte, hinter welchem das Licht war; ich legte mich aufs Bett, deckte mich mit der Decke zu, konnte aber nicht einschlafen. Um Mitternacht hörte ich eine zarte Stimme etwas lesen. Ich freute mich, stand auf und folgte der Stimme, bis ich an ein Zimmer kam, dessen Türe geschlossen war: Ich schaute durch die Spalten der Türe und sah eine Art Kapelle, mit einer Kanzel, mit hängenden Lampen und einem Lesepult mit Wachskerzen. Auch war ein kleiner Teppich auf dem Boden ausgebreitet, auf welchem ein hübscher Jüngling saß, er hatte einen Koran in Heften vor sich liegen und las. Ich konnte nicht begreifen, wie dieser Jüngling allein davon gekommen sein sollte, während alle übrigen Einwohner versteinert worden, und dachte mir irgendeinen wunderbaren Grund. Ich öffnete hierauf die Türe, trat in die Kapelle, grüßte den Jüngling und sprach: »Gelobt sei Gott, der mich dir zugeführt, damit du uns und unser Schiff rettest, und wir nach Hause zurückkehren können. O Herr! Ich beschwöre dich bei der Wahrheit dessen, was du eben gelesen, antworte mir!« Der Jüngling sah mich lächelnd an und sagte: »O Mädchen! Erzähle mir erst, wie du hierher gekommen, nachher will ich dir auch meine Geschichte und die von der versteinerten Stadt erzählen, so wie die Ursache meiner Rettung.« Ich erzählte ihm, wie unser Schiff zwanzig Tage umher geirrt, fragte ihn dann, warum die Leute dieser Stadt versteinert worden; da sagte er: »Warte ein wenig, ich will dir's gleich erzählen;« er legte dann sein Buch weg.

Als er das Buch auf die Seite, wohin man sich zum Beten wendet, gelegt hatte, fuhr das Mädchen zu erzählen fort, hieß er mich neben sich sitzen, und ich sah ein Gesicht so schön wie der Vollmond, er besaß alle Reize, Gott hatte ihn mit dem Gewande der Vollkommenheit umhüllt und es mit seinen Wangen schön geschmückt, wie ein Dichter sagte:

> »Ich schwöre bei der Trunkenheit seiner Augen, bei seinem Blicke, bei den Pfeilen, die seine Reize versenden, bei seiner weißen Stirne und seinen schwarzen Haaren, bei den Augenbrauen, die mir den Schlaf geraubt und mich unterjocht haben, bei der Gefahr, die seine Haarlocken verbreiten, die den Liebenden durch seine Trennung mit Tod bedrohen, bei den Rosen seiner Wangen und den Myrten seiner Schläfe, bei dem Karneol seines Mundes und den Perlen seiner Zähne, bei dem Wohlgeruch seines Atems und dem süßen Wasser seines Speichels, wo Honig mit klarem Weine gepaart, Bei

seinem Halse und schönem Bau der Granatäpfel auf seiner Brust, bei der Feinheit seiner Hüften, bei der Seide seiner Haut und der Zartheit seines Geistes und bei allem, was er von Schönheit umschließt, bei seiner freigebigen Hand und aufrichtigen Zunge, bei seinem edlen Stamm und erhabenen Range. Der Moschusgeruch ist nichts anderes als seine Ausdünstung, und der Ambraduft ist von ihm entnommen. Auch die leuchtende Sonne stehet so tief unter ihm wie einer seiner abgeschnittenen Nägel.«

Der erste Blick, den ich auf ihn warf, brachte mir schon Gefahr; mein Herz ward durch Liebe an ihn gebunden. Ich sagte ihm: »O mein Herr! Geliebter meines Herzens! Erzähle mir die Geschichte deiner Stadt«, und er erwiderte: »Wisse, o Magd Gottes! Diese Stadt gehörte meinem Vater, er ist der schwarze Stein innerhalb des Schlosses, den du bei der Königin, meiner Mutter, im Schlafkabinette gesehen. Die Einwohner dieser Stadt waren Magier, die das Feuer anbeteten und bei ihm schworen, nicht beim allmächtigen König. Mein Vater hatte mich durch göttliche Gnade in hohem Alter erhalten. Als ich heranwuchs, lehrte mich eine alte Frau, die bei uns im Hause war, den Koran, auch sagte sie mir, bete nur den erhabenen Gott an. Ich lernte den Koran bei ihr, ohne dass mein Vater und meine Leute etwas davon wussten. Eines Tages hörten wir eine furchtbare Stimme, welche rief: Ihr Bewohner dieser Stadt! Hört auf, das Feuer anzubeten! Betet zu Gott, dem Barmherzigen! Sie bekehrten sich aber nicht. Diese Stimme kam drei Jahre nacheinander drei Mal wieder, und nach dem letzten Jahre war auf einmal die Stadt, wie du sie jetzt siehst. Ich kam allein davon und bringe meine Zeit hin, Gott zu dienen. Schon verlor ich aber die Geduld in meiner Einsamkeit, weil ich niemanden habe, der mich unterhalte und tröste.« Ich sagte hierauf zu ihm, denn schon war er Herr meines Geistes und meines Herzens geworden: »Willst du mit mir nach Bagdad kommen? Die Sklavin, die du hier vor dir siehst, ist Herrin unter ihrem Volke; sie gebietet über Männer und Sklaven, ich besitze viele Güter und Waren und nur ein Teil derselben füllt das ganze Schiff aus, das an der Stadt vor Anker liegt, das so lange herumgeirrt, bis es Gott hierher geworfen, damit ich mit deiner Jugend mich vereinige.« Ich fuhr fort ihn zu liebkosen und ihm zuzureden, bis er einwilligte; ich schlief jene Nacht zu seinen Füßen und konnte nicht den Morgen erwarten, bis wir aufstanden und von den Schätzen seines Vaters, was am kostbarsten und am leichtesten zu tragen war, mitnahmen.

Als wir vom Schlosse in die Stadt kamen, fand ich meine Schwestern, den Hauptmann des Schiffs und die Diener, die mich suchten; sie freuten sich, als sie mich sahen; ich erzählte ihnen die Geschichte des Jünglings und der Stadt. Sie wunderten sich darüber. Aber, o Fürst der Gläubigen! Sobald meine Schwestern den Jüngling sahen, beneideten sie mich und beschlossen Böses gegen mich; wir gingen alle aufs Schiff, heiter vor Freude über den Gewinn. Ich aber freute mich noch mehr mit dem Jüngling. Wir warteten dann, bis guter Wind kam, um abzusegeln. Als der Wind gut ward, fuhr das Mädchen fort, reisten wir ab, setzten uns und plauderten miteinander; da sagten meine Schwestern: »O Schwester, was willst du mit diesem Jüngling anfangen?« Ich antwortete: »Ihn zum Mann nehmen.« Hierauf ging ich gleich zu ihm und sprach: »Mein Herr! Ich hoffe, du wirst mir meinen Wunsch gewähren, und wenn ich mich dir bei unserer Ankunft in Bagdad als untertäniges Weib vorstelle, mein Mann werden.« - »Recht gern«, antwortete der Jüngling, »werde ich dir gehorchen und dich dazu noch als meine Herrin und Gebieterin ansehen.« Ich wandte mich dann wieder zu meinen Schwestern und sagte ihnen: »Dies ist mein Gewinn, euch bleibe hingegen alles, was ihr aus der Stadt mitgenommen.« Aber sie verheimlichten böse Gedanken gegen mich, sie wurden blass aus Neid wegen des Jünglings. Wir hatten guten Wind, bis wir in den Strom der Sicherheit kamen. Als wir schon in der Nähe von Bassrah waren und nachts schliefen, da benutzten meine Schwestern den Schlaf, hoben mich mit meinem Bette auf und warfen mich in den Strom; dann taten sie das gleiche mit dem Jüngling. Dieser ertrank, ich hätte mit ihm ertrinken mögen, aber Gott hat meine Rettung beschlossen, ich fiel auf eine kleine aber hohe Insel. Als ich erwachte, und mich mitten im Wasser befand, dachte ich wohl, dass meine Schwestern mich verraten hatten; ich dankte Gott für meine Rettung. Da indessen ihr Schiff wie ein Blitz vorübereilte, blieb ich die ganze Nacht auf dem Inselchen stehen.

Als der Tag heranbrach, sah ich am Ende der Insel, auf welcher ich war, ein trocknes Stück; ich ging dahin, presste meine Kleider aus und hing sie zum trocken, aß von den Früchten der Insel, trank von dem Wasser, ging ein wenig umher, dann ruhte ich mich wieder aus. Ich war nur noch zwei Stunden entfernt von der Stadt; da kam eine lange Schlange, so dick wie ein Dattelbaum. Sie schlich langsam herbei, bald rechts bald links, bis sie bei mir war, ich sah, wie sie die Zunge eine Spanne weit herausstreckte und die Erde aufwühlte; hinter ihr gewahrte ich einen dünnen Basilisk, nicht dicker als eine Lanze, aber so lang wie zwei Lanzen; er hatte schon den Schwanz der Schlange erreicht, die vor ihm floh und mit weinenden Augen sich links und rechts umsah. Da bekam ich Mitleid mit der Schlange, o Fürst der Gläubigen! Nahm einen großen Stein, rief Gott zu Hilfe und schlug den Basilisk damit, bis er tot war. Sogleich schlug die Schlange zwei Flügel auf und flog davon, bis ich sie nicht mehr sah. Ich setzte mich, um auszuruhen, und schlief ein. Als ich erwachte, sah ich eine schwarze Sklavin mit zwei schwarzen Hündinnen, die mich an den Füßen berührte; ich stand auf, setzte mich und sagte: »Wer bist du, meine Schwester?« Sie antwortete mir: »Du hast mich schnell vergessen; ich bin's, der du so viel Gutes erwiesen, ich bin die Schlange, die eben hier war, und deren Feind du mit Gottes Hilfe erschlagen; um dich zu belohnen, holte ich das Schiff ein und befahl einem meiner Gehilfen, es untergehen zu lassen. Zuvor aber hatte ich alles, was darin war, in dein Haus gebracht, denn ich wusste wohl, wie deine Schwestern gegen dich verfahren, denen du immer so viel Gutes erwiesen, und die dich doch wegen des Jünglings beneidet; sie sind nun diese zwei schwarzen Hündinnen. Und ich schwöre bei dem, der Himmel und Erde geschaffen, dass wenn du dem, was ich dir sage, nicht gehorchst, ich dich unter der Erde einsperren werde.« Die Sklavin verschwand hierauf, ward ein Vogel, flog mit mir und meinen Schwestern davon und setzte uns auf mein Haus hin. Hier fand ich alles, was auf dem Schiffe gewesen war, wieder. Sie sagte mir dann noch: »Ich schwöre zum zweiten Mal bei dem, der die beiden Meere vereinigte - und wenn du mir nicht gehorchst, werde ich dich, auch wie sie, zur Hündin machen - du musst jeder von ihnen jede Nacht dreihundert Prügel geben, um sie für ihre Schandtat zu bestrafen.« Als ich zu gehorchen versprach, verließ sie mich. Und von der Zeit an, als sie so geschworen hatte, strafe ich sie jede Nacht, bis das Blut fließt. Es tut mir zwar im Herzen weh, aber ich habe keine Wahl; darum peinige ich sie und weine dann mit ihnen. Sie wissen wohl, dass ich sie nicht gerne so misshandle, und entschuldigen mich deshalb. Dies ist meine Geschichte.

Es sagt der Erzähler: Als der Kalif dies hörte, war er höchst erstaunt und befahl Djafar, das andere Mädchen zu fragen, warum sie selbst so ihre Brust und Seiten zerschlage, und sie erzählte:

Geschichte des zweiten Mädchens.

Als mein Vater starb, hinterließ er mir ein großes Vermögen; ich verheiratete mich mit einem der vornehmsten Männer in Bagdad und lebte ein Jahr lang höchst angenehm mit ihm. Nach einem Jahre starb er und hinterließ mir 90.000 Dinare; ich lebte im größten Wohlstande, ließ mir viele Kleider machen und sie mit Stickereien und Randbesatz verzieren, sodass man überall von mir redete. Ich hatte zehn verschiedene Kleidungen, jede für 1000 Dinare. Als ich einst zu Hause saß, kam eine steinalte Frau mit runzeligem Gesicht, kahlen Augenbrauen, hohlen, triefenden Augen, abgebrochenen Zähnen, weißen Haaren, aussätzigem Körper, gebücktem Rücken, gespenstischer Farbe und fließender Nase, wie ein Dichter sagte:

»Sie hat sieben Fehler im Gesichte; einer davon ist schon ekelhaft und hässlich! In ihrem Gesicht ist ein Überfluss an Flüssigkeit, ihre ganze Gestalt ist morsch und ihre Haare fallen ihr von einer Kopfkrankheit aus.«

Sie grüßte mich, küsste die Erde vor mir und sprach: »Wisse, o Gebieterin! Ich habe eine Tochter, die Waise ist, heute Nacht ist ihre Hochzeit und ihre Ausschmückung; wir sind fremd in dieser Stadt, kennen keinen ihrer Bewohner, dies tut unsern Herzen weh; du wirst dir aber ein großes Verdienst erwerben, wenn du zu uns kommst, damit die Frauen dieser Stadt es hören und auch kommen; du wirst, wenn du mit deiner Gegenwart uns beehrst, meiner Tochter Herz stärken.« Sie setzte dann noch folgende Verse hinzu:

»Eure Gegenwart macht uns Ehre und wir erkennen dies an; bleibt ihr aber weg, so kann euch niemand ersetzen.«

Sie weinte dann und bat so lange, bis ich sie bemitleidete, ihre Bitte gewährte und zu ihr also sprach: »So Gott will, werde ich deiner Tochter dies zu Gefallen tun und sie dazu noch mit meinem Schmucke zieren.« Die Alte fiel vor Freude mir zu Füßen und küsste sie und sagte: »Gott wird dich dafür belohnen und dein Herz eben so stärken, wie du das Meinige gestärkt. Aber, meine Gebieterin, du brauchst deine Bedienung nicht sogleich zu bemühen; du kannst dich bis zum Abend vorbereiten, dann werde ich kommen, um dich abzuholen.« Als sie weggegangen war, fing ich an, die Perlen zu ordnen, die goldgestickten Kleider und den übrigen Schmuck zurechtzulegen, ohne zu wissen, was das dunkle Schicksal verborgen hielt. Als es Nacht war, kam die Alte freudig mit lachenden Zähnen und sagte: »O Gebieterin! Schon sind die meisten Frauen der Stadt versammelt, die dich erwarten.« Ich stand auf, kleidete mich an, verschleierte mich, ging hinter der Alten her, und einige Sklavinnen folgten mir. Wir kamen in eine hübsche, reingekehrte und bespritzte Straße. Ein schwarzer Vorhang bedeckte eine Türe, auf derselben war eine goldene, durchlöcherte Lampe und folgende Verse angeschrieben:

»Ich bin die Wohnung der Freuden, bei mir ist ewiges Vergnügen;
hierinnen ist ein Springbrunnen, wo süße Ruhe fließt; auch findest
du hier allerlei Wohlgerüche, Rosen, Kamillen und Myrte.«

Die Alte klopfte an; es ward sogleich geöffnet. Als wir in die Wohnung traten, sahen wir brennende Wachskerzen in zwei Reihen von der Türe bis oben zum Saal aufgestellt. Auf dem Boden lag ein seidener Teppich; wir gewahrten einen Thron von Elfenbein, mit Edelsteinen besetzt, mit einem atlasnen, mit Perlen bestickten Vorhange. Auf einmal kam ein Mädchen hinter diesem hervor, o Fürst der Gläubigen, schöner als der Vollmond; ihre Stirn leuchtete wie der heranbrechende Morgen, wie ein Dichter sagte:

»Sie ist zart gebaut, sanft und schmachtend sind ihre Blicke. Alles Schöne und Liebliche ist in ihr vereint, die Locken auf ihrer Stirne gleichen der Nacht der Sorgen, die über den Tag der Freuden sich verbreitet.«

Das Mädchen sprach, als es hinter dem Vorhange hervortrat: »Sei tausendmal willkommen, teure Schwester!« Auch fügte sie noch folgende Verse hinzu:

»Kennte das Haus den, der es besucht, es würde sich freuen und die Stelle deiner Füße küssen; es würde dann mit der Zunge des Geistes sagen: Seid mir willkommen, ihr edlen, vornehmen Gäste!«

Sie kam mir dann entgegen und fügte hinzu: »O meine Dame! Ich habe einen Bruder, schöner als ich; er hat dich auf einem Feste gesehen, und dein Anblick hat schlimme Folgen für ihn gehabt, weil sowohl dein Rang, als deine Schönheit und Liebenswürdigkeit vollkommen sind. Da er gehört hat, dass du eine der Vornehmsten unter dem Volke bist, und er ebenfalls ein großer Herr unter den Seinigen, so will er mit dir einen Bund schließen und dein Mann werden.« Ich antwortete: »Wohl, ich sehe kein Hindernis, seinen Willen zu erfüllen.« Ich hatte dies kaum gesagt, o Fürst der Gläubigen! Da klatschte sie in die Hände; es öffnete sich ein Kabinett und ein Mann in frischer Jugend, von hübscher Gestalt und schönem Wuchse trat heraus, sauber gekleidet, mit Augenbrauen wie ein Bogen und herzbezaubernden Augen, wie ein gewisser Dichter sagte:

»Sein Gesicht gleicht dem Monde und trägt Spuren der Glückseligkeit wie einen Perlenschmuck.«

Sobald ich ihn sah, liebte ich ihn schon; er setzte sich neben mich, wir unterhielten uns miteinander. Dann klatschte das Mädchen wieder: Da öffnete sich noch einmal ein Kabinett; es kam der Kadi mit vier Zeugen heraus, sie setzten sich, um den Ehekontrakt zu schreiben; der Jüngling machte zur Bedingung, dass ich niemanden außer ihm anblicken sollte; ich musste sogar einen hohen Eid deshalb schwören. Ich freute mich sehr und konnte kaum die Nacht erwarten, um allein mit ihm zu sein. Ich brachte auch wirklich bei ihm die schönste Nacht meines Lebens zu. Des Morgens stand er auf und behandelte mich mit Ehrerbietung, wir liebten einander und lebten einen ganzen Monat in höchster Seligkeit. Da ich dann eines Tages meinen Mann um Erlaubnis bat, einen besonders schönen Stoff zu kaufen, und er mir es erlaubt hatte, ging ich auf den Markt mit einer alten Frau und zwei Sklavinnen. Als ich in das Haus, wo Seidenstoffe verkauft werden, kam, sagte mir die Alte: »Hier wohnt ein junger Kaufmann, der ein großes Lager hat, und bei dem du alles findest, was du nur verlangst. Niemand hat schönere Waren, als er; komm, wir wollen uns zu ihm setzen, um bei ihm einzukaufen.« Wir setzten uns zum Kaufmann, der ein junger, hübscher, geschmeidiger Jüngling war, wie ein Dichter von einem solchen sagte:

> »Er ist leicht gebaut, durch seine Haare und sein Gesicht wandelt
> die Welt zugleich in Finsternis und Licht; verkennt auch nicht das
> braune Fleckchen auf seinen Wangen, denn ihr findet dasselbe an
> jeder Anemone.«

Ich sagte zur Alten: Der Kaufmann möge uns seine Waren zeigen; sie fragte mich, warum ich's nicht selbst sagen wollte, und ich antwortete: »Weißt du nicht, dass ich geschworen habe, mit keinem fremden Manne zu sprechen?« Die Alte sagte es dem Kaufmanne, und dieser holte seine Waren herbei, von denen mir manches gefiel. Ich sprach zur Alten wieder: »Frage ihn, wie teuer dies ist?« Als sie ihn fragte, antwortete er: »Dies verkaufe ich nicht für Silber und nicht für Gold, nur für einen Kuss auf ihre Wangen geb ich's her.« Ich rief: »Bewahre mich Gott davor!« Da sagte die Alte: »O meine Gebieterin, du brauchst ihn ja ebenso wenig zu sprechen, als er dich, du neigst nur dein Gesicht zu ihm hin, und er gibt einen Kuss und weiter nichts; folge mir nur!« Ich dachte: Dabei ist nichts Böses und neigte ihm meine Wangen hin, da biss er mich mit seinen Zähnen, bis ihre Spuren auf der Wange stehen blieben; ich fiel in Ohnmacht, und als ich erwachte, fand ich den Laden geschlossen; der Kaufmann war fort, das Blut lief mir über das Gesicht hernieder, und die Alte war höchst bestürzt.

Das andere Mädchen fuhr zu erzählen fort: Die Alte sprach nunmehr: »Gott bewahre uns vor größerem Übel! Steh nur auf, meine Gebieterin! Fasse Mut, mache keinen Lärm, geh nach Hause, stell dich krank, decke dich zu, und ich werde Pulver und Pflaster bringen, dir deine Wange in drei Tagen zu heilen.« Wir machten uns auf und gingen langsam nach Hause. Hier fiel ich um vor heftigen Schmerzen, schlüpfte unter die Decke und trank Wein. Als des Nacht war, kam mein Mann zu mir und fragte: »O meine Treue! Was hast du?« Ich sagte: »Kopfschmerzen.« Er zündete eine Wachskerze an, trat näher, sah mir ins Gesicht und bemerkte die Wunde an meiner Wange. Da fragte er: »Wer hat dir dies getan?« Ich antwortete: »Ich ging heute auf den Basar, um mir verschiedene Stoffe abschneiden zu lassen; da drängte sich ein Kamel mit einer Ladung Holz an einem engen Platze des Basars an mich hin, ein Stück Holz zerriss meinen Schleier und verwundete mich.« Da sagte er: »Ich werde morgen den Stadtaufseher bitten, alle Kameltreiber aufzuhängen.« Ich erwiderte ihm: »O mein Herr! Das geht nicht, die Leute so zu hängen und ihr Blut zu vergießen; ich würde mich an ihnen versündigen, denn ich ritt auf einem Mietesel, der Eseltreiber trieb ihn zu stark, er stolperte mit mir, ich fiel auf dem Gesicht auf die Erde, wo zufällig ein Stück Glas lag, das meine Wange ritzte.« Da sagte er: »Bei Gott! Ehe die Sonne aufgeht, lass ich durch Djafar alle Eseltreiber und alle Straßenkehrer hängen.« Ich sagte: »O mein Herr! Meinetwegen sollst du niemanden hängen lassen.« Er sagte dann wieder: »Nun, woher kommt denn die Wunde auf deiner Wange?« Ich sagte: »Gottes Urteil und Bestimmung hat sie getroffen.« Ich suchte ihm auszuweichen, aber er drang so lange in mich, bis ich in meinen Reden mich verwirrte, und er zuletzt die Wahrheit erfuhr. Da schrie er mich an: »Du hast deinen Eid gebrochen!« Auf diesen Ruf kamen aus einem Kabinette drei schwarze Sklaven herbei; er befahl ihnen, mich aus dem Bette zu schleppen und auf den Rücken mitten im Zimmer hinzuwerfen; der eine setzte sich über meinen Kopf, der andere zu Füßen, der dritte entblößte sein Schwert, und mein Mann sagte ihm: »Spalte sie in zwei Teile und werfe sie in den Tigris, dass die Fische sie fressen; es ist der Lohn für ihren Meineid,« er rief dann im heftigsten Zorne noch folgende Verse aus:

»Nimmt noch jemand teil an dem Gegenstande meiner Liebe, so verschmäht mein Herz eine solche Liebe, und müsste ich auch vor Gram sterben! Ich rufe meiner Seele zu: stirb unerniedrigt! Nichts Gutes ist bei einer Liebe, die man teilen muss.«

Als er dem Sklaven noch einmal befahl, mich zu töten, setzte dieser sich über mich her und sprach: »Hast du noch was auf dem Herzen vor dem Tode? Denn dies ist deine letzte Stunde auf dieser Welt.« Ich sagte: »Steht ein wenig von mir auf, dass ich meinem Manne etwas sage.« Ich hob meinen Kopf auf, und sah, in welchem Zustande der Erniedrigung ich nach einem solchen Glanze mich befand, wie nun der Tod meinem Leben ein Ende machen solle. Ich musste heftig weinen; mein Mann sah mich zornig an und sprach folgende Verse:

»Sage dem, der, unserer Vereinigung überdrüssig, uns Unrecht getan und an einem anderen Geliebten Wohlgefallen gefunden: Wir sind deiner satt, ehe du unserer ganz überdrüssig wirst; wir haben genug mit dem, was zwischen uns vorgefallen.«

Als ich dies hörte, sah ich ihn weinend an und sprach folgende Verse:

»Ihr habt Liebe in mir erregt, und seid dabei ruhig geblieben; ihr habt mein wundes Auge geweckt, und habt selbst geschlafen; euer Platz ist zwischen meinem Herzen und meinem Blick; wie kann mein Herz euch vergessen, wie können meine Tränen sich verber-

> gen? Ihr habt mir die dauerndste Treue versprochen, und sobald ihr im Besitze meines Herzens waret, seid ihr mir untreu geworden. Ich liebte euch als Kind, ehe ich noch die Liebe kannte; noch bin ich eine Schülerin, schonet meiner!«

Ich sah ihn dann an und setzte noch folgende Verse hinzu:

> »Du hast den höchsten Gram mir aufgebürdet, während ich zu schwach bin, nur mein Hemd zu tragen; ich wundere mich nicht, wenn ich den Geist aufgebe, nur darüber wundere ich mich, wie man, nachdem du dich von mir trenntest, meinen Körper noch kennt.«

Als er dies hörte, schimpfte und schmähte er mich und sprach:

> »Ihr habt durch eine andere Liebschaft euch von uns gewandt und Scheidung herbeigeführt; sind wir euch zuwider, so ziehen wir von euch weg und gedulden uns fern von euch, wie ihr von uns. Wir nehmen dann eine andere Geliebte statt eurer und werfen unsere Trennung auf euch, nicht auf uns.«

Er schrie dann noch einmal dem Sklaven zu: »Zerspalte sie, und schaffe uns Ruhe vor ihr, denn ihr Leben ist doch nichts mehr wert!« Nun, o Fürst der Gläubigen! Während wir so miteinander in Versen sprachen und ich schon am Leben verzweifelte, kam die Alte, warf sich meinem Manne zu Füßen und sagte weinend: »Bei der Erziehung, die ich dir gab, bei dem Busen, den ich dir entblößte, um dich zu säugen, und bei den Diensten, die ich dir sonst geleistet, schenke mir ihre Schuld! Du bist jung und würdest eine große Schuld auf dich laden. Auch sagt man: Wer jemanden tötet, wird wieder getötet. Was ist diese Unwürdige! Lass sie aus deinem Kopfe und deinem Herzen!« Sie weinte so lange, bis er beruhigt ward; doch sprach er: »Ich will ihr ein bleibendes Zeichen geben, das nie vergeht.« Er ließ mich dann durch die Sklaven entkleiden und auf den Boden hinstrecken. Die Sklaven setzten sich auf mich, und mein Mann nahm einen Stock von Quittenbaumholz und ließ mich so lange schlagen, bis ich das Bewusstsein verlor und am Leben verzweifelte. Er sagte dann den Sklaven, sie sollten mich abends in das Haus bringen, das ihnen die Alte zeigen würde. Sie befolgten den Befehl ihres Herrn, warfen mich ins Haus und ließen mich allein. Meine Ohnmacht dauerte die ganze Nacht. Des Morgens pflegte ich mich und gebrauchte Pflaster und Arzneien. Mein Körper war von den Schlägen ganz aufgeschwollen und meine Seiten waren wie von einer Peitsche zerschlagen; ich blieb vier Monate krank im Bette liegen. Als ich genas und wieder in das Haus (meines Gatten) kam, war es eine Ruine; auch die ganze Straße war verwüstet. Ich ging dann zu meiner Schwester, welche die beiden Hündinnen hat; sie grüßte mich, und ich erzählte ihr meine Geschichte. Sie sagte: »Wer bleibt denn von den Unfällen der Welt und den Schlägen des Schicksals befreit!« und sprach den Vers:

»Die Welt ist nicht anders; drum habe Geduld, du magst mit Verlust an Gütern oder mit Trennung vom Geliebten heimgesucht werden.«

Sie erzählte mir auch ihre Geschichte, o Fürst der Gläubigen! Und das, was mit ihren Schwestern vorgefallen. Wir blieben dann beisammen und erwähnten der Männer nicht mehr. Diese junge Wirtschafterin leistet uns Gesellschaft; sie geht jeden Tag auf den Markt, um für uns einzukaufen. Da sie nun heute wie gewöhnlich ausging, kam sie mit einem Träger zurück; wir lachten die ganze Nacht über ihn. Kaum war ein Viertel der Nacht vorüber, da kamen diese drei Kalender, die wir gut aufnahmen und mit denen wir uns unterhielten. Es war kaum ein Drittel der Nacht vorüber, da kamen drei vornehme Kaufleute von Mossul und erzählten uns ihre Geschichte. Wir legten ihnen Bedingungen auf, die sie nicht hielten, und zur Strafe mussten sie uns ihre Geschichte erzählen; dann verziehen wir ihnen und sie gingen fort. Heute wurden wir nun auf einmal zu dir hergerufen. Dies ist unsere Geschichte. - Der Kalif war höchst verwundert darüber.

Nach langem Staunen sagte der Kalif zur ersten Frau: »Erzähle mir die Geschichte der Schlange, die deine Schwestern bezaubert und in Hunde verwandelt hat. Weißt du, wo sie sich aufhält? Oder hat sie dir eine Zeit bestimmt, wann sie wieder zu dir kommen wird?« Da erwiderte diese: Sie hat mir ein Büschel Haare gegeben und mir gesagt: »Wenn du nach mir verlangst, so verbrenne zwei Haare, und ich erscheine dir sogleich und wäre ich auch hinter dem Berge Kaf.« Da fragte der Kalif weiter: »Wo sind diese Haare?« und sie überreichte sie ihm. Der Kalif nahm die Haare und verbrannte sie; da erbebte das ganze Schloss, die Schlange kam hervor und rief: »Friede sei mit euch! O Fürst der Gläubigen! Wisse, dass diese Frau mir eine Wohltat erzeigte, für die ich sie nicht genug belohnen kann; sie hat meinen Feind getötet und mir das Leben gerettet. Ich wusste, was ihre Schwestern ihr getan, und es war mir nichts erwünschter, als sie dafür zu bestrafen; ich wollte sie töten, fürchtete aber, es möchte ihrer Schwester zu wehe tun, darum verzauberte ich sie in Hündinnen. Nun aber, wenn du es wünschst, o Fürst der Gläubigen! So befreie ich sie gern; du hast nur zu befehlen.« Da antwortete der Kalif: »Befreie sie, o Geist! Lass uns auch ihrem Gram ein Ende machen; es bleibt dann nur noch diese geschlagene Frau hier die einzig Leidende, vielleicht wird der erhabene Gott mir helfen, sie von dem Schmerze über das erlittene Unrecht zu befreien, ihr Genugtuung zu verschaffen und mich von ihrer Wahrhaftigkeit zu überzeugen.« Da sprach wieder der Geist: »O Fürst der Gläubigen! Ich befreie diese hier und zeige dir auch den, der diese Frau so misshandelt hat; er ist dir sehr nahe verwandt.«

Die Schlange nahm dann eine Schale, sagte etwas, das niemand verstand, bespritzte die zwei Schwestern mit Wasser, und sie waren frei und nahmen ihre frühere Gestalt wieder an. Dann sprach der Geist: »Dein Sohn Amin ist's, der sie so geschlagen, der Bruder des Mamun; er hatte von ihrer Schönheit und Liebenswürdigkeit gehört, und List gegen sie angewandt, doch hat er sie gesetzmäßig geheiratet; auch hat er sie nicht mit Unrecht geschlagen, denn er hat sie einen hohen Eid schwören lassen, dass sie keine Untreue begehen wolle; sie hat den Eid gebrochen, er wollte sie mit dem Tode bestrafen, fürchtete aber Gott, züchtigte sie lieber auf diese Weise und ließ sie dann in ihr Haus führen. Dies ist die Geschichte der zweiten, Gott aber ist allweise.«

Als der Kalif diese Worte des Geistes hörte, verwunderte er sich sehr und sprach: »Gelobt sei der erhabene Gott, der mich dazu bestimmt hat, die zwei Mädchen von ihrem Zauber und ihrer Pein zu befreien, und auch die Geschichte dieser Frau zu vernehmen; bei Gott, ich will so handeln, dass man es nach mir aufzeichnen wird!«

Er ließ dann seinen Sohn Amin kommen und fragte ihn nach allem, wie es in der Wahrheit vorgefallen; er ließ dann den Kadi, die Zeugen, die drei Kalender, das geschlagene Mädchen und die Wirtschafterin kommen; als alle zugegen waren, verheiratete er die drei Schwestern, die zwei verzauberten und die andere, mit den drei Kalendern, den Prinzen, und machte sie zu hohen Beamten an seinem Hofe, bestimmte ihnen Gehalte, schenkte ihnen Pferde und Schlösser in Bagdad und was sie sonst bedurften, und machte sie zu seiner ausgewählten Gesellschaft. Er verheiratete dann das geschlagene Mädchen wieder mit seinem Sohne Amin, erneuerte den Ehekontrakt, schenkte ihr viele Güter und ließ ihr Haus wieder schöner aufbauen, als es war; dann nahm er die dritte Frau, die Wirtschafterin, und heiratete sie selbst. Alle Leute bewunderten den Edelmut und die Freigebigkeit des Kalifen; hierauf ließ er alle drei Geschichten aufzeichnen.

In der folgenden Nacht sprach Dinarsad zu ihrer Schwester Schehersad: »O Schwester, bei Gott! Diese Geschichte war lieb und schön, man kann nie eine schönere hören; doch erzähle mir noch eine andere, dass wir uns noch den übrigen Teil der Nacht damit vertreiben.« Und Schehersad erwiderte: »Recht gern, wenn es der König erlaubt.« Als der König sagte: »Erzähle schnell deine Geschichte!« da sprach Schehersad:

Geschichte der drei Äpfel.

Man behauptet, o König der Zeit und Herr deines Jahrhunderts! Der Kalif Harun Arraschid habe in der Nacht einmal seinen Vezier rufen lassen und ihm gesagt: »Wir wollen miteinander in die Stadt gehen und hören, was es in der Welt Neues gibt; wir wollen die Leute über die Urteile der Richter ausfragen, und den absetzen, über welchen man sich beklagt, und den belohnen, den man lobt.« Da es Djafar angenehm war, gingen sie miteinander durch die Straßen und Basars, der Kalif, Djafar und der Diener Masrur, da sahen sie am Ende einer Straße einen alten Mann mit einem Netze, einem Korbe und einem Stock auf dem Kopfe. Der Kalif sprach zu Djafar: »Dies ist gewiss ein armer, bedürftiger Mann.« Er fragte dann den Alten, wer er sei, und dieser antwortete: »Mein Herr! Ich bin ein Fischer, habe Familie, bin heute Mittag vom Hause weggegangen, und bis jetzt habe ich nichts fangen können; ich habe nichts, das ich verpfänden könnte, um meiner Familie ein Nachtessen dafür zu bringen, ich kam daher in Verzweiflung, hasste das Leben und wünschte mir den Tod.« Da entgegnete der Kalif: »Willst du wohl, o Fischer! Mit uns zum Tigris zurückkehren und das Netz auf mein Glück auswerfen? Ich gebe dir hundert Dinare für deinen Fang.« Der Alte sagte freudig: »Recht gern, mein Herr!« Sie gingen hierauf zusammen an den Tigris, der Fischer warf sein Netz aus, zog dann die Schnur zusammen und brachte eine geschlossene, schwere Kiste herauf. Der Kalif gab den Fischer zweihundert Dinare, und Masrur trug die Kiste ins Schloss. Als sie dieselbe öffneten, fanden sie einen Korb von Palmblättern, mit roter Wolle zugemacht. Als sie den Korb öffneten, sahen sie ein Stück von einem Teppich darin, und als sie diesen aufhoben, erblickten sie einen Mantel, viermal zusammengelegt, und unter diesem ein junges Mädchen, rein, wie Silber, aber in Stücke zerhauen.

Als der Kalif das Mädchen in neunzehn Stücke zerschnitten sah, ward er sehr bestürzt, er vergoss Tränen, wandte sich zornig zu Djafar und sagte: »Du Hund unter den Vezieren! Man bringt die Leute in meiner Stadt um, und wirft sie in den Strom, die dann bis zum Auferstehungstag auf meiner Verantwortlichkeit lasten. Bei Gott! Ich will dieses Mädchen an ihrem Mörder rächen, und ihn auf die härteste Weise hinrichten lassen. Kannst du den Mörder nicht auffinden, so werde ich dich und vierzig deiner Vettern hängen lassen.« Der Kalif ward immer grimmiger und schrie Djafar fürchterlich an; dieser bat um drei Tage Frist, und als der Kalif sie ihm gewährte, ging er betrübt und zornig in die Stadt und wusste nicht, was er tun sollte; denn er dachte: Wie soll ich den Mörder dieser jungen Frau entdecken und dem Kalifen bringen? Ich weiß mir keinen Rat; es gibt keinen Schutz und keine Macht, außer bei dem erhabenen Gott. Er ging nach Hause und blieb bis zum dritten Tage gegen Mittag dort; da schickte der Kalif nach ihm und fragte ihn: »Wo ist der Mörder der jungen Frau?« Djafar antwortete: »Bin ich der Untersuchungsrichter über die Ermordeten, o Fürst der Gläubigen?« Aber der Kalif schrie ihn zornig an und befahl, dass man ihn unten am Schlosse aufhänge und in ganz Bagdad ausrufe: »Wer den Vezier Djafar und vierzig seiner Vetter von den Barmakiden hängen sehen will, soll unten ans Schloss kommen!« Es kam dann der Stadtaufseher, einige Offiziere und der Vater Djafars; man stellte sie unter den Galgen und wartete nur noch, bis vom Fenster das Signal gegeben werde; das Volk weinte über ihr Schicksal. Da kam auf einmal ein junger Mann, hübsch gekleidet, mit einem Mondgesichte, weiten Augen, glänzender Stirne, roten Wangen, hellen Locken und einem Fleckchen wie ein Ambrakügelchen; er drängte sich durch das Volk, bis er vor Djafar stand; da küsste er ihm die Hand und sagte: »Heil! Ich befreie dich von dieser Strafe; steh auf, o Herr der Veziere! Zuflucht der Armen! Oberster der Fürsten; hänge mich statt der Erschlagenen und räche sie an mir, denn ich bin ihr Mörder.« Als Djafar dies hörte, freute er sich über seine Rettung, war aber betrübt über den Jüngling.

Während er so mit ihm sprach, kam ein alter, sehr bejahrter Mann, drängte sich durch die Leute, bis er vor Djafar war, und rief: »O großer Herr und Vezier! Glaube nicht, was dieser junge Mann sagt; nicht er hat die junge Frau getötet, sondern ich; räche sie also an mir, oder ich werde einst vor dem erhabenen Gott von dir Rechenschaft fordern.« Der junge Mann sagte darauf: »Kein anderer als ich hat die junge Frau getötet.« Da sprach der Alte: »O mein Sohn! Ich bin alt und lebenssatt, du bist jung, ich will mein Leben für das Deinige hingeben; ich habe die junge Frau getötet, drum hänge mich schnell, denn ich mag doch nicht leben, seitdem sie von mir weg ist.« Als Djafar diesen Streit hörte, erstaunte er sehr darüber, und führte den Alten und den Jüngling zum Kalifen; er küsste die Erde siebenmal und fragte: »Wir bringen hier zwei Männer, von denen jeder behauptet, die junge Frau getötet zu haben.« Nachdem der Kalif beide betrachtet, fragte er: »Wer von euch hat die junge Frau erschlagen und in den Strom geworfen?« Da antwortete der Alte: »Kein anderer, als ich;« und der Junge sagte dasselbe. Da sagte der Kalif zu Djafar: »Geh und lass sie beide hängen!« Djafar aber erwiderte: »O Fürst der Gläubigen! Wenn sie doch nur einer getötet, so würde der andere ungerechterweise gehängt.« Da sagte der junge Mann: »Bei dem, der den Himmel gewölbt, ich habe sie getötet, in einen Korb von Palmblättern gelegt, mit einem Mantel zugedeckt, dann ein Stück Teppich drum gelegt und mit roter Wolle zugenäht; räche also ihren Tod an mir!« Der Kalif fragte erstaunt: »Warum hast du sie unschuldigerweise getötet und dich selbst in eine solche Lage gebracht?« Da antwortete der Jüngling: »O Fürst der Gläubigen! Es ist mir mit ihr etwas widerfahren, wenn man es mit der Nadel auf das Tiefe des Auges stechen wollte, könnte jeder sich daran belehren.« Der Kalif sagte: »Erzähle mir deine Geschichte!« und der junge Mann antwortete: »Gott und dem Fürsten der Gläubigen ziemt Gehorsam,« und begann hierauf:

Wisse, o Fürst der Gläubigen! Die erschlagene Frau war mein Weib, Mutter meiner Kinder und meine Muhme. Dieser Alte ist mein Oheim und ihr Vater, er verheiratete sie mit mir, als sie noch Jungfrau war; ich lebte elf Jahre mit ihr als mit einer gesegneten Gattin, sie gebar mir drei Söhne, führte einen reinen Lebenswandel, und bediente mich so gut, als nur möglich; aber auch ich liebte sie sehr heftig, und als sie einmal in diesen Monaten sehr krank wurde, bediente ich sie aufs Sorgfältigste. Nach Verlauf eines Monats ward sie nach und nach wieder besser. Da sagte sie mir eines Tages, ehe sie ins Bad ging: »O mein Vetter! Ich möchte, dass du mir einen Wunsch gewährtest.« - »Ich werde ganz gehorsam sein«, antwortete ich, »und hättest du auch tausend Wünsche«. Da sagte sie: »Ich gelüste nach einem Apfel, um daran zu riechen und einen Bissen davon zu essen; nachher möchte ich allenfalls sterben.« Ich sagte zu ihr: »Gott gebe deine Genesung!« Ich suchte dann in ganz Bagdad und konnte keinen Apfel finden, denn hätte ich einen auch mit meinen Augen bezahlen müssen, so hätte ich ihn gekauft. Es tat mir sehr weh, den Gegenstand ihres Wunsches nicht finden zu können. Ich ging nach Hause und sagte ihr: »Liebe Muhme, ich habe bei Gott! Keinen Apfel finden können.« Ihre Krankheit nahm in jener Nacht wieder sehr zu; ich stand daher am anderen Morgen auf und suchte in allen Gärten herum und konnte noch immer nichts finden. Da sprach zu mir ein alter Gärtner: »Mein Sohn, du wirst nirgends Äpfel finden, außer im Garten des Fürsten der Gläubigen zu Bassrah, von denen sich bei seinem Verwalter ein Vorrat findet.« Ich ging nach Hause, und von meiner Liebe und Treue zu ihr bewogen, machte ich Anstalten zur Reise und reiste einen halben Monat lang Tag und Nacht nach Bassrah und zurück, und brachte drei Äpfel, die ich vom Verwalter für drei Goldstücke gekauft, mit mir und überreichte sie meiner Frau. Sie dachte aber gar nicht mehr daran und warf sie neben sich hin, und ward noch zehn Tage lang immer schwächer und kränker. Einst saß ich in meinen Laden und handelte mit Waren, da kam auf einmal ein großer, starker, hässlicher Sklave auf den Markt, mit einem der drei Äpfel in der Hand, wegen welcher ich einen halben Monat lang auf der Reise gewesen war. Ich rief dem Sklaven zu und sagte ihm: »O guter Sklave, woher hast du diesen Apfel?« Da antwortete er: »Ich habe ihn von meiner Geliebten; als ich sie heute besuchte, denn sie ist krank, fand ich drei Äpfel bei ihr, und sie sagte mir, dass ihr Mann eine Reise von einem halben Monat gemacht, um sie ihr zu bringen; ich aß und trank mit ihr und nahm einen der drei Äpfel, mit dem du mich hierherkommen gesehen.«

Nun, o Fürst der Gläubigen! Ward mir die Welt ganz schwarz, als ich dies hörte; ich schloss sogleich den Laden, ging nach Hause und war außer mir vor Zorn und Wut: Ich sah nach den Äpfeln und fand wirklich nur zwei; ich fragte meine Muhme, wo denn der dritte Apfel sei? Sie hob den Kopf auf und sagte: »Bei Gott, mein Vetter, ich weiß es nicht.« Nun war ich von der Wahrheit der Erzählung des Sklaven überzeugt; ich nahm ein scharfes Messer, trat von hinten zu ihr, sagte ihr kein Wort, bis ich auf ihr saß, und schnitt ihr den Kopf ab, legte sie dann schnell in einen Korb, nähte einen Mantel um sie und drüber noch ein Stück Teppich, legte sie in eine Kiste, nahm sie auf den Kopf und warf sie in den Tigris. Nun, bei Gott, o Fürst der Gläubigen, räche sie an mir; lass mich schnell hängen, sonst werde ich einst vor Gott Rache für sie von dir fordern; denn als ich nach Hause kam, sah ich, wie mein ältester Sohn schrie, und als ich ihn fragte, was er wolle, sagte er mir: »Mein Vater, ich habe diesen Morgen meiner Mutter einen der drei Äpfel gestohlen, die du ihr gebracht, und bin damit auf die Straße gegangen, da kam ein langer, schwarzer Sklave und nahm ihn mir weg; Ich rief ihm zu: »O guter Sklave, dieser Apfel gehört meiner Mutter; mein Vater hat eine Reise von einem halben Monat nach Bassrah gemacht, um meiner kranken Mutter drei Äpfel von dort zu holen, bringe mich daher nicht in Verlegenheit;« er gab mir aber kein Gehör. Als ich ihm dann dasselbe zwei bis dreimal wiederholte, schlug er mich und lief fort; aus Furcht vor der Mutter blieb ich mit meinen Brüdern den ganzen Tag vor den Toren der Stadt; nun wird es aber Nacht und, bei Gott! Ich fürchte mich sehr vor ihr; o mein Vater, sage ihr nichts, sie möchte sonst noch kränker werden.« Als ich die Worte meines Sohnes hörte und seine Furcht und sein Weinen sah, wusste ich, dass ich die junge Frau unschuldig ermordet, und dass der verruchte Sklave gelogen, da er die Geschichte der Äpfel nur von meinem Sohne vernommen; als ich dies einsah, weinte und schluchzte ich mit meinen Kindern; da kam dieser alte Mann, ihr Vater, mein Oheim, dazu; ich erzählte ihm alles, was vorgefallen; wir weinten miteinander bis Mitternacht und trauerten drei volle Tage über den Tod der Unschuldigen. An allem diesem war aber der Sklave schuld. Dies ist meine Geschichte mit der Ermordeten. Nun, bei deinen Ahnen! Lass mich hinrichten, denn ich mag nicht mehr leben; räche das Unrecht, das ich getan!« Als der Kalif dies hörte, war er sehr erstaunt darüber und sagte: »Ich werde niemanden als den verruchten Sklaven hängen lassen; ich will tun, was den nach Genugtuung Verlangenden befriedigen und dem erhabenen König gefallen muss.« Djafar ging weinend weg und sagte: »Nun ist mein Tod nahe, der Krug geht zum Brunnen, bis er bricht; doch hat mich der Geist des Allmächtigen zum ersten Male gerettet, so wird er es vielleicht auch dieses Mal wieder tun; und, bei Gott, ich werde wieder drei Tage nicht aus dem Hause gehen;

möge Gott, was geschehen soll, vollziehen!« Er blieb so bis zum dritten Tage gegen Mittag und verzweifelte halb an seinem Leben; schon ließ er Richter und Zeugen kommen, schrieb sein Testament und nahm weinend von seinen Töchtern Abschied. Da kam ein Bote vom Kalifen und meldete ihm: »Der Kalif ist in höchster Wut und hat geschworen, der Tag werde nicht vorübergehen, ehe du gekreuzigt worden.« Djafar, seine Sklaven und alle, die im Hause waren, weinten; als Djafar von seinen Töchtern und allen Hausleuten Abschied genommen hatte, kam die jüngste Tochter zu ihm; sie hatte ein leuchtendes Gesicht, und er liebte sie am meisten von allen; er drückte sie an seine Brust, küsste sie und weinte wegen der Trennung von seinen Kindern und seiner Frau. Als er sie aus Liebe recht fest an sich drückte, fühlte er etwas Hartes. Er fragte: »Was hast du in der Tasche, meine Tochter, das ich spüre?« Da sagte die Kleine: »Einen Apfel, auf dem der Name unseres Herrn, des Kalifen, geschrieben steht; unser Sklave Rihan hat ihn gebracht, wollte mir ihn aber nur für zwei goldene Dinare geben.« Als Djafar vom Apfel und dem Sklaven hörte, schrie er auf und griff in die Tasche seiner Tochter, zog den Apfel heraus, erkannte ihn und sagte: »O die Rettung ist nahe!« Er ließ sogleich den Sklaven rufen, und als er erschien, sagte er: »Wehe dir Rihan, wo hast du diesen Apfel her?« Da sagte der Sklave: »Bei Gott, mein Herr! Wenn Lüge etwas hilft, so hilft doch die Wahrheit noch einmal so viel. Ich habe diesen Apfel nicht in deinem Schlosse, nicht im Schlosse und nicht im Garten des Kalifen gestohlen, sondern als ich vor vier Tagen in den Straßen der Stadt umherging, sah ich Kinder spielen, und ein kleiner Knabe ließ diesen Apfel fallen; ich schlug den Kleinen und nahm ihm den Apfel weg; er sagte weinend: »O Mann! Dieser Apfel gehört meiner kranken Mutter, die so sehr danach gelüstet, dass mein Vater ihr drei von einer Reise bringen musste; ich habe einen davon genommen, gib mir ihn also wieder zurück.« Ich wollte ihn aber nicht zurückgeben, sondern brachte ihn hierher und verkaufte ihn meiner kleinen Gebieterin für zwei Dinare. Dies ist meine Erzählung.« Als Djafar dies hörte, wunderte er sich sehr, wie alles Unglück von seinem Sklaven entsprungen; er stand freudig auf, ergriff die Hand des Sklaven, führte ihn zum Kalifen und erzählte ihm die Geschichte von Anfang bis zum Ende. Der Kalif war höchst erstaunt und lachte heftig; dann sagte er: »Dein Sklave ist also der Urheber alles Unglücks?« - »Freilich!« antwortete Djafar; »doch wundere dich nicht so sehr über die Geschichte, sie ist nicht befremdender, als die des Vezier Ali aus Kahirah und Bedruddin Hasan aus Bassrah; doch erzähle ich sie nur unter einer Bedingung.« Der Kalif, der sehr wünschte, sie zu hören, sagte dann: »Nun, wenn sie schöner und wunderbarer ist, als diese, so schenke ich dir das Leben deines Sklaven, wenn nicht, so lasse ich ihn umbringen. Erzähle also, o Vezier! Deine Geschichte.«

Geschichte Nuruddins und seines Sohnes und Schemsuddins und seiner Tochter.

Djafar erzählte nun dem Kalifen Harun Arraschid Folgendes: Beherrscher der Gläubigen! Einst lebte in Ägypten ein gerechter, beschützender, wohltätiger und freigebiger Sultan, der ein Freund der Armen und ein Gönner der Schriftgelehrten war, zugleich ein wackerer Krieger, dem niemand den Gehorsam versagte. Er hatte einen alten und verständigen Vezier, der im Schreiben und Rechnen große Fertigkeit besaß und auch in manchen anderen Wissenschaften bewandert war. Dieser hatte zwei Söhne von hübschem Wuchse und vollkommener Schönheit, sodass sie dem Monde oder einer Gazelle verglichen werden konnten. Der ältere hieß Schemsuddin Mohammed und der jüngere Nuruddin Ali; dieser war besser als sein Bruder, er war das edelste Geschöpf Gottes zu jener Zeit. Als nach dem gewöhnlichen Laufe der Dinge ihr Vater, der Vezier, starb, war der Sultan sehr betrübt darüber, er ließ daher, aus Liebe zum Vezier, dessen beide Söhne zu sich rufen, beschenkte sie mit dem Ehrenkleide ihres Vater und sagte zu ihnen: »Ihr sollt nun an eures Vaters Stelle treten und gemeinschaftlich das Amt eines Veziers von Ägypten versehen.« Die jungen Waisen verbeugten sich vor dem Sultan und gingen, um ihres Vaters Leichenbegängnis zu besorgen. Kaum war ein Monat nach dem Tode ihres Vaters verflossen, so versahen sie auch schon das Amt eines Veziers, eine Woche um die andere sich im Dienste ablösend. Eben so begleiteten sie auch den Sultan abwechselnd auf seinen Reisen. Beide Brüder bewohnten ein Haus und beide hatten nur einen Willen und einen Wunsch. Nun begab es sich, dass die Reihe der Begleitung des Sultans auf einer Reise den älteren Bruder traf. Die Nacht vor seiner Abreise, als beide Brüder vertraulich beisammensaßen und plauderten, sagte der ältere: »Willst du wohl, mein Bruder, dass wir zwei Schwestern heiraten, den Ehekontrakt an demselben Tage unterzeichnen und in einer und derselben Nacht unsere Ehe vollziehen?« Nuruddin antwortete: »Tue, was dir gut dünkt, mein Bruder, denn all dein Vorhaben führt zu einem guten Ende; sobald du also von deiner Reise zurückkehrst, wollen wir um zwei Schwestern werben, und Gott wird uns dazu seinen Segen verleihen.« Hierauf fuhr der ältere weiter fort: »Wenn wir nun an einem Tage uns verloben und verheiraten, und unser Frauen zur nämlichen Zeit guter Hoffnung werden und an einem Tage niederkommen, dann deine Frau einen Knaben und meine Frau ein Mädchen gebärt, wirst du nicht deinen Sohn mit meiner Tochter vermählen?« - »Gewiss recht gern, mein Bruder«, erwiderte Nuruddin; »aber wie viel Mitgift müsste mein Sohn deiner Tochter zubringen?« - »Weniger würde ich nicht nehmen«, erwiderte der ältere, »als 3000 Dinare, drei Gärten und drei Sklaven, außer dem, was gewöhnlich einer Frau verschrieben wird.«Hierauf versetzte Nuruddin: »Wozu die ungerechte Forderung einer solchen Mitgift? Sind wir nicht Brüder und beide Vezier? Jeder von uns kennt schon seine Pflicht. Du hättest wohl deine Tochter meinem Sohne ohne Mitgift zur Frau geben können, der Mann ist doch edler als das Weib; du verfährst mit mir wie jener, von dem man einen Dienst verlangte, und der darauf erwiderte: Morgen, so Gott will! Dann folgenden Vers rezitierte:

»Verweist man dich in einer Angelegenheit auf morgen, so kannst du, wenn du verständig bist, daraus schließen, dass man deiner los sein will.«

Schemsuddin ward sehr aufgebracht darüber und sprach: »Wehe dir! Schäme dich, zu sagen, dein Sohn sei edler als meine Tochter; wie wagst du es nur, ihn mit ihr zu vergleichen? Bei Gott, du hast weder Verstand noch Erfahrung. Auch sagst du, wir seien beide Veziere, während ich dich eigentlich nur als Gehilfen neben mir dulde, um dich nicht zu tief zu kränken. Nun aber schwöre ich bei dem Allmächtigen: Meine Tochter soll deinen Sohn nicht heiraten, wenn du mir auch noch soviel Gold geben willst, als sie wiegt; nie werde ich deinen Sohn als Eidam annehmen, sollte ich auch deshalb den Todeskelch leeren müssen!« Nuruddin geriet über diese Worte seines Bruders gleichfalls in heftigen Zorn und fragte noch einmal: », wie, mein Bruder, du würdest, deine Tochter meinem Sohne verweigern?« - »Nie«, erwiderte der ältere, »werde ich zu einer solchen Ehe meine Einwilligung geben; nicht einen abgeschnittenen Nagel von ihr soll er erhalten. Müsste ich nicht morgen abreisen, so würde ich dich gleich wegen deines Übermutes zur Strafe ziehen; sobald ich aber von meiner Reise zurückkehre, werde ich dir zeigen, was meine Ehre erfordert.« Nuruddins Zorn ward immer heftiger, doch wusste er ihn zu verbergen, und erst, als er bewusstlos hinstürzte, hörte sein Bruder auf zu drohen. So brachte jeder von ihnen die Nacht in einem besondern Winkel zu, und der eine blieb gegen den anderen gleich aufgebracht. Als des Morgens Schemsuddin, weil es seine Reihe war, den Sultan nach den Pyramiden begleitete, ging der von seinem Bruder so tief gekränkte Nuruddin in die Schatzkammer, füllte einen kleinen Sack mit Gold und rezitierte folgende Verse:

»Reise, du findest leicht andere Leute für die, welche du verlässest; sei tätig, dann erlangst du des Lebens Reiz! Nur in der Fremde, nicht zu Hause sammelt man Ruhm oder Erfahrung, drum verlasse die Heimat und wandre umher; leicht verdirbt ein stehendes Wasser, nur wenn es in Bewegung kommt, bleibt es frisch. Bliebe die Sonne immer am Firmamente feststehen, so würden alle Menschen,

Araber und andere, ihrer bald überdrüssig werden; und könnte man nicht aus den Veränderungen des Mondes wahrsagen, so würde kein Beobachter stets zu ihm hinaufsehen. Der Löwe fände keine Beute, wenn er den Wald nicht verließe, und der Pfeil würde nichts treffen, wenn er am Bogen bliebe. Gold liegt wie Staub im Schachte, und Aloe ist nicht mehr als anderes Holz da, wo es wächst; jenes wird gesucht, wenn es der Erde entrissen, und dieses wird zu Gold in fremdem Lande.«

Nachdem er diese Verse gesprochen, befahl er einem seiner Diener, seiner Mauleselin den mit Silber verzierten Sattel aufzulegen. Diese war eine der besten und vortrefflichsten, mit Ohren wie geschnittene Rohrfedern, und Füßen wie eine aufgebaute Säule; er ließ ihr das schönste Geschirr anlegen, einen seidenen Teppich über den Sattel ausbreiten und den Quersack darauf packen. Dann sagte er seinen Sklaven und Dienern: »Ich will mich auf dem Lande zerstreuen, ich will die Gegend von Kaliub und andere noch bereisen; ich werde daher einige Tage ausbleiben, es braucht mir aber niemand von euch zu folgen.« Hierauf bestieg er seine Mauleselin, nachdem er sich mit Lebensmitteln versehen hatte, ritt von Kahirah weg und nach dem Weg zur Wüste. Gegen Mittag kam er in eine Stadt, Bilbeis genannt; er ruhte daselbst ein wenig aus, aß zu Mittag und versah sich wieder mit frischen Lebensmitteln für sich und seine Eselin. Alsdann machte er sich wieder auf den Weg und kam gegen Abend, nachdem er seine Eselin nicht geschont hatte, nach Saidije. Durch mehrere Straßen dieser Stadt von seiner Eselin getragen, hielt er an der Post, fütterte sein Tier, aß selbst etwas, legte seinen Quersack unter den Kopf, ein Kissen auf den Boden und breitete einen Teppich darüber aus. Je mehr er über das Betragen seines Bruders nachdachte, desto heftiger ward sein Zorn, und er schwor, nicht zurückzukehren, und sollte er auch bis Bagdad reisen. Als er des Morgens wieder seine Reise fortsetzte, traf er einen Kurier; er trieb seine Mauleselin und ritt gleichen Schrittes mit diesem, und Gott ließ ihn glücklich nach Bassrah[23] kommen. Nuruddin ging einst vor den Toren der Stadt spazieren und traf zufällig den Statthalter von Bassrah daselbst. Als dieser den jungen Mann erblickte und an seinem feinen, vornehmen Wesen bemerkte, dass er von edler Geburt sein müsse, ging er auf ihn zu, grüßte ihn und erkundigte sich nach seinen Umständen. Nuruddin erzählte ihm alles; dann auch, wie er geschworen habe, nicht nach Hause zurückzukehren, bis er die ganze Welt gesehen, und lieber sterben, wolle als unbefriedigt die Heimat wieder zu

[23] Bassrah, auch Bassora oder Balsora genannt, ist eine Stadt am Tigris, auf Befehl des Kalifen Omar im Jahre 636 nach Chr. gegründet.

betreten. Als der Vezier dies hörte, sprach er zu ihm: »Tue dies nicht mein Sohn! Denn viele Länder sind unsicher; es könnte dir leicht ein Unglück begegnen.« Er nahm ihn dann mit nach Hause, erwies ihm viele Ehre, da er ihn bald sehr lieb gewonnen hatte. Eines Tages sagte er zu ihm: »Du weißt, mein Sohn, dass ich schon sehr alt bin und keine männlichen Nachkommen, sondern nur eine einzige Tochter habe, die dir an Schönheit gleicht; schon habe ich große und reiche Freier abgewiesen, doch fühle ich so große Zuneigung zu dir, dass ich dich frage: ob du wohl meine Tochter als Sklavin annehmen willst, sodass sie deine Frau werde und du ihr Mann? Ich werde dich dann als meinen Sohn anerkennen, dich als solchen dem Sultan vorstellen und ihn bitten, dass er dich an meiner Stelle zum Vezier mache. Ich selbst will mich in mein Haus zurückziehen; denn, bei Gott! Sieh' mein Sohn, ich bin schwach und alt, und du wirst daher wie mein Kind mein Vermögen verwalten, und dem Vezier-Amte der Provinz Bassrah vorstehen.« Als der Vezier ausgeredet hatte, blickte Nuruddin eine Weile zur Erde nieder, dann antwortete er, dass er bereit sei, alles zu tun, was der Vezier befehle. Dieser freute sich sehr über seine Antwort und befahl seinen Dienern, allerlei Speisen und Süßigkeiten zu bereiten und den großen Saal auszuschmücken, der zu solchen Festlichkeiten bestimmt war. Nachdem diese Befehle vollzogen waren, ließ der Vezier seine Freunde und die Großen des Reichs versammeln, sowie alle Vornehmen der Stadt Bassrah einladen, die auch sogleich eintrafen. Er sprach dann zu ihnen: »Wisset, dass ich einen Bruder in Ägypten hatte, der daselbst Vezier war und dem Gott einen Sohn geschenkt hat; mir, wie ihr wohl wisst, ist nur eine Tochter beschert worden. Da nun mein Neffe ebenso wie meine Tochter heiratsfähig ist, so hat mein Bruder seinen Sohn, den ihr vor euch seht, zu mir geschickt, um ihn mit meiner Tochter zu vermählen. Es soll nun die Hochzeit hier bei mir gefeiert werden; dann werde ich ihn mit allem Nötigen zur Rückreise ausstatten und ihn mit meiner Tochter nach Hause zurückkehren lassen.« Alle antworteten: »Du hat einen glücklichen Gedanken und ein lobenswertes Vorhaben, Gott wird deine Hoheit mit seiner Gnade krönen und den Weg segnen, den du eingeschlagen.«

Nach einer Weile kamen die Gerichtszeugen, die Diener deckten den Tisch, es wurde aufgetragen, und als man satt war, wurden noch verschiedene Speisen gereicht, dann wurde der Ehekontrakt geschlossen und der Saal mit dem feinsten Räucherwerk durchduftet. Nach und nach zogen sich die Gäste zurück, und der Vezier befahl seinen Dienern, Nuruddin ins Bad zu führen. Während er im Bade war, schickte ihm der Vezier einen vollständigen Anzug, der eines Königs würdig gewesen wäre; auch Tücher zum Abtrocknen, Weihrauch und anderes, dessen er bedurfte, wurden nicht vergessen. Als er aus dem Bade kam, glich er dem Vollmonde oder dem heranleuchtenden Morgen, wie ein Dichter sagte:

> »Der Atem ist Moschus, die Wangen Rosen, die Zähne Perlen, der Speichel Wein, der Wuchs der Zweig eines Baumes, die Haare sind die Nacht und das Gesicht der Vollmond.«

Er ging dann zu seinem Schwiegervater und küsste ihm die Hand. Dieser erhob sich vor ihm, ließ ihn neben sich sitzen und sagte dann zu ihm: »Erzähle mir nun, warum du dein Vaterland verlassen und wie deine Leute dir erlaubten, dich von ihnen zu trennen; sprich wahr und verhehle mir nichts, merke dir die Worte des Dichters:

> »Bleibe immer bei der Wahrheit, sollte sie auch mit dem Feuer der Hölle dich brennen, suche nur den Beifall des Herrn, denn wehe dem, der, um Sklaven zu gefallen, den Herrn erzürnt.«

Übrigens weißt du ja, dass ich dich an meine Stelle erheben und dich deshalb dem Sultan vorstellen will.« Nuruddin erzählte ihm, was zwischen ihm und seinem Bruder vorgefallen, und wie er heimlich seine Leute verlassen, zufällig nach Bassrah gekommen, wo er endlich durch des Veziers Wohltaten so glücklich geworden war, dessen Tochter zur Gemahlin zu erhalten. Der Vezier wunderte sich über diese Erzählung und lachte darüber. »Wie«, sagte er, »ihr habt schon Streit gehabt, ehe ihr geheiratet und Kinder gezeugt hattet? Doch lassen wir das beiseite, gehe jetzt zu deiner Gemahlin; morgen werde ich dich dein Sultan vorstellen, um ihm deine Geschichte zu erzählen, und ich hoffe, Gott wird dir seinen Segen nicht entziehen.« Nuruddin begab sich hierauf zu seiner Gemahlin, wie ihm sein Schwiegervater befohlen.

Schemsuddin aber, der, wie früher erwähnt worden ist, sich mit dem Sultan von Ägypten auf die Reise begeben hatte, und erst nach einem Monat zurückkam, wollte gleich nach seiner Rückkehr Nuruddin zu sich rufen lassen, als man ihm sagte, dass man ihn seit seiner Abreise vermisse und dass er wohl in fremden Ländern herumreise; er habe zwar gesagt, er werde nur wenige Nächte ausbleiben, man habe aber seither gar nichts mehr von ihm vernommen. Als Schemsuddin dies hörte, war er sehr betrübt und konnte sich diese lange Abwesenheit gar nicht erklären. Gewiss, dachte er, ist ihm ein Unglück widerfahren. Er beschloss daher, ihn bis in die entferntesten Länder aufsuchen und überall Boten ausschicken zu lassen, um

Nachricht von ihm zu erhalten. Es kamen Boten nach Haleb,[24] konnten aber, da Nuruddin schon in Bassrah war, daselbst nichts von ihm erfahren; sie kehrten daher bestürzt nach Kahirah zurück. Schemsuddin verlor bald die Hoffnung, seinen Bruder wiederzufinden. Gott, der allein Mächtige, stehe mir bei, dachte er, ich habe meinem Bruder zu viel getan, als wir von unserer Vermählung sprachen. Nach einiger Zeit vermählte sich Schemsuddin mit der Tochter eines vornehmen Mannes aus Kahirah und der Zufall wollte, dass er seine Gemahlin in derselben Nacht heimführte, wie sein Bruder in Bassrah die seinige, und Gott, um den Menschen seine Weisheit zu offenbaren, fügte es, dass Schemsuddins Frau eine Tochter und Nuruddins Frau einen Sohn gebar. Nuruddins Sohn war so schön, dass er Mond und Sonne beschämte; leuchtend war seine Stirne, rot seine Wangen, marmorn sein Hals, und auf seiner rechten Wange war ein braunes Fleckchen, wie ein Ambrabogen, wie ein Dichter ihn beschrieben:

»Schlank ist sein Wuchs, sein schönes Gesicht und seine schwarzen Haare verbreiten abwechselnd Licht und Finsternis in der Welt; verkennt auch nicht das Fleckchen auf seinen Wangen, denn auch bei der Rose findet ihr ein solches wieder.«

Kurz, der Kleine war so hübsch und wohl gewachsen, dass seine Anmut alle Herzen bezauberte, sowohl seine Gestalt, als sein ganzes Wesen gewannen ihm die Liebe aller. Nichts fehlte an seiner Schönheit, ein Reh musste sogar ihn um seinen Hals und seinen Blick beneiden; wohl bezeichnet wird er noch durch folgende Verse:

»Bringt man die Schönheit selbst, um sie mit ihm zu vergleichen, wird sie aus Scham ihr Gesicht niederschlagen; fragt man sie aber: Hast du je etwas Ähnliches gesehen? So antwortet sie: Nein, niemals!«

Nuruddin nannte diesen Knaben Bedruddin Hasan; sein Großvater, der Vezier von Bassrah, freute sich unendlich mit ihm; es war eine große Mahlzeit gegeben, und der Vezier machte seinem Schwiegersohne Geschenke, die eines Königs würdig waren; er ging dann mit ihm zum Sultan, der ein schöner, wohltätiger und verständiger Mann war, verbeugte sich vor ihm und sprach folgende Verse:

---

[24] Haleb, auch Aleppo, besser aber Haleb, ist eine Stadt im nördlichen Syrien; wahrscheinlich das alte Berrhaea.

»Dein Leben und dein Ruhm mögen so lange dauern, als Morgen und Abend miteinander wechseln! Möchtest du, solange es eine Nacht gibt, in ununterbrochenem Glücke fortleben!«

Nachdem der Sultan ihm für seinen Wunsch gedankt, fragte er ihn, wer der junge Mann sei, den er mitgebracht; der Vezier erzählte ihm Nuruddins ganze Lebensgeschichte und setzte dann hinzu: »Lasse, o König! Diesen Mann an meiner Stelle Vezier werden, denn er besitzt eine ausgezeichnete Beredsamkeit; ich, dein Sklave, bin schon sehr alt. Mein Geist hat abgenommen, mein Gedächtnis ist schwach geworden, darum wünsche ich von der Gnade des Sultans, dass mein Schwiegersohn nun meinen Platz einnehme; ich glaube wohl, dass er dessen durch meine treuen Dienste würdig geworden.« Er küsste dann den Boden vor dem Sultan, der Nuruddin sogleich lieb gewonnen, sobald er ihn nur angesehen hatte; er ließ daher ein Ehrenkleid herbeibringen und bekleidete Nuruddin selbst damit, auch schenkte er ihm eine von seinen besten Mauleselinnen und setzte ihm sogleich ein Jahrgeld fest, wie es seinem Range gebührte. Der alte Vezier kehrte sodann wieder mit seinem Schwiegersohne nach Hause zurück, und im Übermaße ihrer Freude sagten sie zueinander: »Dies Glück bringt uns allein das neugeborene Kind!« Am folgenden Tag ging Nuruddin wieder zum Sultan, trat sein neues Amt an und versah alle Geschäfte eines Veziers; nichts war ihm zu schwer, als hätte er schon darin eine lange Übung gehabt. Der Sultan liebte ihn immer mehr, und Nuruddin kehrte höchstbeglückt über die Huld des Sultans, der ihn reich beschenkte, nach Hause zurück, wo seine Freude mit seinem Sohne, dem er die sorgfältigste Erziehung gab, nicht minder groß war. So vergingen Tage und Nächte, und Bedruddin war immer größer und hübscher. Als er aber das vierte Jahr erreicht hatte, war sein Großvater krank, er vermachte ihm sein ganzes Vermögen und starb. Man bereitete die Trauermahlzeit und verrichtete die üblichen Leichen-Zeremonien und Trauerfeierlichkeiten einen ganzen Monat lang. Als Bedruddin sieben Jahre alt war, führte ihn sein Vater in die Schule und empfahl ihn angelegentlich dem Lehrer: »Gib wohl acht auf dieses Kind«, sagte er zu ihm, »und vernachlässige weder seinen Unterricht noch seine moralische Bildung.«

So war der Kleine immer klüger, verständiger, gebildeter und beredter, der Lehrer freute sich sehr über ihn, und nach zwei Jahren hatte er schon recht viel gelernt.

Im Alter von zwölf Jahren, so fuhr Djafar in seiner Erzählung vor dem Kalifen fort, hatte der Kleine Schönschreiben, Theologie, Grammatik, arabische Literatur, Arithmetik und den Koran gelernt. Auch ließ ihn Gott immer schöner und liebenswürdiger werden, sodass folgende Verse ihn recht gut bezeichnen:

»Sein schlanker Wuchs gleicht einem kräftigen Baumstamme, der Mond scheint von seiner leuchtenden Stirne aufzugehen, die Sonne geht in den Rosen seiner Wangen unter; er ist der König der Schönheit, und die Schönheit alles Geschaffenen ist von ihm entlehnt.«

Als ihn zum ersten Male sein Vater hübsch kleidete und sich mit ihm auf den Weg machte, um zum Sultan zu reisen, drängten sich alle Leute um den Vezier, damit sie diesen schönen Knaben besser sehen konnten. Sie überhäuften den Vater und seinen Sohn mit Glückwünschen; alle waren über des Knaben Schönheit entzückt und konnten ihn nicht genug bewundern, so oft sie ihn sahen, denn er war wirklich, wie ein Dichter sagte:

»Gepriesen sei der, der ihn so schön geschaffen! Er ist der König aller Schönheit, alle Menschen sind ihm ergeben, sein Speichel ist fließender Honig, seine Zähne sind eingereihte Perlen. Er allein vereinigt alles Schöne in sich, und alle Menschen verirren sich in seiner Anmut. Die Schönheit hat auf seine Stirne geschrieben: »Ich bezeuge, dass nur er wahrhaft schön ist.«

Er war die Verführung aller Liebenden, der Lustgarten, nach dem jeder sich sehnte, süß waren seine Worte, freundlich sein Lächeln, er beschämte den Vollmond und war schmiegsamer als die Zweige des Ban,[25] seine Wangen konnten alle Rosen ersetzen. Als er zwanzig Jahre zählte, ward sein Vater krank: Er ließ seinen Sohn zu sich rufen und sprach zu ihm: »Wisse, dass diese Welt ein vergänglicher Aufenthaltsort ist, dass jenes Leben aber ewig dauert; ich will dir daher fünf Dinge empfehlen, über die ich viel nachgedacht habe.« Er erinnerte sich dann auch an seine Heimat und an seinen Bruder Schemsuddin, und er musste weinen bei dem Gedanken, nun fern von seinem Vaterlande sterben und von allen Freunden sich trennen zu müssen; er seufzte schwer und sprach folgende Verse:

»Was sollen wir sagen bei der Entfernung von der Heimat, was tun, wenn heftige Sehnsucht uns überfällt? Kein Bote kann von unserer Liebe Nachricht bringen. Wie sollen wir uns trösten, wenn wir von vielen Freunden keinen einzigen mehr finden? Nun blei-

---

[25] Ein Baum, mit dessen schmiegsamen Zweigen sich leicht bewegende Jünglinge und Mädchen oft verglichen werden.

> ben uns nur Klagen und Seufzer und Tränen, die über unsere Wangen herabrollen. O ihr, die ihr von meinem Augen fern, doch meinem Herzen so nahe seid, wisst ihr wohl, dass trotz der langen Trennung meine Freundschaft doch standhaft blieb? Habt ihr in der Entfernung einen Freund vergessen, der so oft eure Tränen getrocknet? Schwere Vorwürfe werde ich euch zu machen haben, wenn uns dort wieder ein neues Leben vereint.«

Als er diese Verse gesprochen und heftig geweint hatte, sagte er zu seinem Sohne: »Bevor ich dir meinen Letzten Willen offenbare, wisse, dass du einen Oheim hast, der Vezier in Kahirah ist, von dem ich mich gegen seinen Willen getrennt habe.« Er nahm hierauf ein Papier und schrieb alles, was zwischen ihm und seinem Bruder vorgefallen, nieder; ferner alles, was ihm in Bassrah wiederfahren war, den Tag seiner Hochzeit und sein Alter, legte dann dieses Papier zusammen, versiegelte es und gab es seinem Sohne, indem er ihm befahl, es wohl aufzubewahren.

Hasan nahm das Papier und nähte es in seine Kappe unter der Binde ein, während er viele Tränen über den Verlust seines Vaters vergoss, der im Todeskampfe dalag. Als dieser sich wieder ein wenig erholt hatte, sprach er: »Dass *Erste*, was ich dir anempfehle, dass du nicht mit jedem Verbindungen anknüpfest; nur so entgehst du vielem Übel; wer ruhig leben will, muss Zurückgezogenheit lieben, wie ein Dichter sagte:

> »Es gibt niemand in deiner Zeit, von dem du wahre Freundschaft erwarten kannst; kein Freund bleibt dir treu, wenn das Glück dich verlässt, lebe einsam und baue auf niemanden, dies ist mein Rat, es bedarf keines weitern.«

»Zweitens: Mein Sohn, tue niemandem Unrecht, es möchte sonst das Schicksal auch dir Unrecht tun; denn das Schicksal ist heute für dich, einen anderen Tag gegen dich; die Welt ist ein geliehenes Gut, das man wieder zurückgeben muss. Schon hat ein Dichter gesagt:

> »Besinne dich und folge nicht zu rasch deiner Leidenschaft, sei barmherzig gegen Menschen, sie werden dich den Milden nennen. Gottes Hand ist über jede Hand erhaben; niemand übt eine Gewalttat aus, dem sie nicht wieder vergolten wird.«

»Drittens: Gewöhne dich zu schweigen und vergiss anderer Leute Fehler bei deinen eigenen; es ist ein allgemeines Sprichwort: Wer schweigen kann, entgeht vieler Gefahr. Du weißt auch, wie es bei einem Dichter heißt:

»Schweigen ist eine Zierde, stille sein ist Heil; sei nicht voreilig im Sprechen, denn kannst du auch einmal es bereuen, geschwiegen zu haben, so wird es dich gar oft reuen, zu viel gesprochen zu haben.«

»Viertens: Hüte dich vor dem Weintrinken, denn der Wein ist die Veranlassung großen Unheils, weil er den Verstand raubt; nimm dich wohl in acht, keinen Wein zu trinken und erinnere dich der Worte des Dichters:

»Ich meide den Wein und die, die ihn trinken, auch führen mich die, welche ihn tadeln, zum Muster an, dieses Getränk verwirrt den Pfad des Rechts und öffnet die Pforte zu allem Bösen.

»Fünftens: Mein Sohn, bewahre dein Vermögen, es wird dich vor vielem Übel bewahren; verschwende nicht was du hast, sonst wirst du noch bei schlechten Menschen Hilfe suchen müssen. Hüte wohl dein Geld, denn es ist ein sicheres Heilmittel; ich weiß, wie ein Dichter sprach:

»Ist mein Vermögen gering, so will niemand mein Freund sein, ist es groß, so nennen sich alle Leute meine Freunde; wie mancher Freund leistete mir Gesellschaft, wenn es galt, mein Geld zu verschwenden, und wie viele ließen mich allein, als ich mein Vermögen verloren!«

Er empfahl ihm dann noch andere Tugenden, bis er in seines Sohnes Armen verschied.

Nach dem Tode seines Vaters trauerte Bedruddin zwei Monate lang; er ritt nie aus, und versäumte sogar sein Amt beim Sultan vor übermäßiger Betrübnis, der Sultan war so sehr darüber erzürnt, dass er einen seiner Schlosshüter zum Vezier ernannte, und befahl ihm, mit Gefolge ins Haus des verstorbenen Veziers zu gehen, alles, was er hinterlassen, aufzunehmen und zu versiegeln, und keinen Heller zurückzulassen. Der neue Vezier ging sogleich mit einem Gefolge von Kämmerern und Schreibern und fragte nach dem Hause des Veziers Nuruddin Ali. Unter den Leuten, die er fragte, war ein Sklave Nuruddins, der, als er hörte, was vorgefallen, sogleich zu Bedruddin eilte, der in dem Hofe seines Palastes mit gesenktem Haupte und mit zerknirschtem Herzen saß. Der Sklave warf sich vor ihm nieder, küsste ihm die Hand und sprach: »O mein Herr und Sohn meines Herrn, eile, eile, ehe es nicht mehr Zeit ist!« - Hasan fragte erschrocken, was es gebe? - »Der Sultan«, erwiderte der Sklave, »ist gegen dich aufgebracht und hat befohlen, dich in Verhaft zu nehmen; schon kommen seine Leute hinter mir her, rette dich daher schnell, damit du nicht in ihre Hände fällst, denn sie werden nicht schonend mit dir umgehen.« - Hasan erglühte vor Zorn, dann folgte die Blässe auf seinem Angesichte, und er fragte den Sklaven: »Habe ich nicht so viel Zeit noch, ins Haus zu gehen?« - »Nein!« erwiderte der Sklave; »verlasse dein Haus und mache dich sogleich auf den Weg.«Hierbei rezitierte er folgende Verse:

»Rette nur dein Leben schnell, wenn du Gewalt befürchtest, und
lasse das Haus den Verlust seines Erbauers ausrufen; leicht findest
du ein anderes Land für das Deinige, aber für dein Leben findest
du kein anderes zum Ersatz.«

Der junge Mann schlüpfte schnell in seine Pantoffeln und schlug die Schleppe seines Kleides um sein Gesicht, aus Furcht, erkannt zu werden, und da er nicht wusste, wohin er sich wenden sollte, ging er auf das Grab seines Vaters zu, ließ dann sein Oberkleid wieder herunter, an welchem goldgestickte Knöpfchen waren, auf denen geschrieben stand:

»O du mit leuchtendem Gesichte wie Sterne oder Tau, ewig daure
dein Ruhm und deine Ehre.«

Als er so in Gedanken fortwanderte, begegnete er einem Juden, der eben zur Stadt zurückkehren wollte; es war ein Geldwechsler und er trug einen Korb in der Hand.

Als der Jude Bedruddin sah, grüßte er ihn und küsste ihm die Hand; dann fragte er ihn: wohin er so spät wolle und warum er so verstört aussehe? Hasan antwortete ihm: »Ich habe ein wenig geschlafen, da erschien mir mein Vater im Traume; als ich nun erwachte, wollte ich noch vor Nacht schnell sein Grab besuchen.« Hierauf sagte ihm der Jude: »Ich weiß, dass dein Vater, unser Herr, vor seinem Tode Waren auf dem Meere hatte; es müssen nun bald mehrere Schiffe mit seinen Ladungen ankommen, und ich bitte dich, sie keinem andern, als mir zu verkaufen; ich gebe dir sogleich 1000 Dinare, wenn du die Ladung des Schiffes, das zuerst einlaufen wird, mir verkaufen willst.« Als Bedruddin einwilligte, nahm er einen versiegelten Sack aus dem Korbe, öffnete ihn und wog Bedruddin 1000 Dinare vor, und bat ihn, ihm ein paar Worte über diesen Kauf aufzuschreiben. Hasan nahm ein Stückchen Papier und schrieb darauf: »Hiermit verkauft Bedruddin Hasan dem Juden Ishak die Ladung des ersten einlaufenden Schiffes um 1000 Dinare, die er schon bar erhalten hat.« Dann bat ihn der Jude, das Papier in den Sack zu werfen, den er hierauf wieder zuband, versiegelte und sich umhing. Bedruddin verließ nun den Juden, um die Gräber zu durchstreichen, bis er zu dem seines Vaters gekommen war; er ließ sich auf demselben nieder, weinte und sprach folgende Verse:

»Seitdem ihr von Hause fern, ist kein Bewohner mehr darin. Wir haben keine Nachbarn mehr, seitdem ihr abwesend seid. Der Freund, mit dem ich mich dort unterhielt, ist nicht mehr mein Freund, und meine Spielgenossen scheinen mir nicht mehr meine Spielgenossen. Ihr seid fern, darum ist's der ganzen Welt unheimlich, die weitesten Länder und Gegenden sind von Dunkelheit umgeben. O hätte doch der Rabe, der unsere Trennung verkündigte, niemals Federn gehabt, hätte nie ein Nest ihn geduldet! Meine Geduld hat abgenommen, mein Körper ist abgezehrt; wie manchen Schleier hat der Trennungstag schon durchbrochen! Bald wirst du vergangene Nächte wiederkehren sehen, denn bald wird eine Wohnung (das Grab) uns wieder umschließen.«

Bedruddin weinte noch lange auf dem Grabe seines Vaters und verzweifelte über seine Lage, denn er wusste gar nicht, was beginnen und wohin sich wenden; endlich legte er sein Haupt auf das Grab, und schlief (gepriesen sei der, der nie schläft), bis tiefe Nacht die Erde bedeckt. Im Schlaf glitt sein Haupt vom Grabe herunter, und er lag auf dem Rücken mit ausgestreckten Händen und Füßen. Nun bewohnte diese Begräbnisstätte ein Geist, der Tag und Nacht auf diesen Gräbern von einem zum anderen schwebte; als dieser Geist nun eben aus einem Grabe hervorkam und umherfliegen wollte, sah er einen angekleideten Menschen auf dem Rücken liegen, über dessen Schönheit er, bei näherer Betrachtung, in die höchste Bewunderung ausbrach.

Bei diesem Anblick dachte der Geist, dies ist gewiss eine Huri, ein göttliches Geschöpf, um die Welt zu verführen. Er betrachtete ihn noch eine Weile, flog davon und erhob sich hoch in die Luft, bis er in der Mitte zwischen Himmel und Erde schwebte. Hier stieß er an die Flügel eines anderen Geistes; er fragte: »Wer ist da?« - »Eine Fee!« ward ihm zur Antwort. - »Willst du, o Fee!« erwiderte hierauf der Geist, »mit mir auf meine Gräber kommen? Du wirst sehen, was für einen Menschen der erhabene Gott geschaffen.« Als sie einwilligte, ließen sie sich miteinander auf das Grab nieder; da sprach der Geist zur Fee: »Hast du wohl in deinem ganzen Leben einen schöneren Jüngling gesehen?« Als sie ihn näher betrachtete, sprach sie: »Gelobt sei der, dem nichts ähnlich ist; bei Gott! Mein Bruder, erlaube mir, dir eine wunderbare Begebenheit zu erzählen, bei welcher ich diese Nacht in Ägypten zugegen war.« Als der Geist sie zu erzählen bat, fing sie wie folgt an: Wisse, dass der König von Kahirah einen Vezier hat, der Schemsuddin Mohammed heißt; dieser hat eine Tochter, die nun bald zwanzig Jahre alt wird und die größte Ähnlichkeit mit diesem Jüngling hat; vollkommen schön ist ihr Gesicht und ihr Wuchs ausgezeichnet. Als der

Sultan von Kahirah von diesem schon erwachsenen Mädchen sprechen hörte, ließ er den Vezier rufen und sagte zu ihm: »Ich habe vernommen, du habest eine schöne Tochter; ich begehre sie von dir zur Gattin.« - Der Vezier antwortete: »Entschuldige, mein König, dass ich deinem hohen Willen nicht willfahren kann; du wirst mich nicht tadeln, gewiss wird deine Milde mir beistehen, wenn ich dir meine Gründe angebe. Du weißt, ich habe einen Bruder, der Nuruddin heißt und neben mir in deinen Diensten Vezier war. Einst saßen wir beisammen und plauderten über die Ehe und über unsere zukünftigen Kinder, da gerieten wir in so heftigen Streit, dass mein Bruder den folgenden Tag entfloh. Nachdem ich seit zwanzig Jahren keine Nachricht von ihm gehabt habe, hörte ich vor Kurzem, dass er in Bassrah als Vezier gestorben und einen Sohn hinterlassen habe. Nun hatte ich aber von dem Tage an, wo meine Frau eine Tochter gebar, diese meinem Neffen bestimmt; mein Herr, der Sultan, kann ja unter vielen anderen Frauen und Mädchen wählen.«

Als der Sultan diese abschlägige Antwort hörte, ward er sehr zornig. »Wehe dir!« schrie er seinem Vezier zu: »Ein Mann wie ich will deine Tochter heiraten, und du weisest ihn mit nichtigen Reden ab? Ich schwöre, dass sie den letzten meiner Sklaven heiraten soll!« Der Sultan sah jetzt zufällig einen jungen Stallknecht, der vorn und hinten bucklig war, im Hofe, und ließ ihn herbeirufen, sogleich wurden Zeugen bestellt, und der Vezier war gezwungen, den Ehekontrakt zwischen dem Buckligen und seiner Tochter auf der Stelle zu unterschreiben. Der Sultan schwur hierauf, dass der Bucklige sie noch diese Nacht umarmen müsse, nachdem er mit seiner Braut den Hochzeitszug in der Stadt gehalten haben würde. Es wurden nun alsbald Mamelucken mit Wachskerzen abgeschickt, die an der Türe des Bades den Buckligen erwarten sollten, um vor ihm herzugehen, der Tochter des Veziers wurden Kammerzofen gesandt, um sie anzukleiden und zu schmücken, und ihr Vater wurde streng bewacht, bis der Bucklige zu seiner Tochter kommen sollte. »Ich sah des Veziers Tochter«, fuhr die Fee fort, »und nie hatte mein Auge etwas Schöneres erblickt.« - »Du lügst!« erwiderte hierauf der Geist; »dieser Jüngling ist schöner als sie.« - »Beim Herrn des Himmels«, versetzte hierauf die Fee, »nur dieser Jüngling ist ihrer würdig, und es wäre schade, wenn sie in die Hände jenes Buckligen fiele.« Hierauf erwiderte der Geist: »Willst du, so vereinen wir die beiden jungen Leute, und tragen diesen Jüngling zu des Buckligen Braut.« - »Recht gern«, antwortete die Fee. »Wohlan«, sprach der Geist, »ich will ihn hintragen, du bringst ihn dann wieder zurück;« und sogleich umfasste er Bedruddin und flog mit ihm in Begleitung der Fee in die Höhe, dann ließ er sich mit ihm an dem Tore der Stadt Kahirah nieder und setzte ihn auf eine Bank. Als ihn der Geist aufweckte, wollte er fragen, wo er wäre, weil er gleich sah, dass er in einer ihm ganz unbekannten Stadt sich befand; aber der Geist ließ ihm dazu keine Zeit, sondern überreichte ihm sogleich eine dicke Wachskerze mit den Worten: »Gehe in dieses Bad und mische dich unter die Besucher und ihre Sklaven, und folge ihnen bis ins Hochzeitsgemach, dann gehst du mit deiner Wachskerze wie ein Fackelträger voraus, zur Rechten des buckligen Bräutigams, und so oft dir Zofen und Sängerinnen begegnen, so greife in deine Tasche und werfe ihnen eine Handvoll Gold zu; Sei nicht erstaunt über meinen Rat, denn er, kommt von Gott, der zeigen will, wie er das, was seine Weisheit beschlossen, unter den Menschen ausführt.« - Hasan tat alles, was ihm der Geist befohlen.

Als er so dem Hochzeitszug voranging und Hände voll Gold ausstreute, ja sogar den Tamburin der Sängerinnen damit überschüttete, wussten die Leute nicht, was sie von ihm denken sollten, denn sie waren über seine Schönheit beinahe so sehr entzückt, als über seine Freigebigkeit. Als sie nun vor das Haus des Veziers, seines Oheims, kamen und die Türsteher denen, die nicht zur Hochzeit gehörten, den Eingang versperrten, weigerten sich die Sängerinnen, das Haus zu betreten, wenn dieser fremde junge Mann, der schönste und freigebigste, den sie je gesehen, nicht auch hineingelassen würde und schworen, die Braut dürfe sich nicht zeigen, wenn er, der sie so mit Gold überschüttete, nicht zugegen wäre. Als die Türsteher dies vernahmen, ließen sie Bedruddin in das Haus der Lust eintreten und setzten ihn auf die Bühne, die der Bucklige einnahm, und zwar zu seiner Rechten in dem Saal, wo die verschleierten Frauen der Fürsten, der Veziere, der Kammerbeamten und der übrigen Großen vom Fuße der Bühne bis zum Brautgemach zwei Reihen bildeten. Jede Frau trug eine große Wachskerze, und alle bewunderten den schönen Hasan, dessen Angesicht wie der Vollmond leuchtete und der schmiegsam, wie die Zweige des Ban war; als sie mit den Kerzen ihn näher beleuchteten, waren sie noch mehr von seinem schönen Ansehen, als von dem gespendeten Golde entzückt. Sie winkten ihm freundlich zu, und wurden so bezaubert, dass jede von ihnen sich an seine Seite wünschte; dann aber sagten alle: »Kein anderes Weib, als unsere Braut, ist dieses jungen Mannes würdig, wie schade, dass sie diesem elenden Buckligen preisgegeben werden soll. Gottes Fluch erreiche den, der daran schuld war!« und alle verwünschten laut den Sultan; dann verspotteten die Frauen den Buckligen, der dasaß, mit dem Kopf tief in den Schultern. Nach einer Weile kamen die Sängerinnen mit Tamburinen und anderen Musikinstrumenten und führten die Braut in den Saal.

Während nun Bedruddin neben dem Buckligen auf einer Tribüne saß, kamen die Zofen mit seiner Base, die sie schon mit wohlriechenden Wassern gewaschen und die von Wohlgerüchen duftete. Schon hatte sie ihre Haare mit Moschusstaub bestreut und ihre Kleider mit dem feinsten Aloe und Ambra beräuchert. Es kamen dann Mädchen, um ihre Haare zu flechten und sie mit einem Schmucke zu zieren, der einer Kaiserin würdig gewesen wäre; sie trug ein goldgesticktes Kleid, mit allen möglichen Blumen, Vögeln und wilden Tieren gestickt, wobei die Augen und Schnäbel der Vögel aus Edelsteinen und ihre Füße aus rotem Rubin und grünem Smaragd waren; sie hingen ihr dann eine so prächtige Halskette um, aus großen Juwelen, dass das Auge ihren Glanz nicht ertragen und der Geist ihren hohen Wert nicht fassen konnte; die Braut war schöner als der Mond, wenn er in der vierzehnten Nacht des Monats scheint. Die Kammermädchen zündeten dann vor ihr weiße mit Kampfer besteckte Wachskerzen an, doch überstrahlte ihr Antlitz das Licht der Kerzen, ihre Augen waren schärfer als ein gezogenes Schwert, ihre dicht herabhängenden Augenbrauen bezauberten alle Herzen, rosig waren ihre Wangen, sanft schmiegten sich ihre Hüften, über den liebevollen Ausdruck ihrer Augen konnte man von Sinnen kommen; so zog sie, von vielen Mädchen mit verschiedenen Musik-Instrumenten umgeben, sich stolz wiegend daher, während die Frauen einen Kreis um Hasan bildeten, dessen vollkommene Schönheit aller Bewunderung anzog. Er war wie der Mond unter Sternen, mit glänzender Stirne, rosigen Wangen, marmornem Halse, strahlendem Gesichte, mit einem Ambramal auf den Wangen. Als der Bucklige seine Braut küssen wollte, kehrte sie ihm den Rücken und warf sich vor ihrem Vetter Hasan nieder; als darüber alle Anwesenden laut aufschrien, griff Hasan wieder in seine Tasche und warf Hände voll Gold unter sie, sodass sie ihn alle segneten und ihm durch Winke zu verstehen gaben, dass sie herzlich wünschten, er möge diese schöne Braut heimführen; alle Frauen freuten sich mit ihm und ließen den Buckligen allein sitzen, als wäre er ein Affe. Als Hasan die Braut näher betrachtete fiel ihm die Schönheit auf, mit der sie Gott vor allen anderen Geschöpfen ausgezeichnet; während die Diener neues Gold unter den Anwesenden auswarfen, worüber sich alle nicht wenig ergötzten.

Hasan war vor Freude ganz außer sich, als er die Braut sah, die ein strahlendes Licht verbreitete; sie hatte ein rotes Atlaskleid an, dass sie so gut kleidete, dass sie nicht nur Männern, sondern auch Frauen den Kopf verwirrte. Man nahm ihr aber nach einer Weile dieses Kleid ab und legte ein blaues Kleid an; wie der Mond strahlten dann ihre Wangen, freundlich lächelte ihr Mund, schwarze Haare schmückten ihr Haupt, fest eingeschnürt war ihr Busen und Arm und Hüfte waren schön geformt. In diesem Kleide konnte man folgende Verse auf sie anwenden:

»Sie erschien in einem blauen Gewande, azurfarbig wie der Himmel, aus ihrem Kleide erblickte ich einen Sommermond mitten aus einer Winternacht hervorleuchten.«

Als sie ihr nun ein drittes Kleid anzogen, ließen sie ihre langen, schwarzen Haarflechten über ihren Hals und einen Teil ihres Gesichtes herunterhängen; sie durchbohrte jedes Herz mit den Pfeilen ihrer Augäpfel; in diesem Aufzuge konnte man von ihr folgende Verse sagen:

»Als sie erschien und die Haare ihr Gesicht bedeckten, fragte ich: Hat sie wohl den Morgen mit der Nacht bedeckt? Man antwortete mir: Nein, sondern es verhüllen dunkle Wolken den Vollmond.«

Als sie das vierte Kleid anzog, glich sie der aufgehenden Sonne, sie warf sich hin und her wie ein Reh, und gefiel so, dass ihre Augenlider wie Pfeile das Herz der Anwesenden durchbohrten; wahr ist sie in folgenden Versen beschrieben:

»Die Sonne ihrer Schönheit umstrahlt so lieblich die Welt, dass, wenn sie mit lächelndem Gesichte sich zeigt, die helle Tagessonne sich wie eine Wolke verbirgt.«

Im fünften Kleid glich sie einem Zweige des Baumes Ban oder einer schmachtenden Gazelle, sie wusste durch ihre Bewegungen ihre stillsten Reize hervorzuheben; trefflich ist sie in folgenden Versen geschildert:

»Sie erscheint wie der Vollmond in einer freundlichen Nacht, mit zarten Hüften und schlankem Wuchse, ihr Auge fesselt die Menschen durch ihre Schönheit, die Röte ihrer Wangen gleicht dem Rubin, schwarze Haare hängen ihr bis zu den Füßen herunter; hüte dich wohl vor diesem dichten Haar! Schmiegsam sind ihre Seiten, doch ihr Herz ist härter als Felsen. Aus ihren Augenbrauen schleudert sie Pfeile, die immer richtig treffen und nie fehlen, so fern sie auch sein mögen.«

Der sechste Anzug, den sie nun anlegte, war grün, und so war sie schöner als der leuchtende Vollmond; die Sonne schämte sich vor ihren Wangen, sie war biegsamer als eine Lanze und bezauberte jedes Herz durch ihre Anmut.

So oft die Braut in einem neuen Anzuge erschien und des Buckligen ansichtig wurde, kehrte sie ihm den Rücken zu und trat vor Hasan hin, der dann die Sänger mit Gold überschüttete. Als man ihr nun das siebente Kleid angezogen, verabschiedeten sich alle Gäste, nur der Bucklige, Hasan und einige Hausbewohner blieben zurück; die letzteren gingen mit der Braut in ein Nebenzimmer, entkleideten sie und lösten ihre schönen Haare von dem glänzenden Schmucke ab. Da sagte der Bucklige zu Hasan: »Du hast durch deine angenehme Gesellschaft uns unterhalten, nun aber bitte ich, dich zu entfernen.« Hasan verließ das Gemach mit den Ausrufe: »In Gottes Namen!« Kaum betrat er den Hausgang, so traten die Geister zu ihm und fragten: »Wohin willst du? Sogleich wird ein Bedürfnis den Buckligen aus dem Kabinett entfernen, benutzte diesen Augenblick und erscheine im Gemache; wenn die Braut dich erblickt und dich anspricht, so sage: Du seist ihr Mann, und der Sultan habe nur mit dem Buckligen seinen Scherz getrieben, dem man für seine Mühe schon eine Schüssel voll Speisen und zehn Silberstücke gegeben; begib dich dann zu ihr und genieße dein Glück, denn diese Geschichte ärgert uns, weil wir wohl wissen, dass nur du ihrer würdig bist.« Während sie dieses sagten, trat der Bucklige zur Türe heraus. Als er sich nach einiger Zeit wieder dem Saale nähern wollte, trat der Geist, in der Gestalt einer schwarzen Katze, aus einem Becken hervor und fing an zu miauen; als der Bucklige sie verscheuchen wollte, ward sie immer aufgeblasener, sodass sie bald die Größe eines jungen Esels erreichte. Der Bucklige erschrak und schrie um Hilfe; die Katze aber ward bald so groß wie ein Büffel, und sprach dann mit einer Menschenstimme: »Wehe dir, du Buckliger!« Der Bucklige, der aus Furcht seine Kleider verunreinigte, sagte: »Was willst du von mir, König der Büffel?« - »Wehe dir!« erwiderte der Geist, »du scheußlicher Buckel, die Welt möge dir zu eng werden! Wie wagst du es, meine Geliebte zu heiraten?« - »Was kann ich dafür, mein Herr Büffel?« erwiderte der Bucklige; »ich bin ja gezwungen worden, sie zu heiraten, auch wusste ich nicht, dass sie schon einen Büffel zum Geliebten habe; übrigens befehle nur, was ich tun soll.« - »Nun«, antwortete der Geist, »du sollst bis zu Sonnenaufgang diesen Ort nicht verlassen, aber ich schwöre dir, dass ich dich erwürge, wenn du von hier weichest; nach Sonnenaufgang kannst du deines Weges gehen, Komme aber nie mehr in dieses Haus zurück, sonst werde ich dir bald ein schnelles Ende bereiten.« Er nahm hierauf den Buckligen, stellte ihn auf den Kopf, mit den Beinen in die Höhe, und sagte: »Ich werde hier bei dir Wache halten, rührst du dich vor Sonnenaufgang, so nehme ich dich an den Beinen und schlage dich in die Wand, als wärst du ein Nagel.« Während dieses Vorgangs zwischen dem Geiste und dem Buckligen versteckte sich Hasan, der den Augenblick der Entfernung des Buckligen schnell benutzte, hinter dem Fliegenvorhange des Bettes; nicht lange hernach trat die Braut mit einer alten Frau aus dem Nebengemache; die Alte blieb vor dem Vorhange stehen und sagte: »Hier hast du die, welche dir Gott geschenkt, du schmutziger Krüppel!« und verließ das Gemach. Als die Braut, die Sittulhasan hieß, Bedruddin erblickte, sagte sie zu ihm: »O mein Geliebter! Bist du noch da? Bei Gott! Ich wünschte, dass du mein Gatte wärest, oder wenigstens, dass du es gemeinschaftlich mit dem Buckligen sein könntest.« - »Wie«, erwiderte Bedruddin, »dieser Verdammte soll neben mir dein Gatte sein?« - »Ja, ist er denn nicht mein

Mann?« fragte Sittulhasan. »Keineswegs«, versetzte Bedruddin, »wir haben nur gescherzt; hast du nicht bemerkt, wie die Kammerzofen und Sängerinnen dich immer nur mir vorstellten, als sie dich schmückten, und den Buckel verspotteten? Dein Vater weiß, dass wir diesen Buckligen um zehn Silbermünzen und eine Schüssel voll Speisen gemietet, und nun, da wir ihm seinen Lohn gegeben, bereits entfernt haben.« Als Sittulhasan dies hörte, lächelte sie und sagte: »Ich freue mich darüber unaussprechlich; du hast mit diesen Worten ein höllisches Feuer in mir ausgelöscht. Komm und rücke mich an deine Brust.« Bedruddin wickelte den Geldbeutel des Juden vorsichtig in seine Kleider und legte diese unter die Kissen, den Turban legte er auf den Stuhl zu dem übrigen und behielt nur ein baumwollenes Käppchen auf dem Kopfe. Sittulhasan streckte dann ihren Arm aus und sagte: »Komm, mein Teurer! Und beglücke mich mit deiner Nähe.« Dann sprach sie folgende Verse:

> »Komm in meine Arme, dann bin ich mit dem Schicksale zufrieden, wiederhole mir deine süßen Worte, denn meine Ohren lieben dein Gespräch, wie ich dich selbst liebe; so möchte nur meine Rechte dich immerfort umarmen!«

Bedruddin und Sittulhasan hielten sich fest umschlungen in seligem Entzücken, sodass wohl folgende Verse auf sie anzuwenden sind:

> »Geh' zu deiner Geliebten und frage nichts nach dem Gerede missgünstiger Leute, die nie der Liebe Hilfe gewähren. Keinen schöneren Anblick hat der Barmherzige geschaffen, als den zweier Liebenden, die sich fest umschlungen halten. Hat einmal ein Herz der Liebe sich geweiht, so vermögen die Leute eben so wenig gegen dasselbe, als gegen kaltes Eisen. Schenkt dir das Schicksal einen schönen Tag, so kannst du zufrieden sein; doch wo ist dieser Tag? O ihr, die ihr die Liebenden tadelt, könnt ihr denn so leicht ein verdorbenes Herz bessern?«

Als das Paar einige Stunden geschlafen, sagte der Geist zur Fee: »Geh, nimm Bedruddin und trage ihn vor Anbruch des Tages wieder an den Ort, wo er gestern war.« Die Fee ergriff ihn und flog mit ihm davon, so wie er war, in einem kostbaren Hemde mit goldenen Borten und in einem blauen Käppchen, und der Geist flog auf der anderen Seite. Als der erhabene Gott die Morgenröte heranbrechen ließ und die Gebetrufer die Minarette bestiegen, um des Allmächtigen Einheit zu verkünden, da schleuderten die Engel einen feurigen Stern gegen die Geister: Der männliche Geist verbrannte, die Fee aber ließ Bedruddin schnell auf den Boden nieder und flog davon. Nun wollte das Schicksal, das, als die Fee sich herunter ließ, sie gerade über einem Tore von Damaskus war; Bedruddin ward also hier niedergelegt. Als nach Tagesanbruch die Tore der Stadt geöffnet wurden und viele Leute herauskamen, sahen sie Bedruddin liegen, der, von den ausgestandenen Abenteuern des vorigen Tages ermüdet, noch fest schlief. Sie versammelten sich um ihn und sagten: »Das ist schön, die Geliebte dieses Jünglings hat ihm nicht einmal Zeit gelassen, sich anzukleiden.« Einer der Leute sagte: »Diese vornehmen jungen Herrn sind zu bedauern; gewiss war er betrunken und von einem Bedürfnisse getrieben, ist er auf die Straße gegangen und hat die Haustüre nicht mehr finden können.« So vermutete jeder etwas anderes; endlich erhob sich ein sanfter Wind, der Bedruddins leichte Kleidung aufwehte und den Leuten seinen schönen Körper zeigte; sie schrien alle: »Ach wie schön!« und dieses Geschrei weckte Hasan auf. Als er die Augen aufschlug und bemerkte, dass er auf der Straße lag, von vielen Leuten umringt, fragte er die Umstehenden: »Wo bin ich? Und was wollt ihr von mir?« - Einige antworteten: »Als wir bei Tagesanbruch hierher kamen, fanden wir dich hier liegen, weiter wissen wir nichts von dir; sage du selbst, wo du diese Nacht geschlafen hast.« - »Bei Gott! Ich habe in Kahirah geschlafen«, antwortete er. »Bist du närrisch?« versetzten die Leute; »du willst die Nacht in Kahirah zugebracht haben und bist morgens darauf in Damaskus?« - »Wahrhaftig«, erwiderte er, »ich war gestern den ganzen Tag in Bassrah, vergangene Nacht in Kahirah und nun bin ich hier.« Die Leute lachten ihn aus und behaupteten, er sei von Sinnen; dann bedauerten sie ihn, weil er so jung und so schön war und sagten ihm: »Nimm doch dein bisschen Verstand zusammen; gibt es denn einen Sterblichen auf der Welt, der des Tages in Bassrah, abends in Kahirah und den anderen Morgen in Damaskus sein kann?« - »Freilich!« antwortete Hasan; »gestern war mein Hochzeittag in Kahirah.« - »Du wirst dies geträumt haben«, sagten seine Zuhörer. Er dachte eine Weile: Soll ich denn wirklich geträumt haben, dass ich nach Kahirah gekommen und dass man die Braut vor mir geschmückt hat? »Nein, bei Gott!« rief er dann, »es war kein Traum: Wo ist denn der Beutel mit Gold gefüllt? Wo ist mein Turban, mein Oberkleid und mein Sacktuch?« Er kam dann vor Verwirrung ganz außer sich.

Da die Leute abermals schrien: »Der Mensch ist besessen!« lief ihnen Hasan davon in die Stadt, durchzog viele Straßen, immer von einer Menge Volks gedrängt, bis er in den Laden eines Kochs sich flüchtete, der ehemals ein gefürchteter Räuber und noch jetzt allen Bewohnern von Damaskus ein Gegenstand des Schreckens war; da zerstreuten sich die Leute, die Hasan verfolgten. Auf die Frage des Kochs: wer er sei? Erzählte Hasan seine ganze Geschichte, die wir nicht zu wiederholen brauchen. »Deine Erzählung ist wunderbar«, sagte ihm der Koch, »doch verheimliche sie, bis dir Gott seinen Beistand verleihen wird, und bleibe indessen bei mir hier im Laden; ich habe ohnehin kein Kind und will dich daher an Kindes Stelle annehmen.« Als Hasan darein willigte, kaufte der Koch sogleich Kleider für ihn und erklärte vor Zeugen, dass er ihn als seinen Sohn anerkenne; so galt er denn in der ganzen Stadt für den Sohn des Kochs. So weit, was Hasan betrifft; nun kehren wir zu seiner schönen Base Sittulhasan zurück. Als diese bei Tagesanbruch erwachte und Hasan nicht an ihrer Seite fand, dachte sie, er sei hinauszugehen gezwungen worden. Sie saß eine Weile aufrecht im Bette, ihn erwartend; da kam ihr Vater Schemsuddin, der noch über den gestrigen Vorfall beim Sultan und über die darauf erfolgte gezwungene Ehe seiner Tochter mit einem gemeinen buckligen Sklaven bestürzt war. Er blieb an der Türe des Kabinetts stehen und rief: »Sittulhasan!« Sie antwortete: »Hier bin ich zu deinen Diensten!« sprang vom Bette auf, lief ihm entgegen und küsste ihm die Hand. Ihr Gesicht hatte durch die Umarmungen der schönen Gazelle noch an Schönheit und Glanz zugenommen. Als ihr Vater sie so munter sah, rief er aus: »Verdammtes Weib, wie kannst du mit diesem verfluchten Buckligen dich so freuen?«

Als Sittulhasan dies hörte, lächelte sie und sagte: »O mein Vater, lass es endlich bei dem gestrigen Scherze bewenden; die Frauen haben mich genug bemitleidet, und ich habe hinreichende Furcht ausgestanden, den Buckligen heiraten zu müssen, der nicht mehr wert war, dass er meinem Gemahle die Schuhe oder Pantoffel reiche, ich schwöre bei Gott, dass ich in meinem Leben keine schönere Nacht, als die gestrige, zugebracht habe; lass nun deinen Scherz und erwähne des Buckligen nicht mehr, der gemietet war, um von der jungen Schönheit meines Gemahls das böse Auge abzuwenden.«Bei diesen Worten konnte ihr Vater kaum vor Erstaunen fragen: »Was plauderst du da? Hat nicht der Bucklige bei dir die Nacht zugebracht?« Sittulhasan wiederholte noch einmal: »Gott verdamme den Buckligen! Lasse mir nur einmal Ruhe mit ihm; ich habe in den Armen des geistreichen Gatten mit schwarzen Augen und Augenbrauen geruht.« - »Bist du toll, Weib?« fragte der Vezier noch einmal. »Bei dem Allmächtigen, Vater! Du zerreißest mir das Herz mit deinen Reden, lasse ab davon; der schöne Jüngling ist mein Gemahl, mit ihm habe ich die Nacht zugebracht, und seine Abwesenheit kann nur von kurzer Dauer sein.« Der Vezier ging hinaus, um ihn zu suchen, fand aber an seiner Stelle den Buckligen, mit dem Kopfe auf dem Boden und die Füße in die Höhe gestreckt. Ganz erstaunt fragte er ihn: »Was soll diese Stellung heißen? Wer hat dies getan?« -»Warum auch«, erwiderte betrübt der Bucklige, »habt ihr mich mit der Geliebten der Büffel und Geister vermählt?«

Nun sagte der Vezier: »Komm doch einmal heraus, was bleibst du in diesem engen Raume?« - »Ich darf diesen Ort nicht verlassen«, erwiderte der

Bucklige, »bis nach Sonnenaufgang; denn als ich gestern hier ein Bedürfnis verrichten wollte, kam mir auf einmal eine schwarze Katze miauend in den Weg, sie ward immer höher, bis sie die Größe eines Büffels erreichte, dann sagte sie mir etwas in die Ohren; doch lasse mich jetzt und gehe deines Weges, Gott wird meine Unschuld belohnen und meine junge Frau verdammen.« Der Vezier führte ihn jedoch heraus und der Bucklige ging sogleich zum Sultan, um ihm von allem, was vorgefallen, Bericht zu erstatten. Der Vezier hingegen kehrte betroffen zu seiner Tochter zurück, nicht wissend, was er von dieser ganzen Geschichte denken solle. Er fragte dann noch einmal seine Tochter, was denn in der letzten Nacht mit ihr vorgegangen. »Ich weiß von nichts anderem, mein Väter«, erwiderte sie, »als dass ich bei dem geschlafen, in dessen Gegenwart ich aufgeputzt worden bin; auch liegt hier auf dem Stuhl sein Turban, sein Kaftan und ein Sacktuch, und unter der Matratze liegen seine Beinkleider, in denen etwas eingewickelt ist, ich weiß nicht was.« Als der Vezier den Turban seines Neffen Hasan betrachtete und ihn umkehrte, sagte er: »Wahrhaftig, dies ist der Turban eines Veziers nach der Tracht der Mossulaner.« Er bemerkte dann auch, was in der Kappe eingenäht war und er für ein Amulett hielt, dann fand er in den Beinkleidern den Beutel, worin 1000 Dinare waren; er öffnete das Papierchen, das darin war und las: »Hiermit verkauft Hasan aus Bassrah dem Juden Ishak die Ladung des ersten Schiffes für 1000 Dinare, die er schon erhalten.« Als er dies gelesen, fiel er ohnmächtig zu Boden.

Als der Vezier wieder zu sich kam, fuhr Djafar in seiner Erzählung vor dem Kalifen fort, und das von seines Bruders handgeschriebene, eingenähte Papier auch noch entdeckte, war sein Erstaunen grenzenlos; er wendete sich dann zu seiner Tochter und sprach: »Weißt du, wer dich diese Nacht umarmte? Es war, bei Gott! Dein Vetter, und hier sind 1000 Dinare als deine Morgengabe; gelobt sei der Allmächtige, der alles so geleitet, wie es vor meinem Streite mit meinem Bruder Nuruddin geschehen sollte: Nun möchte ich nur wissen, wie es eigentlich mit dieser ganzen Geschichte sich verhält.« Er warf dann noch einen Blick auf seines Bruders Papier, küsste es mehrere Male, dann weinte er laut über seinen Bruder und sprach folgende Verse:

> »Ich sehe Spuren von ihnen und vergehe vor Sehnsucht, und vergieße Tränen an der Stelle, wo sie verweilt; dann bitte ich den, der mich mit ihrer Trennung heimgesucht, dass er mich wieder mit ihnen vereine.«

Er durchlas dann die Schrift seines Bruders und fand darin, wie er nach Bassrah gekommen, sich verlobt und geheiratet und wie seine Frau einen

Sohn geboren hatte. Als er mit vielem Erstaunen die Begebenheiten seines Bruders mit den Seinigen verglich, fand er, dass, wie er es vorher beschlossen, er und sein Bruder an demselben Tage heirateten und an demselben Tage Väter geworden, und dass nun sein Neffe seiner Tochter Gemahl ward. Er ging sodann mit dem Papier und dem Beutel zum Sultan und erzählte ihm alles, was vorgefallen. Der Sultan war höchst erstaunt darüber und befahl, dass alles dieses in die Chronik aufgeschrieben werde. Der Vezier ging dann nach Hause, um seinen Neffen zu erwarten, der aber nicht kam; er erwartete ihn sieben Tage lang und konnte nichts von ihm hören. Hierauf beschloss er, etwas zu tun, was noch niemand vor ihm getan hatte. Er nahm Tinte und Papier und schrieb darauf ein Verzeichnis von allem, was im Zimmer war, und von dem Platze, wo jedes Stück sich befand, ließ es dann hinwegräumen und nahm auch den Turban, den Beutel und die Beinkleider in Verwahrung.

Nach neun Monaten gebar die Tochter des Veziers von Kahirah einen Sohn mit einem Vollmondgesicht wie der leuchtende Morgen; man färbte seine Augenbrauen mit Kohel, gab ihm eine Amme und nannte ihn Adjib. Als Adjib sieben Jahre alt war, schickte ihn sein Großvater in die Schule und empfahl dem Lehrer, über seine Erziehung und Ausbildung mit der größten Sorgfalt zu wachen. Als Adjib einige Jahre die Schule besuchte, fing er an, die übrigen Schulkinder durch Schlagen und Schimpfen zu plagen. Die Kinder klagten dies ihrem Lehrer und dieser sagte ihnen: »Ich will euch ein Mittel angeben, womit ihr gewiss Adjib von euch entfernt halten könnt. Wenn er morgen wieder zur Schule kommt, so setzt euch um ihn herum, schlagt ein Spiel vor und sagt dann zueinander, es dürfe niemand mitspielen, der nicht den Namen seines Vaters und seiner Mutter wüsste; wer den Namen seiner Eltern nicht kenne, sei ein Bastard.« Als am folgenden Tage Adjib, der Sohn Hasans, in die Schule kam, taten die Kinder, wie ihnen der Lehrer geraten; sie sagten: »Wir wollen etwas spielen, und wer es weiß, wie sein Vater und seine Mutter heißt, darf mitspielen.« Die Kinder sagten dann eines nach dem anderen: »Ich heiße so, mein Vater heißt so und meine Mutter so.« Als die Reihe an Adjib kam, sagte er: »Ich heiße Adjib, meine Mutter Sittulhasan und mein Vater Schemsuddin.« Da schrien die Kinder: »Wo denkst du hin? Der ist wahrhaftig nicht dein Vater.« - »Wehe euch!« versetzte hierauf Adjib; »der Vezier Schemsuddin soll nicht mein Vater sein?« Die Kleinen lachten ihn aus und schlugen die Hände zusammen und sagten: »Gott bewahre uns vor der Gesellschaft eines Jungen, der seinen Vater nicht kennt; der darf nicht mit uns spielen und nicht neben uns sitzen.« Als Adjib sah, wie alle Kinder von ihm wegrückten, fing er an, heftig zu weinen. Da sagte ihm der Lehrer: »Weißt du nicht, dass der Vezier Schemsuddin nicht dein Vater, sondern dein Großvater, Vater deiner Mutter Sittulhasan, ist? Deinen Vater aber kennt niemand, denn als der Sultan deine Mutter mit einem Buckligen verheiratete, kam ein Geist und schlief bei ihr; da also dein Vater unbekannt ist, so kannst du, gleichsam als Bastard, nicht mit den übrigen Kindern gleichen Rang ansprechen, denn auch der Sohn des Kaufmanns und des Gemüsehändlers kennt seinen Vater - von dir weiß man nur, dass der Vezier dein Großvater ist, niemand aber kennt deinen Vater.«

Als Adjib dies hörte, verließ er die Schule und lief weinend zu seiner Mutter. Diese sagte ihn: »Warum weinst du, mein Sohn? Gott lasse nie deine Augen Tränen vergießen!« Er erzählte ihr, was in der Schule vorgefallen, und fragte sie, wer sein Vater sei? »Der Vezier von Kahirah«, antwortete Sittulhasan. »Du lügst«, erwiderte Adjib, »der Vezier ist dein Vater und mein Großvater; wer aber ist mein Vater?« Sittulhasan ward hierdurch wieder schmerzlich an ihren Gatten, den Vater des Kindes, gemahnt: sie erinnerte sich der Nacht, die sie bei ihm zugebracht, fing an heftig zu weinen und rezitierte folgende Verse:

> »Sie haben mein Herz mit der Liebe bekannt gemacht und sind dann weggegangen, und nun steht die Wohnung leer, ohne meinen Geliebten. Entfernt hat er sich von Haus und seinen Bewohnern, er besucht uns nicht, und es ist, als besuche uns niemand mehr. Seitdem die Freunde sich entfernt, ist auch meine Geduld, mein Trost und meine Erwartung dahin. Mit ihm ist auch meine Freude verschwunden; als er mich verließ, fand ich auch keine Ruhe mehr. Die Trennung macht das Blut meiner Augen fließen; viele Tränen vergoss ich bei ihrer Entfernung, wenn einen Tag nur meine Sehnsucht nach ihnen unbefriedigt blieb, so seufzte ich in meiner Erwartung. Im Innersten meines Herzens ist ihr Bild, leidenschaftliche Liebe und Erinnerung. O ihr, deren Andenken Oberkleid ist, so wie eure Liebe mein Unterkleid gibt es kein Lösegeld für den Gefangenen eurer Liebe? Gibt es keinen Verband für den von euerer Liebe Zerknirschten? Gibt es kein Heilmittel für den, der nach eurer Nähe schmachtet? Gibt es keine Ansicht für den, den eure Trennung tötet? O Freunde, wie lange wird dies noch dauern, wie lange werdet ihr mich noch fliehen?«

Als sie diese Verse gesprochen und mit ihrem Sohne weinte, trat ihr Vater ins Zimmer und fragte sie um die Ursache ihrer Tränen. Sittulhasan erzählte ihm, was ihrem Sohne in der Schule widerfahren, und er musste auch weinen, als er an seinen Bruder und Neffen dachte, dessen Geschichte ihm ein Geheimnis war. Er ging hierauf zum Sultan, teilte ihm die ganze Geschichte mit, küsste die Erde vor ihm und beschwor ihn, ihm zu erlauben, nach dem Orient bis Bassrah zu reisen, um seinem Neffen nachzuforschen und ihm überall hin Empfehlungsschreiben mitzugeben, damit er ihn leichter auffinden und mitbringen könne. Der Sultan gab seinen Bitten nach; der Vezier nahm die Empfehlungsschreiben mit größter Freude, dankte dem Sultan, verabschiedete sich bei ihm, machte die Vorbereitungen zur Reise und verließ dann Kahirah mit seiner Tochter und ihrem Sohne Adjib.

Nach einer Reise von zwanzig Tagen kam der Vezier von Kahirah mit seiner Tochter und seinem Enkel nach Damaskus: Er fand dort Flüsse und Vögel, wie ein Dichter sagte:

> »Ich brachte in Damaskus einen Tag und eine Nacht zu, da schwor das Geschick, Ähnliches nie mehr zu gewähren; wir schliefen unbewacht[26] unter dem Fittige der Nacht, bis ein Teil des Morgens sie schon erleuchtete. Der Tau auf jenen Bäumen gleicht Perlen, die der Zephyr durch einen Händedruck herunterschüttelt. Die Vögel schienen zu lesen, der Teich war wie ein Blatt, auf dem der Wind schrieb, während die Wolken die Punkte hinzusetzten.«

Der Vezier hielt auf einem großen Platze vor dem Tore, schlug dort sein Zelt auf und sagte zu seinen Freunden, die ihn begleiteten: »Wir wollen hier einige Tage ausruhen.« Einige Diener gingen dann in die Stadt, um ihre Geschäfte zu besorgen; der eine verkaufte, der andere kaufte ein, der dritte besuchte das Bad. Auch Adjib ging mit einem Sklaven in die Stadt, um sich ein wenig zu zerstreuen; der Diener ging hinter ihm her mit einem roten Stocke von Haselholz; er war so dick, dass, wenn man ein Kamel damit geschlagen hätte, es bis nach dem Lande Jemen geflohen wäre. Als die Bewohner von Damaskus den schönen jungen Adjib sahen, den folgendes Gedicht so gut beschreibt:

> »Sein Atem ist Moschus, seine Zähne sind Perlen, seine Wangen Rosen, sein Speichel Wein, sein Wuchs ein Zweig, sein Gesäß ein Sandhügel, seine Haare sind die Nacht und sein Gesicht der Vollmond -«

liefen sie vor und hinter ihm her und stellten sich ihm in den Weg, um ihn beim Vorübergehen zu sehen, bis nach Gottes Ratschluss und Bestimmung sein Diener am Laden seines Vaters stehen blieb. Adjib war damals zwölf Jahre alt, sein Bart fing schon an zu wachsen, auch hatte er schon recht viel

---

[26] Wörtlich: »Und die Fittige der Nacht war in ihrer Nachlässigkeit.« D. h., die Nacht war der Liebe günstig, weil sie nicht, wie der Tag, die Liebenden verrät.

Verstand. Der Koch, der seinen Vater an Kindesstelle angenommen, war längst tot und hatte seinem Adoptivsohne den Laden und sein ganzes Vermögen hinterlassen.

Als Adjib mit seinem Diener vor den Laden seines Vaters Hasan aus Bassrah kam, setzte diesen die Schönheit seines Sohnes in großes Erstaunen; sein Herz fing an zu klopfen, sein Blut kam in Wallung, sein Innerstes ward gerührt und er fühlte sich durch eine geheime Macht des Herrn mächtig zu ihm hingezogen. Gelobt sei er, dem alles möglich ist! Er hatte an diesem Tage gerade Granatäpfelbeeren mit Zucker bereitet und wandte sich daher mit Tränen in den Augen zu seinem Sohne Adjib, indem er sagte: »O du, mein Herr! Der du mein Herz unterjocht und meinen Geist besiegt hast, willst du nicht ein wenig zu mir treten und meine Speise kosten?« Er erinnerte sich an seinen früheren Rang als Vezier und sprach folgende Verse:

> »O meine Freunde! Es fließen meine Tränen heftig wegen eines traurigen Liebesverhältnisses; ich sehe euch und ziehe mich von euch zurück, obgleich ein Teil meiner Sehnsucht nach euch schon mich töten könnte; ich trenne mich nicht aus Hass oder aus Lust, euch zu vergessen, nur die Vernunft gebietet mir, meine Liebe zu verbergen.«

Als Adjib diese Verse hörte, bemitleidete er den Koch; er sagte seinem Eunuchen: »Dieser Mann hat mein Herz gerührt und Mitleid bei mir rege gemacht; es scheint, als habe er einen Sohn oder einen Bruder verloren, lass uns daher bei ihm einkehren, sein Herz stärken und seine Einladung annehmen, vielleicht wird Gott durch diese gute Tat auch mich wieder mit meinem Vater vereinen.« Der Sklave antwortete hierauf ganz zornig: »Bei Gott! Das wäre schön, wenn der Sohn des Veziers im Laden eines öffentlichen Kochs speisen wollte; während ich mit meinem Stocke die Leute verhindere, dass sie Euch nicht zu nahe treten, soll ich mich mit Euch in einen öffentlichen Laden setzen!« Als Hasan dies hörte, sagte er seinem Sohne folgende Verse:

> »Ich wundere mich, dass man durch einen Diener dich von den Leuten absonderte, und nicht wusste, dass du es schon durch deine Schönheit bist? Deine Haarlocken sind Basilik, deine Wangen Rubin, das braune Flecken darauf Ambra und deine Zähne Edelsteine.«

Dann wandte sich Hasan zum Diener und sagte ihm: »Willst du, mein Herr, nicht mein Herz ein wenig trösten? Du Rußiger mit weißem Herzen, du, den man so und so gelobt hat.« - da lachte der Eunuche und fragte: wie denn? Hasan rezitierte hierauf folgende Verse:

> »Ohne seine Bildung und Zuverlässigkeit würde in festlichen Wohnungen keine Zucht herrschen. Und was für ein Diener ist er, wenn es gilt, den Harem zu bewahren! Engel vom Himmel bedienen ihn seiner Schönheit willen. Seine schwarze Farbe ist lieblich und seine weißen Werke erzeugen Fröhlichkeit.«

Dies gefiel dem Eunuchen, er lachte und trat in den Laden. Der Koch setzte dann Adjib und dem Eunuchen eine Schüssel voll Granatäpfel und andere süße Speisen vor. Adjib sprach aber zu seinem Vater: »Setze dich und iss mit uns, vielleicht wird uns Gott wieder mit denen, die wir lieben, vereinen.« Hasan fragte ihn hierauf: » Wie, mein Sohn, auch du bist, in deiner Jugend schon mit Trennung von deinen Freunden heimgesucht worden?« - »Freilich«, antwortete Adjib, »bin auch ich schon mit diesen Schmerzen vertraut geworden, und eben bin ich mit meinem Großvater auf der Reise, um die Verlorenen wieder aufzusuchen.« Er fing dann an zu weinen, und Hasan weinte mit ihm, denn er ward wieder an seine Frau und an sein Vaterland erinnert, und rezitierte folgende Verse:

> »Kommen wir nach dieser Trennung wieder einmal allein zusammen, so haben wir uns lange Vorwürfe zu machen; bei Gott! Kein Bote kann Liebesklagen bestellen, noch ein krankes Herz heilen.«

Diese Verse rührten den Diener, der noch eine Weile aß und dann mit Adjib seinen Weg weiter fortsetzte; dem Koch war es aber, als verließe ihn sein Lebensgeist; er schloss daher seinen Laden und ging ihnen nach, ohne zu wissen, dass Adjib sein Sohn war, bis er ihn endlich am Tore von Damaskus einholte. Als der Verschnittene ihn hinter sich bemerkte, fragte er ihn, was er wolle. »Seitdem ihr mein Haus verlassen«, antwortete Hasan, »ist es mir, als sei mein Lebensgeist mit euch gegangen; ich habe übrigens vor dem Tore etwas zu tun, das will ich jetzt versehen und dann wieder nach Hause zurückkehren.« Der Verschnittene sagte hierauf zornig zu Adjib: »Das ist deine Schuld, ich habe wohl im Voraus etwas von diesem Manne befürchtet, dadurch, dass wir bei ihm einen schlechten Bissen gegessen, glaubt er das Recht zu haben, uns überall zu verfolgen und anzubetteln.« Als auch Adjib ihn bemerkte, ward er ebenfalls aufgebracht, und sein Gesicht ward vor Zorn ganz rot; er sagte dann dem Eunuchen: »Lass ihn, wie alle Muselmänner, seines Weges gehen, erst wenn wir vor dem Tore an unserem Zelte ihn noch hinter uns sehen, dann wissen wir, dass er uns nachläuft.« Sie gingen bis zum großen Platze, wo ihr Zelt war; als nun Adjib sich umwandte und immer noch den Koch hinter sich sah, ward er bald rot, bald blass, denn er fürchtete, sein Großvater möchte erfahren, dass er in den Laden eines Kochs gegangen, und darüber böse werden. Sein Auge begegnete dann dem Hasans, der wie ein Körper ohne Geist aussah; er hielt ihn für einen Spitzbuben oder einen unzüchtigen Menschen, und sein Zorn ward so heftig, dass er in seiner Wut einen halbpfündigen Stein von der Erde aufhob und ihn Hasan an den Kopf warf, sodass die Stirne von einem Auge zum anderen gespalten ward, das Blut über sein Gesicht herabströmte und er ohnmächtig zu Boden stürzte. Adjib ließ ihn liegen und ging mit seinem Diener ins Zelt. Als Hasan nach einer Weile wieder zu sich kam, wusch er das Blut ab und verband die Wunde mit der Binde seines Turbans; er machte sich dann selbst Vorwürfe darüber, sich so benommen zu haben, dass der junge Mann ihn für einen Spitzbuben halten musste. Er kehrte jetzt in seinen Laden zurück und sehnte sich immerwährend nach seiner Mutter in Bassrah und sprach folgende Verse:

»Fordere vom Schicksal keine Gerechtigkeit, du würdest ihm Unrecht tun; klage es nicht an, wenn es unwillig ist, denn es gibt keine Billigkeit auf der Welt; ergreife vom Leben, was du kannst, und lass die Sorgen beiseite: Das Leben muss bald trüb, bald heiter sein.«

Während Hasan aus Bassrah wieder, wie früher, gekochte Speisen in seinem Laden verkaufte, war sein Oheim, der Vezier aus Kahirah, nach drei Tagen von Damaskus nach Hims gereist. Da er auch hier seinem Neffen vergeblich nachgespürt, reiste er nach Hamah, übernachtete hier, um Erkundigungen einzuziehen, und rastete dann nicht mehr, bis in Aleppo, wo er sich zwei Tage aufhielt; so setzte er über Maridin, Mossul, Sindjar und Dijarbekr seine Reise bis Bassrah fort. Hier ging er sogleich zum Sultan, der ihn gut aufnahm und nach der Ursache seiner Reise fragte. Der Vezier erzählte ihm seine Geschichte und verschwieg ihm nicht, dass er der Bruder seines ehemaligen Veziers Nuruddin aus Kahirah sei. Der Sultan rief aus: Gott sei ihm gnädig! Und sagte ihm, dass dieser vor ungefähr fünfzehn Jahren gestorben sei und einen Sohn hinterlassen habe, von dem man aber seit einem Monat nach des Vaters Tod nichts mehr gehört habe. »Seine Mutter«, fuhr der Sultan fort, »ist noch hier bei uns; sie ist die Tochter des Großveziers.« Als Schemsuddin dies hörte, bat er um die Erlaubnis zu ihr zu gehen, die ihm auch sogleich gegeben ward. Er begab sich hierauf in die Wohnung seines Bruders Nuruddin, küsste vor Freude die Hausschwelle, und als ihm wieder sein Bruder, der in der Fremde gestorben, einfiel, sprach er folgende Verse:

»Ich möchte Tag und Nacht bei diesem Hause zubringen und diese und jene Mauer küssen; doch nicht Liebe zum Hause füllt mein Herz, sondern zu denen, die es bewohnen.«

Als er zur großen Pforte hineintrat, kam er in eine geräumige gewölbte Halle von verschiedenartigem Marmor mit kostbaren Blumenmalereien verziert; als er sich im Inneren des Hauses umsah, fand er an den Wänden den Namen seines Bruders mit Goldbuchstaben und Azurfarbe geschrieben; er küsste ihn, erinnerte sich wieder an die Trennung, weinte und sprach folgende Verse:

»Ich frage die Sonne nach euch, so oft sie aufgeht, und den Blitz, so oft er leuchtet. Ich bringe die Nächte in den Armen der Sehnsucht zu und klage ihr meinen Schmerz nicht. O meine Freunde! Dehnt sich eure Entfernung noch in die Länge, so wird sie mich ganz zermalmen. Doch wolltet ihr meinen Augen noch einmal vergönnen, euch zu sehen, so werdet ihr dadurch die schönste Vereinigung bewirken. Glaubt nicht, dass ich mich mit anderen abgebe, mein Herz hat nicht mehr Raum für Liebe zu anderen. Bemitleidet einen Liebenden, den die Liebesschmerzen drücken, dessen Innerstes durch eure Trennung zerknirscht worden. O, wenn mein Schicksal mir noch einmal vergönnte, euch zu erblicken, wie dankbar würde ich ihm für dieses Wiedersehen sein! Möge Gott dem Verleumder seinen Schutz entziehen, der unsere Trennung wünscht, und der Fuß unbrauchbar werden, der, um unsere Trennung zu verlängern, sich bewegt!«

Er ging dann zur Türe des Saals, in welchem seine Schwägerin, die Mutter Hasans, war. Diese Frau hatte immerfort geweint und geklagt, seitdem ihr Sohn Hasan verschwunden war. Nachdem sie so viele Tage und Nächte durchweint hatte, ließ sie ihrem Sohne mitten im Zimmer ein Grabmal errichten und weinte darauf Tag und Nacht. Als nun der Vezier die Türe öffnete, fand er seine Schwägerin, deren Haare über dem Grabe herabhingen, laut weinend über ihren Sohn Hasan und folgende Verse rezitierend:

»O Grab, o Grab! Haben seine Tugenden aufgehört, zu sein? Sollte die Freude aller, die ihn gesehen, erloschen sein? O Grab! Du bist doch kein Himmel und kein Garten, wie vereint sich in dir Sonne und Mond?«

Er begrüßte sie, sagte ihr, dass er ihr Schwager sei, und erzählte ihr seine ganze Geschichte. Im Laufe seiner Erzählung sagte er ihr auch, dass Hasan aus Bassrah vor ungefähr zehn Jahren eine Nacht bei ihm zugebracht und des Morgens auf einmal verschwand; dass seine Tochter von ihm guter Hoffnung ward und nach neun Monaten einen Sohn gebar, den er bei sich habe. Als die Mutter Hasans hörte, dass ihr Sohn noch lebe und einen Sohn habe, richtete sie sich auf und sprach weinend folgende Verse:

»Gott hat den Boten gesegnet, der mir ihre Ankunft verkündet, denn er bringt mir die schönste Nachricht; wenn er wollte, so gäbe ich ihm statt eines Ehrenkleides ein Herz, das die Trennung zerrissen hat.«

Sie umarmte dann Adjib, drückte ihn an ihren Busen und küsste ihn, und dieser erwiderte es; als sie dann wieder zu weinen anfing, sagte ihr der Vezier: »Jetzt ist keine Zeit zum Weinen; mache dich reisefertig und komme mit mir nach Ägypten, vielleicht finden wir meinen Neffen, deinen Sohn; dies gibt eine merkwürdige Geschichte, die wohl verdient aufgezeichnet zu werden.« Sie machte sogleich ihre Vorbereitungen zur Reise; unterdessen ging der Vezier, sich beim Sultan zu beurlauben, der ihm alles gab, was er zur Reise bedurfte, auch Geschenke für den Sultan von Kahirah. Schemsuddin reiste nun wieder ununterbrochen bis Aleppo, wo er drei Tage blieb; dann begab er sich nach Damaskus, schlug wieder außerhalb der Stadt sein Zelt auf und sagte zu seinen Leuten: »Wir werden hier einige Tage verweilen, um Geschenke für den Sultan einzukaufen.« Als er nun in die Stadt gegangen, um seine Geschäfte zu besorgen, fragte Adjib den Verschnittenen: »Wollen wir nicht ein wenig nach Damaskus spazieren und sehen, was der Koch macht, dessen Speisen wir verzehrt, und den wir dann zum Lohne für seine Wohltat misshandelt haben?« - »In Gottes Namen!« antwortete der Verschnittene. Sie verließen das Zelt, und schon wallte das Blut Adjibs seinem Vater entgegen. Sie gingen in die Stadt durch das Paradiestor, durchkreuzten viele Straßen und den großen Marktplatz, und sahen sich dann in der Moschee der Omejaden um, bis gegen die Stunde des Nachmittagsgebets. Dann gingen sie zum Laden Hasans und fanden wieder bei ihm höchst einladende Granatäpfel, mit Julep und Rosenwasser gekocht. Adjib hatte Mitleid mit ihm, als er das blaue Mal sah, das der Stein, mit dem er ihn geworfen, auf seiner Stirne zurückgelassen, und sagte zu ihm: »Friede sei mit dir! Mein Herz ist bei dir.« Als Hasan Adjib sah, kam wieder sein Innerstes in Bewegung, sein Herz klopfte und sein Blut kam in Wallung, er wollte den Gruß erwidern, konnte aber seine Zunge nicht bewegen; er beugte sich dann ganz demütig vor Adjib und sprach folgende Verse:

»Ich sehnte mich nach dem, den ich liebe, und als ich ihn fand, verstummte ich und war nicht mehr Herr meiner Zunge und meiner

Augen; aus Ehrfurcht schlug ich die Augen vor ihm nieder, und suchte, was ich empfand, ihm zu verbergen; doch es blieb ihm nicht verborgen; viele Worte hatte ich in meinem Herzen, und als ich beim Geliebten war, brachte ich kein Wort heraus.«

Er sagte ihm dann: »Vielleicht mein Herr, wirst du den Kummer, den du mir verursacht, wieder verscheuchen; komm mit deinem Begleiter zu mir herein und koste meine Speisen; bei Gott! Sobald ich dich gesehen, klopfte mir das Herz, und nur aus Unüberlegtheit bin ich dir nachgefolgt.«

Adjib erwiderte hierauf: »Freilich liebst du uns, und weil wir bei dir gegessen, bist du uns auf dem Fuße gefolgt und hast uns dadurch der Schande ausgesetzt; nun werden wir nichts bei dir genießen, wenn du nicht schwörst, dass du uns nie mehr nachlaufen willst; glaube aber nicht, dass wir nicht wiederkehren, wir bleiben eine ganze Woche hier, bis mein Großvater für den König von Ägypten Geschenke eingekauft hat.« Hasan sagte: »In Gottes Namen! Ich schwöre es euch.« Sie gingen dann in seinen Laden, er stellte ihnen eine Schüssel voll Speisen vor, Adjib hieß ihn mitessen; er setzte sich zu seinem Sohne und sah immer ganz starr auf ihn hin. Adjib sagte ihm: »Du bist ein lästiger Liebhaber, was gaffest du mich so an?« Hasan ward verlegen und sprach folgende Verse:

»Für dich hat jedes Herz einen geheimen Gedanken und einen verborgenen Sinn, den niemand ausspricht. O du, der du den leuchtenden Mond durch deine Schönheit zuschanden machst, dessen Reize dem anbrechenden Morgen gleichen, das Licht deines Angesichts kann man nie und nirgends entbehren, man wird mit immer neuer Sehnsucht wieder hingezogen. Ich zerschmelze vor Liebesglut, und doch ist dein Gesicht mein grünes Paradies; ich sterbe vor Durst, und doch ist dein Speichel wie der Fluss Kauthar.«

Sie aßen dann zusammen; Hasan gab bald Adjib, bald dem Verschnittenen einen Bissen, bis sie satt waren; dann standen sie auf und Hasan goss ihnen Wasser über die Hände, nahm die Serviette, die er um den Leib hatte, und trocknete sie damit ab, bespritzte sie mit Rosenwasser, lief dann schnell zum Laden hinaus und kam wieder mit zwei Portionen eines kühlen Getränkes, mit Schnee und Zucker und Rosenwasser bereitet, und stellte es ihnen vor, indem er sagte: Vollendet eure Güte! Adjib nahm, trank davon und reichte es dann dem Diener zum Trinken hin; sie wurden so gesättigt, wie sie es nie waren, dankten Hasan vielmal, eilten fort bis zum östlichen Tore hinaus und hielten sich nicht mehr auf, bis sie ihr Zelt erreichten. Adjib ging hierauf zu seiner Großmutter, der Mutter Hasans; diese küsste ihn, dachte an ihren Sohn Hasan, fing an zu weinen und sprach folgende Verse:

> »Wäre nicht meine Hoffnung, euch einst wiederzusehen, ich würde gewiss nach der Trennung keine Lust mehr am Leben haben; ich schwöre, dass nur Liebe zu euch mein Herz erfüllt; Gott mein Herr, kennt wohl mein Inneres.«

Sie fragte dann Adjib, wo er gewesen war, und stellte ihm zu essen vor; aber das Schicksal wollte, dass auch sie gerade Granatäpfel gekocht hatte, die jedoch nicht so süß waren; sie hieß auch den Verschnittenen mitessen; dieser dachte bei sich selbst: Bei Gott! Wir sind so satt, dass wir kein Brot riechen können; doch setzte er sich zu Adjib.

Adjib fing an, ein wenig zu essen, da er aber auch, wie der Diener, sehr satt war und die Speise nicht süß genug fand, sagte er: »Pfui, was ist das für eine schlechte Speise.« Die Alte war ganz erstaunt und sagte: »Mein Sohn, du verschmähst meine Küche? Ich selbst habe diese Speise zubereitet und niemand, außer meinem Sohne Hasan aus Bassrah, kommt mir gleich in der Kochkunst.« Adjib erwiderte hierauf: »Deine Speise ist schlecht; wir haben eben dieselbe bei einem Koche in der Stadt gegessen, die tut dem Herzen wohl, sie war so köstlich zubereitet, dass die Deinige mit ihr nicht verglichen werden kann.« Als die Frau dies hörte, geriet sie in Zorn und sagte dem Diener: »Du verdirbst mir meinen Sohn, läufst mit ihm in der Stadt herum und besuchst mit ihm die öffentlichen Wirtshäuser.« Der Diener sagte aus Furcht: »Wir waren in keinem Speisehause, sondern sind nur bei einem umherziehenden Koche vorübergegangen, haben aber nichts gegessen.« Adjib schwor aber, sie seien in den Laden des Kochs gegangen und hätten bei ihm dieses, wie das vorige Mal, Granatäpfel gegessen, viel besser, als die Ihrigen. Dir Frau kam in die höchste Wut und berichtete alles ihrem Schwager; dieser rief dem Diener aufgebracht zu: »Wehe dir! Gestehe mir, wo du mit dem Kleinen warst.« Der Diener, aus Furcht, umgebracht zu werden, wollte nicht die Wahrheit sagen; Adjib aber zwang ihn, alles zu gestehen. »Wahrhaftig, Großvater«, sagte er, »wir haben in einem Laden bei einem Koche gegessen, bis wir so satt waren, dass uns die Speise zur Nase herausging, er brachte uns dann noch zwei Portionen Schnee und Zucker.« Der Vezier ward immer aufgebrachter. »Wie, du verfluchter Sklave, du leugnest, noch, mit meinem Sohne in einem Wirtshause gewesen zu sein, während er selbst sagt, dass ihr euch ganz vollgegessen? Wenn du die Wahrheit gesagt, so iss diese Schüssel voll.« Der Diener aß einen Bissen, konnte aber schon den zweiten nicht mehr herunterbringen; er entschuldigte sich bei seinem Herrn, indem er sagte, er sei noch vom vorigen Tage satt.

Der Vezier ließ sich aber nicht länger anlügen und befahl einem anderen Diener, dem Eunuchen die Bastonnade zu geben, was sogleich geschah. Als der Diener vor Schmerzen um Hilfe schrie und ganz wütend wurde, sagte er: »Wohl, mein Gebieter, es ist wahr, dass wir in dem Laden eines Kochs gewesen und dort bessere Granatäpfel gegessen haben, als diese hier sind.« Die Mutter Hasans geriet hierüber aufs Neue in Wut und sagte: »Bei Gott, den ich anflehe, mich wieder mit meinem Sohne zu vereinen, du musst uns von deinem Koche eine Schüssel voll Granatäpfel bringen; dein Herr muss sie kosten und dann urteilen welche besser gekocht sind.« Sie gab dem Diener sogleich eine Schüssel und einen halben Dinar; er lief in die Stadt zum Koche und sagte ihm: »O bester Koch, wir haben im Hause unseres Herrn über deine Speise gewettet, gib mir daher für einen halben Dinar Granatäpfelbeeren; nimm dich aber wohl in acht, dass wir nicht noch einmal wegen dieser Speise geprügelt werden, nachdem wir schon misshandelt wurden, weil wir in deinem Laden gewesen sind.« Hasan erwiderte lachend: »Bei Gott! Niemand kann diese Speise so gut zubereiten, wie ich und meine Mutter, die jetzt weit von hier ist.« Er füllte ihm dann seine Schüssel und goss Butter darüber, und der Diener lief damit ins Zelt zurück. Die Mutter Hasans kostete sogleich davon und als sie sie sehr gut fand, erkannte sie den, der sie zubereitet; sie schrie laut und fiel in Ohnmacht. Der Vezier war erstaunt darüber und bespritzte sie mit Wasser; als sie wieder zu sich kam, rief sie: »Wenn mein Sohn noch am Leben ist, so hat kein anderer, als er, diese Speise gekocht; niemand außer ihm kennt diese Zubereitung!«

Als der Vezier dies hörte, sagte er voll Freude: »Gott wird uns gewiss wieder mit meinem Neffen vereinen!« Er rief sogleich alle seine Leute zusammen, Sklaven, Kammerdiener und Stallknechte, an die fünfzig Mann, und sagte ihnen: »Geht in den Laden des Kochs, nehmt Stöcke, Prügel und ähnliches mit euch, zerschlagt alles Geschirr, was ihr bei ihm findet, verwüstet den Laden völlig, bindet den Koch dann mit feinem Turban und fraget ihn, ob er die schlechten Granatäpfelbeeren zubereitet. Ich gehe indessen in den Palast der Seligkeit und komme dann wieder zu euch; keiner von euch soll ihn aber schlagen, noch sonst misshandeln; bindet ihn nur und bringt ihn mit Gewalt hierher.« Die Leute freuten sich dieses Auftrags und der Vezier bestieg sogleich sein Pferd, ritt in den königlichen Palast, traf dort den Gouverneur von Damaskus, zeigte ihm seine Empfehlungsschreiben; dieser küsste sie und fragte dann nach dem Lesen derselben: »Wer ist der Schuldige?« - »Ein Koch«, erwiderte der Vezier. Hierauf schickte der Gouverneur sogleich seinen Adjutanten mit vier anderen Offizieren, vier Janitscharen und sechs Polizeisoldaten ab. Als sie aber in den Laden des Kochs kamen, war schon alles zertrümmert und verwüstet, denn während der Vezier im königlichen Palaste war, liefen seine Leute, der eine mit einem Stocke, der andere mit einem Pfosten eines Zeltes, der dritte mit einem Spieße, der vierte mit einem Schwerte bewaffnet, in den Laden Hasans, zerbrachen, ohne ihm ein Wort zu sagen, alle seine Schüsseln, Teller, Töpfe und Kessel. »Was bedeutet dies, ihr Gemeinde der Frommen?« fragte Hasan. »Bist du es nicht«, erwiderten sie ihm, »der die Granatäpfel zubereitet, die eben ein Diener hier kaufte?« - »Freilich bin ich's!« antwortete Hasan; »niemand kann sie so gut, wie ich, zubereiten.« Sie schrien ihn an, schimpften ihn, zerschlugen alles, was noch ganz war; eine Menge Leute sammelte sich um den Laden und alle sagten: »Hier geht etwas Großes vor.« Hasan schrie immerfort: »O ihr Muselmänner, warum habe ich mir denn durch meine Speise eine solche Behandlung zugezogen? Warum zerbrecht ihr alle meine Geschirre und verwüstet meinen ganzen Laden?« Man antwortete ihm wieder: »Bist du es nicht, der Granatäpfel zubereitet?« - »Freilich«, erwiderte er, »doch was ist daran Böses?« Die Leute schrien wieder auf ihn ein und schmähten ihn, umgaben ihn von allen Seiten, nahmen die Binde von seinem Turban, banden ihn damit fest und schleppten ihn mit Gewalt zum Laden hinaus.

Hasan geriet in den heftigsten Zorn; er schrie laut weinend: »Was war denn mit diesen Granatäpfeln, dass ihr mich deshalb so misshandelt?« Die Leute gaben ihm wieder dieselbe Antwort. Als sie mit ihm in die Nähe des Zeltes kamen, holte sie der Adjutant des Sultans mit seinen Schergen ein; er trieb die Leute weg, die sich um Hasan versammelt hatten, schlug ihn mit dem Stocke auf die Schultern und fragte ihn auch wieder: »Hast du nicht die Granatäpfel zubereitet?« Hasan taten die Schläge so weh, dass er weinend fragte: »Was ist denn mit diesen Granatäpfeln?« Der Adjutant stieß und schimpfte ihn und sagte seinen Leuten: »Schleppt diesen Hund nur immer fort!« So wurde Hasan unter Toben, Schimpfen und Schlägen in das Zelt geschleppt. Man wartete dort, bis der Vezier vom Statthalter von Syrien, bei dem er sich verabschiedet hatte, zurückkam, und stellte ihm dann Hasan vor. Als Hasan seinen Oheim Schemsuddin sah, weinte er und fragte wieder, was er verschuldet? »Hast du nicht die Granatäpfel zubereitet?« erwiderte ihm der Vezier, ihn dabei so heftig anschreiend, dass ihm fast der Atem ausging. »Jawohl!« antwortete Hasan; »doch sagt mir endlich, was ich dabei für ein Verbrechen begangen; soll ich etwa deshalb hingerichtet werden?« - »Du sollst es bald erfahren«, antwortete der Vezier. Er rief dann seine Leute und gab ihnen Befehl, aufzubrechen. Sie legten sogleich die Zelte zusammen, ließen die Kamele und Dromedare niederknien und sperrten Hasan in eine Kiste, schlossen sie zu und luden sie auf ein Dromedar; die Reise ging immerfort, bis sie nach Ägypten kamen. Vor der Stadt Kahirah ließ der Vezier die Kamele niederknien, und Hasan aus der Kiste herauskriechen. Er ließ dann Holz herbeischaffen, berief einen Schreiner zu sich und sagte zu diesem: »Mache mir einen hölzernen Galgen.« Hasan fragte: »Mein Herr, was willst du mit diesem Galgen?« -»Dich hängen, daran nageln und dich dann so in der Stadt herumführen lassen«, erwiderte der Vezier, »weil du so schlechte Granatäpfel gekocht, und zu wenig Pfeffer dazu genommen hast.«

»Wie«, sagte Hasan, »weil an den Granatäpfeln zu wenig Pfeffer war, habt ihr meinen Laden verwüstet und mein Geschirr zerbrochen? O ihr Muselmänner, um ein bisschen Pfeffers willen habt ihr mich also gebunden und in diese Kiste gesperrt, in der ich Tag und Nacht geplagt wurde, indem ich selbst das wenige Essen, das ihr mir hineingereicht, darin verzehren musste: Darum habt ihr mich gefesselt und wollt mich nun hängen lassen? O ihr Muselmänner, und dies alles, weil die Granatäpfel nicht genug gepfeffert waren; verdient denn ein solches Vergehen eine so grausame Strafe? Nie«, setzte Hasan laut weinend hinzu, »ist einem Menschen etwas ähnliches begegnet. Man schlägt mich, verwüstet meinen Laden, plündert mich aus und will mich noch dazu hängen, weil ich die Granatäpfel nicht genug gepfeffert habe! Gott verdamme die Granatäpfel, wäre ich doch gestorben, ehe ich sie gekocht!« Immer heftiger flossen seine Tränen, als er schon die Nägel womit er angenagelt zu werden fürchtete, vor seinen Augen liegen sah; als aber die Nacht heranbrach, ließ der Vezier Hasan wieder in die Kiste sperren, schloss sie zu und sagte ihm: »Wir haben jetzt doch nicht mehr Zeit, dich festzunageln, du kannst also diese Nacht noch in der Kiste bleiben.« Hasan hörte nicht auf zu weinen, und tröstete sich endlich damit, dass er sagte: »Es bleibt mir keine andere Zuflucht als die himmlische Macht übrig. Ich soll angenagelt werden, und habe weder gemordet, noch gelästert, noch Gott verleugnet, nur zu wenig Pfeffer an die Granatäpfel getan!« Während Hasan so jammerte, ließ der Vezier die Kiste wieder auf ein Dromedar laden und in die Stadt tragen, nachdem schon alle Basare geschlossen waren; er ließ dann vor seinem Hause stillhalten, wo auch die übrigen Kamele niederknieten. Während nun alles abgeladen ward, sagte der Vezier zu seiner Tochter Sittulhasan: »Meine Tochter, gelobt sei Gott! Der dich wieder mit deinem Gatten und Vetter vereint; lass im Hause sogleich alles in Ordnung bringen und so wieder einrichten, wie vor zwölf Jahren an deiner Hochzeitsnacht.« Es wurden dann Wachskerzen und Lampen angezündet, der Vezier nahm das Papier, worauf geschrieben war, wie alles in der Hochzeitsnacht geordnet gewesen, zur Hand, und las es den Dienern vor und es ward alles an den nämlichen Ort gestellt, wie vor zwölf Jahren; auch der Turban Hasans wurde auf den Stuhl gelegt, wie er es selbst in jener Nacht getan; die Beinkleider und der Beutel mit 1000 Dinaren wurden ebenso unter die Matratze gelegt. Der Vezier sagte hierauf zu seiner Tochter: »Gehe in das Nebenzimmer, ziehe dich gerade so an, wie in der Nacht, wo dein Gatte bei dir ruhte, sage ihm dann: Du bist wohl lange ausgeblieben, mein Herr« bitte ihn auch, dass er sich wieder niederlege, unterhalte dich mit ihm bis morgen früh, dann erst wollen wir ihm die ganze Geschichte entdecken.«

Der Vezier fuhr Djafar in seiner Erzählung vor dem Kalifen fort, ging dann zu Hasan, entfesselte ihn und zog ihm seine Kleider bis auf das Hemd aus. Dieser ging langsam vorwärts, bis er an die Türe des Zimmers kam, in welchem man vor zwölf Jahren die Braut vor ihm geschmückt hatte; als er den Kopf ins Zimmer steckte, erkannte er den Vorhang, das Bett und den Stuhl; er war sehr erstaunt, trat dann mit dem einen Fuße ins Zimmer, und war ganz verwirrt im Kopf. »Gelobt sei der erhabene Gott!« rief er dann aus, »wache oder träume ich?« Er rieb sich die Augen, Sittulhasan hob aber den Vorhang ein wenig in die Höhe und sagte: »O mein Herr! Wie lange bist du ausgeblieben, lege dich doch wieder ins Bett!« Wie Hasan ihre Stimme hörte und ihr Gesicht sah, wunderte er sich sehr und sagte lachend: »Bei Gott! Das ist gut. Ich bin wirklich lange weggeblieben.« Er trat sodann ins Zimmer, und alles, was ihm seit zwölf Jahren widerfahren, drehte sich ihm im Kopfe herum, er konnte mit der Geschichte nicht ins klare kommen. Als er nun gar den Stuhl mit seinem Turban, Oberkleid und Tuch erblickte, und unter der Matratze seine Beinkleider und den Beutel wiederfand, lachte er wieder und sagte: »Bei Gott! Das ist gut.« Sittulhasan aber fragte ihn: »Was lachst du so, mein Herr, und worüber bist du so verwundert?« Er lachte wieder, als er dies hörte, und fragte: »Wie lange bin ich wohl ausgeblieben?« Sittulhasan aber rief: »Hast du die Besinnung verloren? Es ist kaum eine kleine Weile, dass du dich von meiner Seite rissest, und ins Nebengemach gingst.« Er lachte wieder und sagte: »Bei Gott! Du hast recht, meine Gattin, es ist mir aber doch, als wäre ich von dir fort gewesen; ich habe wohl in meiner Abwesenheit die Besinnung verloren, dann geschlafen, und mir ist's, als hätte ich geträumt, dass ich in Damaskus gewesen und dort zehn Jahre als Koch gelebt habe; es kam dann ein Knabe mit einem Sklaven -« Hasan griff hier mit der Hand an seine Stirne und fand die Narbe, die ihm Adjib gemacht und sagte: »Es ist doch wahr, bei Gott! Er hat mich mit einem Steine getroffen und meine Stirne geritzt; ich muss also doch gewacht haben.« Er setzte hinzu: »Beim Allmächtigen: Mir ist's, nachdem ich an deiner Seite geruht, als wenn ich geträumt habe, ich sei nackt nach Damaskus gegangen und sei dann dort Koch geworden; ferner habe ich geträumt, dass ich Granatäpfel gekocht, die nicht genug gepfeffert waren; wahrhaftig, ich habe sehr lange geträumt.« - »Was hast du denn noch im Traume gesehen?« fragte Sittulhasan; »erzähle mir alles.« - »O meine Gebieterin«, fuhr er fort, »wenn ich nicht schnell erwacht wäre, so hätten sie mich an den Galgen genagelt.«- »Und weshalb?« fragte Sittulhasan. - »Weil ich die Granatäpfel nicht genug gepfeffert habe«, antwortete er; »sie haben auch deshalb meinen Laden verwüstet und mein Geschirr zerbrochen, auch haben sie mich gefesselt, in eine Kiste gesperrt, bei einem Schreiner einen Galgen bestellt, um mich daran zu nageln, weil an den Granatäpfeln nicht genug Pfeffer gewesen war. Nun gottlob! Dass mir alles dies nur im Traume widerfahren und nicht in der Wirklichkeit.« Sittulhasan lachte und drückte ihn an ihr Herz. Dann sagte er wieder: »Ich habe doch alles dies wachend erlebt, und kann aus dieser Geschichte nicht klug werden; es gibt keine Zuflucht und keine Macht, außer bei Gott.«

So brachte Hasan diese Nacht zu; bald sagte er, ich habe geträumt, dann wieder, ich habe gewacht; er betrachtete eine Weile das Zimmer, die ganze Einrichtung und die Braut und sagte: »Bei Gott! Ich habe nicht einmal eine ganze Nacht hier geschlafen.« So war er in Verwirrung bis zum Morgen, da kam sein Oheim und wünschte ihm einen guten Tag. Als Hasan ihn betrachtete und ihn für den Vezier von gestern erkannte, schrie er erschrocken: »O weh! O weh! Hast du nicht befohlen, dass man mich schlage, misshandle, fessle und annagle, weil meine Granatäpfel nicht genug gepfeffert waren?« Der Vezier antwortete ihm: »Nun ist alles klar und die ganze Wahrheit bekannt; du bist mein echter Neffe, und alles, was ich getan, war nur, um die Wahrheit zu ergründen, du hast meine Tochter in jener Nacht umarmt, du kennst deinen Turban und deine Beinkleider, den Brief, den dein Vater, mein Bruder, geschrieben, und den du in dem Käppchen aufbewahrt, es ist kein Zweifel, mehr, dass du es bist, denn ein anderer hätte von all dem nichts gewusst.« Er sprach dann folgenden Vers:

»Das Schicksal bleibt sich nicht immer gleich, es geht nicht anders:
Bald kommt Trauer bald Freude.«

Er führte dann auch seine Mutter zu ihm; als sie ihn sah, fiel sie über ihn her, weinte und sprach folgende Verse:

»Bei unserem Wiedersehen klagten wir einander, was wir gelitten.
Nicht durch die Zunge eines Boten lassen sich Klagen gut mitteilen.
Die Trauer einer gemieteten Klagefrau gleicht nicht der eines wirklich betrübten Herzens, und nicht mein Bote mir selbst.«

Sie erzählte ihm dann, was sie ausgestanden, seitdem er von ihr sich entfernt, er verkündete ihr, was er gelitten; sie lobten Gott über ihre Wiedervereinigung. Den folgenden Tag berichtete der Vezier alles dem Sultan; er wunderte sich so sehr über diese Geschichte, dass er sie aufschreiben und aufbewahren ließ. Der Vezier mit seiner Tochter und seinem Neffen lebte noch lange Jahre in den besten und angenehmsten Verhältnissen, sie aßen und tranken und belustigten sich, bis sie den Todeskelch leeren mussten. Dies, Beherrscher der Gläubigen! Ist die Geschichte des Veziers aus Kahirah und des Veziers aus Bassrah. - Der Kalif sagte: »O Djafar, diese Geschichte ist höchst wunderbar.« Auch ließ er sie sogleich aufschreiben und aufbewahren und schenkte dem Sklaven die Freiheit und dem jungen Manne eine seiner schönsten Sklavinnen, und gab ihm so viel, als er zu leben brauchte; er blieb in der Umgebung des Kalifen, bis der Tod sie trennte.

Geschichte des Buckligen.

Es lebte einst in den Städten Bassrah und Kaschgar« ein Schneider, der eine schöne und ganz für ihn passende Frau hatte. Eines Tages, als er in seinem Laden saß, kam ein buckliger Mann, setzte sich neben seinen Laden, fing an zu singen und dabei auf eine Trommel, die er bei sich hatte, zu schlagen. Der Schneider dachte: Wie wäre es, wenn ich diesen Buckligen mit mir nähme, um mich und meine Leute diese Nacht mit ihm zu belustigen? Er ging dann sogleich auf den Buckligen zu und sagte ihm: »Willst du wohl mit mir nach Hause gehen und diese Nacht mein Gast sein?« - »Recht gern«, erwiderte der Bucklige, »es verwirklichen sich dadurch meine schönsten Träume.« Der Schneider nahm ihn mit nach Hause und gab ihm etwas Fische zu essen, die er gerade im Hause hatte. »Während des Essens nahm ich«, so erzählt der Schneider, »ein Stück Fisch und stopfte es dem Buckligen in den Schlund; es blieb ihm aber im Halse stecken und er starb daran augenblicklich. Da ich mich sehr fürchtete, ging ich mit meiner Frau zu einem jüdischen Arzte, der in unsrer Nähe wohnte; ich klopfte an seine Türe, es kam eine Sklavin herunter und machte uns auf; ich sagte ihr: »Geh, sage deinem Herrn, es sei hier ein Mann mit seiner Frau und einem kranken Menschen, den er untersuchen möge.« Ich gab der Sklavin für ihren Herrn auch sogleich einen halben Dinar. Während nun die Sklavin sich entfernte, trug ich den Buckligen die Treppe hinauf, ließ ihn an der Treppe liegen und machte mich mit meiner Frau aus dem Staube. Die Sklavin war indessen zu ihrem Herrn gegangen und hatte ihm gesagt, »Mein Herr, man hat unten einen kranken Mann vor das Haus gebracht, und hier schickt man dir einen halben Dinar, damit du nach ihm sehen und ihm verschreiben mögest, was ihm gut ist.« Als der Jude sah, dass man ihm einen halben Dinar gab, bloß um die Treppe hinabzusteigen, freute er sich so sehr, dass er schnell im Dunkeln aufstand; er gebot der Sklavin, ein Licht anzuzünden, ging einstweilen ohne Licht schnell hinunter, aber bei seinem ersten Tritt stolperte er an den Buckligen hin, sodass er die ganze Treppe hinunterrollte. Der Jude rief erschrocken der Sklavin, sie solle doch geschwind ein Licht bringen. Als die Sklavin Licht brachte und der Jude den Buckligen unten an der Treppe tot fand, schrie er: »O Esra! O Moses! O Aron! O Josua, Sohn Nuns! Ich bin an diesen kranken Menschen gerannt, sodass er die ganze Treppe hinuntergefallen und getötet ist: Wie kann ich nun den Erschlagenen aus meinem Hause bringen? O Esel Esras![27]« Er brachte dann den Toten hinauf ins Zimmer und erzählte die ganze Geschichte seiner Frau; diese sagte ihm: »Was zauderst du so lange? es ist bald Tag, und ist dann der Tote noch bei uns, so ist's um uns geschehen? Du bist ein unbeholfener Mensch und weißt dir nicht zu raten.« Sie sprach dann folgende Verse:

»Du hast eine gute Meinung von der Zeit, wenn du einen schönen Tag siehest, und fürchtest, sogleich kein Unglück mehr vom Schicksale. Du lässt dich durch einige ruhige Tage leicht täuschen, doch trifft das Unglück auf einmal in den heitersten Nächten ein.«

Dann sagte die Frau zu ihrem Manne: »Besinne dich nicht lange; komm, wir wollen sogleich den Toten auf das Dach tragen und ihn in das Haus unseres Nachbarn, des ledigen Muselmanns, werfen.« Der Nachbar des Juden war Aufseher über die Küche des Sultans; er brachte oft viele Fettigkeiten nach Hause, weshalb er sehr von Katzen und Mäusen geplagt wurde, die fressen kamen, was er nach Hause gebracht und manches fortschleppten. Der Jude und seine Frau trugen also den Buckligen aufs Dach, gingen langsam damit bis ans Zimmer des Aufsehers und ließen ihn ganz gerade hinunter, bis er mit den Füßen auf den Boden kam; sie lehnten ihn dann an die Wand und gingen davon. Aber kaum waren sie wieder in ihrem Hause zurück, als der Aufseher von einer Mahlzeit,[28] der er mit einigen Freunden beigewohnt, zurückkehrte; es war Mitternacht und er hatte eine brennende Kerze in der Hand. Als er in sein Zimmer kam und einen Menschen in der Ecke an der Mauer unter dem Luftloche stehen sah, sagte er: »Bei Gott« das ist gut; nun sehe ich, dass ein Mensch und nicht Katzen und Mäuse mir mein Schmalz, mein Fleisch und mein Schwanzfett stehlen, nun habe ich ungerechterweise Katzen und Hunde gemordet, während du durch das Luftloch und das Dach herunter zu mir ins Zimmer kommst, um mich zu bestehlen. Aber bei Gott! Ich will mit meiner eigenen Hand mich an dir rächen.« Er nahm dann einen Hammer, sprang auf den Buckligen zu, schlug ihn auf die Brust, sodass er umfiel, und dann schlug er ihn noch auf den

---

[27] D. h. könnte er doch wie Esras Esel wieder zum Leben zurückkehren! Vergleiche darüber Koran II. 261.

[28] Eigentlich eine Schlussmahlzeit, d. h. ein Essen, das bei Gelegenheit der Vollendung des Korans oder auch irgendeines anderen heiligen Buchs gegeben wird.

Rücken. Als er ihm aber hierauf ins Gesicht sah und ihn tot fand, da schrie er laut und sagte: »Wehe mir! Ich habe ihn erschlagen, nur beim erhabenen Gott gibt es nun Schutz und Kraft.« Er ward ganz blass vor Furcht und sagte: »Gott verdamme das Fett und das Schwanzstück! Ich vertraue nur noch auf Gott und überlasse mich seiner Bestimmung.«

Als der Aufseher dann auch bemerkte, dass der Erschlagene ein Buckliger war, sagte er: »O was fange ich an? O Beschützer, hilf mir!« Er nahm dann den Buckligen auf die Schultern und ging aus seinem Hause fort - es war gegen Ende der Nacht - als er an den Anfang des Basars mit ihm kam, stellte er ihn an die Seite eines Ladens hin, welcher in einer dunklen Straße war, und ging davon. Nach einigen Augenblicken kam ein großer christlicher Schreiber,[29] er war ein verständiger Mann und der erste Makler des Sultans; er hatte sich zu Hause betrunken und wollte nun ins Bad gehen, weil er im Rausch doch wusste, dass die Zeit des Morgengebets nahe sei; so ging er denn, hin und her schwankend, bis zum Buckligen hin, wo er stehen blieb, um ein Bedürfnis zu verrichten. Als er nun einen Blick auf den Mann warf, glaubte er, es sei ein Dieb, der ihm seinen Turban stehlen wolle, wie es schon einer beim Heranbrechen der Nacht getan hatte. Er schlug daher mit der Faust den Buckligen auf den Rücken, warf ihn zu Boden, rief die Wache zu Hilfe und schlug indessen immer auf den Buckligen los und würgte ihn. Als die Wache mit einer Laterne kam und einen Christen sah, der auf einem Muselmann kniete und ihn schlug, fragte sie: »Was hat er getan?« Der Christ antwortete: »Er hat meinen Turban rauben wollen.« Die Wache sagte: »Steh von ihm auf.« Als er aufstand und die Wache sich dem Buckligen näherte und ihn tot fand, sagte sie:»Bei Gott! Das ist schön; ein Christ bringt einen Muselmann um.« Sie ergriff sogleich den Christen, den Makler, legte ihn in Fesseln und brachte ihn noch in der Nacht in das Haus des Verwalters der Polizei. Der Christ war sehr erschreckt, doch konnte er nicht begreifen, wie er durch einige Schläge diesen Mann so schnell umgebracht habe; sein Rausch verließ ihn und er fing an, ernstlich über die Sache nachzudenken. Er blieb dann mit dem Buckligen bis morgens im Hause des Beamten. Kaum war dieser erwacht, so ging er ins Schloss und sagte dem König von China, dass sein Schreiber, der Christ, einen Muselmann umgebracht; der König befahl, man solle ihn hängen. Der Beamte verließ das Schloss und befahl dem Scharfrichter, dies bekannt zu machen und dann für den Christen einen Galgen zu errichten, um ihn daran zu hängen. Der Scharfrichter warf dem Christen einen Strick um den Hals und wollte ihn

[29] Muallem heißt zwar gewöhnlich Lehrer, wird aber in Ägypten auf koptische Schreiber angewendet.

schon in die Höhe heben, da trennte der Küchenaufseher auf einmal die Volksmasse und sagte zu dem Scharfrichter: »Tu dies nicht! Dieser hat ihn nicht umgebracht, sondern ich habe ihn erschlagen!« Und er erzählte hierauf seine ganze Geschichte, wie er ihn mit dem Hammer geschlagen und ihn dann weggetragen und an den Basar hingestellt. »Es ist genug, dass ich einen Muselmann ums Leben gebracht, es soll nicht auch ein Christ für meine Schuld an dem Galgen sterben.«

Als der Beamte die Rede des Aufsehers hörte, sagte er zu dem Henker: »Lass den Christen los und hänge diesen nach seinem eigenen Geständnis.« Der Henker nahm den Aufseher, stellte ihn unter den Galgen, warf ihm den Strick um den Hals und wollte ihn aufhängen, da kam der jüdische Arzt, drängte sich durch die Menschenmasse, und sagte: »Hängt ihn nicht, er hat niemanden getötet, sondern ich habe diesen Buckligen ums Leben gebracht. Nachdem nämlich diese Nacht schon alle Basare geschlossen waren und ich zu Hause saß, kam ein Mann mit seiner Frau und klopften an die Türe; meine Sklavin ging hinunter und öffnete ihnen; die Leute hatten diesen kranken Mann gebracht und der Sklavin einen halben Dinar gegeben. Die Sklavin kam wieder herauf und sagte mir dies. Während sie nun zu mir heraufgegangen war, hatten aber die Leute, ohne mich zu erwarten, den Kranken oben an die Treppe hingelegt; als ich daher hinunter wollte, stolperte ich an ihn hin und rollte mit ihm die Treppe herab und er starb sogleich; folglich bin ich die Ursache seines Todes. Ich und meine Frau, wir nahmen ihn dann und trugen ihn aufs Dach; die Wohnung des Aufsehers stößt an die Meinige, wir ließen also den Buckligen durch das Luftloch in sein Haus, und obschon er tot war, stand er doch aufrecht in einer Ecke gelehnt; daher glaubte der Aufseher, als er nach Hause kam, es sei ein Dieb und schlug ihn mit einem Hammer, sodass er auf den Boden fiel: Und darum behauptet er auch, er habe ihn erschlagen, während doch ich ihn getötet habe. Es ist genug, dass ich unschuldigerweise einen Muselmann umgebracht, es soll aber nicht mit meinem Wissen noch ein anderer für meine Schuld sterben: Hängt ihn also nicht, denn ich bin der Mörder dieses Buckligen.«

Als der Beamte die Worte des Juden hörte, sagte er zu dem Henker: »Lass den Aufseher los und hänge den Juden!« Der Henker warf das Seil um den Hals des Juden; da drang der Schneider durch die Leute und sprach zu dem Henker: »Tue dies nicht, denn nicht der Jude, sondern ich habe den Buckligen getötet.« Er wandte sich dann zu dem Polizeiobersten und sprach: »Kein anderer als ich hat diesen Buckligen umgebracht. Ich ging nämlich gestern spazieren,[30] Und als ich zum Nachtessen nach Hause woll-

[30] Der Widerspruch mit dem Anfang der Erzählung lastet nicht auf dem Übersetzer.

te, traf ich diesen Buckligen betrunken, mit einer Trommel in der Hand und laut singend; ich ging auf ihn zu, nahm ihn mit nach Hause und ging dann, gebackene Fische zu kaufen. Als ich sie nach Hause brachte, aßen wir; ich nahm davon ein Stück und stopfte es ihm in den Mund, es blieb ihm im Halse stecken und er starb davon. Da ich mich nun fürchtete, gingen ich und meine Frau mit ihm zum jüdischen Arzte; wir klopften an die Türe, die Sklavin kam herunter und öffnete uns. Ich sagte ihr: gehe zu deinem Herrn und sage ihm, dass ein Mann und eine Frau einen kranken Menschen hergebracht, den er ansehen soll; ich gab auch der Sklavin einen halben Dinar für ihren Herrn. Während sie nun hinaufging, trug ich den Buckligen die Treppe hinauf, lehnte ihn an und ging hierauf mit meiner Frau wieder fort. Der Jude stolperte über ihn beim Heruntergehen und glaubte, er habe ihn so umgebracht.« Der Schneider fragte den Juden: »Ist es nicht so wahr?« - »Es ist wahr«, antwortete der Jude. Der Schneider wandte sich dann zum Polizeiobersten und sagte zu ihm: »Lass den Juden frei und hänge mich, denn ich habe den Buckligen getötet.« Als der Beamte die Rede des Schneiders hörte, wunderte er sich über diese Begebenheiten und sprach: »Dies alles muss einen wunderbaren Grund haben und verdient wohl, dass man es mit goldener Tinte aufschreibe.« Er sagte dann zu dem Henker: »Lass den Juden los und hänge den Schneider.« Der Henker ließ den Juden los, stellte den Schneider unter den Galgen, warf ihm einen Strick um den Hals und sprach: »Ich bin nun bald müde vom auf- und zubinden.« Er wollte schon das Ende des Seils durch den Ring ziehen, um den Schneider zu hängen. Nun war aber der Bucklige der Spaßvogel und Hausfreund des Sultans von China, von dem er sich keinen Augenblick trennen konnte. Da aber der Bucklige in jener Nacht betrunken gewesen war, so hatte er nicht vor dem Sultan erscheinen können, und als dieser auch am folgenden Tagen den Buckligen vergebens bis Mittag erwartete, fragte er nach ihm bei dem Hausgesinde. Da erzählte einer, wie der Statthalter eben mit einem toten Buckligen und seinem Mörder beschäftigt sei, wie er diesen habe hängen wollen, aber immer andere gekommen seien, die behaupteten, sie haben ihn umgebracht, und jeder dann seine Geschichte dem Statthalter erzählt habe. Als der König von China dies hörte, sagte er zu einem seiner Türwächter: »Lauf geschwind zum Polizeiobersten und bringt ihn mir her nebst dem Erschlagenen und den Mördern.« Der Pförtner eilte und traf gerade den Henker, als er dem Schneider das Seil um den Hals geworfen hatte und ihn aufhängen wollte; er schrie: »Hänge ihn nicht!« wandte sich zum Beamten und teilte ihm des Königs Befehle mit. Jener machte sich sogleich auf und ging mit dem Buckligen, dem Schneider, dem Juden, dem Aufseher und dem Christen zum König, stellte sie ihm alle vor, küsste die Erde vor ihm und wiederholte die ganze Geschichte des Buckligen von Anfang bis zu Ende. Als der König von China dies hörte, war er sehr verwundert und erstaunt; er befahl, alles aufzuschreiben und sagte nun zu den Umstehenden: »Habt ihr je eine wunderbarere Geschichte, als diese, gehört?« Der Christ trat nun hervor, küsste die Erde und sprach: »O König der Zeit, wenn du es erlaubst, will ich dir eine Geschichte erzählen, die mir selbst widerfahren und worüber selbst Steine weinen müssen.« Der König von China sagte: »Erzähle«. - Der Christ begann:

Geschichte des Christen.

Wisse, dass, ehe ich in dieses Land gekommen - denn meine Heimat ist weit von hier - ich bin mit Waren hierher gezogen und erst in den letzten Jahren habe ich mich durch die Fügung des Schicksals hier ansässig gemacht - lebte ich in Ägypten und gehörte zu den Kopten; mein Vater war ein großer Makler, und nach seinem Tode setzte ich sein Geschäft zwei Jahre lang fort. Nun hört, was mir Wunderbares widerfahren. Ich saß in Kahirah auf dem Getreidemarkt, da kam ein schöner junger Mann, herrlich gekleidet, auf einem Esel reitend und grüßte mich; ich stand vor ihm auf, er zeigte mir ein Tuch voll Sesam und fragte mich, was das Malter davon wert sei?

Ich sagte ihm, fuhr der Christ in seiner Erzählung vor dem König von China fort: »Der Ardeb von diesem Sesam ist hundert Drachmen wert.« - »Nun«, sprach er, »geh, hole die Träger und die Messer, komme ans Siegestor in den Chan Aldjawali, du wirst mich dort finden. Er verließ mich dann und setzte seinen Weg fort. Ich machte mich auf die Beine, nahm die Probe und besuchte die Getreidehändler und die Magazine der anderen Kaufleute, die Sesam aufkauften. Man bot mir 110 Drachmen für das Malter. Ich nahm dann vier Träger und ging mit ihnen nach der Herberge Aldjawali, wo mich der junge Mann erwartete. Als er mich sah, stand er auf, ging vor mir ins Magazin und sagte mir: »Lass die Messer hereinkommen und messen, und die Träger die Esel beladen.« Die Träger gingen so hinaus und herein, bis das Magazin leer war; es enthielt 50 Malter für 5000 Drachmen. Der junge Mann sagte mir dann: »Es kommen dir 10 Drachmen vom Malter als Maklergeld zu, bewahre mir also 4500 Drachmen auf; wenn ich mit dem Verkaufe aller meiner Magazine fertig sein werde, will ich zu dir kommen und sie bei dir abholen.« Ich sprach: »Es soll geschehen, wie Ihr befehlt«, küsste ihm die Hand und er verließ mich. Ich bewunderte seine Freigebigkeit und erwartete ihn einen ganzen Monat lang, bis er endlich kam und mich fragte: »Wo ist das Geld?« Ich hieß ihn willkommen und bat ihn, ein wenig bei mir einzukehren und etwas zu genießen; er wollte aber nicht und sagte: »Geh, bereite das Geld, während ich fortgehe, ich komme bald wieder zu dir, um es zu holen.« Er kehrte dann mit seinem Esel um; ich stand auf, brachte das Geld herbei und wartete; als er wieder einen Monat ausblieb, dachte ich: Sonderbar, dass dieser edelmütige Jüngling nicht kommt, seine 4500 Drachmen bei mir zu holen. Er blieb nun drei Monate aus, kam dann wieder auf einem Esel geritten, mit schönen Kleidern angetan; er sah aus, als käme er aus dem Bade.

Als ich ihn erblickte, ging ich aus meinem Laden auf ihn zu und sagte ihm: »Mein Herr, kommst du nicht, dein Geld zu nehmen?« Er antwortete: »Was habe ich zu eilen? Wenn ich alle meine Geschäfte beendigt haben werde, so komme ich diese Woche noch, es zu holen«, und entfernte sich wieder. Ich dachte, wenn er wiederkommt, werde ich ihn zu mir einladen. Er blieb aber ein ganzes Jahr weg; ich handelte mit seinem Gelde und gewann ein großes Vermögen damit. Am Ende des Jahrs kam der junge Mann wieder schön gekleidet. Als ich ihn sah, ging ich ihm entgegen und beschwor ihn beim Evangelium, er möge doch mein Gast sein und bei mir essen. Er sagte: »Gut, aber mit der Bedingung, dass die Kosten von meinem Gelde gehen.« Ich war zufrieden, ging mit ihm ins Zimmer und ließ Teppiche vor ihm ausbreiten. Als er Platz genommen, lief ich auf den Markt, kaufte allerlei Getränke, gefüllte Hühner und süße Speisen und legte sie ihm vor; er näherte sich dem Tische; als ich »im Namen Gottes«[31] sagte, streckte er seine linke Hand aus und aß mit mir. Ich wunderte mich sehr über ihn und dachte: Nur Gott ist vollkommen, dieser junge Mann ist so freigebig und so schön, doch so hochmütig, dass er vor Stolz sich nicht der rechten Hand zum Essen bedient; ich aß aber doch mit ihm.

Als wir gegessen hatten, fuhr der Christ fort, goss ich Wasser über seine Hand und reichte ihm ein Tuch zum Abtrocknen; nachdem ich ihm auch einige süße Speisen angeboten und wir uns zu unterhalten anfingen, sagte ich zu ihm: »Mein Herr! Zerstreue meinen Kummer, sage mir, warum du mit der linken Hand gegessen; hast du vielleicht irgendein Übel an der rechten Hand?« Als der Jüngling dies hörte, zog er weinend den rechten Arm aus seinem Ärmel hervor und zeigte ihn mir, und siehe da: Er war verstümmelt, es war ein Arm ohne Hand; als er meine Verwunderung darüber bemerkte, sagte er: »Wundere dich nicht, denke aber nicht, dass ich aus Hochmut mit der linken Hand gegessen habe, und höre die wunderbare Geschichte, wie ich meine Hand verlor.« Als ich mein Verlangen danach äußerte, erzählte er unter Seufzen und Weinen Folgendes: »Wisse, dass ich in Bagdad geboren hin, mein Vater gehörte zu den Vornehmsten der Stadt.

---

[31] Sowohl vor Tisch, als beim Anfang und oft auch bei Vollendung irgendeiner Handlung sagen die Muselmänner: Im Namen Gottes, d. h. geschehe dies.

Als ich das Mannesalter erreicht hatte und oft viele Leute und Reisende Wunderdinge von Ägypten erzählen hörte, blieben mir diese Gedanken immer im Herzen, bis mein Vater starb und ich ihn erbte; dann packte ich eine Partie Bagdader und Mossuler Waren zusammen, nahm auch tausend Stück Seidenstoffe und andere Stoffe mit und reiste damit von Bagdad weg nach Kahirah. In Kahirah ließ ich mich mit meinen Waren im Chan Masrur nieder; ich packte meine Ladung aus und ging damit in die Magazine, gab meinem Diener Geld, um etwas Essen zuzubereiten und ruhte mich aus, während meine Jungen aßen. Dann ging ich ein wenig zwischen den Palästen spazieren und legte mich hierauf schlafen. Nachdem ich völlig ausgeruht hatte, öffnete ich mehrere Ballen Waren und beschloss, einige bekannte Basare zu besuchen, um mich nach dem Preise zu erkundigen. Ich nahm einige Proben, bepackte damit einen meiner Jungen, zog mein schönstes Kleid an und ging bis auf den Markt des Djeherkaß. Als ich hineintrat, kamen mir die Makler, die von meiner Ankunft schon wussten, entgegen, nahmen die Muster meiner Waren und riefen sie aus, aber niemand bot dafür, was sie mich kosteten; ich war sehr verstimmt darüber und sagte: »Ich werde ja mein eigenes Kapital auf diese Art nicht herausbringen.« Die Makler antworteten: »Wir wissen dir einen Rat, wodurch du nicht nur nichts verlieren, sondern auch noch gewinnen wirst.«

»Du musst nämlich«, sagten die Makler, »wie andere Kaufleute deine Waren in kleinen Partien, nach bestimmten Terminen, verkaufen und dir einen Zeugen, einen Schreiber und einen Wechsler nehmen; du kannst dann jeden Montag und Donnerstag dein Geld bei den Leuten holen und die übrigen Tage dich in Kahirah unterhalten oder am Nil dich ergötzen.« Ich gab diesem Rate meinen Beifall, führte die Makler in meinen Chan und gab die Ware heraus. Sie trugen sie mit mir auf den Markt, ich verkaufte sie einzeln, ließ mir Handschriften, von Zeugen unterschrieben, von den Käufern geben, und übergab sie den Geldwechslern zum einkassieren; ich kehrte dann wieder in den Chan zurück, blieb einige Tage dort, frühstückte jeden Tag einen Becher voll Wein, Hammelfleisch, Tauben und süße Speisen, und lebte so einen ganzen Monat hindurch. Nun kam der zweite Monat, an welchem ich mein Geld einzufordern hatte; ich ging jeden Montag und Donnerstag auf den Markt, setzte mich zu einem Kaufmanne, bis der Geldwechsler mit dem Schreiber mir das Geld von den Käufern brachte. So blieb ich bis nach dem Nachmittagsgebet, dann rechnete ich das Geld zusammen, versiegelte es und ging wieder in den Chan. Nachdem ich eine Zeit lang so gelebt, ging ich einmal an einem Montage früh ins Bad; als ich herauskam, zog ich herrliche Kleider an, begab mich auf mein Zimmer im Chan, frühstückte mit Wein, schlief, aß dann ein gekochtes Huhn, salbte und beräucherte mich mit wohlriechenden Essenzen und ging auf den

Markt, wo ich mich neben einen Kaufmann setzte, den man Bedruddin den Gärtner nannte. Als ich mich eine Weile mit ihm unterhielt, kam eine reich gekleidete Frau mit zahlreichem Gefolge, deren Übertuch und Taschentuch die Luft mit Wohlgerüchen um sich her erfüllte. Als sie ihr Tuch abnahm und ich zwei große schwarze Augen bemerkte, ward mein Herz zu ihr hingerissen. Sie grüßte Bedruddin, auch er hieß sie freundlich willkommen und unterhielt sich mit ihr; als ich ihre Stimme hörte, ward meine Liebe zu ihr immer heftiger, ich war ganz entzückt und fühlte schon meine Liebe unvertilgbar. Sie fragte Bedruddin: »Hast du wohl einen Stoff mit wilden Jagdzeichnungen?« Bedruddin zeigte ihr ein solches Stück, das er von mir für 1200 Dinare in Kommission hatte. Sie sagte dem Kaufmann: »Mit deiner Erlaubnis will ich dieses Stück mit mir nehmen; ich gehe nur in den nächsten Basar und schicke dir sogleich das Geld dafür.« Der Kaufmann sagte ihr aber: »Das kann nicht sein, meine Gebieterin, denn hier ist der Eigentümer dieser Waren, dem ich heute noch eine bedeutende Summe Geld bezahlen muss.« - »Pfui!« antwortete sie; »Komm ich nicht gewöhnlich zu dir und nehme ein ganzes Stück Ware mit mir, zahle dir dafür, was du verlangst, und schicke dir das Geld, sobald ich die Ware genommen?« - »Es ist wahr«, sagte Bedruddin, »aber ich muss eben heute noch das Geld für diesen Stoff haben.« Wie sie dies hörte, warf sie das Stück Ware mitten in den Laden, geriet in heftigen Zorn und sagte: »Gott züchtige eure Sippschaft: Ihr wisst niemanden zu schätzen.« Sie stand dann auf und wollte gehen.

Als die Frau fortgehen wollte, erzählte der junge Mann weiter, war mir, als wenn ein Teil meines Herzens ihr nachfolgen müsste; ich sagte ihr also: »Bei Gott, meine Gebieterin, tu mir die Freundschaft und komme mit mir.« Sie drehte sich um, lächelte und erwiderte: »Deinetwegen kehre ich zurück.« Sie setze sich mir gegenüber in den Laden; ich aber sprach zu Bedruddin: Wie teuer habe ich dir dieses Stück gelassen?« - »Um 1200 Dinare«, antwortete er. »Nun«, sagte ich ihm, »ich zahle dir 100 Dinare Profit; gib Papier her, ich gebe dir's sogleich schriftlich.« Er gab mir Papier und ich schrieb den Handel darauf, nahm dann das Stück Ware, überreichte es der Dame und sagte ihr: »Hier, meine Gebieterin; wenn du willst, so bringst du mir das Geld auf den nächsten Markt, wo nicht, so nimm es als Geschenk von mir an.« Sie antwortete: »Gott belohne dich dafür, beschere dir alles, was ich habe, und lass dich meinen Gatten werden!« Die Tore des Himmels waren gerade geöffnet und ihre Worte fanden Eingang. Ich sagte ihr hierauf: »O, meine Gebieterin, nimm doch dieses Stück Ware, und so Gott will, sollst du noch viele andere erhalten; aber lass mich dein Gesicht sehen!« Sie wandte mir ihr Gesicht zu, nahm ihren Schleier herunter und warf mir einen Blick zu, der böse Folgen hatte: Denn ich verlor meinen Verstand. Sie umhüllte sich dann wieder mit ihrem Tuche, nahm die Waren und sprach.

»Mein Herr! Es wird mir unheimlich werden, wenn ich weg von dir bin;« hierauf verschwand sie. Ich blieb bis nach dem Nachmittagsgebet auf dem Markte, war aber schon in einer ganz anderen Welt. Ich fragte den Kaufmann nach der Dame, und er sagte mir: »Sie besitzt ein großes Vermögen und ist die Tochter eines Fürsten, von dem sie viel geerbt hat.« Ich verließ dann den Kaufmann und ging in den Chan zurück. Man brachte mir das Abendessen, ich dachte aber nur an sie und konnte nichts essen; ich wollte schlafen, konnte aber nicht, ich wachte bis zum Morgen; dann kleidete ich mich an, frühstückte etwas und ging wieder in den Laden Bedruddins.

Als ich eine Weile im Laden Bedruddins gesessen, kam die Dame wieder, in einem noch schöneren Aufzuge, als der gestrige, von einer Sklavin begleitet; sie grüßte mich freundlicher, als ich es verdiente, und sagte dann: »Mein Herr! Schicke jemanden, um dein Geld zu holen.« Ich erwiderte ihr: »Was hat es denn für eine Eile?« Sie antwortete: »O mein Geliebter, möchtest du uns doch nie entzogen werden!« Sie überreichte mir dann mein Geld, setzte sich, und ich unterhielt mich mit ihr in doppelsinnigen Reden, aus denen sie entnehmen konnte, wie sehr ich sie zu besitzen wünschte. Sie stand dann plötzlich auf und ging fort, mein Herz hing fest an dem Ihrigen. Ich ging auf die Straße, als plötzlich eine schwarze Sklavin zu mir trat und mir sagte: »Mein Herr! Meine Gebieterin will dich sprechen.« Ich war sehr erstaunt und entgegnete: »Es kennt mich ja niemand.« - »O mein Herr!« antwortete sie, »wie schnell habt ihr meine Gebieterin vergessen, die heute bei euch im Laden des Kaufmanns saß.« Ich ging mit ihr bis zu dem Hause eines Bankiers. Als ihre Herrin mich sah, winkte sie mir, an ihre Seite zu kommen, und sprach: »0, mein Teurer! Du hast mein Herz so sehr eingenommen, dass von dem Tage an, wo ich dich gesehen, mich kein Essen und kein Trinken mehr erlabte.« - »Mir geht es ebenso«, erwiderte ich; »und der Zustand, in dem ich mich befinde, überhebt mich weiterer Liebesklagen.« Sie fragte dann: »Mein Geliebter, sollen wir bei dir oder bei mir zusammenkommen?« Ich antwortete ihr: »Ich bin hier fremd, habe keinen anderen Wohnort, als einen Chan, glaube mir also, es ist besser, wenn wir bei dir zusammenkommen.«

»Gut«, sagte die Frau; »doch heute ist die Nacht des Donnerstags, da kann nichts geschehen, aber morgen nach dem Gebet besteige einen Esel und frage nach der Straße Habbanijeh, dann nach der Wohnung Berkuts, des Fürsten Abu Schama; lass dich aber nicht lange erwarten!« Ich sprach: »In Gottes Namen!« schied von ihr und konnte kaum den Anbruch des folgenden Morgens erwarten. Ich stand dann auf, nahm ein Bad und rieb mich mit wohlriechenden Ölen, auch legte ich fünfzig Dinare in ein Tuch und ging dann vom Chan Masrur nach dem Tore Suweila; hier bestieg ich einen Esel und sagte dem Treiber, er solle mich in das Quartier Habbanijeh führen. Als wir da ankamen und er vor der Straße Takwa stehen blieb, sagte ich ihm, er möchte sich nach der Wohnung des Fürsten Abu Schama erkundigen; er blieb eine Weile aus, kam dann wieder und sagte: »In Gottes Namen!« Ich stieg vom Esel und hieß den Treiber mir bis zur Wohnung vorangehen; er tat dies; ich gab ihm einen viertel Dinar und sagte ihm, er solle morgen früh wiederkommen, mich nach dem Chan Masrur abzuholen, worauf er mich verließ. Ich klopfte an die Türe, es kamen zwei weiße junge Sklavinnen heraus; sie sagten: »Komm in Gottes Namen! Unsere Gebieterin hat vor Sehnsucht nach dir die ganze Nacht nicht geschlafen.« Ich trat in den Vorhof und sah eine sieben Stufen hoch von der Erde gebaute Wohnung, rings herum von vergitterten Fenstern umgeben, welche auf einen Garten gingen, in dem köstliche Früchte und eine Menge von Vögeln waren, auch durchströmten ihn viele Bäche; es war eine Lust ihn anzusehen. Mitten im Garten war ein Springbrunnen, an dessen vier Ecken vier aus Gold gegossene Schlangen waren, welche aus dem Rachen so klares Wasser spien, als wären es Perlen oder Edelsteine.

Ich ging in die Wohnung und setzte mich; da kam die Dame mit dem kostbarsten Schmucke behangen und mit den schönsten Farben geziert.[32] Als sie mich sah, lächelte sie mir ins Gesicht und flog dann in meine Arme. Dann sagte sie: »Bist du wirklich bei mir, mein Herz?« - »Ja, dein Sklave ist bei dir«, antwortete ich. Sie sagte dann: »Bei Gott! Von dem Tage an, wo ich dich sah, erquickte mich keine Speise und kein Schlaf mehr.« - »Mir ging es ebenso«, erwiderte ich. Ich saß kaum eine Weile mit gebeugtem Haupte bei ihr, so brachte man eine Schüssel voll mit den trefflichsten Speisen: Fleisch mit saurer Soße, gebackene Fische, Honigseim, Hühner mit Zucker und Pistazien gefüllt; wir aßen, bis wir satt waren: Man nahm dann den Tisch weg, wir wuschen unsere Hände und ließen uns mit Rosenwasser bespritzen, das mit Moschus vermischt war. Die Dame setzte sich dann wieder zu mir und unterhielt sich mit mir. Schon war meine Liebe zu ihr festgewurzelt, und alles, was ich besaß, schien mir nichts neben ihr. Wir spielten dann miteinander bis zur Nacht, da brachte man uns Wein und ein vollständiges Mahl, wir tranken miteinander bis Mitternacht und ich brachte die schönste Nacht in meinem Leben bei ihr zu. Des Morgens warf ich das Tuch mit den 50 Dinaren unter ihr Bett und nahm weinend Abschied von ihr. Sie fragte mich, als ich gehen wollte: »Wann sehe ich dich wieder?« Ich antwortete: »Heute Abend werde ich wieder bei dir sein.« Sie begleitete mich bis zur Türe und sagte dann: »Mein Herr! Bringe heute Abend das Nachtessen mit

[32] Selbst schöne junge Frauen färben sich im Orient Füße und Hände mit Hennah und die Augenbrauen mit Kohel.

dir.« Als ich auf die Straße kam, ging ich zum Eseltreiber, mit dem ich den vorigen Tag hierherkam, und der schon auf mich wartete. Ich bestieg den Esel und ließ ihn nach dem Chan treiben; hier entließ ich den Eseltreiber ohne Bezahlung, mit dem Auftrage, bei Sonnenuntergang wiederzukommen. Er ging zufrieden fort. Nachdem ich etwas weniges gefrühstückt hatte, ging ich, um Geld für meine Waren einzufordern, ließ dann ein Schaf braten, einige Gemüse zubereiten und süße Speisen kaufen, legte alles in den Korb eines Trägers und schickte es der Dame. Ich ging dann so lange meinen Geschäften nach, bis der Eseltreiber mich abzuholen kam. Ich legte wieder 50 Dinare in ein Tuch und einen halben Dinar besonders für den Eseltreiber und ritt zur Wohnung der Dame; hier bezahlte ich den Eseltreiber und ging ins Haus, das ich noch schöner als am vorhergehenden Tage aufgeputzt fand. Als die Dame mich sah, küsste sie mich und sagte: »Ich habe mich heute sehr nach dir gesehnt.« Sie ließ dann den Tisch decken, wir aßen, bis wir genug hatten, man brachte dann Wein, wir tranken bis Mitternacht und schliefen bis zum Morgen. Ich stand auf, reichte ihr das Tuch mit den 50 Dinaren, ritt wieder in den Chan, ließ ein Paar Enten braten, mit Pilaw gefüllt, und Colocasia backen und Honigseim bereiten, auch ließ ich Wachskerzen, grüne und trockene Früchte und Blumen kaufen; ich schickte sie wieder der Dame und folgte am Abend selbst nach, und alles ging wie an dem vorigen Tage.

So lebte ich fort, gab ihr jeden Abend 50 Dinare und schickte Wein und Speisen, bis ich keinen Dinar mehr im Vermögen hatte; ich ging dann aus, wusste nicht, woher Geld nehmen und sagte: »Es gibt keine Macht und keinen Schutz, außer bei Gott, dem Erhabenen: alles, was ich getan, war teuflisch.« Ich ging dann zwischen den Palästen spazieren; als ich aber an das Tor Suweila kam, war ein großes Gedränge, sodass man nicht durch das Tor kommen konnte. Nun wollte das Schicksal, dass ich gegen einen Soldaten gedrückt wurde, sodass meine Hand auf seinen Gürtel kam. Ich fühlte einen Beutel unter meiner Hand, sah hin und bemerkte, dass eine grüne Schnur zum Gürtel heraushing, und dachte, dass sie an dem Beutel befestigt sein müsse; ich sah mich um und fand das Gedränge immer größer; ich bemerkte auch, wie auf der anderen Seite des Soldaten eine Ladung Holz ihn drückte, sodass er für seine Kleider fürchtete; er wandte sich daher auf die andere Seite, um das Holz von seinen Kleidern abzulenken. In diesem Augenblick überschwatzte mich der Teufel: Ich zog an der Schnur, die zum Gürtel hinaushing, und siehe da, es kam ein feiner blauseidener Beutel nach mit etwas Klingendem darin. Als ich ihn genommen, wendete sich der Soldat um, griff in den Gürtel und fand nichts mehr darin: Er kehrte sich zu mir und schlug mich mit seiner Keule auf den Kopf. Ich fiel zu Boden, alle Leute umringten mich, ergriffen den Zaum des Soldaten und sagten ihm: »Weil hier so ein großes Gedränge ist, schlägst du diesen jungen Mann?« Der Soldat aber schalt über sie und sagte: »Er ist ein Dieb.«

Ich hatte mich indessen wieder aufgerichtet, die Leute sahen mich an und sagten: »Bei Gott! Dies ist ein vornehmer Jüngling, der hat nichts gestohlen.« So ward eben viel Hin und Her gestritten: Der eine glaubte, der andere widersprach; das Volk wollte mich zuletzt vom Soldaten befreien, als der Befehlshaber der Polizei mit einem Offizier und seinem Gefolge zum Tor hereinkamen, da sie so viele Leute um mich und den Soldaten versammelt sahen, fragten sie die Umstehenden, was es gebe? Und als sie den Gegenstand des Streits erfuhren, fragte der Polizeioberste den Soldaten: »War noch jemand mit dem Jüngling?« und als der Soldat dies verneinte, befahl er dem Offizier, mich ergreifen zu lassen und nackt auszuziehen. Dies geschah; man fand bald den Beutel in meinen Kleidern - und ich fiel in Ohnmacht.

Als der Aufseher der Polizei den Beutel sah, nahm er das Geld heraus, und als er es zählte, fand er 20 Dinare. Er winkte den Offizieren, sie führten mich zu ihm hin, und er sagte: »Was, junger Mann, hat dich in ein solches Vergehen gestürzt? Sage mir die Wahrheit: Du hast doch wohl diesen Beutel gestohlen?« Ich beugte meinen Kopf zur Erde und dachte: Soll ich leugnen? Man hat ja den Beutel aus meinen Kleidern hervorgezogen; gestehe ich, so werde ich bestraft; ich nickte zuletzt den Kopf und sagte: »Ja, ich habe ihn gestohlen.« Als der Aufseher der Polizei dies hörte, rief er Leute herbei, die mein Geständnis bezeugten; dies alles geschah am Tore Suweila. Dann befahl er dem Henker, mir die rechte Hand abzuhauen. Alle Leute sagten, mich bemitleidend: »Der arme junge Mann!« Auch das Herz des Soldaten erweichte sich; als mir daher auf Befehl des Richters auch der Fuß abgehauen werden sollte,[33] flehte ich den Soldaten an; er bat für mich; der Aufseher der Polizei ließ mich los und ging fort. Das Volk blieb um mich und gab mir einen Becher voll Wein zu trinken, und der Soldat schenkte mir den Beutel, indem er sagte: »Du bist ein vornehmer Jüngling, hast nicht notwendig zu stehlen.« Dann ging auch er fort. Ich wickelte meine Hand in ein Tuch, steckte sie in meinen Busen, ging zur Wohnung der Frau und warf mich sogleich aufs Bett. Als sie mich sehr blass fand, weil ich viel Blut verloren, fragte sie: »Wo fehlt's dir, mein Geliebter?« »Ich habe Kopfschmerzen«, antwortete ich. Sie ward sehr betrübt darüber und sagte: »Setze dich und erzähle mir, was dir heute widerfahren: Denn dein Gesicht

---

[33] Man begreift nicht, warum auch der Fuß abgehauen werden sollte, da diese Strafe doch nach dem mohammedanischen Gesetze nicht bei einem ersten Diebstahl angewandt wird.

drückt viele Worte aus.« Als ich weinte, sagte sie: »Bist du etwa meiner schon überdrüssig? Bei Gott! Sage mir, was hast du?« Ich schwieg und erwiderte gar nichts auf alles, was sie mir sagte. Als es Nacht war und man das Nachtessen brachte, aß ich nichts, denn ich fürchtete, sie möchte bemerken, dass ich mit der linken Hand esse; ich sagte daher: »Ich habe keinen Appetit.« Sie sprach noch einmal: »Erzähle mir doch, was heute mit dir vorgegangen und warum du so verstimmt bist.« - »Nun«, sagte ich, »es bleibt mir keine andere Wahl, ich will dir alles erzählen.« Sie brachte mir dann Wein und sprach: »Trinke, dein Kummer wird dann verschwinden.« Ich antwortete: »Wenn es durchaus sein muss, so gib mir zu trinken.« Sie reichte mir den Becher, ich nahm ihn mit der linken Hand und weinte dabei heftig.

Da fragte die Dame: »Warum weinst du, mein Geliebter, und warum nimmst du den Becher mit der linken Hand?« Ich erwiderte ihr: »Ich habe an der rechten Hand ein Geschwür.« Sie sagte: »Nimm die Hand heraus, ich will es aufstechen.« Ich antwortete: »Es ist noch nicht reif.« Ich tat mir dann Gewalt an und trank; ich ward berauscht, und als ich einschlief, stand die Dame auf und sah nach meiner Hand, fand aber nur einen Arm ohne Hand; als sie mich untersuchte, fand sie auch den Beutel und meine Hand in ein Tuch gebunden; sie war die ganze Nacht höchst bestürzt. Als ich erwachte, hatte sie mir schon eine Suppe mit fünf Hühnern gekocht, sie reichte mir auch Wein dazu, ich trank, legte den Beutel ab und wollte wieder gehen. Da sagte sie: »Wohin? Sitze noch! Ich sehe, dass deine Liebe zu mir so stark geworden, dass du meinetwillen alles, was du besessen, ausgegeben und zuletzt noch deine Hand dazu verloren hast; ich rufe hiermit Gott als Zeugen an, dass ich nicht anders als unter deinen Füßen sterben will und du sollst einst sehen, dass ich wahr geredet!« Sie ließ sogleich Zeugen rufen und den Ehe-Kontrakt schreiben. Dann sagte sie dem Schreiber: »Schreibet auch, dass alles, was ich besitze, diesem Manne gehören soll.« Sie gab dann den Zeugen ihren Lohn, stand auf, fasste mich bei der Hand, stellte mich vor eine Kiste und sagte: »Siehst du hier diese Tücher, in denen du mir dein ganzes Vermögen gebracht? Nimm es hin, du bist ein lieber, teurer Mann, ich kann dich nicht genug belohnen.« Sie schloss hierauf die Kiste, die mein Geld enthielt, zu; ich freute mich und mein Kummer verschwand. Als ich ihr dankte, sprach sie: »Bei Gott! Wenn ich dir mein Leben schenkte, wäre es auch noch zu wenig.« Wir blieben dann nicht ganz einen Monat beisammen, da ward sie krank; ihre Krankheit nahm immer zu und sie betrübte sich um meinetwillen sehr; nach nicht ganz fünfzig Tagen starb sie. Ich war ihr Erbe und fand unschätzbare Reichtümer, worunter auch die Sesam-Magazine, die ich dir verkauft, du Christ.

»Da ich nun mit vielen anderen Dingen zu tun hatte«, fuhr der junge Mann fort, »blieb mir keine Zeit, bei dir mein Geld zu holen; jetzt bin ich fertig mit allem, was meine Frau mir hinterlassen. Nun aber, bei Gott! Du Christ, widersetze dich nicht dem, was ich tun will: da ich doch einmal in dein Haus gekommen und deine Speisen gegessen, so nimm das Geld für den Sesam als ein Geschenk von mir an; es gehört zu dem vielen, das mir Gott beschert hat. Nun weißt du, warum ich mit der linken Hand gegessen.« Dann sagte er: »O Christ! Willst du wohl eine Reise nach fremden Ländern mit mir machen? Schon habe ich Waren eingepackt.« Ich willigte ein und versprach ihm, in einem Monat mitzureisen. Auch ich kaufte dann Waren ein und reiste in euer Land mit dem jungen Manne, der hier wieder andere Waren einkaufte und damit nach Ägypten ging; bei mir aber wollte das Schicksal, dass ich hier blieb. Dies ist meine wunderbare Geschichte, ist sie, o König, nicht wunderbarer, als die des Buckligen?« - »Nein«, sagte der König, »sie ist nicht wunderbarer, als die des Buckligen.« Nun trat der Küchenaufseher hervor und sagte dem König von China: »O glückseliger König! Wenn ich dir eine Geschichte erzähle, die mir gestern Abend begegnete, ehe ich diesen Buckligen gefunden, und sie dir besser gefällt, als die des Buckligen, wirst du uns dann freilassen und uns das Leben schenken?« - »Wohl«, antwortete der König, »wenn ich sie wunderbarer als die Geschichte des Buckligen finde, so schenke ich euch allen vieren das Leben.«

Der Aufseher erzählte nun:

Geschichte des Küchen-Aufsehers.

»O König der Zeit! Ich war gestern Nacht bei Leuten, die ein Buch ausgelesen und daher die Theologen und viele andere Leute aus der Stadt bei sich versammelt hatten. Nachdem man mit dem Lesen geendet hatte, war der Tisch gedeckt und mehrere Speisen aufgetragen, unter anderen auch Sirbadj.[34] Als einer der Gäste diese Speise sah, zog er sich zurück und wollte nichts davon essen; wir beschworen ihn, doch mitzuessen, er schwor aber, er werde nicht essen; wir drangen in ihn, er aber sagte: »Zwingt mich nicht, es hat mich schon genug gekostet, Sirbadj gegessen zu haben.«

Wir sagten ihm: »Erzähle uns doch, warum du kein Sirbadj essen willst?« Der Hauswirt aber sagte ihm: »Ich schwöre bei diesem und jenem, du musst Sirbadj essen.« Er erwiderte dann: »Es gibt keinen Schutz und keine Macht, außer bei Gott dem Erhabenen; wenn es sein muss, so will ich meine

[34] Erklärt Meninski durch species cibi jusculenti; es ist gewiss nicht Knoblauch, welcher Tum heißt. Ich ließ deshalb das arabische Wort stehen.

Hand vierzigmal mit Wasser, vierzigmal mit Seife und vierzigmal mit Salzen, im ganzen hundertundzwanzigmal waschen.«

Der Hauswirt erzählte der Aufseher dem König von China weiter, befahl seinen Jungen, Wasser zu bringen und was er sonst verlangte, um seine Hände zu waschen; er wusch sich nach oben erwähnter Weise, kam dann ganz unwillig zu uns, setzte sich, streckte seine Hand furchtsam aus, tunkte einen Bissen in den Sirbadj ein und aß wider Willen, er zitterte dabei mit der Hand und am ganzen Leibe; wir erstaunten sehr über hin. Auch sahen wir, dass der Daumen seiner Hand abgeschnitten war, sodass er sehr mühselig mit vier Fingern essen musste und ihm die Speisen zwischen den Fingern herunterfielen. Wir fragten ihn, ob ihn Gott so ohne Daumen geschaffen, oder ob er durch irgendeinen Unfall ihn verloren? »Bei Gott!« sagte er, »nicht der Daumen dieser Hand allein fehlt mir, sondern auch an der anderen Hand und an beiden Füßen habe ich weder Daumen noch große Zehen; ihr könnt es gleich sehen.« Er zeigte uns dann seine andere Hand und beide Füße, und sie waren, wie er gesagt, ohne Daumen und große Zehen. Wir fragten ihn dann, wie das gekommen und warum er seine Hände hundertundzwanzigmal gewaschen? Er sprach hierauf: Wisset, dass mein Vater einer der größten Kaufleute in Bagdad war, zu den Zeiten des Kalifen Harun Arraschid, er trank aber so gern Wein und hörte so gern Musik, dass er mir nichts bei seinem Tode hinterließ; ich veranstaltete eine Trauermahlzeit, ließ für ihn den Koran und andere heilige Bücher lesen und trauerte lange um ihn. Nach einiger Zeit öffnete ich den Laden, in dem ich noch wenige Waren fand, auf welchen sogar Schulden lasteten. Ich bat die Gläubiger, Geduld zu haben; ich kaufte und verkaufte von einer Woche zur andern, und bezahlte nach und nach alle Schulden, zuletzt nahm auch mein eigenes Vermögen täglich zu. Als ich einst des Morgens früh zu Hause saß, kam ein hübsches Mädchen, wie ich nie ein ähnliches gesehen, sie war mit vielem Schmuck beladen und ritt auf einem Maultier; vor ihr her ging ein Sklave und hinter ihr ein anderer; am Tore des Marktes hielt sie und stieg ab. Als sie eben in den Basar gehen wollte, kam ein ehrwürdiger Diener hinter ihr her und sprach: »Geh voran, doch gib dich niemanden zu erkennen, sonst sammelst du feurige Kohlen auf mein Haupt.« Er umhüllte sie dann sorgfältig und sie sah sich um, fand aber noch alle Läden, außer dem Meinigen, geschlossen; sie trat daher mit dem Diener in meinen Laden, setzte sich und grüßte mich.

Als sie ihr Gesicht enthüllte, fuhr der Jüngling fort, warf ich einen Blick auf sie, der für mich böse Folgen hatte. Sie fragte mich: »Hast du Zeug zu Kleidern?« Ich antwortete: »Dein Sklave ist arm, warte bis andere Kaufleute ihren Laden öffnen, ich will dir dann holen, was du nur wünschest.« Wir unterhielten uns hierauf eine Weile, und ich vertiefte mich immer mehr in ihrem Anblick. Als die Kaufleute öffneten, ging ich und holte ihr, was sie verlangte; es betrug 5000 Drachmen. Ich überreichte es ihr, der Diener nahm alles und ging nun mit der Frau zu den Sklaven hinaus, die ihr das Maultier vorführten, und sie ritt fort, ohne mir zu sagen, woher sie sei. Sie war so schön, dass ich mich schämte, ihr etwas darüber zu sagen, obschon ich bei den Kaufleuten für den Wert verantwortlich war, und mir daher eine Schuld von 5000 Drachmen aufgeladen hatte. Ich ging nach Hause und war so liebestrunken, dass ich eine ganze Woche lang weder essen, noch trinken, noch schlafen konnte.

Nach einer Woche, erzählte der Kaufmann weiter, forderten die Kaufleute das Geld für ihre Waren von mir; ich hieß sie Geduld haben. Während der folgenden Woche kam das Mädchen plötzlich wieder auf einem Maultier reitend, wie früher von einem Diener und zwei Sklaven begleitet; sie grüßte mich, setzte sich in den Laden und sagte: »Wir haben mit dem Gelde für die Waren etwas gesäumt; bringe den Geldwechsler und nimm dein Geld.« Ich holte einen Geldwechsler und der Verschnittene gab ihm das Geld; er nahm es und ich unterhielt mich mit ihr, bis der Basar geöffnet wurde, dann bezahlte ich jedem, was ihm gebührte. Hierauf sagte sie mir: »Mein Herr! Kaufe mir dieses und jenes.« Ich ging wieder zu den Kaufleuten und holte, was sie begehrte. Sie ging dann wieder fort, ohne etwas von dem Preise zu sprechen! Ich bereute es nachher, denn sie hatte für 1000 Dinare Waren genommen und ich dachte: Wie geht's mit dieser Bekanntschaft, sie gibt mir 5000 Drachmen und nimmt gleich wieder für 1000 Dinare Waren; die Kaufleute kennen nur mich; es gibt keinen Schutz und keine Macht, außer bei Gott, dem Erhabenen; gewiss ist diese Frau eine listige Betrügerin, die mich betrügen will, und ich habe nicht einmal nach ihrer Wohnung mich erkundigt. Sie blieb hierauf länger als einen Monat aus; die Kaufleute forderten ihr Geld von mir, und da ich keine Hoffnung mehr hatte, das Mädchen wiederzusehen, wollte ich meine Güter versteigern lassen. Als ich in der größten Verzweiflung war, kam sie wieder ganz unerwartet, stieg bei mir ab und sprach: »Bringe eine Waage und nimm dein Geld!« Als ich das Geld genommen, unterhielt ich mich wieder mit ihr und sie hatte an meinen Reden Wohlgefallen; ich hätte, als ich dies bemerkte, vor Freuden fliegen mögen. Sie fragte mich dann: »Bist du verheiratet?« Ich sagte: »Ich bin es nicht und war es nie«, und fing an zu weinen. Sie fragte: »Warum weinst du?« Ich sagte: »Es hat nichts zu bedeuten«, nahm einige Goldstücke und gab sie ihrem Bedienten, indem ich ihn bat, den Vermittler zwischen mir und seiner Gebieterin zu machen. Der Diener lachte und sagte: »Bei Gott! Sie liebt dich noch mehr, als du sie liebst; auch braucht sie die Waren gar nicht, die sie bei dir geholt, und nur aus Liebe zu dir hat sie dies getan; rede sie nur selbst an von allem, was du willst.« Da sie gesehen hatte, dass ich dem Diener Geld gegeben, sagte ich ihr: »Erlaubst du deinem Sklaven, dass er dir mitteile, was er im Herzen trägt?« Dann fügte ich hinzu, was ich für sie fühlte, und sie erwiderte meine Worte, indem sie sagte: »Ich werde dir meinen Diener schicken, tue, was er dir sagt.« Sie ging hierauf fort, ich bezahlte den Kaufleuten ihr Geld und konnte die ganze Nacht nicht schlafen.

Nach wenigen Tagen kam endlich der Diener zu mir, ich erzeigte ihm viele Ehre und fragte ihn nach seiner Herrin. »Sie ist krank aus Liebe zu dir«, antwortete er mir. Ich fragte ihn, wer sie sei? Er antwortete: »Es ist ein Mädchen, das die Herrscherin Zubeida, Gemahlin des Kalifen, erzogen; sie ist ihr Liebling, sie geht für sie aus und besorgt ihr alle Geschäfte; und bei Gott! Sie hat schon Zubeida das Abenteuer mit dir erzählt und um Erlaubnis gebeten, dich zu heiraten. Zubeida hat ihr geantwortet: Sie wolle dich selbst sehen; wenn du ihr gefällst und sie dir, so werde sie dich mit ihr verheiraten. Ich werde dich in das Schloss bringen; kommst du glücklich hinein, so wirst du deine Geliebte heiraten, wirst du aber entdeckt, so verlierst du den Hals. Was sagst du dazu?« Ich antwortete: Ich wolle es auf diese Weise wagen. Der Diener sagte mir dann: »Geh heute Nacht in die Moschee, die Zubeida am Ufer des Tigris hat bauen lassen!« Ich sagte: Gut! Und ging abends in die Moschee, wie er mir gesagt; ich betete das Nachtgebet und blieb daselbst. Als der Morgen kaum anbrach, kamen Diener in einem Nachen, die leere Kisten bei sich hatten, sie ließen diese in der Moschee und gingen fort. Einer von ihnen blieb aber zurück; als ich ihn näher betrachtete, war es der bekannte Diener. Eine Weile nachher kam auch meine Freundin, das Mädchen, zu uns herein; ich stand vor ihr auf, dann setzten wir uns zusammen und plauderten; sie weinte, hieß mich in eine dieser Kisten sitzen und schloss sie zu. Die Diener kamen dann mit vielen Gegenständen, die sie in die anderen Kisten einpackten; als alles vollendet war, schlossen sie die Deckel, trugen die Kisten wieder in den Nachen und fuhren mit uns nach dem Hause Zubeidas. Ich bereute meine Tat und dachte: Bei Gott! Ich bin verloren. Ich fing hierauf an zu weinen, Gott anzurufen und um Rettung zu flehen. Die Diener fuhren immer fort, bis sie mit den Kisten vor der Pforte des Kalifen vorübergingen, sie trugen meine Kiste mit den übrigen; schon waren sie vor den Dienern, denen der Harem anvertraut war, als sie endlich zu einem kamen, der aussah, als wäre er das Oberhaupt der übrigen; er erwachte vom Schlaf und schrie den Leuten zu: »Geht nicht weiter, diese Kisten müssen geöffnet werden.« Nun war die Kiste, in der ich mich befand, gerade die erste; als man mich zu ihm hintrug, verlor ich die Besinnung; aber das Mädchen trat hervor und sprach: »O Wächter! Du verdirbst mich, die Kaufleute und Zubeidas Waren: denn in dieser Kiste sind gefärbte Kleider und eine Flasche Semsemwasser, wenn sie umstürzt und über die Kleider, die in der Kiste sind, ausläuft, so verwischt ihre Farbe.« Er antwortete: »Nun so nimm die Kiste und gehe.« Man trug mich schnell fort und die übrigen Kisten kamen nach. Da hörte ich auf einmal rufen: »Wehe, wehe! Der Kalif!« Als ich dies hörte, starb ich fast in meiner Haut. Ich hörte dann, wie der Kalif fragte: »Was ist in diesen Kisten?« »Kleider für meine Gebieterin Zubeida«, antwortete das Mädchen. Da sagte der Kalif: »Öffne sie einmal, dass ich sie sehe.« Als ich dies hörte, war ich schon vollkommen gestorben. Ich hörte dann wieder, wie das Mädchen antwortete: »O Fürst der Gläubigen! In diesen Kisten sind Kleider und andere Sachen für die Herrscherin Zubeida, sie hat nicht gern, dass sie jemand sehe.« Der Kalif aber befahl: »Die Kisten müssen nun einmal geöffnet werden, ich will sehen, was darin ist; bringt sie nur näher!« Wie er diese Worte sagte; vergingen mir die Sinne. Man brachte dann eine Kiste nach der anderen vor den Kalifen; er sah die Stoffe, die darin waren, es wurde eine nach der anderen geöffnet. Nun blieb nur noch meine Kiste, man trug sie endlich auch vor ihn hin; ich nahm vom Leben Abschied, denn ich zweifelte nicht mehr, dass man mir den Hals abschlagen werde. Der Kalif sagte: »Öffnet, damit ich auch noch sehe, was in dieser Kiste ist!« Die Diener eilten schon auf die Kiste zu.

Da kam das Mädchen herbei und rief: »Du kannst in Gegenwart Zubeidas sehen, was in dieser Kiste ist, denn sie enthält etwas Besonderes; nicht gewöhnliche Waren, wie die übrigen.« Als der Kalif dies hörte, sprach er zu den Dienern: »Tragt denn diese Kiste hinein!« Die Diener taten es, und ich glaubte schon an keine Rettung mehr. Als aber meine Kiste im Zimmer des Mädchens, meiner Freundin, war, da eilte sie schnell herbei, öffnete den Deckel und sagte: »Eile schnell die Treppe hinauf!« Ich erhob mich, ging hinauf und hatte kaum den Fuß aus der Kiste, da schloss das Mädchen sie wieder zu. Nun kamen auch die Diener mit den übrigen Kisten und der Kalif. Er setzte sich auf die Kiste, in der ich gewesen war; es wurden auch alle übrigen Kisten noch einmal geöffnet, er stand dann auf und ging in seinen Harem. Ich erholte mich indessen wieder; das Mädchen kam auch bald zu mir herauf und sprach: »Nun, mein Herr! Hast du nichts mehr zu befürchten, atme nur frei und bleibe hier, bis Zubeida dich sieht, vielleicht machst du dein Glück bei uns.« Ich ging dann hinunter und setzte mich in einen kleinen Saal; da kamen zehn Sklavinnen, schön wie der Mond und stellten sich in die Reihe; dann kamen 20 jüngere Jungfrauen und in ihrer Mitte ging Zubeida, die vor vielem Schmucke kaum zu gehen vermochte; man brachte ihr einen Stuhl, sie setzte sich darauf, die Sklavinnen fingen an zu singen. Ich näherte mich dann Zubeida und küsste die Erde vor ihr, sie unterhielt sich mit mir und fragte mich nach meiner Familie; ich antwortete ihr auf alles, was sie mich fragte, sie freute sich darüber und sagte: Bei Gott! Er ist unseres Zöglings nicht unwürdig; nun sei das Mädchen, das wir wie ein eigenes Kind betrachten, als ein göttliches Unterpfand bei dir!« Hierauf befahl sie mir sogleich, zehn Tage bei ihr zuzubringen.

Nachdem ich zehn Tage und Nächte bei ihnen zugebracht, ohne das Mädchen zu sehen, bat Zubeida den Kalifen um Erlaubnis, das Mädchen zu verheiraten; er erlaubte es und bestimmte ihr 10.000 Dinare. Zubeida ließ dann die Schreiber holen; man schrieb unseren Ehe-Kontrakt, feierte die Verlobung und bereitete eine herrliche Mahlzeit und allerlei Süßigkeiten zu; dies dauerte wieder zehn Tage lang. Nach den 20 Tagen ging das Mädchen ins Bad, mir brachte man in jeder Nacht unter anderen Speisen auch eine Schüssel voll Sirbadj, mit geschälten Pistazien, Julep und Zucker vermischt; ich machte mich ohne Säumen darüber her, aß, bis ich genug hatte, und trocknete meine Hand ab. Nun ließ mich aber der erhabene Gott vergessen, sie zu waschen. Ich blieb sitzen, bis es dunkel ward; da zündete man die Wachskerzen an, es kamen die Sängerinnen vom Schlosse mit ihren Tamburinen, sie sangen und schlugen das Tamburin; indessen schmückte man die Braut und bedeckte sie mit Seidenstoffen und Gold. Als sie den Umgang um das Schloss gemacht und in den kleinen Saal kam, wo ich mich befand, entkleidete man sie und ließ sie allein bei mir; kaum aber wollte ich sie jetzt umarmen, da roch sie an meiner Hand Sirbadj und schrie so laut, dass die Sklavinnen von allen Seiten herbeigelaufen kamen und sie umringten. Ich erschrak, fing an zu beben und zu zittern: Denn ich wusste nicht, warum sie so schrie. Die Sklavinnen fragten sie: »Was hast du, o Schwester?« Sie antwortete: »Führt mir diesen Besessenen hinaus!« Ich stand ganz erschrocken auf; denn ich erriet nicht die Ursache ihres Zornes; ich fragte daher: »O Gebieterin! Was habe ich denn Verrücktes begangen?« Sie antwortete: »Warum hast du Sirbadj gegessen, ohne deine Hand zu waschen? Bei Gott! Ich werde dich dafür bestrafen, dass du dich einer Dame meines Standes näherst, während deine Hand nach Sirbadj riecht!« Sie rief hierauf ihren Sklavinnen zu: »Werft ihn auf den Boden!« Als diese es getan, nahm sie eine geflochtene Peitsche und fiel über meinen Rücken mit tüchtigen Schlägen her, bis ihr Arm ermüdete. Dann sagte sie den Sklavinnen: »Lasst ihn aufstehen und schickt ihn zum Polizeiobersten, dass er ihm die Hand abhaue, mit der er Sirbadj gegessen, ohne sie nachher zu waschen.« Als ich so hart geschlagen wurde und dabei noch diese Worte hörte, dachte ich: Bei Gott dem Erhabenen nur gibt es Schutz und Macht! Was für ein großes Unglück hat mich getroffen: Schmerzliche Schläge erdulden und dann noch die Hand verlieren, weil ich Sirbadj gegessen und vergaß, meine Hand zu waschen! Gott verdamme den Sirbadj und die Stunde, in der ich ihn gegessen!

Nun kamen die Sklavinnen und sagten der jungen Frau: »Dieser Mann kannte deinen Rang nicht; verzeih ihm unsertwillen, wir bitten für ihn.«

Aber sie antwortete: »Es ist umsonst, ich muss ihn an seinen Extremitäten bestrafen, damit er ein anderes Mal nicht mehr Sirbadj esse, ohne sich die Hände zu waschen.« Die Sklavinnen drangen dann sehr in sie und küssten ihre Hände und sprachen: »Bei Gott! Du darfst ihm eine solche Vergessenheit nicht übel nehmen.« Sie aber schimpfte und schmähte mich und entfernte sich mit den Sklavinnen. Ich bekam sie zehn Tage lang nicht zu sehen. Man brachte mir indessen jeden Tag gute Speisen und Wein, und sagte mir, dass meine Frau krank sei, weil ich Sirbadj gegessen und meine Hand nicht gewaschen. Ich war höchst erstaunt darüber und dachte: Was sind das für verwünschte Sitten! Vor Zorn zersprang mir fast die Galle. Ich dachte stets: Es gibt nur beim erhabenen Gott Schutz und Macht. Als man nach zehn Tagen mir das Essen brachte, sagte man mir, dass die Dame ins Bad gehen und morgen bei mir sein würde, und dass ich mich auf ihren Zorn gefasst machen solle. Als sie wirklich zu mir kam, ging sie auf mich los und sprach: »Gott schwärze dein Angesicht, ich hatte keinen Augenblick Geduld, doch ehe ich mich mit dir versöhne, will ich dich bestrafen, weil du Sirbadj gegessen und deine Hände nicht gewaschen.« Sie rief ihre Sklavinnen, diese umringten und banden mich; sie stand dann auf, nahm ein scharfes Rasiermesser, kam auf mich zu und schnitt mir die Daumen und die großen Zehen ab, wie ihr hier seht, ihr Leute. Ich fiel in Ohnmacht; sie streute dann verschiedene Pulver und strich Pflaster auf die Wunden, um das Blut zu stillen. Als dies erfolgt war und meine Augen sich wieder öffneten, gaben mir die Sklavinnen Wein zu trinken, und ich sagte: »Nun nehme ich dich zum Zeugen, dass ich nie mehr Sirbadj essen will, ohne nachher meine Hand hundertundzwanzigmal zu waschen.« Die Dame sprach: »Du tust ganz wohl daran.« Sie nahm mir hierauf dies Versprechen mit einem Eid ab. Darum bin ich vorhin so blass geworden, als ihr mir eine Speise mit Sirbadj vorgestellt, weil ich dachte: Das war die Ursache, dass man mir meine Daumen und großen Zehen abgeschnitten; und als ihr mich gezwungen habt, davon zu essen, habe ich getan, was ich tun musste, um meinen Eid nicht zu brechen.«

Die Gesellschaft fragte ihn dann: »Wie ist es dir nachher mit ihr gegangen?« und er antwortete: »Als ich wieder wohl und meine Wunde ganz zugeheilt war, kam sie zu mir, ich schlief bei ihr und blieb noch den ganzen Monat bei ihr im Palaste; da ward mir ganz eng zumute. Sie sagte mir dann: »Im Palaste des Kalifen ist doch nicht Raum für uns, die Frau Zubeida hat mir 50.000 Dinare gegeben; nimm sie und kaufe uns ein schönes Haus.« Sie gab mir sogleich 10.000 Dinare, ich kaufte ein schön gebautes Haus, das sie mit mir bewohnte und wir lebten mehrere Jahre so glücklich wie ein Kalif miteinander, bis sie starb. Nun wisst ihr, warum meine Daumen abgeschnitten sind.« Wir aßen nun miteinander, fuhr der Aufseher fort. Jeder ging nach Hause und es begegnete mir die Geschichte mit dem Buckligen. Dies ist die Erzählung dessen, was ich gestern gesehen.« Der König von China antwortete hierauf: »Bei Gott! Auch diese Geschichte ist nicht wunderbarer, als die des Buckligen.« Nun stand der jüdische Arzt auf, küsste die Erde und sagte: »Ich will eine Geschichte erzählen, wunderbarer als diese.« - »Erzähle!« sagte der König von China.

Der Jude sprach:

Geschichte des jüdischen Arztes.

O König der Zeit! Das Wunderbarste, was mir widerfahren, ist: Als ich in Damaskus war und dort Medizin studierte, kam eines Tages ein Sklave vom Statthalter von Damaskus; ich ging zu ihm, und als ich ins Haus kam, sah ich oben im Saal einen Thron, es lag ein schwächlicher junger Mann darauf; doch hatte ich einen so schönen Jüngling noch nie gesehen, ich setzte mich ihm zu Häupten und grüßte ihn. Er winkte mir mit dem Auge. Ich sagte ihm: »Mein Herr, reiche mir deine Hand zu deiner Genesung!« Er streckte mir die linke Hand heraus, worüber ich erstaunte. Ich dachte: Bei Gott! Schon dieses große Haus zeigt, dass dies ein vornehmer junger Herr ist; sollte es ihm so an Erziehung fehlen? Ich fühlte seinen Puls, verschrieb ihm ein Rezept und besuchte ihn zehn Tage lang, bis er wieder gesund war, ging dann mit ihm ins Bad, und als ich herauskam, schenkte er mir ein Ehrenkleid und ernannte mich zum Aufseher des Spitals. Als ich mit ihm allein im Bad war und die Pförtnerin und die Diener seine Kleider nahmen und er ganz nackt dastand, sah ich, dass seine rechte Hand ganz vor Kurzem erst abgeschnitten worden, und dass dies die Ursache seiner Krankheit war. Ich wunderte mich sehr und bedauerte seine Jugend, und ward ganz niedergeschlagen darüber. Als ich ihn näher betrachtete, sah ich an seinem Körper Spuren von Schlägen; er hatte schon Öle, Salben und Kräuter gebraucht, doch blieb noch ein Mal an der Stirne; dies betrübte mich so sehr, dass er mirs anmerkte und sagte: »O Arzt! Wundere dich nicht über mich; ich werde dir seiner Zeit eine wunderbare Geschichte erzählen.« Wir wuschen uns dann, gingen nach Hause zurück, aßen Suppe und ruhten uns aus. Da sagte der Jüngling: »Hast du Lust, in den Gärten spazieren zu gehen?« und als ich ja sagte, befahl er den Sklaven, einiges nötige mitzunehmen, auch ein gebratenes Lamm und Früchte. Wir gingen in einen Garten, spazierten eine Weile umher, dann setzten wir uns und aßen. Als wir vollendet hatten, brachte man uns einige Süßigkeiten, die wir auch verzehrten; ich wollte dann ein Gespräch mit ihm anknüpfen; er kam mir aber zuvor und sagte: »Wisse, o Arzt, ich bin aus Mossul; als mein Großvater starb, hinterließ er zehn Söhne, worunter mein Vater der älteste war; alle zehne wuchsen heran und heirateten, auch mein Vater nahm eine Frau, und Gott bescherte ihm mich, während die übrigen neun Brüder keine Kinder zeugten, und so wuchs ich bei meinen Oheimen auf.

Als ich groß ward und das Mannesalter erreicht hatte, ging ich an einem Freitag in die Moschee zu Mossul mit meinem Vater, und betete das Freitagsgebet. Als das Gebet zu Ende war, blieb ich noch mit meinem Vater und meinen Oheimen in einem Kreise von Leuten; wir saßen beisammen und man sprach von den Wundern der Länder und den Seltenheiten der Städte. Es ward eine Stadt nach der anderen erwähnt, bis auch die Rede auf Kahirah und den Nil kam. Da sagten einige meiner Oheime: »Man behauptet, es gibt auf der Erde kein schöneres Land als Ägypten.« Dies machte mir Lust, Ägypten zu sehen. Andere sagten: Bagdad ist die Stadt des Friedens und die Mutter der Welt. Da sagte mein Vater, der Älteste unter ihnen: »Wer die Stadt Kahirah nicht gesehen, hat die Welt nicht gesehen. Ihre Erde ist Gold, ihre Weiber sind ein Zauber und der Nil ist ein Wunder; das Wasser ist so leicht und so süß und der Grund so weich, wie ein Dichter sagte:

»Ein Fremder kommt, euch heute Glück zu wünschen zur treuen Rückkehr eures Nils. Der Nil ist nichts anderes, als meine Tränen, die ich wegen der Trennung von euch vergieße, ihr lebt in Wonne, ich allein bin der Ausgeschlossene.«

Wenn eure Augen dieses Land gesehen hätten, wie es mit Blüten prangt und mit allerlei Blumen geschmückt ist, und wenn ihr die Insel des Nils seht, wo man eine so reiche Aussicht hat und wenn ihr dann eure Blicke nach dem Teich Habasch[35] richtet, so würden eure Augen vor Verwunderung und Entzücken krank werden, und ihr könnt einen so schönen Anblick nicht einmal ganz genießen; die Nilkanäle mit dem Grünen, das sie umarmen, gleichen dem Smaragd, mit silbernem Ranfte eingefasst. Gott segne den, der diese Verse darüber gedichtet:

»Göttlich war mein Tag am Teiche Habasch, als wir zwischen Licht und Dunkel saßen. Das Wasser zwischen den Pflanzen glich einem Schwerte vor den Augen eines Zitternden.«

Mein Vater fing dann an, Kahirah zu beschreiben, und als er den Nil und den Habaschteich beschrieben, sagte er: »Was ist gegen diese Wonne die, seiner Geliebten entgegenzusehen; wer dies gesehen, gesteht, dass es für das Auge keinen höheren Genuss gibt; und denkt jemand an die Nacht, wo

[35] Es darf hier nicht an Äthiopien gedacht worden, sondern an einen Teich, der in der Gegend von Kahirah diesen Namen hatte.

der Nil die gewünschte Höhe erreicht, so gibt er den Weinbecher dem, der ihn überreicht, wieder zurück, und lässt das Wasser wieder zur Quelle fließen (d. h. er mag nichts anderes mehr); und siehst du die Insel Rodah mit ihren schattigen Bäumen, so wirst du in ein freudiges Entzücken versetzt; und stehst du bei Kahirah am Nil, wenn er bei Sonnenuntergang mit dem Gewande der Sonne, wie mit einem Panzer sich umhüllt, so wirst du von einem sanften Zephyr, der die schattigen Ufer umweht, ganz neu belebt.« Als ich diese Schilderung von Ägypten hörte, machte es Eindruck auf mich, ich schlief die ganze Nacht nicht. Sobald daher meine Oheime eine Ladung Waren nach Ägypten bringen wollten, ging ich zu meinem Vater und weinte, bis er auch mir Waren zusammenlegte und mich mit meinen Oheimen schickte; er sagte ihnen aber: »Lasst ihn nicht nach Ägypten gehen, sondern verkauft seine Waren schon in Damaskus.« So reisten wir, als alles bereit war, von Mossul fort, und hielten uns nirgends auf, bis wir nach Haleb kamen; auch da bleiben wir nur einige Tage und reisten dann nach Damaskus, einer recht schönen, gesegneten und festen Stadt mit Flüssen, Bäumen und Vögeln, wie ein grüner Garten mit allerlei Früchten. Wir kehrten in einem Chan ein. Meine Oheime verkauften meine Waren so gut, dass ich für einen Dinar fünf erhielt. Ich freute mich über den Gewinn, und meine Oheime ließen mich hier und reisten nach Ägypten. Als sie fort waren, mietete ich mir einen großen marmornen Saal mit einem Springbrunnen und Nebenzimmern für zwei Goldstücke monatlich; er war unter dem Namen der Wohnung des Abd Urrhaman bekannt. Ich aß, trank und ging spazieren, legte Hand an mein Geld, bis ich fast alles verschwendet hatte. Als ich eines Tages an der Türe meiner Wohnung saß, kam ein reich gekleidetes hübsches Mädchen in die Nähe; ich hatte nie ein schöneres Mädchen gesehen. Ich winkte ihr mit dem Auge, und ehe ich mich versah, war sie im Zimmer.

Als sie im Zimmer war, fuhr der junge Mann fort, schloss ich die Türe, sie setzte sich, legte ihren Schleier und ihren Mantel ab; ich fand sie schön wie den Mond und sah auch, dass ihre Gestalt vollkommen war, und die Liebe zu ihr bemächtigte sich meiner. Ich stand dann auf und holte Sorbet mit Früchten und anderen Speisen und wir aßen miteinander. Als es Nacht ward, zündeten wir Wachskerzen an, holten die Weingefäße herbei und tranken einen Becher nach dem andern, bis wir berauscht waren; ich brachte dann bei ihr die schönste Nacht zu. Des Morgens legte ich ihr zehn Dinare hin; sie machte aber ein ernstes Gesicht und sagte: »Pfui, ihr Mossulaner! Bin ich für Geld bei dir?« Sie nahm dann sogleich zehn Dinare aus ihrer Tasche und schwor, wenn ich sie nicht nehme, dass sie nie wiederkehren werde. Dann sagte sie. »O mein Teurer! Erwarte mich in drei Tagen zwischen dem Abend- und Nachtgebete, nimm hier noch zehn Dinare und treffe wieder alle Vorbereitungen hier.« Dann nahm sie Abschied, ging fort und mein Herz folgte ihr. Ich erwartete mit Ungeduld den dritten Tag. Da kam sie nach Sonnenuntergang herrlich geputzt und parfümiert; ich hatte schon nach Lust alles in der Wohnung vorbereitet; wir aßen und tranken, spielten und lachten bis zur Nacht, dann zündeten wir Wachskerzen an und tranken, bis wir berauscht waren; wir schliefen dann beisammen bis morgens; da stand sie auf, nahm wieder zehn Dinare heraus und sagte: »Es bleibt beim alten!« Nach drei Tagen kehrte sie wieder und wir lebten wieder auf dieselbe Weise. Als wir am Trinken waren, sagte sie: »Ich beschwöre dich bei Gott, mein Herr, bin ich nicht schön?« Ich antwortete ihr: »Ja, bei Gott!« Da sagte sie: »Erlaubst du nicht, dass ich ein Mädchen mitbringe, schöner und jünger als ich? Du kannst mit ihr spielen, lachen und sie erheitern. Sie ist schon lange betrübt und hat mich schon einige Male gebeten, dass ich sie mitnehme und bei mir übernachten lasse.« Ich antwortete: »Recht gerne, bei Gott!« Des Morgens gab sie mir fünfzehn Dinare; dann sagte sie: »Ich bringe noch jemanden mit, du hast also mehr Ausgaben; die Zusammenkunft bleibt aber wie gewöhnlich.« Sie ging, und am dritten Tage traf ich alle Anstalten in meinem Hause.

Gegen Sonnenuntergang kam sie mit noch einem Mädchen, wie sie gesagt hatte; ich stand auf, zündete Lichter an und ging ihnen freudig entgegen. Das neue Mädchen entschleierte sich und gepriesen sei Gott, der beste Schöpfer.[36] Wir setzten uns und aßen, ich gab dem noch unbekannten Mädchen zu essen; sie sah mich an und lachte. Als wir gegessen hatten, brachte ich Getränke und Früchte, und meine alte Freundin merkte, dass ich ein Auge auf das neue Mädchen geworfen und ebenso sie auf mich; sie scherzte, und sagte lachend: »Sage, mein Teurer! Ist das Mädchen, das ich gebracht, nicht schöner und liebenswürdiger, als ich?« Ich sagte: »Ja, bei Gott!« Sie fragte dann: »Willst du bei ihr schlafen?« Ich sagte: »Ja, bei Gott!« Sie sagte: »Bei meinem Leben, so bleibe sie diese Nacht als unser Gast bei uns hier.« Sie stand auf, umgürtete sich und legte das Bett zurecht, ich umarmte das junge Mädchen und schlief die ganze Nacht bei ihr. Als ich des Morgens erwachte, fühlte ich mich ganz nass; ich glaubte, es wäre Schweiß, als ich aber das Mädchen an den Schultern schüttelte, um es aufzuwecken, da rollte ihr Kopf herunter, und ich sah, dass der Hals abgeschnitten war; ich verlor die Besinnung, schrie: »O schöner Beschützer!« (Gott) und stand schnell auf; die Welt war ganz schwarz in meinen Augen, ich suchte meine Freundin, fand sie aber nicht; so dachte ich wohl, dass sie aus Eifersucht dem Mädchen den Hals abgeschnitten; ich sagte: »Es gibt keinen Schutz

---

[36] D. h., sie war so schön, dass man den Schöpfer preisen musste.

und keine Macht, außer bei Gott, dem Erhabenen! Was ist nun zu tun? Ich dachte eine Weile nach, denn zog ich meine Kleider aus, denn ich dachte: Gewiss wird die Freundin die Verwandten der Erschlagenen gegen mich aufhetzen; denn wer ist gegen Frauenlist sicher? Und grub dann mitten im Saal ein Loch, nahm das Mädchen mit ihrem Schmuck und legte es hinein, bedeckte es dann wieder mit Erde und Marmorplatten, wie es war. Ich zog reine Kleider an, legte alles, was ich hatte, in die Kiste, ging aus meiner Wohnung, schloss sie und suchte mir Mut einzureden. Ich gab dem Eigentümer die Miete für ein Jahr und sagte ihm, ich werde zu meinen Oheimen nach Ägypten reisen. Ich mietete Kamele aus dem Chan Sultan und ging fort.

Da mir Gott eine glückliche Reise bestimmt hatte, fuhr der junge Mann fort, kam ich zu meinen Verwandten nach Kahirah und sah, dass sie ihre Waren auf bestimmte Termine verkauft hatten; sie waren erstaunt mich zu sehen, und freuten sich mit mir; ich sagte ihnen, dass ich Verlangen nach ihnen hatte, weil so lange keine Nachricht kam, sagte ihnen aber nicht, dass ich mein Vermögen mitgenommen. Ich blieb bei ihnen, vergnügte mich in Kahirah, aß und trank und verschleuderte mein übriges Geld. Als meine Oheime abreisen wollten, verbarg ich mich; sie suchten mich, fanden mich aber nicht. Da dachten sie, er wird wieder nach Damaskus zurückgekehrt sein, und reisten ab. Ich blieb nach ihnen noch drei Jahre in Kahirah, bis ich gar nichts mehr übrig hatte. Ich hatte jedes Jahr mein Mietgeld nach Damaskus geschickt, nun aber konnte ich dies nicht, denn es blieb mir nur noch das Nötige zur Reise. Ich mietete Kamele, reiste ab, und Gott ließ mich glücklich nach Damaskus kommen; ich ging in meine Wohnung; der Hausherr, ein Juwelenhändler, freute sich mit mir; als ich das Zimmer öffnete und die Siegel aufriss, auskehrte und abstaubte, da fand ich unter den Gegenständen, auf welchen ich mit dem Mädchen geschlafen, eine goldene Kette mit einem Schlosse aus zehn Edelsteinen von solcher Pracht, um den Verstand zu verlieren; als ich es sah, nahm ich es, und bewahrte es auf und weinte eine Weile. Ich reinigte dann das Zimmer und richtete es wieder so her, wie es früher war. Nach zwei oder drei Tagen ging ich ins Bad und ruhte aus, wechselte meine Kleider, aber es blieb mir gar nichts mehr zu leben übrig. Als ich dann auf den Basar kam, reizte mich der Teufel und das Schicksal und die Bestimmung, bis ich den Halsschmuck mit den Edelsteinen nachher in ein Tuch wickelte, wieder auf den Basar ging und ihn dem Makler gab. Als er ihn sah, küsste er mir die Hand und sagte: »Guten Morgen! Der ist, bei Gott, schön! Das ist ein guter, gesegneter Anfang!« Er ließ mich dann in dem Laden des Eigentümers meiner Wohnung sitzen und hieß mich Geduld haben, bis die Versteigerung begonnen. Dann nahm der Makler den Schmuck und rief ihn ganz heimlich im Verborgenen aus; ich wusste nicht, was er machte. Der Schmuck war sehr kostbar, und es ward 2000 Dinare darauf geboten. Aber der Makler kam zu mir und sagte: »Mein Herr, wollt ihr ihn für fünfzig Dinare geben? Wir glaubten, es sei gutes Gold, nun ist es aber falsch.« Ich sagte: »Nimm fünfzig Dinare dafür, ich wusste, dass es Kupfer war.« Als der Makler dies hörte, merkte er wohl, dass hier etwas Ungerechtes vorgefallen mit dem Schmuck; er ging mit mir fort; besprach sich mit dem Obersten des Basars, ging zum Polizeiobersten der Stadt und erzählte ihm, der Schmuck sei ihm gestohlen worden, er habe den Dieb als Kaufmann verkleidet gefunden. Als ich zu Hause saß und an nichts dachte, kamen auf einmal die Polizeidiener und führten mich zum Polizeiobersten. Dieser fragte mich nach dem Schmuck; ich sagte, was ich dem Makler gesagt; er lachte und schloss daraus, dass ich ihn gestohlen. Ich ward sogleich entkleidet und geprügelt. Ich musste dann vor Schmerzen lügen und sagen: »Ich habe ihn gestohlen«. Da schrieb man mein Geständnis auf und hieb mir die Hand ab; ich lag einen halben Tag in Ohnmacht; man gab mir dann Wein zu trinken. Mein Hausherr trug mich fort und sagte: »Mein Sohn! Du bist ein vornehmer junger Mann, hast eigenes Vermögen, was brauchst du zu stehlen und dir dadurch die Liebe aller Leute zu entfremden? Nun bist du ein verdächtiger Mensch; verlass mich also, suche dir eine andere Wohnung und ziehe in Frieden!« Mein Herz brach, ich bat ihn, mir noch drei Tage Frist zu gönnen, und er willigte ein und ging fort; ich blieb in traurigem Nachdenken versunken und dachte: Nie werde ich mit abgeschnittener Hand nach Hause zurückkehren können; ich weinte sehr heftig.

Ich war zwei Tage krank, sagte der junge Mann dem jüdischen Arzte; am dritten Tage kam auf einmal mein Hausherr mit Polizeidienern nebst dem Kaufmanne, der den Schmuck von mir gekauft und gesagt hatte, er sei ihm gestohlen worden; auch er wurde von fünf Mann Soldaten bewacht. Sie blieben an der Türe meiner Wohnung stehen. Ich fragte, was sie wollten, und sie säumten keinen Augenblick, legten mich in Ketten, fesselten mich und sagten: »Der Schmuck, den du hattest, gehört dem Statthalter von Damaskus, welcher erklärt hat, dieser Schmuck fehle ihm schon drei Jahre und seine Tochter dazu.« Als ich dies hörte, ward ich ganz betroffen; ich ging sogleich mit abgeschnittener Hand mit ihnen, bedeckte mein Gesicht und beschloss, dem Befehlshaber die Wahrheit zu erzählen; wird er verzeihen, gut; wo nicht, so mag er mich umbringen lassen. Als wir zum Befehlshaber gelangten und er mich sah, sagte er den Kaufleuten: »Lasst ihn los! Ist er es, der meinen Schmuck verkaufte?« Sie sagten: »Ja!« Da versetzte der Statthalter: »Der hat ihn nicht gestohlen, warum habt ihr dem armen Manne die Hand ungerechterweise abgeschnitten?« Dies gab mir Mut, und ich sagte dann auch: Mein Herr, ich ihn nicht gestohlen; sie haben sich gegen mich verschworen; und dieser Kaufmann hier hat gesagt, ich habe ihn ihm gestohlen, er gehöre ihm; und nur weil der Polizeioberst mich so arg prügeln ließ, entschloss ich mich, um der Prügel los zu werden, gegen mich selbst zu lügen.« Er sagte: »Es soll nicht zu deinem Schaden gereichen;« und winkte sogleich dem Kaufmann, der den Schmuck mir weggenommen, und sagte: »Du musst ihn für die abgehauene Hand entschädigen, oder ich lasse dich prügeln, bis keine Haut mehr an dir bleibt!« Er rief den Leuten, die vor ihm standen, zu, und sie ergriffen den Kaufmann und gingen mit ihm fort. Als ich nun allein beim Befehlshaber geblieben, sagte er: »Mein Sohn! Sag mir die Wahrheit! Erzähle mir, wie es mit diesem Schmuck gegangen, lüge aber nicht! Nur die Wahrheit kann dich retten.« Ich antwortete ihm: »Bei Gott, es war gleich meine Absicht, dir alles zu erzählen.« Hierauf erzählte ich ihm die ganze Geschichte des Mädchens; wie sie mir noch ein Mädchen mit diesem Schmuck gebracht, wie sie dann eifersüchtig geworden und sie in der Nacht getötet habe und davongegangen sei, und ich nicht wisse, wer sie war. Ich sagte ihm die reine Wahrheit. Als er dies hörte, schüttelte er den Kopf, fing an zu weinen und schlug die Hände übereinander und sagte: »Ich gehöre Gott an, und nehme zu ihm meine Zuflucht.« Dann wandte er sich zu mir und sagte: »Mein Sohn, ich will dir die ganze Sache klar machen.«

»Wisse, dass das Mädchen, das dich zuerst besucht hat, meine ältere Tochter ist: Ich hatte sie sehr streng bewachen lassen. Sie heiratete dann einen Vetter in Ägypten, der aber bald starb, und sie kam zurück, nachdem sie in Ägypten ganz verdorben war. Sie ging nun drei-, viermal zu dir, und brachte dir zuletzt auch meine mittlere Tochter, ihre Schwester. Diese beiden waren von einer Mutter und liebten einander so sehr, dass sie keinen Augenblick voneinander getrennt bleiben konnten. Als sie nun dies Abenteuer mit dir hatte, offenbarte sie es ihrer Schwester, welche sie zu begleiten wünschte, und da du es ihr erlaubtest, nahm sie sie mit; dann ward sie eifersüchtig und schlachtete sie, und kam wieder nach Hause, ohne dass ich von etwas wusste. Erst als man an jenem Tage zu Tische ging, vermisste ich meine Tochter, und als ich nach ihr fragte, fand ich meine ältere Tochter weinend und voll Verzweiflung; sie sagte mir: »Mein Vater, ich weiß nur, dass, als man zum Gebete rief, sie ganz angekleidet mit Mantel und Kette und sonstigem Schmuck ausging.« Ich verließ sie, wartete geduldig, sagte niemandem etwas, um kein Aufsehen zu erregen; und so vergingen Tage und Nächte; der älteren Schwester trockneten die Tränen nicht mehr von jenem Tage an, sie aß und trank nicht mehr, sodass auch sie uns das Leben betrübte und verleidete. Sie sagte: »Bei Gott! Ich werde immer weinen, bis ich den Todeskelch leere.« Sie peinigte sich lange und ward immer trauriger. Dies ist nun vorüber. Du siehst, was Menschen, wie mir und dir widerfahren kann; ich sehe, wie diese Welt nur eine Täuschung ist und wie der Mensch in ihr nur ein Bild ist. Nun, mein Sohn! Möchte ich, dass du mir sogleich gehorchst: da doch das Schicksal dich deiner Hand beraubte. So nimm mein Haus an und heirate meine jüngste Tochter, die von einer anderen Mutter ist; ich will dir viele Güter und Waren als Mitgift geben und auch ein gutes Einkommen bestimmen! Du sollst die Stelle eines Sohnes bei mir einnehmen.« Ich sagte: »Mein Herr; wodurch verdiene ich dies? Ich willige gerne ein.« Er ging dann sogleich mit mir in sein Haus, ließ Zeugen rufen und den Ehe-Kontrakt mit seiner Tochter schreiben und ich ward ihr Gatte; er nahm dann von jenem Kaufmann viele Güter und schenkte sie mir und ich war in der schönsten Lage bei ihm; am Anfang des Jahres hörte ich, dass mein Vater gestorben; ich sagte es ihm, und er schickte einen Diener nach Ägypten, um vom Sultan Firmane zu holen, die er dann mit einem Boten nach Mossul schickte, um mir das ganze Vermögen meines Vaters zu holen. Nun lebte ich sehr vergnügt; und dies ist die Ursache, warum ich meinen rechten Arm an der Brust liegen ließ, du wirst mich also wohl entschuldigen, o Arzt!« Ich wunderte mich sehr über diese Geschichte, blieb noch einige Tage bei ihm, bis er zum zweiten Mal ins Bad ging, dann schenkte er mir eine bedeutende Summe, gab mir Lebensmittel mit und sagte mir Lebewohl. Ich reiste von da gegen Osten, kam nach Bagdad, durchzog das persische Irak, bis ich zu euch hierher kam und hier recht glücklich lebte; da widerfuhr mir diese Nacht die Geschichte mit dem Buckligen. Nun ist meine Geschichte nicht wunderbarer, als die des Buckligen?«

Als der König von China die Geschichte des jüdischen Arztes gehört, schüttelte er den Kopf und sagte: »Nein, bei Gott! Diese Geschichte ist nicht wunderbarer, als die des Buckligen; ich werde also euch alle Vier umbringen lassen, weil ihr gemeinschaftlich den Buckligen umgebracht, und Geschichten erzählt habt, die nicht befremdender sind, als die Seinige. Nun bleibt nichts übrig, als dass du, Schneider, als Urheber alles Unglücks noch eine recht wunderbare, entzückende Geschichte erzählst, schöner als die des Buckligen, sonst lass' ich euch alle hinrichten.«

Geschichte des Schneiders.

Da sagte er Schneider: »Gut, o König der Zeit! Das Wunderbarste, was mir widerfahren, war gestern, ehe ich diesen Buckligen traf; da war ich vormittags bei einer Mahlzeit, der viele Leute beiwohnten; als wir gegen zwanzig Leute aus dieser Stadt beim Essen waren, da kam der Hausherr mit einem schönen, hinkenden Jüngling. Wir standen aus Ehrerbietung vor dem Wirte auf. Als der Jüngling sich setzen wollte, bemerkte er unter den Gästen einen Barbier und wollte sich nicht mehr setzen, sondern wieder fortgehen. Da hielt ihn der Gastgeber fest und beschwor ihn, zu sagen: warum er gekommen und nun wieder so schnell gehen wolle? Da sagte der Jüngling: »Mein Herr! Sei nicht böse. Dieser alte, verdammte Barbier ist schuld daran; dieser mit dem schwarzen Gesichte, mit schlechtem Lebenswandel, mit unfreundlichen Bewegungen, der so wenig Segen bringt.« Als der Gastgeber diese Beschreibung des Barbiers hörte, und auch wir es hörten, saßen wir auch nicht gerne bei ihm.

Wir sagten alle bei der Schilderung des Barbiers: »Niemand von uns will essen und sich belustigen, wenn du uns nicht die Lebensart dieses Barbiers erzählst.« Da sprach der Jüngling: »Wisset, ihr Leute, es ist mir in meiner Stadt, in Bagdad, mit diesem Barbier etwas widerfahren, das die Ursache meines Hinkens ward. Da schwor ich, nicht an einem Orte mit ihm zu sitzen und nicht in einer Stadt zu wohnen, wo er ist. Ich habe seinetwillen Bagdad verlassen und werde nun diese Nacht noch von hier weggehen, weil ich ihn hier bei euch sehe.« Wir baten ihn dringend, sich zu setzen und uns zu erzählen, was ihm in Bagdad mit dem Barbier widerfahren; der Barbier wurde ganz blass und schlug die Augen zur Erde nieder, und der Jüngling sprach: »Wisset, ihr Leute, mein Vater war einer der ersten Aufseher in Bagdad und hatte kein anderes Kind außer mir; als ich groß war und schon Verstand hatte, ging er durch den Tod zur göttlichen Barmherzigkeit ein und hinterließ mir ein großes Vermögen. Ich kleidete mich vornehm und lebte höchst vergnügt, doch nichts war mir verhasster, als das weibliche Geschlecht. Eines Tages, als ich in den Straßen Bagdads umherging, begegnete mir auf dem Wege eine Gesellschaft Frauen; ich entfloh vor ihnen und flüchtete mich in eine Straße, die keinen Durchgang hat. Ich saß hier kaum eine Weile, da ward ein Fenster geöffnet, und es blickte ein Mädchen heraus wie die leuchtende Sonne; mein Auge hatte nie ein schöneres gesehen. Sie hatte Pflanzen am Fenster stehen. Als sie mich sah, lächelte sie; sie zündete eine Flamme in meinem Herzen an und mein Weiberhass ward in Liebe verwandelt. Ich blieb wie verrückt bis gegen Sonnenuntergang sitzen; da kam der Kadhi der Stadt auf einem Maultier geritten und stieg vor dem Hause ab, wo das Mädchen war, woraus ich schloss, dass es ihr Vater sein müsse; ich ging betrübt nach Hause und warf mich fieberkrank auf dem Bett umher. Meine Verwandten kamen zu mir und wussten nicht, was mir fehlte, und ich antwortete niemanden. Ich blieb einige Tage in diesem Zustande, und meine Familie weinte meinetwillen. Da kam einst eine alte Frau zu mir, der mein Zustand kein Geheimnis mehr blieb; sie setzte sich mir zu Häupten, gab mir sanfte Worte und sagte: »Mein Sohn, sei guten Muts! Vertraue mir dein Anliegen! Ich werde dich mit der Geliebten vereinigen.« Ihre Worte drangen mir ins Herz, ich unterhielt mich eine Weile mit ihr.

Dann sagte sie nochmals: »Erzähle mir deine Geschichte, mein Sohn!« Als ich sie ihr erzählt hatte, sagte sie: »Mein Sohn, sie ist die Tochter des Kadhi von Bagdad und wird sehr streng bewacht. Der Ort, wo du sie gesehen, ist ihre Wohnung, ihr Vater bewohnt den unteren großen Saal; sie ist ganz allein im oberen Stock; doch werde ich diese Sache schon richten, und nur durch mich wirst du zur Vereinigung mit ihr gelangen. Fasse nur Mut!« Als ich dies hörte, ward ich wieder gestärkt und beschloss zu essen und zu trinken. Die Alte verließ mich an jenem Tag, kam aber am folgenden Morgen wieder zu mir mit entstelltem Gesichte. Sie sagte: »Mein Sohn! Frage mich nicht, was mir das Mädchen getan, als ich von dir sprach; sie sagte mir: Wenn du nicht schweigst, du verdammtes altes Weib, und nur noch ein Wort sprichst, werde ich dich behandeln, wie du's verdienst; ich werde dich auf die peinlichste Weise umbringen lassen, wenn du noch einmal wiederkehrst, um von so etwas zu reden. Doch, mein Sohn! Ich werde bei Gott noch einmal zu ihr zurückkehren, es mag mir geschehen, was da wolle.« Als ich dies hörte, ward ich noch kränker als zuvor, und die Alte machte mir jeden Tag neue Versprechungen. Meine Krankheit ward so heftig, dass alle Ärzte an mir verzweifelten. Eines Tages kam die Alte, setzte sich mir zu Kopfe und sagte mir leise, dass es meine Leute nicht hörten: »Du musst mir etwas für die gute Botschaft geben, die ich dir bringe.« Als ich dies hörte, setzte ich mich aufrecht und sagte ihr: »Du sollst einen guten Lohn für deine Nachricht haben.« Sie sagte dann: »Mein Herr, ich bin zu dem Mädchen gegangen, und sie hat gesehen, wie meine Augen weinten und wie mein Herz zerknirscht war, und mich gefragt: »Wie geht's dir. Muhme? Warum atmest du so schwer?« Ich sagte ihr weinend. »O meine Gebieterin! Ich komme soeben von einem kranken Jüngling, an dessen Leben schon seine Familie verzweifelt - er liegt bald in Ohnmacht, bald kommt er wieder zu sich; aber er wird gewiss deinetwillen sterben.« Da ihr Herz gerührt ward, fragte sie mich: »Nun, was geht das dich an?« Ich antwortete ihr: »Er ist mein Sohn; seitdem er dich am Fenster gesehen, als du die Pflanzen tränktest, liebt er dich und weint immerfort; er ist's, der folgende Verse gedichtet:

»Bei deinem lebendigen Angesichte beschwöre ich dich, töte nicht durch deine Abneigung den, der dich liebt. Liebeskrankheit hat meinen Körper geschwächt, und mein Herz ist vom Becher deiner Liebe berauscht. Dein Wuchs gleicht einer geraden, doch biegsamen Lanze, vor deinem Munde errötet die glänzende Perle (vor Scham). Aus dem Bogen deiner Augenbrauen schleuderst du Pfeile, die nie mehr von meinem Herzen weichen und die ich dir nie wieder entgegenschleudere. Dein schlanker Wuchs gleicht einem zarten Baumzweige. Wer hilft nun dem vor Liebe Rasenden, dem Verzweifelten? Bei dem bezaubernden Fleckchen auf deinen Wangen erbarme dich dessen, den du getötet! Deine Lippen sind Wein, Honig und Perlen in Korallen gefasst. Deine Füße vertreiben den Tod und die Pein. Gott gebe den schönsten Trost dem Liebenden!«

Nachdem ich diese Verse rezitiert hatte, fuhr ich fort: »Ich habe dir schon zum ersten Male dies gesagt; da verfuhrst du gegen mich, wie du wohl weißt, und als ich ihm erzählte, wie du mich behandelt hast, da ward er so krank, dass er das Bett nicht mehr verlassen kann, und nun muss er gewiss sterben.« Da sagte sie erblassend: »Und dies alles um meinetwillen?« Ich antwortete ihr: »Ja, bei Gott, meine Herrin! Nun, was beschließest du jetzt über ihn?« Hierauf sagte sie: »Bring mir ihn hierher, Freitag vor dem Mittagsgebet, ich werde ihm die Türe öffnen und ihn zu mir in diesen oberen Stock lassen, ihn sitzen heißen und eine Weile bei ihm bleiben; nur muss er sich entfernen, ehe mein Vater zurückkehrt.« Als ich, o ihr Leute! Die Worte der Alten hörte, waren alle meine Schmerzen vorüber; sie setzte sich dann zu mir und sagte: »Bereite dich vor auf Freitag, so Gott will.« Ich schenkte ihr alle meine Kleider, die ich hatte, sie ging fort und alle meine Leiden waren verschwunden. Meine Leute freuten sich über meine Genesung. Ich freute mich immer mehr auf Freitag; da kam die Alte zu mir und erkundigte sich nach meinem Befinden; ich sagte ihr, dass ich ganz wohl wäre; ich stand dann auf, kleidete mich an, beräucherte und parfümierte mich; sie fragte mich dann: »Warum gehst du nicht ins Bad und wäschst dich von den Spuren der Krankheit rein?« Ich antwortete ihr: »Ich habe keine Lust, ins Bad zu gehen, und habe mich schon zu Hause gewaschen. Aber«, sagte ich ihr, »ich brauche einen Barbier, um mich zu rasieren.« Ich wandte mich sogleich zu einem Diener und sagte ihm: »Bringe mir einen verständigen Barbier, der nicht zu viel schwatzt, dass er mir mit seinen vielen Reden nicht den Kopf toll mache.« Er ging und brachte mir diesen schlechten Alten da. Er grüßte mich beim Hereinkommen, und nachdem ich seinen Gruß erwiderte, sagte er: »Mein Herr! Du siehst sehr mager aus.« Ich antwortete ihm: »Ich war krank.« Er sagte: »Gott wende jedes Übel von dir ab und sei dir gnädig!« Ich antwortete: »Gott erhöre dich!« Er sagte: »Sei froh, schon ist die Genesung gekommen.« Er fragte dann: »Soll ich dir die Haare schneiden oder dich schröpfen?« Ich antwortete: »Rasiere mir nur den Kopf und lass das Plaudern, denn ich bin noch schwach von meiner Krankheit.«

Als ich dies gesagt, fuhr der junge Mann in seiner Erzählung fort, streckte er die Hand in seinen Beutel und zog ein aus sieben Platten zusammengesetztes, mit Silber beschlagenes Astrolabium heraus, ging damit mitten ins Haus in die Sonne, sah hinein und sagte: »Wisse, mein Herr, dass heute

Freitag der achtzehnte Saffar, 653 der Hidjrah, 7320 der Ära Alexanders ist[37] Nach der Berechnung der Astronomen findet Konjunktion des Mars mit Merkur statt, ein aufsteigender Stier der Konjunktion acht Grad und sechs Minuten, bedeutet, dass das Rasieren Glück bringt, zugleich aber auch, dass du irgendeine Zusammenkunft vorhast, woraus Unglück entsteht.« Ich sagte ihm: »O du! Du machst mir bange und quälst mich durch deine schlechte Weissagung. Ich habe dich nicht zur Sterndeutung, sondern um meine Haare zu schneiden, rufen lassen. Tu also das, wozu du gerufen bist; wo nicht, so geh und lass uns einen anderen Barbier rufen.« Er antwortete: »Bei Gott, mein Herr! Hättest du es mit Milch[38] Gekocht hätte es nicht besser kommen können. Du hast nur einen Barbier verlangt, und nun schickt dir Gott einen Barbier, der auch zugleich Sterndeuter ist, der Astronomie und Chemie, Grammatik, Sprache, Logik, Rhetorik, Algebra, Mathematik, Chronologie, Tradition des Muslem[39] und Buchari versteht. Ich habe viele Bücher gelesen und viele Erfahrung gesammelt: Ich bin tief in die Wissenschaft eingedrungen und habe sie auswendig gelernt; ich kenne viele Künste und habe mit allem mich beschäftigt. Du solltest Gott loben und danken, dass er mich dir zugeführt. Ich rate dir nun, heute zu tun, was ich dir nach meiner astrologischen Berechnung sagen werde. Ich verlange keinen Lohn von dir; denn was ich dir tu, ist wenig für deinen Rang und für den Platz, den du in meinem Herzen einnimmst; dein Vater liebte mich sehr, weil ich nicht viel Unnötiges schwatze, darum ist es meine Schuldigkeit, dich zu bedienen.« Als ich dies hörte, sagte ich ihm: »Du bringst mich gewiss heute noch um.«

Hierauf sagte der Barbier: »Mein Herr! Nennen mich die Leute nicht den Schweigenden, weil ich so wenig rede? Weniger als meine sieben Brüder: Der Älteste heißt Bakbuk, der Zweite Hadar, der Dritte Bakaibak, der Vierte Kus, der Fünfte Naschar, der Sechste Schakaik, und mich nannte man, weil ich wenig rede, Sammat.« Nun, ihr Leute, als der Barbier immer so fortfuhr, zersprang mir die Galle fast: Ich ward so aufgebracht, dass ich meinem Jungen sagte: »Gib ihm vier Dinare und lass ihn in Gottes Namen gehen; ich will mich heute nicht rasieren lassen.« Als der Barbier dies hörte, sagte er: »Was sagst du da? Der muselmännische Glaube verbietet mir, Lohn zu nehmen, ohne dich zu bedienen, ich muss dich bedienen, meine Arbeit ver-

[37] Da Harun Arraschid als Zeitgenosse dieser Erzählung auftritt, so sind selbstverständlich diese Daten unpassend.

[38] Sprichwörtliche Redensart: nach allem Bemühen.

[39] Die zwei berühmtesten Traditionssammler der Mohammedaner.

richten und dich aufputzen; es ist mir gleich, ob du mir Lohn gibst oder nicht. Und weißt du auch mich nicht zu schätzen, mein Herr, so weiß ich doch, was ich deines Vaters willen dir schuldig bin.« Er sprach dann folgende Verse:

»Ich kam zum Herrn, um Blut zu schröpfen, fand aber den Augenblick nicht günstig für seine Gesundheit. Ich setzte mich zu ihm und unterhielt ihn von wunderbaren Dingen, und kramte vor ihm meine Kenntnisse und meinen Verstand aus. Er hörte mir gerne zu und sagte mir: O Mine der Wissenschaft, du bist mehr als verständig. Ich sagte ihm: Hättest du, o Herr der Menschen, nicht so vielen Verstand verbreitet, so hätte ich gar keinen. Du bist Herr der Tugend und der Freigiebigkeit, du bist der Schatz der Menschen an Wissenschaft, Verstand und Sanftmut.«

Da freute sich dein Vater und sagte dem Jungen: Gib ihm hundertunddrei Dinare und ein schönes Kleid; er gab mir dies alles, ich nahm dann das Horoskop, das sehr gut stand, schröpfte ihn, und dann konnte ich nicht umhin, deinen Vater zu fragen: »Warum heißest du den Jungen mir 103 Dinare geben?« und er antwortete mir: »Ein Dinar für die Weissagung, ein Dinar für das Erzählen und ein Dinar für das Schröpfen und 100 Dinare und das Ehrenkleid für dein Lob.« Er fuhr immer fort, zu sprechen. Ich ward so zornig, dass ich sagte: »Gott habe kein Mitleid mit meinem Vater, der Leute deinesgleichen gekannt hat.«

Ich sagte noch einmal dem Barbier: »Lass doch, bei Gott, das viele Reden, meine Zeit geht vorüber.« Da lachte mich der Barbier aus und sagte: »O mein Herr! Es gibt keinen Gott außer Gott. Gelobt sei der, der unverändert bleibt. Ich glaube, dich hat die Krankheit ganz verändert; dein Verstand hat sehr abgenommen, während sonst die Leute, wenn sie älter werden, auch mehr Verstand bekommen; ich hörte, wie einst ein Dichter sagte:

»Sei mild gegen Arme, wenn das Schicksal dir günstig ist, du wirst dafür einen reichen Lohn einst ernten. Armut ist eine Krankheit, für die es kein Heilmittel gibt. Reichtümer sind eine Zierde für das Auge, wenn sie zu einem schönen Charakter sich gesellen. Verbreite Grüße unter den Leuten, an denen du vorübergehst; bestrebe dich, deine Eltern mit reiner Liebe zu behandeln! Ihre Augen haben aus Angst um dich manche Nacht durchwacht und Gottes Auge schläft nie.«

»Indessen entschuldige ich dich ebenfalls, doch flößt mir dein Zustand manchen Zweifel ein. Du weißt, dass dein Vater und Großvater nie etwas unternahmen, ohne mich um Rat zu fragen; und gewiss, wer andere beratet, geht nicht irre. Auch sagt man sprichwörtlich: Wer keinen Größeren über sich anerkennt, ist selbst nicht groß. Auch sagte ein Dichter:

> »Willst du ein Geschäft unternehmen, so befrage einen Erfahrenen und erzürne ihn nicht.«

»Du kannst keinen erfahreneren Menschen finden, als ich bin; ich stehe nun ganz willig vor dir, um dich zu bedienen, du hast gar keinen Grund, dich über mich zu ärgern.« Ich sagte ihm: »Du hast nun lang genug geschwatzt; fertige mich nun ab!« Er antwortete: »Ich sehe, dass mein Herr wieder unwillig wird, doch ich nehme es nicht übel.« Ich antwortete ihm: »Die Stunde, die ich erwarte, ist schon nahe, tu also deine Arbeit, und mache, dass du in Gottes Namen fortkommst.« Ich riss dann meine Kleider auf, und als er dies sah, nahm er sein Schermesser, schärfte es und rasierte mir einige Haare vom Kopf ab. Er hob dann die Hand auf und sagte: »Mein Herr! allzugroße Eile ist Sache des Teufels, es heißt bei einem Dichter:

> »Gehe langsam zu Werke und übereile dich nicht in deinen Arbeiten, habe Mitleid mit den Menschen, du findest dann auch einen Barmherzigen (Gott). Es gibt keine Hand, die nicht unter Gottes Hand steht, keinen Übeltäter, der nicht durch einen anderen bestraft wird.«

»Ich glaube, du weißt mich nicht zu würdigen und verkennst mich, meinen hohen Rang, meine Kenntnisse und meine Wissenschaften.« Ich sagte ihm. »Lass, was dich nicht angeht, du hast mir meine Brust schon genug beengt.« Er sagte: »Ich glaube, du hast Eile, mein Herr!« Ich antwortete: »Freilich! Gewiss! Jawohl!« Er versetzte: »Übereile dich nicht, die Eile ist eine Teufelssache und hat oft Reue im Gefolge. Dein Zustand kommt mir verdächtig vor. Ich möchte wissen, was du vorhast. Ich fürchte, du hast was Unzweckmäßiges im Sinn; es bleiben ja doch drei Stunden zum Gebet. Doch möchte ich nicht gern hierüber im Zweifel bleiben; ich muss die Zeit ganz genau wissen: denn es ist eine Schande, zweifelhafte Worte zu sprechen, besonders für einen Mann, wie ich, dessen Wert allen Menschen bekannt ist; ich will daher nicht Ungewisses sagen wie die Masse der Astrologen.« Er warf dann sein Schermesser weg und nahm das Astrolabium wieder, fing wieder an mit den Fingern zu rechnen und sagte: »Es bleiben gerade drei Stunden bis zum Gebet, nicht mehr und nicht weniger, ganz genau gerechnet nach der Wissenschaft der gelehrtesten Astronomen.« Ich sagte ihm: »Schweige doch einmal, du hast schon bei Gott! Mein Innerstes empört.« Da kam der Verdammte wieder, nahm das Messer und rasierte wieder zwei Haare ab und sagte: »Bei Gott, du lässt mich allerlei Dinge vermuten; wenn du mir sagen wolltest, was du vorhast, so würde es gewiss zu deinem Besten werden. Auch dein Vater und Großvater, Gott erbarme sich ihrer! Haben nichts ohne meinen Rat getan.« Als ich nun sah, dass ich ihn gar nicht los werden konnte, und bei mir dachte, nun wird die Mittagsstunde kommen, und ich muss doch gehen, ehe die Leute vom Gebete zurückkehren, und wenn ich die Stunde versäume, werde ich keine Gelegenheit mehr finden, zu ihr zu kommen, sagte ich ihm wieder: »Lass doch das viele Reden! Mache dich fertig! Denn ich muss zu einer Mahlzeit eines meiner Freunde.« Als er aber etwas von Mahlzeit hörte, sagte er: »Dieser Tag bei dir bringt mir Segen, Du erinnerst mich, dass ich gestern eine Gesellschaft zum Essen eingeladen, die ich ganz vergessen: soeben erinnere ich mich, dass ich gar keine Anstalten getroffen und zuschanden werde.« Ich sagte ihm: »Mache dir keinen Kummer deshalb! Da ich heute eingeladen bin, so kannst du alle Speisen und Getränke nehmen, die ich im Hause habe. Mach' nur schnell und rasiere mich!« Er antwortete: »Gott belohne dich dafür. Doch sage mir, was du mir geben willst, dass ich wisse, was ich meinen Gästen anbieten kann.« Ich sagte ihm: »Ich habe fünferlei Gerichte und zehn gebackene Hühner und ein gebratenes Lamm.« Er sagte: »Lass es herbringen, damit ich's sehe!« Ich befahl einem meiner Jungen, alles herbeizuschaffen oder zu kaufen und schnell herzubringen. Als er die Speisen brachte und der Barbier sie sah, sagte er: »Nun wären die Speisen da, wo sind aber die Getränke?« Ich sagte ihm: »Ich habe einen oder zwei Krüge Wein.« Er sagte: »Lass sie herbringen!« Ich hieß den Jungen, den Wein zu bringen. Als er ihn brachte, sagte der Barbier: »Gott segne dich! Wie freigebig bist du! Wie edel deine Abstammung! Nun wären Speisen und Getränke da, es fehlen nur noch Früchte und Süßigkeiten.« Ich befahl dem Diener, eine Büchse zu bringen, worin für fünf Dinare Moschus, Ambra und Aloe war, und da mich die Zeit drängte, sagte ich dem Barbier: »Nimm alles und fertige mich nur endlich ab!« Er sagte: »Bei Gott! Ich nehme es nicht, bis ich eins nach dem anderen durchsehe.« Ich sagte dem Diener: Er solle die Büchse aufdecken; als er dies tat, warf der Barbier das Astrolabium aus der Hand, noch waren die meisten Haare ungeschoren; er setzte sich hin und wühlte die Spezereien und Parfümerien durcheinander, bis mir fast der Atem ausging; er nahm dann das Schermesser wieder, rasierte einige Härchen ab und sprach folgenden Vers:

> »So wie die Bäume nach ihrem Stamme wachsen, so ist auch der Sohn dem Vater ähnlich.«

Er sagte dann: »Bei Gott, mein Herr! Ich weiß nicht, ob ich dich oder deinen Vater loben soll; meine ganze Mahlzeit werde ich deiner Güte verdanken, möge dich Gott lang erhalten! Ich habe, bei Gott, keinen einzigen Gast, der so etwas verdient; doch besuchen mich nur ehrwürdige Leute, wie Santut, der Badwirt (der ein Bad hält); Sali, der Küchenerbsen verkauft; Salut, der Bohnenhändler; Akrascha, der Kräuterhändler; Suweid, der Kameltreiber; Hamid, der Gassenkehrer; Abu Makurisch, der Milchhändler; Subad, der Lohnbediente; Kasim, der Nachtwächter; Kerim, der Stallknecht. Es sind lauter Leute, die weder roh, noch boshaft sind; jeder von ihnen tanzt einen eigenen Tanz und singt eigene Verse dazu. Ihre schönste Eigenschaft ist, dass sie alle, wie dein Diener, nicht gern viel reden. Der Badwirt, der spielt etwas Bezauberndes auf dem Tamburin, tanzt dabei und singt: O Mutter! Mein Kopf! Fülle meinen Krug!«

»Der Küchenerbsenhändler aber bringt noch mehr Kenntnisse mit, als die andern, der tanzt und singt: O Herrin! O Seufzende! Was säumst du so lange? Da muss jedermann lachen. Der Gassenkehrer dann, wenn der singt, so bleiben die Vögel stehen; er sagt: Weiß mein Weib eine Neuigkeit, so bleibt sie in keiner Kiste verschlossen. Der ist ein kluger, gebildeter, starker, erhabener Mann von hohem Range; ich habe über seine Schönheit folgenden Vers gedichtet:

> »Ich möchte mein Leben hingeben für den geliebten Gassenkehrer: er besitzt süße Tugenden und ist so schweigsam, wie der Zweig eines Baumes; das Schicksal war mir eine Nacht günstig, und ich sagte ihm, während ich die immer wachsende Liebe an ihm stillte: Du hast in meinem Herzen ein großes Feuer angezündet; und er antwortete: Es schadet nichts, wenn ein Gassenkehrer auch Feueranzünder wird.«

»Es besitzt jeder von ihnen so viele Eigenschaften, dass man vor vielem Lachen über ihre Späße fast toll wird. Mein Herr kann nun wählen, ob ich sie heute zu mir kommen lasse, oder ob du zu deinen Freunden gehen willst, zu denen du bestellt bist. Du könntest, kaum erst genesen, zu Schwätzern kommen, die von vielen Dingen reden, die sie nichts angehen, und da du noch schwach von deiner Krankheit bist, so könnte es dir schaden.« Ich sagte ihm und musste trotz meines Zornes lachen: »Du hast mir nun genug getan; doch dies kann vielleicht an einem anderen Tage stattfinden, so Gott will; mache nun, dass du fertig wirst, und gehe unter Gottes Schutz; lass dir wohl sein mit deinen Freunden, die dich erwarten!« Er sagte: »O mein Herr, ich möchte dich gar gerne mit diesen klugen Leuten bekannt machen, unter denen kein Schwätzer ist: Denn seitdem ich groß bin, kann ich die Gesellschaft keines Menschen ertragen, der nach Dingen fragt, die ihn nichts angehen, oder der nicht, wie ich, wenig spricht. Hättest du einmal in Gesellschaft dieser Leute gelebt, du würdest dich von allen deinen übrigen Bekannten lossagen.« Ich sagte ihm: »Gott lasse deine Freude an ihnen vollkommen sein; ich werde gewiss einmal mit ihnen zusammenkommen, und mich bei dir in Gesellschaft dieser Leute unterhalten.« Er sagte hierauf: »Es wäre mir lieb, wenn du heute mit mir zu meinen Freunden gingest; ich würde dann mit dem, was du mir schenkst, vorangehen. Kannst du aber heute durchaus deine Freunde nicht verlassen, so bringe ich nur meinen Freunden zu essen und zu trinken, komme dann wieder hierher und gehe mit dir zu deinen Freunden: Denn zwischen mir und meinen Freunden herrscht gar keine Ziererei, die mich abhielte, wieder zu dir zu kommen.« Ich sagte: »Es gibt keinen Schutz und keine Macht, außer bei Gott, dem Erhabenen! Geh' du zu deinen Freunden und lass dir bei ihnen wohl sein, und lass mich heute zu meinen Freunden geben, die mich erwarten.« Der Barbier aber antwortete: »Bewahre Gott, dass ich mich von dir trenne und dich allein gehen lasse!« Ich sagte: »Der Ort, wohin ich gehe, ist eng und hat keinen Raum für dich.« Er versetzte: »Ich glaube, du hast eine Zusammenkunft mit einer Dame: Denn gingest du zu einer Mahlzeit, du würdest mich mitnehmen; denn ein Mann, wie ich, ist bei Mahlzeiten, Festlichkeiten und Belustigungen ganz an seinem Platz. Kommst du aber mit jemandem zusammen, wo du gern allein bist, so kann ich dir dazu behilflich sein. Ich werde dafür sorgen, dass dich niemand ins Haus (des Mädchens) gehen sehe, was dir Verderben bringen würde; denn in dieser Stadt, und besonders an einem solchen (Feier-) Tage, kann niemand etwas derartiges tun, weil der Polizeioberste von Bagdad streng, von harter Natur und unerbittlich in seiner Macht ist.« Ich sagte ihm: »Wehe dir! Du schlimmer Alter, belohnst du mich so?« Er sagte mir: »O Einfältiger: Schämst du dich nicht! Gestehe mir alles; ich weiß es ja doch und möchte dir gerne behilflich sein.« Da ich nun fürchtete, dass dieser Barbier mir durch sein Geschwätz bei meinen Leuten und Nachbarn einen bösen Namen mache, schwieg ich. Als nun aber die Mittagsstunde herannahte und schon zweimal zum Gebet gerufen worden,[40] und nun auch mein Haupt rasiert war, sagte ich ihm: »Geh' jetzt, bringe diese Speisen und Getränke in dein Haus für deine Freunde; ich will hier warten, bis du wiederkehrst und dich alsdann mit mir nehmen.«Ich sagte ihm dann noch manches Süße und Schmeichelhafte, in der Hoffnung, ihn los zu werden. Er sagte aber: »Mir ist, als wolltest du mich hintergehen und ohne mich weggehen, und dich in eine Gefahr stürzen, aus der es keine Rettung gibt. Bei Gott! Bei Gott! Geh' nicht weg, bis ich wiederkehre und dich begleite, dass ich weiß, was aus dir wird, und

---

[40] Am Freitag wird immer dreimal auf dem Minarett zum Gebet gerufen; um halb zwölf, dreiviertel und zwölf Uhr. Zu den übrigen Gebeten nur einmal.

dass man keine List gegen dich gebrauche.« Ich sagte: »Gut! Säume nur nicht!« Nun nahm der Verdammte alle Speisen und Getränke, den Braten und die Aromen, die ich ihm geschenkt, ging fort, um sie mit einem Träger nach Hause zu bringen; und als ihn eine Straße vor mir verbarg (d. h. von mir trennte), machte ich mich alsbald auf, denn schon war das Gebet zum dritten Mal ausgerufen, kleidete mich an und ging schnell in die Straße (wo das Mädchen wohnte). Ich blieb vor dem Hause stehen und schon erwartete mich die Alte; ich ging mit dieser in den obern Stock, wo das Mädchen war. Ich war nicht lange im Hause, so kehrte der Hausherr schon wieder vom Gebete zurück und ging ins Haus und riegelte die Türe zu, und als ich zum Fenster hinaus sah, stand der Barbier, den Gott verdamme, vor der Türe. Ich dachte: Woher weiß der Teufel das? Nun traf sich gerade nach Gottes Beschluss, um mich zu beschämen, dass der Hausherr eine Sklavin, die etwas Unrechtes getan, schlug; sie schrie, und ein Sklave kam ihr zu Hilfe. Da aber der Hausherr auch diesen schlug, schrie auch er. Da glaubte der verdammte Barbier, ich sei geschlagen worden. Er fing an zu schreien, zerriss seine Kleider, streute Erde auf seinen Kopf und rief um Hilfe; eine Menge Volk sammelte sich um ihn, während er immer schrie: Mein Herr wird im Hause des Kadhi totgeschlagen. Er ging dann in mein Haus, schrie immerfort und benachrichtigte meine Familie und meine Diener von dem Vorfall. Auf einmal kamen sie alle mit zerrissenen Kleidern, die Haare in Unordnung herabhängend, und schrien: O unser Herr! Der Barbier ging ihnen im hässlichsten Aufzuge voran, zerriss immer seine Kleider und schrie unaufhörlich.

Durch das Geschrei meiner Leute versammelte sich vieles Volk um sie, und alle schrien: »O der Ermordete!« Als der Hausherr diesen Lärm vor seiner Türe hörte, sagte er einem seiner Diener: »Sieh' einmal, was es gibt!« Der Diener ging, und als er wiederkehrte, sagte er: »O mein Herr, es stehen mehr als zehntausend Menschen, Männer und Weiber, vor der Türe und schreien: O der Erschlagene! Und deuten auf unser Haus hin.« Als der Kadhi dies hörte, kam es ihm sonderbar vor; er ward zornig, öffnete die Türe und erschrak, als er die vielen Leute sah. Er sagte: »O ihr Leute, was wollt ihr?« Sie antworteten: »Du Verdammter! Du Schwein! Was misshandelst du unsern Herrn?« Er versetzte: »Was hat mir denn euer Herr getan, dass ich ihn misshandeln sollte? Hier steht mein Haus vor euch offen.« Da sagte der Barbier: »Du hast ihn eben mit der Peitsche geschlagen, ich habe gehört, wie er geschrien hat.« Der Hausherr fragte: »Was hat denn euer Herr getan, dass ich ihn schlagen sollte? Und was hat euren Herrn zu mir geführt?« Da sagte der Barbier: »Sei mir kein so niederträchtiger, verdammter Alter! Ich weiß alles. Deine Tochter liebt ihn, und er liebt sie wieder, und weil du dies erfahren, hast du deinen Dienern befohlen, ihn zu schlagen.

Bei Gott! Der Sultan soll zwischen uns entscheiden; gib ihn sogleich seinen Leuten heraus, oder ich gehe ins Haus und bringe ihn heraus; das wird dir aber keine Ehre machen.« Da sagte der Kadhi, den diese Worte empörten, und der vor den Leuten sich schämte: »Wenn du wahr redest, so komm' und bringe ihn heraus!« Der Barbier lief ins Haus; als ich dies sah, suchte ich eine Ausflucht oder einen Ort, wo ich mich verbergen könnte. Ich fand nichts, als eine große Kiste im Zimmer; ich sprang hinein, machte den Deckel zu und hielt den Atem zurück. Als der Barbier in den obern Stock kam, wo ich war, und sich rechts und links umdrehte und nichts als die Kiste fand, in der ich lag, nahm er sie auf den Kopf und ging schnell damit fort; ich hatte schon meine Besinnung verloren. Als ich sah, dass er mich nicht lassen würde, öffnete ich die Kiste, sprang auf die Erde und verrenkte ein Bein. Nun war die Haustür geöffnet. Ich sah eine große Volksmenge; da ich aber viel Gold bei mir hatte, das ich für einen solchen Tag zu mir gesteckt, streute ich es unter den Leuten aus, sodass sie beschäftigt waren, das Gold und Silber aufzuheben, während ich durch die Straßen Bagdads lief, bald rechts, bald links, der verdammte Barbier stets hinter mir her; er folgte mir auf dem Fuß, und ich konnte mich nicht von ihm los machen, er schrie in einem fort. »O mein Herr, sie haben dich plötzlich mir entreißen wollen, sie haben den umbringen wollen, der mir, meiner Familie und meinen Freunden so viel Gutes erwiesen! Gelobt sei Gott, der mir gegen sie beigestanden, und mit dessen Hilfe ich meinen Herrn aus ihrer Gewalt befreit.« Er sagte mir dann: »Wo willst du jetzt hin, mein Herr? Hätte mich Gott nicht dir zu Hilfe geschickt, so wärest du ihnen nicht entgangen; sie hätten dich gewiss in ein großes Unglück gestürzt, aus dem dich niemand hätte retten können. Wie sehr wünschte ich für dich zu leben; du hast mich beinahe umgebracht durch deinen albernen Gedanken, allein gehen zu wollen; doch ich verzeihe es deiner Unwissenheit, du hast wenig Verstand und handelst zu unbesonnen.« - »Nun«, fuhr der Jüngling fort, »hatte ich noch nicht genug durch ihn gelitten, er verfolgte mich durch alle Straßen Bagdads und schrie mir nach, sodass mir vor Ärger fast die Seele ausging. Im heftigsten Zorne ging ich dann in einen Chan mitten im Basar und bat den Eigentümer, ihm den Eingang zu versperren; ich setzte mich hier in ein Magazin und dachte: Gehe ich wieder nach Hause, so kann ich diesen verdammten Barbier nicht los werden, er wird Tag und Nacht bei mir bleiben; ich aber kann ihn nicht mehr vor Augen sehen. Ich schickte daher sogleich nach Zeugen, traf die nötigen Anordnungen für meine Familie, teilte den größten Teil meines Vermögens aus, bestellte einen Verwalter für die Meinigen, und befahl ihm, mein Haus und meine Güter zu verkaufen, gab ihm meine Aufträge für Groß und Klein, nahm einen Teil meines Vermögens mit mir, und verließ noch an demselben Tage den Chan und reiste hierher, um diesen Kuppler los zu werden, und wohne nun schon eine Weile hier. Als ich auf eure Einladung euch besuchte und diesen Mann unter den Gästen bei euch fand, diesen verdammten Barbier da, wie konnte es mir hier in seiner Gesellschaft behagen, nach dem, was mir durch ihn widerfahren; ich habe seinetwegen mein Bein verrenkt, mein Vaterland und meine Familie verlassen, und nun finde ich ihn wieder hier.« Der junge Mann beharrte darauf, sich nicht zu setzen. Als wir mit Staunen diese Geschichte gehört und darüber betrübt waren, fragten wir den Barbier: »Ist das, was der junge Mann von dir sagt, wahr? Und warum hast du dies getan?« Da erhob sich der Barbier und sagte: »O ihr Leute! Was ich ihm getan, geschah mit Absicht und Vorbedacht; ohne mich wäre er zugrunde gegangen; mir hat er seine Rettung zu verdanken, und besser ist ihm etwas am Fuße, als am Leben zugestoßen. Ich habe dies auf Gefahr meines Lebens getan; doch ich habe Gutes ausgestreut an Leute, die es nicht verdienen. Bei Gott! Ich war kein Schwätzer, ich rede am wenigsten von meinen sechs Brüdern, und bin der Klügste unter ihnen; ich will euch etwas erzählen, was mir wiederfahren, damit ihr mir glaubet, dass ich wenig rede.

Geschichte des Barbiers.

Ich war einmal in Bagdad zur Zeit des Kalifen Mustanßir,[41] Sohn des Mustadi; der Kalif residierte damals in Bagdad, er liebte die Armen und die Gelehrten und die Rechtschaffenen. Es traf sich nun, dass er über zehn Leute zu richten hatte und dem Polizeiobersten von Bagdad befahl, sie am Feiertage vor ihn zu bringen.

Diese zehn Männer waren Straßenräuber, welche die Wege unsicher machten; der Befehlshaber schiffte sie zusammen auf einem kleinen Nachen ein; als ich sie sah, dachte ich: »Bei Gott, die sind gewiss zusammen irgendwo eingeladen, oder bringen den Tag beisammen, essend und trinkend, in diesem Nachen zu; es soll niemand außer mir sie unterhalten.« Mit großer Entschlossenheit und Männlichkeit machte ich mich auf und ging zu ihnen ins Schiffchen. Als sie am Ufer bei Bagdad landeten, kamen ihnen sogleich Polizeidiener entgegen und legten sie in Fesseln, auch um meinen Hals warf man eine Kette, alles wegen meiner Festigkeit und weil ich wenig rede. Ich schwieg also immerfort und sagte kein Wort. Man führte uns miteinander in Ketten vor den Emir der Gläubigen, weicher befahl, dass man alle zehn köpfe. Der Scharfrichter fing an, einen nach dem anderen zu köpfen, bis er zehn Köpfe abgeschlagen und nur ich noch übrig war; da sah der

[41] Mustanßir war nicht Sohn, sonder Urenkel des Mustadi; er trat 1226 n.Chr. die Regierung an.

Kalif den Scharfrichter an und sagte ihm: »Warum hast du nur neun geköpft?« Er antwortete: »Bewahre mich Gotte, o Fürst der Gläubigen! Dass ich nur neun Köpfe abschlage, wenn du mir befiehlst, zehn Menschen zu köpfen!« Der Kalif versetzte: »Hier ist ja noch der zehnte vor dir.« Aber der Scharfrichter antwortete: »Bei Gott und deiner Gnade, ich habe zehn geköpft.« Sie zählten dann die Köpfe und fanden deren zehn. Da sah mich der Kalif an und sagte mir: »Wehe dir! Warum schweigst du in einem solchen Falle? Und wie kommst du zu diesen blutigen Menschen? Du bist doch ein alter Mann, warum hast du so wenig Verstand?« Als ich dies vom Kalifen gehört, richtete ich mich auf und sagte: »O Fürst der Gläubigen! Ich bin der Schweigende, obschon ich so viel Tugend, Weisheit, Gelehrsamkeit, Philosophie, süße Beredsamkeit und Fertigkeit im Antworten, als andere Leute, besitze. Unerreichbar und unbeschreiblich aber ist die Fertigkeit meines Verstandes, die Kürze meiner Worte, die Vortrefflichkeit meiner Fassungskraft und meiner geistigen Fähigkeiten. Als ich gestern diese zehn Leute in den Nachen steigen sah, so dachte ich, sie seien irgendwo eingeladen, und gesellte mich zu ihnen; sie setzten aber bloß über den Strom, stiegen sogleich wieder ans Land, und es widerfuhr ihnen, was du wohl weißt. So geht's mir immer in meinem Leben: Ich erzeige den Menschen Gutes, und sie vergelten es mir mit Schlechtem.« Als der Kalif meine Rede gehört, lachte er so heftig, dass er auf den Rücken fiel; er merkte wohl, dass ich sehr ernst bin, wenig rede und nichts Überflüssiges sage, wie dieser junge Mann es da glaubt, den ich von den Todesschrecken befreit, und der es mir so schlecht belohnt. Der Kalif sagte mir dann: »Sind deine sechs Brüder auch so, wie du?« Ich antwortete: »Ihr ganzes Leben und alle ihre Taten gleichen den Meinigen nicht; ebenso wenig ihre äußere Gestalt. Du beleidigst mich durch diese Frage. Jeder von ihnen hat einen Leibesfehler: der eine ist halb blind, der andere zahnluckig, der Dritte bucklig, der Vierte blind, der Fünfte hat abgeschnittene Ohren und der Sechste abgeschnittene Lippen, Glaube nicht, dass ich gerne viel rede; ich möchte im Gegenteil zeigen, dass ich ernster bin, als sie alle und wenig rede. Jedem von ihnen ist ein Abenteuer begegnet, wodurch er verstümmelt wurde.«

Geschichte des ersten Bruders des Barbiers.

Der Älteste war ein Schneider in Bagdad; er arbeitete oben in einem Laden, den er gemietet, und unten war eine Mühle und ihm gegenüber wohnte ein reicher Mann. Als nun eines Tages mein buckliger Bruder in seinem Laden nähte und den Kopf in die Höhe streckte, sah er am Fenster eine Frau, schön wie der aufgehende Mond. Sobald er sie erblickte, entbrannte ein Feuer in seinem Herzen; er hob den ganzen Tag den Kopf in die Höhe nach dem Fenster zu; erst gegen Abend ließ er davon ab und ging traurig in seine Wohnung. Als er den anderen Morgen wieder in den Laden kam, setzte er sich auf den nämlichen Platz, um zu ihr hinauf zu sehen, und nach einer Weile kam sie nach ihrer Gewohnheit ans Fenster. Er erblickte sie, fiel ihn Ohnmacht, und als er wieder zu sich kam, ging er im traurigsten Zustande nach Hause. Als er am dritten Tage wieder auf demselben Platze saß, die Frau bemerkte und immer zu ihr hinübersah, lachte sie ihm zu und er erwiderte ihr Lachen; sie verschwand dann und schickte ihm ihre Sklavin mit einem Tuche, worin Stoff zu einem Kleide war. Diese sagte: »Meine Herrin grüßt dich und beschwört dich bei ihrem Leben, ihr aus diesem Tuche ein Kleid zu schneidern und zu nähen.« Mein Bruder sagte: »Ich stehe zu Diensten!« Schnitt sogleich das Kleid und nähte es noch an demselben Tage. Am anderen morgen früh kam die Sklavin wieder und sagte: »Meine Herrin grüßt dich und lässt dich fragen, wie du die Nacht zugebracht; ihr Herz ist so sehr mit dir beschäftigt, dass sie keinen Schlaf kosten konnte. Sie lässt dir nun auch sagen, du mögest ihr Beinkleider schneiden und nähen, dass sie sie zu ihrem Kleid anziehen könne.« Er sagte: »Ich werde ihrem Befehle gehorchen.« Er schnitt sie sogleich und befleißigte sich sehr, sie bald zu nähen. Nach einer Weile zeigte sich die Dame wieder am Fenster und grüßte ihn, und ließ ihm keine Ruhe, bis er die Beinkleider genäht und sie ihr geschickt hatte. Er ging dann sehr verlegen nach Hause, denn er hatte nichts zu essen. Er ließ sich etwas von einem seiner Nachbarn leihen und kaufte sich zu essen dafür. Als er des Morgens wieder in den Laden kam, so war die Sklavin sogleich wieder da und sagte ihm: »Mein Herr bittet dich, zu ihm zu kommen.« Als er ihren Herrn erwähnen hörte, fürchtete er sich sehr und dachte, er habe schon alles von ihm erfahren; aber die Sklavin sagte ihm: »Fürchte dich nicht, du wirst bei ihm nur Gutes finden, denn meine Gebieterin hat ihn schon mit dir bekannt gemacht.« Er machte sich dann freudig auf, grüßte den Mann und dieser erwiderte den Gruß; dann holte er eine Menge ägyptischer Leinwand und sagte: »Schneide mir Hemden daraus.«

Mein Bruder schnitt zwanzig Hemden und eben so viele Beinkleider aus der Leinwand, und arbeitete in einem fort bis abends, ohne etwas zu genießen; der Mann fragte dann meinen Bruder: »Was begehrst du als deinen Lohn?« Er antwortete: »Zwanzig Dirham Silber.« Der Mann rief sogleich der Sklavin, die Waage zu bringen; da kam aber die Dame, gleichsam zornig gegen meinen Bruder, dass er das Geld nehme. Als mein Bruder dies merkte, sagte er: »Bei Gott, ich nehme jetzt nichts!« Er nahm dann seine Arbeit und ging fort, ohne einen roten Heller zu haben. Er lebte drei Tage mit zwei Laibchen Brot und starb fast vor Hunger; dann kam die Sklavin wieder und frage ihn, was er gemacht habe? Er antwortete: »Es ist alles fertig!« und ging mit ihr zum Gemahl der jungen Dame. Dieser wollte meinem

Bruder seinen Lohn geben; aber aus Furcht vor der Dame wollte er nichts annehmen; er ging wieder nach Hause und konnte vor Hunger die ganze Nacht nicht schlafen. Als er des Morgens wieder in den Laden ging, kam das Mädchen abermals und sagte ihm: »Mein Herr will dich sprechen.« Er ging zu ihm und ward beauftragt, fünf Oberkleider zu machen; mein Bruder nahm den Stoff und ging, im traurigsten Zustand, von Hunger und Schulden geplagt, in den Laden und arbeitete an den Oberkleidern. Dann ging er damit zu dem Mann, der sie gut genäht fand. Als er aber in den Geldbeutel langte und seine Hand nach dem Bruder ausstreckte, gab diesem die Dame hinter ihrem Manne durch Winke zu verstehen, er solle nichts nehmen. Er sagte daher ihrem Manne: »Es hat keine Eile, die Zeit wird mich schon bezahlen«, und ging wieder fort, nach Geld und nach der Dame sich sehnend. Es vereinigten sich fünf Dinge gegen ihn: Liebe, Geldnot, Hunger, Mangel an Kleidern und Müdigkeit; doch verlor mein Bruder den Mut nicht, denn er wusste nicht, dass die Frau ihrem Manne gesagt, er liebe sie, und dass sie sich verabredet hatten, ihn umsonst arbeiten zu lassen. Auch nachdem er alle ihre Arbeit vollendet hatte, passte sie noch auf, und wenn jemand ihm Lohn geben wollte, hielt sie ihn ab, solchen anzunehmen. Dann verschworen sie sich gegen ihn und verheirateten ihn an eine Sklavin. In der Nacht, da das Beilager stattfinden sollte, sagten sie ihm: »Schlafe diese Nacht in der Mühle, morgen soll die Hochzeit sein.« Er blieb allein in der Mühle, und der Gemahl seiner Geliebten schickte dann den Müller hinter ihn. Dieser kam um Mitternacht zu meinem Bruder und sagte: »Was gibt's mit diesem faulen Maultiere, dass es schon wieder stehen bleibt und die Mühle sich nicht dreht, da wir doch so viele Frucht zu mahlen haben?« Er füllte dann den Kasten mit Weizen, ging auf meinen Bruder, mit der Peitsche in der Hand, los, und spannte ihn am Nacken an.

Nachdem mein Bruder angespannt war, schlug der Müller ihn an die Beine, bis er herumlief und das Mehl mahlte; er tat, als wüsste er nichts von meinem Bruder, und so oft er ruhen wollte, schlug ihn der Müller wieder und sagte: »Mir ist, als hättest du zu viel gefressen, du faules Tier!« Als die Morgenröte heranbrach, ging der Müller nach Hause und ließ meinen Bruder gleich einem Toten zurück. Des Morgens kam die Sklavin und sagte zu ihm: »Es tut mir und meiner Herrin leid, dass dir so etwas widerfahren, wir tragen deinen Kummer mit dir.« Er hatte keine Sprache, ihr zu antworten, wegen der vielen Prügel und der Müdigkeit. Als mein Bruder dann nach Hause ging, da kam der Schreiber, der den Ehekontrakt geschrieben, grüßte ihn und sagte: »Gott grüße dich! Dies ist ein Aussehen des Vergnügens, der Liebesfreuden und der Umarmung.« Mein Bruder antwortete: »Gott segne keinen Lügner! Bei Gott, ich habe diese Nacht nichts anderes getan, als statt des Maultiers die Mühle gedreht!« und erzählte ihm hierauf seine Geschichte. Der Schreiber antwortete: »Dein Stern trifft nicht mit dem Ihrigen zusammen.« Mein Bruder ging sodann wieder in seinen Laden und wartete, bis jemand ihm Arbeit bringe, um etwas zu verdienen. Da kam die Sklavin und sagte: »Meine Gebieterin will dich sprechen.« Er antwortete: »Ich habe nichts mehr mit euch zu tun.« Die Sklavin berichtete dies ihrer Herrin. Auf einmal sah diese mein Bruder am Fenster weinend; sie sagte ihm: »O Freude meiner Augen! Was ist dir widerfahren?« Er antwortete nicht. Da fing sie an zu schwören, dass sie an seinem Unglück nicht schuld sei. Als mein Bruder sie wieder so schön und liebenswürdig fand, vergaß er alles, nahm ihre Entschuldigung an und freute sich, sie wieder zu sehen. Nach einigen Tagen kam die Sklavin zu ihm und sagte: »Meine Gebieterin grüßt dich und lässt dir sagen: Ihr Mann habe sich vorgenommen, diese Nacht bei einem seiner Freunde zuzubringen; du mögest also kommen, sobald er weggegangen, um bei meiner Herrin zu ruhen.« Ihr Mann hatte sie nämlich gefragt, ob der Schneider nun von ihr gelassen, worauf sie ihm geantwortet: »Ich will ihm noch einen Streich spielen, wodurch er in der ganzen Stadt bekannt werden soll.« Mein Bruder wusste davon nichts. Des Abends kam die Sklavin zu ihm und führte ihn in ihrer Herrin Haus. Als die Dame meinen Bruder sah, hieß sie ihn willkommen und sagte: »Mein Herr! Gott weiß, wie sehr ich dich liebe.«

Mein Bruder sagte ihr: »O meine Dame, gib mir schnell einen Kuss!« Aber ehe er dies gesagt, kam ihr Gemahl aus einem Zimmer heraus und sagte zu ihm: »So weit treibst du's? Bei Gott! Ich lasse dich nicht gehen, ich führe dich zum Polizeiobersten der Stadt.« Mein Bruder bat ihn lange, aber er gab nicht nach, sondern führte ihn zum Polizeiobersten. Dieser ließ ihm hundert Prügel geben, auf einem Kamel in der Stadt herumführen und vor ihm ausrufen: »Das ist der Lohn und noch der geringste Lohn für den, der einen fremden Harem betritt!« und zuletzt aus der Stadt verweisen. Mein Bruder ging fort und wusste nicht wohin; ich lief ihm nach und brachte ihn wieder zurück.

Der Kalif musste über meine Erzählung lachen. Er sagte: »O Schweigender! O Wenigredender! Du hast schön gehandelt und nichts vernachlässigt.« Er ließ mir dann ein Geschenk geben und entließ mich. Ich sagte aber: »Bei Gott! O Fürst der Gläubigen! Ich nehme nichts an, ehe ich dir die Abenteuer meiner übrigen Brüder erzählt habe.«

Geschichte des zweiten Bruders des Barbiers.

Was meinen zweiten Bruder, der Bakbak hieß und zahnluckig war, betrifft: Der ging einst eines Geschäfts wegen aus, da kam ihm eine alte Frau entgegen und sagte: »Halt' ein wenig, mein Freund, ich habe dir einen Vorschlag zu machen; behagt es dir, so erflehe Gottes Segen dazu! Hast du etwas dagegen, wenn ich dich an einen schönen Ort bringe? Du darfst aber nicht viel reden!« Dann fuhr sie fort: »Was sagst du wohl zu einem schönen Hause, zu einem Garten mit Wasser und Früchten und klarem Wein und einem Gesichte, hübsch, wie der Mond, das du küssen darfst?« Als mein Bruder dies hörte, fragte er: »Und dies alles ist auf der Welt?« Sie antwortete: »Ja, und zwar für dich, wenn du klug bist, nichts Überflüssiges redest und hübsch schweigst.« Mein Bruder sagte: »Ganz gut!« und folgte der Alten, sehr begierig nach dem, wovon sie ihm gesagt. Die Alte sagte dann meinem Bruder: »Die Dame, zu der ich gehe, liebt den Gehorsam und verabscheut jeden Widerspruch, handelst du nach ihrem Willen, so wirst du Herr ihres ganzen Besitzes.« Da sagte mein Bruder: »Ich werde ihr in nichts widersprechen.« Er folgte dann der Alten, und sie brachte ihn in ein großes Haus, wo viele Diener waren. Als diese ihn sahen, fragten sie ihn: »Was tust du hier?« Die Alte sagte ihnen: »Lasst ihn hinein, er ist ein Künstler, und wir brauchen ihn.« Sie führte dann meinen Bruder in einen großen Hof, in dessen Mitte ein Garten war, so schön, als er nie einen gesehen und ließ ihn auf eine schöne Bank sitzen. Es dauerte aber nicht lange, da hörte er einen großen Lärm, und siehe da, es kamen Sklavinnen, und in ihrer Mitte war ein Mädchen wie der Vollmond. Als diese näher kam, und mein Bruder sie sah, stand er auf und stellte sich zu ihren Diensten; sie hieß ihn willkommen und sich setzen; er setzte sich und sie ging auf ihn zu und sagte: »Gott erhebe dich! Ist was Gutes an dir?« Mein Bruder antwortete: »Meine Gebieterin! In mir ist alles Gute.« Sie ließ dann zu essen bringen; man trug treffliche Speisen auf. Indessen hörte das Mädchen nicht auf zu lachen, und wenn mein Bruder es bemerkte, ging sie unter die Sklavinnen, als wenn sie ihretwegen lachte. Sie zeigte meinem Bruder die größte Freundlichkeit, hatte aber nur ihren Spaß mit ihm. Meinen Bruder hingegen überwältigte heftige Liebe zu ihr, und er zweifelte nicht, dass die Dame auch ihn liebe und seine Wünsche erfüllen werde. Als sie gegessen hatten, brachte man Wein; dann kamen zehn Sklavinnen wie der Mond: Jede hatte eine Laute in der Hand und sie fingen an, mit lauter Stimme zu singen. Mein Bruder war entzückt darüber. Als dann die Dame einen Becher voll getrunken, reichte sie auch meinem Bruder einen Becher.

Als mein Bruder aufstand und trank, kam die Dame auf ihn zu und schlug ihn auf den Nacken; meinem Bruder missfiel dies, und es empörte ihn; aber die Alte winkte ihm, und mein Bruder ließ nichts merken. Die Dame hieß ihn dann sich setzen und schlug ihn wieder; dies war nicht genug, sie befahl auch ihren Sklavinnen, ihn zu schlagen. Sie sagte zur Alten: »Ich habe nie etwas Schöneres als dies gesehen;« und die Alte antwortete: »Gewiss, meine Gebieterin!« Sie befahl dann den Sklavinnen, meinen Bruder zu beräuchern und mit Rosenwasser zu bespritzen. Dann sagte sie: »Gott erhebe dich! Da du in mein Haus gekommen, so hast du gewiss in die Bedingungen eingewilligt, mir in allem zu gehorchen; denn wer sich widersetzt, wird fortgejagt, wer aber ausharrt, erlangt sein Ziel.« Mein Bruder antwortete: »O meine Gebieterin! Ich bin dein Sklave.« Sie befahl dann anderen Sklavinnen, ihm etwas vorzusingen und sie taten es. Sie rief hierauf eine Sklavin und sagte ihr: »Nimm hier die Freude meiner Augen wohl in acht, tu ihm, wie ich dir befohlen, und bring mir ihn dann sogleich wieder.« Mein Bruder entfernte sich mit ihr, ohne zu wissen, was mit ihm geschehen solle. Da fragte mein Bruder die Alte, die vor ihm stand, was diese Sklavin mit ihm tun wolle? Die Alte antwortete: »Nichts Böses: Sie will deine Augenbrauen färben und deinen Schnurrbart abschneiden.« Mein Bruder sagte: »Was das Färben der Augenbrauen betrifft, die kann man wieder waschen, aber den Schnurrbart abschneiden, das bleibt hässlich.« Die Alte antwortete: »Hüte dich wohl, der Dame zu widersprechen, denn schon ist sie in dich verliebt.« Mein Bruder ließ sich also die Augenbrauen färben und den Schnurrbart abschneiden. Die Sklavin ging dann zur Herrin, welche sagte: »Nun bleibt nur noch eine Arbeit, ihm nämlich seinen Bart abzurasieren, dass er ganz glatt wird.« Die Sklavin kam dann wieder und rasierte ihm den Bart ab. Hierauf sagte die Alte: »Freue dich! Denn sie hat dies alles nur aus heftiger Liebe zu dir getan. Hab noch ein wenig Geduld, so erreichst du dein Ziel.« Mein Bruder ertrug alles und ging dann wieder mit der Sklavin, die ihm den Bart abrasiert, zur Herrin; diese freute sich mit ihm und lachte, bis sie sich auf dem Boden wälzte. Sie sagte: »O mein Herr! Du hast durch deine schönen Tugenden mein Herz besiegt.« Sie beschwor ihn dann bei ihrem Leben, er möge doch ein wenig tanzen; er stand auf und tanzte. Indessen nahmen sie und die Sklavinnen alles, was im Zimmer war, und schlugen ihn damit, bis er in Ohnmacht fiel. Als er wieder zu sich kam, sagte die Alte: »Nun wirst du deinen Wunsch gleich erfüllt sehen. Wisse, es bleibt nur noch eine Sache zu tun übrig. Es ist nämlich meiner Gebieterin Gewohnheit, dass, wenn sie berauscht ist, sie sich nur nach langem Sträuben der Umarmung des Geliebten überlässt.«[42] Mein Bruder glaubte dies, und als er sie von einem Zimmer nach dem anderen entfliehen sah, lief er ihr immer nach: Seine Leidenschaft entflammte sich mehr und mehr. Die Dame zog sich nach einem dunklen Orte zurück; er folgte ihr auch dahin, aber plötzlich trat er auf einen schwachen, dünnen Boden, fiel durch und befand sich auf einmal mitten auf dem Ledermarkt, wo man Häute ausrief, kaufte und verkaufte.

---

[42] Hier erforderte der Anstand einiges auszulassen.

Als die Leute ihn in diesem Zustande sahen, entblößt, mit geschornem Barte und gefärbten Augenbrauen, schrien sie ihm nach, schlugen ihn mit den Händen und mit dem Leder, bis er in Ohnmacht fiel, dann luden sie ihn auf einen Esel. Am Stadttor begegneten sie dem Polizeiobersten, welcher fragte, was das wäre? Man sagte ihm: »Dieser Mann ist so in diesem Zustande aus dem Hause des Veziers gefallen.«

Der Polizeioberste ließ meinem Bruder hundert Prügel geben und ihn aus Bagdad verweisen; aber ich ging ihm nach, o Fürst der Gläubigen, brachte ihn wieder heimlich in die Stadt und gab ihm ein Bestimmtes, wovon er leben konnte. Ohne meine Männlichkeit wäre er gestorben.

Geschichte des dritten Bruders des Barbiers.

Mein dritter Bruder aber, o Fürst der Gläubigen! Fuhr der Barbier fort, der war blind, und das Schicksal trieb ihn an ein großes Haus; er klopfte an der Türe, um den Hausherrn um etwas zu bitten. Der Hausherr fragte: »Wer ist an der Türe?« Mein Bruder antwortete nicht. Er klopfte wieder und ward wieder gefragt: »Wer ist an der Türe?« und gab abermals keine Antwort. Er hörte dann zum dritten Male ganz laut schreien: »Wer da?« Er gab aber keinen Laut von sich; endlich hörte er jemanden gehen, sich der Türe nähern, öffnen und fragen: »Was willst du?« Mein Bruder antwortete: »Ich möchte etwas für Gott.«[43] Er sagte ihm: »O Unglücklicher, reiche mir deine Hand.« Mein Bruder reichte ihm die Hand und glaubte, er wolle ihm etwas geben. Der Hausherr führte ihn ins Haus und stieg mit ihm eine Treppe nach der anderen hinauf, bis er oben am Dache war. Mein Bruder dachte, er wolle ihm etwas zu essen geben. Als sie sich nun setzten, sagte der Hausherr zu meinem Bruder: »Was willst du, Unglücklicher?« Er antwortete: »Ich will etwas für den erhabenen Gott.« Jener sagte: »Gott helfe dir!« Da versetzte mein Bruder: »O du, warum hast du mir dies nicht gleich unten gesagt?« »Du Nichtswürdiger!« schrie er ihn an, »warum hast du mir nicht gleich geantwortet?« Da sagte mein Bruder: »Nun, was willst du mir jetzt tun?« »Ich habe dir nichts zu geben«, wiederholte der Mann. »So führe mich doch wieder diese Treppen hinunter!« rief mein Bruder. Er antwortete: »Der Weg liegt frei vor dir.« Mein Bruder stand auf und fing an hinunterzugehen. Als er aber noch etwa 20 Stufen von der Tür entfernt war, strauchelte er, er fiel gegen die Türe und verwundete sich den Kopf. Er ging aus dem Hause weg, ohne zu wissen, wo er sich befand. Da begegnete ihm einer seiner Freunde und fragte ihn, was ihm geschehen; er antwortete:

---

[43] D. h. ein Almosen, wodurch du eine gottgefällige Tat ausübst. Die muselmännischen Bettler sagen nie: schenke mir etwas, sondern: Schenke es Gott.

»Du kommst mir eben recht;« und erzählte ihm sein Abenteuer und fügte hinzu: »Ich will etwas von dem Gelde nehmen, das wir zusammenhaben, und davon leben.« Der Hausherr hatte dies gehört, ohne dass mein Bruder es bemerkte, und als dieser nach Hause ging, folgte ihm der Hausherr. Mein Bruder setzte sich, um seine Freunde zu erwarten. Als sie kamen, sagte er zu ihnen: »Schließt das Haus, untersucht aber zuerst, ob kein Fremder hier ist.« Als der Mann dies hörte, hielt er sich an einem Stricke, der an der Terrasse befestigt war (wahrscheinlich schwebte er in der Luft, um nicht von den umhertastenden Blinden gefunden zu werden).

Nun ging einer von meines Bruders Freunden im ganzen Hause herum und fand niemanden. Sie fragten dann alle meinen Bruder, wie es ihm gehe, und er sagte ihnen: Er brauche seinen Anteil von dem, was sie erworben. Jeder von ihnen brachte etwas (Geld) aus einer Ecke hervor, und als mein Bruder alles vor sich hatte und es wog, waren es 10.000 Dirham; mein Bruder nahm davon, was er brauchte, und sie steckten das Übrige wieder unter die Erde. Sie legten dann etwas zu essen vor: Da hörte mein Bruder neben sich einen Fremden kauen; er sagte seinen Kameraden: »Bei Gott! Es ist ein Fremder unter uns«; streckte dann die Hand aus und begegnete der Hand des Fremden. Nun schlugen sie sich eine Weile und mein Bruder hielt ihn fest; zuletzt schrien sie: »O Muselmänner! Es ist ein Dieb zu uns gekommen, der unser Geld stehlen will.« Es versammelten sich viele Leute um sie herum. Aber der Fremde schloss sich an sie an und behauptete dasselbe von ihnen, was sie von ihm angaben, er stellte sich blind, wie die andern, und niemand zweifelte an seiner Aussage. Er schrie auch: »O Muselmänner! Bei Gott und beim Sultan! Ich ...« Während sie so durcheinander schrien, kamen Polizeidiener und führten sie alle mit meinem Bruder vor den Polizeiobersten. Da sagte der Nichtblinde: »Gott gebe dem Sultan Ruhm! Du wirst hier Dinge entdecken, doch nur durch Foltern auf die Wahrheit kommen. Du magst mit mir beginnen, dann aber mit diesem, der mich hierher gebracht« - und deutete dabei auf meinen Bruder. Nun, o Fürst der Gläubigen! Ward der Nichtblinde hingestreckt und man gab ihm vierhundert Prügel.

Als er vierhundert Prügel auf den Rücken bekommen, schmerzte es ihn so sehr, dass er ein Auge öffnete, und als man noch immer fortfuhr, ihn zu prügeln, öffnete er auch das andere. Da sagte ihm der Oberste: »Was ist das, du Verdammter?« Der Nichtblinde antwortete: »Gib mir deinen Siegelring als Zeichen der Sicherheit, wenn ich dir sage, was du zu tun hast.« Er gab ihm seinen Ring als Pfand der Sicherheit, und der Nichtblinde sagte: »Mein Herr, wir sind vier gut sehende Männer und stellen uns nur vor den Leuten blind, um in ihre Häuser zu kommen, um ihre Frauen zu sehen und zu verführen. Wir haben schon 10.000 Dirham auf diese Weise zusammengebracht. Nun hatte ich meinen Kameraden gesagt, sie sollten mir meinen Teil, nämlich 2500, geben, da schlugen und misshandelten sie mich und nahmen all mein Vermögen, und nun flüchte ich mich zu Gott und zu dir, du wirst mir wohl das Meinige wieder zu verschaffen wissen. Willst du dich überzeugen, dass ich die Wahrheit gesprochen, so lass jeden von ihnen noch einmal soviel prügeln als mich, und sie werden dann auch ihre Augen öffnen.« Der Oberste befahl sogleich, dass man sie züchtige. Man fing mit meinem Bruder an und band ihn an eine Treppe fest. Der Oberste sagte ihnen: »Ihr verworfenen Leute! Verleugnet ihr so die Wohltaten Gottes und stellt euch blind?« Mein Bruder entgegnete: »Bei Gott, mein Sultan! Keiner von uns sieht etwas.« Aber man prügelte ihn doch, bis er in Ohnmacht fiel. Da sagte der Oberste: »Lass ihn, bis er wieder zu sich kommt, dann prügelt ihn wieder: Denn der kann's besser aushalten, als wir.« Indessen ließ er auch den anderen beiden jedem mehr als dreihundert Prügel geben; und der Nichtblinde sagte immer: »Öffnet eure Augen, sonst werdet ihr dreimal geprügelt.« Dann sagte er zum Obersten: »Schicke jemanden mit mir, der das Geld hierherbringe, da diese Leute doch ihre Augen nicht öffnen werden, denn sie fürchten, sich vor den Leuten so zu beschimpfen.« Der Oberste ließ das Geld holen, gab dem Nichtblinden 2500 Dirham, weil er dies für seinen Teil hielt, nahm das übrige für sich und verwies die drei Blinden aus der Stadt. Nun, o Fürst der Gläubigen! Ging ich meinem Bruder nach, fragte ihn, wie es ihm gehe, und als er mir das, was ich dir eben erzählt, berichtet, brachte ich ihn heimlich wieder in die Stadt und gab ihm seinen bestimmten Lebensunterhalt, sodass er im verborgenen essen und trinken kann.

Der Kalif lachte über meine Erzählung und sagte: »Gebt ihm ein Geschenk und lasst ihn gehen!« Ich sagte jedoch: »Bei Gott, o Fürst der Gläubigen, ich rede ja nicht viel, ich nehme nichts an, bis ich auch die Geschichte meiner übrigen Brüder erzählt habe. Als der Kalif dies gestattete, fuhr er fort:

Geschichte des vierten Bruders des Barbiers.

Mein vierter Bruder war halb blind: er war ein Metzger, verkaufte Fleisch in Bagdad und mästete Hammel; die vornehmsten und reichsten Leute kamen zu ihm und kauften Fleisch bei ihm; er erwarb sich ein großes Vermögen und kaufte sich Häuser und Güter. Nachdem er lange so gelebt und einst in seinem Laden war, kam ein Mann mit großem Barte zu ihm und gab ihm Geld und sagte: »Gib mir Fleisch dafür!« Er schnitt ihm ab, soviel ihm zukam, und der Alte ging wieder. Da betrachtete mein Bruder das Geld und sah, dass es ganz glänzend weiß war. Er legte es beiseite und der

Alte kam fünf Monate lang zu meinem Bruder, der sein Geld besonders in eine Kiste legte. Als er einst das Geld nehmen wollte, um Schafe dafür zu kaufen, und die Kiste öffnete, fand er nichts als rundes versilbertes Papier darin; er schlug sich vor den Kopf und schrie. Es versammelten sich viele Leute um ihn; er erzählte ihnen, was ihm begegnet, wendete sich dann wieder zu seinen Geschäften, schlachtete ein Lamm und hing es in seinen Laden. Sodann nahm er zerschnittenes Fleisch, hing es außerhalb des Ladens und sagte dabei: »O Herr! Wenn doch nur der verruchte Alte käme!« Nach einer Weile kam er wirklich wieder mit seinem Gelde in der Hand. Mein Bruder hielt ihn fest und schrie: »O Muselmänner, kommt her und hört, was mir mit diesem Ruchlosen widerfahren!« Als der Alte dies hörte, sagte er: »Du tust wohl gut, mich gehen zu lassen, sonst mache ich dich vor allen Leuten zuschanden.« - »Und womit?« fragte mein Bruder. »Damit«, antwortete er, »dass du Menschenfleisch für Schaffleisch verkaufst.« Mein Bruder sagte: »Du lügst, Verdammter!« Er antwortete: »Der Lügner[44] hat einen Menschen im Laden hängen!« Mein Bruder sagte: »Wenn es so ist, wie du behauptest, so sei mein Leben und alles, was ich besitze, preisgegeben.« Der Alte rief hierauf: »O ihr versammelten Leute, wollt ihr euch von der Wahrheit meiner Rede überzeugen, so geht in seinen Laden.« Sogleich stürmten die Leute auf meines Bruders Laden los, und wirklich hatte sich das geschlachtete Lamm in einen aufgehängten Menschen verwandelt. Als sie dies sahen, umgaben sie meinen Bruder und schrien ihn an: »Du Gottesleugner! Du Bösewicht!« und jeder machte sich ein Verdienst daraus, ihn zu schlagen und ihm zu sagen: », Wie, du gibst, uns Menschenfleisch zu essen?« Der Alte schlug ihm ein Auge aus, die Leute trugen den Geschlachteten zum Polizeiobersten, und der Alte sagte: »O Fürst! Dieser Mann schlachtet Menschen und verkauft ihr Fleisch für Schaffleisch; wir bringen dir ihn her, damit du Gottes Recht an ihm ausübst.« Mein Bruder erzählte, was ihm mit diesem Alten widerfahren, und wie er ihm Geld gegeben, das zu Papier geworden; aber man hörte nicht auf seine Worte, sondern gab ihm mehr als fünfhundert derbe Prügel, dann nahm man all sein Geld, seine Schafe und seinen Laden, und verwies ihn aus der Stadt. Und hätte er nicht so viel Vermögen besessen, so wäre er umgebracht worden; nur dadurch, dass er die Polizei mit seinem Gelde bestach, kam er mit dem Leben davon, nachdem man ihn drei Tage öffentlich in der Stadt ausgestellt hatte.

Nun beschloss mein Bruder, jene Stadt zu verlassen und nach einem Orte zu gehen, wo ihn niemand kannte; er lebte dort eine Weile in günstigen

---

[44] D. h. der ist ein Lügner, der usw.

Umständen, dann ward er wieder arm und kam in große Verlegenheit. Als er einst spazieren ging, hörte er hinter sich das Geräusch vieler Pferde; er dachte, nun ist Gottes Befehl[45] gekommen. Er suchte dann einen Ort, um sich zu verbergen, fand nichts, als eine verschlossene Türe; er gab ihr einen Stoß und sie fiel ein. Er sah einen langen Gang; als er hineinging, hielten ihn auf einmal zwei Männer an und sagten: »Gott sei gelobt, dass er dich, du Feind Gottes, uns einmal in unsere Gewalt gebracht! Schon drei Nächte lässt du uns nicht schlafen und nicht ruhen und lässt uns Todesangst ausstehen.« Mein Bruder sagte: »Was habt ihr, Leute?« Sie antworteten: »Du ersinnst allerlei List und Bosheit gegen uns und willst unserem Hausherrn den Hals abschneiden. Genügt es dir nicht, dass du und deine Freunde ihn in die Armut gestürzt habt? Gib jetzt das Messer heraus, mit dem du uns jede Nacht drohst.« Sie durchsuchten meinen Bruder, und als sie ein Messer bei ihm fanden, sagte er: »O ihr Leute, fürchtet Gott! Mir ist eine wunderbare Geschichte begegnet.« Aber es sagte einer von ihnen: »Er will nur erzählen, weil er glaubt, dass wir ihn dadurch gehen lassen.« Sie hörten dann meinen Bruder nicht an, sondern schlugen ihn und zerrissen seine Kleider. Als sie dadurch die Spuren der früheren Prügel bemerkten, sagte sie zu ihm: »Du Verfluchter! Hier sind Spuren von Prügeln«, und führten ihn vor den Polizeiobersten. Mein Bruder dachte: Nun bin ich wieder in eine Schuld verfallen, wo nur der erhabene Gott mich retten kann. Der Polizeioberste fuhr ihn an: »Du Ruchloser! Was hat dich bewogen, in das Haus dieser Leute zu gehen und sie mit dem Tode zu bedrohen?« Mein Bruder sagte: »Ich bitte dich bei Gott, höre mir zu! Übereile dich nicht! Lass mich hier dir meine Geschichte erzählen.« Aber die Leute sagten ihm: »Willst du die Worte eines Diebes hören, der die Leute arm macht und auf dessen Rücken man noch Spuren von Prügeln bemerkt?« Als der Oberste die Spuren an seinen Seiten sah, ließ er meinem Bruder hundert Peitschenhiebe geben, dann ward er auf ein Kamel gesetzt und man rief hinter ihm her: »Das ist der Lohn dessen, der in fremde Wohnungen eindringt!« Auch ward mein Bruder aus der Stadt verwiesen. Als ich dies hörte, ging ich zu ihm hinaus, erkundigte mich nach ihm, und er erzählte mir seine Geschichte; ich nahm ihn heimlich wieder mit in die Stadt und gab ihm zu leben. Alles, was ich meinen Brüdern tu, ist Folge meiner männlichen Entschlossenheit.« Der Kalif Harun Arraschid lachte, bis er auf den Rücken fiel; dann befahl er, dass man mir etwas schenke, aber ich sagte: Bei Gott, mein Herr! Ich rede nicht viel, doch muss ich dir vollends die Abenteuer meiner übrigen Brüder erzählen, damit sie unser Herr, der Kalif, genau kenne, sie im Herzen habe

[45] D. h. nun werde ich verfolgt.

und in seiner Schatzkammer geschrieben aufbewahre, und wisse, dass ich nicht viel rede.

Geschichte des fünften Bruders des Barbiers.

Mein fünfter Bruder fuhr der Barbier fort, der abgeschnittene Ohren hatte, war ein armer Mann, der in der Nacht bettelte und bei Tage von den Almosen lebte. Sein Vater war ein alter bejahrter Mann, der krank ward und starb, und uns 700 Dirham hinterließ, sodass jeden von uns 100 Dirham trafen. Als der fünfte Bruder seine 100 Dirham nahm, war er in Verlegenheit und wusste nicht, was er damit anfangen sollte. Als er eine Weile nachdachte, fiel ihm ein, er wolle Glaswerk dafür kaufen; er legte es in einen großen Korb und stellte sich an einen Ort, um es zu verkaufen. Neben ihm war eine Mauer, er lehnte sich daran und dachte: Wisse, o du meine Seele! Nun besteht mein Kapital aus diesem Glaswerke, das 100 Dirham wert ist; ich werde es für 200 Dirham verkaufen, dann kaufe ich für 200 Dirham Glaswerk und verkaufe es für 400, dann handle ich immer fort, bis ich 4000 Dirham gewonnen, ich kaufe dann Waren und bringe sie da und dorthin und verkaufe sie für 8000 Dirham; wenn ich nun immerfort handle, bis ich 10.000 Dirham habe, so kaufe ich allerlei Juwelen und Parfümerien, die mir einen ungeheuren Gewinn verschaffen. Unterdessen schaffe ich mir auch ein schönes Haus an, sowie Sklaven, Diener und Pferde, esse, trinke und belustige mich und lasse keinen Sänger und keine Sängerin in der Stadt verweilen, ohne sie zu mir zu laden, und bald werde ich, so Gott will, ein Kapital von 100.000 Dirham zusammenbringen. So weit rechnete er in seiner Fantasie, während der Korb mit Glaswerk für 100 Dirham vor ihm stand. Er rechnete dann noch weiter und dachte: »Ich werde dann den Makler beauftragen, für mich um die Tochter des Veziers zu werben, denn ich habe schon vernommen, dass sie alle guten Eigenschaften besitzt, ausgezeichnet schön ist und ein feines Benehmen hat: Ich werde 1000 Dinare als Morgengabe bieten. Willigen sie ein, gut; wo nicht, so entführe ich sie ihrem Vater zum Trotze mit Gewalt; und ist sie einmal bei mir im Hause, so kaufe ich zehn junge Knaben als Diener, schaffe mir königliche Kleider an und lass mir einen goldenen Sattel, mit kostbaren Edelsteinen besetzt, verfertigen, ich lass Mamelucken vor und hinter mir her reiten und reite so in der Stadt herum, wo alle Leute mich grüßen und mir Glück wünschen. Wenn ich nun zum Vezier komme mit Mamelucken zur Rechten und zur Linken, so steht er vor mir auf und lässt mich an seinen Platz sitzen, und setzt sich unter mir, weil ich sein Schwiegersohn[46] bin. Ich habe dann zwei

[46] Es sollte umgekehrt sein, doch verzeiht man dies dem fantasierenden Araber.

Diener bei mir, die zwei Beutel mit 2000 Dinaren, die ich für die Hochzeitsnacht bestimmt, tragen; ich nehme nämlich 1000 Dinare mehr, als ich versprochen, damit sie daran meine Männlichkeit und meinen Stolz erkennen, und sehen, wie klein die Welt in meinen Augen ist. Sodann gehe ich wieder nach Hause, und kommt jemand mit einem Auftrage von meiner Frau zu mir, so gebe ich ihm schöne Kleider und mache ihm allerlei Geschenk; kommt aber jemand mit einem Geschenke, so geb ich's ihm zurück und nehm es nicht an, weil ich in allem den höchsten Platz einnehmen will. Ich lasse mich dann von meinen Dienern ankleiden, meine Braut in der Stadt herumführen und mein Haus recht schön aufputzen. Und wenn die Zeit kommt, wo ich bei meiner Frau allein bleiben soll, so ziehe ich mein kostbares Kleid an und setze mich auf einen seidenen Divan, lehne mich an und blicke weder rechts noch links, um recht vornehm, ernst und schweigend auszusehen; und wenn meine Frau, schön wie der Mond, mit ihrem Schmuck vor mir steht, werde ich sie vor Hochmut, Selbstgefallen und Geringschätzung gar nicht ansehen, bis alle Anwesenden sagen: »O unser Herr! Wende dich doch deiner Frau und Sklavin zu, die vor dir steht, und schenke ihr doch einen gnädigen Blick: Es schadet ihr, wenn sie so lange steht.« Wenn sie dann dazu noch die Erde einige Male vor mir küssen, so richte ich den Kopf ein wenig auf und werfe nur einen einzigen Blick auf meine Frau, beuge aber den Kopf sogleich wieder; während nun die Leute mit der Braut ins Schlafzimmer gehen, wechsle ich auch meine Kleider und ziehe noch schönere an; und wenn die Frau im zweiten Anzug kommt, sehe ich sie wieder nicht eher an, bis man mich einige Male darum gebeten hat; da werfe ich einen flüchtigen Blick auf sie, sehe dann wieder zur Erde, und so immer fort, Bis ihr ganzer Putz[47] vorüber ist.

Mein Bruder ging immer weiter in seinen Gedanken, wie er während des ganzen Putzes so stolz gegen seine Frau sein wolle; dann, dachte er, befehle ich einem meiner Diener, 500 Dinare in einem Beutel zu bringen, die ich unter ihre Dienerinnen verteile, und gebiete, dass man mich mit meiner Frau allein lasse. Geht man nun mit ihr ins Schlafgemach, so sehe ich sie an, lege mich neben sie, spreche aber aus Geringschätzung gegen sie kein Wort mit ihr, bis man mich für einen stolzen Mann erklärt; da kommt ihre Mutter, küsst mir die Hand und sagt: »O mein Herr, blicke doch auf deine Sklavin herab! Sie sehnt sich nach deiner Nähe, stärke doch ihr Herz!« Ich gebe ihr aber keine Antwort, und wenn sie dies bemerkt, steht sie auf, küsst mir einige Male die Füße und sagt: »O mein Herr! Meine Tochter ist jung und hat

[47] Bekanntlich wird die Braut in der Hochzeitsnacht bei reichen Leuten siebenmal anders gekleidet und dem Bräutigam vorgeführt.

nie einen Mann erschaut, und sieht sie dich so zurückhaltend, so bricht ihr das Herz. Wende dich ihr doch zu! Sprich sie an und mache ihr guten Mut!« Ihre Mutter reicht ihr dann einen Becher Wein und sagt: »Geh, gib deinem Gemahl zu trinken!« Wenn sie nun zu mir kommt, lass ich sie vor mir stehen, während ich auf meinem goldgestickten Sofa angelehnt sitzen bleibe; ich sehe sie aus Hochmut gar nicht an, bis sie sagt: Ich sei ein vornehmer Mann von edler Seele. Ich lass sie immer stehen, bis sie sich erniedrigt fühlt und merkt, dass ich Herr bin: Sie sagt dann: »Mein Herr! Ich beschwöre dich bei Gott, weise mich nicht mit dem Becher zurück! Ich bin ja deine Sklavin.« Ich gebe keine Antwort, wenn sie dann in mich dringt und sagt: »Du musst trinken«, und mir den Becher an den Mund hinreicht, da fahre ich ihr mit der Hand ins Gesicht und trete sie mit den Füßen und mache so - er stampfte dabei mit den Füßen und kam mit einem Fuß an den Korb, der auf einem erhöhten Platze stand, sodass er von oben herunter auf den Boden fiel und alles Glaswerk zerbrach. Da schrie der Schneider: »Dies alles kommt von deinem Stolze, du schändlichster aller Kuppler! Bei Gott! Hätte ich über dich zu gebieten, ich ließe dir hundert Prügel geben und noch deine Geschichte in der ganzen Stadt bekannt machen.« Indessen fuhr der Barbier fort, schlug sich mein Bruder ins Gesicht und zerriss seine Kleider und weinte; die Leute, die gerade zum Freitagsgebet gingen, sahen ihn an, und die einen bemitleideten ihn, die anderen kehrten sich nicht daran. So weinte mein Bruder eine Weile über den plötzlichen Verlust seines Kapitals und seines Gewinns: da kam eine schöne Frau, von vielen Dienern begleitet und auf einem Maulesel reitend, der einen goldenen Sattel hatte; als sie sich näherte, verbreitete sie Moschusgeruch. Wie sie meinen Bruder über sein Unglück weinen sah, bemitleidete sie ihn und fragte, was ihm widerfahren? Man erzählte ihr, dass er einen Korb mit Glaswerk gehabt, von dem er sich habe ernähren wollen, und dass nun alles zerbrochen sei, wie sie sehe. Sie rief einen ihrer Diener und sagte ihm: »Gib, was du bei dir hast!« Er gab ihm einen Beutel, in welchem 500 Dinare waren. Als mein Bruder den Beutel empfing, starb er fast vor Freude, wünschte ihr viel Segen und ging reich nach Hause, wo er wieder nachdachte. Da ward an der Türe geklopft. Mein Bruder fragte: »Wer ist an der Türe?« Man antwortete: »Mein Freund, ich habe dir ein Wort zu sagen.« Als mein Bruder aufstand und die Tür öffnete, stand eine alte Frau da, die er nicht kannte. Sie sagte ihm: »Du weißt, mein Sohn, dass die Gebetzeit nahe ist; da ich mich nun noch nicht gewaschen habe, so möchte ich mich gerne in deinem Hause waschen.« Mein Bruder erwiderte: »Recht gerne!« hieß sie ins Haus kommen und gab ihr ein Waschbecken. Mein Bruder, der indessen ganz entzückt war über dem vielen Gelde, band es in einen Beutel ein, und als er dies getan und die Frau da, wo er saß, gebetet hatte, wünschte sie ihm viel Glück und dankte ihm.

Als sie meinem Bruder dankte, erzählte der Barbier weiter, nahm er zwei Dinare von dem Gelde und wollte es ihr als Almosen geben; sie sagte aber: »Gelobt sei Gott! Siehst du mich für eine Bettlerin an? Behalte dein Geld, ich brauche es nicht, wende es für dich an! Doch ich habe in dieser Stadt eine reiche, schöne und liebenswürdige Freundin -« Mein Bruder unterbrach sie: »Und wie soll ich zu ihr gelangen?« Die Alte fuhr fort: »Nimm all dein Geld und folge mir, und bist du bei ihr, so sei nur recht artig und liebenswürdig gegen sie: Du wirst dann von ihrer Schönheit und ihrem Reichtum alles erlangen.« Mein Bruder, vor Freude außer sich, nahm all sein Geld und ging mit ihr, bis sie an eine große Türe kamen, wo sie anklopfte; da kam eine griechische Sklavin und öffnete die Türe. Die Alte trat hinein und hieß meinen Bruder mitkommen. Er kam in ein großes Haus und in einen geräumigen, mit Teppichen und Vorhängen verzierten Saal. Mein Bruder setzte sich, legte das Geld vor sich hin, zog den Turban ab und legte ihn auf seinen Schoß. Auf einmal kam das schönste Mädchen, das er je gesehen, höchst vornehm gekleidet; er stand auf, und als sie in sah, lachte sie ihm freudig entgegen. Sie schloss dann die Türe, trat auf meinen Bruder zu, nahm ihn an der Hand und ging mit ihm in ein abgelegenes Gemach, setzte sich neben ihn und scherzte eine Weile mit ihm. Sodann sagte sie: »Bleibe hier, bis ich wiederkehre.« Als das Mädchen weggegangen war, kam ein schwarzer Sklave mit einem Schwerte und sagte: »Wehe dir! Was tust du hier?« Als mein Bruder ihn sah, ward seine Zunge gefesselt, sodass er nicht antworten konnte. Der Sklave entkleidete ihn und schlug so lang mit dem Schwert auf ihn zu, bis er in Ohnmacht sank und der verruchte Sklave ihn für tot hielt. Er hörte dann, wie der Sklave fragte: »Wo ist die Salzschüssel?« Alsbald kam eine Sklavin mit einer großen Schüssel voll Salz, womit sie die Wunden meines Bruders bedeckten, bis er die Besinnung verlor. Er hatte sich übrigens nicht gerührt, aus Furcht, der Sklave möchte merken, dass er noch lebe und ihn umbringen. Die Sklavin ging dann fort und fragte: »Wo ist die Kellermeisterin?« Da kam die Alte, schleppte meinen Bruder an den Füßen fort, öffnete den Keller und warf ihn zu vielen anderen Erschlagenen. Er blieb dann zwei Tage in Ohnmacht liegen, ohne sich zu bewegen; aber der erhabene Gott hatte durch dieses Salz, welches das Blut stillte, ihn beim Leben erhalten, er kam wieder zu sich und konnte sich bewegen. Ganz furchtsam und leise trat er aus dem Keller heraus und ging im Dunkeln fort, bis er in den Gang kam; hier wartete mein Bruder, bis die verfluchte Alte des Morgens wieder auf eine frische Jagd ausging, alsdann folgte er ihr nach, ohne dass sie es bemerkte. Er blieb einen Monat lang zu Hause und pflegte sich, bis er wieder genesen war; indessen beobachtete er die Alte immer und bemerkte, wie sie einen nach dem anderen auffing und in jenes Haus führte. Mein Bruder sagte kein Wort. Als er wieder ganz gesund war, nahm er von seinen Lumpen, machte einen Sack daraus und füllte ihn mit Glas, gürtete ihn um, und verstellte sich so, dass man ihn nicht erkannte; er verkleidete sich als Fremder, nahm ein Schwert und das Kleid, und als er die Alte sah, sagte er ihr in einem fremden Dialekt. »Ich bin fremd hier, hast du vielleicht eine Goldwaage im Hause, wo ich 500 Dinare wiegen könnte?« Die Alte antwortete: »O mein Fremder! Ich habe einen Sohn, der Geldwechsler ist und vielerlei Waagen hat; komm geschwind mit mir, ehe er in seinen Laden geht, er wird dir dein Gold wiegen.« Mein Bruder sagte ihr: »Geh mir voran!« Sie ging mit meinem Bruder, bis sie wieder an jene Türe kamen, wo sie anklopfte, es kam wieder dasselbe Mädchen heraus. Die Alte lachte ihr entgegen und sagte: »Heut bringe ich dir fettes Fleisch.« Das Mädchen fasste dann meinen Bruder an der Hand und brachte ihn in die Wohnung, in der er schon einmal war, setzte sich eine Weile zu ihm und sagte dann: »Geh nicht von hier, bis ich wiederkehre!« Als sie weggegangen war, kam sogleich der verfluchte Schwarze wieder, mit einem bloßen Schwert in der Hand, er sagte zu meinem Bruder: »Steh auf, du Verfluchter!« Mein Bruder stand hinter ihm auf, griff nach dem Schwert, das er unter dem Kleid hatte, und schlug den Schwarzen so, dass sein Kopf vom Rumpfe fiel; sodann schleppte er ihn an den Füßen nach dem Keller. Hierauf kam die Sklavin mit einer Schüssel voll Salz; als sie meinen Bruder mit dem Schwert in der Hand sah, nahm sie die Flucht, er aber holte sie ein und hieb ihr den Kopf ab. Sodann kam die Alte, und als mein Bruder sie sah, sagte er ihr: »Kennst du mich, du Alte des Unheils?« Sie entgegnete: »Nein, mein Herr!« Da sagte mein Bruder: »Ich bin der Herr des Hauses, in dem du gebetet hast, und den du alsdann hierher gebracht.« Sie flehte: »O übereile dich nicht!« Er gab ihr aber kein Gehör und zerhieb sie in vier Teile. Mein Bruder ging nun hinaus, um das Mädchen aufzusuchen; als sie ihn sah, verlor sie den Verstand; sie erbat sich ihr Leben von ihm, und er versprach ihr, sie leben zu lassen. Er fragte sie: »Wie bist du wohl zu diesem Schwarzen gekommen?« Das Mädchen antwortete: »Ich war Sklavin bei einem Kaufmann, und die Alte besuchte mich oft, dass ich ganz vertraut mit ihr ward.

Eines Tages sagte sie: »Wir haben heut eine Hochzeit, dergleichen niemand je gesehen, und es wäre mir lieb, wenn du sie sehen wolltest.« Ich sagte: Recht gerne! Machte mich auf, kleidete mich an, nahm meinen Schmuck und einen Beutel voll Geld und ging mit ihr. Sie führte mich zu diesem Hause und hieß mich mit ihr hineingehen. Kaum war ich im Hause, als mich der Schwarze ergriff; und so musste ich durch die List der Alten, die Gott verdammen möge, drei Jahre bei ihm bleiben.« Mein Bruder fragte sie sodann: ob der Schwarze wohl Geld oder sonst etwas in diesem Hause hätte? Und sie antwortete. »Sehr viel, und danke Gott, wenn du alles von hier wegschaffen kannst.« Als er nun mit ihr ging, öffnete sie mehrere Kisten, in welchen viele Beutel waren. Mein Bruder war höchst erstaunt darüber. Da sagte ihm das Mädchen: »Ich will hier bleiben, gehe du und hole jemanden, der das Geld von hier wegbringt.« Er ging auch sogleich und mietete zehn Leute. Als er aber - erzählte mir mein Bruder weiter - an die Türe klopfen wollte, fand er sie geöffnet; er ging hinein und fand zu seinem Erstaunen kein Mädchen und keine Geldbeutel mehr: Nur Kleinigkeiten waren zurückgeblieben. Nun merkte er wohl, dass ihn das Mädchen betrogen; indessen nahm er, was sie zurückgelassen. Er öffnete die Magazine, nahm alle Kleider und ähnliche Effekten, ließ gar nichts im Hause zurück, und durchlebte eine fröhliche Nacht. Als er aber des Morgens aufstand, fand er zwanzig Hatschiere an seiner Türe, die ihn festnahmen und ihm sagten, der Polizeioberste lasse ihn holen. Mein Bruder bat sie, ihn doch erst nach Hause gehen zu lassen, und versprach ihnen Geld; aber sie hörten ihn nicht an, banden ihn fest, legten ihn in Ketten und führten ihn fort. Als sie auf dem Wege waren, begegnete ihm einer seiner Freunde; er ergriff den Saum seines Kleides, bat ihn, ein wenig bei ihm stehen zu bleiben und ihn aus der Hand dieser Hatschiere zu befreien. Sein Freund blieb stehen, bat die Soldaten, ihn freizulassen, und fragte sie: was er denn verbrochen? Sie antworteten: Der Polizeioberste habe ihnen befohlen, ihn zu ihm zu bringen, weshalb sie ihn aufgegriffen hätten, um ihn nach diesem Befehle zu verhaften. Hierauf sagte der Freund meines Bruders: »O ihr guten Leute! Ich will euch die Mühe eures Wegs so gut bezahlen, als ihr wollt, lasst ihn nur frei und geht so wieder zum Polizeiobersten zurück.« Aber sie wollten ihn nicht loslassen.

Als der Polizeioberste meinen Bruder sah - fuhr der Barbier fort - fragte er ihn: woher er auf einmal so viele Sachen besitze? Er antwortete: »Mein Herr! Versprich mir vorher, mir nichts zuleid zu tun.« Nachdem jener es ihm versprochen, erzählte ihm mein Bruder die ganze Geschichte der Alten, von Anfang bis zu Ende, und dass zuletzt das Mädchen entflohen. Sodann sagte er: »Mein Herr! Alles, was ich dort genommen, ist in meinem Hause: nimm du davon, was du willst, und lass mir nur etwas zu leben übrig.« Der Polizeioberste ließ nun seine Untergebenen mit meinem Bruder gehen, und ihm alle Effekten und alles Gold nehmen; da er aber doch fürchtete, der Sultan möchte diese Geschichte erfahren, ließ er meinen Bruder zu sich kommen und sagte: »Ich wünsche, dass du diese Stadt verlässt: tust du's nicht, so lass ich dich umbringen.« Mein Bruder entgegnete: »Ich bin bereit zu gehorchen;« und wanderte nach einem fremden Lande. Da überfielen ihn Räuber und zogen ihn ganz aus. Als ich dies hörte, brachte ich ihm Kleider; er zog sie an und ging heimlich mit mir in die Stadt zurück, wo ich ihn zu seinen Brüdern gesellte.

Geschichte des sechsten Bruders des Barbiers.

Mein sechster Bruder aber, der mit der gespaltenen Lippe, war früher reich, verarmte jedoch später. Als er einst ausging, um sich etwas zu neuer Lebenskraft zu verschaffen, sah er ein schönes Haus mit einem großen Eingang und einer hohen Türe, an der viele Diener standen, welchen allerlei Befehle erteilt wurden. Er fragte einen der dort Stehenden, wem dieses Haus gehöre; man antwortete, es gehöre einem Nachkommen der Barmekiden. Mein Bruder ging hierauf zu den Pförtnern und forderte ein Almosen. Sie sagten: »Komm zur Türe herein, der Hausherr wird dir geben, was du verlangst.« Er ging also in den Hausflur und als er eine Weile gegangen, kam er an eine schöne Wohnung mit einem Garten in der Mitte, desgleichen kein Auge je gesehen; der Boden war mit Teppichen bedeckt, und die Wände mit Vorhängen verziert. Mein Bruder wusste vor Verwunderung nicht, wo er hingehen sollte. Endlich kam er an die Tür eines Saals; er ging hinein und sah oben im Saal einen Mann von schönem Gesicht und Bart; indem er auf denselben zuging, sah jener meinen Bruder, hieß ihn willkommen und erkundigte sich nach seinem Zustande. Mein Bruder sagte ihm, dass er der Hilfe bedürfe. Als jener dies hörte, zeigte er einen großen Kummer, streckte die Hand nach seinen Kleidern, zerriss sie und sagte: »Soll ich in einem Lande wohnen, und du darin hungern? Dazu habe ich keine Kraft.« Er versprach meinem Bruder alles Gute und sagte sodann: »Du musst mich ein wenig unterhalten.« Dieser antwortete: »Mein Herr! Ich bin so hungrig, dass ich dazu keine Kraft habe.« Alsbald schrie der andere: »Diener, bring den Krug und das Waschbecken, dass wir unsere Hände waschen!« aber mein Bruder sah weder Krug und Waschbecken noch sonst etwas. Der Hausherr sagte sodann: »Komm, mein Bruder, und wasche dich!« und machte dabei eine Bewegung, als wenn er sich die Hände wüsche. Hierauf schrie er: »Bringt den Tisch!« und deutete mit der Hand, wo man decken sollte; aber mein Bruder sah nichts. Dann sagte er: »Mein Gast, bei meinem Leben, iss und schäme dich nicht!« machte abermals Bewegungen mit der Hand, als wenn er äße, und wiederholte dabei: »Bei meinem Leben, iss nur nicht zu wenig; ich weiß ja, wie hungrig du gerade bist.« Mein Bruder machte nun ebenfalls Bewegungen, als wenn er äße. Wieder sagte der Hausherr: »Sieh einmal dieses Brot, wie weiß es ist;« aber jener sah nichts, dachte, dieser Mann scherze gern mit den Leuten, und erwiderte: »Mein Herr, ich habe in meinem Leben kein weißeres und schmackhafteres Brot gesehen!« Der Hausherr sagte hierauf: »Dies Brot hat ein Mädchen gebacken, das mich 500 Dinare gekostet.«

Alsdann rief der Hausherr: »Diener, bring zuerst geschältes Korn, schmälze er aber gut!« und sagte dann zu meinem Bruder: »Hast du wohl je besseres Korn gegessen? Iss nur, bei meinem Leben, und tue dir keinen Zwang an!« Hierauf befahl er dem Diener eine saure Speise, nebst einer in Fett gebratenen Ente zu bringen, und sagte wieder zu meinem Bruder: »Iss nur, ich weiß doch, dass du hungrig bist.« Mein Bruder kaute und schmatzte, als wenn er äße, und der Hausherr bestellte ein Gericht nach dem andern, hieß ihn essen, ohne dass etwas gebracht wurde, befahl dann dem Bedienten, die fetten Hähne aufzutragen, und sagte wieder: »Bei deinem Leben, mein Gast! Diese fetten Hähne sind mit Pistazien gemästet worden: Iss mehr, als du je von dieser Speise gegessen.« Mein Bruder entgegnete: »Bei Gott! Dies alles ist sehr gut!«, worauf der Hausherr mit der Hand nach seinem Munde fuhr, als gäbe er ihm etwas zu essen, und ihm dabei die verschiedensten Gerichte beschrieb, während mein Bruder so hungrig war, dass ihm nach einem Stück Gerstenbrot gelüstete. Endlich sagte dieser: »Ich habe nun genug gegessen!« Da rief der Hausherr. »Tragt die Speisen ab und bringt die Süßigkeiten!« und sagte dann zu meinem Bruder: Iss von diesen eingemachten Datteln und Trauben, denn sie sind sehr gut. Siehst du, wie der Julep aus meiner Hand davon heruntertropft.« Mein Bruder entgegnete: »O könnte ich doch immer bei dir sein!« und fragte ihn, warum so viel Moschus bei diesem Eingemachten sei? Er antwortete: »Es ist meine Gewohnheit, die Trauben auf diese Weise einzumachen.« Mein Bruder spielte immer mit seinen Lippen und setzte seinen Mund in Bewegung; sodann rief der Hausherr: »Genug davon, bringt jetzt Mandelkuchen!« und hieß wieder meinen Bruder essen und sich nicht schämen. Dieser antwortete: Er habe genug und könne nichts mehr essen. Da sagte der Hausherr: »Mein Gast, willst du etwas trinken und dabei munter werden, da du doch nicht mehr hungrig bist?« Mein Bruder sagte: »Ja!« und beschloss dabei, es solle den Mann reuen, ihn so zum Besten zu haben. Der Hausherr rief nun: »Bringt den Wein;« und tat, als wenn er meinem Bruder einen Becher reichte, indem er sagte: »Koste einmal diesen Wein und sage mir, wie er dir behagt.« Mein Bruder entgegnete: »Er hat einen angenehmen Geschmack, doch bin ich anderen gewöhnt.« Dann sagte der Hausherr: »Bringt andern, der mehr berauscht!« wünschte meinem Bruder, dass er ihm wohl bekomme, und tat dabei, als trinke er. Mein Bruder stellte sich, als wäre er betrunken, und sagte: »Mein Herr, o ich kann nicht mehr!« drang auf ihn ein, ohne dass er es bemerkte, hob die Hand so hoch auf, bis man das Weiße unter seiner Achsel sehen konnte, und schlug ihm eins auf den Nacken, das das ganze Zimmer davon widerhallte. Er hob schon die Hand zum zweiten Male auf, da sagte der Hausherr: »Was ist das, du Niederträchtiger?« Mein Bruder antwortete: »Mein Herr! Du hast deinen Sklaven in deine Wohnung gebracht und ihm so viel zu essen und zu trinken gegeben, dass er berauscht worden und nichts mehr von sich weiß; du musst nun wohl seine Grobheit ertragen und sein Vergehen entschuldigen.« Als der Hausherr dies hörte, lachte er laut und sagte: »Ich treibe schon lange solchen Scherz mit den Leuten, habe aber außer dir noch keinen gefunden, der so klug in meinen Spaß einging: Gern verzeih ich dir.«

»Nun aber sei wirklich mein Gast«, fuhr der Barmekide zu meinem Bruder fort, »und bleibe bei mir.« Alsbald ließ er in der Tat eine Anzahl Diener kommen und wirklich einen Tisch bereiten, worauf alle Gerichte standen, die früher erwähnt worden. Sie aßen miteinander, bis sie satt waren, dann gingen sie in den Trinksaal; da waren Mädchen wie der Mond, welche allerlei Melodien sangen und auf allerlei Instrumenten spielten, und sie tranken, bis sie berauscht waren. Der Mann ward mit meinem Bruder so vertraut, als wäre er sein Bruder; er liebte ihn sehr und schenkte ihm Ehrenkleider. Am folgenden Morgen begannen beide wieder von Neuem zu essen und zu trinken, und so zehn Tage lang. Dann übertrug der Mann meinem Bruder die Verwaltung aller seiner Güter, und so blieb er 20 Jahre bei ihm, bis jener starb. Gelobt sei der immer Lebende, der nie stirbt! Der Sultan ließ nach dem Tode des Mannes alles, was er hinterlassen, sowie was mein Bruder hatte, wegnehmen, sodass dieser ganz arm ward und auswandern musste. Mitten auf dem Wege kamen Beduinen auf ihn los, nahmen ihn gefangen und zogen mit ihm zu ihrem Stamme. Der, welcher ihn gefangen genommen, fing an, ihn zu schlagen, indem er sagte: »Kaufe dich mit Geld von mir los!« Mein Bruder entgegnete weinend: »Ich besitze gar nichts, ich bin dein Gefangener: Tu mit mir, was du willst!« Da nahm der Beduine ein Messer heraus, durchschnitt meines Bruders Lippe und forderte immer heftiger Geld von ihm. Dieser Beduine hatte eine schöne Frau, die, so oft ihr Mann ausging, meinen Bruder zu überreden suchte; aber er wies sie stets zurück. Als er einmal ihr nachgab und mit ihr spielte, und sie ihn liebkoste, kam der Mann nach Hause, und als er meinen Bruder bei seiner Frau sah, sagte er zu ihm: »Wehe dir! Willst du meine Frau verführen?« Er nahm dann ein Messer und brachte meinem Bruder eine empfindliche Wunde bei, lud ihn auf ein Kamel und legte ihn am Fuße eines Berges nieder. Da kamen Reisende vorüber, die ihn kannten; sie gaben ihm zu essen und zu trinken, und sagten mir, was ihm widerfahren. Ich ging dann zu ihm, brachte ihn in die Stadt und gab ihm seinen bestimmten Lebensunterhalt. Nun bin ich zu dir gekommen, o Fürst der Gläubigen! Und habe dir, um mir keine Nachlässigkeit zuschulden kommen zu lassen, die Geschichte meiner sechs Brüder erzählt, für die ich sorgen muss.

Als der Kalif meine ganze Erzählung gehört, lachte er sehr und sagte: »Du hast recht, O Schweigender! Du sprichst wenig und liebst das Überflüssige nicht; doch verlasse jetzt diese Stadt und bewohne eine andere.« Er erteilte dann einen Befehl, mich aus der Stadt zu verweisen, sodass ich in der Welt herumreiste, bis ich hörte, dass er gestorben und ein anderer Kalif geworden; da kehrte ich wieder in die Stadt zurück. Alle meine Brüder waren schon tot. Da traf ich diesen jungen Mann, behandelte ihn so schön, und er belohnte mich so schlecht; doch wäre er ohne mich gewiss zugrunde gegangen. Der Jüngling ging dann von mir fort, und auch ich unternahm neue Reisen, bis ich ihn hier wieder fand; nun macht er mich auf eine neue Weise verdächtig, wie ich es gar nicht verdiene, indem er mich für einen Schwätzer erklärt.

Der Schneider fuhr dann fort: O König, nachdem wir die Geschichte des Barbiers vernommen und ihn eingesperrt hatten, setzten wir uns, aßen und vollendeten die Mahlzeit, die bis zwei Stunden vor Sonnenuntergang währte; dann ging ich nach Hause. Da machte meine Frau ein mürrisches Gesicht und sagte: »Du lebst in Saus und Braus, und ich muss betrübt zu Hause sein; wenn du nicht, so lange es noch Tag ist, mit mir ausgehst, so werde ich mich von dir scheiden lassen.« Ich ging nun bis abends mit ihr spazieren. Auf unserem Heimweg begegneten wir dem buckligen Lügner, der berauscht umherschwankte. Ich lud ihn ein, kaufte Fische, und nachdem wir miteinander gegessen, blieb ein Stück übrig, in dem eine Gräte war, ich stopfte es dem Buckligen durch die Zähne und hielt ihm den Mund zu; auf einmal hörte er auf zu atmen; er würgte daran und seine Augen verdrehten sich. Ich schlug ihn zwischen die Schultern und griff ihm in den Hals, aber er war tot. Da trug ich ihn weg; ich besann mich lange, wohin ich ihn bringen sollte, und schaffte ihn endlich in das Haus dieses jüdischen Arztes, der dann auch nachdachte, wie er ihn los würde, bis er ihn zu dem Aufseher hinwarf; dieser war aber listig und brachte ihn zum christlichen Makler. Dies ist die Geschichte dessen, was mir gestern widerfahren ist; ist sie nicht wunderbarer, als die des buckligen Lügners?

Als der König von China die Worte des Schneiders hörte, schüttelte er den Kopf vor Entzücken, zeigte ein großes Erstaunen und sagte: »Die Geschichte zwischen dem jungen Mann und dem geschwätzigen Barbier ist schöner und angenehmer als die des Buckligen.« Der König befahl dann einem seiner Offiziere, mit dem Schneider zu gehen und den Barbier aus dem Gefängnis zu holen, und sagte: »Ich möchte diesen schweigenden Barbier sehen und ihn sprechen hören, da er doch die Ursache eurer Rettung geworden; dann wollen wir den Buckligen begraben, der seit gestern schon tot daliegt, und ihm ein Grabmal errichten.« Der Offizier und der Schneider kamen so schnell als möglich mit dem Barbier zurück. Der König von China sah ihn an und merkte, dass er schon mehr als neunzig Jahre alt war, er hatte einen weißen Bart und weiße Augenbrauen, herunterhängende Ohren, eine lange Nase; es lag in seinen Gesichtszügen etwas Einfältiges. Der König lachte, als er den Barbier sah, und sagte: »Du Schweigender, erzähle mit eine deiner Geschichten!« Der Barbier sagte: »Was ist, o König der Zeit! Mit diesem Christen, dem Juden, dem Muselmann und dem Buckligen vorgefallen? Wer vereint sie hier?« Da sagte der König von China lachend: »Was hast du nach ihnen zu fragen?« Er antwortete: »Um zu zeigen, dass ich kein Schwätzer und unschuldig bin, an dem, was man mir vorwirft, weshalb ich der Schweigende heiße.«

Der König von China befahl nun seinen Leuten, dem Barbier die Geschichte des Buckligen von Anfang bis zu Ende zu erzählen. Der Barbier schüttelte ungläubig den Kopf und sagte: »Das ist höchst sonderbar, deckt einmal den Buckligen auf!« Als seinem Wunsche nachgekommen war, setzte er sich an die Seite des Buckligen, nahm seinen Kopf auf den Schoß, betrachtete sein Gesicht und wollte sich vor Lachen ausschütten. Er sagte dann: »Sonderbar, wie jeder Tod seine Ursache hat! Die Geschichte des Buckligen verdient wohl, mit Goldschrift aufgezeichnet zu werden.« Die Leute des Königs erschraken über das Benehmen des Barbiers, und der König von China fragte ihn, was er habe? Der Barbier antwortete: »Bei deiner Huld! Es ist noch Leben in diesem Buckligen.« Er zog dann einen Beutel hervor, öffnete ihn und nahm eine Büchse heraus, in der eine Salbe war, womit er dem Buckligen den Hals und die Adern einrieb, dann nahm er ein langes Eisen, fuhr damit in den Hals des Buckligen und zog das Stück Fisch mit der Gräte, das ganz mit Blut beklebt war, heraus. Kaum war der Bucklige von diesem Unrate befreit, so fing er an zu niesen, aufzuspringen und sich das Gesicht vor Freude zu reiben. Der König und seine Umgebung waren sehr erstaunt darüber, wie der Bucklige einen Tag und eine Nacht leblos daliegen konnte; auch waren sie überzeugt, dass er gewiss bald gestorben wäre, hätte ihm Gott nicht den Barbier zu Hilfe geschickt.

Der König von China befahl sodann, dass man die Geschichte des Barbiers und des Buckligen aufzeichne; auch ließ er dem Aufseher, dem Schneider, dem Christen und dem Juden reiche Geschenke reichen und entließ sie alle. Den Barbier aber behielt er bei sich und sorgte für seinen Lebensunterhalt königlich; er blieb dann auch unter seinen Tischgenossen, bis der Tod, der Zerstörer aller Freuden, sie überraschte.

Als Schehersad diese Geschichte vollendet hatte, sagte sie: Noch entzückender ist die Geschichte des Spezereihändlers Abul-Hasan und Alis und seiner Erlebnisse mit Schems Annahar. Am folgenden Morgen erzählte sie dann:

Geschichte Alis Ibn Bekkar und der Schems Annahar.

Es gab einst in der Stadt Bagdad einen Spezereihändler, mit Namen Abul Hasan, Sohn Tahers, der sehr reich und vornehm war; dabei führte er einen reinen Lebenswandel, war ein aufrichtiger und guter Gesellschafter, und deshalb überall gut aufgenommen, wo er sich zeigte. Er ging oft in das Schloss des Kalifen, und die meisten Frauen und Sklavinnen des Kalifen Harun Arraschid ließen sich von ihm ihre Geschäfte besorgen, wie sie es eben nötig hatten. Auch saßen oft die Söhne der Fürsten und der Großen bei ihm. Unter diesen war auch ein junger, persischer Prinz, mit Namen Ali, Sohn des Bekkar. In der Person dieses Prinzen hatte Gott alle trefflichen Eigenschaften vereint; er war ausgezeichnet schön und anmutig, seine Beredsamkeit war bezaubernd, sein Verstand, sein Mut, seine Freigebigkeit, seine Keuschheit, sein Ernst und seine Tapferkeit unübertroffen! Dieser lebte oft in Gesellschaft Abul Hasans; er konnte sich zuletzt keinen Augenblick mehr von ihm trennen. Als einst der junge Prinz bei ihm saß, sahen sie zehn junge Sklavinnen, schön wie der Mond, vom Markt herkommend; aus ihrer Mitte strahlte ein Mädchen, das den Vollmond beschämte. Diese ritt auf einem grauen Maultier, sie trug einen roten, seidenen, mit Perlen und Edelsteinen besetzten Gürtel. Ihre Schönheit überstrahlte, wie schon gesagt, die der übrigen zehn Mädchen, die bei ihr waren; sie war, wie ein Dichter sagt:

> »Sie ist ein vollkommenes Muster der Schönheit, dass man sie nicht anders geschaffen wünschen könnte; sie hat weder zu viel, noch zu wenig, es ist, als wäre sie von Perlenwasser gebildet; ein Mond leuchtet aus allen ihren Gliedern hervor; ihre Stirne ist der Vollmond, ihr Wuchs der Zweig eines Baumes, ihr Atem ist Moschus: Kein Mensch gleicht ihr.«

Ihre schönen Augen und die übrigen Reize fesselten alle, die sie sahen. Als sie an den Laden des Abul Hasan kam, stand dieser vor ihr auf, küsste die Erde und ließ sie auf ein seidenes, mit Gold gesticktes Kissen sitzen; er blieb, um sie zu bedienen, vor ihr stehen. Sie befahl ihm, sich zu ihr zu setzen, und als er gehorchte, verlangte sie von ihm, was sie bedurfte. Inzwischen hatte der junge Ali schon seinen Verstand verloren; er war außer sich, war bald rot, bald blass, und wollte vor Liebe vergehen. Er wollte aus Ehrfurcht vor ihr aufstehen, aber sie winkte mit ihren Narzissenaugen und Zuckerlippen und sagte: »Mein Herr! Wir sind zu dir gekommen und du willst, weil wir dir nicht gefallen, vor uns entfliehen?« Ali küsste die Erde und entgegnete: »O meine Gebieterin! Sobald ich dich gesehen, habe ich meinen Verstand verloren, ich weiß nichts anderes zu sagen, als was schon ein Dichter gesagt:

»Sie ist die Sonne, ihre Wohnung ist im Himmel; tröste dein Herz
mit dem schönsten Trost, denn du kannst nicht zu ihr hinauf und
sie nicht zu dir herunter steigen.«

Sie lächelte, und heller als ein Blitz leuchteten ihre Zähne, dann sagte sie: »O Abul Hasan! Woher kennst du diesen Jüngling, und welches ist sein Rang?« Abul Hasan antwortete: »Er heißt Ali, Sohn Bekkars, und ist ein Prinz von Persien.« Sie sagte ihm dann, wenn meine Sklavin zu dir kommt, so bemühe dich mit ihm zu uns, dass wir ihn in unserem Hause bewirten, damit er sich nicht über uns beklagen und sagen kann: Unter den Bewohnern Bagdads herrscht keine Gastfreundschaft; denn der Geiz ist das schlechteste Gewand eines Menschen. Hörtest du, was ich dir gesagt? Wenn du nicht gehorchst, so trifft dich mein Zorn, und ich werde dich nie mehr grüßen.« Abul Hasan antwortete: »Gott bewahre, - o Königin aller Sklaven! - Gott bewahre mich vor deinem Zorn!« Sie verließ hierauf den Laden und ritt davon, nachdem sie sich schon aller Herzen bemeistert und jeden Verstand geraubt hatte. Ali blieb sitzen, er wusste nicht, ob er auf der Erde oder im Himmel wandle. Doch ehe noch der Tag verflossen war, kam eine Sklavin zu Abul Hasan und sagte: »Mein Herr Abul Hasan! Im Namen Gottes komme du mit deinem Freund Ali zu meiner Gebieterin Schems Annahar, der Freundin des Fürsten der Gläubigen, Harun Arraschid.« Abul Hasan stand auf und sagte zu Ali: »Im Namen Gottes, mein Herr!« Sie folgten dann der Sklavin, die weit voranging und welche sie in den Palast des Kalifen führte. Hier zeigte sie ihnen die Wohnung Schems Annahars. Der Jüngling sah eine Wohnung, als wäre sie von Genien gewohnt; er fand darin die mannigfaltigsten Teppiche, Kissen und Divans, wie er solche noch nie in seinem Leben gesehen hatte. Als er und Abul Hasan daselbst Platz genommen, brachte man ihnen einen Tisch mit den köstlichsten Speisen, und eine schwarze Sklavin blieb zu ihrer Bedienung vor ihnen stehen. Es wurde aufgetragen, was nur laufen und fliegen konnte: von säugenden Schafen, gestopften Hähnen, Tauben und Wachteln, nebst anderen süßen und sauren Speisen. Der junge Mann aß und war vor Erstaunen ganz außer sich; sie verzehrten die besten Speisen und tranken die köstlichsten Weine. Als sie satt waren, brachte man ihnen zwei goldene Waschbecken, sie wuschen ihre Hände; dann brachte man Weihrauch, sie beräucherten sich; dann brachte man ihnen in Goldgefäßen kristallene Becher, welche mit Edelsteinen besetzt waren, und gefüllt mit Ambra, Moschus und Rosenwasser; sie parfümierten sich damit und setzten sich nieder. In einer kurzen Weile hieß sie die Sklavin aufstehen und führte sie in einen anderen Saal, dessen Kuppel von hundert Säulen getragen wurde; die Füße der Säulen waren mit vergoldeten Tieren und Vögeln verziert, der Boden war mit seidenen Teppichen belegt. Als die beiden sich setzten und den Saal näher betrachteten, fanden sie, dass der ganze Grund von Gold war, auf welchem weiße und rote Rosen gestickt waren; aus demselben Stoff war die Decke der Kuppel. Auch waren allerlei Gemälde und chinesische Gefäße aus Gold und Kristall mit prachtvollen Edelsteinen besetzt, im Saale. Am oberen Ende desselben waren viele Fenster, und vor einem jeden stand ein Divan mit der feinsten Stickerei überzogen und jeder von einer anderen Farbe; diese Fenster gingen in einen Garten, dessen Boden dem Grund der Teppiche glich. Rings umher floss Wasser aus einem großen Teich in einen kleineren; die Ufer des Teichs waren mit Narzissen, Basiliken und anderen seltenen Pflanzen, in goldenen, mit Edelsteinen verzierten Vasen besetzt.

Die Bäume in diesem Garten waren dicht ineinander geschlungen, die Früchte auf ihnen waren so reif, dass sie bei jedem Säuseln des Windes auf die Oberfläche des Wassers fielen. Eine Menge Vögel ließ sich auf dem Garten nieder, sie schlugen ihre Flügel zusammen und unterhielten sich miteinander durch ihr Gezwitscher, das in allen möglichen Tönen erschallte. An beiden Seiten des Teiches waren Stühle von Ebenholz, mit Silber ausgelegt, aufgestellt; auf jedem Stuhl saß ein Mädchen, das glänzender war als die Sonne, kostbar gekleidet, mit einer Laute oder einem anderen Instrument vor sich; es vereinte sich so der Gesang der Mädchen mit dem der Vögel und das Säuseln des Windes mit dem Plätschern des Wassers. Bald blies der Wind eine Rose auf, bald warf er eine Frucht herunter.

Während Ali und Abul Hasan ihre Augen und ihre Gedanken an dieser Pracht und Schönheit weideten und sie halb nach dem Saal und auf den Tisch richteten, ja ganz hingerissen von der Anmut und Lieblichkeit, wie von der großartigen Zusammenstellung aller dieser Gegenstände, in das höchste Erstaunen versetzt waren, wendete sich Ali, Sohn des Bekkar, zu Abul Hasan und sagte zu ihm: »Wisse, mein Freund, der größte Weise und der Verständigste, der nur gesunde Sinne hat, muss alles dies auch schön finden und davon entzückt und hingerissen werden; wie viel mehr ein Mensch in meiner Lage, dessen Herz von Liebe überfließen will; doch beraubt mich alles, was ich gesehen nicht des Wortes, und noch bleibt mir Kraft zu fragen übrig: Wie hoch muss wohl der Rang dessen sein, der ein so herrliches Gut und so große Macht besitzt?«

Als Abul Hasan dies aus dem Munde Alis hörte, antwortete er ihm: »Wisse, dass auch mir die ganze Sache ein Geheimnis ist; doch werden wir bald die Wahrheit entdecken. Es wird nicht lange dauern, so sind wir am Ziel und das Geheimnis wird sich dir lösen.« Während sie so das Schönste und Üppigste sahen und besprachen, erschien eine Sklavin und befahl den

Mädchen, welche auf den Stühlen saßen, zu singen; eine von ihnen stimmte ihre Laute und sang:

»Ehe ich noch die Liebe kannte, ward ich unversehens an ihn gefesselt, und das Feuer der Trennung glühte mir in meiner Brust und in meinem Herzen; auch gegen meinen Willen enthüllten meine Tränen jedermann mein Geheimnis.«

Ali rief aus: »Sehr schön!« Die Sklavin sang weiter:

»Mit der entferntesten Hoffnung neige ich mich liebend zu dir.
Doch was helfen den Liebenden Sehnsuchtsseufzer, deren kältester
ein Feuerbrand ist?«

Der Jüngling seufzte tief und sagte: »O Mädchen, du hast ausgezeichnet wahr und schön gesungen!« Er wiederholte dann die Verse und bat sie, weiter zu singen. Da sprach sie:

»O du, zu dem meine Liebe immer wächst, bemächtige dich meines
Herzens, wie du willst; lösche durch deine Nähe die Flamme eines
Herzens, das Entfernung und Trennung zerfließen machte. Nimm,
was du willst, an Schuld und Lohn: Mir bleibt doch kein anderer
Lohn, als der Märtyrertod.«

Ali weinte aufs Neue und wiederholte die Verse. Auf einmal erhoben sich alle Mädchen, stimmten ihre Instrumente und sangen im Chor folgende Verse:

»Gott ist groß! Nun ist der Vollmond aufgegangen und vereint ist
die Geliebte mit dem sie so innig Liebenden. Wer hat je die Sonne
und den leuchtenden Vollmond im Garten der Ewigkeit oder in der
Welt beisammen gesehen?«

Ali und Abul Hasan blickten überrascht auf die Mädchen, doch vergrößerte sich ihre Überraschung, als sie die Sklavin, die bei Abul Hasan im Laden war, und sie hierher gebracht hatte, an dem Ende des Gartens erblickten; ihr folgten zehn Sklavinnen, welche einen großen, aus gediegenem Silber gegossenen Thron trugen, diesen stellten sie zwischen die Bäume und sich selbst hinter ihn. Nach ihnen kamen 20 Mädchen wie der Vollmond, mit mancherlei Instrumenten in den Händen und in Kleidern, die von Juwelen und Perlen strahlten; sie sangen alle zusammen, als hätten sie nur eine Stimme, bis sie den Thron erreichten; hier stellten sie sich zu beiden Seiten auf, ohne das Spiel zu unterbrechen.

Sie waren so ausgezeichnet in ihrer Kunst, dass es Ali und Abul Hasan vorkam, als wenn sich der ganze Palast mit ihnen bewege. Es kamen dann noch andere zehn Mädchen, deren Schönheit unmöglich zu beschreiben ist; ihre Kleider und Juwelen wetteiferten mit ihrer Schönheit. Diese blieben an der Tür stehen, dann kamen noch zehn, die den vorigen ganz ähnlich waren, und in ihrer Mitte Schems Annahar.

Diese strahlte unter anderen Mädchen wie die Sonne unter den Wolken hervor. Sie trug lange Locken und hatte einen blauen, goldgestickten Mantel umgeworfen, der wohl erraten ließ, welche kostbaren Kleider und Juwelen darunter verborgen sein müssten; sie ging langsamen Schrittes majestätisch einher, bis sie den Thron erreichte, auf den sie sich setzte.

Ali konnte sie nun näher betrachten, sah dann den Spezereihändler an, biss sich auf die Finger, dass sie beinahe vom Gelenk fielen, und sagte: »Nachdem man so etwas gesehen, hilft alles Erzählen nichts mehr, und wenn man Überzeugung hat, schwindet der Zweifel!« Er sprach dann folgende Verse:

> »Hier ist der Anfang meines Elends, hier beginnt mein langdauernder Gram und mein Liebesschmerz. Nach diesem Anblick kann mein Herz keinen Augenblick mehr seine frühere Ruhe behaupten. O Seele, beim allmächtigen Gott! Sage diesem durch Liebespein geschwächten Körper Lebewohl und verlasse mich in Frieden!«

Er sagte dann zu dem Spezereihändler: »Du hast mir keine Wohltat erzeigt: Hättest du mir vorher etwas von diesen Herrlichkeiten gesagt, ich würde mein Herz darauf vorbereitet und gestärkt haben, dass es die Geduld nicht verliere.« Er fing dann an zu weinen; seine Augen füllten sich mit Tränen wie ein See, und er blieb wie ein Wahnsinniger vor ihm stehen. Da sagte der Spezereihändler zu ihm: »Ich habe nur Gutes mit dir beabsichtigt; ich fürchtete, dir die Wahrheit zu sagen, weil du sonst vor allzu großer Liebe und Sehnsucht verhindert werden konntest, dich mit ihr zu vereinigen und sie zu sehen, sei aber standhaft, mache dir Mut, sei frohen Herzens und nicht verzagt, sie wird dir bald entgegenkommen.« Ali fragte dann: »Nun, wer ist sie denn?« Der Spezereihändler antwortete: »Es ist Schems Annahar, die Sklavin des Raschid, und der Ort, in dem du dich aufhältst, ist sein neuer Palast, der unter dem Namen »Palast der ewigen Freuden« bekannt ist. Ich habe viel List anwenden müssen, bis ich euch hier vereinigte. Nun möge Gott ein gutes Ende herbeiführen!« Ali blieb ganz betroffen, dann sagte er zu Abul Hasan: »Wisse, dass die Vorsicht vor allem gebietet, sein Leben zu schonen und die Erhaltung desselben im Auge zu haben. Du hast mir nun mein Leben geraubt, sei es durch eine gewaltsame Liebe oder durch die Hand des mächtigen Sultans.« Er schwieg dann, das Mädchen aber blickte zu ihm nach dem Fenster der Kuppel hinauf, und in ihren Blicken lag Liebe und Schmerz; auch er drückte mit seinen Augen und Mienen seine Liebe aus, und so sprach die Zunge der Liebe zwischen ihnen, obschon sie beide schwiegen, und enthüllte ihnen gegenseitig das Innerste ihres Herzens. Nachdem sie so einander eine Weile betrachtet hatten, befahl Schems Annahar der ersten Mädchenreihe, welche die Laute spielte, sich auf ihre Stühle zu setzen. Sie ließ dann durch Sklavinnen Stühle unter die Fenster der Kuppel, an denen Ali und der Spezereihändler sich befanden, bringen und befahl den Mädchen, die mit ihr herauskamen, sich auf diese Stühle zu setzen. Als sie saßen, winkte sie einer derselben und befahl ihr zu singen; diese stimmte ihre Laute und sang folgende Verse:

»Der Geliebte neigte sich zur Geliebten hin, und die Liebe machte aus beiden Herzen ein Einziges.«

»Sie stehen am Meer der Liebe, es ist ein süßes Meer, darum mache reichen Vorrat. Als sie da standen und Tränen über ihre Wangen flossen, sagten sie: Die Schuld liegt nicht am Geschick, sondern an dem, der an diesem Meer vorübergeht.«

Sie sangen dabei auf eine Weise, dass er Gefühlvolle entzückt und der Kranke geheilt werden musste. Ali war tief gerührt, wandte sich zu einem der Mädchen und bat sie, folgende Verse zu singen:

»Wegen der großen Entfernung, o Geliebte! Haben meine Augen nur Tränen geerbt. O Freude und Glück meiner Augen! O du Ziel meiner Wünsche und meines Glaubens! Habe Mitleid mit dem Betrübten und Verzweifelten, dessen Augen in seinen Tränen untergehen, dessen Liebe sein Innerstes füllt, so lang es Sehnsucht und Seufzer gibt.«

Als das Mädchen nach Alis Wunsche diese Verse in einem zärtlichen Ton gesungen, wandte sich Schems Annahar zu einer anderen und hieß diese folgende Verse singen:

»Ich seufze nach dem, der gewiss auch seufzen würde, wenn er, wie ich, liebeskrank wäre; nach dem, den ein Teil meiner Sehnsucht schon seines Verstandes berauben würde. Dem barmherzigen Gott will ich klagen und keinem andern, dass mein Herz nicht besitzen kann, was es allein wünscht. Kein Mensch und kein Engel würde meine Leiden ertragen können.«

Das Mädchen sang diese Verse sehr schön mit einer zarten Stimme. Der junge Mann bat dann wieder eine andere, folgende Verse zu singen:

»Er sah deine beiden Augen und seufzte; es drückte ihn die schöne Geduld, er schmachtete und wurde liebeskrank; unter allen Menschen verlangt er nur nach dir.«

Als das Mädchen diese Verse mit vieler Kunst gesungen, seufzte Schems Annahar und sagte dem ihr am nächsten sitzenden Mädchen: Singe folgende Verse:

»Wenn du meine Seufzer nicht hörst, so weißt du nicht, was Mitleid ist. Bei deiner Liebe, bald ist meine Geduld zu Ende, und wie lang werde ich wohl noch Geduld haben müssen.«

Das Mädchen sang, und die beiden Liebenden schwammen in Entzücken und bewiesen sich gegenseitig die heißeste Liebe. Ali bat zuletzt noch einmal ein Mädchen, das in seiner Nähe saß, folgende Verse zu singen:

»Die Zeit der Vereinigung wird zu eng nach dieser Verstellung (Verheimlichung der Liebe in der Tat). Ihr seid ja so schön, und Schönheiten pflegen doch nicht, sich lange entfernt zu halten.«

Während das Mädchen dies sang, vergoss er viele Tränen und seufzte ununterbrochen. Als Schems Annahar diese Verse hörte und seine Tränen sah, konnte sie sich nicht mehr länger zurückhalten; sie stand auf, um nach dem Saal zu gehen. Ali ging ihr bis zur Tür entgegen und streckte seine Arme nach ihr aus: Sie umarmten sich an der Tür: Wer noch niemals sah, wie die Sonne den Mond umarmte, sah nie zwei schönere Menschen beisammen, als diese beiden! Ihre Kraft verließ sie endlich, sie fingen an zu wanken; alle Mädchen umgaben sie und legten sie auf die Polster im Saal, sie brachten Rosenwasser und Moschuspulver und bespritzten sie damit, bis sie wieder zu sich kamen und so schön und blühend waren, wie zuvor. Schems Annahar wandte sich dann zur Rechten und zur Linken und suchte den Spezereihändler, der sich hinter den Mädchen verborgen hatte. Als sie nach ihm fragte und er hervortrat, grüßte sie ihn und hieß ihn willkommen und dankte vielmal und sagte ihm: »Deine Güte gegen mich hat den höchsten Gipfel erreicht, ich weiß nicht, wie ich dich belohnen soll; du stehst niemand nach, wenn es sich darum handelt, als Mann eine schöne Tat zu vollbringen.« Er ward so schamrot, dass er den Kopf zur Erde neigte. Sie sagte dann zu Ali: »Mein Herr, wenn auch deine Liebe den höchsten Gipfel erreicht hat, so ist doch gewiss die Meinige nicht geringer! Es bleibt nichts übrig, als auf Gottes Ratschlüsse zu vertrauen und bei seinen Versuchungen standhaft zu bleiben.« Ali antwortete: »O meine Gebieterin! Meine Vereinigung mit dir und dein Anblick können das Feuer der Sehnsucht in mir nicht löschen und das, was ich empfinde, nicht vertreiben; ich wiederhole, was ich schon gesagt habe: Dass ich nur mit dem Tode aufhören werde, dich zu lieben; nur wenn mein Herz vergeht, wird auch meine Liebe vergehen.« So weinten dann beide und es flossen die Tränen wie zerstreute Perlen über ihre Wangen, die dadurch einer mit Regentropfen behängten Rose glichen. Abul Hasan sagte dann: »Eure Lage ist zart und euer Zustand wunderbar; wenn ihr in der Nähe schon so seid, was wollt ihr in der Entfernung beginnen? Seid munter und verscheucht den Kummer! Liebende müssen ihre Zeit, wie eine Beute, schnell benützen.« Sie hörten auf zu weinen, und Schems Annahar machte der ersten Sklavin ein Zeichen: Diese ging schnell weg und kam mit zwei Sklavinnen wieder, die ein silbernes Tischchen trugen, das sie vor Ali und den Spezereihändler setzten. Schems Annahar ging auf sie zu und sagte: »Nach einer solchen Unterredung darf man wohl durch fröhlichen Scherz sich erheitern.« Sie setzten sich dann zu Tische, und Schems Annahar fing an zu essen und dem Ali Speisen vorzulegen, während er ihr manchen Bissen in den Mund schob. Als sie genug gegessen hatten, ward der Tisch weggetragen; man brachte dann ein silbernes Waschbecken mit einer goldenen Kanne, sie wuschen ihre Hände und gingen wieder auf ihren Platz. Schems Annahar winkte wieder einer Sklavin; diese blieb eine Weile weg, kam dann mit drei Sklaven zurück, welche drei goldene Platten brachten; auf jeder derselben war ein Trinkgefäß aus Kristall, mit Gold verziert und mit köstlichem Wein gefüllt. Es war jedem eine Platte vorgestellt. Hierauf befahl Schems Annahar zehn Sklavinnen, sich an unsere Seite zu stellen, auch ließ sie zehn Sängerinnen kommen; alle übrigen mussten sich entfernen. Sie nahm dann einen Becher, füllte ihn und ließ ein Mädchen folgende Verse singen:

> »Ich gebe mein Leben hin für den, der meinen Gruß lachend erwidert, und nach der Verzweiflung mir wieder Luft zur Vereinigung gegeben. Sobald er erscheint, entdeckt die Sehnsucht meine Geheimnisse, und zeigt denen, die mich tadeln, was ich im Herzen trage; die Tränen meiner Augen bilden eine Scheidewand zwischen mir und dem Geliebten, als wenn die Tränen ihn eben so liebten, wie ich!«

Sie trank den Becher aus, füllte einen anderen mit Wein und reichte ihn ihrem geliebten Ali. Er nahm ihn und bat eine Sklavin, folgende Verse zu singen:

> »Wie dieser Wein, fließen auch meine Tränen; was meine Augen vergießen (blutige Tränen), gleicht dem, was der Kelch enthält. Ich weiß wirklich nicht, ob meine Augen Wein vergießen, oder ob ich meine Tränen getrunken.«

Der junge Mann trank, und Schems Annahar füllte einen dritten Becher und reichte ihn Abul Hasan; dieser nahm ihn an, und sie ergriff eine Laute von einem der Mädchen und sagte: »Ich werde zu diesem Becher singen; es ist das wenigste, was ich für dich tun kann.« Sie sang dann folgende Verse:

> »Die wunderbaren Tränen zittern auf seinen Wangen und das Feuer der Liebe brennt in seiner Brust. Wenn die Freunde nahe sind, weint er aus Furcht vor ihrer Entfernung, sodass Tränen fließen, sie mögen nahe oder ferne sein.«

Die zwei Liebenden schwebten in Entzücken. Sie sang mit so vieler Kunst und mit solch himmlischer Stimme, dass Ali einem Vogel glich, dem man seine Flügel geraubt, so schön harmonierte ihr Gesang mit ihrem Spiele. Als sie so eine Weile beisammen waren, kam eine Sklavin gleich einer Biene herbeigeflogen, zitterte dabei wie die Spitze eines Dattelbaums und rief: »O meine Gebieterin! Die Diener des Fürsten der Gläubigen sind an der Tür mit Masrur, Afif und Wasif.« Alle sanken fast in den Boden vor Schrecken und vor Furcht; der Mond ihrer Freuden verdüsterte sich und die Sterne ihrer Wonne gingen unter; sie fürchteten, es möchte schon alles entdeckt sein.

Schems Annahar lachte über die Furcht Alis und Hasans und sagte zu ihrer Sklavin: »Halte sie ein wenig zurück, dass sie nichts merken!« Wiewohl ungern stand sie auf, ließ die Kuppel und den Saal schließen und die Vorhänge an den Fenstern herunterrollen, ging hinunter in den Garten, und die beiden, Ali und der Spezereihändler, blieben, wo sie bisher waren. Schems Annahar ließ die Stühle wegbringen, setzte sich auf ihren Stuhl und ließ sich durch eine Sklavin ihre Füße kneifen und gab endlich die Erlaubnis, die Angemeldeten näherkommen zu lassen. Diese erschienen, von zwanzig Dienern begleitet, im schönsten Aufzug, die Schwerter an einem goldenen Gürtel an ihrer Seite, sie brachten ihr den schuldigen Gruß, sie erwiderte ihn und kam ihnen freundlich und ehrerbietig entgegen. Sie fragte dann Masrur, was er Neues bringe, und dieser antwortete: »Der Fürst der Gläubigen grüßt dich, lässt sich nach deinem Wohl erkundigen und dir seine Sehnsucht anzeigen. Er wird heute einen fröhlichen Tag zubringen und wünscht ihn diese Nacht mit dir zu beschließen; bereite dich daher zu seiner Ankunft vor und lass deinen Palast ausschmücken.« Sie antwortete: »Ich gehorche Gott und dem Fürsten der Gläubigen!« Sie ließ dann durch ein Mädchen ihre Haussklavinnen rufen, und als diese kamen, verteilte sie solche in den Garten und den Palast, um den Leuten zu zeigen, dass sie, wie ihr befohlen, Vorkehrungen treffen lasse. Im Palast fehlte nichts an Teppichen und an anderen Ausschmückungen. Sie sagte dann den Dienern: »Geht nun mit Gottes Schutz und Vertrauen! Berichtet dem Fürsten der Gläubigen, was ihr gesehen, und sagt ihm, er solle nur ein wenig verziehen, bis sein Zimmer und sein Lager in Ordnung gebracht seien.« Die Diener gingen fort, Schems Annahar aber kehrte zu ihrem Geliebten und seinem Freunde zurück, die, wie Vögelchen vor Angst zitterten. Sie drückte Ali fest an sich, weinte dabei heftig und sagte: »O mein Herr, dieser Abschied wird meinen Tod herbeiführen! Gott gebe mir Geduld, bis ich dich wiedersehe, oder er nehme mir das Leben nach deiner Entfernung!« Sie setzte hinzu: »Was dich betrifft, so wirst du unversehrt und ungesehen von hier wegkommen; du kannst leicht deinen Liebesgram verbergen, sodass dich niemand durchschaut! Aber ich gehe meinem Unheil und meinem bösen Geschick entgegen. Der Kalif wird wohl merken, dass ich, aus Gram über deine Trennung, nicht wie sonst gegen ihn bin. Mit welcher Stimme soll ich vor ihm singen, mit welchem Herzen bei ihm sein, mit welcher Kraft ihn bedienen, mit welchem Witze ihn und die, welche er mitbringt, unterhalten und zufriedenstellen?« Abul Hasan sagte ihr:

»Ich beschwöre dich, dich in Geduld zu fassen und dir diese Nacht so viel Mut als möglich zu machen, Gott wird in seiner Güte euch wieder vereinen.« Während sie so sprachen, kam eine Sklavin und fragte: »O meine Gebieterin, die Diener sind schon wieder zurück und du bist noch hier?« Sie sagte: »Wehe dir! Eile und bringe diese beiden schnell in das Sommerhaus, das in den Garten geht, und wenn es dunkel wird, so sorge dafür, dass sie wegkommen!« Die Sklavin sprach: »Ich werde pünktlich gehorchen.« Schems Annahar sagte ihnen dann Lebewohl und verließ sie in Verzweiflung. Die Sklavin nahm hierauf die beiden, brachte sie in das Sommerhaus, das von der einen Seite in den Garten und von der anderen nach dem Tigris hinausgeht, ließ sie dort niedersitzen, schloss die Tür und ging fort.

Schehersad erzählte weiter: Als die Sklavin sie in das Sommerhaus gebracht, ging sie weg. Abul Hasan und Ali blieben allein; es ward schon Nacht und sie wussten nicht, was aus ihnen werden sollte und wie sie gerettet werden könnten. Als sie nach dem Garten hinabblickten, sahen sie mehr als hundert Diener, wie Hochzeiter in den schönsten Farben gekleidet, jeden mit einem goldenen Gürtel, an dem ein Schwert hing. Ihnen folgten mehr als hundert Sklaven mit weißen Wachskerzen in der Hand. In ihrer Mitte war der Kalif Raschid zwischen Masrur und Wafif, vor Trunkenheit hin und her schwankend. Hinter ihm kamen zwanzig Sklavinnen mit Wachskerzen, kostbar gekleidet; Juwelen glänzten an ihrem Hals und bedeckten ihren Kopfputz. Andere auf ihren Lauten spielende Sklavinnen, an deren Spitze Schems Annahar ging, kamen diesen zwischen den Bäumen entgegen. Schems Annahar küsste die Erde vor dem Kalifen Raschid, und dieser hieß sie willkommen, indem er ihr ein angenehmes Leben und ein freudiges Herz wünschte; er stützte sich auf ihren Arm und ging bis zum silbernen Thron, auf den er sich setzte. Schems Annahar ließ dann die Stühle an der Seite des Teichs aufstellen, und der Kalif befahl den Sklavinnen, welche mit ihm gekommen waren, sich darauf zu setzen. Als alle Platz genommen, setzte sich Schems Annahar ihm gegenüber. Er sah sich eine Weile im Garten um und ließ dann die Fenster der Kuppel öffnen. Er war zur Rechten und zur Linken von so vielen Lichtern umgeben, dass die Nacht zum Tag und die Finsternis in Glanz verwandelt ward. Die Diener holten dann die Trinkgefäße herbei. Ich erblickte hier eine Pracht von Edelsteinen, erzählt uns Abul Hasan, der Spezereihändler, was mir nie die glühendste Fantasie gezeigt hatte. Mir war's, als wenn ich träumte. Ali war ganz verwirrt von dem Glanz, den er sah. Seine Bewegungen waren matt, er schaute mit gebrochenen Augen umher, sein Herz war krank und zerrissen. Abul Hasan sagte zu ihm: »Siehst du den König?« Er antwortete: »Ja, und damit unser Unglück! Uns rettet nichts mehr vom Untergang. Doch mich töten vor allem die Liebe, die sich meiner bemächtigt, die Trennung nach der Vereinigung, die Furcht, die Gefahr unseres Aufenthalts, die Schwierigkeit der Rettung. Gott allein muss ich um Hilfe anflehen in meinem Zustand.« Abul Hasan antwortete: »Nur Geduld kann helfen, bis Gott deinen Kummer mildert.« Er sah dann wieder nach dem Kalifen hin, wie dieser sich eben zu einer der Sklavinnen von seinem Gefolge wandte und ihr zu singen befahl. Diese spielte auf ihrer Laute und sang dabei folgende Verse:

> »Hätte man je Wangen gesehen, die von den herunterrieselnden Tränen grünten, so würden die Meinigen Grünes hervorbringen. Obschon ich nur Tränen weine, ist es mir doch, als ob mit ihnen alle meine Lebensgeister schwänden! Und weil ich nirgends mehr Ruhe finden kann, rief ich schon dem Tode: Sei mir willkommen.«

Die beiden im Sommerhaus sahen auf Schems Annahar, die bei diesen Versen zu zittern begann und auf ihrem Stuhl im Ohnmacht fiel. Die Sklavinnen sprangen ihr bei und trugen sie weg. Ali wandte kein Auge von ihr ab. Als der Spezereihändler ihn ansah, lag auch er in Ohnmacht auf seinem Gesicht mit starren Gliedern. Abul Hasan sagte dann: »Das Schicksal hat gut gegen diese beiden gehandelt, indem es sie gleichgestellt hat.« Es überfiel ihn aber bald darauf eine große Angst; auch kam jetzt eine Sklavin und rief: »Steht auf, die Welt wird uns zu eng; ich fürchte, die heutige Nacht wird unsere Auferstehungsnacht werden!« Der Spezereihändler erwiderte ihr: »Wie kann man mit dem jungen Manne in diesem Zustand aufstehen?« Sie begoss Ali hierauf mit Rosenwasser und rieb ihm seine Hände, bis er zu sich kam. Sein Freund, der Spezereihändler, sagte zu ihm: »Erwache schnell, ehe du untergehst, und auch uns mit ins Verderben stürzest!« Sie trugen ihn dann vom Sommerhäuschen weg; die Sklavin öffnete eine kleine eiserne Tür, die auf einen Kanal führte, dann klatschte sie in die Hände, und es kam ein Boot mit einem Ruderer herbei; dieses bestiegen Ali und der Spezereihändler nebst der Sklavin. Der liebende Jüngling streckte die eine Hand nach dem Schlosse aus, legte die andere auf sein Herz und sprach mit schwacher Stimme folgende Verse:

> »Ich strecke zum Abschied eine schwache Hand aus, und legte die andere auf die Glut, die in meinem Herzen brennt. Möge doch diese Zusammenkunft mit euch nicht die letzte sein, und dieser Genuss eurer Reize nicht der einzige bleiben!«

Der Schiffer ruderte mit den dreien rasch davon.

Als sie über den Strom gesetzt und ans Land gestiegen waren, sagte die Sklavin zu den anderen: »Ich kann nicht länger mit euch gehen und muss euch jetzt verlassen.« Ali war also Hasan allein überlassen, jener war noch so schwach, dass er sich kaum bewegen konnte. Dieser wiederholte immer: »Wir werden verderben, wir sind hier nicht sicher vor den Vorüberwandelnden, welche uns bemerken werden.« Er peinigte mit solchen Vorwürfen noch lange den Jüngling; endlich ermannte er sich, doch gelang es ihm kaum, weiter zu schreiten. Der Spezereihändler hatte aber in jener Gegend mehrere Freunde; zu einem von diesen, dem er vertrauen konnte und bei dem er sich sicher fühlte, lenkte er seine Schritte. Er klopfte an einer Türe, der Herr des Hauses erschien sogleich und freute sich, wie er Abul Hasan erkannte. Er brachte die beiden in seine Wohnung, und als sie auf den Polstern ruhten, fragte er sie, woher sie in so später Stunde kämen. Der Spezereihändler antwortete: »Ich hatte mit jemanden ein Geschäft, von dem ich gehört hatte, dass er nach meinem Vermögen lüstern wäre. Da ich in der Nacht zu ihm gehen musste, nahm ich diesen Herren - er deutete dabei auf Ali - mit mir, aus Furcht vor Überlistung. Da wurde diesem Herren unwohl, und ich wusste im Augenblick nicht wohin mit ihm: Wir nahmen daher unsern Weg zu dir, um uns bei dir zu erholen.« Der Mann erzeigte ihnen hierauf alle Ehre und ließ sie trefflich bedienen. Sie blieben die ganze Nacht bei ihm. Als der Morgen anbrach, verließen sie das gastliche Haus und gingen an den Fluss; sie mieteten ein Boot, um über den Strom zu setzen und sich nach Hause zu begeben. Ali folgte dem Spezereihändler in sein Haus; hier warf ihn Liebe, Verdruss und Mattigkeit darnieder. Nach einer guten Weile erwachte er; inzwischen ließ jener das Haus in Ordnung bringen, um Ali zu ergötzen und aufzuheitern; denn er sagte zu sich: Ich weiß ja alles, was mit ihm und seiner Geliebten vorgeht, und wie sehr diese Trennung ihn schmerzt! Dann lobte er Gott für seine Rettung aus der Gefahr, in der er geschwebt hatte, und gab Almosen für diese Huld. Zu dem erwachten Ali sagte er aber: »Sei guten Muts!« Ali antwortete: »Tu, was du für gut findest, ich widersetze mich dir nicht.« Der Spezereihändler ließ dann seine Knaben und Freunde kommen, auch bestellte er Sängerinnen; so kam der Abend heran, da wurden Wachskerzen angezündet und man lebte lustig und guter Dinge. Als aber die Sängerinnen Verse sangen, fiel Ali aufs Neue in Ohnmacht, bis die Morgenröte heranbrach; da kam er wieder zu sich, nachdem alle die Hoffnung verloren hatten, ihn wieder am Leben zu sehen. Ali wünschte dann nach Hause zu gehen, und der Spezereihändler wollte seinen Wünschen nicht widersprechen, aus Furcht von den unglücklichen Folgen. Seine Knaben brachten ihm sein Maultier, das er bestieg, und sein Freund folgte ihm. Als dieser ihn ruhig in seinem Hause sah, lobte er den erhabenen Gott und pries seinen Namen! Er fuhr dann fort, Ali zu trösten, aber dieser war seiner selbst nicht mehr Herr: Er wandte ihm weder Herz noch Ohren zu. Dann nahm Abul Hasan Abschied von ihm.

Als er weggehen wollte, sagte Ali zu ihm: »O mein Freund! Hast du keine Nachricht von meiner Geliebten? Du hast gesehen, in welchem Zustand sie war, als wir den Garten verließen, wir müssen uns doch nach ihr erkundigen.« Abul Hasan antwortete: »Ihre Sklavin wird gewiss zu uns kommen und Nachricht von ihr bringen.« Er verließ endlich Ali und ging in seinen Laden, wo er auf eine Botschaft wartete; aber die Sklavin kam nicht. Er brachte die Nacht zu Hause zu. Nach der Morgenabwaschung ging er in die Wohnung Alis, den er in seinem Bette fand; viele Leute besuchten diesen und umringten sein Lager; auch Ärzte waren darunter, von denen jeder ein anderes Mittel zur Heilung anordnete. Als Ali Abul Hasan sah, neigte er sich zu ihm, hieß ihn willkommen und lächelte ein wenig. Abul Hasan näherte sich ihm ehrerbietig und erkundigte sich nach seinem Befinden, fragte ihn, wie er die Nacht zugebracht, und setzte sich zu ihm, bis die vielen Leute sich entfernt hatten. Da frug er ihn, was dieser Zustand bedeute? Ali antwortete: »Meine Diener haben ausgesagt, ich wäre krank und kraftlos; da ich, wie du wohl siehst, zu Hause blieb, kamen die Leute, mich zu besuchen, und ich konnte sie doch nicht fortschaffen. Jetzt sage mir, hast du die Sklavin gesehen?« Abul Hasan verneinte, doch machte er ihm Hoffnung, im Laufe des Tages sie noch zu sehen. Ali fing heftig zu weinen an, und sprach folgende Verse:

»Ich habe meine Liebe verborgen, bis sie zur höchsten Flamme entglüht; nun haben meine Tränen offenbart, was ich sorgfältig verheimlicht. Als ich aber sah, wie meine Tränen meine Liebe laut verkündet haben, gab auch ich jede Scham auf, denn Offenheit ist noch das Beste. Nun enthülle ich vollends, was meine Tränen verborgen ließen, und doch ist das, was ich gar nicht aussprechen kann, das Größte und Höchste.«

Er sagte dann: »Mein Schicksal hat mich in ein Unglück gestürzt, das ich wohl hätte umgehen können; ich sehe nicht, wie ich dem Tode entrinnen kann; ich finde keine Ruhe mehr, um die Todesschmerzen zu mildern, keine Freude mehr, meinen Kummer zu lindern.« Abul Hasan sagte ihm: »Vertraue Gott, er wird dich heilen! Du bist nicht der erste noch der einzige, dem so etwas widerfährt.« So unterhielten sie sich noch eine Weile, dann verließ ihn Abul Hasan, um auf den Basar zu gehen und seinen Laden zu öffnen; ehe er noch recht fertig damit war, kam die Sklavin und grüßte ihn; aber ihre Schönheit war verschwunden und ihr Herz gebrochen. Er fragte sie nach ihrer Herrin, nachdem er sie bei sich willkommen geheißen und ihr erzählt hatte, wie es ihm und seinem Freunde bis jetzt gegangen. Die Sklavin hörte ihn mit Erstaunen an und sagte: »Meine Herrin befindet sich auch in dem schrecklichsten Zustand. Sobald ihr weggegangen wart, und ich mit pochendem Herzen an eurer Rettung zweifelte, kehrte ich wieder in die Kuppel zurück, wo ich meine Herrin auf dem Boden liegend fand, ohne dass sie jemand erkannte, noch auf das hörte, was man zu ihr sprach. Der Fürst der Gläubigen saß ihr zu Häupten, doch konnte niemand Nachricht von dem geben, was sie so peinigte; und so wusste er nicht, was er daraus machen sollte. Sie blieb bis Mitternacht in diesem Zustand. Die Diener umgaben sie von allen Seiten; die einen freuten sich, die anderen weinten über sie. Endlich erwachte sie und stand auf. Arraschid fragte sie, was ihr fehle, als sie seine Stimme vernahm, küsste sie seine Füße und sagte: O Fürst der Gläubigen! Gott nehme mein Leben für das Deinige hin! Mir ist infolge einer Indigestion unwohl geworden, und mir war, als brenne ein Feuer in meinem Körper; ich fiel vor Schmerzen in Ohnmacht und wusste nicht mehr, wo ich war. Der Kalif fragte sie dann: Was hast du den Tag über getan? Sie erzählte ihm gerade das Gegenteil von dem, was sie getan, stellte sich wieder krank, forderte Wein und trank ihn; dann bat sie den Fürsten der Gläubigen, dass die unterbrochenen Lustbarkeiten wieder beginnen sollten. Als er wieder seinen Platz eingenommen und ihr befohlen hatte, sich in der Kuppel niederzulassen und keine Unruhe mehr zeigte, ging ich zu ihr hinein; sie fragte mich nach euch, und ich erzählte ihr, was aus euch geworden, und wiederholte ihr die Verse Alis; sie weinte, und eine Sklavin mit Namen Lihazuluschak (Blick der Liebenden) sang folgende Verse:

> »Bei meinem Leben! Nach der Trennung von euch ist das Leben mir nicht mehr süß. O wüsste ich doch, wie ihr nach mir leben werdet! Es ziemt mir wohl, nach eurem Verlust Blut zu weinen, wenn ihr meinetwillen Tränen geweint.

Sie verfiel dann wieder in ihren früheren Zustand; vergebens rüttelte ich sie hin und her. Ich zog sie an den Füßen und spritzte Rosenwasser auf ihr Gesicht, bis sie erwachte. Ich sagte ihr: Du wirst dich diese Nacht in das Verderben stürzen, samt allen, die in deinem Hause sind. Bei dem Leben deines Geliebten! Sei mutig und fasse Geduld, und stündest du auch auf den Kohlen des Ghadha. Sie antwortete: Kann ich dabei mehr als sterben? Nur im Tode finde ich bei diesem Zustand Ruhe.« Während wir so sprachen, sang ein anderes Mädchen, mit Namen Falakulmahdjur (die Morgenröte des Getrennten) folgende Verse:

> »Man sagt: Vielleicht bringt Geduld zuletzt Ruhe; aber ich erwidere: Wie ist nach der Trennung von ihm Geduld möglich? Er hat bei der letzten Umarmung ein festes Bündnis mit mir geschlossen, die Bande der Geduld zu zerreißen.«

Sie fiel wieder in Ohnmacht. Der Fürst der Gläubigen lief erschrocken auf sie zu; als er sie sah, bemerkte er, dass ihre Seele sich von ihr trennen wolle; er ließ den Wein wegtragen und befahl den Mädchen, in ihren Harem zurückzukehren, er aber blieb die ganze Nacht bei ihr. Am Morgen kam sie erst wieder zu sich; da ließ der Fürst der Gläubigen Ärzte rufen und befahl ihnen, sie zu pflegen, und merkte nicht, dass sie liebeskrank ist. Er blieb bei ihr, bis er sie wieder für gestärkter hielt, und kehrte dann mit beunruhigtem Herzen wegen ihrer Krankheit in seinen Palast zurück, ließ aber viele Diener bei ihr. Sie war jedoch kaum allein, so befahl sie mir zu dir zu gehen, um mich nach meinem Herrn Ali, Sohn des Bekar, zu erkundigen.«

Als Abul Hasan die Rede der Sklavin hörte, sagte er ihr: »Ich habe dir schon erzählt, wie es ihm geht; grüße sie also, bemühe dich, sie zu überreden, ihren Zustand zu verbergen; ich aber werde Ali von allem, was du mir gesagt, benachrichtigen.« Sie dankte Abul Hasan, sagte ihm Lebewohl und ging. Abul Hasan verbrachte den Rest des Tages mit Kaufen und Verkaufen, ging dann zu Ali und fand ihn noch ebenso, wie er ihn verlassen hatte; er starrte ihn an, hieß ihn willkommen und sagte: »Mein Herr! Ich habe nichts getan zu deiner Erleichterung, und doch habe ich dir eine so schwere Last aufgebürdet, dass mein ganzes Leben bis zu meiner letzten Stunde dir dafür verpfändet bleibt.« Er antwortete ihm: »Genug davon; könnte ich mein Leben für das Deinige hingeben, ich würde es gerne tun, und wäre es mir möglich, dich mit meinem Auge zu retten, ich würde es nicht schonen.« Abul Hasan erzählte ihm dann, dass das Mädchen gekommen, und was sie ihm alles berichtet. Dies tat Ali sehr weh; er jammerte, klagte und weinte, und sagte: »Was lässt sich da tun bei einer so wichtigen Angelegenheit?« Er bat dann Abul Hasan, bei ihm zu übernachten, was dieser auch annahm; er schlief aber sehr wenig, und als die Morgenröte leuchtete, verließ er Ali und ging wieder nach seinem Laden. Er wollte ihn eben öffnen, als er die Sklavin davor stehen sah; er ging auf sie zu, und sie winkte und grüßte ihn ehrerbietig. Sie war von ihrer Herrin gesandt, um sich nach dem Wohle Alis zu erkundigen. Abul Hasan tat eine gleiche Frage nach dem Wohl ihrer Herrin. Das Mädchen sagte: »Sie ist noch immer in dem gleichen Zustand, ja in noch schlimmerem. Ich habe hier einen Brief, den sie an Ali geschrieben; sie hat mir empfohlen, eine Antwort zurückzubringen, und überhaupt zu tun, was du mir befehlen würdest. Abul Hasan führte sie nun nach Alis Haus, trat aber zuerst allein ein und ließ die Sklavin außen stehen. Als Ali ihn sah, fragte er, was es Neues gebe? Abul Hasan antwortete: »Gutes. Die Sklavin deines Freundes ist draußen; ihr Herr hat sie mit einem Briefchen zu dir geschickt, worin er seine Sehnsucht nach dir ausdrückt und sich entschuldigt, dass er dich noch nicht besucht habe; wenn du es ihr erlaubst, so wird sie vor dir erscheinen.« Er winkte ihm dabei mit dem Auge, und Ali sagte: »Gut, sie komme!« Als er das Mädchen sah, erkannte er sie, sein Herz pochte und freute sich, als sie zu ihm trat. Er fragte sie dann, ihr zunickend: »Wie befindet sich dein Herr? Gott schenkt ihm Gesundheit!« Sie nahm ihr Briefchen heraus und gab es ihm; er küsste es, ehe er es las, reichte es dann Abul Hasan, den seine Hand war so schwach, dass er sie kaum ausstrecken konnte. Abul Hasan öffnete dann das Briefchen und las darin folgende Verse:

> »Was ich meinem Boten gesagt, wird dir meinen Zustand beschreiben. Begnüge dich mit dem, was er dir hinterbringt, statt mich zu sehen. Du hast ein Herz verlassen, das vor Sehnsucht und Liebesqual vergeht, und ein Auge, das nur mit Wachen vertraut ist. Sei geduldig im Unglück; niemand kann die Fügungen des Schicksals von sich abwehren. Sei frohen Mutes: denn bist du auch meinem Auge fern, wirst du doch nie aus meinem Herzen weichen: Pflege deinen hinsiechenden Körper und nimm meine Spur als Leitung.«

Dann in Prosa Folgendes: »Mein Herr! Wenn ich dir mit den Fingern schreibe, und mit der Zunge rede und meine Gedanken ausspreche, so muss ich dir sagen, dass ich von einem Herzen, von einem Geist und einem

Körper spreche, welche nicht mehr wären, wenn ich nicht wünschte, dir zu zeigen, in welchen Zustand sie durch dich gekommen, denn mein Körper könnte dieses Ziel nicht erreichen, wäre nicht die Lust, dir die Sehnsucht zu beschreiben, die seit deiner Trennung mich peinigt. Wer mich sieht, bedarf meiner Schilderung nicht; doch, in kurzem, mein Zustand ist folgender: Ich habe ein Auge, das immer wacht; ein Herz, das immer nachdenkt; eine Brust, von der die Wehmut nicht scheidet; eine Seele, die immer fantasiert; Gedanken, die nur einen kranken Körper zur Wohnung haben und an einem seufzenden Herzen vorübergehen. Mir ist, als hätte ich nie Gesundheit gekannt und wäre immer krank gewesen, als hätte ich nie frisch ausgesehen und nie ein vergnügtes Leben genossen! O möchte ich doch nicht vergessen sein, und nur einem Klagenden klagen und nur gegen einen Weinenden weinen!

»Möge Gott uns doch durch Wiedervereinigung erfreuen, er möge allen helfen, die wehklagen! Und nun, mein Herr und Gebieter! Beglücke mich mit einer edlen Antwort: Sie wird als mein Freund mir Gesellschaft leisten und als Vertrauter mich trösten. Sei nur fein geduldig, bis uns Gott Mittel zur Wiedervereinigung gibt. Grüße auch Abul Hasan.«

Diese Worte, die selbst ein leeres Herz mit Wehmut erfüllen konnten, wie vielmehr ein volles, rührten Abul Hasan so, dass, wenn er sich nicht gescheut, er alles entdeckt hätte; so aber musste er die Wahrheit verbergen. Er sagte nur zu Ali: »Der Mann hat sehr schön und zierlich geschrieben, beeile dich also zu antworten.« Da sagte Ali mit schwacher Stimme. »Mit welcher Zunge soll ich sprechen und mit welcher Hand schreiben; meine Schwäche und mein Jammer nehmen immer zu.« Doch setzte er sich endlich und legte Papier vor sich und sagte zu seinem Freund: »Lege ihren Brief vor mich hin!« Er öffnete ihn dann, sah eine Weile hinein und schrieb wieder, bis er fertig war; dann gab er das, was er geschrieben hatte, Abul Hasan und sagte: »Sieh es einmal durch und gib es dann der Sklavin.« Abul Hasan nahm es und las Folgendes:

> Am Namen Gottes, des Barmherzigen! Ich erhielt einen Liebesbrief vom Monde, der sein Licht in meine Augen goss. Dieser Brief wird immer schöner, je länger mein Auge auf ihm ruht, als wären seine Worte von Blumen zusammengestellt. Er hat einen Teil meiner Leiden erleichtert, die durch deinen Verlust so schwer auf mir lasten. Meine unbeschreibliche Liebe ist dir nicht verborgen, und mein ungeheuerer Kummer entgeht dir nicht. Mein Herz und mein Auge, jenes weint vor Liebesflammen und dieses zerfließt vor ewigem Wachen. Meine Tränen hören nicht auf zu fließen, und die Flamme meiner Sehnsucht erlischt nie. Bei meiner Liebe und meiner Hoff-

nung, ich habe nicht zu viel gesagt: Nach unserer Trennung habe
ich meine Liebe nie mehr einem anderen Gegenstand zugewen-
det.«

»Dein Briefchen, o meine Gebieterin! Ist mir zugekommen und hat meiner Seele Ruhe gebracht, die Gram und Liebesschmerz ermüdet haben; es hat ein Herz geheilt, das Sehnsucht und Liebe krankgemacht; es hat eine Zunge wieder zum Reden gebracht, die lange geschwiegen; es hat das düstere Nachdenken wieder in Fröhlichkeit verwandelt und wie ein grüner Garten das Auge erfreut. Als ich dessen Inhalt verstanden und seine Worte und seinen Sinn erwogen hatte, ward ich, je mehr ich darin las, desto inniger erfreut. Dann wiederholte ich oft dessen Sinn, der mir wieder entschlüpfte, und fand immer neue Gedanken darin. Dann ward mir die Trennung wieder schmerzlicher, meine Krankheit nahm wieder zu, meine Sehnsucht verdoppelte sich, meine Pein ward heftiger, die Liebe größer, bedrängter das Herz, die Sorgen mehrten sich, das Auge ward wachend, der Körper ermattet, die Hoffnung abgeschnitten, die Entfernung gewiss, die Brust umstrickt und der Verstand geraubt. Kurz, meine Lage ist so, dass meine Leiden noch alle meine Klagen übertreffen.

»Meine Klagen ertönen nicht, den Schmerz zu löschen, sondern nur um von einer übermäßigen Sehnsucht zu überzeugen. Mein Herz bleibt durch die Trennung vernichtet, bis die Wiedervereinigung seinen Brand löschen und ihm volle Genesung bringen wird. Friede sei mit dir!«

Diese Worte drangen Abul Hasan ins Herz und ihr Sinn kostete ihm viele Tränen; erst als er zu müde war, hörte er auf zu weinen. Sein Herz ward gerührt und aufgeregt, und nur nach vieler Anstrengung beruhigte er sich wieder. Er gab den Brief der Sklavin; als sie ihn nahm, sagte ihr Ali: »Komm zu mir her!« Sie ging zu ihm, und er sagte ihr: »Sage deinem Herrn, dass ich wohl bin, dass ich aber liebeskrank, und dass die Sehnsucht mir Mark und Bein aufzehrt. Sage ihm, dass ich ein unglücklicher Mensch bin, den das Schicksal mit seinen Unfällen heimgesucht.« Seinen Worten folgten viele Tränen; Abul Hasan und die Sklavin weinten auch; dann nahm die Sklavin Abschied, ging gerührt und weinend fort. Abul Hasan begleitete sie eine Strecke Wegs und sagte ihr dann Lebewohl, weil er in seinen Laden ging. Als Abul Hasan wieder in seinem Laden saß, war sein Herz so aufgeregt, dass er anfing, über das Schicksal der beiden Liebenden nachzudenken; er starb fast vor Kummer ihretwillen, denn er wusste nicht, ob es mit ihnen ein gutes Ende nehmen würde. Er blieb in diesem Zustand bis zum folgenden Tag, wo er wieder zu Ali ging. Da er, wie gewöhnlich, viele Leute bei ihm fand, wartete er, bis diese weggegangen. Er erkundigte sich dann nach seinem Befinden, und Ali fing zu klagen an. Abul Hasan sagte ihm: »Ich habe nie eine Liebe wie die deinige gesehen, noch von einer solchen gehört. Ein solcher Liebesschmerz und leidender Zustand finden sich gewöhnlich nur bei unerwiderter Liebe; da du aber von der, die du liebst, wieder geliebt wirst, was würdest du tun, wenn du ein Mädchen liebtest, die dir nicht hold wäre, oder an jemand dein Herz schenktest, das dich hinterginge? Wahrlich, wenn du in einem solchen Zustand verharrst, wird der Mond deines Geheimnisses sich verdüstern, und deine Liebe jedermann bekannt werden! Zerstreue dich doch! Steh' auf, besuche Gesellschaften, reite spazieren! Trage diese Sache mit Ergebung, und überlege sie mit Ernst!« Abul Hasans Rede machte Eindruck auf ihn; er dankte ihm dafür, und als Abul Hasan dies sah, verließ er ihn und ging wieder in seinen Laden. Nun aber hatte Abul Hasan einen Freund, der alle seine Angelegenheiten kannte, und dem selbst nicht das verborgen geblieben, was zwischen ihm und Ali vorgefallen war. Dieser kam nun zu Abul Hasan in den Laden und fragte ihn nach dem Mädchen; er täuschte ihn und sagte, sie sei krank, und weiter wüsste er nichts von ihr, das übrige wisse nur Gott. Er fuhr dann fort: Ich habe gestern an mich selbst gedacht und will dir heute alles mitteilen. Du weißt, dass ich ein angesehener Mann bin, der mit den ersten Männern und Frauen viele Geschäfte macht. Da ich nun nicht sicher bin, das Verhältnis dieser beiden jungen Leute entdeckt zu sehen, was den Verlust meines Lebens und meines Vermögens nach sich ziehen würde, ja das Unglück meiner Kinder und meiner ganzen Familie ausmachte, da ich mich ferner jetzt nicht mehr von ihnen zurückziehen kann, nachdem ich einmal so weit gegangen, so habe ich mich entschlossen, meine Geschäfte hier zu ordnen, nach Bassrah zu gehen, dort zu bleiben und abzuwarten, wie es ihnen hier gehen wird, und was Gott über sie bestimmt. Schon ist die Liebe so heftig zwischen diesen beiden jungen Leuten, dass sie, ohne dadurch zugrunde zu gehen, nicht mehr voneinander getrennt werden können. Als Vertraute haben sie eine Sklavin, die alle ihre Geheimnisse weiß. Wie leicht aber könnte diese einen Groll oder Überdruss gegen sie fassen, ihr Geheimnis aufdecken und sie ins Verderben stürzen; darum ist es gut, wenn ich schnell ausführe, was ich beschlossen, ehe ich mit untergehe; ich würde sonst vor Gott und vor den Menschen einst keine Entschuldigung finden.« Der Freund erwiderte: »Du hast mir da eine wichtige Sache entdeckt. Vor dergleichen Dingen fürchtet sich der Kluge, und es scheut sich der Verständige; ich sehe die Sache nicht anders an, wie du. Gott stehe dir bei gegen das, was du befürchtest, und verleihe einen guten Ausgang, auch bleibe der Gegenstand unsres Gesprächs ein Geheimnis.«

Nach diesem Gespräch zwischen dem Spezereihändler und seinem Freund, dem Juwelier, ging dieser wieder seinem Geschäft nach, während Abul Hasan mit Eifer seine Angelegenheiten ordnete und abreiste. Als der

Juwelier nach vier Tagen wieder in Abul Hasans Laden gehen wollte, fand er ihn geschlossen; er suchte dann die Wohnung Alis auf und sagte zu einem von dessen Dienern: »Melde mich bei deinem Herrn!« Ali ließ ihn vor sich, und der Juwelier fand ihn auf einem Kissen liegend; als er ihn sah, sprang er auf und kam ihm freundlich entgegen. Der Juwelier entschuldigte sich, ihn nicht früher besucht zu haben; Ali dankte ihm herzlich und fragte ihn dann, ob ihm vielleicht etwas Wichtiges zugestoßen? Da sagte der Juwelier: »Wisse, zwischen mir und Abul Hasan herrscht seit langer Zeit nicht nur die engste Geschäftsverbindung, sondern auch die innigste Freundschaft. Ich liebte ihn sehr, vertraute ihm alle meine Geheimnisse, und wusste, dass es mir nicht nachteilig sein würde; ebenso waren seine Geheimnisse bei mir sicher. Nun hatte ich einige Tage viel mit meinen Gesellschaftern zu verkehren, sodass ich Abul Hasan nicht sehen konnte. Als ich meiner Gewohnheit nach ihn wieder besuchen wollte, fand ich seinen Laden geschlossen, und einer seiner Nachbarn sagte mir, er sei in Geschäften nach Bassrah gereist, die er persönlich besorgen müsse; ich konnte aber mit dieser Antwort nicht zufrieden sein. Da ich weiß, dass es keine vertrauteren Freunde gibt, als euch beide, so dachte ich, dass ich bei dir, seinem Freunde, genau und ausführlich die Wahrheit vernehmen werde; ich komme also zu dir, mich vielmals entschuldigend, um mich nach Abul Hasan zu erkundigen.« Als Ali die Worte des Juweliers hörte, wurde er ganz blass, zitterte an Leib und Seele, und sagte: »Ich habe von dem allem nichts gewusst, ehe du mir dies sagtest, ja nicht ein Wort davon gehört. Und ist es so, wie du sagst, so erschreckt mich dies sehr, es macht mich krank und schwächt alle meine Glieder.« Die Tränen erstickten seine Stimme, mit der er folgende Verse sprach:

> »Schon habe ich über mein Elend geweint, als meine Freunde noch nahe waren: Da ich nun auch von ihnen getrennt bin, muss ich ewig über sie weinen. Was soll ein Mann tun, dessen Tränen zwischen Lebendigen und Toten geteilt sind?«

Er neigte dann seinen Kopf eine Weile, erhob ihn hierauf gegen einen seiner Diener und befahl diesem: »Geh in Abul Hasans Wohnung und erkundige dich, ob er zu Hause oder abgereist ist, wie dieser Mann erzählte. Alsdann frage, wohin er gegangen und weshalb er abgereist ist.« Der Diener entfernte sich, der Juwelier aber unterhielt sich mit Ali, der bald seiner Rede zuhörte, bald sich abwandte, bald ihn etwas fragte. Endlich kam der Diener zurück und berichtete: »Mein Herr! Ich habe nach Abul Hasan gefragt und seine Leute haben mir gesagt, er sei vor zwei Tagen nach Bassrah gegangen; auch sah ich eine Sklavin an der Tür seines Hauses stehen, die nach ihm fragte; als sie mich sah, erkannte sie mich, obwohl ich sie nicht kenne. Sie fragte mich: Bist du nicht der Diener des Ali, Sohn Bakars? Ich bejahte dies; übrigens glaube ich, dass sie von vornehmen Leuten einen Brief an dich hat; sie steht vor der Tür.« Ali befahl, sie hereinzuführen. Es erschien ein über jede Beschreibung erhabenes schönes Mädchen. Der Juwelier erkannte sie sogleich nach der Beschreibung Abul Hasans. Das Mädchen näherte sich Ali, grüßte ihn und sagte ihm etwas insgeheim; nur im Verlauf des Gespräches hörte der Juwelier, wie Ali dem Mädchen schwor, dass er nichts davon gewusst; dann nahm die Sklavin Abschied von ihm und ging. Ali war ganz verwirrt, es war, als brenne ein Feuer in ihm. Der Juwelier dachte: hier ist Gelegenheit, ein Gespräch mit Ali anzuknüpfen und sagte: »Ohne Zweifel wird aus dem Hause des Kalifen etwas von dir begehrt, oder du hast Geschäfte mit dem Hause des Kalifen?« Ali antwortete: »Woher weißt du dies?« Der Juwelier sagte: »Ich kenne diese Sklavin.« Jener fragte: »Wem gehört sie denn?« Dieser antwortete: »Sie gehört Schems Annahar, der Sklavin des Raschid, welche die Vornehmste, die Verständigste und Schönste unter allen ist; ich habe einmal einen ihrer Briefe gesehen.« Der Juwelier beschrieb dann Ali, wie sie so schön in Versen und in Prosa schreiben könne; dieser war darüber so betrübt, dass der Juwelier fürchtete, er möchte sterben. Als Ali wieder zu sich kam, sagte er zu dem Juwelier: »Ich beschwöre dich bei Gott, sage mir die Wahrheit, woher weißt du das alles? Ich lasse dich nicht, bis du mir die Wahrheit gestanden.« Der Juwelier antwortete ihm: »Damit du an mir nicht zweifelst und mich nicht ungehorsam findest, auch keinen Verdacht gegen mich schöpfst, der dir Kummer bereiten könnte; damit du dich nicht schämst, und dir überhaupt nichts verborgen bleibe: So schwöre ich dir hier bei Gott, dass ich dich nicht verraten und dir nie einen guten Rat vorenthalten werde«. Er erzählte ihm darauf, was er wusste, und sagte ihm, dass er nur zu seinem Besten zu ihm gekommen, aus Liebe zu ihm und aus Besorgnis für sein Wohl; er versicherte ihm wiederholt, dass er Leben und Vermögen für ihn aufzuopfern bereit wäre, und dass er nach der Abreise Abul Hasans ihm Gesellschaft leisten wolle, auch sein Geheimnis treu bewahren und sein Herz erleichtern werde. Er sagte ihm noch weiter: »Sei nur guten Muts und fröhlich!« Ali dankte dem Juwelier und sagte: »Ich weiß nicht, was ich dir sagen soll; ich lasse dich mit Gott und deiner Männlichkeit.« Er sprach dann folgende Verse:

»Wenn ich auch sagen wollte, dass ich nach seiner Trennung mich noch zu fassen wüsste, so würden meine Tränen und meine ungeheuere Magerkeit mich Lügen strafen. O ich möchte nur wissen, ob meine Tränen gleich Regengüssen fließen, wegen der Entfernung

> des Freundes oder der Geliebten! Immer fließen meine Tränen wegen der Trennung des Freundes und der Geliebten!«

Er schwieg hierauf eine Weile, dann sagte er: »Weißt du, was die Sklavin gesagt?« Der Juwelier verneinte. Da sagte Ali: »Sie glaubt, ich habe Abul Hasan veranlasst, wegzureisen, und sei mit ihm darüber einverstanden; in dieser Meinung ging sie fort, denn sie wollte mich nicht anhören und nicht an meine Unwissenheit glauben. Ich weiß nun nicht, was ich tun soll, denn sie war schon gewöhnt, Abul Hasan anzuhören und seiner Rede zu folgen.« Der Juwelier sagte: »Ich habe dies bemerkt, doch werde ich dir beistehen.« Ali erwiderte: »Wie ist dies zu hoffen bei ihrer großen Schüchternheit?« Der Juwelier antwortete: »Ich werde mich bemühen, dir zu helfen und mit Gottes Beistand, mit seiner großen Huld und Weisheit es so einzurichten, suchen, dass das Geheimnis nicht entdeckt wird und kein Unglück daraus entstehe. Mache dir nur das Herz nicht schwer; bei Gott! Ich lasse nichts Mögliches unversucht, um die Erfüllung deiner Wünsche herbeizuführen.« Dann bat der Juwelier, entlassen zu werden. Ali sagte: »Du hast einen schönen Anfang gemacht; wisse, dass ich deine Gefühle teile, die Vereinigung mit der Geliebten von deiner Freundschaft, das Verschweigen meines Geheimnisses von deiner Männlichkeit erwarte, und den Trost ihrer Nähe, als ein Geschenk deiner Gewandtheit ansehe.« Er umarmte den Juwelier, küsste ihn, und der Juwelier verließ ihn.

Als er von Ali Abschied genommen hatte und weggegangen war, wusste er nicht, wohin sich wenden, was beschließen und was unternehmen, und dem Mädchen zu wissen zu tun, dass er mit ihrem Verhältnis vertraut sei; er ging in Nachdenken versunken weiter, als er einen offenen Brief auf dem Weg fand; er nahm ihn und las darin: »Im Namen Gottes, des Barmherzigen und Allmilden!

> »Der Bote kam mit froher, erquickender Nachricht, doch ich glaubte immer, es sei nur ein Wahn. Ich konnte mich nicht freuen, ward nur noch trauriger, weil ich wusste, dass meine Leute dich nicht verstanden.«

»Ich habe gehört, mein Herr! - den Gott erhalten möge! - wie die Bande des Vertrauens sich gelöst und unser brieflicher Verkehr unterbrochen worden ist. Hast du ein Unrecht begangen, so bewahre ich dir doch meine Treue, und hast du mein Vertrauen getäuscht, so werde ich das Deinige mit Geduld und Nachsicht bewahren; und ist dein Freund auf deinen Befehl weggegangen, so hast du doch jemand, der dasselbe treu bewahrt und dir ein wahrer Freund ist. Er ist nicht der erste Gegenstand meiner Zuneigung, den mir das Schicksal entreißt. Gott möge deinem Herzen baldige Aufheiterung und schnelles Heil senden! Friede sei mir dir!«

Während der Juwelier dieses Briefchen las und darüber nachdachte, wer es wohl verloren habe, kam eine Sklavin, ganz außer sich vor Schrecken, sah sich auf allen Seiten um, bückte sich dann zur Erde; da sie aber sah, dass der Juwelier den Brief in der Hand hielt, ging sie auf ihn zu und sagte: »Mein Herr! Ich habe diesen Brief fallen lassen, sei so gut und gib ihn zurück.« Der Juwelier antwortete ihr nicht und ging seines Weges fort; sie folgte ihm, bis er an sein Haus kam, da trat sie mit ihm hinein und sagte: »O Herr! Ich weiß nicht, was dieser Brief dir nützen kann: du weißt nicht, von wem er kommt, noch an wen er gelangen soll; warum nimmst du diesen Brief?« Der Juwelier hieß das Mädchen sich setzen und sagte: »Schweige, sei ruhig und höre mich an! Ist dies nicht die Schrift deiner Herrin Schems Annahar, die an Ali schreibt?« Das Mädchen ward ganz blass, zitterte und sagte: »Er hat uns und sich selbst geschändet. Die Heftigkeit der Liebe hat ihn in das Meer des Unsinns geworfen, sodass er seine Leiden seinen Freunden geklagt, ohne an die Folgen zu denken!« Sie wollte dann weggehen; der Juwelier aber fürchtete, dass, wenn sie in diesem Zustande weglaufe, es auf Ali ein schlechtes Licht werfen und seine ganze Sache verderben könnte; er sagte ihr also: »O du! Die menschlichen Herzen stehen sich gegenseitig als Zeugen gegenüber. Es ist möglich, alles zu verheimlichen, was verborgen bleiben soll, nur die Liebe nicht, die kann nicht verborgen bleiben; da gibt es zu viele Beweise, die sie verraten, und zu viele Zeugen, die von ihr sprechen, da gibt es kein anderes Mittel, als guten Rat anzuhören, um nicht zu verderben. Du hast Abul Hasan im Verdacht, während er ganz unschuldig ist, und hast etwas von ihm vermutet, das weit von ihm entfernt ist. Was Ali betrifft, der hat keines eurer Geheimnisse offenbart, der hat nichts entdeckt, und du hast ihm in deiner Rede unrecht getan. Ich werde dir etwas sagen, was dich erfreuen und deine Brust erweitern wird. Dein Misstrauen wird verschwinden, seine Unschuld aber klar werden; doch musst du mir versprechen, mir nichts von eurem Zustande zu verbergen; denn ich weiß Geheimnisse zu bewahren, bei Gefahren standhaft zu bleiben, für den Freund tätig zu sein, in allem aber als ein wackerer Mann zu handeln.« Sie war durch die Rede des Juweliers erfreut und sagte. »Ein Geheimnis, das du bewahrst, ist nicht verloren; ich werde dir einen Schatz anvertrauen, den man nur dem, der es verdient, zeigen kann; sage nur alles ganz klar heraus, Gott und seine Engel sind mir dann Zeugen, dass ich dir alles mitteilen werde.«

Als der Juwelier dem Mädchen dasselbe erzählt hatte, was er Ali erzählt, und ihr sagte, dass er soeben Ali besucht habe, setzte er noch hinzu: »Das gefundene Briefchen beweist, dass ich's gut meine in dieser Sache und dass ich nicht im Sinne habe, als Störer in ihrer Liebe aufzutreten.« Die Sklavin hörte ihm mit Staunen zu und ließ ihn nochmals schwören, dass er ihr Geheimnis treu bewahren wolle. Der Juwelier ließ sie auch schwören, dass sie ihm nichts verheimlichen wolle, nahm den Brief und versiegelte ihn; die Sklavin sprach: »Ich werde Ali sagen, meine Herrin habe mir einen versiegelten Brief gegeben und wünsche eine Antwort darauf, die ich dann auch mit deinem Siegel versiegeln werde; nun gehe ich zu ihm und komme wieder zu dir, ehe ich ihr seine Antwort bringe.« Sie nahm jetzt Abschied vom Juwelier und ließ seinem Herzen ein brennendes Feuer zurück. Sie ließ nicht lange auf sich warten und kam mit einem versiegelten Brief in der Hand zurück, in dem geschrieben war: »Im Namen Gottes, des Barmherzigen und Gnädigen!

»Der Bote, bei dem unsere Geheimnisse verborgen waren, hat sie
aus Missmut enthüllt; nun schenkt mir einen anderen Vertrauten,
der Aufrichtigkeit und nicht Lügen für gut findet.«

»Ich war nicht treulos, ich habe nichts Anvertrautes verraten, ich habe kein Versprechen gebrochen und keinen Liebesbund entzwei gerissen; ich habe nicht aufgehört zu trauern und habe nach der Trennung von dir nichts als Jammer gefunden; ich habe von dem, den ihr erwähnt, nichts gehört und keine Spur von ihm gesehen. Nun möchte ich wieder einmal in eurer Nähe sein; doch fern ist der Gegenstand meiner Sehnsucht! Ich wünsche Wiedervereinigung, doch wo ist der Gegenstand meiner Wünsche? Wenn ihr mich sehen würdet, so würde mein Anblick schon genug sagen. Friede sei mit euch!«

Dieser Brief entlockte dem Juwelier Tränen; auch die Sklavin musste mit ihm weinen. Sie sagte dann: »Geh nicht aus dem Haus zu Ali, bis ich morgen wiederkehre; ich habe ihn in Verdacht gehabt, doch er ist unschuldig; auch hat er mich, ohne dass ich's verdiente, in Verdacht gehabt. Ich will nun alles anwenden, um dich mit meiner Herrin zusammenzubringen, die ich unruhig verließ und die mit Ungeduld Nachricht erwartet von dem, der ihr Geheimnis weiß.« Die Sklavin verließ den Juwelier; am folgenden Morgen aber kam sie sehr freudig wieder zu ihm. Er fragte sie, was sie habe? Sie antwortete: »Ich war bei meiner Gebieterin, habe ihr seinen Brief gegeben; als sie in Nachdenken versunken und ängstlich ward, sagte ich ihr: Fürchte nichts und sei nicht traurig, denke auch nicht, dass Abul Hasans Abwesenheit eurer Sache schade, denn schon haben wir jemand gefunden, der ihn ersetzt. Ich erzählte ihr dann deine Unterhaltung mit Ali, und wie du zu ihm gekommen; dann von dem Brief, den ich verloren, und von deinen Versicherungen, das Geheimnis bewahren zu wollen. Sie wunderte sich darüber und sagte: Ich möchte diesen Mann selbst sprechen und mit ihm bekannt werden, damit ich mich ein wenig aufheitere, und durch seine Güte mich in meinem Vorsatz noch mehr befestige. Komm also mit Gottes Segen und seiner schönen Genehmigung!« Als der Juwelier dies hörte, dachte er, dies sei eine ernste Sache, mit der man nichts zu tun haben sollte. Er sagte daher der Sklavin: »Ich gehöre zum Mittelstand und kann nicht, wie Abul Hasan, durch meine Geschäfte Eingang in die Wohnung des Kalifen finden; Abul Hasan hat mir eine Geschichte erzählt, und ich zittere noch, wenn ich daran denke. Wünscht also deine Herrin mich zu sprechen, so geschehe dies nicht im Haus des Fürsten der Gläubigen. Mein Herz sagt mir, ich soll dir nicht gehorchen.« Als er sich weigerte, mit ihr zu gehen, sprach sie ihm Mut ein und verbürgte ihm, dass er unbeschädigt davonkommen und dass alles verborgen bleiben werde. So oft er ihr aber nachgeben wollte, versagten ihm seine Füße und fingen seine Hände an zu zittern. Endlich sagte sie: »Mache dir's bequem, sie wird zu dir kommen; weiche nicht von hier!« Sie lief schnell fort, kam bald wieder zurück und sagte: »Nimm dich wohl in acht, dass niemand im Hause sei, der uns verrate.« Der Juwelier versicherte, dass niemand hier sei und wie er alle mögliche Vorsicht anwenden werde. Die Sklavin ging wieder, kehrte alsbald mit einem anderen Mädchen zurück, dem zwei Sklavinnen folgten. Das Mädchen, das mit ihr kam, war so schön, dass das ganze Haus von ihrer Erscheinung widerstrahlte. Der Juwelier reichte dieser dann ein Kissen, auf das sie sich niederließ; und als sie ein wenig geruht hatte, entschleierte sie ihr Gesicht, das wie die Sonne oder wie der Mond strahlte; doch zeugten ihre Bewegungen von bedeutender Schwäche. Sie wandte sich zu dem Mädchen, das sie hergebracht hatte, und fragte sie: »Ist es dieser?« Jene bejahte es, und der Juwelier grüßte sie ehrfurchtsvoll, was sie höflich erwiderte. Dann sagte sie: »Mein Vertrauen zu dir hat mich bewogen, dein Haus zu besuchen, dir unser Geheimnis anzuvertrauen und darauf zu bauen, dass du es wohl verbergen wirst. Ich gebe mich dir ganz hin und denke nur Gutes von Dir, weil ich dich für einen verständigen und rechtschaffenen Mann halte.«

Sie erkundigte sich hierauf nach der Lage des Juweliers, nach seiner Familie und seinen Bekanntschaften. Er gab ihr über alles, was ihn betraf, die genaueste Auskunft. Dann ließ sie sich die Geschichte seiner Bekanntschaft mit Abul Hasan erzählen. Als der Juwelier damit zu Ende war, erschrak sie und bedauerte den Verlust dieses guten Mannes sehr. Sie sagte dann: »Wisse, dass alle Menschen in Leidenschaften versunken sind, so verschieden auch ihr Zustand voneinander ist. Ihre Wünsche sind so ziemlich dieselben, so sehr auch ihre Handlungen voneinander abweichen mögen. Doch wird keine Tat gelingen, über die man nicht vorher sich verständigt hat; man erreicht kein Ziel ohne Mühe und findet keine Ruhe, ohne vorhergegangene Arbeit.«

»Ohne Vertrauen gewonnen zu haben, entdeckt man niemand ein Geheimnis, man verlässt sich auf niemand, von dessen Tüchtigkeit man nicht überzeugt ist; man erwartet Hilfe nur von einem wackeren Manne, so wie man nur nach einer Menge von guten Handlungen und aufrichtigen Gesinnungen Dank erwarten kann. Nun ist dir alles klar, der Schleier ist aufgehoben vor deinem Angesicht, mehr braucht es nicht bei deinen männlichen und milden Gesinnungen. Mir aber bleibt nichts übrig, als der Tod und dieses Mädchen; dir ist bekannt, welchen schönen Weg diese wandelt und wie hoch sie bei mir in Gunst steht. Sie bewahrt mein Geheimnis, sie leitet meine Angelegenheiten; traue ihr in allem, was sie sagt und wozu sie dich bereden will; du kannst ruhig und furchtlos sein, sie wird dich nirgends hinführen, ohne vorher alles gesichert zu haben. Sie wird dir Nachricht von mir bringen und unsere Vermittlerin sein.« Schems Annahar erhob sich dann, obwohl sie vor Schwäche kaum stehen konnte. Der Juwelier begleitete sie bis an die Haustür; hier blieb er, ganz entzückt von ihrer Schönheit, wie von ihrer vortrefflichen Rede und Gesinnung, stehen. Dann machte er sich auf, wechselte seine Kleider, ging aus dem Haus und begab sich zu Ali. Kaum zeigte er sich hier, als die Knaben Alis von allen Seiten herbeisprangen, um ihn zu Ali zu führen. Der Juwelier fand diesen auf seinen Polstern ausgestreckt; als Ali jedoch jenen bemerkte, hieß er ihn willkommen und sagte: »Du hast lange gesäumt und noch mehr Kummer zu dem Meinigen gehäuft; ich habe, seitdem du mich verlassen, kein Auge geschlossen. Gestern kam das Mädchen mit einem versiegelten Briefchen«, und er erzählte dem Juwelier, was wir schon wissen. Dann sage er: »Ich weiß mir nun keinen Rat mehr, meine Geduld ist zu Ende; ich finde keine Kraft und keine Überlegung mehr, die mich auf den Weg der Freude brächten. Jener Mann (Abul Hasan) war mir ein Trost und ich hoffte durch ihn ans Ziel zu gelangen, weil meine Geliebte ihn gut kannte und ihre Freude an ihm hatte.« Als er dies hörte, lachte der Juwelier. Ali fragte: »Lachst du, weil ich weine, nachdem ich dir mein Elend geklagt?« Darauf sprach er folgende Verse:

»Er lacht, wenn er mich weinen sieht; er würde mit mir weinen,
wenn ihm widerfahren wäre, was mir widerfahren. Nur ein Mann,
der selbst viel gelitten, nimmt Anteil an den Leiden eines Unglücklichen.«

Als der Juwelier diese Verse hörte, erzählte er Ali, was zwischen ihm und Schems Annahar vorgefallen, seit er ihn nicht mehr gesehen. Als er geendet hatte, fing Ali heftig zu weinen an und sagte: »Ich gehe gewiss zugrunde und sinke ins Verderben; o möchte doch Gott meinen fernen Tod beschleunigen, denn schon hat mich die Geduld verlassen und jede Überlegung ist von mir gewichen. Ohne dich wäre ich schon vor Kummer und vor Schmerz gestorben. Nur du stehst mir noch bei, dafür sei Gott gepriesen und gelobt! Hier liege ich nun als dein Gefangener vor dir; ich werde dir in nichts widersprechen, noch deinem Willen mich widersetzen. Der Juwelier aber erwiderte: »Mein Herr! Ein solches Feuer kann nur durch Vereinigung gelöscht werden, jedoch an einem Ort, wo keine Gefahr, kein Schaden und kein Unglück zu befürchten ist. Ich habe einen sicheren Ort ausgewählt. Mein Wunsch ist, euch zu vereinigen: Ihr sollt euch sprechen, euren Liebesbund gegenseitig erneuern und euch einander euern Schmerz und eure Freude klagen.« Ali erwiderte: Tu in dieser Sache, was du für gut findest!« Der Juwelier blieb dann jene Nacht bei Ali.

Am folgenden Morgen ging er nach Hause. Kaum daselbst angelangt erschien das Mädchen wieder bei ihm; er erzählte ihr, was zwischen ihm und Ali vorgefallen war und sie antwortete: »Sorge für einen guten und sicheren Ort zu ihrer Zusammenkunft.« Er schlug ihr dann seine (andere) Wohnung vor und sie sagte: »Wie du es anordnest, so ist es gut; es kommt jetzt nur noch auf Schems Annahars Einwilligung an, die ich von eurem Vorschlag benachrichtigen werde.« Sie ging, kam aber sehr geschwind wieder, und sagte: »Treffe alle Anstalten an dem Orte, den du angegeben, und bereite alles vor, wie es sich für solche Gäste ziemt.« Sie nahm dann einen gefüllten Beutel aus der Tasche, überreichte ihn dem Juwelier und sprach: »Damit schaffst du wohlschmeckende Speisen und süße Getränke herbei,« Dieser beteuerte aber, dass er damit keine Auslagen machen werde. Das Mädchen nahm den Beutel wieder und ging weg. Hierauf begab er sich mit beklommenem Herzen in sein anderes Haus, wo die Liebenden zusammenkommen sollten. Er richtete alle Gerätschaften her und ließ keinen Freund, von dem er sich nicht ein Geschenk erbat. Er verschaffte sich goldenes und silbernes Geschirr, Tapeten, reiche Kissen und andere Hausgeräte zur Ausschmückung des Hauses. Als das Mädchen wiederkam und alles sah, gefiel es ihr außerordentlich. Der Juwelier sagte ihr dann: geh und bringe Ali hierher, ohne Aufsehen zu machen. Sie ging und kehrte bald wieder mit Ali zurück. Er hatte ein prächtiges Kleid an, in dem er höchst reizend und liebenswürdig aussah. Der Juwelier nahm ihn mit Ehrerbietung auf, ließ ihn auf einen Divan sitzen, legte ihm das Beste von allem vor und unterhielt ihn bis zur Ankunft Schems Annahars.

Diese kam gleich nach dem Sonnenuntergang-Gebet, begleitet von ihrer Vertrauten und zwei anderen Sklavinnen. Als Ali und Schems Annahar sich wiedersahen, war ihr Liebesschmerz so heftig, dass keines sich dem anderen nähern konnte - es war eine herzergreifende Szene; der Juwelier musste Ali schnell beistehen, und das Mädchen musste Schems Annahar unterstützen, bis beide wieder zu sich kamen und neue Kraft sie belebte. Sie unterhielten sich dann mit matter Stimme eine Weile. Der Juwelier brachte ihnen hierauf Wein, den sie tranken; dann brachte er zu essen. Sie brachen beide in Danksagungen gegen ihn aus. Er fragte sie hierauf, ob sie noch mehr Wein wollten? Als sie seine Frage bejahten, führte er sie in einen anderen Saal, wo sie sich behaglich fühlten, aus freier Brust atmeten und von ihren Leiden sich erholten. Sie waren erstaunt über das, was der Juwelier für sie getan, fanden es sehr gütig und fingen an zu trinken. Dann fragte Schems Annahar den Juwelier: »Hast du eine Laute oder sonst ein musikalisches Instrument?« Dieser bejahte es und brachte ihr eine Laute; sie nahm dieselbe, stimmte sie und sang mit lauter, süßer Stimme folgende Verse:

> »Bist du ein treuer Bote, so lass alle Ausschmückungen; sage nichts anderes, als dir aufgetragen, und heile mit Wahrheit den Liebeskranken. Ist dein Auftrag eine Weigerung, so wird dadurch eine lobenswerte Standhaftigkeit bewiesen, die, wenn sie lange dauert, schöne Früchte tragen wird.«

Dieser Gesang war so bezaubernd, wie menschliche Ohren ihn nie gehört. Auf einmal erhob sich aber ein schrecklicher Lärm und ein großes Geschrei. Plötzlich trat einer von des Juweliers Dienern herein, der innerhalb der Tür Wache gestanden, und sagte: »Man hat unsere Türen eingebrochen und wir wissen nicht, wer in der Nacht daherkommt!« Während er dies sagte, schrie ein Mädchen, das auf der Terrasse stand, und es drangen zehn vermummte Männer, mit Dolchen und Schwertern bewaffnet, in den Saal; ihnen folgten wieder zehn andere, gerade so bewaffnet wie die ersten. Als der aufgeschreckte Juwelier das sah, entsprang er zur Tür hinaus und flüchtete sich zu einem Nachbarn; dann er war fest überzeugt, dass dieser jähe Überfall nur auf Befehl des Kalifen, dem ohne Zweifel die Zusammenkunft seiner Favoritin mit Ali verraten war, gemacht worden sein könne. Als der Herr der Hauses um Mitternacht herunterkam und jemand in seinem Hausgang verborgen fand, den er nicht kannte, kehrte er erschrocken zurück, kam mit einem Säbel bewaffnet wieder und sage: »Wer bist du?« Der Juwelier antwortete: »Ich bin dein Freund und Nachbar.« Als der Hauseigentümer dies hörte, steckte er sein Schwert in die Scheide und sagte: »Mir tut dieser Vorfall sehr leid. Gott wird dir in seiner Güte alles wieder ersetzen.« Er fuhr dann fort: »Ich möchte wohl wissen, wer die bewaffneten Leute sind, die dich so unversehens überfallen haben, aber ich halte sie für Räuber, die bei dir plünderten und mordeten, weil sie gestern gesehen, dass du viele kostbare Gerätschaften in dein Haus gebracht hast, ich fürchte sehr, sie haben deine Gäste fortgeschleppt oder getötet.« Der Juwelier ging dann mit seinem Nachbarn in das Haus und siehe da, es war rein ausgeplündert und leer, die Fenster waren aufgerissen, die Türen eingebrochen: Sie hatten hier einen grässlichen Anblick, der das Herz zerschnitt. Der Juwelier fing an, über sein Unglück nachzudenken; er wusste nicht, was er anfangen, wie er sich bei den Leuten entschuldigen sollte, von denen er die silbernen und goldenen Gefäße entlehnt hatte. Er dachte auch an Schems Annahar und an Ali; und fürchtete, der Kalif möchte etwas durch einen Diener über sie erfahren haben; sein Mut und seine Kraft verließen ihn. Er sagte dann zu seinem Nachbarn: »Was soll ich tun? Wer ratet mir?« Jener erwiderte: »Habe Geduld und vertraue auf Gott. Die Leute, die in dein Haus gedrungen sind und dich beraubt haben, haben auch angesehene Männer aus dem Palast des Kalifen gemordet, sowie aus dem Hause des Polizeiobersten. Die Leibwachen spüren ihnen nach, vielleicht erwischen sie sie, und du gelangst zum Ziel deiner Wünsche ohne dein Hinzutun.« Der Juwelier nahm seine Zuflucht zu Gott und kehrte nach seinem Wohnhaus zurück, dann sagte er: »Abul Hasan hat das Unglück, in das ich mich blindlings stürzte, vorausgesehen.«

Mit Tagesanbruch verbreitete sich auch das Gerücht von der Plünderung mit großer Schnelligkeit in der Stadt und zog eine Menge Leute von allen Orten herbei; die einen kamen aus Neugierde, die anderen waren schadenfroh, wieder andere bedauerten ihn, und ein großer Teil bestürmte ihn mit Forderungen. Er dankte den einen für ihre Teilnahme, klagte den anderen und wies die Fordernden ab.

Sie brachte er den ganzen Tag zu, ohne etwas zu genießen. Als er voller Reue so dasaß, kam einer seiner Knaben herein und sagte, dass ein unbekannter Mann, den sie bis jetzt noch nie gesehen hatten, vor der Haustür nach ihm frage und ihn erwarte. Der Juwelier stand auf und ging hinaus; da begrüßte ihn ein Fremder und sagte: »Ich habe in einer wichtigen Sache mit dir zu reden.« Der Juwelier hieß ihn ins Haus treten. Dieser wollte aber nicht, sondern forderte ihn auf, mit ihm in sein anderes Haus zu gehen. »Weißt du«, versetzte der Juwelier, »dass ich noch ein anderes Haus, als dieses hier, besitze?« Jener erwiderte: »Ich weiß es, ich weiß alles und bringe dir Trost.« Als der Juwelier dies hörte, sagte er: »Nun, ich folge dir überall hin.« Als sie miteinander an sein anderes Haus kamen und der Fremde die zerbrochene Tür sah, sagte er: »Das hat ja keine Türen, hier können wir uns nicht aufhalten. Folge mir, ich will dich an einen anderen Ort führen.« So gingen sie von einer Straße in die andere, von einem Hause zum andern, ohne in eines zu treten, den ganzen übrigen Tag ohne Aufenthalt, bis es Nacht ward. Der Juwelier erschrak und hatte nicht den Mut zu fragen. Endlich führte ihn der Fremde ins Freie an die Ufer des Flusses und sagte:

»Folge mir nur!« Der Juwelier fasste Mut und lief hinter ihm her, bis sie an eine Stelle kamen, an der sich ein Nachen befand. Sie bestiegen denselben und ließen sich an das jenseitige Ufer übersetzen. Der Fremde ergriff die Hand des Juweliers und führte ihn in ein langes Quartier der Stadt, das er noch nie betreten hatte, und er wusste bald nicht mehr, in welchem Teil von Bagdad er sich befand. Er blieb endlich vor der Tür eines Hauses stehen, und als diese sich öffnete, hieß er den Juwelier eintreten, worauf er die Tür mit einem starken Riegel hinter sich zuschloss. Der Fremde führte ihn in ein Zimmer, in dem sich zehn Bucklige befanden, die sich alle ganz gleich sahen.

Die Männer begrüßten ihn und hießen ihn sich niedersetzen, was er alsbald tat, denn er war fast tot vor Müdigkeit und Furcht. Man brachte frisches Wasser, womit er sich Gesicht und Hände wusch. Hierauf brachte man Wein und endlich auch zu essen, und alle ließen sich's schmecken. Da dachte der Juwelier, wenn ich etwas zu befürchten hätte, würden sie nicht mit mir essen. Als die Mahlzeit und die Abwaschung vorüber war, begab sich jeder wieder an seinen Platz. Der Juwelier setzte sich zu ihnen, worauf sie ihn fragten: »Kennst du uns?« Er antwortete: »Nein, ich kenne weder euch, noch den Fremden, der mich hergeführt hat, selbst nicht das Stadtviertel und den Ort, wo ich mich befinde.«

»Erzähle uns dein Abenteuer«, forderten sie ihn auf, »verschweige uns aber nichts.« Der Juwelier antwortete: »Meine Geschichte ist wunderbar, ist euch davon etwas bekannt?« - »Ja wohl«, versetzten sie, »wir haben gestern den jungen Mann und die Sängerin, die bei dir waren, festgenommen und dein Haus ausgeplündert.«

»Ich bitte euch, bei Gottes Schutz!« rief der Juwelier aus, »sagt mir, wo der junge Mann und die junge Frau sich befinden;« sie antworteten, mit der Hand nach zwei Zimmern, die ihnen gegenüberlagen, zeigend: »Jedes von ihnen ist in einem dieser Zimmer. Sie behaupten, dass außer dir niemand Kunde von ihren Angelegenheiten habe. Aus Rücksicht gegen sie drangen wir nicht länger mit Fragen in sie und haben sie, da wir sie so kostbar bekleidet fanden, woraus wir auf ihren vornehmen Stand schlossen, auch am Leben gelassen. Enthülle uns nun die Wahrheit über ihre Verhältnisse, denn nur unter dieser Bedingung wird dir dein und ihr Leben zugesichert.«

Der Juwelier sagte: »Ich sehe, dass, seit männliche Tugend verloren gegangen, sie nur bei euch wieder gefunden werden kann, und dass nur Menschen eurer Art imstande sind, ein anvertrautes Geheimnis, dessen Verbreitung man fürchtet, in der Brust zu vergraben; hat man ein gefährliches Unternehmen, so darf man nur euch damit beauftragen und überzeugt sein, dass eure Fähigkeiten und Entschlossenheit es glücklich ausführen.«

In diesem Sinne sprach der Juwelier noch lange zu den Räubern, bei sich erwägend, dass es in solchen Umständen besser sei, die Wahrheit zu sagen, als sie zu verbergen, da doch am Ende alles an den Tag kommt. Er erzählte ihnen daher umständlich die ganze Liebesgeschichte Alis und Schems Annahars von Anfang bis zu Ende.

Da riefen die Räuber: »Ist der junge Mann Ali, Sohn Bekars, und die junge Frau Schems Annahar?« Der Juwelier beteuerte, ihnen nichts verborgen zu haben. Als dies die Räuber hörten, erschraken sie sehr und gingen zu Ali und Schems Annahar, und baten sie um Verzeihung.

Alsdann kamen sie wieder zum Juwelier und sagten zu ihm: »Vieles von dem, was in deinem Hause geraubt worden, ist noch da, einiges aber fehlt; hier nimm, was noch da ist«, worauf sie ihm den größten Teil der goldenen und silbernen Gerätschaften zurückgaben. Dann sagten sie: Es ist unsere Pflicht, alles wieder in deine andere Wohnung zu bringen. Sie teilten sich hierauf in zwei Teile, die einen blieben bei dem Juwelier und die anderen bei dem Liebespaar, und so verließen alle das Haus. Ali und Schems Annahar vermochten sich kaum aufrechtzuerhalten; nur die Furcht und die Lust, wieder befreit zu werden, gab ihnen Kraft dazu.

Unterwegs nahte sich der Juwelier der Schems Annahar und erkundigte sich nach der Vertrauten und den beiden Sklavinnen. »Ich weiß nichts von ihnen«, antwortete sie. Die Räuber geleiteten alle drei bis an das Ufer des Flusses, ließen sie einen Nachen besteigen und ruderten mit ihnen nach dem entgegengesetzten Ufer.

Als Ali, Schems Annahar und der Juwelier an das Land stiegen, hörte man Geräusche von der Wache zu Pferde, die Räuber sprangen wie Adler in den Nachen und ruderten mit aller Macht davon. Ali, Schems Annahar und der Juwelier, als sie sich von den Reitern umringt sahen, blieben bewegungslos stehen. Die Reiter fragten Ali und den Juwelier, wer sie seien. Durch diese Frage aus der Fassung gebracht, schwiegen sie still, bis endlich der Juwelier antwortete. »Diese dort, die ihr über den Fluss setzen seht, sind Räuber, wir aber sind rechtliche Leute aus der Stadt. Sie haben uns in der letzten Nacht aufgegriffen und wir mussten die Nacht bei ihnen zubringen. Sie waren ohne Mitleid gegen uns und nur durch sanfte Worte und List konnten wir wieder unsere Freiheit erlangen, was aus ihnen geworden, habt ihr selbst gesehen.« Die Reiter betrachteten alle drei und sagten zum Juwelier: »Du bist nicht aufrichtig, wer seid ihr und in welchem Stadtviertel wohnt ihr?« Sie gerieten durch diese Frage in neue Verlegenheit und wussten nicht, was sie antworten sollten. Schems Annahar nahm den Anführer beiseite und hatte nicht sobald mit ihm gesprochen, als er vom Pferde stieg und Schems Annahar aufsteigen ließ und selbst das Pferd am Zaume führte, und auch für Ali und den Juwelier wurden Pferde herbeigeholt. Sie ritten dann bis an einen gewissen Platz, wo er einem Mann Befehl gab, zwei Boote herbeizuschaffen.

Er ließ hierauf Schems Annahar, Ali und den Juwelier in ein Boot steigen, und seine Leute in ein anderes. Das Boot steuerte nach dem Palast des Kalifen zu, was sie in nicht geringe Angst versetzte. Der Befehlshaber ließ hierauf zum großen Schrecken der beiden vor dem Palaste des Kalifen anlegen. Auf seinen Wink wurden aber Ali und der Juwelier an ein anderes Ufer gebracht, von wo aus sie, in Begleitung von zwei Wachen, sich in die Wohnung Alis begaben. Sie waren so müde und angegriffen, dass sie sich ganz regungslos niederlegten und bis gegen Abend schliefen. Als der Juwelier erwachte, standen viele Leute laut jammernd umher und waren bemüht, Ali wieder ins Leben zu rufen, und als sie bemerkten, dass jener ausgeschlafen hatte, umringten ihn Alis Leute und drangen in ihn, zu erzählen, was diesem begegnet sei, indem sie ihm zuriefen: »Du bist unseres Herren Untergang und Verderben!«

Der Juwelier antwortete: »O ihr Leute! Sachen von solcher Wichtigkeit lassen sich vor so vielen Zeugen nicht erzählen;« er beschwor sie, nicht weiter in ihn zu dringen und ihren Herren nicht üblen Nachreden preiszugeben. In diesem Augenblick erholte sich Ali und fing an, sich zu bewegen, worauf ein Teil der Leute voller Freude über sein Erwachen zurücktraten, doch ließen sie den Juwelier nicht fortgehen, um seine eigenen Angelegenheiten zu besorgen. Man rieb Ali mit Rosenwasser und Moschuspulver ein, er blieb aber doch noch so schwach, dass er nicht antworten konnte. Auf alle an ihn gerichteten Fragen gab er nur Winke mit der Hand als Antwort. So winkte er auch seinen Leuten, den Juwelier ziehen zu lassen.

Als die Leute des Juweliers ihn von zwei Männern getragen ankommen sahen, schlugen sie sich ins Gesicht und schrien laut zusammen. Er gebot ihnen Schweigen und sie gehorchten. Die zwei Träger, welche ihn getragen hatten, setzten ihn ab und verließen ihn. Er legte sich nieder und blieb bewusstlos die ganze Nacht hindurch. Am anderen Morgen, als er erwachte, standen seine Frau, sein Kind und seine Freunde um ihn herum und bestürmten ihn mit Fragen über das, was ihm widerfahren. Er ließ sich Wasser bringen, wusch sein Gesicht, dann trank er etwas Wein und dankte den Anwesenden für ihre Teilnahme. Hierauf sagte er, dass er zu viel getrunken habe und dadurch in den Zustand geraten sei, in welchem sie ihn getroffen hätten, worauf die Leute endlich fortgingen und er bei seiner Gattin sich entschuldigte und versprach, den Leuten das Verlorene zu ersetzen. Man sagte ihm aber, dass dasselbe von einem Manne, der alsbald wieder verschwand, in den Gang des Hauses geworfen worden sei, worauf er sich beruhigte. Er verlangte dann Wasser, wusch sich Gesicht und Hände und trank auch den ihm gereichten Wein. Er fühlte sich aber so entkräftet, dass er zu seiner Erholung zwei Tage zu Hause bleiben musste. Am dritten Tage, als er sich wieder gestärkt fühlte, begab er sich ins Bad.

Im Herzen fühlte der Juwelier eine brennende Begierde, das Schicksal Schems Annahars und Alis zu erfahren, und doch wagte er aus Furcht nicht, sich Alis Wohnung zu nähern. In diesem Zustande wandte er sich zu Gott, gelobte, seinen früheren Lebenswandel wieder einzuschlagen, gab Almosen und suchte sich über seinen erlittenen Verlust zu trösten. Sein erster Gang war auf den Leinwandmarkt zu einem seiner Freunde, einem reichen Kaufmanne, mit dem er sich lange unterhielt. Als er sich entfernen wollte, erblickte er eine Frau, die ihm zuwinkte, und in welcher er sogleich die Vertraute Schems Annahars erkannte. Die Welt verfinsterte sich vor seinen Augen und er entfernte sich schleunigst. Sie folgte ihm, so oft er aber stehen bleiben wollte, überfiel ihn eine ungeheure Angst. Er beflügelte daher seine Schritte so sehr, dass sie ihm kaum mehr folgen konnte, obgleich sie ihm von Zeit zu Zeit zurief, doch stehen zu bleiben und ihr Gehör zu geben. So lief er fort, bis er eine Moschee erreichte, die er unbesucht wusste. Das Mädchen folgte ihm auch dahin und erkundigte sich nach seinem Befinden. Als er ihr nun alles, was sich mit Ali und ihm zugetragen, erzählt hatte, sagte er: »Nun bitte ich dich, mir auch deine und deiner Herrin Geschichte mitzuteilen.«

Sobald ich die Räuber kommen sah, fing nun die Vertraute zu erzählen an, die ich anfänglich für Soldaten von der Leibwache der Kalifen hielt, flüchtete ich mich, weil ich fürchtete, sie möchten mich und meine Herrin festnehmen, mit den beiden Sklavinnen über die Dächer und wir kamen endlich zu dem Hause braver Leute, die Mitleiden mit uns fühlten und uns gut aufnahmen. Am nächsten Morgen in der Frühe begaben wir uns nach Schems Annahars Palast zurück. Wir befanden uns in schlechtem Aufzug, doch gelang es uns, alles geheim zu halten.

Indessen brachte ich den Tag in der größten Unruhe zu; aber als es Nacht wurde, öffnete ich die kleine Türe, die zum Flusse führte, rief einen Schiffer herbei und bat ihn, den Fluss nach allen Seiten zu befahren und genau achtzugeben, ob er nicht einen Nachen erblicke, worin sich meine Gebieterin befände.

Bis gegen Mitternacht wartete ich voller Ungeduld, als sich endlich ein Nachen, in welchem sich zwei Männer und eine Frau befanden, der Türe näherte. Der eine ruderte, der andere stand in demselben und die Frau lag im Hinterraume. Als der Nachen an der Türe angelegt hatte, stieg die Frau aus, und siehe da! Ich erkannte in ihr meine Gebieterin und kam beinahe ganz außer mir vor unaussprechlicher Freude über ihre Rettung.

Ich reichte ihr die Hand, sie befahl mir, ihrem Begleiter 1000 Dinare zu geben. Ich gab ihm denselben Beutel, den ich dir geben wollte, den du aber nicht annahmst, und dankte ihm, worauf er wegging. Hierauf schloss ich die Türe wieder zu und trug sie mithilfe der beiden Sklavinnen auf ihr Bett, wo sie in einem todähnlichen Zustande die ganze übrige Nacht und den folgenden Tag blieb. Ich wich diese ganze Zeit über nicht von ihrem Lager und ließ kein Mädchen ihr nahe kommen. Endlich erwachte sie, als wäre sie vom Grabe auferstanden, ich bespritzte sie mit Rosenwasser und Moschus, gab ihr Wein zu trinken, und drang so lange in sie, bis sie auch etwas aß. Als sie der Genesung nahe war, ermahnte ich sie und stellte ihr vor, dass sie ihrem Verderben nahe war und wohl genug erlebt haben werde, um nun von ihrer Liebe abzulassen. Sie erwiderte: der Tod wäre mir leichter gewesen als was mir widerfahren, ich glaubte nicht, mit dem Leben davonzukommen. Als nämlich die Räuber mich aus dem Hause wegführten, und mich fragten, wer ich sei, gab ich mich für eine Sängerin aus, während Ali auf dieselbe Frage an ihn zur Antwort gab, er sei ein Mann aus dem Volke. In ihrer Wohnung angelangt, ergriff uns neue Angst und Furcht. Beim Anblicke meiner Kleinodien erkannten sie, dass ich ihnen meinen wahren Stand verheimlicht; eine Sängerin besitzt keine solche Edelsteine, riefen sie aus. Bekenne uns die Wahrheit! Aber ich schwieg.

Hierauf bestürmten sie Ali mit denselben Fragen, indem sie ihm sagten: Wir sehen wohl an deinem Anzuge, dass du keiner aus dem gemeinen Volke bist. Aber er, wie ich, verbargen ihnen standhaft unsern Stand und Herkunft. Nun wollten sie wissen, wie der Eigentümer des Hauses, in dem sie uns gefunden, heiße, worauf wir ihnen seinen Namen nannten. Ich kenne diesen Juwelier und weiß, wo er wohnt, sprach sogleich einer von ihnen. Wenn das Schicksal mir günstig ist, will ich ihn sogleich herbringen. Sie beschlossen jedoch, uns nicht beisammen zu lassen, und trennten uns, indem sie Ali in ein besonderes, und mich in ein anderes Gemach sperrten. Ruhet aus, sagten sie, bis wir erfahren, wer ihr seid, seid, aber ohne Furcht, euer Leben ist in Sicherheit. Als der Juwelier gebracht wurde und dieser Mann ihnen unser ganzes Geheimnis offenbarte, da entschuldigten sie sich bei uns, führten uns nach dem Ufer des Flusses, ließen uns ein Boot besteigen und schifften uns auf die andere Seite über. Aber kaum hatten wir das Land betreten, als eine Schar von der Nachtwache zu Pferd uns umzingelte. Ich gab hierauf dem Anführer ein Zeichen und winkte ihn beiseite, gab mich ihm zu erkennen und sagte ihm, ich sei am verflossenen Abend, auf dem Heimwege vom Besuch einer Freundin, bei welcher ich zu viel getrunken hatte, von jenen Leuten, die eben wieder über den Fluss setzten, angehalten und nach ihrer Wohnung gebracht worden, wo ich auch diese beiden anderen Personen traf, mit denen sie uns hierher gebracht, und bat ihn auch, auf meine Erkenntlichkeit zu zählen. Da stieg er sogleich von seinem Pferde und ließ mich es besteigen und zwei seiner Leute taten das gleiche mit Ali und dem Juwelier, und wir gelangten, wie du gesehen hast, wieder hierher. Was aus Ali und dem Juwelier geworden ist, weiß ich nicht. In meinem Herzen brennt ein heftiges Feuer ihretwillen, hauptsächlich wegen Alis Freund, der so vieles verloren hat. Nimm daher einiges Geld, gehe zu ihm, grüße ihn und erkundige dich nach Ali bei ihm.

Ich machte ihr Vorwürfe und stellte ihr die Gefahr vor, in die sie sich stürze. Fürchte Gott, sagte ich ihr, opfere dein Leben nicht diesem Liebeshandel, und wandle den Weg der Entsagung! Sie fuhr mich aber zornig an wegen meiner Ermahnungen. Ich ging daher nach deinem Hause, um dich aufzusuchen, wo ich dich aber nicht antraf. Zu Ali wagte ich nicht zu gehen, ich blieb daher außen stehen, um dich zu erwarten. Nun bitte ich dich und nimm das Geld an (welches meine Herrin dir schickt), du hast dir keinen Vorwurf deshalb zu machen, da du doch den Leuten das Verlorene ersetzen musst. Der Juwelier machte sich auf und ging mit ihr bis in die Nähe seiner Wohnung, da sagte sie: »Warte hier, ich komme gleich wieder«, und verließ ihn.

Als das Mädchen wieder zu dem Juwelier kam, brachte sie einen schweren, mit Gold gefüllten Beutel mit, welchen sie ihm übergab und sagte: »Geh' mit Gottes Schutz! Wo treffen wir uns wieder?« Der Juwelier erwiderte: »Komm nur in meine Wohnung, ich werde mich sogleich bemühen, Ali zu treffen und Mittel finden, dich zu ihm zu bringen; dieses Geld macht mir leicht, was mir früher schwer schien.« Das Mädchen verabschiedete sich, der Juwelier aber trug das Geld nach Hause. Er fand in dem Beutel 2000 Dinare, worüber er sich sehr freute, denn es blieb ihm, nachdem er allen Schadenersatz geleistet hatte, eine Summe für seine Familie und die Wiederherstellung seines anderen Hauses übrig. Er begab sich sogleich mit seinen Dienern in dasselbe, ließ Arbeiter kommen und neue Türen und Fenster einsetzen, die viel schöner ausfielen, als die früheren. Um das Haus zu hüten, ließ er auch einige Mädchen daselbst.

Die Freude, sich wieder in solchen Umständen zu sehen, ließ ihn schnell alles ihm widerfahrene Ungemach vergessen, und frohen Mutes und leichten Sinnes ging er zu Ali. Dessen Diener kam ihm sogleich freudig entgegen, ihn bewillkommnend und ihn sogleich zu Ali führend, der auf seinem Lager ausgestreckt lag und kaum ein Wort reden konnte. Der Juwelier setzte sich neben ihn und ergriff seine Hand, worauf Ali seine Augen öffnete und ihn begrüßte. Er richtete sich mit großer Anstrengung und Hilfe des

Juweliers auf, dankte Gott für dieses Wiedersehen, ließ sich Wein und Speise bringen, genoss reichlich von beidem, erhob sich dann von seinem Lager, wechselte die Kleider und versuchte ihm zuliebe einige Schritte im Zimmer zu gehen. Der Juwelier erzählte, was er von der Vertrauten Schems Annahars erfahren hatte, ohne dass jemand außer ihm ihn hörte, dann sagte er zu ihm: »Fasse Mut, ich kenne dein Inneres.« Ali lächelte und der Juwelier fuhr fort: »Du wirst Hilfe und Erleichterung finden.« Ali gab dann den Dienern ein Zeichen, dass sie sich entfernten, dann sagte er: »Hast du gesehen, was uns zugestoßen ist?« Er entschuldigte sich hierauf bei dem Juwelier und fragte ihn weiter aus und ließ sich nochmals alles seit ihrer Trennung Vorgefallene erzählen. Dann lobte er Gott und pries den Mut und die Standhaftigkeit Schems Annahars. Hierauf rief er seinen Schatzmeister, ließ Betten, verschiedenes anderes Hausgerät und an goldenen und silbernen Gefäßen weit mehr, als der Juwelier verloren hatte, zusammenpacken, und übergab sie dem Juwelier. Der Juwelier, beschämt durch eine so edle Freigebigkeit, dankte und sagte: »Das Bewusstsein meines Bestrebens, euch zu gefallen, ist mir mehr wert, als was ich empfangen; aus Liebe zu euch werde ich mich vor keiner Gefahr scheuen!« Er blieb hierauf noch den ganzen Tag und die folgende Nacht bei Ali, welcher noch immer schwach und mutlos war, und viel seufzte und weinte.

Als der Morgen anbrach, sprach Ali zum Juwelier: »O höre mich! Jede Sache hat ihr Ende. Das Ende der Liebe ist der Tod oder eine dauernde Vereinigung; ich bin dem Tode näher, er passt besser zu meiner Lage und bringt mir mehr Ruhe. O wäre ich doch tot und vergessen, oder könnte ich mich trösten, ruhig werden und anderen Ruhe gönnen! Nun kam ich schon zweimal mit ihr zusammen, und jedes Mal ging es so, wie du wohl weißt; wie kann ich nun einer dritten Zusammenkunft mit Ruhe entgegensehen? Wie kann ich, nach diesen Warnungen, mich noch vor den Leuten entschuldigen? Ohne Gottes Huld wären wir ja schon lange verrufen. Ich weiß nun nicht mehr, wo ich mein Heil suchen soll. Wenn ich nicht Gott fürchtete, so würde ich meinem Tod vorgreifen; aber wir sterben ja doch, ich und sie, nur hat unser Tod eine bestimmte Zeit.« Er weinte dann heftig und sprach folgende Verse:

> »Kann der Betrübte etwas anderes tun, wie weinen? Wie groß muss meine Liebe sein, da ich euch mein Geheimnis anvertraut. Mir ist, als wenn die Nacht zu den Sternen gesagt hätte: Bleibet und weichet nicht, wenn der Morgen ruft.«

Der Juwelier sprach Ali Mut ein und sagte: »Mein Herr, sei ein Mann! Sei in der Trauer wie in der Freude ruhig!« Ali sah ihn an und sprach folgende Verse:

> »Ist der Tränenstrom mit dem, der ihn vergießt, verwachsen, oder kann er durch schöne Standhaftigkeit zurückgewiesen werden? Mancher hat schon sein Geheimnis zusammengedrängt und versiegelt: Da hat sein Auge aufgerissen, was er verschlossen, und so oft er die Tränen zurückhalten wollte, kam der Liebesschmerz dazwischen und hinderte ihn.«

Der Juwelier sagte, er vermute, die Vertraute werde zu ihm kommen, um Nachrichten von Schems Annahar zu überbringen, er wolle daher nach Hause gehen. Als er hierauf Abschied nahm, sagte Ali zu ihm: »Ich lasse dich gehen; aber eile, dass du bald wieder kommst, denn du siehst, in welchem Zustande ich mich befinde.«

Kaum zu Hause angekommen erschien auch wirklich Schems Annahars Vertraute bei dem Juwelier, aber mit verstörter, ängstlicher Miene und tränendem Blicke. Beunruhigt hierüber fragte er sie, was vorgefallen wäre. Sie antwortete: »Was wir befürchtet, ist eingetroffen! Als ich dich gestern verließ und zu Schems Annahar in den Palast zurückkehrte, traf ich sie, wie sie eben Befehl erteilte, eine der beiden Sklavinnen, die bei jenem Abenteuer bei uns waren, eines Vergehens wegen zu züchtigen. Diese aber entfloh durch eine offene Türe des Palastes und begab sich zu einem der Türwächter, der wegen einer Sklavin uns beaufsichtigte. Dieser verbarg die Sklavin und wusste ihr durch Schmeichelei, Zureden und Versprechungen den Vorgang in jenen beiden Nächten zu entlocken. Er ging hierauf sogleich mit ihr zum Fürsten der Gläubigen. Dieser zwang sie, alles zu gestehen, was sie auch tat. Schems Annahar wurde nun in die Wohnung des Kalifen gebracht, ohne dass ich mir einen anderen Grund, als den eben angeführten, denken kann, und er lässt sie von zwanzig Dienern bewachen. Ich suchte mich ungesehen wegzustehlen und eilte hierher, da ich nicht weiß, was wohl in solch einer Lage anzufangen sein dürfte. Ich bin, wie dir nicht unbekannt, ihre teuerste Freundin und bewahre alle ihre Geheimnisse. Geh nun zu Ali und fordere ihn auf, alle Vorsicht zu gebrauchen, sich und seine Güte zu retten.«

Die Vertraute verließ ihn hierauf plötzlich und der Juwelier, den diese Nachricht so darniederschlug, dass er kaum stehen konnte, raffte sich zusammen, eilte zu Ali und sagte ihm: »Umhülle dich mit Geduld und umgürte dich mit Standhaftigkeit, entferne von dir jede Schwäche und Mutlosigkeit und wandle den Weg der Tapferkeit. Es ist etwas vorgefallen, wobei dein Leben und all dein Gut verloren gehen kann.«

Ali antwortete: »O mein Bruder, du hast mir den Tod gegeben; sage mir klar heraus, was geschehen!« Der Juwelier erzählte ihm das, was er von der Vertrauten vernommen hatte, und fügte hinzu: »Du wirst gewiss dabei umkommen.« Ali starrte eine Weile vor sich hin und gab nahezu den Geist auf, dann erholte er sich und fragte: »Was ist zu tun?« Der Juwelier antwortete: »Packe deine kostbarsten Sachen zusammen, wähle die treuesten unter deinen Dienern aus und bereite dich vor, mit mir vor Abend die Stadt zu verlassen. Wir gehen zusammen nach Anbar.« Ali sprang auf und taumelte umher, bald machte er einige Schritte, bald stürzte er wieder hin, ordnete seine Geschäfte, so gut er konnte, nahm Abschied von seiner Familie, sich bei ihr entschuldigend, traf alle nötigen Anordnungen und verließ mit dem Juwelier Bagdad.

‚Sie schlugen den Weg nach Anbar ein, reisten den ganzen Tag und die ganze Nacht, ohne sich aufzuhalten, und erst vor Tagesanbruch machten sie Halt. Sie luden ihr Gepäck ab, banden ihre Tiere fest und legten sich arglos nieder, um zu schlafen. Kaum war einer und der andere eingeschlafen, als sie aus ihrer Ruhe aufgeschreckt wurden und sich von einer Menge Männer umzingelt sahen. Ihre Leute wurden alle getötet, und die Räuber nahmen ihnen Pferde, Lasttiere samt Gepäck und allen Kostbarkeiten weg, und zogen auch diese beiden ganz aus, entfernten sich dann und ließen sie in schlimmster Lage zurück.

Nachdem die Räuber sich entfernt hatten, sagte Ali zu dem Juwelier: »Was sollen wir jetzt anfangen?«

»Nur Gott kann hier helfen«, erwiderte der Juwelier; »sein Wille geschehe!« Sie gingen dann in der Nacht fort, bis sie gegen Morgen eine offene Moschee erblickten, in welche sie eintraten, und sie brachten den Rest der Nacht ungestört in einer Ecke zu. Am folgenden Morgen kam endlich ein Mann herein, um sein Gebet zu verrichten. Als er geendigt hatte und um sich blickte, bemerkte er Ali und den Juwelier.

Dieser Mann näherte sich ihnen und redete sie folgendermaßen an: »O ihr von der Gemeinde Gottes! Ihr seid wohl Fremdlinge?« Sie antworteten: »Ja; wir sind heute Nacht auf dem Wege von Bagdad von Räubern angefallen und all des Unsrigen beraubt worden und kennen niemanden hier, an den wir uns in unserer Not wenden könnten.« Der Unbekannte versetzte: »Wollt ihr mit mir in mein Haus kommen?« Der Juwelier sagte leise zu Ali: »Da leicht andere kommen könnten, denen wir nicht unbekannt sein dürften, so wird also das Klügste sein, wir folgen der Einladung, ohnedies sind wir hier fremd und gänzlich obdachlos.« Ali erwiderte: »Tu, was du willst«, worauf der Juwelier antwortete: »Wir sind bereit, dir zu folgen.« Der Unbekannte zog dann einen Teil seiner Kleider aus und gab sie ihnen. Dann sagte er zu ihnen: »Steht nun auf aus dieser Dunkelheit und folgt mir.« Sie machten sich alsbald auf den Weg, und als sie an seiner Wohnung angekommen waren, klopfte der Mann an der Türe, worauf ein kleiner Diener diese öffnete. Der Mann hieß sie hierauf eintreten und führte sie in ein Zimmer, wo er alsbald einen Bündel mit Kleidern und Turbanen herbeibringen ließ. Er schenkte jedem zwei Anzüge und zwei Turbane, und als sie sich umgekleidet hatten, trug eine Sklavin verschiedene Speisen auf, worauf der Herr des Hauses zu ihnen sagte: »Esset, der Segen Gottes sei mit euch!« Sie aßen aber nur wenig, dann wurde der Tisch wieder weggetragen, und sie blieben bei ihm sitzen, bis die Nacht hereinbrach. Ali war sehr niedergeschlagen, er seufzte schwer auf und befand sich in einem trostlosen Zustande. Auch sagte er zu dem Juwelier: »Wisse, dass ich bald sterben werde; ich will daher meine letzten Anordnungen treffen, um deren genaue Befolgung ich dich bitte. Geh' zu meiner Mutter, wenn ich sterbe, und bitte sie, hierherzukommen und für meine Waschung und Bestattung zu sorgen, und unsre Trennung mit Geduld zu ertragen.«

Nachdem Ali geendet hatte, fiel er in Ohnmacht, und als er wieder erwachte, hörte er von einer weiblichen Stimme folgende Verse:

> »Schnell überfiel uns die Trennung, nach kurzer Liebe, Vereinigung und Zusammenleben. Wie bitter ist Trennung nach Vereinigung! Möchte sie doch nie mehr über einen Liebenden verhängt werden! Die Todespein währt nur eine kleine Weile, dann ist's vorüber. Aber die Trennung der Freunde nagt immer am Herzen. Gott vereinige alle Liebenden und beginne mit mir, denn ich sehne mich nach ihm.«

Hier schwieg die Stimme, und kaum waren die letzten Töne verhallt, so verschied Ali. Der Juwelier blieb noch zwei Tage bei dem Leichnam, hüllte ihn in ein Totengewand, übergab ihn der Verwahrung ihres Wirtes und schloss sich dann einer eben nach Bagdad zurückkehrenden Karawane an. Bei seiner Ankunft daselbst ging er zuerst in sein Haus. Hierauf begab er sich sogleich in die Wohnung Alis. Die Diener kamen ihm entgegen und grüßten ihn, er ließ sich alsbald bei Alis Mutter melden, und als er die Erlaubnis erhielt, vor ihr zu erscheinen, trat er zu ihr, grüßte sie, und nachdem er sich ein wenig gesammelt hatte, sprach er zu ihr. »Höre mich an, Gott erhalte dich und sei dir gnädig! Der erhabene Gott leitet die Menschen nach seinem Willen; niemand kann seinem Urteil und seiner Bestimmung entgehen ...«

Die Mutter rief, heftig weinend: »Du verkündest mir den Tod meines Sohnes!« - »Bei Gott, er ist tot!«

Der Juwelier konnte vor herbem Schmerz und hervorbrechenden Tränen nicht antworten. Die Mutter war nahe daran, in Ohnmacht zu fallen, da eilten ihre Frauen herbei, sie zu unterstützen. Nachdem sie sich wieder erholt hatte, bat sie den Juwelier, ihr alles mitzuteilen. Der Juwelier erzählte ihr alles umständlich, wie es sich zugetragen, und beteuerte, dass er selbst von Trauer erfüllt sei, da er ihm ein sehr teurer Freund gewesen. Die Mutter fragte ihn hierauf: »Da er dir alle seine Geheimnisse anvertraut, so hat er dir wohl vor seinem Tode noch einen Auftrag an mich gegeben?« Der Juwelier bejahte dies und machte sie aufs Pünktlichste mit Alis Letztem Willen bekannt. Die Mutter brach wieder in lauten Jammer aus, den ihre Frauen noch vermehrten. Der Juwelier verließ sie hierauf, wie ein Blinder umhertappend, um nach Hause zu gehen. Voll tiefer Bekümmernis dachte er über das traurige Schicksal eines so jungen Mannes nach, bei dem er so oft ein- und ausgegangen.

Plötzlich bemerkte er, dass ihn jemand bei der Hand ergriff. Als er die Augen öffnete, sah er eine Frau im Trauergewande mit einem von Gram abgehärmten Gesichte vor sich stehen, in der er sogleich die Vertraute Schems Annahars erkannte. Dieser Anblick und ihre Tränen, die sie fortwährend vergoss, riefen auch bei ihm neuen Kummer und neue Tränen hervor. Er ging ohne Aufenthalt mit ihr fort bis in seine Wohnung.

Der Juwelier fragte die Vertraute, ob sie schon wisse, wie es Ali ergangen. Sie verneinte dies.

Der Juwelier fragte sie dann, was den Tod Schems Annahars herbeigeführt. Sie erwiderte: »Wie ich dir schon erzählt habe, hatte der Fürst der Gläubigen Schems Annahar zu sich nach seinem Palaste bringen lassen. Aber ohne ihr den mindesten Vorwurf zu machen, empfing er sie, liebe- und mitleidsvoll und mit freundlichem Entgegenkommen sprach er zu ihr: »Schems Annahar, du weißt, mit welcher Inbrunst ich dich liebe, wie du mir vor allen übrigen Menschen teuer bist, ich werde dich vor jedem Übel bewahren, trotz aller Verleumdungen, die mir von deinen Feinden zu Ohren gekommen.« Hierauf führte er sie in eines seiner Prunkgemächer. Alles dieses wirkte mit furchtbarer Gewalt auf das Gemüt Schems Annahars. Als der Tag zu Ende war, ließ der Kalif, nachdem er nach seiner Gewohnheit beim Weine gesessen war, die Mädchen zu sich kommen und Schems Annahar, um zu zeigen, wie hoch sie noch in seiner Gunst stehe und welchen Platz sie in seinem Herzen einnehme, an seine Seite sitzen. Ihr Geist war abwesend, ihre Fassung war dahin, und ihr Zustand ward immer schlimmer. Als aber eine Sängerin folgende Verse sang:

»Die Liebe hat Tränen in mir hervorgerufen, sie fließen nun reichlich über meine Wangen herunter.«

»Meine Augenwimpern ermüden und können nicht tragen, was darin ist; sie offenbaren, was ich verheimlichen möchte, und verbergen, was ich offenbare.«

»Wie kann ich meine Liebe zu verbergen wünschen, da meine mächtige Pein deinetwillen alles entdeckt!«

»Nach der Trennung von meinem Geliebten wäre mein Tod eine Wohltat. Nur möchte ich wissen, ob es ihm nach mir wohl wird -«

Konnte sie die Fassung nicht länger behaupten: Die Tränen stürzten hervor und sie sank bewusstlos nieder. Der Kalif warf den Becher aus der Hand und zog sie zu sich hin. Aber sie war tot. Der Kalif befahl, alle Instrumente zu zerbrechen, und ließ dann ihren Leichnam in sein Gemach tragen, wo er die ganze Nacht bei demselben durchwachte. Des Morgens ließ er ihn waschen, in ein Leichengewand hüllen und beerdigen, ohne sich weiter nach ihren Angelegenheiten zu erkundigen.

»Nun«, fuhr sie fort, »bitte ich dich bei dem allmächtigen Gott, mir zu sagen, wann die Überreste Alis hierher gelangen und beigesetzt werden, damit ich der Beerdigung beiwohne.« Der Juwelier antwortete: »Dies kann nicht geschehen.« Die Vertraute entgegnete: »Du hältst dies für unmöglich; wisse aber, dass dem nichts im Wege steht, da der Kalif allen Frauen Schems Annahars die Freiheit geschenkt und mir die Aufsicht über das Grab seiner Favoritin übertragen hat.« Der Juwelier begleitete sie hierauf an den Begräbnisplatz und verließ sie wieder.

Am vierten Tage, als der Leichnam Alis aus Anbar anlangte, drängte sich eine zahllose Volksmenge hinzu, der Juwelier mischte sich unter die Menge, von welcher viele Männer und Frauen dem Leichenzuge eine Strecke weit entgegen gingen, man hatte nie in Bagdad eine solche Menschenmasse beisammen gesehen. Die Vertraute schloss sich auch dem Zuge an und machte sich durch ihre tiefe Trauer und ihr herzzerreißendes Jammergeschrei vor allen anderen bemerklich, bis man zum Begräbnisplatz kam, wo er beerdigt wurde und den der Juwelier, so lang er lebte, von Zeit zu Zeit besuchte.

Das ist die Geschichte Alis und Schems Annahars. Sie ist aber nicht wunderbarer als die *Nureddins* und der *Enis Aldjelis*.

Geschichte Nureddins mit Enis Aldjelis.

Es herrschte zu Bassrah ein König, der hieß Mohammed Suleiman. Er war ein Vater der Armen und Bedürftigen; mit Weisheit und Milde regierte er seine Untertanen. Seine Hände waren so freigebig, wie das Meer; seine Sklaven lebten wie freie Leute. Nacht und Tag dienten ihm, seines Lebens Freude bestand darin, seine Sklaven und seine Truppen zu beschenken. Ein Dichter beschrieb ihn folgendermaßen:

»Es war ein König, der, wenn feindliche Scharen auf ihn einstürmten, sie mit schneidenden Waffen befriedigte.«

»Wenn er am Schlachttage auf die feindlichen Reiter einhieb, schien er mit Schwert und Lanze und Pfeil zu schreiben, indem er den feindlichen Linien Vokale und Punkte beifügte; die Vokale schrieb er mit Säbelhieben, die Punkte mit Lanze und Pfeil.«

»Die Reiterei schwamm wie in einem Meere, dessen Wellen unzählige Scharen und dessen Quelle das aus den Wunden der Feinde strömende Blut.«

»Dieses Meer schien mit einem Wald von Schiffen bedeckt; die Lanzen waren die Mastbäume, die Fahnen die Segel.«

»Die Zeit hatte geschworen, einen ihm Ähnlichen wieder hervorzubringen; aber, o Zeit! Du warst meineidig, denn du wirst deinen Schwur nicht halten können; bereue daher und tu Buße!«

Suleiman hatte zwei Veziere, der eine hieß Muin, Sohn Sawis, und der andere Vadhleddin, Sohn Chakans.

Vadhleddin war einer der freigebigsten Männer seiner Zeit. Er war gutmütig und von reinem Lebenswandel und wusste sich überall Freunde zu erwerben; sogar die Frauen beteten in ihren Häusern für sein langes Leben, denn er war der Beförderer alles Guten und der Schutz gegen alles Böse, wie ein Dichter ihn beschreibt:

»Er ist ein Mann, dessen Charakter aus Gottesfurcht und Hoheit besteht, sodass die Zeit sich mit ihm freut und stolz auf ihn ist.«

»Nie nahte sich ihm vertrauensvoll ein Unglücklicher, der nicht an seinen Türen Trost fand.«

Muin aber war geizig, schmutzig, verschmitzt, boshaft und dumm zugleich. Er suchte nur Böses zu tun, nie ging ihm ein schönes Wort aus dem

Munde. Er war listiger als ein Fuchs und raubgieriger als ein Hund. Ein Dichter sagt von ihm:

»Er ist ein Auswürfling; er ist ein schlechter Sohn des Schattens.«

»Ein Vagabund, der seinen Ursprung Hin- und Herreisenden verdankt.«

»Kein Haar an seinem Leibe wächst, das nicht das Gepräge der Abstammung trüge.«

So sehr Vadhleddin geliebt wurde, ebenso sehr hasste man Muin. Als einst der König Mohammed auf seinem Throne saß und von seinen beiden Vezieren und den Großen des Reichs umgeben war, sagte er zu Vadhleddin: »Ich möchte ein Mädchen besitzen, das an Schönheit des Körpers sowie auch an Verstand und Tugend alle anderen übertreffe.« Da sagten die Großen des Reichs und die Staatsräte: »Ein Mädchen von solch ausgezeichneten Eigenschaften wird sich wohl schwerlich für weniger als 10.000 Dinare finden lassen.« Der König rief hierauf sogleich seinem Schatzmeister und befahl ihm: »Gib Vadhleddin aus meinem Schatze 10.000 Dinare.« Dieser holte das Geld und Vadhleddin nahm es in Empfang.

Vadhleddin, um dem Befehle seines Herrn zu gehorchen, begab sich jeden Tag auf den Markt und beauftragte alle Makler, die schönste und gebildetste Sklavin für ihn auszusuchen und keine verkaufen zu lassen, wenn sie 10.000 Dinare oder mehr koste, bevor sie ihm vorgestellt worden sei.

Kein Makler verkaufte eine Sklavin, ohne sie vorher dem Vezier vorzustellen, aber immer hatte er etwas an derselben auszusetzen. Einst, als er gerade auf dem Wege zum Palaste war, begegnete ihm ein Makler, der zu ihm trat, den Steigbügel erfasste und ihn anredete:

»O Vezier, der du das vermoderte Reich wieder belebt hast und der du immer siegreich bleiben mögest, du hast alles Edle wieder vom Tode erweckt und das Reich vor Verfall bewahrt.«

Dann fuhr er fort: »O Vezier! Was wir längst nach deinem hohen Befehle für dich gesucht, hat sich nun gefunden.« Der Vezier antwortete: »Bringe sie her!« Der Makler entfernte sich und kam nach einer Weile wieder mit einer Sklavin an seiner Seite, welche von schlankem Wuchse, fein geformtem Busen, glühend schwarzen Augen, feiner Taille, frischem Aussehen, süßem Atem, wohlgeformten Füßen und zarter Stimme war. Ein Dichter sagt von ihr:

»Sie ist wunderbar; die Schönheit ihres Gesichts gleicht Mond und Sternen; sie ist die Erste und Vornehmste aus ihrem Stamme und verdunkelt alle, so mit ihr aufgewachsen.«

»Gott, der erhabene Besitzer des Himmelsthrons, hat ihr die schönsten Güter des Lebens geschenkt: Hoheit, Anmut und schönen Wuchs.«

»An dem Himmel ihres Angesichts prangen sieben Sterne gleich den Wächtern ihrer Wangen.«

»Wenn ihr jemand durch begehrendes Anschauen Blicke entlocken will, so versengt sie ihn durch die Glut eines ihrer Sterne wie einen bösen Geist.«[48]

Als der Vezier die Sklavin sah, bewunderte er sie sehr. Er wendete sich daher zu dem Makler und fragte ihn, welchen Preis der Kaufmann auf sie gesetzt habe. Der Makler antwortete: »Herr! Er verlangt 10.000 Dinare und hat geschworen, dass sie allein für so viel junge Hähne gegessen und Wein getrunken habe, und dass diese Summe nicht einmal die Geschenke bezahle, die ihren Lehrern gemacht worden seien. Sie hat schön schreiben und zierlich reden gelernt; die arabische Sprache und ihre Regeln, die Erklärung des Korans, die Heilkunde, die Grundlehren der Theologie sind ihr bekannt; dazu spielt sie mancherlei Instrument.« Der Vezier ließ den Kaufmann rufen.

Da kam ein Perser, der schon manches Jährlein hinter sich hatte; die Zeit schien ihn hart mitgenommen und sein Glücksstern ihm nicht viel übrig gelassen zu haben; er glich einem alten Adler oder einer dem Einsturz nahen Mauer, und auf ihn passten die Worte des Dichters:

»Wie heftig hat, mich die Zeit erschüttert, die gewaltige, ernste Zeit! Einst konnte ich laufen, ohne zu ermüden; jetzt bin ich müde, ohne mich von der Stelle gerührt zu haben.«

Der Vezier sagte zu ihm: »Willst du diese Sklavin dem Sultan Suleimann für 10.000 Dinare verkaufen?« Der Perser antwortete: »Wenn sie für den Sultan bestimmt ist, so wäre es meine Pflicht, sie ihm ohne Geld als ein Geschenk zu überlassen.« Der Vezier ließ aber sogleich das Geld holen und dem Perser 10.000 Dinare vorwiegen.

---

[48] Dem Koran zufolge werde böse Geister, die an den Toren des Himmels lauschen, durch Sterne verjagt.

Nachdem der Kaufmann mit seinem Gelde weggegangen war, wendete sich der Makler zum Vezier und sagte: »Ist es mir vergönnt, vor den Ohren unseres großen Veziers ein Wort zu reden?« Vadhleddin forderte ihn auf, zu sagen, was er habe, und der Makler fuhr fort: »Herr! Da, wie ich vernommen habe, die Sklavin für den König bestimmt ist, so bin ich der Meinung, dass du sie ihm heute noch nicht vorführst: Denn sie kommt eben angegriffen von der Reise, auf welcher sie ungünstigen Wind gehabt hat, und man sieht ihr die Ermüdung an. Lass sie daher lieber vierzehn Tage in deinem Palaste, bis ihre Reize wieder aufgefrischt sind; alsdann lässest du sie ins Bad führen, legst ihr die schönsten Kleider an und gehst mit ihr zum König. Dann wirst du große Ehre bei ihm einlegen.«

Der Vezier überlegte die Worte des Maklers und fand sie gut. Er ließ daher die schöne Perserin in seinen Palast bringen, wies ihr mitten in demselben ein besonderes Zimmer an. Er sorgte dafür, dass sie Tag für Tag Wein, junge Hähne und verschiedene schöne Kleider erhielt, und so verging einige Zeit.

Der Vezier hatte aber einen Sohn, der dem Rund des Mondes glich, mit leuchtendem Gesichte, roten Wangen, einem Mal darauf und jugendlichem Flaum wie Ambra, er entsprach dem Bilde, das ein Dichter von ihm entwarf:

»Er entzückt wie der Mond mit seinen Blicken; er ist schmiegsam wie ein Baumzweig, verführerisch, wenn er sich hin und her schaukelt.«

»Er glänzt wie Gold; nur seine Haare sind schwarz.«

»Süß ist sein ganzes Wesen; sein Wuchs gleicht einer Lanze.«

»So hart sein Herz ist, so zart ist die Bewegung seiner Glieder. O warum wechselt ihr nicht miteinander?«

»Wäre die Zartheit der Bewegung in seinem Herzen, er würde niemals eine Liebende grausam behandelt haben.«

»O du, der mich tadelt, weil ich ihn liebe, entschuldige mich doch; schon hat die Liebe einen zu festen Wohnsitz in meinem Herzen.«

»Niemand ist schuldig, als mein Blick und mein Herz; doch, wen klage ich an? Bin ich es nicht selbst?«

Der Jüngling wusste nichts davon, wozu die Sklavin bestimmt war. Zu dieser aber hatte sein Vater gesagt: »Wisse, ich habe dich für den König

Mohammed gekauft, aber ich habe einen Sohn, der ein wahrer Satan ist und jedes Mädchen in unserm Stadtviertel zu verführen sucht. Nimm dich also wohl in acht vor ihm, hüte dich, ihm dein Gesicht zu zeigen oder ihn deine Stimme hören zu lassen, und bedenke, wofür du bestimmt bist.«

Die Sklavin versicherte ihn ihres Gehorsams und er verließ sie wieder. Nun wollte aber das Schicksal, dass die Sklavin eines Tages ins Bad ging, welches im Hause war, eine Sklavin begleitete sie dahin, um sie zu bedienen. Das Bad goss das Gewand der Anmut über sie und erhöhte den Glanz ihrer Schönheit. Als sie herauskam, reichte man ihr ein Kleid, welches einer jungen Schönheit würdig war. Sobald der Anzug vollendet war, beeilte sich die schöne Perserin, sich ihrer Herrin vorzustellen. Diese begrüßte sie mit den Worten: »Das Bad bekomme dir wohl, o Enis Aldjelis!« worauf ihr die Sklavin die Hand küsste und erwiderte: »Gott vermehre deine Freude und dein Glück, o Herrin!« Als die Frau des Veziers hierauf fragte, ob ein Bad jetzt angenehm wäre, antwortete die Sklavin: »Das Wasser ist ganz herrlich und sehnt sich nach deiner Jugend.« Da wendete sich die Frau zu ihren Mädchen und sagte: »Lasst uns auch baden, wir haben schon mehrere Wochen kein Bad genommen.« Die Mädchen erwiderten: »Du bist uns zuvorgekommen, wir haben schon daran gedacht.« »Nun«, rief sie: »Lasst uns im Namen Gottes gehen!« Bevor sich jedoch die Gemahlin des Veziers entfernte, gebot sie zwei kleinen Sklavinnen, vor der Türe des Zimmers von Enis Aldjelis Wache zu halten, und sagte zu ihnen: »Gebet wohl acht, dass niemand sich nähere und hineingehe!«

Während nun die Gemahlin Vadhleddins im Bade war und Enis Aldjelis in ihrem Zimmer, vom Bade verschönert, ausruhte, erschien Nureddin Ali, der Sohn des Veziers, in den Gemächern seiner Mutter. Als er diese hier nicht fand, ging er rasch auf das Zimmer der schönen Perserin zu, vor dessen Türe er die zwei zurückgelassenen Sklavinnen traf. Er fragte sie, wo seine Mutter und die Sklavinnen seien.

Die beiden Sklavinnen antworteten Nureddin auf seine Frage, sie seien alle im Bad. Als Enis Aldjelis die Stimme Nureddins hörte, sagte sie bei sich selber: »Ich möchte doch wissen, wie der junge Mann aussieht, der da draußen spricht; ob es vielleicht der ist, vor dem man mich gewarnt hat.« Mit diesen Worten erhob sie sich von dem Polster, auf welches sie sich niedergelassen hatte, trat unter den Eingang des Zimmers und erblickte Nureddin. Er erschien ihr wie der Vollmond, und ein einziger Blick war hinreichend, sie ganz für den schönen Jüngling einzunehmen, und als sein Blick auf die Sklavin fiel, war auch sein Schicksal entschieden. Das Herz eines jeden von ihnen fiel in das Liebesnetz des andern. Nureddin wendete sich hierauf zu den beiden Sklavinnen und schrie sie an, dass sie aus Furcht zurücktraten und in der Ferne stehen blieben, um zu sehen, was er tun werde. Er trat hierauf in das Gemach der Enis Aldjelis und sagte zu ihr: »Bist du die Sklavin, die mein Vater für mich gekauft hat?« Die Sklavin rief: »Bei Gott, mein Herr, ich bin's!« Da stürzte er wonnetrunken auf sie zu und sie schlang sich fest um seinen Hals und kam ihm mit glühenden Küssen entgegen.

Als die beiden Sklavinnen dies sahen, erhoben sie ein großes Geschrei, während Nureddin, die schlimmen Folgen seiner Tat fürchtend, davonlief. Seine Mutter, zu welcher das Jammergeschrei der Sklavinnen drang, verließ plötzlich das Bad, um zu sehen, was vorgefallen. Als sie den Sklavinnen nahe kam, rief sie: »Wehe euch! Was gibt es?« Sie antworteten, Nureddin sei, trotz ihnen, in das Zimmer der schönen Perserin gedrungen und habe sie mit Gewalt von dem Eingang vertrieben, das Mädchen in seine Arme geschlossen; was weiter geschehen, wüssten sie nicht, sie haben nur gesehen, wie er davon gelaufen sei. Die Frau eilte sogleich in das Gemach der Enis Aldjelis und fragte sie, was vorgefallen? Enis Aldjelis antwortete: »Meine Herrin! Ich saß hier, ohne an etwas Schlimmes zu denken. Plötzlich kam ein schöner Jüngling auf mich zu und fragte mich: Bist du wohl das Mädchen, das mein Vater mir gekauft? Und, bei Gott! Herrin, ich glaubte, er rede wahr, und sagte zu ihm: Ich bin's. Da stürzte er auf mich zu und umarmte mich.« - »Sonst hat er nichts von dir gewollt?« forschte die Gemahlin des Veziers weiter. Als die Sklavin betroffen schwieg, fuhr sie fort: »Wehe dir, möge es nicht dein Unglück sein!«

Nach diesen Worten fing die Gemahlin des Veziers an, bitterlich zu weinen und ihre Sklavinnen weinten sämtlich mit und zerschlugen sich Brust und Angesicht: Denn sie fürchteten sich sehr vor dem Zorne des Veziers, der gewiss seinem Sohne den Kopf abschlagen lassen werde.

Während sie so jammerten, kam Vadhleddin nach Hause und fragte: »Wehe euch! Was hat sich zugetragen?« Niemand wagte, ihm das Vorgefallene zu erzählen. Als er keine Antwort erhielt, trat er vor seine Frau und sagte zu ihr: »Ich verlange durchaus, dass du mir die Wahrheit sagest.«

Die Frau erwiderte: »Ich werde dir nichts erzählen, du habest mir denn geschworen, alles, was ich dir sagen werde, ruhig anzuhören.« Als er dies getan, erzählte sie ihm, wie Nureddin, während sie im Bade war, in das Gemach der Sklavin getreten sei und sie verführt habe. Als der Vezier dies hörte, schlug er sich auf die Wangen, dass ihm das Blut aus der Nase floss, dann fasste er seinen Bart und riss so viele Haare aus, dass ein ganzer Büschel in seinen Fingern blieb. Da sagte ihm seine Gemahlin: »Mein Herr, willst du dich selbst umbringen? Ich will dir von meinem Gelde 10.000 Dinare geben, soviel sie dich gekostet hat.«

Vadhleddin hob sein Antlitz gegen sie auf und erwiderte: »Meinst du denn, dass ich mich über den Verlust von 10.000 Dinaren so betrüben könnte? Was liegt mir an dem Werte der Sklavin? Es ist hier die Rede von dem Verluste meines Lebens und aller meiner Güter.« »Wieso?« fragte die Frau. Der Vezier antwortete: »Weißt du nicht, dass dieser Muin unser Todfeind ist? Er wird, sobald er diesen Handel erfährt, hingehen und dem König sagen: Du sprichst immer nur von der Ergebenheit und der Liebe Vadhleddins. Hat er nicht 10.000 Dinare empfangen, um dir eine Sklavin zu kaufen? Er hat auch wirklich eine gekauft und noch niemals hat man eine Schönere gesehen; aber als sie ihm so wohl gefiel, hat er es für geeigneter gehalten, seinem Sohn ein Geschenk damit zu machen. Mein Sohn hat er zu ihm gesagt, nimm diese Sklavin, sie ist dein: Du verdienst sie mehr, als der König. Sein Sohn wird er fortfahren, hat sie genommen und ergötzt sich nun mit ihr. Der Sultan wird zwar solche Reden nicht glauben, aber Muin wird dann sagen: Wenn du es erlaubst, mein Herr, werde ich die Sklavin herbringen; der Sultan wird ihm den Befehl dazu erteilen, man wird mit Gewalt in mein Haus dringen und die Sklavin wegführen. Der König wird sie ausfragen und sie wird nichts leugnen können. Muin aber wird zum König sagen: Siehst du nun, Herr! Dass ich es gut mit dir meine und dir langes Leben wünsche? Aber ich habe kein Glück und alle Leute sind eifersüchtig auf mich. Der König wird hierauf mein Vermögen konfiszieren und mir das Leben nehmen lassen.«

Als die Gemahlin des Veziers ihn so reden hörte, sagte sie: »Kennst du nicht Gottes verborgene Huld? Überlass ihm deine Sache: Er wird sie zu deinem Besten lenken. Ich hoffe, der ganze Vorfall mit der Sklavin wird geheim bleiben. Derjenige, dem nichts verborgen ist, wird dies Geheimnis nach seinem Willen leiten.« Bei diesen Worten beruhigte sich der Vezier. Man reichte ihm einen Becher Wein und er trank ihn.

Nureddin blieb aus Furcht vor den schlimmen Folgen seiner Tat bei seinen Freunden und belustigte sich mit ihnen den ganzen Tag. Erst sehr spät am Abend kam er heim und klopfte an die Türe des Hauses, welche ihm von den Frauen seiner Mutter geöffnet wurde. Er legte sich schlafen und vor dem Morgengebet ging er wieder aus. Zwei Monate lang lebte er so fort, ohne seinem Vater zu begegnen. Die Gemahlin des Veziers sagte dann zu ihrem Gatten: »Willst du die Sklavin und deinen Sohn verderben? Wenn das so fortdauert, wird er bald das Weite suchen.« Der Vezier erwiderte: »Was ist hier zu tun?« Da sagte die Frau: »Warte heute Abend auf ihn, bis er um Mitternacht kommt; ergreif' ihn und tue, als ob du ihn töten wollest. Ich eile dann herbei und reiße ihn von dir los und du söhnst dich mit ihm aus und gibst ihm die Sklavin, denn er liebt sie und sie liebt ihn, und ich bezahle dir, was sie gekostet hat.«

Vadhleddin befolgte diesen Rat. Als demnach die Zeit herankam, wo Nureddin nach Hause kam, verbarg er sich an einem dunklen Orte. Bald darauf klopfte es an der Türe; eine Sklavin öffnete geräuschlos nach gewohnter Weise, und sowie der Jüngling eintrat, ward er auf einmal ergriffen und zu Boden geworfen. Nureddin drehte den Kopf herum, um zu sehen, wer ihm dies getan. Da erkannte er in dem unerwarteten Gegner seinen eigenen Vater.

Vadhleddin setzte seinem Sohne Nureddin, nachdem er ihn unter seine Füße geworfen, ein Knie auf die Brust, zog einen Dolch aus seinem Gürtel und hielt ihn seinem Sohne an die Kehle. In diesem Augenblicke kam Nureddins Mutter dazu und rief aus: »Was willst du tun?« Der Vezier antwortete: »Ich will ihn töten.«

Nureddin rief: »Mein Vater, wird es dir so leicht, mich zu töten?« Da gewahrte er, dass Vadhleddins Augen in Tränen schwammen und die höhere Macht des Gefühls und des Mitleids in ihm rege ward. Darauf erwiderte der Vezier: »War es dir so leicht, mein Leben und mein Gut aufs Spiel zu setzen?« Nureddin versetzte:

> »Erlass mir meine Schuld: Denn die Verständigen vergeben immer den Schuldigen ihr Vergehen.«
>
> »Wenn ich auch alle Arten von Untugend in mir vereinige, so verbinde doch du alle Tugenden mit der Schönsten derselben, der Großmut!«
>
> »Bedenke, dass, wer Verzeihung hofft, von dem, der über ihm ist, auch denjenigen ihre Schuld vergeben muss, die unter ihm sind.«

Da stand der Vezier von der Brust seines Sohnes auf, denn er hatte Erbarmen mit ihm und Nureddin küsste ihm Hände und Füße. Der Vezier warf ihm einen freundlichen Blick zu und sagte: »Ich würde dir die schöne Perserin geben, wenn ich wüsste, dass du sie gut behandeln wollest.« »In welcher Weise?« fragte Nureddin.

»Du darfst«, fuhr Vadhleddin fort, »sie niemals verkaufen oder kränken, noch auch eine andere neben ihr heiraten.« Er erwiderte: »Ich will dies beschwören« und leistete alsbald den verlangten Schwur und brachte ein ganzes Jahr in vollkommenstem Glück mit ihr zu, denn Gott hatte den Sultan die ganze Geschichte mit der Sklavin vergessen lassen.

Muin hatte zwar erfahren, was vorgegangen war; da er aber sah, dass Vadhleddin in hoher Gunst beim König stand, so wagte er nicht, demselben etwas davon zu sagen.

Nach Verfluss von einem Jahre geschah es, dass der Vezier ins Bad ging, ganz erhitzt heraustrat, und die kalte Luft ihm auf die Brust schlug und ein heftiges Fieber verursachte, das ihn zwang, sich zu Bette zu legen; nachdem er manche schlaflose Nacht zugebracht hatte und immer schwächer wurde, ließ er seinen Sohn Nureddin rufen und sprach folgendermaßen zu ihm:

»Der Lebensunterhalt ist vom Schicksal bestimmt und des Lebens Ende von Gott beschlossen. Jedermann muss den Todeskelch leeren.«

»Ich fühle meinen Tod; erhaben ist nur der, der nie stirbt; ich aber kann dem Tode nicht entgehen.«

»Wahrlich, in der Hand des Todes hört ein König auf, König zu sein; ein König aller Könige ist nur der, der nie stirbt.«

»Ich weiß dir nichts weiter ans Herz zu legen als Gott zu fürchten, die Folgen deiner Handlungen im Voraus zu erwägen und deinen Schwur in Betreff der Perserin zu halten, ich hoffe von Gott, dass er mich gnädig aufnehmen wird.« Hierauf verschied er. Sein Palast war mit dem Jammergeschrei der Frauen erfüllt und die Kunde von seinem Tode verbreitete sich bald in der ganzen Stadt bis zum Sultan. Die kleinen Kinder weinten in ihren Schulen, die Männer in den Bethäusern und die Frauen in ihren Harems. Nureddin bereitete alles zu seiner glänzenden Bestattung vor und wich nicht von der Leiche seines Vaters, bis die Erde sie bedeckte.

Als der Leichnam mit Erde bedeckt war, sprach einer der Anwesenden folgende Verse:

»Am Donnerstage nahm ich von meinen Freunden Abschied, und man wusch mich auf dem Waschgerüste.«

»Man zog mir die Kleider aus, mit denen ich bedeckt war, und legte mir ein Gewand an, welches nicht das Meinige war.«

»Auf vier Schultern trug man mich nach dem Betorte, und einige beteten für mich ein Gebet, wobei kein Niederfallen ist. Gott sei euch gnädig, ihr alle, die ihr meine Freunde waret!«

»Endlich brachte man mich in ein gewölbtes Gemäuer, an welchem die Zeit vorübergeht, ohne dass dessen Türe geöffnet wird.«

Als die Begleitung sich entfernt hatte, und Nureddin, von Schmerz zerknirscht, wieder nach Hause ging, passten folgende Verse auf seinen Zustand:

»Am Donnerstag abends ist er geschieden, und wir haben einander auf immer Lebewohl gesagt.«

»Auch seine Seele folgte ihm, und als sie entfloh, rief ich ihr nach: Kehre in ihn zurück, o teure Seele!«

»Wie soll ich,« war ihre Antwort, »in meinen Leib zurückkehren, dem es an Fleisch und Blut gebricht, an dem sich nichts als trockene Gebeine finden?«

»Dessen Augen häufige Tränen blind gemacht haben, und dessen nunmehr taube Ohren einst so viel Tadel hören mussten?«

Nureddin gab sich längere Zeit der Trauer über den Verlust seines Vaters hin. Eines Tages, als er im Hause seines Vaters saß, klopfte jemand an der Türe. Nureddin erhob sich und öffnete. Es war einer seiner alten Freunde und Zeitgenossen, der, nachdem er ihm die Hand geküsst hatte, sagte: »Wer einen Sohn hinterlässt, wie du bist, der stirbt nicht, drum erheitere dein Herz, lasse jetzt das Trauern und sei fröhlich!«

Nureddin ließ die Wohnung, wo er sonst mit seinen Bekannten zusammenzukommen pflegte, wieder mit allem erforderlichen versehen, und bildete sich allmählich eine Gesellschaft von zehn Freunden, sämtlich Kaufleuten. Mit diesen verlebte er die Zeit in steten Festen und Lustbarkeiten, auch wurde jeder derselben noch außerdem mit einem reichen Geschenke von Nureddin entlassen, manchmal ließ er auch die Perserin vor ihnen erscheinen.

Einst kam der Verwalter zu ihm und sagte: »Kennst du nicht das Sprichwort, welches sagt: Wer immer ausgibt, ohne zu rechnen was, kommt zuletzt an den Bettelstab, ohne zu wissen wie. Deine Schätze können solche Ausgaben und solche Geschenke nicht aushalten, und wären sie auch so groß wie Berge.«

»Geh '«, sagte ihm Nureddin, »von all dem, was du mir eben gesagt, will ich kein Wort mehr hören. Weißt du nicht, wie der Dichter sagt:

»Wenn ich Reichtümer besitze und damit nicht freigebig bin, so möge meine Hand sich nie öffnen, und mein Fuß nie aufrecht stehen!«

> »Zeige mir einen Geizigen, der mit seinem Geize Ruhm erworben hätte, oder einen Freigebigen, der in Verachtung gestorben wäre.«

»Alles, was ich von dir fordere, ist: Solange du noch hast zum Frühstück, so mache dir keine Sorgen um das Abendessen.« Auf die Frage des Verwalters, ob dies seines Gebieters bestimmter Wille sei, antwortete Nureddin mit einem Ja, und der Verwalter ging seines Weges.

Nureddin fuhr fort, sich's wohl sein zu lassen, und so oft einer seiner Freunde ihm sagte: o mein Herr! Du hast da einen schönen Garten, schenkte er ihm denselben in unwiderruflicher Weise, indem er auf Verlangen des Freundes alsbald eine schriftliche Schenkungsurkunde ausstellte. Wenn andere ihm ein Haus oder ein Bad priesen, so machte er es ihnen auch zum Geschenke. Zugleich bewirtete er sie des Morgens, des Mittags und des Abends, jedes Mal an einem anderen Orte. Dies ging so ein ganzes Jahr fort.

Eines Tages sang ihm Enis Aldjelis folgende Verse vor:

> »Wenn deine Tage schön sind, so bist du fröhlichen Mutes und fürchtest nicht das Böse, womit das Geschick mich bedroht.«
>
> »Wenn deine Nächte ruhig sind, so lässest du dich täuschen; aber bedenke, dass in der heitersten Nacht oft plötzlich Finsternis entsteht!«

Als sie so gesungen hatte, klopfte es auf einmal an der Türe. Einer von Nureddins Freunden, der das Klopfen gehört hatte, machte ihn aufmerksam darauf; Nureddin ging zu öffnen und einer der Gäste folgte ihm, ohne dass er es bemerkte. Als Nureddin hinaustrat, erblickte er seinen Verwalter. Er fragte ihn: »Was ist vorgefallen?« Jener erwiderte: »Mein Herr und Gebieter, was ich seit langer Zeit voraussah, ist eingetroffen.« - »Wie soll ich deine Worte verstehen?« fragte Nureddin. - »Herr!« fuhr der Verwalter fort, »es ist nicht ein Dirham mehr von allen den Summen, die du übergeben hast, übrig. Hier ist die Bescheinigung meines Herrn über alles, was ich zu verwalten hatte.« Als Nureddin dies hörte, ließ er sein Haupt sinken und rief: »Gottes Wille geschehe! Es gibt keine Macht und keinen Schutz außer bei Gott.« Indessen trat der Freund, welcher die Unterhaltung zwischen Nureddin und seinem Verwalter belauscht hatte, sogleich wieder herein und sagte ihnen: »Nureddin ist ein Bettler, überlegt nun, was ihr tun wollt.« Da erwiderten sie: »Wenn dem so ist, so bleiben wir nicht länger bei ihm.«

In diesem Augenblicke kehrte Nureddin mit betrübtem Gesichte wieder zur Gesellschaft zurück. Er hatte sich kaum wieder auf seinen Platz gesetzt, als einer der Freunde aufstand und zu ihm sagte: »Herr, ich bitte dich, nicht übel nehmen zu wollen, wenn ich mich entferne.« - »Was ist es, das dich nötigt, uns zu verlassen?« fragte Nureddin. »Herr«, antwortete jener, »meine Frau ist ihrer Entbindung nahe; du weißt wohl, dass in solchen Fällen der Mann nicht zu lange von zu Hause wegbleiben darf.«

Kaum hatte ihm Nureddin die Erlaubnis erteilt sich zu entfernen, da stand ein Zweiter auf und beurlaubte sich unter einem anderen Vorwande. Die übrigen taten desgleichen, einer nach dem andern, bis kein einziger von den zehn Freunden mehr übrig blieb. Als Nureddin allein war, rief er Enis Aldjelis zu sich und sagte ihr: »Siehst du, was mir zugestoßen?« und erzählte ihr, was ihm der Verwalter gesagt. Sie versetzte: »Deine Freunde und deine Familie haben dir oft Vorwürfe gemacht und du hast ihnen kein Gehör geschenkt. Auch ich wollte längst dir Vorstellungen machen, aber ich schwieg wieder, als ich folgende Verse von dir hörte:

»Wenn das Glück dich begünstigt, so teile von seinen Geschenken
aller Welt mit, bevor es entflieht.«

»Freigebigkeit wird es nicht erschöpfen, wenn es dir wohl will, und
Geiz wird dich nicht schützen, wenn es sich wegwendet.«

Nureddin sagte hierauf: »Weißt du nicht, dass ich mein Gut für meine zehn Freunde verschwendet habe? Ich glaube nicht, dass sie mich hilflos lassen werden.« »Herr!« entgegnete Enis Aldjelis, »sie werden dir, bei Gott, nichts nützen.« Nureddin sagte: »Ich will sie sogleich alle besuchen, vielleicht erlange ich doch so viel von ihnen, dass ich ein Handlungsgeschäft gründen kann, denn ich werde nicht mehr Zerstreuungen nachgehen.«

Nureddin machte sich sogleich auf den Weg, um das Quartier der Stadt aufzusuchen, in welchem alle seine zehn Freunde wohnten. Als er an der Türe des ersten anklopfte, erschien eine Sklavin und fragte, wer er sei, der Einlass begehre. »Sage deinem Herren«, antwortete Nureddin, »Nureddin Ali, der Sohn des verstorbenen Veziers Vadhleddin, lässt ihm seinen Gruß vermelden und küsst ihm die Hand.«

Die Sklavin meldete Nureddin. Ihr Herr schrie sie an: »Geh', sag ihm, ich sei nicht zu Hause.« Die Sklavin kam zurück und sagte Nureddin, ihr Herr wäre nicht zu Hause. Nureddin murmelte vor sich hin: Ha, der schändliche Mensch lässt sich vor mir verleugnen! Sie werden nicht alle sein wie dieser Verworfene. Er ging weiter und klopfte an die Türe eines anderen Freundes. Abermals kam eine Sklavin heraus und fragte ihn um seinen Namen. Nachdem sie ihn erfahren hatte, ging sie hinein, ihn zu melden. Bald darauf kam sie wieder zurück, und abermals musste er hören: »Mein Herr ist nicht zu Hause.«

Ali fand die Sache lächerlich und sagte: Nun, unter den acht übrigen wird doch gewiss einer sein, bei dem ich Hilfe finde. Aber auch an der dritten Türe wurde er mit denselben Worten abgewiesen.

Jetzt erst ging Nureddin in sich und erkannte seine Torheit, laut jammernd und mit Tränen in den Augen sprach er folgende Verse:

»Der Mensch zur Zeit seines Glücks gleicht einem Baume: Solange er Früchte hat, sammeln sich die Leute um ihn;«

»Sind aber diese abgenommen, so gehen sie davon und überlassen ihn den Stürmen und dem Staube.«

»Pfui über die Menschen dieser Zeit! Sie sind alle gemein und schlecht; unter zehn ist nicht einer gut.«

Als Nureddin mit verdoppeltem Schmerze bei der schönen Perserin eintrat, sagte sie. »Nun Herr! Bist du jetzt von der Wahrheit dessen überzeugt, was ich dir vorausgesagt habe?« - »Ach,« rief er aus: »Nicht einer hat mich erkennen, mich sprechen wollen!« - »Nun«, sagte die Sklavin, »verkaufe von den Gerätschaften des Hauses, bis Gott der Erhabene uns anderes beschert.« Nureddin begann nun allerlei Mobilien und Hausgerätschaften zu verkaufen, bis ihm endlich nichts mehr übrig blieb. Er ging dann zu seiner Sklavin und sagte ihr: »Was bleibt uns jetzt noch zu verkaufen übrig?« »Mein Herr!« erwiderte die Sklavin. »Ich rate dir, sogleich auf den Basar zu gehen und mich zu verkaufen. Du weißt ja, dass dein seliger Vater mich für 10.000 Dinare gekauft hat, vielleicht wirst du mit Gottes Hilfe eine annähernde Summe für mich lösen und will die göttliche Bestimmung, dass wir uns wieder vereinigen, so wird es auch geschehen.« - »O Enis Aldjelis!« rief Nureddin, »bei Gott, mir fällt es schon schwer, nur eine Stunde getrennt von dir zu leben.« »Mir geht es nicht anders«, versetzte die Sklavin, »aber die Not hat ihre bestimmten Gesetze, wie ein Dichter gesagt:

»Die Not treibt den Menschen oft auf Wege, die sonst dem feinen Leben nicht ziemen.«

»Wer sich zu etwas Gewalt antut, tut es nur, wenn ein überwiegender Grund dazu vorhanden ist.«

Er machte sich dann auf, nahm Enis Aldjelis an die Hand, Tränen rollten über seine Wangen wie Regentropfen, dann sprach er folgende auf seinen Zustand passende Verse:

»Noch einmal, ehe du dich trennst, beglücke mich mit einem Blick von dir, um mein Herz zu stärken, welches die Trennung von dir dem Tode nahe bringt.«

»Doch sollte dies zu sehr dich schmerzen, so unterlass es: Gern will ich sterben vor Liebesgram, kann ich dadurch dir diesen Schmerz ersparen.«

Als er nach dem Basar kam, wandte er sich an einen Ausrufer, Namens Hadschi Hasan, und sprach zu ihm: »Hadschi Hasan, hier ist eine Sklavin, die ich verkaufen will; sieh zu, wie du sie ausbieten kannst.« Hadschi Hasan sprach: »Ich werde deine edle Abstammung nicht vergessen.« - Dann fuhr er fort: »Wie? Ist dies nicht die Sklavin, welche der selige Vezier, dein Vater für 10.000 Dinare gekauft hat?« Nureddin versicherte, dass es dieselbe sei. Er ging hierauf herum, die Kaufleute aufzusuchen; da sie aber da und dort zerstreut waren, wartete er noch, bis die Basare mit Kaufleuten angefüllt waren und allerlei Sklavinnen: Nubierinnen, Europäerinnen, Griechinnen, Türkinnen, Tartarinnen, Cirkassierinnen und Georgierinnen verkauft wurden, dann trat er mitten unter sie und sprach zu den Kaufleuten: »Ihr Männer von großen Reichtümern! Nicht alles, was rund, ist drum eine Nuss, noch alles, was länglich ist eine Banane; alles, was rot, ist noch kein Fleisch. O ihr Kaufleute! Meine Sklavin ist die Perle von allen Sklavinnen der Welt! - Ihr selber sollt mir bestimmen, zu welchem Preise ich sie zuerst ausrufen soll.«

Da sage ein Kaufmann: »Rufe sie zuerst für 4000 Dinare aus!« Als sie so ausgerufen ward, kam der Vezier Muin vorüber und dachte, als er Nureddin auf dem Marktplatze erblickte: »Was, hat wohl der Sohn Vadhleddins auf dem Markte zu tun?« Er wendete hierauf seinen Blick nach dem Ausrufer, der mitten auf dem Basar stand, von vielen Kaufleuten umringt und sagte zu sich selber: Wenn meine Vermutung richtig ist, so ist er zum Bettler geworden und will nun seine Sklavin verkaufen. Wie wohl tut dies meinem Herzen! Er rief hierauf den Ausrufer herbei, der alsbald kam und die Erde vor ihm küsste, und sagte ihm: »Zeige mir die Sklavin, die du zum Verkauf ausrufst.« Der Ausrufer, der diesem Befehl nicht zuwiderhandeln konnte, stellte die Sklavin dem Vezier vor. Dieser fand die Sklavin sehr schön und fragte den Ausrufer, wie teuer sie wäre. Jener erwiderte: »Das erste Angebot ist 4000 Dinare.« Muin sagte sogleich: »Ich nehme sie für diese Summe.« Als die Kaufleute dies hörten, wagte es niemand, mehr zu bieten, denn sie kannten die Gewalttätigkeit und Hinterlist des Veziers.

Nun war es nicht Gebrauch, sobald die Kaufleute eine Sklavin gesehen hatten und darum handelten, sie sonst jemand sehen zu lassen. Aber die

Kaufleute hatten nicht den Mut, ihr Recht gegen das Ansehen des Veziers geltend zu machen. Und was sollte Hadschi Hasan anders tun, als gehorchen? Während er noch unschlüssig dastand, warf ihm plötzlich Muin einen grimmigen Blick zu und schnaubte ihn an: »Wehe dir! Was besinnst du dich? Geh zu dem Verkäufer und schließe den Handel mit ihm ab.« Der Ausrufer ging zu Nureddin und sagte ihm: »O mein Herr! Deine Sklavin wird dir umsonst entrissen.« »Wieso?« fragte Nureddin. Da sagte der Ausrufer: »Wir haben deine Sklavin zuerst um 4000 Dinare ausgerufen, da kam der gewalttätige Muin, der Sohn Sawis vorüber, und da ihm das Mädchen gefiel, sagte er mir, geh' zu ihrem Herrn und sage ihm, ich nehme sie für 4000 Dinare. Ich glaube, er weiß, dass sie dir gehört und es wäre doch so übel nicht, wenn er dir die 4000 Dinare bar bezahlte, aber ich schließe aus seinen früheren Gewalttaten, dass er dir nur eine Anweisung auf irgendeinen seiner Verwalter geben und ihm sagen wird: »Zieh' Nureddin hinaus, solange es dir möglich ist, und hüte dich wohl, ihm seine Forderung zu bezahlen!« So oft du dann kommst, dein Geld zu holen, wird es heißen: Heute kann ich nicht bezahlen, komm morgen! So wird man dich von einem Tag zum anderen herumziehen, bis du über ein solches Verfahren empört und zuletzt vor Zorn und Ärger die Anweisung zerreißest. Dann ist dein Geld verloren.«

Nureddin fragte, was er tun könne, um dieses zu verhindern. - »Herr«, erwiderte Hadschi Hasan, »ich will dir einen Rat geben, wenn du ihn befolgest, so kann alles noch gut gehen. Stelle dich, als hättest du im Zorn auf deine Sklavin geschworen, sie auf den Markt zu führen, aber nicht die Absicht gehabt, sie wirklich zu verkaufen, sondern dies nur getan, um deines Eides quitt zu werden. Das wird aller Welt genügen und Muin wird nichts dagegen einwenden können. Komm denn; und in dem Augenblick, wo ich sie Muin zuführe, als wenn es mit deiner Einwilligung geschähe, und der Handel geschlossen wäre, reiße sie zurück, indem du ihr einige Streiche gibst, und führe sie wieder nach Hause.« - »Dein Rat scheint mir gut zu sein«, sagte hierauf Nureddin. Hadschi Hasan verließ Nureddin, stellte sich in die Mitte des Basars, fasste die Sklavin an der Hand, blickte nach dem Vezier Muin hin und sagte: »Hier kommt der Besitzer der Sklavin.«

Hadschi Hasan hatte diese Worte noch nicht ausgesprochen, als Nureddin hervortrat, die schöne Perserin ergriff und ihr einen Backenstreich gab.

»Hierher, du Unverschämte!« sprach Nureddin zu der Sklavin, »gehe nach Hause, ich habe dich nur auf den Markt geführt, um meinem Eid zu genügen, und sei fortan nicht wieder ungehorsam. Wehe dir, ich brauche das Geld nicht, das man mir für dich bietet, ich könnte Gerätschaften verkaufen, die viel mehr wert sind als du.« Der Vezier Muin trat zu Nureddin vor und sagte: »Wehe dir! Willst du mir einbilden, dass dir noch etwas anderes zu verkaufen übrig bleibt, als deine Sklavin?« Muin wollte hierauf Nureddin am Kragen fassen. Dieser warf einen Blick auf die umstehenden Kaufleute, Ausrufer und Käufer, welche insgesamt ihm zugetan waren und sagte: »bei Gott! Wenn ihr nicht wäret, ich würde ihn auf der Stelle töten.« Die Anwesenden gaben ihm aber durch Zeichen zu verstehen, er könne sich rächen, wie es ihm beliebe, es werde ihm niemand in den Weg treten. Nureddin, der ein junger, kräftiger Mann und durch den Beifall der Umstehenden ermutigt war, packte den Vezier, zog ihn vom Sattel herunter, warf ihn in die Gosse, die voll Kot war, und prügelte ihn tüchtig durch. Dann gab er ihm noch einen tüchtigen Faustschlag auf den Mund, dass das Blut herausfloss. Zehn Mameluken, welche Muin begleiteten, wollten mit gezogenem Säbel über Nureddin herfallen, als sie ihren Herrn in diesem Zustande sahen; aber die Kaufleute traten dazwischen und verhinderten sie daran. »Was wollt ihr tun?« sagten sie zu ihnen. »Sehet ihr nicht, dass, wenn der eine Vezier, der andere Sohn eines Veziers ist? Vielleicht vertragen sie sich nach einigen Tagen wieder, und wenn ihr Hand angelegt hättet, würdet ihr gehasst bleiben, auch könntet ihr Nureddin umbringen und das würde für euch selbst die schlimmsten Folgen haben, darum mischet euch nicht in ihre Händel!«

Nureddin war endlich müde, auf den Vezier loszuschlagen; er nahm die schöne Perserin und kehrte mit ihr nach seinem Hause zurück. Muin erhob sich mit vieler Mühe und sein weißer Anzug war von Kot und Blut besudelt. Als er sich in diesem Zustande sah, nahm er eine Matte um den Nacken und zwei Bündel Gras in die Hand und ging gerade nach dem königlichen Palast und rief: »O König seines Jahrhunderts! Mir ist Gewalt geschehen!«

Der König gab Befehl, den Mann heraufzuführen, der da unten schreie, und als man denselben vor ihn brachte, erkannte er seinen Vezier und fragte: »Wer hat dich so zugerichtet?« Da stürzten dem Vezier die Tränen in die Augen, während er seine Klage mit folgenden Versen anhob:

> »Soll mir Unrecht geschehen in der Zeit, wo du lebst? Sollen mich Wölfe fressen, da du doch ein Löwe bist?«
>
> »Soll ich, während an den Quellen deiner Wohltaten jeder Durstige Erholung schöpft, allein unter deinem Schutze verschmachten, da du doch einem erquickenden Regen gleichest?«

»Herr!« fuhr dann Muin fort, »man darf nur zeigen, dass einem deine und des Reiches Wohlfahrt am Herzen liegt, um auf so unwürdige Weise behandelt zu werden, wie du siehst, dass man mich soeben behandelt hat.« - Der König sagte: »Du darfst versichert sein, dass mir deine Ehre nicht minder teuer ist, als meine eigene; sage mir daher nur ohne Umschweife, wie sich die Sache verhält und wer der Schuldige ist.«

Muin erzählte: »Herr, ich verließ mein Haus und ritt auf den Sklavenmarkt, um mir eine Köchin zu kaufen; als ich dahin kam, hörte ich eine Sklavin für 4000 Dinare ausrufen. Ich ließ mir die Sklavin vorführen, und siehe! 's war die schönste, die man je gesehen hat und noch sehen kann. Nachdem ich sie hinlänglich betrachtet hatte, fragte ich, wem sie gehöre. Da nannte man mir den Verkäufer Nureddin, den Sohn des verstorbenen Veziers Vadhleddin. Du weißt, mein Herr und König! Dass du diesem Vezier 10.000 Dinare auszahlen ließest, mit dem Auftrage, dir für diese Summe eine Sklavin zu kaufen. Er hat auch wirklich eine dafür gekauft; anstatt sie aber dir zuzuführen, achtete er dich derselben nicht würdig, sondern machte seinem Sohn ein Geschenk damit. Seit dem Tode des Vaters hat nun der Sohn alles verkauft, und es blieb ihm zuletzt nichts mehr übrig, als diese Sklavin, welche er sich endlich auch zu verkaufen entschlossen hatte, und die man wirklich in seinem Namen verkaufte. Ich sagte ihm daher, überlass mir die Sklavin für die 4000 Dinare; ich will sie kaufen, um dem König, unserm Herrn und Meister, ein Geschenk damit zu machen, dem sie eher gebührt und der schon einmal 10.000 Dinare für sie ausgegeben. Nureddin sah mir frech ins Gesicht und sprach zu mir: Nichtswürdiger Alter! Lieber wollte ich meine Sklavin an einen Juden oder Christen, als an dich verkaufen! - Aber, Nureddin, fuhr ich fort, lohnst du es so dem Sultan, durch dessen Huld dein Vater und ich selbst groß geworden ist? - Diese Vorstellung reizte ihn nur noch mehr: Er stürzte sogleich auf mich los und, ohne Rücksicht für mein Alter, riss mich von meinem Pferde herunter, schlug mich mit Hand und Faust und versetzte mich in den Zustand, worin du mich hier siehst. Dies alles ist mir zugestoßen, weil ich dir eine Freude machen wollte.« Mit diesen Worten warf sich der Vezier auf den Boden, weinte und zitterte und gebärdete sich, wie wenn er die Besinnung verlöre und ohnmächtig würde.

Als der König Muin in diesem Zustande sah und seine Worte hörte, da schwoll die Ader des Zorns zwischen seinen Augen. Er wandte sich zu den Großen des Reichs, die ihn umgaben, und siehe, da standen vierzig Bewaffnete von seiner Leibwache vor ihm. Diesen befahl er, sich in die Wohnung Nureddin Alis zu begeben, alles auszuplündern, ihn selbst aber samt seiner Sklavin zu ergreifen und sie gebunden vor sein Augenlicht zu schleppen.

Die Soldaten schickten sich an, den Befehl des Königs zu vollziehen, als ein Türhüter, welcher alles mit angehört hatte, ihnen zuvoreilte. Dieser hieß Alam Eddin Sandjar und war vormals Sklave des Veziers Vadhleddin gewesen, der ihn mit in den Palast des Königs gebracht hatte, wo er allmählich so emporgestiegen war. Als er jetzt sah, wie die Feinde seines früheren Herren sich anschickten, dessen Sohn zu töten, fiel es ihm schwer aufs Herz; er entfernte sich daher, bestieg ein Pferd und trieb es mit aller Kraft nach der Wohnung Nureddins, klopfte stark an die Türe, dass Nureddin ungesäumt selber kam und öffnete. Als er den ehemaligen Diener seines Vaters erblickte, grüßte er ihn. - Sandjar sagte: »Es ist jetzt keine Zeit zur Begrüßung, noch zu anderen vielen Worten, es ist eine Zeit, auf welche die Verse eines Dichters passen:

»Fürchtest du eine Gewalttat, so suche dein Leben zu retten, und lasse die Wohnung den Verlust ihres Erbauers verkünden.«

»Denn leicht kannst du ein Land mit dem anderen vertauschen; für dein Leben gibt's aber kein zweites.«

»Sende keinen Boten in einer ernsten Angelegenheit: Wo es das Leben gilt, kann keiner den anderen vertreten.«

»Nur daher kommt es, dass des Löwen Nacken so stark ist, weil er selbst abschüttelt, was ihn drückt.«

Als Nureddin hierauf fragte, was denn vorgefallen wäre, sagte Sandjar: »Mache dich auf, mein Herr, und rette dich mit deiner Sklavin, denn Muin hat dir eine Falle gestellt, in die du stürzest, wenn du säumst. Der Sultan hat vierzig Bewaffneten den Befehl erteilt, dein Haus auszuplündern und dich und die Sklavin gebunden vor ihn zu bringen, ich rate dir daher, sogleich mit der Sklavin die Flucht zu ergreifen, ehe die Soldaten kommen.« Er griff hierauf in seinen Gurt, zog 40 Dinare heraus und reichte sie Nureddin mit den Worten: »Da nimm diese 40 Dinare; gern würde ich dir mehr geben, wenn ich es vermöchte; aber jetzt ist keine Zeit zu weiteren Erklärungen.«

Nureddin eilte zu Enis Aldjelis und setzte sie von allem in Kenntnis, und sie war sehr bestürzt darüber. Beide verließen alsbald die Stadt unter Gottes Schutz, und als sie das Ufer des Flusses erreichten, fanden sie ein Fahrzeug, welches eben im Begriff war, die Anker zu lichten. Denn gerade, als sie anlangten, stand der Schiffshauptmann mitten unter den Reisenden und rief mit lauter Stimme: »Hat noch jemand einen Einkauf zu machen, Abschied zu nehmen oder sonst etwas am Lande vergessen? Er beeile sich, denn wir reisen bald ab.« Als er die einstimmige Antwort erhielt, sie haben nichts mehr zu besorgen, rief er seinen Matrosen zu: »Das Seil ab und die Anker auf!« Nureddin fragte den Hauptmann, wohin die Reise gehe. »Nach Bagdad, der Wohnung des Friedens!« war die Antwort.

Er stieg mit Enis Aldjelis ein, hierauf wurde das Schiff flott gemacht, die Segel wurden gespannt, und das Schiff bewegte sich wie ein Vogel mit seinen Flügeln, wie ein Dichter sich ausdrückt.

> »Sieh dieses Schiff und erstaune über den wunderbaren Anblick: Es kommt in seinem Laufe dem Winde zuvor.«

> »Es gleichet einem Vogel, der seine Flügel ausbreitet und plötzlich aus der Luft über das Wasser dahinstreicht.«

Ein frischer Wind begünstigte die Fahrt. In Bassrah ging aber Folgendes vor: Die bewaffnete Wache kam in Nureddins Haus und pochte an die Türe. Da niemand öffnete, schlug man die Türe ein und alsbald drangen die Soldaten hinein: sie durchzogen alle Gemächer, fanden aber weder Nureddin noch seine Sklavin. Da zertrümmerten sie das Haus und kehrten zum Sultan zurück und setzten ihn von allem in Kenntnis. »Man suche sie überall, wo sie sich versteckt haben könnten«, sagte der König. Die Bewaffneten gingen auf neue Nachforschungen aus und der König entließ den Vezier Muin, nachdem er ihn beruhigt und mit einem Ehrenkaftan beschenkt hatte. »Geh«, sagte er zu ihm, »sei unbesorgt wegen Nureddins Bestrafung.« Muin wünschte ihm ein langes Leben und entfernte sich.

Der König ließ durch die öffentlichen Ausrufer in der ganzen Stadt bekannt machen: Derjenige sollte ein Ehrenkleid und tausend Dinare erhalten, der ihm Nureddin brächte, derjenige aber sein Leben und sein Vermögen verlieren, der ihn etwa verborgen hielte. Allein, welche Sorgfalt er auch anwenden ließ, es war nicht möglich, irgendeine Kunde von ihm zu erhalten.

Nureddin und die schöne Perserin vollendeten unterdessen mit Gottes Hilfe ihre Fahrt. Sie erreichten glücklich Bagdad; der Schiffshauptmann rief den Reisenden zu: »Hier ist Bagdad, die Stadt des Friedens und der Sicherheit. Der Winter mit seiner Kälte hat ihr den Rücken gewendet und der Frühling ist mit seinen Boten eingekehrt. Die Bäume stehen in Blüte und die Bäche rieseln.« Nureddin zahlte dem Hauptmann fünf Dinare für seine Überfahrt und verließ das Schiff mit Enis Aldjelis. Sie schlenderten eine Weile aufs Geratewohl miteinander umher und das Schicksal führte sie zwischen die Gärten. Bald kamen sie an einen Platz, der gut begossen und reinlich ausgekehrt war, mit langen Ruhebänken und hängenden Töpfen mit Wasser gefällt, darüber wölbte sich ein Gitterwerk aus Rohr, das sich längs einem Gang hinzog und nach der Türe des Gartens hinführte, die aber verschlossen war. »Bei Gott«, sagte Nureddin zu Enis Aldjelis, »das ist ein schöner und lieblicher Ort!« Die Perserin entgegnete: »Hier sind ja Ruhebänke, komm, lass uns ein wenig ausruhen.« Sie stiegen auf die Bänke, wuschen sich Hände und Gesicht, der Wind wehte ihnen sanfte Kühlung zu und so entschlummerten sie. Gepriesen sei der, dessen Auge nie schläft.

Der Garten gehörte dem Kalifen Harun Arraschid und hieß der Garten der Belustigung. Mitten in demselben stand ein Schloss, welches der Palast der Zerstreuung und der Bilder genannt wurde. Dieses Schloss hatte achtzig Fenster, mit einer Lampe an jedem und in der Mitte stand ein großer goldener Kronleuchter. Harun Arraschid besuchte dieses Schloss, wenn ihn irgendein Gram drückte. Da ließ er seinen Gesellschafter Abu Ishak und mehrere Sklavinnen singen, bis sein Herz fröhlich ward und Sorge und Kummer aus demselben wich.

Es wohnte in diesem Garten niemand als ein alter Aufseher, Namens Scheich Ibrahim. Wenn dieser ausgegangen war, um in der Stadt etwas zu besorgen, so fand er häufig bei seiner Zurückkunft Leute, welche in der Nähe des Gartens sich mit verdächtigen Frauen belustigten und die Ruhe des Ortes störten. Dies verdross den alten Mann und er machte endlich dem Kalifen die Anzeige davon. Harun Arraschid gab ihm die Erlaubnis, mit jedem, den er vor der Türe des Gartens träfe, zu verfahren, wie es ihm gutdünke.

An diesem Tage nun hatte ein Geschäft den Aufseher auch wieder genötigt, auszugehen, und als er zurückkehrte, sah er die beiden Personen, die unter einem Tuche schliefen. »Gut«, sagte Scheich Ibrahim bei sich selber, »da sind Leute, die nicht wissen, dass mir Vollmacht gegeben, jeden zu töten, den ich hier treffe, ich will ihr Leben schonen, aber durchprügeln will ich sie dergestalt, dass es so bald niemand mehr einfallen wird, sich der Gartentüre zu nähern.«

Hierauf ging er in den Garten. Einen Augenblick danach kam er wieder mit einem grünen Palmenstock in der Hand, den er im Gebüsch geschnitten hatte. Er erhob seine Hand mit dem Stock und holte so gewaltig aus, um auf sie loszuschlagen, dass man das Weiße seiner Achselgrube sehen konnte, plötzlich aber hielt er inne und überlegte bei sich: Was willst du tun, Ibrahim? Wie magst du diese Leute schlagen, ohne zu wissen, ob es nicht Fremdlinge sind, oder Reisende, welche das Schicksal hierher geworfen hat; es wird doch besser sein, ihr Gesicht aufzudecken, um zu sehen, wer sie sind. Als er das Tuch, mit dem sie verhüllt waren, aufhob und einen so wohlgebildeten Jüngling und ein so schönes Mädchen erblickte, rief er: »Bei

Gott, das sind zwei hübsche Personen!« und deckte ihr Gesicht wieder zu. Dann rieb er den jungen Mann an den Füßen, um ihn aufzuwecken. Nureddin öffnete die Augen, und als er einen ehrwürdigen Greis an seinen Füßen erblickte, richtete er sich, die Füße aneinander schließend, verschämt empor, fasste die Hand des Greises und küsste sie. »Mein Sohn«, sagte Scheich Ibrahim, »wer seid ihr? Wo kommt ihr her?« - »Wir sind Fremde«, antwortete Nureddin, und Tränen schossen ihm in die Augen. »Wisse«, versetzte Scheich Ibrahim, »dass der Prophet (Gottes Friede sei mit ihm!) geboten hat, Fremden Achtung und Ehre zu erweisen. Wollt ihr nicht ein wenig im Garten lustwandeln und euch an dem Anblick desselben ergötzen?« »Und wem gehört dieser Garten?« fragte Nureddin. »Mir gehört er«, antwortete Ibrahim, um sie nicht zu beunruhigen und dadurch vom Eintritt abzuhalten, dass er die Wahrheit sagte; »es ist ein Erbteil meiner Väter.«

Nureddin dankte ihm und machte sich mit der Sklavin auf, um dem Scheich Ibrahim in den Garten zu folgen, und was war das für ein Garten! Den Eingang bildete ein Gewölbe, über und über mit Reben bedeckt, welche rote und schwarze Trauben trugen, die Roten glichen Rubinen und die Schwarzen dem Ebenholz; hierauf traten sie in eine Laube, in welcher Früchte in Gruppen und einzeln sich befanden. Die Vögel sangen ihre verschiedenen Lieder auf den Zweigen, die Nachtigallen stimmten süße Melodien an und die Turteltauben füllten den Garten mit ihrem Gegirre, der Gesang der Amsel glich einer Menschenstimme und der der Ringeltaube einem im Genusse des Weines Jauchzenden. Die Bäume waren mit reifen Früchten beladen und fanden sich paarweise von jeder Sorte. Von Aprikosen waren drei Arten da: Kampfer-, Mandel- und Chorasan-Aprikosen. Die Pflaumen glichen den Schönen, die Kirschen erheiterten jeden Menschen, weiße Feigen wechselten mit roten ab. Die Blumen dieses Gartens waren wie Perlen und Korallen, die Röte der Rosen beschämte die Wangen der Schönen, die Veilchen glichen dem an das Feuer gebrachten Schwefel, die Myrte und die Nelke und der Lavendel standen zwischen Anemonen, die Blätter waren von den Tränen der Wolken geschmückt, die Kamille öffnete lächelnd den Mund, die Narzisse blickte mit ihren schwarzen Augen nach der Rose hin, die Orangen glichen runden Bechern und die Zitronen silbernen Kugeln, der Boden war mit allerlei Blumen bedeckt, Frühlingspracht schmückte den ganzen Garten, der Bach murmelte, die Vögel zwitscherten und der Zephir seufzte bei milder Temperatur. Scheich Ibrahim führte sie in einen auf Säulen ruhenden Saal, und als Nureddin ihn mit seinen vielen Lichtern an den Fenstern bewunderte, fielen ihm seine frühern Gesellschaften ein und er rief: Bei Gott, das ist ein schöner Ort! Er ließ sich dann mit der Sklavin nieder, und Ibrahim brachte ihnen, etwas zu essen. Als sie gegessen und ihre Hände gewaschen hatten, trat Nureddin an ein Fenster, rief auch die Sklavin herbei und ergötzte sich an den mit Früchten beladenen Bäumen, dann fragte er Ibrahim, ob er nicht etwas zu trinken habe, da man doch nach dem Essen auch zu trinken pflege. Ibrahim brachte frisches süßes Wasser. Da sagte Nureddin: »Ein solches Getränke meinte ich nicht.« »Verlangst du etwa Wein?« fragte Ibrahim. »Allerdings«, versetzte Nureddin. Da rief Ibrahim: »Gott stehe mir bei! Ich habe seit dreizehn Jahren nichts damit zu tun, denn der Prophet, dem Allah gnädig sei, hat den verflucht, der Wein trinkt, keltert oder herbeiträgt.«

»Willst du zwei Worte von mir hören?« fragte Nureddin. »Sprich«, antwortete Ibrahim. Da sagte jener: »Wenn ein Esel verflucht wird, glaubst du wohl, dass dich von seinem Fluch etwas treffen werde?« - »Ich denke nicht«,antwortete Ibrahim. - »Nun«, sprach Nureddin weiter, »hier sind zwei Dinare: nimm einen Esel und reite darauf zu der ersten besten Schenke, ohne dich ihr weiter zu nähern, als dir beliebt; gib dann einem Vorübergehenden zwei Dirham und bitte ihn, dort für zwei Dinare Wein zu kaufen und auf den Esel zu laden. Auf diese Weise hast du den Wein weder gekeltert, noch gekauft, noch getragen, kurz, nichts getan, was dir Unglück bringen könnte.« Scheich Ibrahim sagte lächelnd zu Nureddin: »Mein Sohn! Bei Gott, ich habe noch keinen feinern und beredtern Mann als dich gesehen«, und er verließ sie, um seinen Auftrag auszurichten.

Als er zurückkam, sagte ihm Nureddin: »Wir übernehmen jede Verantwortlichkeit, du hast nur unsere Wünsche zu erfüllen, gib uns nun auch, was wir zum Trinken brauchen. »Mein Sohn«, sagte Ibrahim, »hier ist meine Speisekammer, es war das Vorratszimmer des Fürsten der Gläubigen.« - Nureddin trat in das Vorratszimmer und fand darin eine Menge Gefäße von Gold, Silber und Kristall, mit allen möglichen Edelsteinen besetzt; er wählte einige, goss den Wein in Krüge und Flaschen. Mittlerweile war auch Scheich Ibrahim wieder gekommen und stellte seinen Gästen allerlei Arten wohlschmeckender Früchte und wohlriechender Blumen vor, dann ließ er sich in einiger Entfernung nieder, während die beiden tranken und sich vergnüglich miteinander unterhielten. Der Wein blieb nicht ohne Wirkung, er rötete ihre Wangen; sie blickten liebevoll eines in des anderen Auge und ihre Haare fielen ihnen über die Schulter herab. Da dachte Ibrahim: Warum sitze ich so weit von ihnen weg? Warum nähere ich mich ihnen nicht? Wann werde ich wieder ein solches junges Paar, das dem Monde gleicht, bei mir sehen? Er machte sich dann auf und setzte sich an das äußerste Ende des erhöhten Teils des Saals. Nureddin beschwor ihn bei seinem Leben, doch näher zu kommen. Als er näher kam, füllte Nureddin einen Becher und sagte zu Ibrahim, ihn anblickend: »Trinke, nur um zu sehen, wie Wein schmeckt.« Ibrahim wiederholte, dass er seit dreizehn Jahren keine solche Sünde begangen. Nureddin beschäftigte sich nicht weiter mit ihm, sondern trank den Becher aus, warf sich zur Erde und stellte sich betrunken. Da sagte Enis Aldjelis zu Ibrahim: »Sieh einmal, wie dieser hier gegen mich verfährt, stets trinkt er, bis ihn der Schlaf überwältigt, und lässt mich allein ohne Gesellschaft beim Becher.« Ibrahim, dessen Mitleid und Zuneigung zu ihr durch diese Worte rege ward, versetzte: »Bei Gott, das ist nicht recht.« Das Mädchen füllte dann den Becher wieder, blickte Ibrahim an und sagte: »Ich beschwöre dich bei meinem Leben, nimm und trinke und stärke mein Herz.« Ibrahim ergriff den Becher und trank ihn aus. Das Mädchen füllte hierauf den Becher wieder, hielt ihn an das Licht und sagte. »Nun, mein Herr, bleibt dir noch dieser.« Er versetzte: »Bei Gott, ich habe genug, ich kann nicht mehr trinken.« Sie drang aber in ihn, bis er auch den zweiten Becher entnahm und leerte. Hierauf reichte sie ihm einen dritten Becher, als er aber trinken wollte, erhob sich Nureddin und sagte: »O Scheich Ibrahim! Habe ich dich nicht vor Kurzem beschworen zu trinken und du hast dich geweigert und gesagt, du habest seit dreizehn Jahren diese Sünde nicht mehr begangen?« Ibrahim antwortete beschämt: »Mich trifft keine Schuld, diese hier hat mich überredet.« Nureddin lachte, und sie fuhren wieder fort, zu zechen. Die Sklavin sagte dann leise zu ihrem Herrn: Trink du und nötige Ibrahim nicht weiter zu trinken, du wirst deinen Spaß an ihm haben. Sie füllte dann einen Becher und reichte ihn ihrem Herrn, und als er getrunken hatte, füllte er einen Becher und reichte ihn ihr. Als sie dies mehrmals wiederholt hatten, sagte Scheich Ibrahim: »Was ist das für eine Art zu zechen? Gott verdamme ein solches Verfahren in unserm Hause! Warum gibst du mir nicht zu trinken? Was ist das für ein Zustand, o Gesegneter?« Als er so zu Nureddin sprach, lachten beide, bis sie beinahe bewusstlos hinsanken; dann begannen sie wieder zu trinken und schenkten auch dem Scheich Ibrahim ein. Nachdem sie so, bis ein Drittteil der Nacht vorüber war, miteinander gezecht hatten, sagte die Sklavin zu Ibrahim: »Mit deiner Erlaubnis zünde ich eine der Wachskerzen an, die hier aufgestellt sind.« Ibrahim erwiderte: »Geh und zünde eine an, aber nicht mehr!« Die Sklavin zündete aber alle der Reihe nach an, sodass achtzig Lichter brannten, dann setzte sie sich wieder zu den beiden. Hierauf sagte Nureddin: »Was gelte ich wohl bei dir? Wirst du nun auch mir erlauben, eine der Lampen anzuzünden?« - »Geh und zünde eine an«, antwortete Ibrahim, »damit du nicht verdrießlich werdest.« Er erhob sich, zündete eine Lampe nach der anderen an, bis alle achtzig brannten, sodass der ganze Saal zu tanzen schien. Ibrahim, den der Wein immer mehr betäubte, sagte: »Ihr seid kecker als ich.« Er öffnete dann alle Fenster, setzte sich wieder und fuhr fort, mit den beiden zu trinken und Verse zu rezitieren, und der ganze Platz schien an ihrer Fröhlichkeit teilzunehmen.

Nun hatte der allmächtige Gott, der jedem Ereignis einen Grund bestimmt, gewollt, dass sich der Kalif Harun Arraschid um diese Zeit an einem Fenster seines Palastes, der an den Tigris stieß, befand, um den klaren Mondschein zu genießen. Als er nach der Richtung des Stromes sah, bemerkte er den Widerschein der Lichter, der Wachskerzen und Lampen, und als er hierauf einen Blick nach dem Schlosse im Garten warf und bemerkte, wie es im Glanze vieler Lichter strahlte, ließ er den Barmekiden Djafar rufen, und sobald er vor ihm erschien, schrie er ihn an: »Du Hund unter den Vezieren! Man nimmt mir Bagdad weg und du gibst mir keine Kunde davon?« Djafar fragte nach dem Sinne dieser Worte, und der Kalif fuhr fort: »Wäre nicht Bagdad in fremder Hand, so wäre der Bilderpalast nicht mit Lampen und Lichtern beleuchtet und die Fenster wären nicht geöffnet; wehe dir! Wer könnte so etwas wagen, wenn mir nicht das Kalifat entrissen wäre!« Da erwiderte Djafar, dessen Muskeln vor Furcht zitterten: »Wer sagt dir, dass der Bilderpalast beleuchtet und dass seine Fenster geöffnet sind?« Der Kalif versetzte: »Komm her und sieh selbst!« Djafar näherte sich dem Kalifen und blickte nach der Richtung des Gartens und der Palast erschien ihm wie eine große Feuerflamme in dunkler Nacht. Djafar wollte Ibrahim entschuldigen, denn er sah wohl, dass Fremde bei ihm eingekehrt waren, und sagte daher zum Kalifen: »O Fürst der Gläubigen! Ibrahim ist in der vergangenen Woche zu mir gekommen und hat mir gesagt, er wünsche, bei dem Leben des Fürsten der Gläubigen und bei meinem Leben, seinen Kindern eine Freude zu machen und ersuche mich daher, ihm vom Kalifen die Erlaubnis zu erwirken, das Beschneidungsfest im Bilderpalast zu feiern. Ich sagte ihm: Geh und halte dein Fest, wenn ich vor den Kalifen komme, will ich es ihm melden; nun, o Fürst der Gläubigen, habe ich aber, da er mich alsbald wieder verließ, vergessen, dich von seinem Anliegen in Kenntnis zu setzen.« - »Djafar«, erwiderte der Kalif, »zuerst glaubte ich dich nur *eines* Fehlers schuldig, nach dem aber, was du mir soeben gesagt, hast du *zwei* Fehler begangen. Erstens, dass du mir nichts gesagt hast; dein zweiter Fehler aber ist, dass du nicht den Wunsch Ibrahims erfüllt hast: Denn ich bin überzeugt, dass er keine andere Absicht gehabt hat, als zu sehen, ob er nicht ein Gnadengeschenk als Beisteuer zu den Kosten dieses Festes erlangen könnte und du hast ihm nichts gegeben.« »Auch daran habe ich nicht gedacht«, erwiderte Djafar. Da schwor der Kalif bei dem Grabe seiner edlen Väter und Ahnen, den Rest der Nacht in Gesellschaft Ibrahims zuzubringen, »er hat ohne Zweifel die Scheichs und die Derwische zu sich geladen für diese Nacht, vielleicht wird das Gebet eines derselben uns Glück in dieser und jener Welt bringen, für sie wird auch meine Anwesenheit gute Folge haben und Scheich Ibrahim wird sehr vergnügt sein.« Der Vezier Djafar stellte ihm vor, dass es schon spät sei und die Gesellschaft auseinandergegangen sein würde, bevor sie hinkämen. Der Kalif erwiderte ihm aber: »Es bleibt dabei: Ich will es so haben!« Djafar geriet in die höchste Verzweiflung über diesen Entschluss; er schwieg und wusste nicht, was er tun sollte.

Der Kalif Harun Arraschid verließ also, im Gewande eines Kaufmanns, mit dem Großvezier Djafar und Masrur seinen Palast und ging durch die Straßen der Stadt nach dem Garten. Als sie dahin gekommen waren, ging der Kalif voran und fand die Gartentür offen. Der Kalif erstaunte darüber und sagte zu dem Großvezier: »Djafar, was sagst du, dass das Tor so spät offen steht? Das ist doch nicht Scheich Ibrahims Gewohnheit.« Der Kalif trat in den Garten und ging auf den Saal zu. Als sie davor standen, sagte der Kalif zu dem Vezier: »Djafar, ich höre weder das Geräusch von einer großen Gesellschaft, noch vernehme ich einen Fakir, der Gott priese. Ehe ich hinaufgehe, will ich doch zuvor verborgen lauschen, was sie treiben.« Damit blickte er um sich her und gewahrte einen hohen Nussbaum in der Nähe. Nachdem er ihn genauer betrachtet hatte, sprach er zu Djafar: »Ich habe Lust, auf diesen Baum zu steigen, dessen Äste gerade nahe genug bis an die Fenster des Saales reichen, um sehen zu können, was im Inneren desselben vorgeht.«

Er stieg hierauf auf den Baum und kletterte so lange fort, bis er auf einen Ast kam, welcher einem Fenster gegenüber war. Er setzte sich darauf nieder und erblickte durch das Fenster ein Mädchen von unvergleichlicher Schönheit neben einem noch schöneren jungen Manne; sie glichen dem Vollmonde. (Gepriesen sei der, welcher sie geschaffen und so wohlgebildet!)

Scheich Ibrahim hielt eben die Schale in der Hand und sagte zu der schönen Perserin: »Meine schöne Herrin, wenn nicht fröhliche Stimmen das Trinken begleiten, so ist es nicht schön. Ich habe einmal einen Dichter sagen hören:

> »Reichet ihn herum in großen und kleinen Gefäßen, und nehmet
> ihn aus der Hand eines Schenken, der wie der leuchtende Mond
> strahlt.«
>
> »Doch trinke nicht ohne Gesang, denn auch das Pferd wiehert,
> wenn es sich mit einem Trunk erquickt.«

Als der Kalif dies von Ibrahim sah, schwoll die Ader des Zornes zwischen seinen Augen an. Er stieg wieder von seinem Baume herab und sagte zu Djafar: »Noch nie habe ich gottesfürchtige Leute in einem solchen Zustande gesehen. Steige auf den Baum, Djafar, und sieh dich um, damit dir der Segen dieser Frommen nicht entgehe!«

Djafar geriet über diese Worte ganz in Verwirrung, er stieg auf den Baum, sah Nureddin, seine Sklavin und Ibrahim, welcher einen Kelch in der Hand hielt. Dieser Anblick versetzte ihn in Todesangst. Als er wieder herabgestiegen war, sprach Harun Arraschid: »Gelobt sei Gott, der uns zu diesen Frommen kommen ließ!« Djafar konnte vor Scham und Verlegenheit kein Wort hervorbringen. »Wer hat diese Leute«, fuhr der Kalif fort, »in meinen Garten und in meinen Palast gebracht? Doch habe ich nie ein schöneres junges Paar gesehen.«

Djafar, der den Zorn des Kalifen abzulenken hoffte, erwiderte: »Du hast recht, großer Sultan!« - »Komm«, sagte Harun Arraschid, »wir wollen noch einmal miteinander auf den Zweig steigen, um zu sehen, was sie machen.« Sie stiegen hinauf und hörten beide, wie Scheich Ibrahim zu der schönen Perserin sagte: »Nun, meine Herrin, lässt dieser Ort noch etwas zu wünschen übrig?« - »Bei Gott!« erwiderte Enis Aldjelis, »wenn wir noch ein Musikinstrument hätten, das ich spielen könnte, so wäre unser Vergnügen vollkommen.« Scheich Ibrahim stand auf und entfernte sich, als er dies hörte.

»Was wird er wohl jetzt beginnen?« fragte der Kalif den Großvezier. »Das weiß ich nicht«, antwortete Djafar.

Nachdem Scheich Ibrahim eine Weile weg gewesen war, kam er wieder und hatte eine Laute in der Hand. Der Kalif sah aufmerksam hin und erkannte, dass es die Laute seines Gesellschafters Abu Ishak war, und sagte zu jenem: »Djafar, das Mädchen wird auf der Laute spielen und singen: spielt und singt sie schlecht, so lass' ich euch alle zusammenhängen; macht sie ihre Sache gut, so will ich verzeihen, dich aber lass' ich aufknüpfen.« - »Beherrscher der Gläubigen!« erwiderte der Großvezier, »wenn dem so ist, so bitte ich Gott, dass sie schlecht singen möge.« -»Warum das?« sagte der Kalif. - »Je mehr wir sind«, entgegnete der Großvezier, »desto leichter werden wir uns trösten können, in guter Gesellschaft zu sterben.« Der Kalif lachte über diese Antwort. Hierauf nahm das Mädchen die Laute, stimmte die Saiten und brachte Töne hervor, welche aller Herzen zu ihr hinzog; der Inhalt des Liedes war aber folgender:

»O ihr, die ihr armen Unglücklichen Hilfe und Beistand gewährt,
wir sind des Guten nicht unwürdig, das ihr uns erweist.«

»Wir haben uns in euern Schutz begeben: Darum handelt nicht
schlecht gegen uns.«

»Es brächte euch wirklich keinen Ruhm, wenn ihr diejenigen ermorden wollet, welche unter euer Dach sich geflüchtet haben; darum werdet nicht schadenfroh über uns.«

»Das ist bei Gott schön«, rief der Kalif aus. »Zeit meines Lebens habe ich keine schönere Stimme gehört.« - »Also ist dein Zorn vorüber?« fragte Djafar. - »Mein Zorn ist vorüber«, antwortete der Kalif. Er stieg hierauf mit Djafar vom Baume herunter, dann sagte er, zu diesem gewendet: »Ich will in den Saal hinaufgehen, um das Mädchen in der Nähe singen zu hören.«

»Beherrscher der Gläubigen!« erwiderte der Großvezier, »wenn du hinaufgehst, wirst du sie stören. Scheich Ibrahim wird vor Schrecken des Todes sein.« Der Kalif versetzte: »Nun, es soll deine Aufgabe sein, eine List zu ersinnen, welche mir die Erreichung meiner Absicht möglich macht.«

Djafar entfernte sich gegen den Tigris hin und sah einen Fischer unter den Fenstern des Palastes. Der Kalif hatte zwar schon früher, als er das Geräusch der Fischer vor dem Palaste vernahm, Ibrahim den Befehl erteilt, nicht zu gestatten, dass vor dem Palaste gefischt werde. Als nun in eben dieser Nacht der Fischer Kerim das Gartentor offen sah, so dachte er: »Heute wird niemand auf mich achten. Ich will die Zeit nützen, und einen guten Fang tun.« Er warf sein Netz aus, während er folgende Strophen rezitierte:

»O du, der du in der Dunkelheit mit Gefahr das Meer befährst, gib dir nicht so viele Mühe: Denn der Lebensunterhalt kommt nicht durch Treiben und Jagen.«

»Siehst du nicht das Meer und den Fischer, der die ganze Nacht aufrecht steht, während die Sterne verhüllt sind?«

»Er dehnt weiter den Strick, und die Wellen benetzen seine Füße; aber sein Auge wendet sich nicht von der Mitte des Netzes.«

»Dann nur ist er froh und vergnügt, wenn der Tod ein lüsternes Fischlein hineinlockt.«

»Derjenige aber kauft seinen Fisch, der die Nacht in schönster Behaglichkeit, vor Kälte bewahrt, zugebracht hat.«

»Gelobt sei Gott, der dem einen gibt, dem anderen versagt: Der eine fängt die Fische und der andere isst sie.«

Eben hatte der Fischer seine Verse vollendet, als Djafar und der Kalif vor ihm standen. Dieser rief ihn bei seinem Namen. Als er sich beim Namen rufen hörte und den Fürsten der Gläubigen erblickte, zitterten seine Muskeln und er sagte: »Bei Gott, o Beherrscher der Gläubigen, nicht aus Geringschätzung gegen deinen Befehl habe ich hier gefischt; meine Kinder und die bitterste Armut hat mich dazu bewogen.«

Da sprach der Kalif: »Kerim! Fische einmal auf mein Glück!« Der Fischer warf freudig sein Netz aus und wartete, bis es lang genug im Wasser war und am Grund festblieb, dann zog er es an sich und fand mehrere Sorten Fische darin. Der Kalif freute sich sehr darüber. Hierauf sagte er zu dem Fischer: »Kerim, zieh deine Kleider aus!« Der Fischer gehorchte augenblicklich und zog seinen Rock aus, welcher mehr als hundert grobe wollene Flecke hatte, auf welchen abscheuliches Ungeziefer hauste. Dann nahm er von seinem Haupte eine Binde, die in drei Jahren nicht aufgemacht worden war, und auf die er jeden Fetzen, den er in dieser Zeit gefunden, aufgebunden hatte. Nachdem er dies getan, zog der Kalif seidene Kleider von alexandrinischer und baalbekischer Arbeit und zwei Unterkleider aus, und sagte zu dem Fischer: »Nimm diese Kleider und ziehe sie an!« Der Kalif aber legte das Kleid und die Binde des Fischers an und sagte zu dem Fischer: »Geh' jetzt deiner Arbeit nach.«

Der Fischer küsste dem Kalifen die Füße und dankte ihm mit folgenden Strophen:

> »Du hast mir eine Gnade erzeigt, die würdig ist, aller Welt gelobt zu werden: Du hast mich auf einmal mit allem versehen.«
>
> »Ich werde dir danken, solange ich lebe, und nach meinem Tode werden meine Gebeine im Grabe dich preisen.«

Der Fischer hatte noch nicht ausgesprochen, als der Kalif wegen des Ungeziefers mit beiden Händen nach seinem Nacken fuhr. »Wehe dir, Fischer!« rief er aus; »dein Kleid ist reich an Ungeziefer!« - »Mein Herr!« antwortete der Kerim, »das fühlst du nur jetzt; ehe eine Woche vergeht, wirst du nichts mehr fühlen und nicht mehr daran denken.« Der Kalif versetzte lächelnd: »Meinst du, ich werde deinen Rock so lange auf dem Leibe behalten?« Da sprach der Fischer: »Ist es mir vergönnt, Herr, dir ein Wort zu sagen?« Nachdem ihn der Kalif reden geheißen, fuhr er fort: »Mich dünkt, Beherrscher der Gläubigen, dass du das Fischen lernen willst, um ein nützliches Handwerk zu verstehen, darum möchte dich dieser Rock vortrefflich kleiden.« Der Kalif lachte über die Rede des Fischers. Nachdem Kerim weggegangen war, nahm der Kalif den Fischerkorb, und legte etwas Grünes oben drauf. Dann kehrte er zu Djafar zurück und blieb vor ihm stehen. Dieser hielt ihn für den Fischer Kerim und sagte zu ihm: »Geh' deines Weges, Kerim, und mache, dass du mit dem Leben davonkommst!« Als der Kalif diese Worte Djafars hörte, fing er an zu lachen. Djafars ging auf ihn zu und sagte: »Bist du etwa der Beherrscher der Gläubigen?« - »Ich bin es«, antwortete der Kalif, »und du bist mein Vezier und hast mich doch nicht erkannt, als ich auf dich zukam. Wie soll der betrunkene Scheich Ibrahim mich erkennen? Bleibe also hier, bis ich zurückkomme.«

Der Kalif ging nun bis an das Tor des Palastes und klopfte leise. Nureddin sagte: »Scheich Ibrahim, man klopft an der Türe des Saales.« Scheich Ibrahim stand auf und fragte, wer draußen sei. »Ich bin's, mein Herr Scheich Ibrahim«, antwortete Harun Arraschid. Scheich Ibrahim rief: »Wer bist du?« - »Ich bin der Fischer Kerim«, antwortete der Kalif. »Da ich vernommen, dass du Gäste bewirtest, und jetzt eben einige schöne Fische gefangen habe, so komme ich, sie dir zu bringen.«

Nureddin und die schöne Perserin freuten sich, als sie von Fischen reden hörten, und erstere sagte sogleich: »Scheich Ibrahim, ich bitte dich, öffne die Türe und lass ihn mit den Fischen hereinkommen.« Scheich Ibrahim öffnete und der Kalif trat grüßend in den Saal. Scheich Ibrahim rief ihm zu: »Willkommen, du Dieb, du Gauner, komm her und zeig' einmal, was du hast.« Der Kalif trat herzu und ließ seine Fische sehen, welche noch lebendig waren und sich bewegten. »Das sind sehr schöne Fische«, sagte Enis Aldjelis; »wenn sie nur gebacken wären.« - »Meine Herrin hat recht«, sprach Scheich Ibrahim; was sollen wir mit deinen Fischen, wenn sie nicht gebacken sind? Geh', richte sie selber zu und bringe sie uns dann wieder.« Der Kalif entgegnete: »Das soll sogleich geschehen sein, ich will sie selbst backen.« - »Mache nur hurtig«, rief man ihm nach.

Der Kalif entfernte sich und rief dem Großvezier. »Was gibt's Gutes, Beherrscher der Gläubigen?« fragte Djafar. Der Kalif antwortete: »Sie verlangen die Fische gebacken.« - »Gib her«, sagte Djafar, »ich will sie zurichten.« - »Bei dem Grabe meines Vaters und meiner edlen Vorfahren!« entgegnete der Kalif, »ich will sie mit eigener Hand backen.« Mit diesen Worten nahm er den Weg nach der Hütte des Gartenaufsehers, und er fand alles darin, was er zum Kochen brauchte, bis auf das Salz und den Safran. Der Kalif näherte sich dem Herde, stellte die Pfanne auf und buk die Fische. Als sie fertig waren, legte er sie auf ein Bananenblatt, nahm im Garten Limonen, ging mit diesen und den Fischen wieder zu den dreien hinauf und stellte alles vor sie hin. Sie aßen mit großer Lust, und als sie fertig waren, wuschen sie ihre Hände. Nureddin sagte dann: »Bei Gott, Fischer, du hast uns diese Nacht eine große Wohltat erwiesen.« Dann griff er in den Busen und nahm von dem Gelde, das ihm Sandjar, der Türhüter des Königs von Bassrah, vor seiner Abreise gegeben hatte, drei Dinare heraus. »Nimm«, sagte er, »und entschuldige, dass ich dir nicht mehr gebe! Hätte ich dich früher gekannt, als ich noch in besseren Umständen war, so würde ich die Bitterkeit der Armut aus deinem Herzen gerissen haben; nimm indes dies Wenige, womit mich Gott gesegnet hat.« Mit diesen Worten warf er dem Kalifen die drei Dinare hin. Dieser nahm sie, küsste und steckte sie ein. Da aber seine Absicht war, das Mädchen singen zu hören, sagte er zu Nureddin: »Herr! Ich kann dir nicht genug danken für deine Freigebigkeit. So reichlich du mich aber beschenkt hast, so habe ich doch noch eine Bitte an dich, die nämlich, dass mir gestattet werde, dieses Mädchen singen zu hören.«

»Enis Aldjelis!« sagte sogleich Nureddin, indem er sich zu ihr wandte, »ich beschwöre dich bei meinem Leben, singe etwas diesem Fischer zulieb, der dich hören möchte.« Als Enis Aldjelis die Worte ihres Herrn vernahm, ergriff sie die Laute, und nachdem sie dieselbe gestimmt hatte, sang sie folgende Strophen:

»Sie ergreift die Laute, ihre Finger gleiten durch die Saiten hin, und jeder Ton reißt die Seele mit sich fort.«

»Sie singt, und ihre Stimme heilt die Tauben; und selbst die Stumme ruft ihr zu: Du hast es gut gemacht.«

Nach einem wundervollen entzückenden Zwischenspiele fuhr die Sängerin fort:

»Wir werden geehrt, wenn ihr in unserem Land euch niederlasset: Sein Duft wird Ambra, und strahlend wird die dunkle Nacht.

»Betretet ihr meine Wohnung, so ziemt sich's, dass ich mit Moschus, Rosenöl und Kampfer sie beräuchere.«

Als die Sklavin geendet hatte, rief der Kalif vor Liebe und Entzücken außer sich: »Bei Gott, schön, bei Gott, schön!« Nureddin fragte: »Gefällt sie dir, Fischer?« - »Ja wohl, bei Gott«, rief der Kalif aus. Nureddin fuhr alsbald fort: »Sie ist dein; ich mache dir ein Geschenk damit, ein Geschenk eines Edlen, der seine Gabe nicht zurücknimmt.« Zu gleicher Zeit stand er auf, nahm sein Kleid, das er abgelegt hatte, und warf es dem Kalifen, den er immer nur für einen Fischer hielt, zu und sagte ihm, er möge sich nur mit der Sklavin auf den Weg machen; Enis Aldjelis sagte zu ihm, indem sie ihn anblickte: »Herr, willst du ohne Abschied von mir gehen? Wenn ich durchaus dich verlassen muss, so gestatte mir wenigstens, dir Lebewohl zu sagen.« Sie sang hierauf folgende Verse:

»Bist du auch fern von mir, so ist doch dein Platz in meinem Herzen, das ganz von dir erfüllt ist.«

»Ich hoffe zu dem Vater der Barmherzigkeit, dass er uns wieder vereinigen wird: Dies erflehe ich als eine Gnade von Gott, der sie gewähren kann, wenn er will«,

Als sie damit zu Ende war, antwortete ihr Nureddin mit folgenden Strophen:

»Am Trennungstage hat sie mit weinenden Augen von mir Abschied genommen und mich gefragt, was ich nach ihrer Entfernung tun werde?«

»Da hab' ich geantwortet: Frage dies den, der noch am Leben bleibt!«

Der Kalif, von Mitleid gegen die beiden ergriffen, wendete sich zu Nureddin und sagte zu ihm: »Herr, fürchtest du dich vor jemanden, oder hat jemand eine Forderung an dich?« - »Bei Gott, o Fischer! Erwiderte Nureddin, »mir und diesem Mädchen sind wunderbare Dinge begegnet. Es wäre wohl der Mühe wert, sie jedem zur Warnung und Belehrung mit der Nadel in die Tiefe des Auges zu stechen.« - »O Herr«, versetzte der Kalif, »erzähle mir deine Geschichte, vielleicht wird dir Gott dadurch Erleichterung verschaffen, denn Gottes Hilfe ist überall nahe.«

Nureddin fragte den Kalifen, ob er die Erzählung in ungebundener Rede oder in Versen hören wolle. Der Kalif antwortete: »Prosa ist nur einfaches Gerede, Poesie aber eine Perlenschnur.« Nureddin sprach hierauf folgende Verse:

»Mein Teurer! Mich flieht der Schlaf, und mein Gram nimmt mit jedem Tage zu, weil ich von der Heimat ferne bin.«

»Ich hatte einen Vater, dessen Liebling ich war; da schied er von mir und nahm das dunkle Grab zur Wohnung.«

»Seitdem ist mir Vieles widerfahren, das mein Herz verwundet und mein Inneres zerrissen hat.«

»Er hatte das feinste Mädchen mir gekauft, dessen Wuchs den schlanksten Baumzweig beschämte.«

»Da verlor ich alles, was ich geerbt hatte: Denn ich war freigebig gegen wackere Menschen.«

»Als die Not zu groß ward, führte ich die Sklavin mit widerstrebendem Herzen auf den Markt.«

»Ein Ausrufer bot sie aus, und ein nichtswürdiger Alter steigerte sie: Da entbrannte mein Zorn, und ich riss das Mädchen zurück.«

»Der Schurke geriet in Wut, und sein Gesicht zeigte Lust, Gewalt zu gebrauchen.«

»Aber ich verteidigte meine Ehre durch Schläge mit beiden Händen, bis ich meinem Herzen Luft gemacht hatte.«

»Voll Besorgnis wegen der Folgen dieser Tat kam ich in mein Haus zurück und fürchtete die Bosheit des Feindes.«

»Da befahl der König des Landes, mich zu greifen; aber ein ehrlicher Türsteher gab mir einen Wink und hieß mich in die Ferne ziehen, weit weg, um die bösen Menschen zu ärgern.«

»So flohen wir unter dem Flügel der Nacht von der Heimat, um uns nach Bagdad zu begeben.«

»Ich habe nichts mehr, als was ich dir o Fischer gegeben: Dir schenkte ich die Geliebte meines Herzens, und es ist, als schenkte ich dir mein Herz.«

Als Nureddin geendigt hatte, bezeigte der Kalif sein Verlangen, auch die näheren Umstände von dem zu erfahren, was er soeben in der Kürze gehört hatte. Nureddin willfahrte ihm und verschwieg nichts von allem, was ihm begegnet war, von Anfang bis zu Ende.

Als der Kalif von seiner Lage unterrichtet war, fragte er Nureddin: »Und wohin willst du jetzt gehen?« - Er antwortete: »Gottes Erde ist breit und weit.« - »Ich will dir«, fuhr der Kalif fort, »ein paar Zeilen an den König Muhammed, Suleimans Sohn, mitgeben; sobald er sie gelesen hat, wird er dir nichts zuleid tun und in keiner Weise dir entgegentreten.« Nureddin entgegnete: »Wo hat man je gehört, dass ein Fischer, wie du, mit einem König in Briefwechsel steht?« Der Kalif erwiderte: »Wir sind zusammen bei demselben Lehrmeister in die Schule gegangen und ich war sein Unterlehrer, das Glück hat ihn dann zum König und mich zum Fischer gemacht; aber ich habe ihm noch nie in irgendeiner Angelegenheit geschrieben, ohne dass er mir willfahren wäre.« Als Nureddin dies hörte, sagte er: »Gut, so schreibe, ich will einmal sehen.« Der Kalif nahm Tinte und Feder und schrieb nach der gewöhnlichen Formel: »Im Namen des allbarmherzigen Gottes! Harun Arraschid, Mahdis Sohn, sendet diesen Brief an Muhammed, Suleimans Sohn, der durch meine Huld zum Herrn über einen Teil meines Reichs gesetzt ist. Sobald Nureddin Ali, des Veziers Sohn, dies mein eigenhändiges Schreiben dir übergeben und du es gelesen hast, lege auf der Stelle die königliche Würde ab, und räume ihm deine Stelle ein. Ich versehe mich deines Gehorsams gegen diesen meinen Befehl. Gott befohlen.« - Der Kalif übergab Nureddin den Brief. Nureddin nahm den Brief, steckte ihn in seinen Turban und machte sich auf den Weg. Das ist's was Nureddin angeht, Folgendes ereignete sich dann zwischen dem Kalifen und Scheich Ibrahim. Dieser sah den Kalifen an und sagte zu ihm: »Höre, du elendester aller Fischer, du bist hergekommen und hast uns etliche Fische gebracht, die höchstens 20 halbe Dirham wert sind, und hast dafür drei Dinare zum Geschenk bekommen. Denkst du nun auch noch, die Sklavin für dich zu behalten?«

Als der Kalif diese Worte hörte, schrie er ihn an und gab Masrur einen Wink, dieser trat alsbald heran und drang auf Scheich Ibrahim ein. Djafar hatte inzwischen einen Gartendiener zu dem Pförtner des Palastes geschickt, um einen Anzug für den Fürsten der Gläubigen zu holen. Der Diener kam und brachte den Anzug und küsste dem Kalifen die Hand. Der Kalif kleidete sich um und schenkte dem Diener seine abgelegten Kleider und setzte sich auf einen Stuhl. Scheich Ibrahim stand vor ihm und sah dem allem zu, er ward ganz verblüfft, biss sich in die Finger und dachte: Schlafe ich oder wache ich? Der Kalif warf ihm dann einen Blick zu und sagte: »Scheich Ibrahim! In welchem Zustande befindest du dich?« Jetzt erwachte Scheich Ibrahim aus seinem Rausche warf sich nieder und rezitierte folgende Verse:

»Vergib mir den Fehltritt, den mein Fuß getan: Oft fordern ja Untertanen Nachsicht von ihrem Herrn.«

»Ich habe eine Schuld auf mich geladen, der ich geständig bin;
doch was vermag nicht Gnade und Großmut?«

Der Kalif verzieh ihm. Dann ließ er die Sklavin in seinen Palast bringen, wo ihr ein eigenes Gemach und die erforderliche Bedienung angewiesen ward. Er sagte ihr auch, dass er Nureddin als Sultan nach Bassrah geschickt habe und dass er mit Gottes Willen ihm ein Ehrenkleid und sie selbst wieder schenken werde.

Nureddin setzte inzwischen seine Rückkehr nach Bassrah fort und ging gerade nach dem königlichen Palaste, und schrie so laut, dass der Sultan ihn hörte und vortreten ließ. Als er in den Audienzsaal gelangte, warf er sich nieder, zog dann seinen Brief hervor und überreichte denselben. Als der König die Überschrift von der Hand des Kalifen sah, erhob er sich und küsste das Schreiben dreimal und sagte: »Ich gehorche Gott und dem Beherrscher der Gläubigen. Man rufe die vier Kadi der Hauptstadt, auch alle Fürsten und Großen des Reichs, damit ich der Regierung entsage.« Als unter anderen auch der Vezier Muin erschien, überreichte ihm der Sultan das Schreiben. Als er es gelesen hatte, zerriss er es in Fetzen, steckte diese in den Mund, kaute sie und spie sie wieder aus. Als der König dies sah, rief er ihm voll Zorn zu: »Was ist das, Muin? Wie kommst du dazu, so etwas zu tun?« - »Mein Herr und König!« antwortete Muin, »Nureddin ist niemals mit dem Beherrscher der Gläubigen, nicht einmal mit einem seiner Veziere zusammengekommen; er ist ein listiger Betrüger, ein junger Teufel. Vielleicht hat er irgendetwas vom Kalifen Geschriebenes gefunden und sich unterstanden, seine Handschrift nachzuahmen. Er hat keinen Chat Scherif, keinen Firman. Wie kannst du glauben, dass der Kalif ihn schickt, um dir die Regierung abzunehmen? Wäre dem so, er hätte ihm gewiss einen Kammerherrn oder einen seiner Veziere mitgegeben, während er ganz allein gekommen ist.«

Der Sultan fragte hierauf, was zu tun sei? Muin antwortete: »Ich will ihn mit einem Kammerherrn nach Bagdad senden: Ist seine Behauptung wahr, so wird er mit einem Firman und einem Investiturdiplom vom Kalifen zurückkommen, wo nicht, so will ich die Strafe über ihn verhängen, welche sein Vergehen gegen mich verdient hat.« Der König übergab Nureddin der Willkür des Veziers, der ihn in sein Haus führte. Dort angelangt rief er seine Diener herbei, ließ ihn knebeln und so lange schlagen, bis er für tot dalag. Dann ließ er ihn mit einer schweren Kette fesseln und schickte ihn ins Gefängnis, dann schickte er nach dem Gefängniswärter, welcher Katit hieß, und befahl demselben, Nureddin in eines seiner unterirdischen Gefängnisse zu werfen. Dabei schärfte er ihm ein, ihn bei Tag und bei Nacht zu peinigen. Der Gefängniswärter versprach zu gehorchen. Er sperrte Nureddin ein und riegelte die Türe hinter ihm zu, aber er ließ eine Bank hinter der Türe sauber abkehren, bereitete ihm ein gutes Lager von Teppichen und Polstern, nahm ihm die Fesseln ab und war äußerst liebreich gegen ihn, obschon der Vezier täglich zu ihm schickte und ihm befahl, seinem Gefangenen jeden Tag die Bastonnade geben zu lassen.

So vergingen vierzig Tage. Am Einundvierzigsten kam ein Geschenk vom Kalifen, das dem Sultan wohl gefiel. Er beriet sich mit seinen Vezieren darüber und einer derselben sagte: »Es ist vielleicht ein Geschenk an den neuen Sultan.« Da sagte Muin: »Das Beste wäre gewesen, ihn gleich bei seiner Ankunft zu töten.« Der Sultan erwiderte hierauf:« Bei Gott, du erinnerst mich wieder an ihn, geh' bring ihn her, ich will ihn enthaupten.« Der Vezier antwortete: »Ich gehorche, auch will ich in der Stadt ausrufen lassen, wer die Enthauptung Nureddins, des Sohnes Chakans, sehen will, der komme in das Schloss, so wird alle Welt herbeilaufen und ich finde Gelegenheit, meine Rachgier zu stillen und meine Feinde zu beschämen.« Der Sultan versetzte: »Tu, was du willst!«

Voll Schadenfreude begab sich Muin alsbald zu dem obersten Polizeibeamten und befahl demselben zu tun, was er soeben dem König vorgeschlagen hatte. Die Verkündigung des Ausrufers erfüllte die ganze Stadt mit Trauer über Nureddin.

Alles strömte herbei, um die besten Plätze einzunehmen. Viele hatten sich vor dem Gefängnisse aufgestellt, um ihn zum Richtplatz zu begleiten. Endlich erschien der Vezier mit zehn Mameluken und forderte von dem Gefängniswärter die Herausgabe des gefangenen Verbrechers. »Mein Herr!« antwortete dieser, »ich habe ihn so geschlagen, dass er sich im erbärmlichsten Zustande befindet.« Als der Vezier sich hierauf dem Kerker näherte, hörte er Nureddin folgende Strophen hersagen:

»Wer hilft mir in meinem Elend? Wie meine Krankheit wächst, so
schwindet die Möglichkeit meiner Heilung.«

»Die Trennung von ihr hat mein Herz gebrochen, und die Zeit
meine Freunde in Feinde verwandelt.«

»O mein Volk, ist keiner unter dir, der sich meines Zustandes erbarmt und meinen Klagen antwortet?«

»Der Tod ist mir willkommen mit allen seinen Schrecken; denn
meine Hoffnung ist von des Lebens Glück abgeschnitten.«

»O Herr, ich beschwöre dich bei dem Auserkorenen, dem Verkündiger, dem Führer zum Heil, dem Inbegriff aller Wissenschaften
und dem Ausbund der Beredten!«

»Erlöse mich, hebe mich empor aus meiner Erniedrigung und
wende von mir alle Pein und Qual!«

Inzwischen zog ihm der Gefängniswärter seine reinlichen Kleider aus und legte ihm schmutzige an und führte ihn vor den Vezier.

Als Nureddin sich seinem Feinde gegenübersah, der nach seinem Tode trachtete, weinte er und sagte zu ihm: »Bist du sicher gegen das Schicksal? Hast du nicht gehört, was ein Dichter sagt:

»Sie richteten ungerecht; aber nicht lange dauerte ihr Richteramt,
bald war es, als hätten sie nie die Gewalt in Händen gehabt.«

Dann fuhr er fort: »Bedenke, dass der erhabene Gott tun kann, was ihm gefällt.«

Muin erwiderte: »Willst du mir vielleicht mit deiner Rede Furcht einjagen? Mag geschehen, was da will, wenn ich dir nur ganz Bassrah zum Trotze den Kopf habe abhauen lassen. Ein anderer Dichter hat gesagt:

> »Wer seinen Feind auch nur einen Tag überlebt, hat seinen höchsten Wunsch erreicht.«

Hierauf befahl er seinen Dienern, ihn auf dem Rücken eines Maultiers, vor ihm herzuführen. Die Diener, denen dies wehe tat, sagten zu Nureddin: »Erlaube uns, ihn mit Steinen tot zu werfen und in Stücke zu zerhauen, wenn es auch unser Leben kostet.« Nureddin sagte aber: »Tut dies nicht, ein Dichter hat gesagt:

> »Mir ist eine Zeit bestimmt, die ich gewiss erreiche, und diese Bestimmung ist längst beschlossen und gesiegelt.«
>
> »Ist diese Zeit vorüber, so muss ich sterben.«
>
> »Wollten mich auch Löwen in ihren Wald schleppen, so könnten sie die mir bestimmte Lebensdauer nicht abkürzen.«

Man rief dann vor Nureddin aus: »Das ist die Strafe, und zwar die geringste Strafe für jeden, der es wagt, dem König gegenüber Briefe zu fälschen.« Ganz Bassrah folgte ihm, bis er endlich unter den Fenstern des Palastes auf die Blutmatte hingeworfen wurde. - Der Scharfrichter näherte sich ihm und sprach: »Herr!« ich bin nur ein Sklave und kann mich der Ausübung meiner Pflicht nicht entziehen; wenn du noch etwas begehrest, so will ich dir es besorgen, denn du hast nicht mehr Zeit übrig, als der König braucht, um aufzustehen und sein Gesicht am offenen Fenster zu zeigen.«

Da sprach Nureddin, indem er das Haupt zur Rechten und zur Linken, nach vorne und hinten drehte:

> »Schon seh ich den Henker, das Schwert und die Matte bereit und rufe Wehe über meine Schmach, über die Größe meines Elends!«
>
> »Ist einer unter euch, der Mitleid mit mir fühlt, o so zeige er mir's und antworte auf meinen Jammerruf!«
>
> »Mein Leben schwindet dahin, mein Schicksal naht heran.«

»Erbarmt sich jemand meiner, um Gottes Lohn zu verdienen, will jemand meinen Zustand betrachten und meine Qual mit einem Trunke Wassers erleichtern?«

Alle Leute weinten und der Scharfrichter brachte sogleich ein Gefäß mit Wasser und reichte es Nureddin. Allein Muin erhob sich von seinem Platze, zerschlug das Gefäß und rief dem Scharfrichter zu: »Hau' zu!«

Nureddin wurden jetzt die Augen verbunden. Während dies geschah, ertönte der ganze Platz von lauten Verwünschungen gegen den Vezier. Es entstand ein großes Geschrei und es wurde viel Hin und Her gefragt. Auf einmal erhob sich in der Entfernung eine große Staubwolke, und als der König von seinem Palast aus dieselbe erblickte, befahl er, mit der Hinrichtung zu warten und nachzusehen, was dies bedeute. - Muin, der wohl ahnte, was es sein könnte, drang in den König, dem Scharfrichter das Zeichen zu geben. »Nein,« erwiderte der König, »zuvor will ich wissen, was es Neues gibt.« Unterdessen hatte sich die Staubwolke genähert. Es war der Großvezier Djafar mit seinem Gefolge.

Die Ursache seiner Ankunft war Folgendes: Der Kalif hatte nämlich dreißig Tage lang nicht mehr an Nureddin gedacht und niemand hatte ihn an denselben erinnert, bis er endlich eines Abends vor das Gemach der Enis Aldjelis kam; da vernahm er folgende Verse:

»Bist du nah oder fern, so schwebt dein Bild vor meiner Seele, und dein Andenken wird nie von meiner Zunge weichen.«

Die Sängerin weinte nach Beendigung ihres Gesanges so heftig, dass Harun Arraschid sich nicht enthalten konnte, die Türe zu öffnen und hineinzutreten. Als sie ihn erblickte, warf sie sich vor ihm zur Erde, küsste sie dreimal und sprach:

»O du, von reinem Stamm und edler Geburt, blühender Sprössling des erhabensten Hauses, ich erinnere dich an das huldreiche Versprechen deines Edelmuts, ferne sei von dir, es zu vergessen!«

Der Kalif fragte sie, wer sie sei. Sie antwortete: »Ich bin die Sklavin, welche dir Nureddin Ali, Vadhleddins Sohn, zum Geschenke gemacht hat und wünsche, dass du das mir gegebene Versprechen haltest, mich mit den Ehrengeschenken Nureddin nachzusenden: Denn seit dreißig Tagen hat der Schlaf meine Augen geflohen.« Der Kalif ließ unverzüglich seinen Vezier zu sich rufen. - Als Djafar kam, sprach der Kalif zu ihm: »Dreißig Tage sind vorüber, ohne dass ich etwas von Nureddin gehört habe. Ich fürchte sehr, er ist hingerichtet worden; aber bei meinem Haupte und bei dem Grabe meiner Väter, wenn ihm ein Leid widerfahren, so vernichte ich den Schuldigen und sollte er mir noch so teuer sein! Reise daher sogleich nach Bassrah, wenn du länger verweilst, als man braucht, um den Weg zu machen, so lass ich dir den Kopf abschlagen. Du erzählst meinem Vetter, dem König, wie ich mit Nureddins Geschichte bekannt geworden, dass ich ihn mit einem Brief an ihn abgesandt habe. Findest du, dass er meinen Befehlen zuwidergehandelt hat, so führe ihn her zu mir, samt dem Vezier, wie du sie findest, und bleibe ja nicht länger aus, als zur Reise nötig ist.« Djafar machte sich sogleich reisefertig und legte den Weg nach Bassrah ohne Aufenthalt zurück. Der König war schon von seiner Reise im Voraus unterrichtet. Als Djafar bei seiner Ankunft die hin- und herwogende, aufgeregte Volksmenge sah, fragte er, was es denn gebe. Man erzählte ihm, was mit Nureddin geschehen sollte. Da beeilte er sich, zum König zu gelangen. Er grüßte ihn und eröffnete ihm die Ursache seiner Ankunft und die Befehle des Kalifen. Der Sultan ließ alsbald Muin festnehmen und Nureddin losbinden. Dieser bat Djafar, ihn vor den Fürsten der Gläubigen zu führen. Hierauf bedeutete Djafar dem König, er möchte sich bis am folgenden Morgen nach dem Morgengebete bereithalten, die Reise nach Bagdad anzutreten. Nach dem Morgengebet brach Djafar auf und führte den jetzt reuigen Muin, den König von Bassrah und Nureddin mit sich.

In Bagdad angekommen, stellte er sie dem Kalifen vor und nachdem er den Zustand, in welchem er Nureddin gefunden, ausführlich geschildert hatte, ging der Kalif auf Nureddin zu und sagte zu ihm: »Nimm dieses Schwert und schlage damit deinem Feinde den Kopf ab!« Nureddin nahm das Schwert und trat auf Muin zu. Muin aber sah ihn mit einem durchdringenden Blick an und sagte: »Wie ich an dir gehandelt habe, lag in meiner Natur; handle du jetzt nach der Deinigen!« Auf diese Worte warf Nureddin das Schwert weg, wendete sich gegen den Kalifen und sagte: »Beherrscher der Gläubigen! Er hat mich mit diesen Worten überlistet.« Er rezitierte dann folgenden Vers:

> »Gebrauche List gegen ihn, wenn er naht, der Edle ist leicht durch
> ein gutes Wort zu hintergehen.«

Der Kalif sagte zu Nureddin: »Lasse du es sein.« Er rief aber Masrur herbei und befahl ihm, das Urteil an Muin augenblicklich zu vollstrecken. Der Kalif forderte dann Nureddin auf, seine Wünsche zu äußern. Er versetzte: »Ich sehne mich nach dem Fürstentum Bassrah, ich wünsche in deiner nähern Umgebung zu bleiben und deiner Person meine Dienste zu widmen.« Der Kalif willigte gern in dieses Begehren und nahm ihn in die Zahl seiner vertrautesten Gesellschafter auf. Dann ließ er die schöne Perserin holen, und wies dem reichlich beschenkten Paar einen prächtigen Palast in Bagdad zur Wohnung an. Nureddin führte das angenehmste Leben in der Nähe des Kalifen, bis ihn der Tod erreichte, der jeder Freude und jeder Vereinigung ein Ende macht.

Das ist die Geschichte Nureddins, schloss Schehersad, sie ist aber nicht wunderbarer, als die von dem Prinzen Kamr essaman, wie er Bedur, die Tochter des Königs Ghaiur, liebte und zu ihr reiste und sie heiratete, und welche Abenteuer sie und ihre Söhne Asad und Amadjad zu bestehen hatten.

In der folgenden Nacht begann Schehersad, also zu erzählen:

Geschichte des Prinzen Kamr essaman mit Bedur.

Einst herrschte im grauen Altertum vor vielen Jahrhunderten ein König, Namens Schah Seman, welcher Herr vieler Städte und Länder und großer tapferer Heere war. Er hatte vier Gemahlinnen, sämtlich Königstöchter und sechzig Beischläferinnen, und residierte auf einer nicht weit von Persien liegenden Insel, welche *Chalidan* hieß.

Schah Seman war kinderlos. Er ließ daher eines Tages seinen Vezier vor sich kommen und klagte ihm sein Unglück, keine Kinder zu haben. »Großmächtigster König!« antwortete der Vezier, »in dergleichen Anliegen kann man allein zu dem erhabenen Gott (gepriesen sei er!) seine Zuflucht nehmen; darum rate ich dir, eine große Mahlzeit bereiten zu lassen, Fakire und Arme dazu einzuladen, dass sie nach Lust essen, und dann zu Gott beten, dass er dir ein Kind schenke. Vielleicht findet sich unter ihnen eine reine Seele, deren Gebet vor Gott angenehm ist, sodass dein Wunsch erfüllt wird, und du einen Sohn bekommst, welcher dir in der Regierung folgt, dein Geschlecht fortpflanzt und dein Gedächtnis nach deinem Tode erhält.«

Schah Seman befolgte diesen Rat des Veziers, der ihm vortrefflich dünkte. Er ließ sogleich reiche Almosen austeilen, lud Fakire zu einer gemeinschaftlichen Mahlzeit ein und eröffnete ihnen seine Absicht, dass sie für die Erhörung seines Wunsches zu Gott beten möchten.

Wirklich erlangte Schah Seman durch die Gnade des Himmels, was er begehrte: Eine seiner Frauen fühlte sich nach einiger Zeit gesegneten Leibes. Der König war außer sich vor Freude und gab aufs neue viele Almosen und erwies sich wohltätig gegen Witwen und Waisen, bis endlich ihre Tage und ihre Nächte um waren und sie mit Gottes Hilfe einen Sohn gebar, ein Geschöpf dessen, dem alles sein Dasein verdankt. Man veranstaltete Freudenfeste, Trommeln und Jubelgeschrei ertönten und die Stadt wurde sieben Tage lang geschmückt. Man färbte dann die Augenlider des Knaben mit

Kohel, kleidete ihn in Gold und Seide und brachte ihn seinem Vater, der ihn zwischen die Augen küsste und so schön fand, dass er ihm den Namen Kamr essaman (Mond der Zeit) gab. Dann bestellte man ihm Ammen und Diener, und das Kind wuchs kräftig heran, bis es 18 Monate alt war. Jetzt wurde der Knabe entwöhnt, und nachdem er das vierte Jahr zurückgelegt hatte, war er das vollkommenste Bild von Schönheit und Anmut, seine Worte bezauberten jedes Herz und jedermann sah mit Wohlgefallen nach ihm, wie nach einem blühenden Garten, sodass ein Dichter folgende Verse auf ihn dichtete:

»Wo er erscheint, spricht man: Gepriesen sei Gott, der ihn geschaffen und gebildet!«

»Er ist der Fürst unter den Schönsten der Schönen, und alle müssen bekennen: Wir sind deine Untertanen.«

Der Prinz Kamr essaman wurde immer größer und kräftiger. Als er das siebente Jahr erreicht hatte, schickte ihn sein Vater in die Schule und es dauerte nicht lange, so hatte derselbe den ganzen Koran gelernt und war in der arabischen Sprachwissenschaft, in Theologie und anderen Wissenschaften so bewandert, dass er eine Ausnahme unter den Ausnahmen machte.

Als der Prinz vierzehn Jahre zählte, hatte sich seine Schönheit im höchsten Grad entwickelt; ein frischer Flaum verbreitete sich über seine roten Wangen, deren Glanz durch ein braunes Fleckchen wie ein Ambrakügelchen gehoben wurde, sodass folgende Verse auch von ihm galten:

»Schlank ist sein Wuchs; seine Haare sind so schwarz und seine Stirn so glänzend weiß, dass die Welt dadurch zugleich in Dunkelheit gehüllt wird und in hellem Lichte strahlt.«

»Missbilligt aber nicht das Mal auf seiner Wange: Hat doch auch die Anemone schwarze Pünktchen.«

Der Sultan, der ihn so zärtlich liebte, dass er es keine Stunde ohne ihn aushalten konnte, sagte eines Tages zu seinem Vezier: »Wackerer Vezier! Ich fürchte, es könnte meinen Sohn ein Missgeschick treffen, darum möchte ich, um vor meinem Tode mich noch an ihm zu erfreuen, mich von der Regierung zurückziehen und ihm meinen Thron einräumen.« Der Vezier erwiderte: »Tapferer Fürst und mächtiger Löwe! Meine Ansicht ist, dass du ihn zuvor vermählest, ehe du ihn auf den Thron erhebest, denn die Ehe hält den Mann in Schranken.«

Die Ansicht des Veziers gefiel Schah Seman, und er beschloss, sich mit seinem Sohne darüber zu besprechen, und ließ ihn alsbald zu sich rufen.

Kamr essaman erschien, grüßte seinen Vater, küsste ihm die Hand und neigte bescheiden, wie ein wohlgebildeter Jüngling, den Kopf zur Erde. Der König sagte zu ihm: »Weißt du, mein Sohn, warum ich dich habe rufen lassen?« - »Herr!« antwortete der Prinz, »Gott allein kennt das Verborgene; ich weiß nicht, was du mir zu sagen hast.« - »Es geschieht«, fuhr der Sultan fort, »um dir zu sagen, dass es mein Wunsch ist, dich vermählt zu sehen und mich daran zu freuen. Was hältst du davon?«

Als Kamr essaman die Worte seines Vaters hörte, stieg ihm die Röte der Scham ins Gesicht; er schlug voll Verwirrung die Augen nieder, und Schweißtropfen standen auf seiner Stirne. Endlich antwortete er: »Mein Vater! Ich habe keine Lust, mich zu vermählen und mein Herz fühlt keine Neigung zu den Frauen, wie sollte es auch, da doch ein Dichter gesagt hat:

»Fragt ihr mich über die Weiber, so weiß ich euch Bescheid zu geben; ich kenne ihre Fehler:«

»Wenn des Mannes Haupt weiß wird, oder sein Reichtum abnimmt, so hat ihre Liebe keinen Bestand.«

»Ich kann deinen Wunsch unmöglich erfüllen, sollte mir auch aus meiner Weigerung Tod und Verderben erwachsen.«

Der König war über den Widerwillen des Prinzen sehr betrübt. Seine Liebe zu ihm war aber so groß, dass er ihm nichts weiter sagte, sondern ein ganzes Jahr ruhig abwartete. Nach Verfluss eines Jahres ließ er ihn wieder zu sich rufen und sagte zu ihm: »Nun, mein Sohn, wirst du mir noch nicht gehorchen und mir gestatten, dir eine Gattin zu geben, damit ich vor meinem Tode mich an dir freue?«

Der Prinz ließ den Kopf ein wenig sinken, dachte eine Weile nach, erhob ihn dann wieder und antwortete: »Mein Vater! Mein Entschluss, unverheiratet zu bleiben, steht fest, solange ich lebe. Denn ich habe in Geschichtsbüchern und anderen Werken gelesen, wie viel Jammer und Unglück die Arglist der Weiber zu aller Zeit in der Welt verursacht hat. Wenn du es verlangst, so will ich dich mit ihrem Tun und Treiben bekannt machen: Sie sind voll List und Trug und treulos in Wort und Tat. Ein Dichter hat sie mit den Worten bezeichnet:

»Ihre Fingerspitzen sind gefärbt, ihre Haare geflochten, ihr Turban hängt auf die Seite und viel Kummer geben sie zu schlucken.«

»Kannst du den Blitz in einem Netze fangen oder Wasser in einem Siebe schöpfen?«

Damit verließ Kamr essaman seinen Vater und ging seines Weges. Der König Schah Seman ließ seinen Vezier rufen und setzte ihn in Kenntnis von allem, was zwischen ihm und seinem Sohne sich zugetragen hatte. Dann sagte er zu ihm: »Da du mir doch den Rat erteilt hast, ihn zu vermählen, sage mir, was ich jetzt, da er sich so ungehorsam zeigt, mit ihm anfangen soll!« - »Mein König!« antwortete der Vezier, »gib dem Prinzen noch ein Jahr Frist. Nach Verfluss des Jahres lässt du ihn wieder vor dem ganzen Divan zu dir rufen und sprichst wieder von seiner Vermählung. Er wird sich gewiss schämen und es nicht wagen, dir zu widersprechen.« Der König nahm diesen Rat an und wartete wieder ein Jahr. Dann versammelte er den Divan und ließ seinen Sohn rufen. Als er erschien, küsste er die Erde vor seinem Vater und blieb stehen. Sein Vater sagte zu ihm: »Mein Sohn! Ich habe dich zu dieser Stunde vor dieser großen Versammlung hierher rufen lassen, um wegen deiner Vermählung mit dir zu sprechen, denn ich möchte, dass du heiratest und ich vor meinem Tode noch an deiner Familie meine Freude habe. Vielleicht schenkt dir Gott einen Knaben, wodurch unser Andenken erhalten und unser Reich bei unserem Geschlechte bleibt. Ich habe schon zweimal deshalb mit dir gesprochen und du hast das Gespräch abgebrochen, deshalb habe ich dich jetzt hierher beschieden und ich verlange von dir eine Antwort.«

Als Kamr essaman dies hörte, geriet er vor Ärger ganz außer sich, er neigte den Kopf eine Weile zur Erde, dann antwortete er, indem er schnell den Kopf in die Höhe warf, mit jugendlicher Tollkühnheit: »Ich habe schon tausendmal erklärt, dass ich nicht heiraten wolle. Du bist eben jetzt bejahrt und altersschwach, dein Verstand hat abgenommen, darum schwatzest du Unsinn und bist kaum mehr imstande, eine Herde Schafe zu hüten.« Der Sultan fühlte sich tief verletzt durch diese Worte vor den Anwesenden. Mit königlichem Stolze schrie er jetzt seinen Sohn an, dass er vor Schrecken bebte. Hierauf ließ er ihn durch seine Waffenträger und Mameluken festnehmen und befahl ihnen, ihn in Ketten zu legen. Als sie ihn gebunden vor seinen Vater brachten, ließ er sein Haupt sinken, und seine Stirne war mit Schweiß bedeckt. Der König schmähte ihn und sagte: »Wehe dir! Kann deinesgleichen mir eine solche Antwort geben? Doch hat dich bis jetzt noch niemand gezüchtigt.« Er befahl dann den Mameluken, ihm die Bande abzunehmen und ihn einzusperren. Sie führten ihn in ein altes Gemach eines uralten Turms, in dessen Mitte eine römische Zisterne war. Alsbald kamen die Kammerdiener herbei, reinigten das Zimmer, brachten ein Ruhebett, eine Matratze, ein Kissen und eine Laterne und ließen dann den Prinzen allein, nur ein Diener blieb vor der Türe stehen. - Kamr essaman stand auf, wusch sich, verrichtete sein Abendgebet, und nachdem er noch einige Kapitel des Koran gelesen hatte, legte er sich nieder. Die Laterne stand zu seinen

Füßen und eine Wachskerze brannte über seinem Haupte. Er schlief, bis ein Dritteil der Nacht vorüber war, ohne zu ahnen, was das geheime Geschick ihm bereitete.

Sowohl das Gemach als der Turm waren nämlich seit Jahren nicht bewohnt und die römische Zisterne diente einer Fee zum Aufenthalte, einer von den Nachkömmlingen des verfluchten Iblis. Sie hieß Maimuna und war die Tochter Damerjads, eines Königs der Genien. Es war um Mitternacht, als Maimuna sich nach ihrer Gewohnheit aus dem Brunnen emporschwang. Sie war sehr verwundert, in dem Turm, in welchem sich seit vielen Jahren niemand aufgehalten hatte, Licht zu erblicken, und da das Licht von dem Gemache herkam, schwebte sie hinein. Sie fand zu ihrem Erstaunen einen schlafenden Diener und ein Ruhebett, auf welchem ein junger Mann schlief. Da senkte sie ihre Flügel, näherte sich ihm und hob die Decke ein wenig auf und erblickte einen Jüngling, dessen Antlitz heller strahlte, als die Flamme des Lichts neben seinem Bette. Sie war ganz betroffen über diese Fülle von Schönheit, Anmut und reizender Körperbildung und sprach zu sich selber, nachdem sie im Stillen den Schöpfer gepriesen: Bei Gott, ich will ihm nichts zuleide tun! Ein solches Gesicht verdient, vor jedem Unheil bewahrt zu werden. Allein ich begreife nicht, welchen Anlass er gegeben haben kann, dass er von seinen Leuten nach diesem verlassenen Orte gebracht worden ist. Nachdem sie sich dann zu ihm niedergebeugt und ihn auf die Wangen, auf den Mund und zwischen die Augen geküsst hatte, legte sie die Decke wieder, wie sie zuvor gewesen war, und schwang sich gen Himmel empor. Als sie eine Weile so geflogen war, vernahm sie einen Flügelschlag, was sie bestimmte, ihren Flug in derselben Richtung zu nehmen. Bald gelang es ihr, dem Geräusche nahe zu kommen, und sie erkannte, dass es von einem ungläubigen Geiste herrührte, welcher Dahnesch hieß und ein Sohn des Schamhurasch war. Als Dahnesch die gegen ihn herfahrende Maimuna erkannte, zitterte er vor Angst und Schrecken und sagte mit bittendem Tone zu ihr: »Ich beschwöre dich bei dem hohen, verehrten, unaussprechlichen Namen, sei gnädig gegen mich und tu' mir nichts zuleid; ich war ja nie dein Feind und bin dir nicht ebenbürtig.« »Verfluchter Geist!« erwiderte Maimuna, »du hast mich bei dem Heiligsten beschworen, doch sage mir zunächst, woher du kommst, und was du diese Nacht gesehen und getan hast?«

Dahnesch antwortete: »Ich will dir etwas Wunderbares erzählen, was ich diese Nacht gesehen habe. Wisse, Herrin! Ich komme diese Nacht von dem äußersten China, von den innersten Inseln. Aber, du versprichst mir doch, mir zu verzeihen und mich in Freiheit zu lassen, wenn ich deine Neugier befriedigt habe?« - »Fahre fort, fahre fort, Verruchter!« erwiderte Maimuna, »und fürchte nichts. Hüte dich nur, mir etwas zu sagen, was nicht wahr ist:

sonst reiße ich dir die Federn aus deinen Flügeln und schinde dir die Haut vom Leibe.« - Dahnesch erwiderte: »Gut, meine Herrin, so wisse denn, dass ich von den innersten Inseln komme, über welche Ghajur, der Herr des Meeres und der Inseln herrscht. Er hat eine einzige Tochter, von solcher Schönheit, wie man noch keine auf Erden gesehen hat. O ich kann mit meinen Lippen und meiner Zunge nicht einmal einen Teil ihrer Reize schildern. Doch will ich versuchen, sie zu beschreiben. Sie hat Haare so lang wie ein Rossschweif und in solcher Fülle, dass, wenn sie frei herunterwallen, sie ineinander verschlungenen Trauben gleichen. Unter diesen Haaren wölbt sich eine Stirn, glatt wie ein hell geschliffener Spiegel und leuchtend wie die Strahlen der Sonne. Augen hat sie wie Narzissen, doch kann sie der wackerste Jäger nicht fesseln, das Weiße davon gleicht der Luft in der Morgendämmerung und das Schwarze der finstern Nacht; die Nase, fein und scharf wie eine geschliffene Schwertklinge, ist weder zu lang, noch zu kurz. An diese schließen zwei Purpurwangen, deren Färbung von der Röte der Kirsche in die Weiße des Marmors verschwimmt. Ihr Mund ist klein und rot wie die aufbrechende Knospe der Granatblüte; ihre Zähne gleichen einer Perlenschnur; wenn sie die Zunge zum Sprechen bewegt, so ertönt eine süße und anmutige Stimme, und was sie sagt, bekundet die Schärfe ihres Verstandes und die Lebhaftigkeit ihres Geistes. Ihre Lippen sind wie Korallen von Honig angefeuchtet. Ihr Kopf wiegt sich auf einem Nacken, der einer silbernen Waschkanne über einem marmornen Halse gleicht. Sie hat eine starke Brust, die zum Genusse reizt. An diese schließen sich ein Paar Oberarme, so rein und rund wie Perlen und Margarite. Die Vorderarme sind wie Silber mit Gold gepaart. Ihre Brüste gleichen Granatäpfeln, ihre Taille ist so zart, dass man glaubt, sie wollte fliegen und die runden glatten Schenkel und Beine werden von zierlichen Füßchen getragen, die Gott, so klein sie sind, doch stark genug gemacht hat, um alles, was darüber ist, in schwebender Bewegung zu halten. Der Vater dieser Prinzessin ist ein rauer Krieger und gewalttätig, unerschrockener Herrscher, er besitzt große Heere und regiert über viele Länder, Städte und Inseln. Dieser König liebt seine Tochter so sehr, dass er ihr sieben Paläste hat bauen lassen. Der erste Palast ist von Bergkristall, der zweite von Erz, der dritte von feinem Stahl, der vierte von Blei, der fünfte von schwarzem Stein, der sechste von Silber und der siebente von gediegenem Gold. Alle sind mit unerhörter Pracht ausgeschmückt, mit den kostbarsten seidenen Teppichen und mit Gerätschaften und Gefäßen von Gold und Silber versehen. Man sprach bald in allen Ländern von der Schönheit und Anmut dieser Prinzessin und Könige schickten Gesandte und ließen um sie werben. Wenn aber ihr Vater sich deshalb mit ihr besprach, sagte sie: Ich habe keine Lust mich zu vermählen, ich bin Herrin und will mich nicht unter die Herrschaft eines anderen beugen. Der König ließ sie geraume Zeit in Ruhe, bis einst ein gewisser Fürst um sie werben ließ und große Reichtümer als Morgengabe sandte. Da wiederholte der König seinen Wunsch, sie zu vermählen. Sie zeigte sich aber ungehorsam, schrie ihren Vater an und nannte ihn einen Schwachkopf. Schließlich sagte sie zu ihm: Wenn du mit mir noch einmal von meiner Vermählung sprichst, so mache ich meinem Leben ein Ende und du hast eine Tochter meinesgleichen verloren. Der König geriet in Zorn darüber und sagte: Wenn dies dein fester Entschluss ist, so musst du auch ein einsames, zurückgezogenes Leben führen. Er ließ sie daher in ein einzelnes Gemach in einem seiner Paläste einsperren, woselbst er ihr nur zehn alte Weiber zur Gesellschaft gab, und gestattete ihr nicht mehr, nach ihren Palästen zu gehen, und zeigte ihr, dass er sehr aufgebracht gegen sie sei. Zugleich ließ er durch seine Gesandten den fürstlichen Bewerbern sagen, seine Tochter sei geisteskrank geworden, er werde alles anwenden, um sie zu heilen und sie dann dem zur Frau geben, den das Glück begünstigt. »Nun, Maimuna«, fuhr Dahnesch fort, »verfehle ich nicht, jede Nacht mich bei ihr einzufinden, ihre Schönheit und Anmut zu bewundern und sie zwischen die Augen zu küssen; denn ich liebe sie so sehr, dass ich ihr nicht das geringste Leid zufügen kann. Ich beschwöre dich, meine Herrin, komm und sieh, wie schön sie ist, um dich mit eigenen Augen zu überzeugen, dass ich wahr gesprochen.« Maimuna brach in ein lautes Gelächter aus, spuckte gegen Dahnesch aus und sagte zu ihm. »Wehe deinem Gesichte! Ich erwartete Wunder, was du mir erzählen würdest, und du unterhältst mich von einer Nichtswürdigen! Pfui, schäme dich! Was würdest du, Verruchter, erst sagen, wenn du meinen Geliebten gesehen hättest, bei welchem ich diese Nacht war? Fürwahr, du würdest närrisch darüber werden und zerplatzen.« - »Herrin«, erwiderte Dahnesch, »wer ist der Geliebte, von dem du sprichst?« - »Wisse«, antwortete ihm Maimuna, »dass es ihm ebenso ergangen ist, wie der Prinzessin, von welcher du mich hier unterhalten hast. Der König, sein Vater, wollte ihn mit aller Gewalt vermählen; er weigerte sich, und sein Vater ließ ihn in einen alten Turm sperren, der mir zum Aufenthalt dient und wo ich ihn diese Nacht erblickt habe.« - Dahnesch versetzte: »Meine Herrin, du wirst mir doch gestatten, deinen Prinzen zu sehen, um ihn mit meiner Geliebten zu vergleichen, damit ich erkenne, wer am schönsten ist, denn ich behaupte, dass meine Geliebte an Schönheit ihresgleichen in der Welt nicht findet.« - »Du lügst, Verruchter!« entgegnete Maimuna. »Ich will nicht den Eigensinnigen gegen dich spielen. Komm mit mir«, versetzte Dahnesch, »um meine Prinzessin zu sehen, und dann zeigst du mir deinen Prinzen.« Maimuna entschloss sich, dieser Aufforderung zu folgen, aber nur unter der Bedingung, dass Dahnesch eine Wette einging: Wenn ihr Prinz schöner wäre, sollte Dahnesch verloren, würde aber die Prinzessin schöner gefunden, so sollte er gewonnen haben. Nachdem Dahnesch seine Zustimmung hierzu gegeben, sagte Maimuna: »So folge mir denn!« Dahnesch erwiderte aber: »Komm du zuerst mit mir, da wir doch der Prinzessin näher sind.« Sie begaben sich hierauf zusammen in das Gemach der Prinzessin und Maimuna fand sie so schön, dass sie zu Dahnesch sagte: »Ich beschwöre dich bei der Inschrift, die auf dem Siegelringe Salomos, des Sohnes Davids eingegraben ist, nimm sogleich die Prinzessin und lege sie neben den Prinzen.« Sie flogen dann beide wieder fort und trugen die Prinzessin mit sich und legten sie an die Seite Kamr essamans auf das Ruhebett, dann deckten sie ihr Gesicht auf und sie glichen zwei leuchtenden Vollmonden, wie der Dichter sagt:

»Mit meinen Augen sah ich zwei Schlafende auf der Erde, wohl wünschte ich, ich könnte ihnen meine Augenlider zum Bett anweisen.«

»Sie sind wie zwei Halbmonde am Himmel, wie zwei Sonnen in der Mittagsstunde, wie zwei herrliche Gazellen, wie zwei blühende Zweige, in welche sich die Schönheit geteilt hat.«

Als der Prinz und die Prinzessin also nebeneinanderlagen, erhob sich zwischen dem Geist und der Fee ein Zwist über den Vorzug ihrer Schönheit. Dahnesch sagte zu Maimuna: »Nun siehst du, dass meine Prinzessin schöner ist als dein Prinz.« Maimuna erwiderte: »Du musst blind sein, wenn du nicht siehst, dass mein Prinz deine Prinzessin weit übertrifft, betrachte seine Schönheit, seine Anmut, seinen Wuchs und das Ebenmaß seiner Glieder, doch höre, wie ich ihn näher beschreibe.« Dann neigte sie sich über Kamr essaman hin, küsste ihn zwischen die Augen und sprach folgende Verse:

»Was liegt daran, wenn mir auch deinetwegen die Freunde zürnen? Wo fände Trost, wer deine biegsame Gestalt gesehen?«

»Das schwerste Missgeschick kann mich nicht verderben, wenn der Wein deiner Lippen mich erquickt.«

»Dein Auge verschönert sich, so oft man es ansieht; die treueste Geliebte kann sich nicht mehr von ihm abwenden.«

»O du, der du meiner Sehnsucht dich entwindest, darf man so dem Versprechen der Liebe zuwiderhandeln?«

»Die schwerste Liebespein bürdest du mir auf, während ich zu schwach und ohnmächtig bin, mein Gewand zu tragen.«

»Du lässest mich so lange weinen, bis man fragt: Fließen ihr nicht blutige Tränen aus der Nase?«

»Wäre mein Herz so hart wie das deine, so wäre mein Körper nicht so geschwunden, dass er jetzt deiner Taille gleicht.«

»Weh' über den Anblick eines Mondes, dessen Schönheit und Anmut von allen Menschen gepriesen wird.«

»Weh' über dein hartes Herz! Lernte es doch Biegsamkeit von deinem Wuchse, so würd' es sich zärtlich mir zuneigen.«

»O mein Gebieter! Du hast über deine Schönheit einen Aufseher, der mir unrecht tut, und einen Wächter, der grausam gegen mich ist.«[49]

»Wer da sagte, die Schönheit sei in Joseph vereint, der hat nicht wahr gesprochen: Wie manchen Joseph enthält deine Schönheit.«

»Schwarz ist das Haar, leuchtend die Stirne, das Auge ist das einer Huri, und schlank ist der Wuchs.«

Als Maimuna schwieg, schüttelte Dahnesch lachend den Kopf und sagte: »Bei Gott, Herrin, deine Beschreibung ist schön! Darauf verstehe ich mich nicht so gut wie du. Doch will ich versuchen, was in meinen Kräften steht.« Damit stellte er sich vor das Mädchen und sprach:

»Sie tadeln mich, weil ich die Schönheit liebe; aber wie ungerecht ist ihr Urteil!«

»Ihr Wuchs ist schlank wie der Zweig des Baumes Irak und biegsam wie der des Ban.«

»Erfreue deinen Geliebten durch deine Nähe: denn hältst du ihn noch lange fern von dir, so wird er vor Sehnsucht vergehen.«

Maimuna erteilte den Versen Dahneschs das gebührende Lob, wollte aber nun wissen, welcher von den beiden Personen der Preis der Schönheit zu-

[49] Im Text ist hier ein unübersehbares Wortspiel, in dem das Wort Aufseher zugleich Blick und das Wort Wächter auch Augenbrauen bedeutet.

kommen solle. Dahnesch behauptete, die Prinzessin sei schöner, während Maimuna dem Prinzen den Vorzug gab. Nach langem Streit sagte Dahnesch: »Ich glaube, o Herrin, dass es dir schwerfällt, die Wahrheit einzugestehen, darum wollen wir einen Dritten entscheiden lassen und seinen Spruch anerkennen.« Maimuna willigte ein und stampfte mit dem Fuß auf den Boden. Sogleich tat sich die Erde auf, und daraus hervor stieg ein scheußlicher Geist, er war bucklig und halb blind. Seine Augen waren der Länge nach gespalten; er hatte sechs Hörner am Kopfe, und vier Haarbüschel hingen ihm bis zu den Füßen hinunter. Seine Hände waren wie die eines Kutrub und seine Füße wie die eines Wehrwolfs, mit Nägeln, gleich den Klauen des Löwen. Sobald er herauf war und Maimuna erblickte, so warf er sich ihr zu Füßen, küsste den Boden, legte die Hände hinter den Rücken und fragte, was seine Gebieterin zu befehlen habe. »Kaschkasch« (so hieß der Geist), sagte sie zu ihm, »ich rief dich, um einen Streit zu entscheiden, den ich mit diesem verfluchten Dahnesch habe. Wirf deinen Blick auf das Bett und sage uns, wer dir schöner dünkt, der Jüngling oder die Jungfrau?« Kaschkasch betrachtete den Prinzen und die Prinzessin, wie sie, in Schlaf versunken, nebeneinanderlagen, unbewusst sich umarmend und an Schönheit und Liebreiz gleich, wie der Dichter sagt:

> »Halte fest an dem Gegenstand deiner Liebe und lass dich durch das Gerede des Neides nicht irren: Die Tadler führen zu nichts in der Liebe.«
>
> »Gott hat nichts Schöneres geschaffen, als ein liebendes Paar auf einem Lager, das, eins durch das andre beglückt, mit dem Ausdruck innigster Zufriedenheit im Antlitz sich fest umarmt hält.«
>
> »Ist einmal ein Herz mit der Liebe vertraut, so mag lange die Welt auf kaltes Eisen schlagen.«
>
> »O du, der du Liebende der Liebe wegen tadelst, bist du wohl imstande, ein krankes Herz zu heilen?«
>
> »Und begegnet dir in deinem Leben ein heiterer Tag, so sei zufrieden und lebe von diesem einen!«

Nachdem der Geist beide eine Weile betrachtet hatte, sagte er zu Maimuna: »Herrin! Keiner von beiden verdient den Vorzug, es ist einer schöner als der andre, aber es gibt ein Mittel, sich darüber aufzuklären. Das ist, sie nacheinander aufzuwecken und sich dahin zu vereinigen, dass, welches für das Andere durch seine Glut und Heftigkeit mehr Liebe bezeigt, gewissermaßen auch weniger Schönheit habe.« Der Rat gefiel Maimuna und Dahnesch, und Kaschkasch fragte die Erstere, ob er ihren Liebling aufwecken solle. Auf ihre Bejahung verwandelte er sich in einen Floh und sprang auf Kamr essamans Hals. Er stach ihn so heftig, dass er aufwachte und mit der Hand nach der Stelle fuhr; aber er fing nichts. Seine Hand fiel auf eine andere Hand, die zarter und weicher anzufühlen war als frische Butter. Er schlug die Augen auf und war höchst erstaunt, etwas der Länge nach neben sich liegen zu sehen. Er setzte sich aufrecht. Da lag vor ihm ein Mädchen, schön wie der Mond oder die Sonne, wie eine aufgeputzte Braut oder eine kostbare Perle, von schlankem Wuchs, blitzenden Augen und schön gewölbten Augenbrauen, wie der Dichter sagt:

»Vier Dinge haben sich vereint, um mein Herz zu verwunden und
mir den Tod zu geben: Das Licht der Stirne, die Nacht der Haare,
die Rose der Wangen und die Perlen des lächelnden Mundes.«

Wie er sie so da liegen sah, in dem feinen Hemde, das die Reize ihrer Gestalt nur halb verhüllte, die bloßen Arme mit kostbaren Spangen, die Hände mit Ringen und Hals und Busen mit goldner Kette geschmückt, die mit kostbaren Edelsteinen ausgestattet war, bemächtigte sich die Liebe auf die lebhafteste Weise seines Herzens, und er konnte sich nicht enthalten auszurufen: »Welche Schönheit! Welche Reize! Mein Herz! Meine Seele!« Und indem er dies sagte, neigte er sich zu ihr hin, küsste sie auf die Wangen und sog an ihren Lippen mit immer steigender Leidenschaftlichkeit; er wollte sie aufwecken, aber durch Dahneschs Bezauberung schlief sie sehr fest. Er schüttelte sie, während er zu sprechen fortfuhr: »Mein Herz! Meine Seele! Erwache doch, ich bin der Prinz Kamr essaman.« Aber sie wachte immer nicht auf, und Kamr essaman wurde verlegen und nachdenklich. »Wenn mich meine Vermutung nicht täuscht«, sagte er bei sich selber, »so ist dies das Mädchen, welches der Sultan, mein Vater, mir zur Gattin geben wollte. Gleich in aller Frühe will ich hingehen und ihn bitten, mir sie zur Frau zu geben, und ehe der Abend vergeht, wird sie mir als Gattin vorgeführt und ich kann mich ihrer Schönheit und Anmut freuen.« Er neigte sich abermals über die Schöne, um sie zu küssen. Da fuhr ihm ein anderer Gedanke durch den Kopf, und indem er sich selbst bezwang, sprach er: »Vielleicht hat mein Vater dieses Mädchen abgeschickt und ihr befohlen, sich nicht wecken zu lassen und ihm zu berichten, was geschehen wird. Oder wer weiß, ob er sich nicht irgendwo versteckt hat, wo er alles sieht: Wenn ich mich nun von der Leidenschaft hinreißen lasse, wird er mir morgen Vorwürfe machen und mich beschämen. Er wird sagen: Hast du nicht behauptet, du habest keine Lust zu heiraten, warum hast du denn dieses Mädchen geküsst und umarmt? Bei Gott, ich will sie nicht berühren oder lieber gar nicht mehr ansehen; auf jeden Fall aber will ich mir ein Andenken von ihr nehmen.« Er ergriff dann ihre Hand und sah an ihrem Finger einen goldnen Siegelring mit einem Rubin aus Balchaschan, auf welchem folgende Verse eingegraben standen:

»Glaube nicht, dass ich vergessen habe, was du mir geschworen;«

»Seitdem du mich verlassen, ist mein Herz auf glühenden Kohlen.«

Diesen Ring zog er der Prinzessin vom Finger und steckte ihr den Seinigen dafür an. Hierauf kehrte er ihr den Rücken zu, und es währte nicht lange, so schlief er wieder ein. Sobald er eingeschlafen war, sagte Maimuna zu Dahnesch: »Hast du gesehen, verfluchter Geist, wie wenig sich mein Prinz aus deiner Prinzessin macht? Er hat sie nicht umarmt, er hat ihr den Rücken zugekehrt und ist wieder eingeschlafen.« Dahnesch erwiderte: »Ich habe alles gesehen«, und verwandelte sich in einen Floh, sprang hin und stach die Prinzessin. Sie wachte auf und richtete sich empor, und als sie die Augen öffnete, war sie sehr erstaunt, sich neben einem Mann liegen zu sehen, mit Augen und Augenbrauen, wie sie kein Mädchen hatte, mit einem kleinen Munde und zarten Lippen, die Farbe der Wangen gleich einem Apfel. Kurz, seine Zunge vermochte seine Reize zu schildern, und es ließen sich die Worte des Dichters auf ihn anwenden:

»Man brachte die Schönheit selbst, dass sie sich mit ihm messe, und sie beugte beschämt ihr Haupt vor ihm.«

»Man fragte sie: Hast du je so etwas gesehen? Und sie antwortete: Nein, ein solcher Anblick ist mir noch nie zuteilgeworden.«

Als sie diese Reize eine Weile bewundert hatte, schrie sie: »Wehe! Wehe! Welche Schande, so neben einem Jüngling zu liegen! Hätte ich gewusst, dass du bei meinem Vater um mich geworben, ich hätte dich nicht abgewiesen. Wach' auf, wach' auf, mein Geliebter! Und ergötze dich an meinen Reizen!« Indem sie dieses sprach, fasste sie den Prinzen Kamr essaman und schüttelte ihn, aber er erwachte nicht, denn die Fee Maimuna hatte ihn durch ihre Bezauberung in einen tiefen Schlaf versenkt. Die Prinzessin schüttelte ihn auf diese Weise zu wiederholten Malen, und als sie sah, dass er nicht aufwachte, fuhr sie fort: »Mein Geliebter! Ich beschwöre dich bei meinem Leben, erwache doch, dass wir uns freuen! Öffne deine Augen und sieh' meine Narzissen! Fühle meinen zarten Körper! Sollte ein auf unser Glück neidischer Nebenbuhler dich behext und in diesen unüberwindlichen Schlaf versenkt haben? Oder ist es vielleicht Veranstaltung von meinem unglückseligen Vater, dass du dich nicht mit mir unterhalten willst?« Aber der Jüngling erwachte nicht, und ihre Leidenschaft ward immer heftiger. Sie verschlang ihn mit Blicken, welche tausendfachen Schmerz in ihrem Busen zurückließen. Endlich küsste sie seine Hand und bemerkte ihren Ring an seinem Finger. Da seufzte sie tief auf und sagte: »Wehe dir, was verstellst du dich so? Gewiss hast du gewacht, während ich schlief, und hast mich geküsst, und - o Gott! Ja, diesen Ring nehme ich nicht zurück.« Sie küsste ihn dann zwischen die Augen, auf die Wangen und auf den Mund, öffnete seinen Hemdkragen und suchte nach etwas, das sie als Andenken nehmen könnte, fand aber nichts; zuletzt streckte sie sich neben ihn hin, legte eine Hand unter, die andere über ihn, und in dieser Umarmung schlief sie wieder ein. Als sie fest schlief, sagte Maimuna zu Dahnesch: »Nun, du Verfluchter! Hast du's gesehen? Bist du nun überzeugt, dass deine Prinzessin nicht so schön ist als mein Prinz? Doch ich verzeihe dir.« Und indem sie sich zu Kaschkasch wandte, fügte sie hinzu: »Geh' mit Dahnesch und hilf ihm die Prinzessin an ihren Platz zurücktragen, denn die Nacht ist vorüber und ich kann mein Ziel nicht weiter verfolgen.« Kaschkasch gehorchte, und die beiden Geister flogen mit dem Mädchen nach ihrer Heimat, wo dann jeder seines Weges ging, und Maimuna entfernte sich gleichfalls.

Als der Prinz Kamr essaman am folgenden Morgen erwachte, blickte er um sich, fand aber das Mädchen nicht mehr. Da sagte er bei sich selber: »Ich hatte mir es doch gleich gedacht, dass mich mein Vater nur necken will.« Er rief dann dem Sklaven und sagte zu ihm: »Wehe dir, du nichtswürdiger Hund! Wie lange willst du noch schlafen? Steh' einmal auf!« Der Diener stand ganz betäubt auf und brachte ihm Waschbecken und Wasser. Kamr essaman erhob sich von seinem Lager, wusch sich, und nachdem er sein Gebet verrichtet hatte, nahm er den Koran und las eine Zeit lang. Dann ging er wieder zum Sklaven und sprach zu ihm: »Wehe dir, wenn du mich belügst! Komm her und sage mir die Wahrheit: Wo ist das Mädchen hingekommen, das heute Nacht an meiner Seite geschlafen hat?« - »Mein Herr!« versetzte der Sklave, »ich schwöre dir, dass ich nichts davon weiß. Wie sollte denn ein Mädchen hereingekommen sein, da ich doch an der Türe schlafe?« - »Du lügst, verdammter Sklave!« erwiderte der Prinz. »Du bist auch mit ihnen im Einverständnis.« Der Verschnittene wich erschrocken vor ihm zurück und wiederholte: »Bei Gott, mein Herr, ich habe nichts gesehen!« Aber Kamr essaman hieß ihn näher treten, fasste ihn an der Kehle, warf ihn zu Boden, kniete auf ihn und trat ihn mit Füßen; dann schleppte er den Ohnmächtigen zum Brunnen hin, band ihm das Seil unter die Arme, ließ ihn daran hinab und tauchte ihn mehrmals mit dem Kopf unters Wasser. »Ich lasse dich nicht herauf«, rief er ihm zu, als er nach Hilfe schrie, »wenn du mir nicht sagst, wer das Mädchen ist, und wie es zu mir hereinkommen ist.« Der Sklave dachte: Ohne Zweifel hat der Prinz, mein Herr, den Verstand verloren, und ich kann nur durch eine Lüge mich retten. - »Mein Herr!« sagte er hierauf, »ziehe mich herauf, ich verspreche dir, alles zu sagen.«

Der Prinz zog nun den vor Furcht zitternden Sklaven wieder herauf. Dieser sagte aber: »Mein Herr, vergönne mir, meine Kleider zu wechseln, dann will ich dir über das Mädchen Auskunft geben.« - »Ich gewähre es dir«, erwiderte Kamr essaman; »aber mach' geschwind, du elender Sklave, hättest du nicht den Tod vor Augen gesehen, so würdest du mir nicht die Wahrheit eingestehen.« Der Sklave ging hinaus und lief, wie er war, in den Palast. Der König unterhielt sich eben mit seinem Großvezier über Kamr essaman. Er hatte eine lange schlaflose Nacht gehabt und an die Worte des Dichters gedacht:

> »Mir wird die Nacht so lange, während die Verleumder ruhig schlafen; ist es nicht genug an einem Herzen, das unter Gram und Kummer erliegt?«
>
> »Während die Nacht noch immer nicht weichen will, rufe ich dem Tageslichte zu: Willst du gar nicht mehr erscheinen?«

Er konnte kaum den Morgen erwarten, bis er mit dem Vezier allein war. Dieser sagte: »Gott verfluche diese Welt! Aber, lasse den Prinzen eine Weile eingesperrt, bis die jugendliche Hitze verraucht, dann wird er deinem Wunsche, sich zu vermählen, willfahren.«

Der Vezier endigte soeben diese Rede, als der Sklave in seinen durchnässten Kleidern vor den König Schah Seman trat. »Herr!« sagte er zu ihm, »dein Sohn spricht von einem Mädchen, welches vergangene Nacht bei ihm geschlafen habe, er ist rasend geworden und hat mich in den Zustand versetzt, in welchem du mich hier siehst.« Nachdem der König den Sklaven angehört hatte, warf er einen vorwurfsvollen Blick auf den Vezier und rief: »O mein Sohn, mein armer Sohn!« Hierauf befahl er dem Vezier, selbst hinzugehen und zu erforschen, was sich zugetragen. Der Vezier gehorchte auf der Stelle. Beim Eintritt in das Zimmer fand er den Prinzen lesend. Er grüßte ihn, und Kamr essaman erwiderte den Gruß. Nachdem er sich hierauf neben ihm niedergelassen, sprach er zu ihm: »Gott verdamme deinen Sklaven, der dem König etwas eingeflüstert, das ihn in solchen Schrecken gesetzt hat!« - »Wieso?« erwiderte der Prinz, »ich glaube doch eher, dass er mir was vorgeschwatzt hat.« - »Prinz!« versetzte der Vezier, »verhüte Gott, dass dasjenige, was er von dir berichtet hat, wahr sei! Es wäre jammerschade um deine Jugend und Schönheit.« - »Nun«, erwiderte der Prinz, »da ihr doch meinen Sklaven über seine Rede tadelt, so sage du mir, du bist doch ein verständiger Mann, wo das Mädchen ist, welches diese Nacht bei mir geschlafen hat.« Bei dieser Frage rief der Vezier: »Gott schütze dich, mein Sohn! Wie wäre es möglich, dass ein Mensch bei Nacht hier eingedrungen sein sollte, da doch die Türe verriegelt ist und ein Sklave vor derselben schläft? Nimm deinen Verstand zusammen!« Der Prinz geriet in heftigen Zorn und rief: »Wehe dir! Sage mir, wo das Mädchen hingekommen ist, das ich nur aus Furcht und Scheu vor meinem Vater unberührt gelassen?« Der Vezier war sehr erstaunt über diese Worte und rief: »Es gibt keinen Schutz und keine Macht außer bei dem erhabenen Gott! Sage mir, mein Herr! Hast du das Mädchen mit deinen eigenen Augen gesehen?« - »Ja, ja!« antwortete der Prinz, »ich habe sie gesehen und wohl gemerkt, dass sie eurer Weisung zufolge kein Wort mit mir sprach, doch habe ich an ihrer Seite geschlafen und des Morgens sah ich sie nicht mehr.« - Der Vezier versetzte; »Mein Herr! Du hast vielleicht das Mädchen nur im Traume gesehen.« - »Du kommst also auch nur, um deinen Spott mit mir zu treiben«, erwiderte zornig der Prinz, »und um mir zu sagen, dass dasjenige, was ich dir erzähle, ein Traum sei. Der Diener wird aber sogleich kommen und mir die Wahrheit berichten.« Mit diesen Worten griff Kamr essaman dem Vezier in den Bart, schlang denselben um seine Hand und bearbeitete den Unglücklichen so lange mit Schlägen, bis er das Bewusstsein verlor. Sobald er sich erholt hatte, dachte er bei sich selber: Hat sich doch der Diener aus der Gefahr zu ziehen gewusst, warum sollte ich nicht auch mein Leben retten. Er rief daher dem Prinzen zu, er möchte aufhören ihn zu schlagen, und als er einhielt, sagte er: »Entschuldige mich, mein Sohn! Ich bin nur dem Befehl deines Vaters gefolgt, dem ich mich nicht widersetzen konnte, warte nur, ich will dir alles erzählen.« - »So steh' auf«, versetzte der Prinz, »und erzähle!« - »Mein Herr!« sprach der Vezier, »du willst über das schöne Mädchen Auskunft haben?« - »Ja«, antwortete der Prinz, »sage mir, wer sie hergebracht hat und wo sie jetzt ist, damit ich sie heirate, sage dies meinem Vater und bitte ihn herzukommen, und mir sie zur Frau zu geben. Mache geschwind!« Der Vezier hörte kaum die Worte, als er sich auf den Weg machte, und zwar so schnell, dass er über die Schleppe seines Kaftan stolperte. Er glaubte sich nicht eher in Sicherheit, als bis er aus dem Turme war. Als er vor dem König erschien, fragte dieser, »Was bringst du?« - »Herr«, antwortete der Vezier, »dein Sohn ist wahnsinnig.« Schah Seman sagte zu dem Vezier: »Daran ist der Rat schuldig, den du mir gegeben hast! Bei Gott, wenn meinem Sohn etwas widerfahren ist, so lasse ich dir den Kopf abschlagen und alles wegnehmen, was du besitzest!« Hierauf erhob er sich und machte sich auf den Weg nach dem Turme. Der Vezier begleitete ihn.

Als Kamr essaman seinen Vater eintreten sah, stand er auf, küsste ihm die Hand, trat dann ehrerbietig wieder einige Schritte zurück und neigte sein

Haupt, während ihm Tränen aus den Augen stürzten. Der König setzte sich auf den Divan, rief den Prinzen an seine Seite und wendete sich mit zornigem Blicke zuerst an den Vezier: »Wie kommst du dazu, von meinem Sohne zu sagen, er sei wahnsinnig? Du Hund von einem Vezier.« Dann fragte er ihn: »Welchen Tag haben wir heute?« Er antwortete: »Freitag«, und zählte dann die Tage in ihrer Reihenfolge her bis Donnerstag, ebenso die zwölf Monate des Jahres. Voll Freude darüber rief der König aus: »Gelobt sei Gott für dein Wohl, mein Sohn! Du Hund von einem Vezier! Da siehst du, dass er den Verstand nicht verloren hat; wohl aber wird es bei dir nicht ganz richtig sein.« Der Vezier schüttelte den Kopf und dachte: Warte nur ein wenig, du wirst's schon noch erfahren.

Endlich sagte der König zu dem Prinzen: »Mein Sohn, sage mir doch, was für eine Bewandtnis es mit dem Mädchen hat, welches diese Nacht bei dir geschlafen haben soll.« - »Mein Vater«, antwortete Kamr essaman, »ich beschwöre dich bei Gott, meinen Verdruss über diesen Gegenstand nicht noch zu vermehren; beeile dich, sie mir zur Gattin zu geben.«

Der König Schah Seman versetzte: »Besinne dich doch, und der Name Gottes schütze dich und bewahre deinen Verstand und deine Jugend! Bei dem erhabenen Gott, ich weiß nicht das geringste von dem Mädchen, von welchem du redest. Gewiss warst du gestern Abend in einem aufgeregten Zustand und hast im Traum ein Mädchen gesehen, drum nimm deine Zuflucht zu Gott vor dem Satan!« - »Mein Herr und Vater«, versetzte der Prinz, »lasse solche Reden! Ich will dir beweisen, dass das, was ich sage, kein Traum, sondern wirklich und wahrhaftig ist. Hat je in seinem Leben einer geträumt, er sei im Gefecht und kämpfe, und hat beim Erwachen ein bluttriefendes Schwert gefunden?« - »Nein, mein Sohn«, antwortete der König, »das ist nie der Fall gewesene - »Nun«, fuhr Kamr essaman fort, »ich träumte gestern gegen Mitternacht, ich sei wach und fand ein Mädchen an meiner Seite, hell leuchtend wie der Mond und mir gleich an Jugend und Gestalt. Ich wollte sie küssen, fürchtete aber, du möchtest dich irgendwo versteckt haben, um uns zu belauschen. Ich hielt daher an mich, nahm aber doch ein Andenken von ihr.« Auf die Frage seines Vaters, worin dieses Andenken bestehe, zog er den Ring vom Finger und überreichte denselben seinem Vater.

Der König rief in höchstem Erstaunen aus: »Ich stehe in Gottes Hand und wende mich zu ihm: Ich begreife nicht, wie hier jemand hat eindringen können.« Da sagte Kamr essaman: »Bei Gott, mein Vater, wenn du mir nicht bald dieses Mädchen bringst, sterbe ich vor Verzweiflung.« Darauf sprach er folgende Verse:

»Wollt ihr euer Versprechen, mich zu besuchen, nicht in Wirklichkeit halten, so erscheint mir wenigstens im Traume, denn ihr habt am Trennungstage in meinem Herzen eine brennende Flamme zurückgelassen. Doch hat ein Traumbild je einen Menschen besucht, den der Schlaf flieht? Meine Neider werden sich an meinem Zustande freuen, und während ich früher ein Beneideter war, bin ich jetzt ein Verschmähter.«

Dann fuhr er fort: »Mein Vater, meine Leidenschaft ist schon so heftig, dass ich mich nicht stark genug fühle, ihr zu widerstehen.« Der König schlug die Hände übereinander und rief aus: »Es gibt keinen Schutz und keine Macht, außer bei dem erhabenen Gott! Ich weiß kein Mittel, deinen Wunsch zu erfüllen.« Indem er dies sprach, fasste er den Prinzen bei der Hand und führte ihn wieder in den Palast, wo derselbe liebeskrank wurde und sich zu Bette legte. Der König setzte sich ihm zu Häupten und trauerte mehrere Tage mit ihm, ohne weder bei Tag oder bei Nacht von seiner Seite zu weichen, bis endlich der Vezier eines Morgens kam und ihm vorstellte, dass sein ganzes Heer und sein Volk über seine Zurückgezogenheit zu murren anfange. »Meine Meinung ist daher«, fuhr er fort, »den Prinzen nach dem inneren Schlosse mit Aussicht auf das Meer zu bringen und zwei Tage in der Woche den Regierungsangelegenheiten zu widmen. Die übrigen Tage bringst du dann bei deinem Sohne zu, bis Gott helfen wird.« Der König Schah Seman billigte diesen Rat, begab sich zu dem Prinzen in das innere Schloss, das mitten im Meere lag, zu welchem ein 500 Ellen langer Damm führte. Das Schloss hatte 40 Fenster nach dem Meere hin, der Boden war mit farbigem Marmor gepflastert, in die Wände waren die kostbarsten Steine eingelegt, die Decke war mit den verschiedenartigsten Malereien geschmückt, es war mit seidenen Teppichen, Ruhebetten, Vorhängen und Polstern versehen. Der König verließ den Prinzen nur an den beiden Tagen, welche für die Besorgung der Staatsgeschäfte bestimmt waren. Die übrige Zeit brachte er an dem Bette Kamr essamans zu, der wenig aß und schlief und bald sehr mager und blass wurde.

So viel, was Kamr essaman angeht. Was die Prinzessin Bedur betrifft, so hatten die Genien sie wieder in ihren Palast zurückgebracht und aufs Bett gelegt. Am Morgen beim Erwachen setzte sich die Prinzessin aufrecht und blickte rechts und links; als sie aber ihren Geliebten nicht fand, geriet sie in die äußerste Unruhe und rief ihren Sklavinnen mit so lauter Stimme, dass diese schleunig herbeiliefen und ihr Bett umgaben. Die Älteste von ihnen näherte sich und fragte:

»Meine Gebieterin, was ist dir geschehen?« - »Sage mir«, sprach die Prinzessin, »wo ist der Jüngling hingekommen, den ich von ganzem Herzen liebe, mit schwarzen Augen und zusammenlaufenden Augenbrauen?« - »Gebieterin!« antwortete die Alte in höchstem Erstaunen, »was soll diese Rede bedeuten?« - »Wisset«, fuhr die Prinzessin fort, »ein schöner Jüngling hat diese Nacht bei mir geschlafen, und ich habe ihn vom Abend bis zum Morgen in meinen Armen gehalten.« - »Bei Gott! Meine Herrin«, versetzte die Sklavin, »du willst uns sicherlich nur zum Besten haben. Aber spaße nicht: Denn nach Mutwillen und Scherz kommt der Tod. Ich bin ein altes Weib und stehe am Rande des Grabes; soll ich noch vor der Zeit sterben?« - »Du verdammte Alte«, erwiderte Bedur; »du willst meiner spotten.«

Die Prinzessin fiel hierauf über die Alte her, warf sie zu Boden und schlug sie, bis sie in Ohnmacht fiel. Als sie wieder zu sich kam, begab sie sich zu der Mutter der Prinzessin und erzählte ihr, was sich zwischen ihr und der Prinzessin zugetragen. Dann fuhr sie fort: »Eile zu deiner Tochter, denn sie ist von Sinnen.« Die Königin eilte zur Prinzessin. Nachdem sie sich gegenseitig begrüßt hatten, ließ sich die Königin neben ihrer Tochter auf den Divan nieder und erkundigte sich nach ihrem Befinden und nach dem Sinne ihrer an die Sklavin gerichteten Worte. »O meine Mutter«, antwortete die Prinzessin, »du willst mich auch verspotten; aber ich erkläre, dass ich eher keine Ruhe haben werde, als bis der liebenswürdige Jüngling, der die verflossene Nacht bei mir geschlafen hat, mein Gemahl ist.« Zugleich sprach sie folgende Verse eines Dichters:

»Ach, wie wunderbar war seine Schönheit! Und doch ist seine Schönheit nur ein geringer Teil seiner Eigenschaften. In allen seinen Bewegungen liegt ein Zauber.«

»Wenn jemand zu dem Monde sagte: Rühme dich! So würde er sprechen: Ich verdanke meinen Glanz den Tulpen seiner Wangen.«

»Wie der Punkt im Buchstaben, so entsage, ich ihm doch nicht, möge ihm Gott auch diese als Tugenden anrechnen.«

»Ich hörte nicht auf, von der Zeit zu fordern, dass sie mich mit ihm vereinige, und er in meine Nähe komme; allein sich fernzuhalten, scheint ihm eigen zu sein.«

»Ich verzieh dem Schicksal all seine Ungerechtigkeit, als es ihn zu mir führte, und warf einen Schleier über all seine Unbilden.«

»In fester Umarmung haben wir die Nacht zugebracht: Trunken war er von meinen Liebkosungen und ich von dem Becher seines Mundes.«

»Ich drückte ihn fest an mich, wie ein Geiziger seinen Reichtum hält, aus Furcht, es möchte mir eine von seinen Schönheiten geraubt werden.«

»Ich hielt ihn in meinen Armen, als wäre er eine Gazelle, von der ich besorgte, sie möchte mir entfliehen.«

»Wehe dir, meine Tochter!« erwiderte die Königin, »was sollen diese Reden bedeuten?« Die Prinzessin rief: Verruchte Alte! Der König, mein Vater, sucht schon lange mich zur Vermählung zu bewegen, als ich keine Lust dazu hatte: Jetzt ist mir diese Lust gekommen, und ich will durchaus den Jüngling, der vergangene Nacht bei mir war, zum Gatten haben, oder ich bringe mich um.«

Die Königin sprach: »Es ist kein Mann zu dir hereingekommen.« Die Prinzessin aber fiel über sie her, schnitt ihr die Haare ab und schlug sie, wobei sie immer wiederholte: »Du lügst, du weißt es, sage mir, wo mein Geliebter ist!« Die Königin rief: »Es gibt keinen Schutz und keine Macht, außer bei dem erhabenen Gott!« machte sich mithilfe der Sklavinnen von Bedur los und eilte fort zum König. Dieser war eben vom Bett aufgestanden, als die Königin eintrat und ihm zurief: »Stehe auf, geh zu deiner Tochter, denn sie ist wahnsinnig geworden.« Der König machte sich auf und begab sich zu der Prinzessin. Er grüßte sie, und Bedur erwiderte seinen Gruß und küsste ihm die Hand. Hierauf fragte der König: »Meine Tochter, welche Reden habe ich von deiner Mutter hören müssen?«

Bedur antwortete: »Mein Vater, reden wir nicht davon; gib mir nur schnell den Jüngling zum Gatten, der diese Nacht bei nur geschlafen hat.« - »Was, meine Tochter«, versetzte der König, »hat jemand diese Nacht bei dir geschlafen?« - »Mein Vater«, erwiderte die Prinzessin, »es war ein schöner Jüngling mit schmachtenden Augen, und er lag in meinen Armen bis zum Morgen.« Als der König dies hörte, hielt er sie für besessen, kniete auf sie und ließ sie in ein Gemach bringen und verließ sie höchst traurig, nachdem er einige alte Frauen und Eunuchen vor die Türe gestellt hatte. Er berief dann den Vezier und die Großen seines Reichs und setzte sie in Kenntnis von dem, was seiner Tochter widerfahren war. Er sagte ihnen, dass er an ihrem Finger einen wertvollen Ring gesehen habe, und fügte hinzu: »Wenn jemand so geschickt ist, ihre Heilung zu unternehmen und zu bewirken, so will ich sie ihm zur Frau geben und ihm die Hälfte meines Reiches schenken; wer aber ihre Heilung unternimmt und sie nicht zu bewirken imstande ist, dem schwöre ich zu, dass ihm der Kopf abgeschlagen wird und keine Fürbitte was nützt.«

Als die Anwesenden die Worte des Königs vernahmen, wünschten sie ihm alle, dass Gott die Prinzessin heilen möchte. Unter den Anwesenden war auch ein Emir, welcher der Beschwörungskunst kundig war, er sagte dem König: »Ich will sie heilen.« Der König hielt ihm nochmals die Bedingungen vor, unter denen er es wagen müsste; jener bestand darauf, die Heilung zu versuchen. Er ließ sich von dem König zu Bedur begleiten und nahm allerlei Beschwörungen mit ihr vor. Als die Prinzessin den Mann sah, sagte sie zu ihrem Vater: »Wozu bringst du diesen Mann her? Schämst du dich nicht, einen fremden Mann herzuführen?« - »Meine Tochter«, erwiderte der König, »ich habe ihn nur hierher gebracht, damit er den bösen Geist austreibe, der von deiner Seele Besitz genommen hat.« - »Von meiner Seele«, versetzte die Prinzessin, »hat niemand anders Besitz genommen, als der schöne Jüngling, den ich von ganzem Herzen liebe.« Der Emir erkannte wohl, dass ihr Wahnsinn nichts anderes als eine heftige Liebe sei. Er wagte es nicht, dies dem König zu erklären, sondern küsste die Erde vor ihm und sagte: »Mein König! Ich weiß kein Mittel gegen ihr Übel.« Der König ließ ihn sogleich festnehmen und hinrichten.

So blieb nun die Sache eine Zeit lang, und dem König schmeckte weder Speise noch Trank. Er ließ in seiner Hauptstadt, auf den anderen Inseln, in den Festungen am Meere und in allen Ortschaften des platten Landes ausrufen: Jeder Sterndeuter möchte zum König kommen. Da kam einer, den jemand im Spital getroffen hatte, und erbot sich, die Prinzessin zu heilen und willigte ein, sein Leben zu verwirken, wenn es ihm nicht gelingen sollte. Der König ließ ihn durch einen Diener zur Prinzessin führen. Als der Sterndeuter in Bedurs Zimmer trat und die Ketten an ihrem Hals erblickte, glaubte er nicht anders, als dass sie in der Tat wahnsinnig sei. Er zog aus seinem Sack kupferne Federn, Blei und Papier, zündete Feuer an, streute Weihrauch darauf, spielte die Mandoline und machte alle möglichen Beschwörungen. Die Prinzessin fragte, was alle diese Anstalten bedeuten. Der Sterndeuter antwortete: »Ich bin ein Sterndeuter und will den bösen Geist beschwören, von welchem du besessen bist. Ich will ihn in eine von diesen kupfernen Büchsen sperren, sie mit Blei verschließen und in das Meer werfen, wo es am tiefsten ist.« - »Verfluchter, schweig!« rief die Prinzessin aus; »ein schöner, anmutiger Jüngling, der bis zum Morgen bei mir geschlafen, hat sich meines Herzens bemächtigt, kannst du mir den wieder herbringen und mich mit ihm vereinen?« Bei diesen Worten fing die Prinzessin an zu weinen, und der Sterndeuter sagte zu ihr: »Wenn es sich so verhält, Gebieterin, dann wende dich an deinen Vater: der und nicht ich kann dir verschaffen, was du begehrst.« Hierauf packte er seine Gerätschaften wieder zusammen und entfernte sich, höchst verdrießlich.

Als er vor den König kam, sagte er: »Habt ihr mich zu einer Wahnsinnigen oder zu einer Verliebten gebracht?« Der König ergrimmte über diese Worte und ließ ihm den Kopf abschlagen. So kam noch ein Dritter und Vierter, welche dasselbe Los hatten, wie die beiden ersten. Der König ließ ihre Köpfe auf der Zinne seines Palastes aufstecken; aber es kamen noch viele, bis endlich hundertundfünfzig Köpfe auf der Zinne des Schlosses hingen, zu deren Betrachtung täglich eine große Schar aus der Stadt herbeiströmte. Nun hatte die Amme der Prinzessin einen Sohn, Namens Marsawan, der mit Bedur erzogen und gesäugt worden, folglich ihr Milchbruder war und erst im Jünglingsalter von ihr getrennt worden war. Marsawan hatte Astronomie und Astrologie, Sympathie und Magie studiert und er war darin sehr geschickt geworden. Auch hatte er sich auf Reisen begeben, und zehn Jahre lang unter Ärzten und Wahrsagern gelebt.

Als Marsawan endlich in die Hauptstadt zurückkam, sah er die auf der Zinne des Palastes aufgesteckten Köpfe, und er erkundigte sich nach der Prinzessin, seiner Milchschwester, und man erzählte ihm ihre Geschichte. Hierauf begab er sich zu seiner Mutter, die ihn alsbald fragte, ob er schon wisse, was seiner Milchschwester zugestoßen, und erzählte ihm alles ausführlich. Er erwiderte, er habe schon davon gehört und fragte, ob sie ihm nicht dazu verhelfen könnte, die Prinzessin Bedur heimlich zu sehen, ohne dass der König, ihr Vater, etwas davon erfahre.

Als Marsawans Mutter dies hörte, senkte sie den Kopf; nach einer Weile erhob sie ihn wieder und sagte zu ihm: »Mein Sohn! Warte bis morgen früh, dann werde ich ein Mittel ausfindig machen.« Sie wandte sich an den Diener, der die Wache an der Türe hatte, und sagte zu ihm: »Ich habe eine Tochter, die ich mit der Prinzessin gesäugt, und vor einiger Zeit verheiratet habe; sie denkt viel an die Prinzessin, wegen des Unglücks, das ihr widerfahren, ich wünschte daher, sie zu ihr zu bringen, dass sie nach ihr sehe, und sie dann wieder verlasse, ohne dass jemand etwas davon erfahre.« Der Verschnittene sagte zu ihr: »Komm in Gottes Namen diese Nacht mit deiner Tochter, nachdem sich der König entfernt hat.« Die Amme küsste dem Diener die Hand und entfernte sich.

Sobald die Nacht anbrach, ging sie zu ihrem Sohne Marsawan, zog ihm Frauenkleider an, verschleierte ihn und führte ihn nach dem Palaste. Der Verschnittene ließ sie eintreten. Marsawan setzte sich, nachdem er das Obertuch abgenommen und Bücher und Amulette und Beschwörungssprüche aus seiner Tasche gezogen hatte. Die Prinzessin begrüßte ihn und beklagte sich über seine lange Abwesenheit, während derer sie nichts von ihm gehört. Er erwiderte: »O meine Schwester, ich bin aus der Fremde zurückgekommen, als ich Dinge über dich gehört, die meinem Herzen heißen

Schmerz bereiteten, in der Hoffnung, dich retten zu können.« Diese aber rief aus: »Wie, mein Bruder! Auch du glaubst, ich sei wahnsinnig geworden?« Und sie sprach folgende Verse:

»Sie sagen, Liebe habe meinen Verstand verrückt; ich aber antworte ihnen: Ist das nicht die wahre Wonne des Lebens, wenn Liebe so heftig ist, dass sie den Verstand raubt?«

»Es ist wahr, ich bin verrückt, bringt mir den, um dessen Willen ich wahnsinnig bin, und wenn er meinen Wahnsinn heilt, so tadelt mich nicht.«

Aus diesen Reden erkannte Marsawan, dass sie verliebt war, und bat sie, ihm alles zu erzählen, was ihr widerfahren sei. Bedur tat es und verschwieg ihm auch nicht den geringsten Umstand.

Als die Prinzessin geendigt hatte, stand Marsawan eine Zeit lang nachdenkend mit niedergeschlagenen Augen. Endlich erhob er den Kopf und sprach: »Meine Schwester, ich kann nicht daran zweifeln, dass sich alles so verhält, wie du gesagt hast. Ich bitte dich nur, den Mut nicht sinken zu lassen und noch eine Weile Geduld zu tragen, ich will alle Länder durchreisen, vielleicht bringe ich dir Trost.«

Nach diesen Worten nahm Marsawan Abschied von der Prinzessin, und bei seinem Weggehen hörte er sie noch folgende Verse sagen:

»Die Sehnsucht malt dein Bild in meinem Herzen, obgleich es schon lange ist, dass wir uns besuchten.«

»Die Hoffnung bringt dich mir nahe, gleich einem Blitz, der in die Augen dringt und verschwindet.«

»O zögere nicht länger! Du bist das Licht meiner Augen; solange du dich entfernt hältst, bleibt alles dunkel um mich her.«

»Freut dich die Trennung von mir, so freue ich mich mit deiner Freude.«

»Sei stille, mein Herz, und enthalte dich, ihm Vorwürfe zu machen; denn an dem Tage, wo wir uns finden, müsstest du dich selbst darüber anklagen.«

»Klagt er ja doch mich auch nicht an, und doch verstehen sich unsere Herzen.«

Die Liebesklagen, welche Marsawan beim Weggehen von ihr noch gehört hatte, gingen ihm zu Herzen und trieben ihn zu solcher Eile, dass er sich sogleich reisefertig machte und am folgenden Morgen die Stadt verließ. Er zog von Ort zu Ort, von Land zu Land und von Insel zu Insel und überall, wo er hinkam, hörte er nur von der Prinzessin Bedur und von ihrer Geschichte.

Nach Verfluss von vier Monaten gelangte er nach Tarf, wo er nicht mehr von der Prinzessin Bedur, sondern von dem Prinzen Kamr essaman und seiner Krankheit sprechen hörte, und von dem bösen Geiste, der ihm den Verstand getrübt. Er erkundigte sich, in welcher Stadt dieser Prinz lebe, und erfuhr, dass er zu Lande sechs Monate, zu Wasser aber nur einen Monat brauche, um sie zu erreichen. - Marsawan bestieg einen eben reisefertigen Kauffahrer, auf welchem er nach Verlauf eines Monats die Hauptstadt von Schah Semans Königreich erblickte, denn das Schiff war nur noch eine Tagesreise weit vom Ufer entfernt. Da stieß das Schiff auf einen Felsen. Die Bretter flogen auseinander und das Schiff versank mit allem, was darauf war. Marsawan wurde aber von der Strömung dem Ufer zugetrieben. So gelangte er bis in die Nähe des Schlosses, in welchem Kamr essaman sich aufhielt. Zufälligerweise war es an einem Tage, an welchem die Emire dem König ihre Aufwartung machten. Der König saß auf dem Ruhebette und hatte den Kopf seines kranken Sohnes auf dem Schoße liegen, während ein Diener die Fliegen von ihm verscheuchte. Der Prinz rief in einem fort: »O ihr Wuchs! O ihre Wangen!« Endlich schlief er ein, und der Vezier, der ihm zu Füßen saß, blickte nach dem Meere hin und sah, wie Marsawan dem Ertrinken nahe war. Voll Mitleid mit ihm, benachrichtigte er den König davon und sagte: »Wenn du es erlaubst, so will ich hingehen und ihn vom Tode retten: wer weiß, ob nicht Gott auch deinen Sohn von seinem Übel befreit.«

Der König willfuhr der Bitte, und der Vezier öffnete die Türe, die nach dem Meere führte, und ging den Damm entlang und kam gerade am Ufer an, als Marsawan noch einmal aus den Wellen auftauchte. Er reichte ihm die Hand und half ihm heraus und wartete eine Weile, bis er wieder zu sich gekommen war, dann zog er ihm seine Kleider aus und gab ihm andere. Dann sagte er ihm: »Mein Sohn! Ich bin das Werkzeug deiner Rettung, und so kann vielleicht durch dich auch anderen geholfen werden.«

Marsawan bat, ihm zu erzählen, wem geholfen werden sollte und der Vezier sagte ihm alles, was sich mit Kamr essaman zugetragen hatte, von Anfang bis zu Ende.

Die Erzählung des Veziers traf genau mit demjenigen zusammen, was Marsawan schon anderwärts gehört hatte, er konnte jetzt nicht mehr zweifeln, dass der Prinz Kamr essaman derjenige sei, für den die Prinzessin von

China in Liebe entbrannte, und er sah sich am Ziel seiner Wünsche. Er folgte dann dein Vezier ins Schloss. Dieser setzte sich zu den Füßen des Prinzen, während Marsawan vor letztern hintrat. Als er ihn erblickte, rief er: Gepriesen sei der Schöpfer! Sein Wuchs, seine Farbe, seine Wangen sind wie die der Prinzessin. Als der Prinz die Augen aufschlug und mit seinen Ohren aufhorchte, sprach Marsawan, nach dem Gebete über Mohammed, folgende Verse:

»Ich sehe dich kummervoll und vernehme dein Seufzen. Deine Gedanken schwärmen bis zu den äußersten Wolken des Himmels.«

»Hat Liebe sich deiner bemächtigt, oder bist du von Pfeilen getroffen? Denn alles, was ich an dir sehe, ist Zeichen eines verwundeten Herzens.«

»Hüte dich, an nächtliche Besuche mich zu erinnern; denn schon der Mund, der von ihr spricht, erregt meine Eifersucht.«

»Ich beneide ihre Kleider, weil sie ihren zarten Körper umgeben, und den Becher mit Getränk, weil er ihre Lippen berührt.«

»Tödlich bin ich verwundet, doch nicht von der Schneide des Schwerts, sondern von Blicken, die gleich Pfeilen in mich drangen.«

»Als wir uns begegneten, fand ich ihre Fingerspitzen rot, als wären sie mit dem Safte des Drachenblutes gefärbt.«

»Ach, sagte ich zu ihr, wie kannst du deine Hände noch färben, wenn ich ferne von dir bin? Ist das der Lohn für Liebespein und Trennungsschmerz?«

»Bei deinem Leben antwortete sie mir, und ihre Rede schleuderte einen unauslöschlichen Liebesbrand in mein Herz und kam aus einem Herzen, das aus seiner Liebe kein Geheimnis macht: Das ist nicht Farbe, womit ich meine Finger gefärbt habe! Lass dich durch diesen Schein nicht trügen und vermehre nicht deinen Kummer durch solche Vermutung;«

»Wisse, als ich dich ferne von mir sah, der du mein Ober- und Unterarm warst, entquoll Blut meinen Augen: Davon sind meine Finger so rot.«

»Leicht hätte ich mich trösten können, wenn ich zuerst geweint hätte; aber sie weinte vor mir, und ihre Tränen brachten auch mich zum Weinen und der Vorzug gebührte dem Vorangehenden.«[50]

»O scheltet mich nicht, dass ich sie liebe: denn bei meiner Liebe! Es ist schon Leid genug bei der Liebe!«

»Schönheit sondergleichen hat ihr Antlitz geschmückt, und in keinem Lande hat mein Aug' etwas Ähnliches gesehen.«

»Schmachtend sind ihre Augen, fein ihr Wuchs; Rosen sind ihre Wangen, und Wohlgeruch ist ihr Mund. Sie hat die Weisheit Lokmans und die Schönheit Josephs, die Stimme Davids und die Keuschheit Marias.«

»Aber ich empfinde den Schmerz Jakobs und die Angst des Jonas, die Qualen Hiobs und die Reue Adams.«

»Schont ihres Lebens, wenn ihr auch Macht habt, sie zu töten; fragt sie nur, wie sie mein unschuldiges Blut vergießen mochte.«

Der Prinz Kamr essaman fühlte bei diesen Worten Marsawans eine süße Erquickung in seinem Herzen, seine Zunge bewegte sich in seinem Munde und er gab seinem Vater durch Winke zu verstehen, er möchte erlauben, dass der Fremdling sich neben ihn setze. Der König, außer sich vor Freude, stand auf und setzte Marsawan zu Häupten seines Sohnes. Er fragte ihn dann, wer er sei und woher er komme, und nachdem Marsawan ihm geantwortet hatte, er sei ein Untertan des mächtigen Königs von China und komme aus dessen Staaten, sagte er: »Wollte Gott, dass du meinen Sohn von seiner Krankheit heilen könntest.« »So Gott will, wird es geschehen,« erwiderte Marsawan. Er näherte sich hierauf dem Ohre des Prinzen und sprach zu ihm: »Mein Herr, fasse Mut und höre auf, dich so zu betrüben! Frage nicht nach der, um welcher willen du, leidest, noch nach ihrem Zustande: Du hast dein Geheimnis in deine Brust verschlossen und bist dadurch krank geworden; sie aber hat alles geoffenbart und leidet noch mehr; ihr Zustand grenzt an Wahnsinn, und sie trägt deshalb Ketten an Händen und Füßen.«

Marsawans Worte brachten auf den Zustand Kamr essamans eine so mächtige Wirkung hervor, dass dieser seinen Vater herbeiwinkte, um ihn

[50] Dieser Vers kommt bei älteren Dichtern vor, es fehlt aber das Vorhergehende, in welchem von einer klagenden Taube die Rede ist.

im Bette aufrecht zu setzen. Der König und der Vezier richteten ihn empor und unterstützten ihn mit zwei Polstern. Die Emire waren hoch erfreut und der König ließ die Pauken schlagen und sagte zu Marsawan: »Das verheißt uns eine glückliche Zukunft.« Dann ließ er Speisen und Getränke bringen. Kamr essaman trank und aß, der Sultan war beglückt durch die Genesung seines Sohnes, der sich den ganzen Abend von Marsawan erzählen ließ, was er von der Prinzessin Bedur wusste. Zuletzt sagte Marsawan: »Mein Herr! Was dir mit deinem Vater widerfahren ist, hat sich auch bei ihr mit ihrem Vater ereignet, doch fasse Mut und stärke dein Herz, ich werde dich zu ihr bringen und euch vereinen.« So unterhielt er den Prinzen, bis er gegessen und getrunken und sich wieder gestärkt hatte.

Der König ließ die Stadt sieben Tage hintereinander festlich schmücken, Geschenke unter die Truppen austeilen, alle Gefängnisse öffnen, jede Gewalttat aufhören und die Zölle abschaffen. Als der Prinz mit Marsawan allein war, sagte er zu ihm: »Wie wird es mir mit der Reise gehen? Mein Vater liebt mich so sehr, dass er sich nicht eine Stunde von mir trennen kann; sage mir, wie ich es angreifen soll: Ich werde deinem verständigen Rat pünktlich gehorchen und mich in allem deinen Befehlen fügen.« Bei diesen Worten konnte der Prinz seine Tränen nicht zurückhalten. - »Mein Herr«, antwortete Marsawan, »der Zweck meiner Reise hierher war kein anderer, als meinem Herrn, dem König Ghejjur, seine Tochter geheilt wieder zu geben, ich rate dir nun: Bitte den König, deinen Vater, er möchte dir vergönnen, morgen mit mir auf die Jagd zu gehen. Willigt er ein, so besteigst du ein gutes Pferd und führst ein zweites neben dir her, ich tue desgleichen, und wir nehmen auch einen Sack Geld mit auf die Reise und flehen Gott um seinen Schutz an.

Am folgenden Morgen ging der Prinz Kamr essaman zu seinem Vater und bezeigte ihm seinen Wunsch, mit Marsawan auf die Jagd zu reiten. »Ich erlaube es gern«, antwortete der König, »jedoch nur unter der Bedingung, dass du nicht mehr als eine Nacht ausbleibest. Du weißt, dass ich fern von dir am Leben keine Freude habe und eine längere Abwesenheit würde mir Sorge machen: Denn ich befinde mich in dem Zustande, welchen der Dichter beschreibt:

> »Lebte ich im schönsten Wohlbehagen und besäße das Reich der
> Chosroen, ja die ganze Welt, so würde das alles in meinen Augen
> nicht den Wert der Flügel einer Mücke haben, wenn mein Auge
> dich nicht sähe.«

Der König ließ alles zu dem Ausfluge vorbereiten, vier Pferde satteln und einen Dromedar mit Wasser und Lebensmitteln bepacken. Hierauf nahm er von seinem Sohne Abschied, schloss ihn in seine Arme, küsste ihn und war voller Angst und Sorge. Er wollte ihm einen Diener mitgeben, aber Kamr essaman schlug es aus und ritt mit Marsawan hinweg.

Sie beschleunigten ihre Reise und ritten den ganzen Tag. Abends stiegen sie ab, stärkten sich mit Speise und Trank und ritten dann wieder die ganze Nacht durch bis zum Morgen.

Beim Anbruche des Tages befanden sie sich auf einem Kreuzwege. Marsawan tötete eines von den Pferden, zog ihm die Haut ab und begrub dieselbe samt den Knochen; das Fleisch aber nahm er und schnitt es in Stücke. Hierauf nahm er Kamr essamans Mantel, Oberkleid und Hemd, zerriss sie, färbte sie mit Blut und wickelte einige Stücke von dem Pferdefleisch hinein. Auf gleiche Weise machte er es mit seinem eigenen Oberkleid und warf die Fetzen hierhin und dorthin rechts und links auf den Kreuzweg. Kamr essaman fragte Marsawan, was er damit beabsichtige. »Mein Herr«, antwortete Marsawan, »nur dadurch kann unsere Sache gelingen, denn sobald der König, dein Vater, sehen wird, dass wir länger als eine Nacht ausbleiben, wird er uns nachreiten und uns einholen, oder Postboten nachschicken und uns aufsuchen lassen. Kommen sie nun bis hierher und finden diese zerrissenen Kleider und die Spuren von Fleisch und Blut, so werden sie nicht zweifeln, dass uns entweder Straßenräuber ermordet oder wilde Tiere gefressen haben. Der König wird die Hoffnung aufgeben, dich lebend wieder zu finden, und wir können indessen gemächlich unsere Reise fortsetzen.« - »Du hast wohl getan«, erwiderte Kamr essaman. - Sie setzten hierauf ihre Reise ohne ferneren Aufenthalt fort, bis ihnen endlich nach Verfluss geraumer Zeit die Inseln des Königs Ghejjur entgegenleuchteten. Dieser Anblick erfüllte sie mit großer Freude. Sie wünschten sich gegenseitig Glück, und Kamr essaman dankte dem Marsawan für das, was er getan.

In der Stadt angekommen, stieg Marsawan mit dem Prinzen vor einem Chan ab, woselbst sie drei Tage blieben. Am vierten Tage gingen sie zusammen ins Bad, und als sie herauskamen, zog Marsawan dem Prinzen das Gewand eines Kaufmanns an, dann ließ er ihm eine goldene geomantische Tafel machen, welche mit Edelsteinen besetzt war, nebst anderen Instrumenten, wie sie Sterndeuter haben und sagte ihm: »Gehe jetzt, stelle dich unter das Tor des königlichen Palastes und rufe, du seist ein Sterndeuter. Der König wird dich sogleich kommen lassen und zu deiner Geliebten führen. Sobald diese dich sieht, wird sie geheilt sein, und der König, voll Freude, wird dich mit ihr vermählen und dir Anteil an seiner Regierung geben.« Kamr essaman merkte wohl auf alles, was Marsawan ihm angab, verließ den Chan in obigem Aufzug mit seinem Apparat, ging nach dem königlichen Palast und rief hier mit lauter Stimme: »Ein Sterndeuter, ein Sterndeuter.«

Die Neuigkeit verbreitete sich schnell in der ganzen Stadt und versammelte eine unzählige Volksmenge um den Prinzen Kamr essaman. Denn es war schon lange Zeit vergangen, dass sich ein Sterndeuter gemeldet hatte. »Wo denkst du hin, Herr?« sagten die Leute zu ihm, »setze dein Leben nicht einem gewissen Tode aus, um eine Prinzessin zur Frau zu bekommen; haben dich die Köpfe, die du dort siehst, nicht abgeschreckt? Um Gottes Willen tu dies nicht!«

Aber der Prinz Kamr essaman wiederholte seinen Ausruf. »Du bist ein Eigensinniger«, riefen sie, »bei Gott, erbarme dich deiner Jugend!« - Kamr essaman rief zum dritten Mal: »Ein Sterndeuter, ein Sterndeuter!« und jetzt endlich kam der Großvezier des Königs und führte ihn hinein. Sobald der Prinz den König erblickte, warf er sich nieder und küsste den Boden vor ihm. Der König ließ ihn näher treten und sich neben ihn setzen. »Mein Sohn«, sagte er zu ihm, »nenne dich nicht einen Sterndeuter und unterwirf dich meiner Bedingung nicht, denn ich habe beschlossen, den hinrichten zu lassen, der zu meiner Tochter geht, ohne sie zu heilen und sie nur dem zur Frau geben, der sie heilt. Lass dich von ihrer Schönheit und Anmut nicht verleiten, denn bei dem erhabenen Gott, ich lasse dir den Kopf abschlagen, wenn du sie nicht heilst.« Kamr essaman erwiderte: »Ich unterwerfe mich deinen Bedingungen bereitwillig.«

Der König ließ ihn dies vor Zeugen erklären und befahl nun einem Diener, Kamr essaman zu der Prinzessin Bedur zu führen. Der Diener ergriff seine Hand und führte ihn durch den Gang. Kamr essaman eilte so schnell vorwärts, dass er strauchelte. Der Diener rief ihm zu: »Wo läufst du denn so schnell hin? Nicht einer von so vielen Sterndeutern, die ich hier gesehen, hat eine solche Eile bezeigt.« Kamr essaman sah den Diener an, und sprach folgende Verse:

»Ich kenne alle Vorzüge deiner Schönheit; sie haben mich ganz verwirrt, ich bin wie besinnungslos und weiß nicht, was ich sagen soll.«

»Nenne ich dich Vollmond, so spreche ich unrichtig: Denn der Vollmond ist dem Abnehmen unterworfen; deine Schönheit aber bleibt stets unvermindert.«

»Sage ich Sonne zu dir, so weiß ich, dass deine Schönheit sich nie vor meinen Augen verdunkelt, während die Sonne sich oft meinen Blicken entzieht.«

»Vollkommen, ohne Mangel sind deine Reize: Sie zu beschreiben ist der Beredsamste unfähig und der Verständigste zu schwach.«

Der Diener ließ dann den Prinzen hinter einem Vorhang vor dem Zimmer der Prinzessin stehen. Kamr essaman sagte zu dem Diener: »Was willst du lieber, soll ich mit dir zu deiner Gebieterin hineingehen, oder soll ich sie von hier aus heilen?« Der Diener war höchst erstaunt über diese Frage und erwiderte: »Es ist besser, wenn du die Heilung von hier aus vollbringst.«

Kamr essaman setzte sich hinter den Vorhang, zog Tinte und Kalam heraus und schrieb folgenden Brief: »Gegenwärtiges ist der Brief eines Menschen, den Unglück verfolgt, den Liebespein verzehrt, den Schmerz und Kummer vor Sehnsucht vernichtet: Für ihn ist jede Lebenshoffnung dahin, er sieht dem gewissen Tod entgegen. Nichts kann sein trauerndes Herz vom Gram befreien, und niemand vermag seinem von Kummer stets wachenden Auge beizustehen. Sein Tag vergeht ihm in Flammen und seine Nacht in Qualen. In der Schwäche seines Zustands wiederholt er folgende Verse:

»Ich schreibe dir mit einem Herzen, welches von deinem Andenken glüht, und mit Augen, welche die Sehnsucht entzündet hat, sodass sie Tränen vergießen.«

»Brennende Liebespein umhüllt meinen Leib mit dem Gewande der Magerkeit und erniedrigt ihn.«

»Ich klage die Liebe an um deswillen, was sie mir geschadet: Denn nimmer länger bin ich imstande, ihre Schläge zu ertragen.«

»O sei doch milde und huldreich gegen mich, erbarme dich mein und neige dich mir zu; nimm in deinen Schutz einen Jüngling, dessen Innerstes schon ganz zerrissen ist.«

Unter diesen Brief schrieb er noch folgendes: »Heilung der Herzen ist nur bei Wiedervereinigung der Geliebten, und ihre schrecklichste Qual ist die Trennung. Wer seinen Geliebten hintergeht, den wird Gott zur Verantwortung ziehen, und wer von uns beiden dem anderen treulos wird, dem möge keiner seiner Wünsche erfüllt werden. Du erhältst diesen Brief von dem, der sich nicht zu nennen braucht, um erkannt zu werden; an das schönste und lieblichste der Mädchen, vom treuen Liebenden an die grausame Geliebte, vom Verzweifelnden, Umherirrenden an die schmachtende Gazelle, an die vollkommene Jungfrau, die Perle ihres Geschlechts. Die Nächte bring' ich schlaflos zu, die Tage in düsterem Sinnen; zunehmend ist meine Magerkeit und Entstellung, gering meine Erholung und Ruhe. Ich habe keinen Freund und niemand teilt meinen Kummer. In meiner Brust brennt eine Flamme, die nicht zu ersticken ist; mein Inneres verzehrt eine Glut, die stets sich nur wilder anfacht. Heil wünsch' ich und Segen aus den unerschöpflichen Quellen der Gnade Gottes - dir, bei der mein Herz und meine Seele ist! Der Friede des Himmels sei mit dir, solange das Siebengestirn über dein holdes Angesicht aufgeht!« Im Übermaß meines Hinsiechens schreibe ich dir:

> »Voll Sehnsucht und Verwirrung schreibe ich dies aus schmerzbeengter Brust an den Halbmond, an die Sonne, an die Gazelle, an den Myrtenzweig.«

Und auf die Rückseite setzte er den Schluss:

> »Forsche in meinem Brief und in meinen Schriftzügen nach: Sie werden dir von meinem peinlichen Zustande Kunde geben.«

> »Während meine Hand schrieb, rannen Tränen aus meinen Augen, und der Kalam klagte meinen Schmerz dem Papier. Meine Tränen flossen unaufhaltsam auf das Papier, und als sie versiegten, folgte ihnen mein Blut.«

> »Sei mir also huldreich, gewogen und günstig! Ich sende dir hiermit deinen Ring, sende du mir auch den Meinigen.«

Als der Prinz Kamr essaman den Brief vollendet hatte, tat er den Ring der Prinzessin hinein und legte ihn zusammen. Hierauf gab er beides dem Diener und sagte zu ihm: »Geh' und bring dies deiner Gebieterin und öffne das Schreiben vor ihr.« Der Diener trat in das Zimmer der Prinzessin und öffnete das Schreiben vor ihr. Sobald sie es gelesen hatte, tat sie einen lauten Schrei, stemmte sich mit den Füßen gegen die Wand, zerriss die Kette, mit welcher sie angeschlossen war, lief nach der Türe und öffnete den Vorhang. Sie erkannte den Prinzen, der Prinz erkannte sie, und beide stürzten aufeinander zu und umarmten sich zärtlich und waren voll Verwunderung, wie sie sich nun nach ihrer ersten Zusammenkunft in jener Nacht wieder sahen. Der Diener staunte sie eine Weile an, dann entfernte er sich, um den König von China von dem Vorgang zu benachrichtigen. »Mein Herr«, sagte er zu ihm, »dieser Sterndeuter, der wackerste von allen, hat die Prinzessin geheilt, während er hinter dem Vorhang war.« Nachdem er nun dem König das Vorgefallene berichtet, machte letzterer sich freudig auf und begab sich zu seiner Tochter, die er auf dem Divan sitzend fand. Als sie ihren Vater erblickte, stand sie ehrerbietig auf, ging ihm entgegen und küsste ihm die Hand. Der König küsste sie auf dem Haupte und zwischen die Augen; desgleichen den Prinzen und dankte ihm und fragte ihn nach seinen Verhältnissen. Der Prinz sagte zu ihm: »Ich bin ein Prinz, Sohn eines Königs, mein Name ist Kamr essaman, mein Vater heißt Schah Seman und beherrscht die Kanarieninseln.« Hierauf erzählte er ihm seine Geschichte, wobei er die Zusammenkunft mit der Prinzessin in jener Nacht heraushob, in welcher er den Ring von ihrem Finger genommen. Als der Prinz Kamr essaman geendigt hatte, rief der König erstaunt aus: »Bei Gott, diese Geschichte ist so außerordentlich, dass sie verdient, urkundlich aufgezeichnet und der Nachwelt überliefert zu werden.« Die Vermählung wurde noch an demselben Tag gefeiert. Die beiden Liebenden sahen sich am Ziel ihrer Wünsche und erfreuten sich der Seligkeit ihrer Vereinigung.

Nach einiger Zeit dachte Kamr essaman an seine Eltern und sein Leben trübte sich. Eines Nachts hatte er einen Traum, in welchem er seinen Vater zu sehen glaubte, wie er ihm Vorwürfe machte und zu ihm sagte: »Mein Sohn, ist es auch recht, dass du so gegen deinen Vater handelst, der dir das Leben gegeben? Wie schnell hast du mich vergessen! Bei Gott! Du musst wiederkehren, dass ich meine Sehnsucht nach dir stille, ehe ich sterbe!« Dieser Traum machte den Prinzen sehr traurig, und er teilte ihn seiner Gemahlin mit. Bedur ging zu ihrem Vater, küsste ihm die Hand und bat ihn um die Erlaubnis, mit Kamr essaman zu ihrem Schwiegervater reisen zu dürfen, da sie es keine Stunde ohne ihn aushalten könne. Der König von China gewährte seiner Tochter die Bitte und gestattete ihr, ein Jahr am Hofe des Königs Schah Seman zu bleiben; nach Verfluss desselben sollte sie zurückkehren und ihn jedes Jahr besuchen. Die Prinzessin versprach es, und der König gab Befehl zu den Anstalten der Reise; er machte Kamr essaman viele wertvolle Geschenke, empfahl ihm seine Tochter, ließ die Pferde und Kamele vorführen und reiste mit bis an die Grenzen seines Reichs. Dann nahm er von ihnen Abschied und kehrte nach seiner Hauptstadt zurück.

Ungefähr nach Verlauf eines Monats kam das neuvermählte Paar auf seiner Reise in eine große, grüne, fruchtbare Ebene, und da die Hitze außerordentlich drückend war, so beschloss Kamr essaman, hier zu lagern und sich und den Pferden Ruhe zu gönnen, und sie stiegen ab. Die Zelte wurden aufgeschlagen. Die Prinzessin Bedur schlief bald ein. Als Kamr essaman in ihr Zelt trat, fand er sie auf dem Rücken schlafend, nur von einem leichten Hemde und einer Kopfbinde bedeckt, und er ergötzte sich an ihrem Anblick. Dann bemerkte er einen Knoten am Bande ihrer Beinkleider, und als er ihn löste, fand er einen dunkelroten Stein, auf welchem zwei Zeilen ihm unbekannter Namen eingegraben waren. »Dieser Stein«, sagte er leise vor sich hin, »muss meiner Gemahlin sehr wert sein, sonst würde sie ihn nicht so sorgfältig bei sich tragen.« Um ihn besser betrachten zu können, trat er aus dem Zelte. Indem er ihn nun auf der Hand hielt, schoss plötzlich ein

Vogel aus der Luft nieder, ergriff ihn und flog damit weg; doch erhob er sich nicht weit vom Boden.

Kamr essaman, sehr bestürzt darüber, lief auf den Vogel zu, wie er aber herankam, flog der Vogel auf. Der Prinz verfolgte ihn so von Tal zu Tal und von Hügel zu Hügel bis zum Abend, da schwang sich der Vogel auf den Gipfel eines hohen Baumes und ließ sich darauf nieder. Kamr essaman blieb erschrocken stehen. Er wollte umkehren, wusste aber nicht, von welcher Seite er gekommen war, bald ward es vollständig Nacht und er rief: Wir sind Gottes und zu ihm kehren wir zurück, legte sich dann unter den Baum und schlief. Am folgenden Morgen verließ der Vogel den Baum, und Kamr essaman lief ihm wieder den ganzen Tag nach, indem er sich von Kräutern nährte und aus Bächen trank, denn der Vogel flog nur langsam vor ihm her. Wunderbar rief der Prinz aus, der Vogel lockt mich entweder in eine Einöde, in der ich umkomme, oder in ein bewohntes Land, wo ich Rettung finde. Die Nacht brachte der Vogel wieder auf einem Baume und der Prinz unter demselben zu. So trieb er es bis zum zehnten Tage. Endlich am elften Tage gelangte Kamr essaman mit dem Vogel in die Nähe einer großen Stadt. Hier verschwand der Vogel in einem Nu seinen Blicken. Kamr essaman näherte sich den Toren der Stadt, setzte sich vor denselben nieder, wusch Hände, Füße und Gesicht, ruhte ein wenig aus und dachte über sein unglückliches Schicksal nach. Dann ging er in die Stadt hinein, welche, wie er jetzt bemerkte, am Ufer des Meeres lag. Er schlenderte längs des Ufers hin, und nachdem er an verschiedenen Baumgruppen vorübergewandelt war, blieb er endlich vor der Türe eines Gartens stehen. Der Gärtner kam zu ihm heraus, hieß ihn willkommen und sagte: »Gelobt sei Gott, dass du den Bewohnern dieser Stadt glücklich entronnen bist; tritt herein!« Kamr essaman gehorchte und fragte den Alten: »Was ist es denn mit den Leuten dieser Stadt?« - »Wisse, mein Sohn, diese Stadt ist von lauter Götzendienern bewohnt, doch was führt dich hierher?« Da erzählte ihm Kamr essaman, was ihm widerfahren. Der Alte erstaunte sehr darüber und sagte: »Mein Sohn! Man braucht zur See vier Monate, um auf islamitisches Gebiet zu gelangen, zu Land aber ein volles Jahr!« Dann sagte er ihm: »Jedes Jahr geht ein Schiff nach der Ebenholzinsel ab, von wo aus du nach den Kanarieninseln gelangen kannst.« Nach einigem Bedenken hielt es Kamr essaman für das beste, bis zur Abfahrt des Schiffes nach der Ebenholzinsel in diesem Garten zu verweilen. Er blieb also da und half dem Gärtner in seinen Gartenarbeiten; die Nacht aber brachte er bei der Erinnerung an seinen Vater und an seine Geliebte mit Seufzen, Klagen und Weinen hin. So viel von Kamr essaman.

Was die Prinzessin Bedur betrifft, so war dieselbe sehr verwundert, als sie beim Erwachen den Prinzen Kamr essaman nicht fand und bemerkte, dass der Knoten an den Beinkleidern gelöst und der Stein nicht mehr darin war. Sie sagte: »Bei Gott, ich glaube, Kamr essaman hat ihn genommen, und er kennt dessen Geheimnis nicht, es muss ihm was zugestoßen sein, sonst würde er nicht fern von mir weilen. Gott verdamme den Stein«, rief sie aus, »und die Stunde, in welcher er solches Unheil herbeigeführt.«

Die Prinzessin Bedur dachte dann über ihren Zustand nach und sagte zu sich selbst: »Wenn ich hinausgehe und dem Gefolge sage, dass ich meinen Gatten vermisse, so wird es lüstern nach mir werden, und ich bin doch nur ein Weib.« Sie stand daher schnell auf, zog Kamr essamans Kleider an, setzte seine Kopfbedeckung auf, legte seine Sandalen an, ergriff seine Keule und warf ein Tuch um ihr Gesicht. Dann befahl sie einer ihrer Sklavinnen, den Kamelsattel einzunehmen, auf welchem sie die Reise bis hierher gemacht hatte, bestieg ein Pferd, das sie den Dienern ihr vorzuführen befahl, ließ die Kamele bepacken und reiste weiter, ohne dass jemand von der Veränderung etwas bemerkte; denn ihre Person hatte große Ähnlichkeit mit der des Prinzen Kamr essaman.

Die Reise ging nun fort, bis man an eine Stadt am Ufer des Meeres gelangte. Die Prinzessin stieg vor den Toren ab, ließ ihr Lager aufschlagen, erkundigte sich nach dem Namen der Stadt und ihres Beherrschers und erfuhr, dass sie vor der Hauptstadt des Reichs der Ebenholzinseln angekommen sei, deren König Armanus heiße und der eine Tochter mit Namen Hajat Alnusus habe. Als der König Armanus von der Ankunft der Fremden hörte, schickte er einen Boten, um zu hören, wer die Ankömmlinge seien und was sie hierher geführt habe. Der Bote brachte die Nachricht, es sei der Sohn des Königs Schah Seman, welcher auf der Rückkehr in seine Heimat sich verirrt habe und seinen Weg nach den Kanarieninseln fortzusetzen wünsche. Der König Armanus ging sogleich, von seinen Großen umgeben, Bedur entgegen, und nach gegenseitiger Begrüßung führte er sie in die Stadt und bot ihr seinen Palast zur Wohnung an. Er ließ ihr Lager abbrechen und ihre Dienerschaft nebst allem, was sie mit sich führte, in seinem Palast unterbringen. Er bewirtete sie drei Tage hindurch, und als die drei Tage verflossen waren, kam der König Armanus zu ihr. Sie war eben aus dem Bade gestiegen, hatte ihr Gesicht unverhüllt und trug einen seidenen Kaftan, der mit Gold durchwirkt war. Der König sprach zu ihr: »Mein Sohn, wisse, dass ich ein bejahrter Greis bin ohne männliche Nachkommen, aber ich habe eine Tochter, welche dir, gelobt sei Gott! An Schönheit und Anmut nahe kommt. Da ich nun zu schwach bin, um noch länger zu regieren, so könntest du wohl in meinem Lande dich niederlassen, meine Tochter heiraten, ich übergebe dir die Regierung und begebe mich in den Ruhestand.«

Die Prinzessin Bedur senkte ihren Kopf zur Erde, um die Schamröte zu verbergen, welche ihr Schweißtropfen auf die Stirne trieb. Was soll ich tun? Dachte sie; ich bin ja selber ein Weib. Weigere ich mich, so bin ich meines Lebens nicht sicher, der König wird mir nachstellen lassen, mich in seine Gewalt bringen und mein Geheimnis entdecken, und ich weiß ja nicht, was aus meinem Geliebten geworden ist. Es bleibt mir also nichts übrig, als hier zu bleiben und zu erwarten, wie der Himmel weiter hilft.

Sie erhob daher ihr Haupt wieder und gab ihre Zustimmung zu erkennen. Der König war sehr erfreut darüber, und ließ das freudige Ereignis in seinem ganzen Reiche bekannt machen, und sowohl in seiner Hauptstadt als auf den umliegenden Inseln Feste veranstalten. Auch versammelte er seinen Rat, entsagte in Gegenwart desselben der Regierung zugunsten seines Eidams, der in königlichem Ornat erschien, und die Großen seines Reiches, die obersten Staatsbeamten und die Truppenbefehlshaber huldigten der Prinzessin Bedur, welche alle für einen Prinzen hielten. Hierauf ordnete der König die Ausstattung und die Hochzeitsfeierlichkeiten an, und am Abend wurde Prinzessin Hajat al Rufus ihrem vermeintlichen Bräutigam zugeführt, und sie glichen zwei Monden. Als hierauf Bedur sich in das Brautgemach begab, fiel ihr die lange Trennung von ihrem geliebten Kamr essaman schwer aufs Herz. Sie seufzte und setzte sich schweigend neben Hajat al Rufus und küsste sie; dann stand sie auf, wusch ihre Hände und betete so lange, bis Hajat al Rufus die Augen schloss. Dann legte sie sich neben ihr nieder, kehrte ihr den Rücken zu und erwartete den Anbruch des Morgens.

Da begab sich der König Armanus und seine Gemahlin in das Gemach ihrer Tochter und erkundigten sich, wie es ihr in der verflossenen Nacht ergangen sei und sie erzählte ihnen, was sich zugetragen hatte. Da sprach der König Armanus zu ihr: »Meine Tochter, das muss dir keinen Kummer machen. Der Prinz Kamr essaman dachte wahrscheinlich an seinen Vater und seine Familie und gab sich deshalb nicht der Liebe hin, in der kommenden Nacht wird es anders werden.« Die Prinzessin Bedur beschäftigte sich den Tag hindurch mit Annahme der Glückwünsche ihrer Veziere, Emire und Truppen, denen sie freundlich zulächelte. Sie verteilte Ehrenkleider und andere Geschenke und vermehrte die Lehengüter der Emire, gab Befehle und erließ Verbote, erwarb sich den Beifall und die Liebe aller.

Es war schon Abend, als sie den Divan entließ und sich wieder in den Palast der Königin Hajat al Nufus begab. Beim Eintritte fand sie dieselbe auf einem Divan sitzend, neben welchem eine Wachskerze brannte. Bedur setzte sich neben sie und küsste sie auf die Wangen, dann fiel ihr wieder ihr Geliebter ein, sie erhob sich, begann ihr Gebet zu verrichten, machte es aber wieder so lange, dass Hajat al Nufus darüber einschlief. Jetzt legte sie sich neben sie und schlief auch. Am folgenden Morgen stand sie auf, legte den königlichen Schmuck an und begab sich wieder in die Versammlung des Staatsrates. Der König Armanus ermangelte auch diesen Morgen nicht, seine Tochter zu besuchen, und fragte sie nach ihrem Zustande und sie erzählte ihm wieder, was sich ereignet hatte. Da sagte er zu ihr: »Meine Tochter, habe noch Geduld bis zur nächsten Nacht! Benimmt er sich nochmals so, so will ich ihn wieder absetzen und aus meinem Lande verbannen.«

Es war schon Nacht, als Bedur wieder zu Hajat al Nufus kam, welche wieder dasaß bei einer brennenden Wachskerze und wie der Vollmond aussah. Sie betrachtete sie, dachte dabei an ihren Geliebten, wusch sich, betete und wollte aufstehen; aber Hajat al Nufus sagte zu ihr: »Schämst du dich nicht vor meinem Vater und denkst du nicht an das Gute, das er dir erwiesen?« Bedur setzte sich wieder und sagte: »Was sagst du da?« »Was ich sage«, versetzte Hajat al Nufus, »hat man je einen von seiner Schönheit so eingenommenen Menschen wie du gesehen? Sind etwa alle hübschen Männer so eingebildet? Doch bei Gott, ich sage das nicht aus Verlangen nach dir, sondern aus Liebe und Mitleid. Wisse, der König, mein Vater, wartet nur noch den folgenden Tag ab. Er hat sich vorgenommen, wenn er von mir nicht erfährt, was er sich wünscht, dich morgen der Regierung zu entsetzen und davonzujagen, er könnte dich, wenn seine Entrüstung zu heftig wird, sogar ums Leben bringen. Ich habe dir jetzt meinen Rat erteilt: Tue nun, was du willst.« Diese Rede setzte die Prinzessin Bedur in Verlegenheit. Sie senkte ihr Haupt und überlegte: Widersetze ich mich, so bin ich verloren. Nun bin ich aber doch Königin der Ebenholzinseln. Mein Gemahl, der Prinz Kamr essaman muss auf dem Wege nach dem Reiche seines Vaters notwendig hierher kommen.

Nachdem Bedur auf diese Weise überlegt hatte, sagte sie mit ihrer natürlichen Frauenstimme: »Geliebte Prinzessin, was ich getan habe, ist nicht freiwillig, sondern gezwungen geschehen.« Sie vertraute ihr dann ihre Lage an, erzählte ihr ihre ganze Geschichte. Zu gleicher Zeit entblößte sie ihren Busen und fuhr fort: Du siehst, ich bin ein Weib wie du und bat sie, ihr Geheimnis zu bewahren, bis der Prinz Kamr essaman ankommen wird. Hajat al Nufus fühlte das innigste Mitleid mit der Prinzessin. Sie versicherte dieselbe, dass sie keinen sehnlicheren Wunsch habe, als sie möchte mit ihrem Gemahl bald wieder vereinigt werden. Hierauf umarmten die beiden Prinzessin einander zärtlich, scherzten und lachten, bis sie einschliefen. Kurz vor dem Morgengebete stand Hajat al Nufus auf und traf alle Anstalten, um die Ihrigen über das Vorgefallene zu täuschen und Jubelgeschrei ertönte aus dem Munde der Sklavinnen. Die Prinzessin Bedur begab sich nach wie vor in die Versammlung des Divans, und fuhr fort zu regieren. So verging eine geraume Zeit, während welcher Bedur ihre Tage mit Staatsangelegenheiten und ihre Abende in freundlichen und vertraulichen Gesprächen mit der Prinzessin Hajat al Nufus zubrachte.

Während diese Dinge auf der Ebenholzinsel vorgingen, war der Prinz Kamr essaman noch immer in der Stadt der Götzendiener bei dem Gärtner, der ihn aufgenommen hatte. Sein Vater aber, der König Schah Seman, war äußerst niedergeschlagen, als er ihn die ersten Nächte nicht von der Jagd zurückkommen sah. Mit der größten Ungeduld erwartete er den dritten Morgen. Sogleich mit Tagesanbruch bestieg er ein Pferd, nahm eine große Zahl Soldaten mit sich und verteilte sie nach verschiedenen Seiten und bestimmte ihnen den Kreuzweg zum Sammelplatz. Auf diese Weise streiften sie mehrere Tage umher. Am dritten Mittag endlich kamen sie bei dem Scheidewege zusammen. Da erblickten sie die zerrissenen Kleider und die Spuren von Fleisch und Blut. Als er dies sah, stürzte er mit dem Ausruf: »Wehe, mein Sohn!« ohnmächtig zu Boden. Nachdem er durch seine Leute, welche ihm Wasser ins Gesicht spritzten, wieder zu sich gebracht worden war, schlug er mit geballten Fäusten gegen sein Haupt, zerriss seine Kleider und glaubte fest, dass er seinen Sohn auf immer verloren habe. Die Leute des Königs stimmten in die Klagen des Vaters mit ein, zerrissen gleichfalls ihre Kleider, streuten Erde auf ihr Haupt und schrien und weinten, bis die Nacht hereinbrach. Verzweiflung im Herzen und dem Tode nahe, kehrte der König in seine Hauptstadt zurück und ließ auf allen Inseln seiner Herrschaft ausrufen, dass man wegen des Todes seines Sohnes Trauerkleider anlege, er ließ auch ein Gebäude aufführen, das er das Haus der Trauer nannte, und brachte außer den zwei Wochentagen, an welchen er die Regierungsangelegenheiten besorgte, alle seine Zeit weinend und Trauergedichte rezitierend, daselbst zu.

Indessen hatte der Prinz Kamr essaman den Gärtner, bei welchem er sich aufhielt, in seiner Arbeit unterstützt. Eines Morgens, als er wieder in seine Geschäfte gehen wollte, hielt ihn der Gärtner davon ab. »Die Götzendiener«, sagte er zu ihm, »haben heute ein großes Fest, deshalb magst du auch feiern. Ich lasse dich hier, und da die Zeit herannaht, dass das Schiff, von welchem ich dir gesagt habe, nach der Ebenholzinsel unter Segel gehen wird, so will ich mich nach dem Tage seiner Abfahrt erkundigen, und zugleich dafür sorgen, dass du mitfahren kannst.« Als der Prinz Kamr essaman allein war, tauchte die Erinnerung an sein Schicksal wieder in ihm auf; er wandelte im Garten umher, bis er auf einem Baume zwei Vögel erblickte, die miteinander in Streit waren. Einer derselben hackte dem anderen mit dem Schnabel den Hals ab, sodass er tot vom Baume herabfiel, worauf jener sich wieder in die Luft schwang und verschwand. Sogleich kamen von einer anderen Seite zwei große Vögel, setzten sich, der eine zu dem Haupte, der andere zu den Füßen des Toten, betrachteten ihn eine Weile kopfschüttelnd, kratzten ihm dann mit ihren Klauen ein Grab und legten ihn hinein. Sobald die beiden Vögel das Grab zugescharrt hatten, flogen sie weg, kamen aber nach kurzer Zeit wieder und hielten mit ihren Schnäbeln den Vogel, der den ersten getötet hatte. Sie schleppten ihn auf das Grab des Ermordeten, knieten auf ihn und hackten so lange auf ihn los, bis er tot war. Zuletzt rissen sie ihm den Bauch auf, zogen die Eingeweide heraus, und ließen die zerstreuten Stücke des Leichnams liegen. Kamr essaman hatte mit großer Verwunderung zugesehen. Er näherte sich dem Platze, auf welchem der Kampf stattgefunden hatte, und indem er die Augen auf die zerstreuten Eingeweide warf, sah er aus dem Magen des getöteten Vogels etwas Rotes hervorragen, das wie Feuer glitzerte. Er hob den Magen auf, trocknete ihn ab und fand, dass der Stein darin war, der seine Trennung von seiner Geliebten verursacht. Außer sich vor Freude warf er sich zur Erde nieder und rief: »Bei Gott, das ist ein gutes Zeichen! Ich nehme es als Vorbedeutung, dass der Himmel beschlossen hat, mich wieder mit meiner Geliebten zu vereinigen.« Nach diesen Worten küsste er den Edelstein, drückte ihn an sich und legte sich schlafen. Am folgenden Morgen umgürtete sich Kamr essaman, nahm eine Hacke und einen Korb und durchstreifte den Garten, bis er an einen Johannisbrotbaum gelangte. Als er nun einen Ast der Wurzel durchhieb, traf er auf etwas, das einen hellen Klang gab. Er räumte die Erde weg und entdeckte eine große eherne Platte, unter welcher er, nachdem er sie rings herum freigemacht und aufgehoben hatte, eine ausgehauene Treppe von zehn Stufen fand. Er stieg hinab und kam in ein Gewölbe in Form eines großen Saals, in welchem er fünfzig große eherne Gefäße, wie Urnen gestaltet, rings herum stehen sah. Er nahm eine Handvoll davon und siehe da, sie waren voll mit Goldstaub, so fein wie Mehl. Da dachte er: Das Unglück ist verschwunden, und das Glück ist wieder bei mir eingekehrt, stieg aus dem Gewölbe herauf, deckte die Platte wieder auf die Treppe und ging nach Hause.

Als der Gärtner nach Hause kam, rief er: »Gute Nachricht, mein Sohn! Das Schiff ist ausgerüstet und wird in drei Tagen absegeln. Ich werde dir einen Platz belegen.« Kamr essaman erwiderte: »Ich kann dir auch eine Neuigkeit mitteilen, welche dir Vergnügen machen wird.« Er erzählte ihm hierauf von der Platte und den Urnen. Der Alte freute sich und sagte: »Ich bin schon achtzig Jahre hier - denn ich wohnte schon zu meines Vaters Lebzeit hier - ohne etwas Ähnliches zu entdecken; du bist noch nicht ganz ein Jahr hier. Das ist ein Beweis, dass dir Gott diesen Schatz beschert, um dein Unglück zu enden, und dich zu den Deinigen zurückkehren zu lassen.«

Der Prinz beteuerte aber, dass er durchaus nichts davon nehmen würde, wofern nicht der Gärtner die Hälfte für seinen Teil behielte, und so gingen sie miteinander hin und teilten sich jeder fünfundzwanzig Gefäße zu. Nach geschehener Teilung sagte der Gärtner zu Kamr essaman: »Mein Sohn, du musst auch eine Anzahl große Töpfe mit Oliven aus unserm Garten mitnehmen, denn die hiesigen sind so gut, dass sie nach allen Ländern versendet werden. Fülle die Töpfe zur Hälfte mit Goldstaub und lege die Oliven oben darauf; und lasse sie auf das Schiff bringen.« Kamr essaman befolgte diesen Rat und verpackte fünfzig Töpfe und stellte sie unter die Mauer des Gartens, nachdem der Gärtner einen Platz für ihn auf dem Schiffe bestellt hatte, auf welchem noch andere Kaufleute sich befanden. Er unterhielt sich hierauf mit dem Gärtner, dachte dann an seine Geliebte und sagte zu sich selbst: Wird sie wohl in ihre Heimat zurückgekehrt sein, oder ihre Reise nach der Meinigen fortgesetzt haben, oder ist ihr gar ein Unglück widerfahren? Wehe! Wehe! O meine Geliebte! Er wünschte, dass die Zeit bis zur Abfahrt schon zu Ende ging, und erzählte dem Gärtner die Geschichte von den Vögeln und dem Edelsteine, worüber dieser sehr erstaunte. In der folgenden Nacht wurde der Gärtner krank; die Krankheit nahm am zweiten Tage überhand, und am dritten Morgen befand er sich noch schlechter. Kamr essaman war sehr betrübt darüber. Da kamen Leute zu dem Gärtner und sagten: »Das Schiff ist zur Abfahrt bereit; wo ist der Reisende, den wir nach den Ebenholzinseln mitnehmen sollen?« - »Ich bin es selber«, antwortete Kamr essaman. »Der Gärtner liegt krank und bewusstlos, traget diese Töpfe inzwischen auf das Schiff.« Die Matrosen trugen die Töpfe fort und stellten sie beiseite und sagten zu Kamr essaman: »Verfehle nicht, unverzüglich nachzukommen; der Wind ist günstig.«

Er ließ dann all sein Gepäck und seinen Proviant auf das Schiff bringen und ging wieder zu dem Gärtner hinein, um ihm Lebewohl zu sagen, aber er fand ihn in den letzten Zügen, und kaum hatte er ihn noch sein Glaubensbekenntnis hersagen lassen, so sah er ihn verscheiden. Kamr essaman drückte ihm die Augen zu, wusch den Leichnam, kleidete ihn in das Totengewand und beerdigte ihn. Als er damit fertig war, neigte sich der Tag bereits zu seinem Ende. - Mit brennendem Herzen lief er nun nach dem Hafen, um sich einzuschiffen; aber als er ankam, fand er das Schiff nicht; es hatte längst die Segel gespannt und war bereits außer Sicht. Die Kaufleute hatten bereits drei Stunden auf ihn gewartet, waren aber dann, da der Wind günstig war, ohne ihn abgereist.

Kamr essaman geriet ganz außer sich, streute Erde auf sein Haupt und schlug sich auf die Brust und ins Gesicht. Er kehrte dann nach dem Garten zurück und mietete denselben von dem Eigentümer. Er nahm einen Arbeiter in Dienst, welchen er lehrte, wie er die Pflanzen begießen sollte, dann begab er sich in das unterirdische Gewölbe und tat den Goldstaub in fünfzig andere Krüge, die er oben mit Oliven füllte, und gab die Hoffnung auf, vor Ablauf eines Jahres abreisen zu können, denn man sagte ihm, dass kein zweites Schiff in diesem Jahre mehr abgehen würde. Er war außer sich vor Schmerz und weinte Tag und Nacht, denn auch den Edelstein hatte er mit dem Golde verpackt, das auf das Schiff gebracht worden war. - Mittlerweile setzte das Schiff seine Fahrt mit sehr günstigem Winde fort und langte glücklich in der Hauptstadt der Ebenholzinsel an. Das Schicksal wollte, das die Königin Bedur gerade am Fenster stand und zusah, wie das Schiff vor Anker ging. Da pochte ihr Herz und ihr Innerstes geriet in die größte Aufregung. Sie ließ alsbald Pferde vorführen und ritt in Begleitung mehrerer Emire und Kammerherrn nach dem Hafen und kam gerade dort an, als die Waren ausgeschifft und von den Kaufleuten in ihre Magazine gebracht worden. Sie ließ den Schiffshauptmann vor sich kommen und fragte ihn, was er mitgebracht habe. Dieser nannte ihr unter anderen Waren kostbare Stoffe, Spezereien und Wohlgerüche, Moschus, Ambra, Kampfer, Oliven usw. Als die Prinzessin Bedur von Oliven hörte, welche sie leidenschaftlich liebte, so sagte sie, um die wahre Absicht, welche sie herbeigeführt hatte, durch längeren Aufenthalt nicht zu verraten: »Bei Gott! Nach Oliven sehne ich mich schon lange; wie viel hast du an Bord?« - Es sind fünfzig sehr große Krüge«, antwortete der Schiffshauptmann, »aber der Eigentümer ist nicht mitgekommen: Doch mag der König, den Gott bewahre, davon so viel nehmen, als ihm beliebte.« »Bringet sie her!« sagte Bedur.

Der Hauptmann schickte seine Leute nach dem Schiff und ließ die Oliven holen. Die Prinzessin erklärte ihren Wunsch, alle fünfzig Krüge zu kaufen und fragte nach dem Preise. »Mein Herr«, antwortete der Schiffshauptmann, »in dem Lande, aus dem sie kommen, sind sie gar nichts wert; dort kosten fünfzig Krüge hundert Dirham und ihr Eigentümer ist nur ein armer Mann.« »Und was sind sie hier wert?« fragte Bedur. »Tausend Dirham«, antwortete der Schiffshauptmann. »Wohl«, sagte Bedur, »ich nehme sie für tausend Dirham«, und nachdem sie in ihrer Gegenwart die Krüge wegtragen lassen, kehrte sie nach dem Palaste zurück und begab sich zu Hajat al Nufus, und sie ließ die fünfzig Olivenkrüge bringen. Sie öffnete einen und leerte den Inhalt des Gefäßes in eine große Schüssel. Ihr Erstaunen konnte nicht größer sein, als sie die Oliven mit Goldstaub vermischt sah. »Was ist das?« rief sie aus, stand auf und leerte auch die anderen Krüge aus, und, siehe da! Alle waren mit Goldstaub gefüllt und nur einige Oliven darauf gelegt. Als sie das Gold näher untersucht, fand sie zuletzt auch noch ihren Edelstein und erkannte ihn. Bei diesem unerwarteten Anblick war ihre Überraschung so groß, dass sie ohnmächtig auf den Divan zurücksank.

Sobald Bedur ihrer Sinne wieder mächtig war, sprach sie zu Hajat al Nufus: »Dieser Stein ist die Ursache der Trennung von meinem Geliebten gewesen: Er wird nun auch, so Gott will, unsere baldige Wiedervereinigung herbeiführen.«

Die Prinzessin Bedur konnte den Morgen kaum erwarten, und schickte, sobald es Tag war, hin, und ließ den Schiffshauptmann holen. Als er gekommen war, sagte sie zu ihm: »Wehe dir! Wo hast du den Eigentümer der Oliven gelassen?« Der Schiffshauptmann antwortete: »Der Eigentümer der Oliven ist ein Gärtner in der Stadt der Götzendiener.« »Bei dem erhabenen Gott.« sagte die Prinzessin Bedur, »wenn du nicht sogleich zurückkehrst und mir ihn herbringst, so wirst du sehen, was dir und den Kaufleuten, welche mit deinem Schiff angekommen sind, widerfährt!« Sie ließ dann die Magazine der Kaufleute versiegeln und die Vornehmsten unter ihnen bewachen und sagte: »Der Eigentümer dieser Oliven hat eine Schuld gegen mich abzutragen, wenn ihr ihn nicht herbringt, so lasse ich euch alle hinrichten und bemächtige mich eurer Güter.« Die Kaufleute baten den Schiffshauptmann, mit dem Schiffe sogleich wieder umzukehren, und sie von diesem König zu befreien, Gottes Lohn werde ihm nicht ausbleiben.

Der Kapitän ging sogleich auf sein Schiff, rief seine Matrosen herbei und ließ Lebensmittel an Bord schaffen, soviel er zur Reise nötig hatte, und ging unter Segel. Gott ließ ihn in Frieden ziehen, und nach einer glücklichen Fahrt kam er vor der Stadt der Götzendiener an und begab sich alsbald nach Kamr essamans Garten.

Kamr essaman hing seinem Schmerze über die Trennung von seiner Gattin nach, und weinte und stöhnte, als er an die Gartentüre pochen hörte. Er eilte hin, um zu öffnen, kaum aber hatte er dies getan, als der Kapitän und die Matrosen, ohne ein Wort zu reden, über ihn herfielen und ihn auf das Schiff brachten, welches dann unverzüglich wieder nach der Ebenholzinsel segelte.

Kamr essaman fragte jetzt den Kapitän, was ihn veranlasse, ihn so gewaltsam zu entführen. »Bist du nicht der Schuldner des Königs der Ebenholzinsel?« fragte ihn dagegen der Kapitän. Kamr essaman erwiderte: »Ich habe nie sein Königreich betreten.« - Sie fuhren dann immerfort, bis sie wieder zur Hauptstadt kamen. Ob es gleich schon Nacht war, als sie in dem Hafen ankerten, so stieg der Kapitän dennoch ans Land und führte den Prinzen Kamr essaman zum König.

Sobald Bedur den Prinzen erblickte, erkannte sie ihn sogleich. Doch tat sie sich Zwang an und sagte: »Lasst ihn bei meinen Dienern.« Darauf gab sie den Kaufleuten ihre Waren frei und machte dem Kapitän des Schiffs reiche Geschenke, ging zu Bette und erzählte alles Hajat al Nufus und sagte zu ihr: »Halte ja alles verborgen, bis ich meinen Zweck erreicht habe.« Am anderen Morgen ließ sie Kamr essaman ins Bad führen und anständig kleiden, ernannte ihn darauf zum ersten Emir, und schenkte ihm Mamelucken, Diener, Pferde und Schätze und alles, was sonst ein Emir bedarf. Kamr essaman kam aus dem Bade, wie der Zweig eines Ban; er ging ins Schloss, und küsste die Erde vor der Prinzessin. Als Bedur ihn sah, musste sie sich wieder viel Gewalt antun, um ruhig zu erscheinen; sie nahm ihm die Emirstelle ab, machte ihn zum Schatzkämmerer und näherte sich ihm so viel, wie möglich; sie machte, allen Großen seinen Rang bekannt, und alle liebten und verehrten ihn, und machten ihm viel Geschenke. Bedur brachte ihn sich immer näher, überhäufte ihn mit Geschenken und Kamr essaman war nicht wenig erstaunt darüber und konnte es sich gar nicht erklären. Auch machte er viele Geschenke, teilte Geld aus und diente dem König Armanus, und näherte sich ihm mehr und mehr, bis er ihn heftig liebte; auch alle Großen und alle Stadtbewohner liebten ihn sehr und schworen bei seinem Leben. Als die Königin Bedur sah, dass er alle Herzen gewonnen, sagte sie zu ihm: »Kamr essaman, du musst diese Nacht bei mir zubringen; ich habe etwas mit dir zu beraten.« Er sagte: »Ich werde gehorchen.« Als es Nacht war und alle Leute weggingen, blieb Bedur allein mit ihm und stellte den Obersten der Verschnittenen an die Türe; sie setzte sich auf ein Sofa und lehnte sich an ein Kissen und streckte ihre Füße aus. Kamr essaman blieb unten stehen mit gefalteten Händen; er war sehr verlegen und dachte, warum will wohl der König mit mir allein bleiben; doch es geschehe, was Gott will! Bedur sagte ihm: »Komm herauf zu mir!« Kamr essaman aber antwortete: »Mein Platz hier ist gut.« Sie sagte: »Willst du nicht gehorchen, wenn ich dir etwas zu sagen habe?« Er wiederholte: »Ich stehe hier ganz gut.« Da sagte sie: »Wehe dir! Darfst du wohl mir widerspenstig sein? Komm zu mir her, dass ich dich um Rat frage.« Kamr essaman trat ängstlich zu ihr hin und fürchtete, der König möchte Ungebührliches von ihm verlangen. Nachdem er sich aber eine Weile geängstigt hatte, gab sich ihm Bedur zu erkennen; worauf sie sich umarmten und sich gegenseitig erzählten, was ihnen seit ihrer Trennung widerfahren. Kamr essaman machte dann seiner Gattin Vorwürfe, dass sie ihre Verstellung so lange fortgesetzt, sie bat ihn um Entschuldigung, indem sie ihm sagte: Durch diesen Scherz, den sie sich erlaubt, sei die Freude nachher um so größer geworden.

Am folgenden Morgen ließ Bedur den König Armanus zu sich rufen und teilte ihm ihre ganze Geschichte und ihr Verhältnis zu Kamr essaman mit. Er war sehr erstaunt, als er erfuhr, dass er seine Tochter mit einer Frau vermählt, und dass Kamr essaman der Sohn eines Sultans. Er wendete sich dann zu diesem und sagte ihm: »Da du König und Sohn eines Königs bist, so wünsche ich, dass du meine Tochter Hajat al Nufus zur Gattin nehmest.« Kamr essaman willigte ein und alsbald wurde der Heiratsvertrag geschrieben und die Ehe vollzogen.

Am folgenden Morgen teilte Kamr essaman unter den Truppen Geschenke aus und leitete alle Regierungsgeschäfte mit Unparteilichkeit, sodass der

Ruf seiner Gerechtigkeit sich über alle Länder verbreitete. Die Nächte brachte er abwechselnd bei Bedur und bei Hajat al Nufus zu und vergaß ganz seinen Vater und seine Mutter. Er bekam zwei Söhne, einen von Bedur und einen von Hajat al Nufus, und nannte den einen Asad (der Glückselige), den anderen Amdjad (der Glorreiche). Als sie groß wurden, lernten sie Philosophie, schöne Wissenschaften und Kalligrafie, bis sie das männliche Alter von zwanzig Jahren erreicht hatten. Sie liebten einander sehr, schliefen in einem Bett, und alle Leute beneideten sie wegen ihrer Schönheit und Eintracht. Sooft Kamr essaman auf die Jagd ging, setzte er einen seiner Söhne, jeden Tag einen andern, auf den Thron. Die beiden Königinnen hatten eine unglaubliche Zärtlichkeit für sie, und wenn die Prinzen nach Hause kamen, sah jede der beiden Frauen den Sohn der anderen mit Liebe an. Bedur war ganz für Amdjad und Hajat al Nufus für Asad eingenommen, und sie scherzten und liebkosten mit ihnen; denn der Teufel hatte ihnen ihr Betragen als schön vorgemalt, sodass jede von ihnen den Sohn der anderen an ihre Busen drückte und ihn küsste. Dadurch nahm ihre Leidenschaft immer mehr zu, und die liebenden Frauen konnten weder essen, noch trinken, noch schlafen. Eines Tages ging Kamr essaman auf die Jagd, und Amdjad saß auf dem Thron als Richter. Da schrieb ihm Bedur, die Mutter Asads, einen Brief, in dem sie ihm offen ihre Liebe erklärte. Sie schickte den Brief durch einen Diener nach der Wohnung der Königin Hajat al Nufus; aber der Diener fand ihn nicht dort, denn er hielt Sitzung bis nach zwei oder drei Uhr mittags: Dann erst gab er das Zeichen zum Aufbruch und schickte sich an, wegzugehen. Er war gerade auf den Treppen des Schlosses, da übergab ihm der Verschnittene den Brief. Amdjad öffnete ihn und las, dass die Frau seines Vaters ihm untreu werden wolle. Mit einem zornigen Ausrufe: »Gott verdamme die Weiber!« zog er das Schwert, ging auf den Diener los und sagte ihm: »Wehe dir, nichtswürdiger Diener! An dir ist nichts Gutes, du machst den Briefträger der Frau deines Herrn!« Er schlug ihm dann den Kopf herunter, ging zu seiner Mutter, erzählte ihr, was vorgefallen, schmähte sie und sagte: »Ihr seid alle eine schlimmer als die andere. Bei dem erhabenen Gott! Fürchtete ich nicht Allah, ich würde ihr den Hals abschneiden.« Der Prinz ging dann zornig von ihr weg, seine Mutter aber ward ihm böse und dachte auf eine List gegen ihn.

Am folgenden Tage saß Asad auf dem Thron; da schrieb ihm Hajat al Nufus auch einen Brief, in dem sie ihn bat, zu ihr zu kommen, und sandte den Brief durch eine Alte. Diese wartete, bis die Sitzung zu Ende war, dann gab sie ihm den Brief. Als er ihn las, ward er sehr aufgebracht, zog sein Schwert und hieb die Alte mitten auseinander. Darauf ging er zu seiner Mutter, gab ihr den Brief hin und machte ihr Vorwürfe; aber sie schimpfte ihn und ward ihm feind, und sann darauf, ihn zu verderben. Asad erzählte dann die Geschichte seinem Bruder, und dieser sagte ihm auch, was ihm widerfahren. Die beiden Frauen aber kamen zusammen, hielten Rat, und beschlossen, ihre Kinder zu verderben. Sie legten sich ins Bett und stellten sich krank. Am folgenden Tage kehrte Kamr essaman von der Jagd zurück und brachte den Tag mit Regierungsangelegenheiten zu. Als der Divan aufgehoben war, kam er nach Hause und fand die beiden Frauen im Bette. Da er glaubte, sie seien krank, fragte er sie, wo es ihnen fehle? Bedur sagte: »Dein Sohn Amdjad ist zu mir mit entblößtem Schwert gekommen und hat mich zur Treulosigkeit zwingen wollen; davon erschrak ich so sehr, dass ich krank geworden bin.« Hajat al Nufus erzählte dasselbe von Asad. Kamr essaman war sehr aufgebracht gegen seine Söhne und wollte sie umbringen. Der König Armanus aber bat für sie und sagte: »Mein Sohn, schicke sie lieber mit einem Mamelucken ins Freie, der soll sie umbringen, damit du ihren Tod nicht vor Augen siehst.« Der König übergab sie einem seiner Mamelucken, der Emir Djandar hieß, und befahl ihm, sie zu töten. Dieser ging mit ihnen bis zur Zeit des Nachmittagsgebets in eine öde Wüste; dann stieg er von seinem Pferde ab, um sie zu töten und dem erhaltenen Befehle gemäß ihre Kleider dem Könige zu bringen. Als er aber abgestiegen war, auf sie losging, um ihr Blut zu vergießen, und sie ansah, übermannte ihn die Rührung und er musste weinen. Er sagte: »Prinzen, es tut mir sehr weh, euch etwas zuleide zu tun; doch euer Vater hat mir befohlen, euch umzubringen.« Sie antworteten: »Tu', was dir befohlen worden, du bist an unserm Blute nicht schuldig.« Sie umarmten sich dann und weinten. Asad sagte: »Mein Freund, lass mich nicht meines Bruders Amdjad Tod sehen, bring mich lieber zuerst um!« Sie weinten dann beide, und Emir Djandar musste mit weinen. Asad sagte: »Das ist eine ruchlose Tat; doch es gibt keinen Schutz und keine Macht, außer bei dem erhabenen Gott!« Sie sagten dann dem Emir Djandar: »Binde uns mit einem Strick fest zusammen, ziehe dein Schwert, haue kräftig zu, sodass wir, zusammen sterben.« Er antwortete: »Ich will euch gehorchen,« nahm dann weinend ein breiten Riemen, schlang ihn um die beiden, zog sein Schwert und sagte: »Nun, meine Herren, habt ihr noch etwas zu bestellen?« - »Ja«, erwiderten sie, »wenn du zu unserm Vater kommst, grüße ihn und sage ihm: Deine Söhne haben dich von ihrem Blute freigesprochen; denn du bist im Irrtum über ihr Vergehen.« Djandar hob dann die Hand mit dem Schwerte auf, um sie zu töten. Durch die Bewegung seines Armes erschrak sein Pferd, zerriss den Zaum, sprang fort und floh ins Weite. Dieses Pferd war fünfhundert Dinare wert und hatte einen goldenen Sattel mit einem ägyptischen Sattelknopf und Verzierungen von großem Wert. Als der Emir sein Pferd entfliehen sah, warf er das Schwert aus der Hand, denn er war ganz außer sich und lief dem Pferde in einen Wald nach, stets weiter hinein. Das Pferd schlug auf den harten Grund mit seinen Hufen und wieherte; das hörte ein alter, hässlicher Löwe, der in diesem Walde hauste, er kam aus seiner Höhle, um zu sehen, was es gäbe. Als der Emir sah, dass er auf ihn loskam, erschrak er sehr; er wollte entfliehen, wusste aber nicht, wohin; auch hatte er sein Schwert nicht bei sich, denn er hatte es weggeworfen, als er dem Pferde nachlief, er sagte zu sich: »Das ist mir gewiss wegen Asad und Amdjad widerfahren.« Diesen ward indessen sehr heiß und sie wurden so durstig, dass sie Gott um Hilfe baten. Amdjad sagte: »Siehst du, mein Bruder, wie wir nun verdursten müssen, weil der Emir das Schwert weggeworfen hat und dem Pferde nachgelaufen ist. Nun sind wir hier gebunden, und wenn ein wildes Tier kommt, zerreißt es uns; besser, wir wären durch das Schwert umgekommen, als von einem wilden Tiere aufgefressen zu werden.« - »Habe Geduld, mein Bruder«, erwiderte Asad, »das Pferd ist gewiss nur entronnen, damit wir das Leben behalten; nur plagt uns der Durst sehr.« Er schüttelte und dehnte sich dann rechts und links, zersprengte seine Bande und befreite auch seinen Bruder, dann gingen sie an eine Quelle und stillten ihren Durst. Hierauf ergriff Amdjad Djandars Schwert, und sie gingen zusammen in den Wald, den Spuren des Pferdes folgend. Amdjad sagte: »Lass uns beisammenbleiben, es möchte ein Löwe hier sein.« Sie gingen dann miteinander und trafen gerade den Löwen, wie er über Djandar herfiel, mit der Tatze nach ihm langte und ihn zu Boden warf, während Djandar nach dem Himmel blickte. Amdjad sprang auf ihn zu und sagte: »Du bist gerettet, Emir Djandar!« und versetzte dem Löwen, der jetzt auf ihn lossprang, einen so gewaltigen Schlag, dass er tot niederfiel. Als Djandar aufstand, sah er, dass er den Söhnen seines Herrn, die er hatte töten wollen, seine Rettung verdanke. Er warf sich ihnen zu Füßen und sagte: »Meine Herren! Ihr verdient nicht, dass euch Gewalt angetan werde. Bei Gott! Das soll nie geschehen.« Sie aber sagten: »Nein, Emir Djandar, tu', was dir befohlen worden.« Sie fingen dann sein Pferd, gingen zum Walde hinaus an ihren frühern Platz und sagten dann wieder. »Tu', was unser Vater dir befohlen.« Djandar aber sagte: »Das verhüte Gott! Alles, um was ich euch bitte, ist, dass ihr nur euere Kleider auszieht und die Meinigen dafür nehmt; ich gehe dann zum König zurück und sage, ich habe euch umgebracht, und ihr reist indessen von Land zu Land; denn Gottes Erde ist weit.« Sie taten, wie er ihnen geraten. Er wechselte dann mit ihnen die Kleider, gab ihnen, wovon sie leben konnten und nahm Abschied von ihnen. Darauf besudelte er die Kleider der Prinzen mit dem Blute des erschlagenen Löwen und brachte sie dem König Kamr essaman. Dieser fragte: »Hast du sie umgebracht?« Djandar antwortete: »Ja, hier sind ihre blutigen Kleider.« Kamr essaman fragte weiter: »Wie haben sie ihren Tod ertragen?« Er antwortete: »Ich habe sie standhaft im Tode gefunden, und sie haben gesagt: Gottes Wille geschehe, wir sterben unschuldig, aber unser Vater ist an unserm Tode nicht schuld, denn er kannte die Wahrheit nicht.«

Kamr essaman ward sehr betrübt darüber, nahm die Kleider seiner Kinder, durchsuchte sie und fand in Amdjads Rock einen Brief. Er öffnete ihn und erkannte die Handschrift seiner Frau Bedur und fand auch Haare von ihr dabei. Er las den Brief und sah daraus, dass sie Liebe von ihm forderte, und er seinem Sohn Unrecht getan. Er durchsuchte dann auch die Kleider Asads, und fand auch darin den Brief, den seine Frau Hajat al Rufus geschrieben, und in dem sie ihn zu verführen suchte. Er schrie laut auf und fiel in Ohnmacht, denn er erkannte, dass er seine Söhne unschuldig verurteilt hatte. Er ward sehr traurig und betrübt darüber, und er sah daraus die List der Frauen, trennte sich von ihnen und besuchte sie nicht wieder.

Asad und Amdjad durchwanderten indessen die Wüste, aßen die Pflanzen des Bodens und tranken Regenwasser. Während der Nacht schlief der eine, und der andere wachte bis Mitternacht; dann schlief der zweite und der erste hielt Wache. So lebten sie einen ganzen Monat lang, bis sie endlich an einen schwarzen, felsigen Berg kamen, von dem man gar kein Ende sah. Sie fanden wohl einen Weg, der hinaufführte, aber sie scheuten sich, ihn einzuschlagen, weil sie auf dem Berge Mangel an Wasser und Pflanzen fürchteten. So gingen sie vier bis fünf Tage am Fuße des Berges umher, fanden aber gar keinen Ausweg und kamen endlich sehr müde wieder an ihren ersten Ort zurück. Da entschlossen sie sich, den Weg einzuschlagen, der auf den Berg führte. Sie stiegen den ganzen Tag immer aufwärts, je höher sie aber hinauf kamen, um so höher schien sich auch der Berg über sie zu erheben. Als die Nacht über sie hereinbrach, sagten sie: »Wir gehen zugrunde.« Asad sagte: »Mein Bruder! ich bin so müde, dass ich's nimmer aushalte, ich gebe den Geist auf.« Amdjad antwortete: »Mach dir Mut, mein Bruder! Vielleicht wird Gott uns helfen.« Asad aber war so müde, dass er sich setzen musste, und so brachten sie die Nacht zu; bald gingen sie ein wenig, bald ruhten sie wieder. Des Morgens endlich erreichten sie den Gipfel des Berges und fanden dort eine sprudelnde Wasserquelle und einen Granatapfelbaum. Sie konnten kaum den Augenblick erwarten, wo sie über die Quelle herstürzen und sich satt trinken konnten. Dann ruhten sie, bis die Sonne aufging, wuschen hierauf ihre Hände und Füße und aßen Granatäpfel. Sie waren noch so müde, dass sie den ganzen Tag hier sitzen blieben und auch die Nacht durch hier schliefen.

Am folgenden Morgen wollten sie wieder weiter; aber Asad klagte und wollte noch bleiben; sie ruhten daher noch einen Tag, am dritten Tage setzten sie ihren Weg auf dem Berge fort. Nach fünftägiger Reise leuchtete ihnen aus der Ferne eine Stadt entgegen, was ihnen große Freude machte.

Amdjad sagte zu Asad: »Lass mich nun in die Stadt gehen, um zu sehen, was es für eine Stadt ist und von wem sie beherrscht wird; ich will auch Speisen daraus mitbringen und mich erkundigen, in welchem Lande wir sind.« Asad entgegnete: »Bei Gott! Mein Bruder, ich will in die Stadt gehen, und gerne gebe ich mein Leben für deine Rettung hin. Wenn du in die Stadt gingest und nicht mehr wiederkehrtest, würde ich mir tausend Vorwürfe machen.« Er beschwor dann seinen Bruder Amdjad und sagte: »Halte mich nicht länger auf, ich will in die Stadt gehen.« Er nahm Geld und stieg den Berg hinunter, Amdjad aber wartete hier seiner. Als Asad in die Straßen der Stadt kam, begegnete ihm ein alter Mann, dessen grauer Bart in zwei Teilen über seine Brust fiel; er trug einen Stock in der Hand, war sehr vornehm gekleidet und hatte einen roten Turban auf dem Kopfe. Asad sah ihn mit Verwunderung an, grüßte ihn und sagte: »Herr! Führt dieser Weg auf den Markt?« Der Alte sah in lächelnd an und sagte: »Du scheinst hier fremd zu sein, mein Sohn!« Asad antwortete: »Ja, Herr, ich bin ein Fremdling.« Der Alte hieß ihn vielmals willkommen und sagte: »Du hast mit deiner Gegenwart unser Land beglückt; sage mir, was willst du auf dem Markte?« Asad antwortete: »Ich und mein Bruder, wir kommen von einem fernen Lande und sind schon drei Monate auf der Reise. Während dieser Zeit sind wir ohne Unterbrechung fortgereist, und heute erst haben wir uns dieser Stadt genähert; ich habe meinen älteren Bruder auf dem Berge gelassen, weil er sehr müde ist von der weiten Reise, und bin heruntergekommen, um Nahrungsmittel zu kaufen, dann will ich wieder zu ihm zurückkehren.« - »Mein Sohn«, erwiderte der Alte, »erwarte nur alles Gute. Ich habe heute eine große Mahlzeit für viele Gäste zugerichtet und viele Tiere geschlachtet und unter sie verteilt. Noch ist aber das Beste von den Gerichten übrig geblieben, und wenn du mit mir nach Hause gehen willst, so gebe ich dir Brot und andere Speisen, bis du genug hast für dich und deinen Bruder. Ich werde dir auch während der Mahlzeit Auskunft über unsere Stadt geben. Gelobt sei Gott, dass du keinem anderen in die Hände gefallen bist, als mir!« Asad sagte: »Verfahre mit mir, wie es dir geziemt!«

Der Alte ergriff Asad bei der Hand, ging mit ihm in eine enge Gasse und sagte lachend: »Gelobt sei der, der von den Leuten dieser Stadt dich befreit hat.« Als er an sein Haus kam, führte er ihn in einen großen Saal, in dem vierzig steinalte Männer einen Kreis um ein Feuer bildeten, das sie als ihren Gott anbeteten. Asad erschrak sehr, als er dies sah, und wusste gar nicht, was es bedeute. Der Alte rief dann: »O ihr Alten, Diener des Feuers, wie gesegnet ist dieser Tag!« Dann rief er: »Ghadban! Komm her!« Auf diese Worte erschien ein schwarzer Sklave, stürzte auf Asad zu, schlug ihn ins Gesicht, warf ihn zu Boden und fesselte ihn. Als er fertig war, sagte der Alte: »Trage ihn ins unterirdische Zimmer, rufe schnell meine Tochter Bestan und meine Sklavin und sage ihnen, dass sie ihn Tag und Nacht schlagen und peinigen, und ihm nur ein Laibchen Brot des Tags und eins jede Nacht geben, bis die Zeit zur Reise nach dem blauen Meere und dem Feuerberge kommt: Dann wollen wir ihn auf dem Berge als ein Opfer schlachten.«

Sobald der Greis diesen Befehl gegeben hatte, ergriff der schwarze Sklave den Prinzen Asad, schleppte ihn zur Türe des Saales hinaus, zu einer anderen Türe hinein, hob eine Platte auf, ging eine Treppe von zwanzig Stufen mit ihm hinunter in ein großes Gemach, und legte ihm eine schwere Kette an die Füße. Als er dies getan, stieg er wieder hinauf und gab seinem Herrn davon Nachricht. Der Alte brachte diesen Tag mit seinen Feueranbetern zu, dann ging er zu seiner Tochter und Sklavin und sagte: »Steigt hinunter zu dem Muselmann, den ich heute gefangen habe, peiniget ihn und habet kein Mitleid mit ihm.« Die Sklavin sagte: »Wohl, mein Herr!« Sie ging dann zu ihm hinunter, entkleidete ihn und prügelte ihn, bis das Blut von seinen Seiten herunterlief und er ohnmächtig niedersank. Nach dieser Misshandlung stellte sie einen Wasserkrug mit einem Laibchen trockenen Brotes neben ihn und ging wieder hinauf. Asad erwachte erst um Mitternacht aus seiner Ohnmacht und weinte so, dass die Tränen ihm über die Wangen herunterströmten; er dachte an seinen Bruder und an seinen frühern glücklichen Zustand als Prinz.

Als Amdjad indessen den ganzen Tag hindurch bis Mitternacht seinen Bruder vergebens erwartet hatte, ward er immer trauriger; sein Herz klopfte und er fürchtete, schon von ihm getrennt zu sein. Am folgenden Tage ging er den Berg hinunter, und Tränen strömten über seine Wangen. Er ging in die Stadt und fragte nach ihrem Namen; man sagte ihm, es sei die Stadt der Magier, und die meisten Einwohner beteten das Feuer an. Er erkundigte sich auch, wie weit es von hier nach den Ebenholzinseln sei, und man sagte ihm, zu Land brauche man ein Jahr und zu Wasser vier Monate, um dahin zu kommen, und dort regiere Kamr essaman, der Gemahl der Hajat al Rufus. Als er den Namen seines Vaterlandes und seines Vaters hörte, erwachte sein Schmerz aufs Neue, und er ging traurig in der Stadt umher, um seinen Bruder aufzusuchen. Indem er nun so die Stadt durchstreife, kam er zu einem Schneider, der ein Muselmann war. Er grüßte ihn, setzte sich zu ihm in seinen Laden und teilte ihm seine Geschichte mit. Als er mit seiner Erzählung zu Ende war, sagte ihm der Schneider: »Mein Sohn, wenn dein Bruder in die Hand eines Magiers gefallen ist, so wirst du ihn nie mehr wieder sehen. Willst du nun bei mir bleiben?« Amdjad nahm das Anerbieten an. Er blieb dann etwa einen Monat bei demselben, der ihn wegen seines Bruders tröstete, ihm Geduld einflößte und ihn das Schneiderhandwerk lehrte.

Eines Tages ging Amdjad nach dem Meere hin und wusch seine Kleider, er badete sich auch, zog reine Kleider an und nahm wieder den Weg nach dem Laden des Schneiders; da begegnete ihm eine schöne, anmutige Frau; als sie ihn sah, hob sie den Schleier ein wenig in die Höhe und sagte: »Wohin gehst du, Herr?« und lächelte dabei so reizend, dass er seinen Verstand verlor. Er sagte: »Ich gehe nach Hause oder zu dir, wie du es wünschest.« Sie antwortete: »Gott strafe die Weiber! Sie haben keine andere Gelegenheit, als bei den Männern.« Amdjad beugte den Kopf gegen die Erde, denn er schämte sich, mit ihr zum Schneider zu gehen. In dieser Verlegenheit ging er immer vorwärts, und das Mädchen folgte ihm von einer Straße zur anderen und von einem Platz zum andern. Endlich fragte sie ihn: »Wo wohnst du denn?« - Er sagte: »Meine Herrin, wir werden bald an mein Haus kommen.«

In seiner großen Verwirrung geriet er endlich in eine Straße, die keinen Ausgang hatte, und sagte: »Es gibt keinen Schutz und keine Macht, außer bei Gott.« Am Ende der Straße sah er ein großes, geschlossenes Tor, und auf jeder Seite desselben war eine Bank. Amdjad ging dahin und setzte sich auf eine Bank und das Mädchen auf die andere. Sie sagte dann: »Worauf wartest du?« - »Ich habe den Schlüssel nicht«, antwortete er; »ich habe ihn einem Mamelucken gegeben, dem ich befohlen, Getränke und Speisen einzukaufen und alles herzurichten, während ich ins Bad ging. Nun ist er aber noch nicht zurückgekommen und wird wohl noch lange ausbleiben; es ist sonst niemand da, was soll ich tun?« Amdjad hoffte, durch diese Worte sie zu vertreiben und von ihr befreit zu werden. Als das Mädchen dies hörte, sagte sie: »Ist es nicht eine Schande, hier zu sitzen, weil der Sklave zu lang ausbleibt?« Sie stand dann auf, nahm einen Stein, schlug das Schloss auf und die Türe öffnete sich. Amdjad kam ganz von Sinnen, er sagte: »Was fällt dir ein, das Schloss herunter zu reißen?« Sie antwortete: »Nun, mein Herr, ist dies nicht dein Haus? Was tut das?« - »Es tut weiter nichts«, erwiderte er, »als dass eben das Schloss verdorben ist.« Er seufzte dann und jammerte; aber das Mädchen ging voran ins Haus. Amdjad blieb an der Türe, mit einem Fuße drinnen und dem anderen außen, in großer Verwirrung stehen. Das Mädchen sah sich nach ihm um und sagte: »Warum gehst du nicht in deine Wohnung? Er neigte den Kopf zur Erde und sagte: »Wohl, aber der Sklave bleibt gar zu lange aus; ich habe ihm gesagt, er solle kochen, das Zimmer aufräumen und den Marmor abputzen, und ich weiß nicht, ob er etwas von dem, was ich ihm befohlen, getan hat oder nicht.« Endlich ging er hinein. Er fand einen schönen, geräumigen Saal mit vier einander gegenüberliegenden Erhöhungen, mit Speisegemächern und anderen kleinen Kabinetten. Der Boden war mit seidenen Teppichen und Kissen bedeckt, und mitten im Saal war ein kostbarer Springbrunnen, daneben standen Tische und Schüsseln voll Speisen, Früchten und Wohlgerüchen, Flaschen von Wein und ein Leuchter mit festlichen Wachskerzen und Gefäße mit klarem und wohlriechendem Wasser gefüllt. In dem Saal sah man überall kostbare Waren und verschlossene Kästen. Auf den Erhöhungen standen zwei Reihen Stühle, und auf jedem derselben lag ein Bündel Kleider und ein Beutel mit Gold. Als Amdjad das alles sah, erschrak er, legte den Finger an den Mund und dachte: Amdjad, es ist aus mit dir! Du kommst von Gott und kehrst wieder zu ihm zurück. Das Mädchen hingegen freute sich, als sie dies sah, und sagte: »Mein Herr, dein Sklave hat nichts vernachlässigt; er hat den Marmor gereinigt, das Fleisch gekocht und alles hergerichtet. Was stehst du so nachdenkend da? Hast du allenfalls eine andere hierher bestellt, so will ich mich umgürten und dich und sie bedienen.« Amdjad musste ungeachtet seines Kummers über diese Worte lachen und dachte, schwer atmend: Welchen schlimmen Tod werde ich erdulden müssen. Das Mädchen setzte sich neben ihn, scherzte und lachte. Amdjad war ernst und traurig und machte sich tausend Gedanken; er dachte: Alles wird damit enden, dass der Hausherr kommt, und was wird der dazu sagen? Gewiss geht's um meine Seele. Das Mädchen schürzte sich auf, nahm die Schüssel mit Speisen, deckte den Tisch und aß. Dann sprach sie zu Amdjad: »Wirst du mir nicht die Freude gönnen, zwei Bissen mit mir zu essen, denn dein Sklave bleibt gar zu lange.« Amdjad setzte sich endlich zu ihr, um zu essen, aber es schmeckte ihm nicht, er sah immer nach der Türe hin, bis das Mädchen gegessen hatte und satt war; dann tat sie die Schüssel weg, bracht die Platte mit Früchten und aß davon. Darauf öffnete sie den Weinkrug, füllte einen Becher und trank; dann füllte sie ihn wieder und reichte ihn Amdjad. Er nahm ihn und dachte: Wehe, wenn der Hausherr uns sieht. Er blickte immer ängstlich nach dem Gang, und auf einmal kam der Hausherr. Derselbe war Oberster aller Mamelucken des Königs der Magier und ihr Anführer; in dieser einsamen Wohnung ließ er sich oft wohl sein in Gesellschaft derjenigen, deren Umgang er liebte.

An diesem Tage nun hatte er gerade hierher geschickt, um alles herzurichten. Sein Name war Bahdar und er ein Mann der ... Gott bewahre jeden guten und ehrlichen Menschen vor seinesgleichen. Als er an den Saal kam und die Türe offen fand, schlich er ganz leise näher, streckte den Kopf hinein und sah hier Amdjad mit dem Mädchen an seiner Seite, und vor ihnen stand eine Platte mit Früchten und Weingefäßen. In diesem Augenblicke nahm gerade Amdjad den Becher in die Hand, sah nach der Türe und begegnete dem Auge des Hausherrn. Bei diesem Anblicke ward er ganz blass und zitterte an allen Gliedern. Bahdar gab ihm dadurch, dass er den Finger auf den Mund legte, zu verstehen, er möge nur schweigen; dann gebot er ihm durch einen Wink mit der Hand, zu ihm zu kommen. Amdjad stand auf, setzte den Becher weg und sagte dem Mädchen, das ihn fragte, wo er hin wolle: Er müsse sich einen Augenblick entfernen. Amdjad ging dann barfuß in den Gang. Als Bahdar ihn sah, ging er schnell auf ihn zu und sagte: »Wie kommst du hierher?« Amdjad küsste ihm die Hände und erwiderte: »Ich beschwöre dich bei Gott, Herr! Höre mich an, ehe du mich zum Polizeimeister der Stadt führst.« Er erzählte ihm dann seine ganze Geschichte von Anfang bis zum Ende; wie er nicht gerne in das Haus haben gehen wollen; wie das Mädchen das Schloss aufgeschlagen und an allem schuld sei, und entdeckte ihm seine Herkunft. Als Bahdar die Rede Amdjads hörte und seine Abenteuer, und dass er ein König, Sohn eines Königs sei, bekam er Mitleiden mit ihm und erbarmte sich seiner. »Höre, Amdjad«, sprach er, »ich schwöre bei dem erhabenen, barmherzigen Gott, dass, sobald du dich meinem Willen in etwas widersetzest, ich dich umbringen lasse.« Amdjad sagte: »Du kannst befehlen, Herr, ich werde dir nie ungehorsam sein; bin ich doch von deinem Schwerte befreit und habe nichts von dir zu befürchten.« Da sage der Hausherr: »Gehe jetzt gleich wieder in den Saal und bleibe ruhig sitzen. Ich heiße Bahdar und werde später kommen. Wenn ich dann eintrete, so schimpfe, schmähe und schlage mich, und nimm gar keine Entschuldigung an; sage immer: Wo bist du heute so lange geblieben, nichtswürdigster aller Sklaven? Und behandle mich ohne alle Rücksichten. Jetzt geh', iss und trinke und mache dir Vergnügen; lass dir wohl sein die ganze Nacht durch, und morgen gehst du dann wieder deines Wegs. Ich will dich als Fremder auf diese Weise ehren, denn ich bin ein Freund der Fremden.« Amdjad küsste ihm darauf die Hand und ging wieder in den Saal zurück; seine Wangen hatten ihre Blässe verloren und waren wieder rot. Ehe er noch ganz im Saale war, sprach er zu dem Mädchen: »Meine Gebieterin! Du hast diesem Orte viel Anmut verliehen.« Sie freute sich dieser Worte und sagte: »Ich wundere mich, dich endlich heiter zu sehen.« Er antwortete: »Bei Gott! Herrin, ich glaubte, mein Sklave habe mir einige Schnüre Edelsteine gestohlen, von denen jede zehntausend Dinare wert ist, doch habe ich sie wieder gefunden, aber sein langes Ausbleiben soll er schon büßen.« Dann setzten sie sich zu Tische und scherzten miteinander und aßen und tranken bis gegen Sonnenuntergang.

Bahdar wechselte seine Kleider, zog einen Schurz und grobe Schuhe an, und trat dann in den Saal zu Amdjad und dem Mädchen. Er grüßte sie, küsste die Erde vor Amdjad, kreuzte die Arme und neigte den Kopf zur Erde. Amdjad aber sah ihn zornig an und sagte: »Wehe dir, du verfluchtester aller Sklaven! Wo bist du gewesen? Warum bleibst du so lange aus?« - »Mein Herr!« antwortete Bahdar, »ich habe meine Arbeit getan und darauf meine Kleider gewaschen, ich wusste nicht, dass du schon hier bist, denn ich war erst zur Zeit des Nachtgebets bestellt.« Amdjad schrie ihn an und sagte: »Du lügst, du verruchter Sklave! Ich bringe dich um!« Und damit stand er auf, streckte Bahdar auf den Boden hin, nahm einen Stock und gab ihm damit einige nicht starke Schläge. Das Mädchen aber riss Amdjad den Stock aus der Hand und fiel über Bahdar mit so derben Schlägen her, dass ihm die Tränen über das Gesicht herabflossen, er um Hilfe schrie und die Zähne zusammenbiss. Amdjad rief ihr zu, bat sie, aufzuhören; sie aber sagte: »Lass mich nur meinem Herzen Luft machen, damit er dir ein andermal nicht mehr so lange ausbleibe.« Und so fuhr sie fort, aus allen Kräften auf ihn loszuschlagen, bis Amdjad aufstand, ihr den Stock aus den Händen wand und sie zurückstieß. Bahdar hatten die Schläge sehr weh getan; er trocknete seine Tränen, bediente sie und schenkte ihnen ein. Dann schürzte er sich auf und reinigte den Saal, ging darauf hinaus, die Lampen anzuzünden, kam wieder und bereitete alles, was sie brauchten. So oft er aber in den Saal kam, verfehlte das Mädchen nie, ihn mit Schimpf- und Schmähreden und Drohungen zu überschütten. So blieben sie bis Mitternacht, aßen und tranken, und Bahdar bediente sie. Um Mitternacht bereitete er ihnen auf dem Sofa ein Bett, verließ den Saal und ging hinaus, um sich zum Schlafen niederzulegen, denn er war sehr müde von seiner Arbeit und den vielen Schlägen; dann schlief er auch bald ein und schnarchte. Nach einer Weile erwachte das Mädchen und musste hinausgehen; sie fand Bahdar schlafend und schnarchend, und sprach beim Eintreten zu Amdjad: »Herr, ich beschwöre dich bei meinem Leben, steh' auf, nimm das Schwert und schlage deinem Diener den Kopf ab; tust du es nicht, werde ich dich ins Verderben stürzen.« Amdjad sagte: »Was fällt dir ein, dass du ihn umbringen willst?« Das Mädchen versetzte aber: »Ich will es nun einmal so haben, und wenn er nicht durch deine Hand stirbt, so soll er durch meine eigene sterben.« Amdjad erwiderte: »Bei Gott! Tu' das nicht und lass mich damit in Ruhe.« Sie aber sagte: »Es bleibt dabei, er muss umgebracht werden.« Und mit diesen Worten ergriff sie das Schwert und zog es aus der Scheide. Amdjad eilte dem Mädchen nach, als er sah, dass sie ihn durchaus umbringen wolle und sagte: »Gib mir das Schwert; wenn es durchaus geschehen soll, ziemt es mir eher, einen Sklaven umzubringen, als dir.« Er nahm ihr dann das Schwert aus der Hand, schwang es und schlug ihr den Kopf vom Rumpfe, sodass er auf den Hausherrn fiel. Dieser richtete sich auf, öffnete seine Augen und sah Amdjad mit einem blutigen Schwerte in der Hand und neben ihm das getötete Mädchen. Er fragte, was geschehen sei, und Amdjad erzählte ihm alles. Bahdar stand auf, küsste Amdjad und sagte: »Nun müssen wir sie vor Tag aus dem Hause schaffen,« umgürtete sich hierauf, nahm das Mädchen auf die Schulter und sagte Amdjad: »Unbekannt, wie du bist, in dieser Stadt, bleibe ruhig hier und erwarte mich bis Sonnenaufgang. Kehre ich bis dahin nicht zurück, so ist dies ein Zeichen, dass mein Urteil gefällt ist. Für diesen Fall schenke ich dir mein Haus mit allem Geräte darin und Friede sei mit dir - du kannst dann ohne Weiteres davon Besitz nehmen.« Nachdem Bahdar so gesprochen, verließ er das Haus und ging von Straße zu Straße dem Meere zu.

Er war schon nahe an dem Ufer des Meeres, da kam ihm der Polizeioberste mit einigen Polizeibeamten entgegen. Die Diener des Richters umringten ihn, nahmen ihm den Korb ab, öffneten denselben und fanden das erschlagene Mädchen darin. Der Richter, welcher den Obersten Bahdar erkannte, ließ ihn festnehmen und führte ihn am anderen Morgen zu dem König. Der König ward sehr zornig, als ihm der Richter das Verbrechen des Obersten berichtete und sprach: »Wehe dir! Bringst du immer die Leute um und wirfst sie ins Meer, um zu nehmen, was sie besitzen? Wie viel hast du schon erschlagen?« Bahdar neigte den Kopf zur Erde und sprach kein Wort. Der König befahl nun, dass man ihn hinrichte. Man brachte ihn weg, und ließ durch den Ausrufer seine Hinrichtung verkünden.

Als Amdjad aber bei Tagesanbruch dies ausrufen hörte, weinte er und sprach bei sich: Das ist Unrecht und Gewalt, ich bin ja der Mörder, bei Gott, dies darf nicht geschehen! Er ging dann aus dem Saale, schloss ihn zu und lief nach dem Hinrichtungsplatze. Hier sah er den Polizeiobersten: Er trat zu ihm und sagte: »Herr! Tu' Bahdar nichts, er ist, bei Gott! Unschuldig; ich war's, der das Mädchen erschlagen hat.« Der Richter nahm beide, Bahdar und Amdjad, und führte sie vor den König, dem er den Vorfall berichtete.

Der König sah Amdjad an und sprach: »Du hast also das Mädchen ermordet?« Dieser antwortete: »Ja!« und erzählte ihm alles, wie es sich ereignet, hatte von Anfang bis zu Ende.

Der König verwunderte sich sehr darüber und sagte hierauf: »Ich verzeihe dir und Bahdar.« Der König schenkte dann beiden Ehrenkleider und ernannte Amdjad zum Vezier. Dieser verwaltete sein Amt, indem er Gerechtigkeit übte. Er ließ auch durch einen öffentlichen Ausrufer zur Auffindung seines Bruders auffordern, konnte aber nichts von ihm erfahren.

Asad wurde indessen fortwährend gepeinigt, bis endlich das Fest der Feueranbeter herannahte. Da machte Bahram (so hieß der Magier, bei dem Asad war), Vorbereitungen zur Reise, rüstete ein Handelsschiff aus und ließ alles, was er nötig hatte, an Bord schaffen. Als alles in Ordnung war, nahm er den Prinzen Asad, legte ihn in eine Kiste und deckte ihn mit allerlei Waren zu.

Als der Prinz Amdjad Bahrams Diener mit den Waren kommen sah, schlug ihm das Herz in der Brust; er befahl sogleich seinen Dienern, ihm ein Pferd vorzuführen, begab sich mit seinen Mamelucken auf das Schiff und ließ es durch seine Leute untersuchen. Da er aber nichts darin sah als Waren, so kehrte er traurig und mit bewegtem Herzen in seinen Palast zurück.

Als aber der Hund Bahram auf hoher See war, ließ er Asad aus der Kiste hervorholen, legte ihm eine Kette an und steuerte nach dem Feuerberge, da erhob sich ein harter Sturm und trieb sie mitten ins Meer. Schon waren sie dem Untergange sehr nahe, da ward ihnen Gott gnädig und leitete sie. Sie sagten dann dem Schiffsmann: »Steig einmal auf den Mastbaum und sieh' wo wir sind.« Er stieg ganz hinauf, sah sich um und sagte: »Wir sind an der Insel der Königin Murdjane, die eine rechtgläubige Muselmännin ist; wenn sie erfährt, dass wir Feueranbeter sind, nimmt sie unser Schiff und lässt uns bis auf den letzten Mann umbringen.« Bahram sagte: »Ich meine, dass wir den Muselmann, welchen wir mit uns führen, heraufbringen und ihm Sklavenkleider anziehen.«

Alle Schiffleute stimmten Bahram bei und sagten: »Das ist ein guter Gedanke.« Kaum war er mit diesen Worten zu Ende, als das Schiff in den Hafen einlief, wo er Anker werfen ließ. Sobald die Königin Murdjane das Schiff vor Anker liegen sah, verließ sie den Palast, Bahram landete sogleich mit dem Prinzen Asad, den er als Mamelucken kleidete und dem er vorher befohlen hatte, auf Befragen zu bestätigen, dass er sein Sklave sei. Als er vor die Königin kam, warf er sich vor ihr nieder und küsste die Erde zu ihren Füßen und gab ihr Auskunft über die Verhältnisse. Asad hatte von dem Augenblicke an, als ihn die Königin Murdjane sah, ihr Herz gewonnen. Sie fragte ihn: »Wie heißest du?« Er antwortete: »Dein Sklave«, und seine Augen schwammen dabei in Tränen. Gerührt darüber fragte sie ihn nochmals: »Wie heißest du, Jüngling?« und er sagte: »Willst du wissen, wie ich jetzt heiße oder wie ich früher hieß?« - »Wie?« versetzte die Königin, »hast du denn zwei Namen?« - »Ach, leider ist es so!« sagte Asad: »Ehemals hieß ich Asad (Glückseliger), jetzt aber heiße ich Mu'tarr (Unglückseliger).« Murdjane fragte: »Kannst du lesen und schön schreiben?« Er antwortete: »Ja.« Da überreichte sie ihm Papier und sagte: »Schreibe etwas darauf!« Er schrieb folgende Verse:

> »Oft weicht der Blinde einer Grube aus, in die der Sehende stürzt. Der Unwissende hütet sich oft vor einem Worte, das den Gelehrtesten ins Verderben stürzt. Der Rechtgläubige hat oft wenig Lebensunterhalt, während der Ruchlose und Ungläubige im Überfluss schwelgt. Was nützt dem Klügsten Geist? Alles dies hat der Allmächtige vorherbestimmt.«

Als er das Blatt vollgeschrieben hatte, überreichte er es der Königin, welche den Inhalt las und zum tiefsten Mitgefühle bewegt ward. Sie wandte sich zu Bahram und sagte: »Verkaufe mir diesen Sklaven.« - »Ich kann ihn nicht verkaufen,« entgegnete dieser; »denn er ist der einzige den ich noch besitze.« - »Du musst ihn mir aber verkaufen,« sprach sie, »oder mir ihn schenken.« Bahram aber sagte: »Ich kann ihn weder verschenken, noch verkaufen.« Hierüber ward die Königin Murdjane sehr aufgebracht, schrie Bahram an, ergriff Asad beim Arme, und ging mit ihm auf die Zitadelle. Bahram aber ließ sie durch einen Boten sagen: »Verlasse sogleich unsere Stadt oder ich nehme alles, was du besitzt, und lasse dein Schiff zertrümmern.« Als ihm diese Botschaft zukam, ward er sehr betrübt und sagte: »Das ist keine glückliche Reise.« Er machte dann seine Vorbereitungen bis Nacht und sprach zu seinen Leuten: »Packt eure Effekten zusammen und füllt eure Schläuche, denn bei Anbruch der Nacht wollen wir absegeln.« Soviel, was diese angeht. Die Königin Murdjane aber ging mit Asad ins Schloss und ließ die Fenster öffnen, die aufs Meer gingen; dann befahl sie ihren Sklavinnen, das Essen zu bereiten, und hieß Asad neben sich sitzen. Dann ließ sie Wein auftragen und trank mit ihm und Gott flößte ihr immer mehr Liebe zu ihm ein. Sie sprach ihm so viel zu, bis er mehr getrunken hatte, als er ertragen konnte. Nachdem die Tafel aufgehoben war, wollte Asad sich ein wenig in der frischen Luft erquicken. Er ging zum Saal hinaus und kam in eine Halle, und als er dort eine offene Türe fand, ging er hinein und kam in einen großen Garten, in dem Bäume mit den verschiedenartigsten Früchten standen. Er setzte sich unter einen Baum, ruhte eine Weile aus, stand wieder auf und wandelte im Garten umher. So kam er an den Springbrunnen, der mitten im Garten war, und wusch darin seine Hände und sein Gesicht. Eben wollte er wieder weggehen, da erhob sich eine so angenehme frische Luft, dass er sich wieder auf den Rasen niederlegte und nach einer Weile einschlief. So brach die Nacht an und Bahram rief seinen Leuten zu: »Machet euch fertig, dass wir absegeln!« Sie erwiderten: »Wir wollen nur noch unsere Schläuche füllen.« Sie gingen dann um die Zitadelle herum und überstiegen die Gartenmauer. Dann gingen sie einem Wassergraben nach, bis sie an den Springbrunnen kamen, wo sie Asad im tiefsten Schlafe, gleich einem Toten, liegen fanden. Sie erkannten ihn sogleich und füllten die Schläuche und schleppten Asad mit sich fort, stiegen mit ihm über die Mauer, und brachten ihn Bahram in aller Eile und schrien: »Kapitän, dein Tamburin schlägt und deine Flöte bläst (d. h., du hast viel Glück). Hier ist dein Gefangener, den die Königin Murdjane dir entrissen hat«, und warfen ihn vor ihn hin. Da hüpfte ihm das Herz in die Brust, und er kam fast von Sinnen vor Freude, und er ließ alle Segel aufspannen und steuerte wieder dem Feuerberge zu.

Die Königin war indessen, als sie eine Weile vergebens die Rückkehr Asads erwartet hatte, aufgestanden, um nach ihm zu sehen und als sie keine Spur von ihm fand, fing sie an, unruhig zu werden. Sie befahl ihren Frauen, ihn mit Lichtern zu suchen. Dann machte sie sich selbst auf, und da sie die Türe des Gartens offen stehen sah, trat sie hinein. Als sie an dem Springbrunnen vorüberging, sah sie einen Pantoffel liegen. Von Asad fanden sie aber keine Spur, obgleich sie die ganze Nacht ihn aufsuchten. Sie fragte nach dem Schiffe Bahrams und erfuhr, dass er im ersten Dritteil der Nacht wieder abgesegelt und sie zweifelte nicht mehr daran, dass er Asad wieder mitgenommen. Dies tat ihr wehe und brachte sie sehr auf. Sie ließ alsbald zehn große Schiffe segelfertig machen und schiffte sich selbst mit ihren bewaffneten Mamelucken und Sklavinnen ein, und sagte dem Kommandanten: »Wenn ihr das Schiff des Magiers einholet, so habt, ihr ein schönes Ehrengeschenk und viel Geld zu erwarten; holt ihr's aber nicht ein, so lass' ich euch alle ohne Ausnahme hinrichten.« Die Schiffleute schrien nun einander Mut zu und verfolgten das Schiff des Magiers den ganzen Tag, die Nacht und den zweiten ganzen Tag, ohne es zu erblicken. Am dritten Morgen aber sahen sie das Schiff in weiter Ferne, und so gut segelten die Schiffe der Königin, dass sie noch vor Mittag Bahrams Schiff umringt hatten. Bahram hatte eben Asad aufs Verdeck bringen lassen, und ihn so derb geschlagen, dass er vor Schmerzen um Hilfe schrie. Als aber die Schiffe herankamen und das Fahrzeug Bahrams umzingelten, sah dieser seinen Tod vor Augen. Er schrie Asad an: »Wehe dir, du bist schuld an allem meinem Unglück!« Mit diesen Worten fasste er ihn an der Hand und befahl seinen Leuten, ihn ins Meer zu stürzen. Asad aber tauchte unter, kam wieder in die Höhe und arbeitete mit Händen und Füßen, bis eine Welle ihn ans Land trieb, denn der erhabene Gott hatte beschlossen, ihn zu retten. Er stieg ans Land und konnte kaum an seine Rettung glauben. Dann zog er seine Kleider aus, drückte und breitete sie auf einem Felsen aus, setzte sich nackt hin und weinte über die vielen Unglücksfälle, die ihm zugestoßen. Er brachte zehn Tage in einem öden Lande zu und aß von den Kräutern der Erde und trank vom Wasser der Bäche. Endlich kam er an eine Stadt, die er für die Stadt der Magier erkannte, in welcher sein Bruder Amdjad Vezier war. Er freute sich sehr darüber; aber die Nacht überfiel ihn, und die Tore der Stadt waren schon geschlossen. Das Schicksal wollte es, dass Asad wieder umkehren musste; er ging nach den Gräbern, um dort zu schlafen, fand ein Grabmal ohne Türe, ging hinein und schlief dort bis Mitternacht. Dies geschah mit Asad; was aber Bahram angeht, so fragte ihn die Königin Murdjane, als ihr Schiff das Seinige eingeholt hatte, nach Asad, und er schwor ihr, dass er sich nicht bei ihm befinde, auch gar nichts von ihm wisse. Murdjane ließ nun das Schiff durchsuchen, aber man fand ihn nicht. Sie ließ ihn ergreifen und wieder nach der Zitadelle bringen und wollte ihn, um Asad zu rächen, töten, er kaufte sich aber durch seine ganze Habe los, und er wurde mit seinen Sklaven freigelassen. Bahram und seine Leute wanderten zehn Tage, bis sie wieder nach Hause in die Stadt der Magier kamen. Weil das Tor schon geschlossen war, denn es war schon Nacht, sahen sie sich auch genötigt, auf dem Begräbnisplatz ein Grabmal aufzusuchen. Bahram sah auch das Grabmal, das keine Türe hatte, trat ein und fand einen schlafenden Mann, welcher laut schnarchte, und den Kopf auf der Brust liegen hatte. Bahram ging auf ihn zu, hob seinen Kopf in die Höhe und rief, ihn erkennend: »Ha! Ha! Du bist's, wegen dessen ich mein Schiff und all mein Gut verloren habe.« Ohne ein weiteres Wort band er ihn und verstopfte ihm den Mund. Als der Morgenstern sich zeigte, und die Tore der Stadt geöffnet wurden, ließ er ihn durch seine Sklaven in sein Haus tragen. Seine Tochter Bostane und seine Sklavin kamen ihm alsbald entgegen, und er erzählte ihnen, was er wegen dieses Gefangenen gelitten und verloren habe, und wie er ihn auf einem Grabmal wieder gefunden und nun hergebracht. Er befahl dann seiner Tochter, ihn wieder in das unterirdische Gemach bringen zu lassen, und ihn zu schlagen und zu peinigen, noch ein Jahr lang, bis zum nächsten, wo er bei dem Besuche des Feuerberges geopfert werden solle. Man trug Asad hinunter, und als er erwachte, fand er sich wieder an demselben Orte, wo er früher gewesen war. Bostane ging auf ihn zu, entkleidete ihn, und schlug ihn. Sein Jammern und seine Tränen machten aber solchen Eindruck auf Bostane, dass sie sich des Mitleids nicht länger erwehren konnte. Ihr Herz wurde erweicht und sie fragte ihn: »Wie heißest du?« Er sagte: »Fragst du mich nach meinem frühem oder nach meinem jetzigen Namen?« Sie versetze: »Hast du denn zwei Namen?« - »Ja«, antwortete er, »einst hieß ich Asad, und jetzt heiße ich Akasch (der Gefallene).« Tränen rollten über seine Wangen. Bostane weinte mit ihm und sagte: »Bei Gott! Mein Herz hat Erbarmen mit dir. Halte mich nicht länger für eine Ungläubige, meine Erzieherin hat mich heimlich, ohne Wissen meines Vaters, zum Islamismus bekehrt. Zwar muss ich meinen Glauben noch verbergen, ich bete aber zu Gott, dass er mir alle die schweren Misshandlungen, die ich dir zugefügt habe, vergebe. So Gott will, werde ich ein Mittel finden, dich aus deinem Gefängnisse zu retten.«

Diese Rede Bostanens gereichte dem Prinzen Asad zu nicht geringem Troste und er dankte dem allmächtigen Gott. Bostane verließ ihn dann und holte einen Becher Wein und gab ihm zu trinken und kochte ihm eine Hühnersuppe und stellte sie ihm vor. So kam sie jeden Tag zu dem Prinzen Asad und brachte ihm Wein, Suppen und Hühner und betete mit ihm.

Eines Tages stand Bostane an der Haustüre, als sie einen öffentlichen Ausrufer etwas verkündigen hörte, und siehe da! Sie erblickte hinter dem Ausrufer den Vezier Amdjad, von vielen Mamelucken umgeben. Der Ausrufer verkündete folgende Bekanntmachung: »Ihr Bewohner dieser Häuser! Der Großvezier, der in eigener Person hier gegenwärtig ist, befiehlt, wenn jemand seinen Bruder, der so und so aussieht, bei sich hat, und ihm Anzeige davon macht, so erhalte er ein Ehrenkleid und viele Reichtümer, wer aber seinen Aufenthaltsort verheimlicht, dem wird, wenn es herauskommt, sein Haus geplündert, sein Harem geraubt und sein Blut preisgegeben, wer vorher droht, den trifft nachher keine Schuld, und wer warnt, handelt gerecht.« Als Bostane diese Worte hörte, eilte sie zu Asad und benachrichtigte ihn von dem, was sie gehört. Er erwiderte. »Das ist mein Bruder Amdjad.« Er stieg dann mit dem Mädchen hinauf, ging zur Türe hinaus und sah seinen Bruder Amdjad zu Pferd, und warf sich über ihn. Amdjad, der ihn auch wieder erkannte, drückte ihn an sich, ließ ihn dann ein Pferd besteigen und führte ihn, umgeben von einer Menge Mamelucken und Dienern, in den Palast, wo er ihn dem König vorstellte.

Als er dem König seine Erlebnisse erzählt hatte, befahl dieser, dass man Bahrams Haus ausplündere, ihn selbst aber vor den König bringe. Dieser Befehl wurde vollzogen, Bostane aber mit Ehrerbietung behandelt. Bahram wurde zum Tode verurteilt. Da rief er: »Mächtiger König, kann mich nichts vom Tode retten?« Der König erwiderte: »Es gibt keine Gnade für euch, wenn ihr euch nicht zu der muselmännischen Religion bekehrt.« Bahram neigte den Kopf zur Erde, hob ihn dann wieder in die Höhe und sprach das Glaubensbekenntnis aus und ward ein guter Muselmann. Als Bahram die Geschichte Amdjads und Asads erzählen hörte, ging er zu ihnen und sagte: »Ich will mir ein Schiff ausrüsten und euch zum König Kamr essaman, eurem Vater, zurückführen.« Am folgenden Morgen gingen die Prinzen zu dem König, um Abschied zu nehmen. Da erhob sich plötzlich in der ganzen Stadt ein großer Lärm; zu gleicher Zeit eilte ein Offizier herbei und rief: »Wisse, König der Zeit, es ist eine starke Armee mit entblößten Waffen vor die Stadt gedrungen, und niemand weiß, was sie beabsichtigt.« Amdjad sagte: »Ich will nachsehen, wer dieser Feind ist.« Er eilte fort. Bald erblickte er die Armee, die ihm sehr mächtig erschien. Als man Amdjad erblickte, den man für einen Gesandten hielt, führte man ihn vor den König. Als Amdjad vor ihm stand, erkannte er in ihm eine verschleierte Frau. Er beugte sich vor ihr zur Erde und sagte: »Königin! Was bedeutet dein Zug, ist er friedlich oder feindlich?« Die Prinzessin erwiderte: »Gesandter! Ich habe kein Verlangen nach eurer Stadt, der Grund meines Kommens ist mein Sklave, Namens Asad, der, wie ich gehört habe, sich hier aufhält, es soll euch gar nichts zuleid geschehen.« Sie erzählte dann ihre ganze Geschichte mit Asad, wie sie ihn Bahram entrissen hatte, und was sich von Anfang bis zu Ende ereignet hatte. Endlich sagte sie auch: »Ich bin die Königin Murdjane.« »Herrin!« versetzte hierauf der Prinz Amdjad, »die Freude ist nahe, denn ich bin der Bruder dieses Sklaven.« Er erzählte ihr dann seine ganze Geschichte und sie war sehr erstaunt darüber und freute sich, Asad wieder gefunden zu haben, und erteilte Befehl, ihre Zelte aufzuschlagen. Amdjad begab sich dann zum König und erstattete ihm Bericht von den Worten Murdjanes. Der König und Asad bestiegen Pferde, um die Königin zu begrüßen, da erhob sich auf einmal ein mächtiges Lärmen und ein Staub, der die ganze Luft erfüllte. Als er sich legte, erblickte man ein Heer, das sich wie ein Meer über das ganze Land ergoss; es umgab die Stadt, wie das Weiße das Schwarze vom Auge, und der König sagte zu Amdjad: »Was will diese zweite Armee? Das sind gewiss Feinde, die uns überfallen.«

Amdjad eilte fort, stieg zu Pferde, und nachdem er das Heer der Königin Murdjane unter Waffen gerufen, ritt er als Gesandter dem Heere entgegen, trat vor den König, warf sich mit dem Gesicht zu Boden, und fragte, warum er gekommen? Der König erwiderte: »Ich bin der König Ghejjur, Herr der Inseln und Meere. Ich wandere umher, meine Tochter Bedur zu suchen, die ich mit dem Prinzen Kamr essaman, Sohn des Schah Gema, Königs der Kanarieninsel, vermählt habe. Sie hat mich verlassen und ich habe nichts mehr von ihr gehört.« Als Amdjad diese Rede des Königs hörte, beugte er den Kopf gegen die Erde, und als er erkannte, dass er der Vater seiner Mutter, fiel, er über ihn her und küsste ihm die Hand und sagte ihm: »Ich bin ein Sohn Kam essamans und der Königin Bedur.«

Als der König dies hörte, drückte er ihn ans Herz, und beide weinten. Amdjad erzählte ihm dann seine und seines Bruders Asad Geschichte von Anfang bis zu Ende. Als er geendet hatte, sprach der König von China: »Gelobt sei Gott für eure Rettung! Ich werde dich und deinen Bruder mit eurem Vater versöhnen.«

Amdjad eilte zu seinem Bruder und erzählte ihm, wie er seinen Großvater getroffen, und erstattete auch dem König von allem Bericht und der König erteilte die nötigen Befehle zur Bewirtung des Fürsten Ghejjur. Da erhob sich auf einmal wieder eine Staubwolke, die die ganze Luft verfinsterte. Der König sagte: »Dies ist gewiss ein segensreicher Tag; geht und seht, was diese frischen Truppen wollen.« Asad und Amdjad gingen hinaus, nachdem sie die zwei ersten Armeen gemustert hatten. Als sie die neuen Truppen sahen, erkannten sie dieselben sogleich für die der Ebenholzinseln, mit ihrem Vater, dem König Kamr essaman, an der Spitze. Sie warfen sich über ihren Vater und küssten ihm die Hände und er umarmte seine beiden Söhne, indem er viele Tränen vergoss, und entschuldigte sich bei ihnen über sein Verfahren gegen sie und teilte ihnen mit, was er nach ihrer Trennung gelitten. Die Prinzen sagten ihm dann, dass der König von China, sein

Schwiegervater, angekommen sei, um seine Tochter zu suchen. Kamr essaman machte sich mit einem kleinen Gefolge auf, ihn in seinem Lager zu besuchen und zu begrüßen. Asad und Amdjad ritten voran zu ihrem Großvater und meldeten ihm die Ankunft ihres Vaters. Er bestieg auch ein Pferd, sprengte ihm entgegen und schloss ihn fest in seine Arme. Kamr essaman erzählte ihm alles, von Anfang bis zum Ende. Während sie so beisammen waren, und der König vor freudigem Erstaunen sich kaum fassen konnte, sah man wieder eine Staubwolke, größer noch, als alle vorhergehenden; sie kam von der Seite Persiens her. Der König sprach: »Das ist ein wundervoller Tag; gehet und seht, was es gibt!« Asad und Amdjad ritten durch die drei Armeen und erkannten persische Truppen. Sie ließen sich vor dem König führen, grüßten ihn und fragten nach der Ursache seiner Ankunft. Der Vezier sprach: »Der König, vor dem ihr steht, ist Schah Geman, der König der Kanarieninseln: Er hat seinen Sohn Kamr essaman verloren und sucht ihn nun in allen Ländern.«

Die Prinzen kehrten zu Kamr essaman zurück, um ihm zu melden, wer angekommen. Als Kamr essaman dies hörte, stieß er einen lauten Schrei aus und fiel in Ohnmacht. Als er wieder zu sich kam, weinte er sehr heftig, bestieg sogleich ein Pferd und eilte zu seinem Vater. Als er ihn erblickte, stieg er ab und küsste ihm die Hand. Nach gegenseitiger Begrüßung erzählten sie einander, was sie durch die Trennung erlitten und Schah Geman sagte: »Gelobt sei Gott, der ein so gutes Ende herbeigeführt. Alles, was geschehen, war vom erhabenen Gott beschlossen.«

Die drei Könige und die Königin Murdjane blieben drei Tage am Hofe des Königs der Magier, der große Mahlzeiten und Festlichkeiten veranstaltete. In diesen drei Tagen wurde auch die Hochzeit Asads mit der Königin Murdjane und die Amdjads mit Bostane gefeiert. Jener ward Sultan der Ebenholzinseln und dieser Sultan des Landes der Magier. Die Magier wurden aufgefordert, sich zum Islamismus zu bekehren, wer ihn annahm, ward geschont, wer sich weigerte, verlor das Leben. Dann bereitete sich Kamr essaman zur Abreise mit seinem Vater Schah Geman vor und nahm Abschied von seinen Kindern; der König Ghejjur aber verließ sie mit seiner Tochter Bedur. Kamr essaman, dessen Vater und der König Ghejjur wurden, bei ungetrübter Heiterkeit alt, und besuchten einander von Zeit zu Zeit, bis sie der Zerstörer aller Freuden und der Trenner aller Vereinigungen, der Tod, überfiel. Sie starben als gute Muselmänner. - Gelobt sei Gott, der Herr aller Welten!

Die Sultanin Schehersad fuhr fort, den Sultan mit ihren schönen Geschichten zu unterhalten und begann nun die

Geschichte vom Zauberpferde.

Herr! Man erzählt: Es herrschte einmal vor undenklichen Zeiten ein König in Persien, namens Sabur, der war der größte und mächtigste unter allen Herrschern seiner Zeit und besaß unermessliche Länder und Reichtümer, die von einer zahllosen Armee verteidigt wurden. Er war aber ebenso berühmt wegen seiner schönen Tugenden, als wegen seiner furchtbaren Macht und Größe, denn er war nicht allein ein Mann von ausgebreiteten Kenntnissen, gewandt und voll Unternehmungsgeist, sondern sein Herz war auch ebenso weich und teilnahmsvoll, als sein Verstand scharf und durchdringend; seine Hand war ebenso mildtätig und freigebig gegen die Armen, als für den Bösen furchtbar und strafend. Er war ein Trost für den Unglücklichen und Beladenen, und der Verstoßene und Verfolgte fand stets eine Freistätte bei ihm. Seine Verwandten liebte er zärtlich, gegen die Fremden war er milde, und nie wurde ein Fall bekannt, dass ein Unterdrückter ihn vergebens um Recht gegen die Gewalt angefleht hätte. Er war Vater von drei Mädchen und einem Sohne. Dieser König feierte jährlich zwei Feste, Niradj und Mihrdjan. An diesem Festtage pflegte er alle seine Paläste zu öffnen, Geschenke zu machen, Amnestien zu veröffentlichen, Pförtner und andre Aufseher zu entfernen, sodass alle seine Untertanen freien Zutritt zu ihm hatten, um ihn zu begrüßen, zu beglückwünschen und Geschenke darzubringen. Dieser König war ein großer Liebhaber von Philosophie und Geometrie. Nun traf es sich an einem dieser Festtage, dass drei äußerst gelehrte und erstaunlich weise Männer mit kostbaren bewunderungswerten Geschenken in seine Stadt kamen. Sie waren alle drei aus verschiedenen Ländern und sprachen auch verschiedene Sprachen. Der eine war ein Inder, der andere ein Grieche und der dritte ein Perser. Der Inder ging zuerst zum König, warf sich vor ihm nieder und übergab ihm, indem er zum Feste Glück wünschte, ein höchst bewunderungswürdiges Geschenk. Es war eine mit kostbaren Edelsteinen verzierte goldene Bildsäule, die ein goldenes Horn in der Hand hielt. Nachdem der König dasselbe von allen Seiten genau betrachtet hatte, sagte er zu dem Inder: »Weiser Mann, zu welchem Zweck soll dies dienen?« - »Herr«, erwiderte der Inder, »dies Bildnis hat die Eigenschaft, dass, wenn ein Spion in die Stadt kommt, es sogleich in das goldene Horn stößt. Der Spion wird sogleich zu zittern anfangen und tot niederfallen.« Der König, im höchsten Grade überrascht von den Worten des Indiers, sagte zu ihm: »O Weiser! Bei Gott! Wenn du wahr sprichst, so werde ich all deine Wünsche erfüllen.« Hierauf trat der griechische Weise vor, warf sich dem König zu Füßen und überreichte ihm ein silbernes Becken, in dessen Mitte ein goldener Pfau saß, rund herum umgeben von 24 Jungen. Nachdem der König es betrachtet hatte, fragte er den

Weisen, was der Zweck dieses Werkes sei. »Herr!« erwiderte der Grieche, »dieser Pfau hier wird nach Verfluss jeder Stunde eines seiner Jungen picken und so die Tageszeit anzeigen. Nach einem Monat aber wird er jedes Mal den Schnabel öffnen, und darinnen wird der Mond erscheinen.« Als der König das hörte, sagte er: »O Weiser, sprichst du wahr, so soll jeder deiner Wünsche erfüllt werden.« Sodann trat der persische Weise hervor, beugte sich zur Erde und überreichte dem König ein Pferd aus Ebenholz, mit Gold und Edelsteinen beschlagen, vollkommen ausgerüstet, mit prächtigem königlichem Sattel, Zaum und Steigbügeln, und dem nur die Sprache fehlte. Der König war sehr erstaunt beim Anblick dieses kunstreich gebildeten Pferdes und fragte, wozu dieses leblose Pferd diene. »Mein Gebieter!« antwortete der Weise, »dieses Pferd legt mit seinem Reiter in einem Tag eine Strecke von einem Jahre zurück, denn es fliegt durch die Luft.« Der König war im höchsten Grade erstaunt über das Zusammentreffen dieser drei Wunder an einem Tage und sagte zu dem Perser: »Bei dem erhabenen Gott, dem Schöpfer und Erhalter der Menschen durch Getränke und Nahrung, wenn du die Wahrheit gesprochen hast und deine Rede sich bewährt, so gewähre ich dir im Voraus jede Bitte, die du an mich stellen magst.« Er bewirtete dann die Weisen drei Tage lang, um ihre Gaben zu prüfen. Jeder brachte sein Werk mit und machte den König mit dessen Bewegungen bekannt. Das Bildnis stieß alsbald ins Horn, der Pfau pickte die Jungen und der Weise schwang sich aufs Pferd, stieg in die Höhe und ließ sich wieder herunter. Der König geriet beinahe außer sich vor Freude und sagte zu den Weisen: »Ihr habt eure Versprechen erfüllt und die Wahrheit eurer Worte durch die Tat bewiesen; nun ist es an mir, auch mein Versprechen in Erfüllung gehen zu lassen. Fordere jeder von mir, was er will, er soll es auf der Stelle haben.« - Die Weisen hatten aber schon von den drei Prinzessinnen gehört, sie sagten daher: »Wenn der König unser Herr, mit uns zufrieden ist, unsere Geschenke annimmt und uns erlaubt, etwas zu erbitten, so möchten wir, dass der König, der doch gewiss sein Wort nicht brechen wird, uns seine drei Töchter gebe und uns zu seinen Schwiegersöhnen annehme.« Der König sagte: »Ich werde eurer Bitte willfahren«, und er ließ sogleich beim Kadi die Ehe-Kontrakte abfassen.

Die Prinzessinnen hatten aber hinter einem Vorhange dem Schauspiele zugesehen, und als die jüngste ihren künftigen Gemahl, den Perser, betrachtete, entdeckte sie, dass er ein hundertjähriger Greis war, mit einer Stirne voll Runzeln und Falten, mit borstigem Haupthaare, während die Haare der Augenbrauen und des Bartes ausgefallen waren. Seine Augen waren rot und triefend, und seine Wangen so abscheulich gelb und eingefallen, dass man jeden Knochen seines Gesichts sehen konnte. Er hatte eine Nase wie Bedindjan; seine paar Zähne waren teils ausgefallen, teils locker;

seine Lippen blau und lappig, wie Kamelnieren, und seine ganze Haut eingeschrumpft und lederfarben. In der Tat, er war ein Wunder von Hässlichkeit und von einer ganz unbekannten Rasse; der abscheulichste unter allen Menschen, glich er ganz und gar einem Teufel, sodass selbst die Vögel vor ihm in ihr Nest flohen. Das Mädchen aber war das schönste und liebenswürdigste ihrer Zeit; niedlicher als eine Gazelle, zarter als ein Zephyr, übertraf sie den Mond an Glanz und milder Schönheit; sie beschämte alle Baumzweige, wenn sie sich sanft wiegte, und keine Gazelle kam ihr gleich in der Geschwindigkeit und Kühnheit der Wendungen. Sie war schöner und anmutiger als ihre Schwestern.

Als diese Prinzessin nun ihren Bräutigam sah, eilte sie in ihr Gemach, streute Erde auf ihr Haupt, zerriss ihre Kleider und fing an unter lautem Weinen und Wehklagen sich Gesicht und Brust zu zerschlagen. Ihr Bruder, der sie weit mehr als seine anderen Schwestern liebte, kam eben von der Reise zurück. Wie er nun ihr Geschrei und Weinen hörte, eilte er zu ihr hinein, schlug sich an die Brust und fragte sie, was ihr denn zugestoßen sei, sie solle ihm die Wahrheit sagen und nichts verhehlen. Sie brach in die Worte aus: »Mein teurer Bruder! Gewiss, wenn deinem Vater durch mich das Schloss zu eng geworden, will ich es gerne verlassen. Hat er an mir etwas seiner Tochter Unwürdiges gesehen, will ich mich von ihm entfernen oder will er nicht länger mehr für mich sorgen, so gibt es für mich ja einen Gott, der mich führen und nicht verlassen wird.« Ihr Bruder, der den Sinn dieser Reden nicht recht begreifen konnte, bat sie, ihm das alles deutlicher zu sagen, denn noch wisse er den Grund nicht, warum sie so bewegt und betrübt sei. Sie antwortete: »Wisse, teurer Bruder! Mein Vater hat mich mit einem Zauberer verlobt, der ihm ein schwarzes hölzernes Pferd geschenkt und ihn mit seiner Zauberkunst überlistet hat. Ich aber mag diesen Alten nicht, ich will nicht seinetwillen auf die Welt gekommen sein.« Ihr Bruder sprach ihr Trost und Mut ein, verließ sie dann und eilte zu seinem Vater, den er fragte: »Wer ist der Zauberer, mit welchem du meine jüngste Schwester verlobt hast, und was hat er dir für ein Geschenk gemacht, dass du seinetwillen deine Tochter vor Gram sterben lassen willst? Das soll nicht sein!« Der Weise, der diese Rede mit anhörte, ergrimmte in seinem Herzen über den Prinzen. Der König aber sprach zu seinem Sohne: »Wenn du das Pferd und seine Kunst gesehen haben wirst, so wirst du vor Erstaunen fast den Verstand verlieren. Er befahl dann den Dienern, es herbeizuführen, und als der Prinz es sah, gefiel es ihm, und da er ein guter Reiter war, schwang er sich sogleich in den Sattel und stieß ihm die Steigbügel in den Leib. Als sich aber das Pferd nicht von der Stelle bewegte, sprach der König zu dem Weisen: »Geh und zeige ihm, wie man es in Bewegung setzt, dann wird er sich wohl deinem Wunsche nicht mehr widersetzen.« Der Weise, der schon einen tödlichen Hass auf den Prinzen geworfen hatte, ging zu ihm hin, und zeigte ihm einen Wirbel an der rechten Seite des Pferdes, welcher dazu diente, das Pferd steigen zu machen, und verließ ihn. Der Prinz rieb den Wirbel und nun stieg das Pferd mit ihm in die Höhe und flog mit so reißender Schnelligkeit dahin, dass er bald gar nicht mehr gesehen wurde. Der König ward besorgt um seinen Sohn und fragte den Weisen: »Wie kann er nun aber das Pferd wieder zur Erde lenken?« »Herr«, versetzte der Weise, »diese Kunst besitze ich nicht, auch ist's seine und nicht meine Schuld, wenn du ihn bis zum Auferstehungstag nicht mehr wieder siehst. Aus Dünkel und Hochmut verschmähte er, mich zu fragen, auf welche Weise das Pferd dahin gebracht wird, wieder niederwärts zu fliegen, und ich selbst dachte im Augenblick nicht daran, es ihm zu sagen.« Der König geriet über diese Worte in so heftigen Zorn, dass er den Weisen schlagen und einsperren ließ. Er selbst riss die Krone von seinem Haupte, schlug sich ins Gesicht und auf die Brust, jammerte und weinte. Die Tore des Palastes wurden geschlossen und alle Festlichkeiten eingestellt; nicht allein der König, seine Gemahlin und Töchter waren von diesem großen Unglück so schmerzlich berührt, sondern auch alle Stadtbewohner teilten ihren Kummer über den Verlust des Prinzen. So war auf einmal Lust in Trauer und Glück in Unglück verwandelt, und aus einem Freudentage ein Trauertag geworden.

Der Prinz ward indessen von dem Pferde bis in die Nähe der Sonne emporgetragen, er war dem Tode nahe und war darauf gefasst, zwischen den Himmelskörpern umzukommen. Da dachte er: Wenn ich doch sterben muss, so will ich wenigstens sehen, ob der, welcher den Wirbel zum Aufsteigen gemacht, nicht auch einen gemacht hat, durch welchen das Pferd dazu gebracht wird, dass es sich wieder herablasse. Der Prinz war nämlich ein kluger, scharfsinniger und entschlossener Mann. - Er streckte daher seine Hand nach der linken Seite des Pferdes aus und fand einen zweiten Wirbel, den er sogleich rieb. Augenblicklich bemerkte er auch, dass das Pferd sich niedersenkte: Und als er wieder rieb, erblickte er bald die Erde und so näherte er sich der Erdoberfläche immer mehr und er war außer sich vor Freude und dankte Gott für seine Rettung. Dann rieb er wieder den rechten Wirbel ein wenig und flog in geringer Höhe weiter. Als es Abend war, erblickte er ein hohes Schloss, mitten in einer blühenden Ebene, durch die murmelnde silberklare Bäche flossen, wo herrliche Blumen standen und muntere Gazellen umhersprangen. Gleich darauf sah er eine große Stadt, mit einer festen Zitadelle, Türmen und hohen Mauern, und auf der anderen Seite der Stadt war ein sehr hohes und festes Schloss, um welches er vierzig bepanzerte Sklaven mit Schwertern Bogen und Lanzen bewaffnet, umhergehen sah. Er dachte bei sich selbst: O wüsste ich doch nur, in welchem Lande ich mich befinde; nach einigem Nachdenken aber entschloss er sich, die Nacht auf der Terrasse des Schlosses zuzubringen und sich nach und nach mit den Bewohnern desselben zu befreunden. Sogleich bemühte er sich nun, das Pferd nach dem Schlosse hinzulenken und es auf die Terrasse niederzulassen. Die Nacht war schon hereingebrochen, als ihm dies gelang und er, äußerst hungrig und durstig, abstieg. Er untersuchte die Terrasse von allen Seiten, bis er endlich eine Treppe fand, die in das Innere des Schlosses hinabführte. Er stieg die Treppe hinunter und kam auf einen Platz vor der Türe des Schlosses, dessen Boden mit weißem Marmor gepflastert, vom Monde beleuchtet war; hier sah er sich überall um und bemerkte ein Licht, das aus dem Inneren des Schlosses schimmerte. Als er darauf zuging, kam er an eine Türe, vor welcher ein Sklave schlief, gleich einem von Solimans Geistern, lang wie ein Baum, und breit wie eine steinerne Bank. Zu seiner Seite brannte ein Licht und lag ein Schwert, das wie eine Feuerflamme funkelte; nebenan aber stand ein Tischchen mit steinernen Pfeilern. Der Prinz zauderte einige Augenblicke, bald aber fasste er sich und sprach: »Ich rufe Gott um Hilfe an! Du, o Gott, der du mich soeben vom Untergang befreit hast, gib mir nun auch die Kraft, mir über dieses Schloss Auskunft zu verschaffen.« Mit diesen Worten streckte er die Hand nach dem Tischchen aus, ergriff es und ging damit auf die Seite, hob die Decke weg und fand herrliche Speisen, und aß und trank, bis er satt war. Dann ruhte er ein wenig aus, trug das Tischchen wieder an seinen vorigen Platz, nahte sich auf den Zehen dem Schlafenden und zog ihm das Schwert aus der Scheide. Damit ging er vorwärts, ohne zu wissen, was die Bestimmung über ihn verhängen werde; bald erblickte er wieder eine Türe, welche mit einem Vorhang bedeckt war. Er ging darauf zu, hob den Vorhang auf, und trat in das Zimmer, wo ein Thron aus weißem Elfenbein stand, mit Perlen, Rubinen und anderen Edelsteinen besetzt, und an dem Fuße desselben lagen vier schlafende Sklavinnen; er näherte sich dem Throne, um zu sehen, wer auf ihm liege, und fand ein schlafendes Mädchen, schön wie der leuchtende Mond, von ihren langen Haaren umwallt. Er bewunderte ihre Schönheit und Anmut, ihren Wuchs und ihr Ebenmaß. Ihre Stirne leuchtete wie der Mond, ihre Wangen, von einem zarten Male angehaucht, glichen Anemonen. Als der Prinz sie sah, kümmerte er sich nicht mehr um Gefahr und Tod. Er nähert sich ihr zitternd und bebend und küsste sie auf ihre rechte Wange. Sie erwachte sogleich und öffnete ihre Augen und blicke den Prinzen an, der ihr zu Häupten stand und sagte zu ihm: »Wer bist du, Jüngling, und wo kommst du her?« Er antwortete: »Ich bin dein Sklave und dein Geliebter.« »Wer aber hat dich hierher gebracht?« sagte die Prinzessin weiter. »Mein Gott und mein Schicksal«, erwiderte der Prinz.

Die Prinzessin, welche ihr Vater mit einem der vornehmsten Männer der Stadt verlobt hatte, glaubte, der Prinz sei ihr Verlobter. Sie betrachtete ihn näher, und da er schön wie der leuchtende Mond war, breitete sich über ihr Herz das Netz der Liebe wie ein flammendes Feuer aus und sie begann, sich mit ihm traulich zu unterhalten. Plötzlich erwachten die Sklavinnen, und als sie den Prinzen neben ihrer Herrin sitzen sahen, riefen sie: »O Herrin! Wer ist denn der junge Mann, der bei dir ist?« - »Ich weiß es nicht«, antwortete die Prinzessin; »ich habe ihn so bei mir gefunden, als ich erwachte. Ohne Zweifel ist es mein Verlobter.« Die Sklavinnen aber sagten: »O Herrin, beim erhabenen Gott! Dein Verlobter kann nicht einmal dieses Mannes Diener sein.« Und mit diesen Worten gingen sie zu dem noch immer schlafenden Sklaven, weckten ihn auf und riefen ihm zu: »So bewachst du das Schloss, dass Leute hereinkommen, während wir schlafen?« Als der Sklave dies hörte, sprang er erschrocken auf und wollte nach seinem Schwert greifen, da er es aber nimmer fand, ging er voll Angst und Betäubung zu seiner Herrin. Sowie er den Prinzen neben der Prinzessin sitzen sah, rief er ihm entgegen: »Wer hat dich hierher gebracht, du Betrüger! Du Dieb! Du niedrig Geborener!« Bei diesen Schimpfreden sprang der Prinz mit dem Schwerte in der Faust, wie ein Löwe auf; aber der Sklave entfloh, und eilte zitternd und bebend in die Gemächer des Königs und erzählte ihm, was vorgefallen. Der König erschrak, machte sich auf, ergriff sein Schwert und sagte zu dem Sklaven: »Wehe dir! Du Hund, was ist das für eine schlimme Nachricht?« »Herr«, erwiderte der Sklave, »der Schlaf hat uns überwältigt, und als wir erwachten, sahen wir auf einmal einen Mann von vornehmem Aussehen und schöner Gestalt neben meiner Gebieterin sitzen; weder ich noch eine der Sklavinnen konnten begreifen, wie er hereingekommen, ob er von oben oder von unten gekommen ist.« Der König eilte selbst mit dem Schwerte in der Hand in die Gemächer der Prinzessin, um diesen Vorfall zu untersuchen. Als er in ihr Zimmer trat und den Prinzen neben seiner Tochter sitzen sah, geriet er in eine unglaubliche Wut; er zog sein Schwert, drang auf ihn ein und wollte ihm den Kopf spalten. Der Prinz aber hob sich von dem Throne, streckte ihm sein Schwert entgegen und sagte: »Beim erhabenen Gott! Wäre mir dies Haus nicht durch meinen Eintritt heilig, so würde ich dich denen, die in deiner Väter Gruft liegen, nachsenden.«

Der König sagte: »Wer bist du, Betrüger? Und wer ist dein Vater, dass du es wagen darfst, in solchem Tone mit mir zu reden und meine Tochter in ihrem Schlosse zu überfallen? Weißt du nicht, dass ich der größte König der Erde bin? Bei dem erhabenen Gott, ich will dich der Welt zum Beispiel und Schrecken den martervollsten Tod sterben lassen, du Dieb! Du niedrig Geborener!« Der Prinz lächelte und sagte: »Herr! Du setzt mich in Erstaunen durch deinen schwachen Verstand und dein grobes Benehmen! Könntest du dich auch meiner bemächtigen und mich umbringen lassen, was würde es dir nützen? Würden da die Leute nicht sagen, der König hat einen jungen Mann bei seiner Tochter gefunden und ihn töten lassen. So würde Spott und Schande über dich kommen, und kein Mensch mehr Ehrfurcht vor dir haben. Übrigens sind wir auch Könige und Söhne von Königen, und wenn wir wollten, wäre es uns ein leichtes, dich vom Throne ins Verderben zu stürzen! Doch Gott sei davor, dass je etwas Böses von mir bekannt werde. Kannst du übrigens deiner Tochter einen besseren Mann wünschen? Und wenn sie Prinzessin ist, so bin ich ein Sohn des Königs von Persien!« Der König fragte ihn: »Warum aber bist du nicht, wie es Sitte ist, zu mir gekommen und hast um sie angehalten. Der Prinz erwiderte: »Was geschehen ist, ist geschehen. Doch will ich dir einen Vorschlag machen. Lass von deinen Truppen versammeln, soviel du willst, und ich will ganz allein gegen sie kämpfen; werde ich besiegt, so geschieht es, weil ich eine Schuld begangen, schlage ich sie aber in die Flucht, so wird man mich wohl nicht mehr mit Geringschätzung behandeln. Menschen kann man nicht wie Korn abmähen und messen.« Der König war sehr zufrieden mit dem Vorschlag, der ihn aus der Verlegenheit riss, wie er den Prinzen töten lassen solle, ohne sich und seine Tochter in Schande zu bringen. »Es sei so!« sprach er, versammelte, sobald der Tag anbrach, seine Truppen und stellte sie in Schlachtordnung, und befahl, den Prinzen herbeizuführen und ihm ein Pferd und Waffen zu bringen. Der Prinz aber sagte: »Ich will mein eigenes Pferd besteigen; befehle nur, dass man es von der Terrasse, wo es angebunden ist, herabhole.« Als das Pferd herbeigeführt wurde, bewunderte der König die Schönheit und künstliche Arbeit desselben. Der Prinz bestieg es, und die Truppen umringten ihn von allen Seiten, um ihn zu erschlagen. Der Prinz drehte den Wirbel an der rechten Seite des Pferdes, und augenblicklich erhob es sich in die Luft wie ein Vogel. Der König rief immer: »Ergreift ihn.« Die Soldaten aber sagten: »O König, wen sollen wir ergreifen? Bei dem erhabenen Gotte! Der ist ein Teufel, ein abtrünniger Geist! Gelobt sei Gott, der dich von ihm befreit hat!« Der König und seine Truppen kehrten verwirrt und betäubt ins Schloss zurück. Der König ging in die Gemächer der Prinzessin und erzählte ihr das Vorgefallene, dann schimpfte er über den Prinzen und sagte: »Gott verdamme diesen schlechten, betrügerischen Zauberer!« Der König glaubte nämlich, durch solche Reden seine Tochter trösten zu müssen und ahnte nicht, dass ihr Herz für den Prinzen in Liebe entbrannt war. Als er aber die Tränen sah, die ihren Augen entquollen, suchte er sie zu beruhigen und verließ sie. Die Prinzessin aber brach nun in lautes Weinen und Jammern aus und konnte weder essen noch trinken noch schlafen.

Der Prinz Kamr al Akmar (Mond der Monde, so hieß er) durchflog indessen die Luft, bis er in das Land seines Vaters kam. Er ließ sich auf der Terrasse seines väterlichen Schlosses nieder und stieg vom Pferde; wie er die Treppe in das Schloss hinunterging, fand er Asche auf die Pfosten des Schlosses gestreut, sodass er glauben musste, es sei jemand von seinen Verwandten gestorben; er eilte in die inneren Gemächer nach seiner Gewohnheit, und hier fand er seinen Vater, seine Mutter und Schwestern in Trauerkleider gehüllt, mit bleichen, schmerzentstellten Gesichtern. Sein Vater sah ihn zuerst; er stieß einen lauten Schrei aus und fiel in Ohnmacht; und als er nach einer Weile wieder zu sich kam, drückte er seinen Sohn an seine Brust. Die Königin und die Prinzessinnen, welche dies vernahmen, stürzten auf ihn zu, umarmten und küssten ihn und fragten ihn unter Tränen, wie es ihm ergangen sei. Er erzählte ihnen alles, was ihm begegnet war, von Anfang an bis zum Ende. Als er seine Erzählung geschlossen hatte, sagte sein Vater: »Gelobt sei Gott, der Erhabene, für deine Rettung, du Freude meines Auges und Leben meines Herzens!« Die Nachricht durchflog schnell die Stadt und verbreitete überall Jubel und Freude; man schlug Trommeln und Pauken und verwechselte die Trauerkleider mit Freudenkleidern; die Stadt wurde festlich geschmückt, und die Leute drängten sich herbei, um dem König Glück zu wünschen. Dieser ordnete große Festlichkeiten an, erließ alle Strafen, ließ alle Gefangenen frei und gab sieben Tage und sieben Nächte lang Mahlzeiten, bei denen jedermann essen und trinken und sich ergötzen konnte. Dann ritt der König mit seinem Sohne durch die Straßen, damit alle Leute ihn sehen und sich seiner erfreuen konnten. Als die öffentlichen Festlichkeiten zu Ende waren, gingen die Stadtbewohner wieder nach Hause, der König aber begab sich mit seinem Sohne ins Schloss. Da sie nun so bei Tische saßen und aßen und tranken und sich belustigten, ergriff eine schöne Sklavin, die Meisterin im Lautenspiele war, die Laute, schlug die Saiten und sang folgende auf die Trennung bezügliche Verse:

> »Glaube nicht, dass ich in der Ferne deiner vergesse; denn was könnte ich noch denken, wenn ich dich vergäße? Die Zeit vergeht, aber meine Liebe zu dir ist ewig. Mit ihr werde ich sterben, und mit ihr werde ich wieder auferstehen!«

Als der Prinz diese Verse hörte, ward sein Herz ganz entzündet von der Flamme der Sehnsucht; Schmerz und Trauer überwältigten seine Seele, und er verließ seinen Vater heimlich, bestieg das Pferd aus Ebenholz und flog auf ihm in einem fort, bis er das Schloss der Prinzessin erblickte. Er ließ sich wieder auf der Terrasse nieder und stieg dieselbe Treppe wie früher hinab, wo er auch den Sklaven, wie das erste Mal, schlafend fand; leise ging er an ihm vorbei auf den Vorhang zu, der die Türe des Schlafgemachs der Prinzessin bedeckte; er blieb ruhig hinter dem Vorhange stehen und lauschte.

Diese fand er laut weinend und jammernd und Verse rezitierend. Die Mädchen wurden durch das laute Schluchzen und Weinen der Prinzessin aus dem Schlafe aufgeweckt und sagten zu ihr: »O Gebieterin, warum doch grämst du dich so über einen, der deinen Gram nicht mit dir teilt?« Die Prinzessin aber sagte: »O ihr unverständigen Mädchen, ist das ein Mann, den man wieder vergessen kann?« Und nun brach sie wieder von neuem in Jammern und Weinen aus, bis sie endlich einschlief. Der Prinz hörte und sah das alles von der Türe aus mit an, und sein Herz pochte so heftig, und seine Brust war beklommen. Er trat in das Zimmer und ging zu dem Throne, wo die Prinzessin lag und zog sie an der Hand. Die Prinzessin erwachte sogleich bei dieser Berührung, und wie sie die Augen aufschlug, sah sie den Prinzen vor ihr stehen. Der Prinz sagte zu ihr: »Warum weinst du und bist so traurig?« Als sie ihn erkannte, sprang sie auf, fiel ihm um den Hals, küsste ihn und sagte: »Deinetwegen, weil ich von dir getrennt bin.« Der Prinz sagte: »Lass das Geschehene, ich bin jetzt sehr hungrig und durstig.« Sie ließ sogleich Speisen und Getränke auftragen und unterhielt sich dann mit ihm bis tief in die Nacht hinein. Als der Morgen anbrach, stand er auf, um Abschied von ihr zu nehmen, ehe der Sklave erwachte. Schems ulnahar (so hieß sie) fragte ihn: »Wohin gehst du?« - »Zu meinem Vater«, sagte er, »doch verspreche ich dir, jede Woche einmal zu dir zu kommen.« Sie aber sagte: »Ich beschwöre dich bei dem erhabenen Gott, nimm mich mit dir, wohin du auch gehen magst, und lass mich nicht ein zweites Mal die Bitterkeit der Trennung kosten.« Der Prinz sagte: »Willst du mit mir ziehen?« Und als sie mit einem Ja antwortete, sagte er: »So erhebe dich, dass wir abreisen.« Schems ulnahar eilte sogleich nach einer Kiste und zog die kostbarsten, mit Gold und Juwelen besetzten Gewänder an. Dann gingen sie leise, ohne dass die Mädchen etwas merkten, hinaus und kamen so auf die Terrasse und stiegen beide auf das Ebenholzpferd. Der Prinz rieb dann den Wirbel, worauf das Pferd wie ein Vogel durch die Lüfte flog, bis sie sich über der Hauptstadt des Königs von Persien befanden. Der Prinz ließ das Pferd in einem Garten außerhalb der Stadt langsam nieder, hob die Prinzessin herab und führte sie in ein Lusthaus und sagte: »Bleibe du einstweilen hier, ich will zu meinen Eltern gehen und sie von deiner Ankunft benachrichtigen. Die Veziere und die ganze Armee sollen dir entgegeneilen und mit Pracht und Glanz vor dir herziehen.« Hierauf eilte er zu seinem Vater und erzählte ihm sein ganzes Abenteuer. Der König und die Königin freuten sich sehr, und er gab sogleich Befehl, alles zusammenzurufen, und alle Leute strömten hinaus nach dem Garten.

Der persische Weise, den der König bei der ersten Rückkehr des Prinzen wieder in Freiheit gesetzt hatte, hielt sich gewöhnlich beim Gärtner auf und ging oft in dem Garten ein und aus. So traf es sich denn, dass er an dem Tage, wo der Prinz mit der Prinzessin ankam, sie sah und den Prinzen erkannte. Er näherte sich dem Lusthause und fand ein Mädchen, schöner als die leuchtende Sonne, und neben ihr stand das Pferd von Ebenholz. Da dachte er: »Bei dem erhabenen Gott, dieser junge Mann hat mein Herz in Flammen gesetzt wegen seiner Schwester, ich will ihm jetzt Gleiches mit Gleichem vergelten und dieses Mädchen mit seinem Pferde zugleich entführen.« Er klopfte dann an die Türe des Gemaches, und als die Prinzessin fragte, wer da sei, antwortete er: »Dein Sklave und dein Diener. Dein Herr schickt mich zu dir und lässt dich bitten, mir zu folgen; ich soll dich auf dem Pferde der Stadt näher bringen, weil meine Herrin, die Königin, nicht so weit gehen kann und sich doch so sehr darauf freut, dich zu sehen und zu begrüßen, dass sie sich niemand zuvorkommen lassen will.« Die Prinzessin zweifelte nicht im Mindesten an der Wahrheit dieser Botschaft und öffnete die Türe, wie sie aber seine hässliche Gestalt, seine abscheuliche Gesichtsfarbe und Züge sah, sagte sie: »Hat meine Herrin keinen feineren Diener als dich, um mich zu ihr zu bringen?« Der Perser antwortete: »Meines Herrn Sklaven sind alle einer schöner als der andere, aber aus Eifersucht wählte er mich aus den Sklaven, den du hier vor dir siehst, denn ich bin einer seiner ältesten Diener.« Die Prinzessin fand dies alles wahrscheinlich. Sie schwang sich aufs Pferd, und der Perser saß hinter ihr auf, rieb den Wirbel, sodass sich das Pferd in die Lüfte schwang und die Richtung nach China nahm.

Zu gleicher Zeit, wo der Weise die Prinzessin entführte, brach der Zug zu ihrem Empfang von dem Palaste auf. Unter dem Schall von Trommeln, Pauken und Trompeten zog der Prinz mit seinem Vater, seiner Mutter, den Vezieren an der Spitze der Truppen in den Garten ein. Der Prinz trat zuerst in das Lusthaus, um seine geliebte Prinzessin zu holen, als er aber das Gemach leer fand, warf er seinen Turban auf die Erde und schlug sich ins Gesicht und auf die Brust. Als er den Gärtner bemerkte, schrie er ihn an: »Du Betrüger, wo ist die Prinzessin, was hast du mit ihr begonnen? Sage mir die Wahrheit oder ich schlage dir den Kopf vom Rumpfe!« Der Gärtner, der in der größten Verlegenheit war, sagte: »Mein Herr! Du sprichst da von etwas, wovon ich gar nichts weiß. Bei meinem Leben und dem geehrten Barte deines Vaters! Ich weiß nicht, was du meinst und habe nichts gesehen von dem, weshalb du mich in Verdacht hast.« Er fragte dann den Gärtner, wer heute in den Garten gekommen sei. Dieser antwortete: »Niemand als der persische Weise.« Der Prinz wusste, als er dies hörte, dass der persische Weise die Prinzessin entführt, er geriet ganz außer sich und schämte sich auch vor den Leuten. Nach einigem Nachdenken sagte er zu seinem Vater: »Gehe du mit den Truppen in die Stadt zurück, ich weiche nicht von hinnen, bis ich im Klaren über diese Sache bin.« Sein Vater schlug sich weinend auf die Brust und sagte: »Mein Sohn! Fasse dich und tröste dein Herz, und wähle dir eine Prinzessin zur Gattin von allen Prinzessinnen der Erde.« Der Prinz aber antwortete nicht hierauf, sondern ließ ihn allein in die Stadt zurückkehren. Und so ward die Freude wieder in Trauer verwandelt.

Um aber wieder auf den persischen Weisen zurückzukommen, so lenkte dieser das Zauberpferd in China zur Erde und stieg mit der Prinzessin in einer grünen Ebene unter einem Baum an einer Quelle ab. Als sie sich hier niedergelassen hatten, fragte die Prinzessin: »Wo ist dein Herr, und wo ist sein Vater und seine Mutter?« Er antwortete: »Gott verdamme sie alle; jetzt bin ich dein Herr. Dies Pferd hier gehört mir, ich habe es gemacht. Glaube nur nicht, dass du den Prinzen je wiedersehen wirst, ich bin besser als er und werde jeden deiner Wünsche befriedigen und dich kleiden, wie du es verlangst; ich bin ein reicher Mann und besitze nicht nur viele Sklaven und Sklavinnen, sondern auch viele Güter, und mein Einkommen ist unermesslich.« Er scherzte dann mit ihr und suchte sich bei ihr einzuschmeicheln, aber sie stieß ihn fünfhundert Meilen weit von sich weg und fing an zu seufzen und zu weinen. Der Weise lag zu Boden und schlief ein. (Möge Gott ihn nie wieder aufrichten!) Durch die Bestimmung des erhabenen Gottes traf es sich nun, dass der König von China gerade in jener Gegend jagte, und da ihn große Hitze sehr durstig machte, suchte er diese Quelle unter dem Baume auf, um seinen Durst zu löschen und auszuruhen. Als er hier ein weinendes Mädchen sah mit einem Pferde an der Seite, während der Weise auf einer anderen Seite hingestreckt lag, bewunderte er ihre Schönheit und ward ganz entzückt von ihr. Als er sie eine Weile betrachtet hatte, stieß er den Weisen mit dem Fuße, bis er sich erhob, dann fragte er ihn, wer das Mädchen sei, das er mit sich führe. Er antwortete: »Sie ist meine Frau.« Die Prinzessin sprang bei diesen Worten auf, küsste die Steigbügel des Königs und sagte: »Er lügt, o Herr! Und ist ein listiger Zauberer, der mich durch List und Verrat gestohlen hat.« Der König von China sagte: »Gebt diesem Alten sogleich die Bastonnade und führt ihn gefesselt ins Gefängnis.« Die Diener des Königs vollstreckten diesen Befehl. Der König kehrte dann an ihrer Seite nach der Stadt zurück. Unterwegs fragte er sie, was denn das für ein Pferd sei. Die Prinzessin antwortete: »O Herr! Auf dem hölzernen Pferde ritt er vor den Leuten und machte allerlei Kunststücke darauf.« Wie der König das hörte, befahl er seinen Dienern, das Pferd in die Schatzkammer zu führen. Er gab die Jagd auf und sagte: »Wir sind ausgegangen, wilde Tiere zu jagen und haben dafür eine menschliche Gazelle gefangen.« Er war sehr heiter und vergnügt; als er in seinen Palast kam, ließ er der Prinzessin sein Gemach anweisen, und noch am selben Abend ging er zu ihr, um ihr seine Hand anzubieten. Die Prinzessin stellte sich aber wahnsinnig. Sie schlug die Hände zusammen, stampfte mit den Füßen und zerriss unter wilden Schreien ihre Kleider; der Sultan verließ höchst verwirrt und betrübt über diesen Krankheitsanfall ihr Gemach, stellte Frauen zu ihrer Bedienung auf, und verschwendete viel Geld an Ärzte und Astrologen, die die Prinzessin von ihrer Verstandesverwirrung heilen sollten.

Während das mit der Prinzessin vorfiel, wanderte der Prinz von einem Land zum andern, und durchstreifte alle Städte, bis ihn das Allwissende und Allhörende wie durch einen Zufall nach China führte. Er kam in die Hauptstadt, und als er die Basare und öffentlichen Plätze besuchte, um zu hören, womit die Leute sich unterhalten, hörte er mehrere Leute auf dem Basar, von dem König und einem Mädchen sprechen, das man allgemein bedauerte. Er näherte sich den Leuten und ersuchte sie, ihm diese Begebenheit auch mitzuteilen. »Wisse«, sagte der eine von ihnen, »unser König ging vor einiger Zeit auf die Jagd, da sah er ein schönes Mädchen mit einem alten Manne und neben ihnen stand ein Pferd von schwarzem Holze. Als der König den Alten nach dem Mädchen fragte, sagte dieser: »Sie ist meine Frau.« Das Mädchen aber schrie: »Bewahre Gott, er lügt und ist ein Zauberer, der mich listigerweise aus meines Vaters Hause entfernt hat.« Der König ließ den Alten ins Gefängnis werfen; das hölzerne Pferd befahl er in seine Schatzkammer zu führen; das Mädchen aber nahm er mit sich ins Schloss und wollte sie heiraten. Da ward das Mädchen plötzlich verrückt und besessen. Seit einem Jahre wendet der König alles für Ärzte und Astrologen auf, aber noch hat sich keiner gefunden, der ihr hätte helfen können.« Als der Prinz diese Erzählung hörte, war er außer sich vor Freude und rief: »Gott sei gelobt und gepriesen! Es bringt dir jemand Neuigkeiten, die du nicht gesucht hast.« Der Prinz kleidete sich als Astrologe, machte sich weite herabhängende Ärmel, setzte einen großen Turban auf, färbte seine Augenbrauen und kämmte seinen Bart. Dann nahm er eine Schachtel mit einer Handvoll Sand und ein altes Buch von feinem Pergament unter den Arm; in die eine Hand nahm er einen Stock, in die andere einen Rosenkranz und ging, wie die Astrologen pflegen, die Perlen des Rosenkranzes abzählend, langsam einher und schrie: »Glück unserm Quartier und dem Eurigen!« So kam er an das Tor des Palastes, wo er zu dem Pförtner sagte: »Ich möchte, dass du dem König sagest: Ein weiser Sterndeuter ist aus Persien gekommen, hat die Geschichte deiner Sklavin gehört und will sie heilen.« Der Pförtner eilte schnell ans Tor, führte den Prinzen zum König. Dieser benahm sich ganz wie ein echter Sterndeuter, sprach vieles Vernünftige und Verständliche, und murmelte eine Menge Worte untereinander her, die keiner der Anwesenden verstehen konnte, er grüßte dann den König und neigte den Kopf zur Erde. Der König sagte zu ihm: »O Weiser, ich habe ein Mädchen, das seit einem Jahre mit den Händen schlägt und mit den Füßen stampft, wenn du sie heilst, so gebe ich dir, was du begehrst.« Der Prinz sagte: »Lass mich zu ihr führen, dass ich die Ursache ihrer Krankheit erforsche und sehen kann, zu welcher Klasse von Geistern der gehört, der in ihr haust.« Der König befahl sogleich dem Oberstkämmerer, den verkleideten Prinzen in die Gemächer der Prinzessin zu führen, damit er ihren Zustand untersuche. Als der Prinz vor die Türe ihres Zimmers kam, hörte er, wie sie unter vielen Tränen Verse rezitierte. Sein Herz entbrannte um ihretwillen und er trat schnell in das Zimmer, in welchem sie mit geschlossenen Augen ganz entstellt von brennender Liebe lag und sagte: »Gott möge dich aus diesem Zustande retten, Schems ulnahar! mit der Hilfe des Allmächtigen ist die Erlösung da! Ich bin Kamr al Akmar!« Als sie seine Stimme hörte und ihn erkannte, erhob sie sich, schlang ihre Arme um seinen Nacken und küsste ihn, dann fragte sie den Prinzen, wie er denn zu ihr habe kommen können. Er aber antwortete ihr. »Es ist jetzt keine Zeit zu langen Gesprächen, denn der Oberstkämmerer steht im Vorgemache, und noch weiß ich nicht, auf welche Weise ich dich befreien soll. Indessen will ich einen Versuch machen, ob es nicht durch List geschehen kann; ist das nicht möglich, so eile ich zu meinem Vater zurück und werde dann an der Spitze aller Truppen nach China kommen und Krieg mit ihm führen, Gott wird dann nach seinem Willen beschließen.« Er verließ sie dann, ging zu dem König zurück und sagte: »Herr! Ich will dir ein Wunder zeigen!« Der König erhob sich sogleich und ging mit Kamr al Akmar zu der Prinzessin. Diese fing sogleich an zu schreien und zu schäumen, stampfte mit den Füßen und schlug mit den Händen. Hierauf ging der Prinz auf sie zu, murmelte seine Beschwörungen her und schäumte und blies ihr ins Gesicht, biss sie ins Ohr und flüsterte ihr zu: »Stehe jetzt mit Würde auf, gehe zum König hin, küsse ihm die Hand und zeige dich ihm gefällig.« Als der verkleidete Prinz das Ohr der Prinzessin losließ, sank sie wie ohnmächtig nieder und blieb einige Augenblicke so liegen, dann stand sie auf, wie eine vom Schlaf erwachte, und näherte sich dem König, küsste voll Ehrerbietung seine Hand und sagte: »Willkommen, mein Herr und König! Ich bin erstaunt darüber, dass du deine Sklavin heute besuchst.« Der König war außer sich vor Freude, als er diese Worte hörte, welche mit einer süßen Stimme gesprochen wurden. Er wendete sich dann zu dem Prinzen und sagte: »Wünsche dir etwas, ich gewähre dir deine Bitte im Voraus.« Der Prinz entgegnete: »Herr! Die Zeit der Wohltat ist noch nicht da, denn ich fürchte sehr, dass die Krankheit des Mädchens wieder ausbreche. Ich wünschte«, fuhr der Prinz fort, »dass sie von zehn Sklavinnen ins Bad getragen werde; sie darf aber nicht mit dem Fuß den Boden berühren. Dann lass ihr den kostbarsten Schmuck von Edelsteinen umhängen, damit ihr Herz seinen Kummer vergesse und ihr Gemüt sich erfreue. Ist das alles geschehen, so lass sie außerhalb der Stadt an den Ort bringen, wo du sie gefunden hast; denn dort ist der böse Geist in sie gefahren.« Als der König diese Worte des Prinzen hörte, sagte er ihm: »Gott grüße dich, o Künstler, o Philosoph, ich habe noch keinen so geschickten Arzt gefunden, wie mochtest du nur wissen, dass ich das Mädchen außerhalb der Stadt gefunden.« Er ließ sogleich die Befehle des Prinzen vollziehen und kleidete sie mit Schmuck, der eine ganze Schatzkammer wert war, dann trug man sie unter den Baum, wohin sich auch der König mit den Vezieren und seinen Truppen sowie mit dem Prinzen begab. Dieser murmelte Beschwörungen her, blickte bald gen Himmel, bald zur Erde, und ließ Räucherwerke bereiten. Nach einer Weile hob er den Kopf in die Höhe, trat zu dem König und sagte: »Herr! Mir ist klar geworden, dass der Teufel, der in dieses Mädchen gefahren, seinen eigentlichen Sitz im Leibe eines Tieres aus schwarzem Ebenholze hat. Wird nun dieses Tier nicht gefunden, dass ich dem bösen Geiste auflauern kann, so wird das Mädchen jeden Monat von ihm befallen werden.« Bei diesen Worten des Prinzen sagte der König: »Du bist ein göttlicher Mann und Meister aller Weisen und Philosophen! Du hast bei Gott recht, denn ich sah mit eigenen Augen, wie neben dem Mädchen und dem alten Räuber ein Pferd von schwarzem Ebenholze stand, das vielleicht das Tier ist, von dem du sprichst.« Der König gab sogleich die nötigen Befehle, und nach kurzer Zeit ward das Pferd herbeigeführt, der Prinz untersuchte es aufs Genaueste, um sich zu überzeugen, dass es unbeschädigt sei, dann befahl er, das Räucherwerk anzuzünden. Hierauf zog er eine Handvoll zerschnittenes Papier aus seinem Turban und sagte: »Sobald ich auf dem Pferde sitze, so setzet das Mädchen hinter mich und werfet dies Papier in die Flammen. Wenn dem Pferde dieser Geruch in die Nase kommt, wird es das Maul und die Nüstern aufsperren, um ihn einzusaugen, und dann wird der Teufel aus seinem Leibe fahren, sobald ich diesen Wirbel drehe.« Man befolgte genau seine Befehle, und sobald das Mädchen hinter ihm saß, drehte er den Wirbel, und das Pferd erhob sich mit ihm und der Prinzessin wie ein Vogel. Der König rief seinen Leuten: »Haltet sie an! Haltet sie an!« Als sie ihn aber davonfliegen sahen, sagten sie: »O Herr! Was ist da zu tun, das ist ein Teufel oder ein böser Geist!« Der König aber, der noch in die Luft starrte, als schon längst jede Spur von dem Pferde verschwunden war, schrie plötzlich laut auf und fiel in Ohnmacht. Als er wieder zu sich kam, sagte er: »Es gibt keine Macht und keinen Schutz, außer bei Gott, dem Erhabenen! Hat jemals einer einen Menschen fliegen sehen? Bei Gott, das ist höchst wunderbar!« Dann kehrte er mit seinen vor Erstaunen ganz erstarrten Vezieren und Truppen in die Stadt zurück, ließ den weisen Perser aus dem Gefängnisse holen und schrie ihn an: »Elender Betrüger! Warum hast du mir die wunderbare Eigenschaft dieses hölzernen Pferdes nicht gesagt, sodass es einem nichtswürdigen Landstreicher gelungen ist, mir dieses Mädchen zu entführen, das noch einen ganzen Schatz an ihrem Körper hängen hat?« Als der Weise diese Worte hörte, schrie und weinte er laut und schlug sich in das Gesicht und sagte: »O Herr! Wisse, ich habe dieses kunstreiche Pferd gemacht und es Sabur, dem König von Persien, gebracht, der mir dafür die Hand seiner jüngsten Tochter versprach. Sein Sohn aber ist der Räuber des Mädchens und des Pferdes, und es sieht so und so aus.« Hierauf erzählte er ihm seine ganze Geschichte von Anfang bis zu Ende, und der König geriet darüber in solchen Grimm, dass er dem Bersten nahe war, und er betrauerte sein ganzes Leben hindurch den Verlust des Mädchens und des Pferdes. Der Prinz aber durchflog die Luft, bis er der Residenz seines Vaters nahe war, dann ließ er sich im Schlosse seines Vaters nieder; denn das Sprichwort sagt: »Durch häufiges Fallen lernt man gehen«, und wäre er gleich anfangs vorsichtig gewesen, so wären ihm alle diese Unglücksfälle nicht zugestoßen. Seine Eltern waren über seine Ankunft mit dem Mädchen und dem Pferde nicht wenig erfreut. Diese glückliche Nachricht durchflog schnell die ganze Stadt, und alle, die es hörten, lobten und dankten Gott dem Allmächtigen. Das ganze Volk, die Veziere und die Truppen versammelten sich, um dem König Glück zu wünschen. Auch dem großen König, dem Vater der Prinzessin, schickte man Boten mit Briefen und dieser sandte die herrlichsten Geschenke an seine Tochter und an seinen Schwiegersohn. Nun ließ der König die Stadt festlich schmücken; sieben Tage und sieben Nächte dauerten die Festlichkeiten, und eine Menge Geldes ward unter die Armen ausgeteilt. Das Zauberpferd ward in die Schatzkammer gestellt, und ihr ganzes Leben war nur eine fortlaufende Kette der süßesten Annehmlichkeiten, bis auch sie der Zerstörer aller Freuden und der Trenner aller Bündnisse, der Tod, überfiel.

Schehersad begann hierauf folgende Erzählung:

Geschichte Sindbads, des Seefahrers.

Man behauptet, o glückseliger und verständiger König, dass unter der Regierung des Kalifen Harun Arraschid, Gott erbarme sich seiner! in Bagdad zwei Männer lebten: Der eine hieß Sindbad der Seemann und der andere Sindbad der Lastträger. Sindbad der Lastträger war ein sehr armer Mann, der eine große Familie und einen kleinen Verdienst hatte; Sindbad der Seemann hingegen war ein äußerst angesehener und weiser Kaufmann, der einen so ausgebreiteten Handel trieb, dass er am Ende gar nicht mehr wusste, wo er das viele gewonnene Gold und Silber und die mancherlei Waren aufbewahren sollte. Er kaufte Sklaven und Sklavinnen und besaß einen Palast, der einem Sultan zur Wohnung hätte dienen können. Die Wände waren mit den reizendsten Malereien und Zierraten bedeckt, und glänzten von Gold und Edelsteinen; alle Zimmer wurden mit Ambra und mit Aloe vermischtem Rosenwasser besprengt, köstliche Räucherwerke vermengten sich mit dem Dufte der Blumen, welche in den ans Haus grenzenden Gärten wuchsen, die alles enthielten, was sich das Herz nur wünschen kann. Viele Sklaven waren zur Bedienung aufgestellt, und fortwährend erscholl Gesang und Musik von Zimbeln, Harfen und anderen Instrumenten. Während der Seemann dies alles besaß, war der andere ein armer Teufel, der um Lohn den Leuten ihre Lasten da und dorthin trug. Eines Tages nun kam ein Mann auf ihn zu und sagte: »Willst du mir diese Last da und dahin tragen?« Sindbad erklärte sich bereit dazu, und nachdem ihm der Fremde den geringen Lohn gegeben und gesagt hatte, wo er den Pack hintragen soll, ging er fort. Sindbad lud sich die Bürde auf und verfolgte den ihm angegebenen Weg. Dieser führte an dem Haus Sindbad des Seefahrers vorüber, und da der Träger sehr ermüdet war, so legte er seinen Pack nieder, um ein wenig zu ruhen. Vor dem Hause war sauber gekehrt und bespritzt, der Ort war kühl und von Wohlgerüchen geschwängert, welche das Herz erquicken und die Müdigkeit verscheuchen.

Wie er nun so dasaß und den süßen Duft einatmete und sich abkühlte und ausruhte, hörte er aus dem Inneren des Hauses muntere Vogelstimmen von Tauben und Nachtigallen, Töne der Laute und Harfe und entzückenden Gesang von Mädchen. Er sah in das Haus hinein und erblickte viele Diener und Sklaven und die feinsten Speisen und allerlei Gewürz, wie man es gewöhnlich nur bei Königen und Sultanen findet. Da hob er sein Auge zum Himmel empor und sagte: »O Schöpfer! O Erhalter! O allmächtiger Gott! Verzeihe mir meine Sünden, ich kehre von allen meinen Beirrungen zu dir zurück! O Herr! Niemand ist unter den Sterblichen, der etwas einwenden könnte, gegen das, was du tust. Niemand darf sich fragen, warum du so handelst und nicht anders! Du weißt alle Geheimnisse und deine Macht kennt keine Grenze! Sei gelobt und gepriesen, o Herr! Wie groß und erhaben ist deine Herrschaft, du verteilst Armut und Reichtum, Glück und Unglück, wie es dir gefällt! Wie groß, o Herr! Wie erhaben ist deine Macht! Du hast diese Diener und diese Jungen und den Herrn dieses Ortes glücklich gemacht; sie leben Tag und Nacht in jeglicher Lust und Freude, dein Befehl wird an allen deinen Geschöpfen vollzogen, die einen führen ein ruhiges Leben, die andern, wie ich, ein mühevolles, von allen Freuden beraubtes.« Dann sprach er folgende Verse:

> »Wie viele Qual ohne Ruhe! Während andere den Schatten des Glückes genießen. Ich lebe in täglichen Beschwerden und Sorgen, und übergroß ist meine Last. Andere sind selig ohne Leid, und nie gibt ihnen das Schicksal eine Last, wie mir, zu tragen. Sie sind immer vergnügt im Leben, haben Reichtum und Ansehen, Essen und

Trinken. Und doch entstehen alle Geschöpfe aus einem Tropfen, und doch gleichen die anderen mir, und ich bin wie sie. Aber unser Leben und Schicksal ist sehr verschieden, ihre Bürde gleicht der Meinigen nicht! Ich erfinde nichts, meine Worte gehen zu dir, o gerechter Richter, dein Spruch ist doch Gerechtigkeit!«

Kaum hatte Sindbad diese Verse geendigt, so sah er einen sehr hübschen, reich gekleideten Jungen von feinem, schönem Ansehen zur Türe herauskommen und auf sich zugehen. Der Junge ergriff ihn an der Hand und sagte: »Mein Gebieter, der Eigentümer dieses Hauses schickt mich zu dir, er will dich sprechen.« Der Träger sträubte sich anfangs einzutreten, doch fand er keinen Grund, sich zu weigern, so hob er denn seine Last auf, legte sie in die Vorhalle des Hauses zum Pförtner, und folgte dem Jungen ins Haus, das sehr geräumig und solid gebaut war, bis sie in einen großen Saal kamen. An seinen vier Seiten waren Erhöhungen mit kostbaren Divanen angebracht, in der Mitte sprang ein Springbrunnen, die Fenster gingen auf einen schönen Garten, ein erfrischender Zephyr führte den Duft der Blumen, den Gesang der Vögel und das Murmeln der Bäche durch die Fenster zu den Ohren der ehrwürdigen Versammlung, welche in weitem Kreise um den Hausherrn herumsaß. Dieser nahm den Ehrenplatz auf einer Erhöhung ein und war ein ehrwürdiger Greis. Als der Lastträger eintrat, grüßte er und küsste die Erde vor den Gästen und dem Hausherrn und dachte: nur im Paradiese gibt es einen solchen Ort. Dann blieb er wie ein wohlgebildeter, anständiger Mann ruhig stehen. Alle erwiderten seinen Gruß und hießen ihn willkommen. Der Hausherr aber grüßte und empfing ihn noch besonders, lud in ein, sich neben ihm niederzulassen und fragte ihn, wie er heiße, wo er her sei und was für ein Geschäft er treibe? Der Lastträger antwortete ihm: »Wisse, mein Herr! Ich heiße Sindbad der Landmann oder Lastträger, denn meine Beschäftigung besteht darin, den Leuten um Lohn ihre Lasten zu tragen. Dies ist mein einziges Geschäft, das mich ernährt. Ich bin ein sehr armer Mann und weiß nichts anderes zu treiben, um mich vor dem Hungertod zu schützen.« Der Hausherr sagte zu ihm: »Sei nochmals willkommen, du Lastträger! Wisse, auch ich heiße Sindbad wie du, ich bin Sindbad der Seemann und du Sindbad der Landmann. Ich heiße dich daher als meinen Bruder willkommen.« Er ließ ihm dann kostbare Speisen vorsetzen, und da er hungrig war, aß er, bis er satt war, worauf dann die Sklaven den Tisch wegtrugen. Der Hausherr hieß ihn dann nochmals willkommen und versicherte ihn, dass ihm seine Gesellschaft sehr angenehm sei. Dann fuhr er fort: »Ich möchte nun, dass du die Verse wiederholtest, welche ich dich vorhin sprechen hörte, da ich zufällig am Fenster stand:« Bei diesen Worten senkte Sindbad, der sich schämte, voll Verlegenheit das Haupt und sagte: »Bei Gott, Herr! Nimm mir diese Worte nicht übel! Die große Müdigkeit und die Qual der Armut führt oft den Menschen zu törichten und unanständigen Reden!« - »Glaube ja nicht«, erwiderte der Hausherr, »dass ich dir darum zürne! Ich betrachte dich nun als meinen Bruder und du hast nichts von mir zu befürchten. Ich bitte dich daher sage mir jene Verse noch einmal her.« Der Träger trug nun noch einmal die Verse vor, und sie gefielen dem Hausherrn ungemein. Nachdem er ihm seinen Beifall und Dank ausgedruckt hatte, sagte er zu ihm: »Wisse, o Bruder, man nennt mich Sindbad den Seemann, ich will dir alles erzählen, was mir widerfahren ist, ehe ich zu diesem Hause und zu einer solchen Gesellschaft gelangte, denn erst nach schweren Verlusten, großen Mühseligkeiten und unendlichen Qualen habe ich solchen Wohlstand erreicht. Was habe ich nicht in früherer Zeit leiden müssen! Ich habe sieben Reisen gemacht, und jede bildet eine wunderbare Erzählung, die mit Gold geschrieben werden sollte, um jedermann zum Beispiel zu dienen!« Hierauf begann er folgendermaßen: »Wisset, ihr geehrten Herren! Mein Vater, der ein sehr reicher Kaufmann war, starb, als ich noch ein kleiner Junge war, und hinterließ mir ein ungeheures Vermögen an liegenden Gütern, Geld und kostbaren Waren. Ich ließ mir wohl sein und verbrachte meine Zeit mit guten Speisen und Getränken und Gesellschaften, die ich meinen guten Freunden gab, und glaubte, das würde mir von Nutzen sein, oder ewig so fortgehen. Jahre lang hatte ich so gelebt, bis ich zur Vernunft zurückkehrte und aus meinem Leichtsinn erwachte, da fand ich mein Vermögen geschwunden und meine Lage verändert. Ich war ganz betäubt und zerknirscht, als all mein Geld dahin war und ich einsah, dass ich dem Schicksal nicht entfliehen könnte. Da fielen mir die Worte ein, die ich als Kind oft von meinem Vater als einen Spruch von dem Herrn Suleimann, Friede sei mit ihm! sagen hörte: »Drei Dinge sind drei anderen vorzuziehen! Der Sterbetag dem Geburtstag, ein lebendiger Hund einem toten Löwen und ein Grab dem festesten Palaste!« Dann ging ich mit mir zurate, was ich tun sollte. Nach einiger Überlegung verkaufte ich, was ich an Kleidungsstücken, Gerätschaften und liegenden Gütern noch besaß. Ungefähr 3000 Dirham war der Erlös davon; mich trieb es, nun zu reisen, fremde Länder und Städte zu sehen, und ich gedachte der Verse eines Dichters, welcher sagt:

> »Eine hohe Stufe wird nach dem Maße der Anstrengungen erreicht. Wer hoch steigen will, muss manche Nacht durchmachen. Wer Perlen wünscht, muss in die Tiefe des Meeres tauchen, dann erst kann er Ansehen und Reichtum erwerben. Wer aber Hoheit und Ansehen wünscht, ohne mit Kraft danach zu streben, der verliert sein Leben in unerfüllbaren Wünschen.«

Erste Reise Sindbads.

Ich machte mich also auf, erzählte Sindbad, und kaufte allerlei Waren ein. Da ich aber besondere Lust zu einer Seereise hatte, ließ ich alles auf ein Schiff laden, das nach Bassrah ging. Das Schiff war sehr groß und es waren viele Kaufleute darauf; wir reisten nun von einer Insel zur andern, von einem Meer ins andere, von einem Ufer ans andere. Überall, wo wir ankerten, verkauften oder vertauschten wir unsere Waren. So ging es lange gut fort auf dem Meer, bis wir an eine schöne Insel kamen mit Bäumen, auf welchen viele Vögel herumflogen und die Einheit Gottes verkündigten. Diese Insel war herrlich grün und schien ein Lustgarten des Paradieses zu sein. Der Kapitän des Schiffes rief seinen Leuten zu, die Segel einzuziehen und vor dieser Insel Anker zu werfen. Nun verließ alles das Schiff und lief auf die Insel; es wurden Fische bereitet, Herde aufgerichtet und Pfannen darüber gehängt und Feuer angezündet. Der eine wusch seine Kleider, der andere kochte, der dritte ging auf der Insel spazieren, um Gottes Schöpfung zu bewundern. Alle waren munter, aßen und tranken auf der Insel. Während wir so in der größten Freude waren, schrie auf einmal der Kapitän ganz laut vom Schiffe aus uns zu: »Wehe, ihr Reisenden! Kommt schnell auf das Schiff, lasst alle eure Gerätschaften im Stiche und rettet nur schnell euer Leben vor dem Untergange, denn die Insel, auf der ihr seid, ist nichts als ein großer Fisch, der nun zu wenig Wasser hat und nicht auf dem Lande leben kann. Auch hat der Wind den Sand von ihm weggeblasen, und da er jetzt das Feuer auf seinem Rücken spürt, fängt er an, sich zu bewegen und wird nun mit euch ins Meer tauchen; kommt daher schnell aufs Schiff und rettet euer Leben.« Aber noch, ehe der Kapitän ausgeredet hatte, fing die Insel an sich zu bewegen und mitten ins stürmende Meer unterzutauchen, sodass alle, die darauf waren, untergingen. Auch ich sank in die schäumenden Wellen, aber Gott half mir durch ein großes Brett, auf dem die Reisenden gewaschen hatten. Mit leichtem Herzen bestieg ich es, und der Wind spielte mit mir mitten im Meere. Der Kapitän, der die Leute, die auf der Insel waren, untergehen sah, spannte die Segel auf und fuhr mit der Mannschaft, die bei ihm auf dem Schiffe geblieben, davon. Ich sah das Schiff von ferne, konnte es aber nicht mehr einholen. Der Tag war schon vorüber, die Nacht brach herein mit ihrer Dunkelheit, und das Schiff entschwand nun ganz meinen Blicken. So blieb ich auf dem Brett die ganze Nacht hindurch. Am anderen Morgen warf mich eine große Woge glücklicherweise auf eine Insel. Die Ufer aber waren so abschüssig, dass man nirgends hinaufsteigen konnte, und ich wäre angesichts derselben untergegangen, wenn nicht einer der Bäume, welche längs der Küste standen, seine Äste so weit erstreckt hätte, dass ich sie ergreifen konnte. Ich hing mich mit aller Kraft und Anstrengung daran fest, kletterte auf den Baum hinauf und von da herunter auf die Insel. Als ich meine Füße betrachtete, sah ich, dass die Fische das Innere meiner Zehen abgefressen hatten, ohne dass ich es vor vieler Anstrengung bemerkt hatte. Ich warf mich nun auf den Boden nieder, denn ich war von meinen vielen Leiden bewusstlos wie ein Toter. So blieb ich vom ersten Nachmittag bis zum folgenden Morgen liegen, und erwachte erst, als die Sonne sich schon über die Erde verbreitet und die Insel beschienen hatte. Ich richtete mich auf und versuchte zu gehen, was mir aber bei dem Zustande meiner Füße, die in der Nacht noch angeschwollen waren, sehr schwer wurde; dessen ungeachtet schleppte ich mich weiter, blieb dann wieder stehen und dachte über meine Lage nach, dann machte ich einige Schritte auf den Fersen, aß von Früchten dieser Insel und trank aus den Bächen. Mitten in der Insel fand ich eine frische süße Wasserquelle, und blieb hier einen Tag und eine Nacht, und der Schlaf und die Ruhe, die ich hier fand, gaben mir meine Kräfte wieder und ich konnte mich leichter bewegen; ich ging unter den Bäumen spazieren und schnitt mir einen Stock, um mich darauf zu stützen. Auf einmal leuchtete etwas von der Seite des Meeres her wie ein hoher Hügel; ich ging darauf los, mich immer an den Ästen festhaltend, und erblickte ein Pferd, welches an einen Baum gebunden war. Als es mich sah, wieherte und tobte es so heftig, dass ich erschrak. Dann rief auf einmal eine männliche Stimme und sagte: »Wie kommst du hierher, und woher kommst du? Aus welchem Lande bist du?« Ich sagte: »Wisse, Fragender! Ich bin ein fremder Mann, der auf einem Schiffe Schiffbruch erlitt und sich auf diese Insel rettete; nun weiß ich nicht, wohin ich mich wenden soll.« Als der Fremde, ein kräftiger, starker Mann, mich angehört hatte, kam er zum Vorschein, ergriff meine Hand und stieg mit mir in eine Höhle hinab, in welcher sich ein schönes, großes Zimmer befand, das mit Teppichen bedeckt war. Er ließ mich an der obern Seite dieses Zimmers niedersetzen und brachte mir einige Speisen, von denen ich aß, bis ich ganz satt war. Mein Geist erholte sich und mein Schrecken ließ nach, als er sah, dass ich meinen Hunger gestillt und ausgeruht hatte, erkundigte er sich nach meinem Zustand und nach meinen Abenteuern. Ich erzählte ihm meine ganze Geschichte von der frühesten Zeit bis jetzt. Er hörte mit vielem Erstaunen zu, und ich sagte zu ihm: »Nimm mir nicht übel, mein Herr, da ich dir nun alles, was mich betrifft, erzählt habe, willst du mich wohl auch über deine Lage aufklären und mir sagen, wer du bist und warum du hier so abgeschlossen lebst?« Da antwortete er: »Wisse, ich bin der Oberstallmeister des Königs Mihrdjan, und habe die Aufsicht über seine Stallknechte und andere Diener; wir erziehen ihm echte Rassepferde. Zu dieser Zeit nämlich bringen wir eine Stute von echter Rasse hierher, binden sie an den Ort, den du gesehen hast, und verbergen uns dann in dieser Höhle. Sobald es nun still ist, kommt ein Meerhengst und bespringt die angebundene Stute, welche er dann mit sich ins Meer nehmen will, weil sie aber angebunden ist und ihm nicht folgen kann, zu zerreißen sucht; sobald er aber mit dem Maul nach ihr greift, um sie umzubringen, stürzen wir bewaffnet aus der Höhle hervor, sodass er sich fürchtet, entflieht und ins Meer zurückkehrt. Die Stute trägt dann von diesem Hengste, und die Jungen werden so gute Pferde, wie man sie nur bei den Sultanen der Inseln und des Meeres trifft. Wir warten eben, dass der Hengst komme, und sind wir mit unserer Arbeit fertig, so gehen wir nach Haus und nehmen dich mit. Es ist ein Glück für dich, dass du uns hier getroffen hast; sonst hättest du niemand gefunden, der dir einen Weg gezeigt hätte, und du wärest nie mehr in ein bewohntes Land gekommen, denn du bist weit davon entfernt. Du wärest hier in Trauer gestorben, und niemand hätte etwas von deinem Tode gewusst.« Während wir so sprachen, stieg ein Pferd aus den Meereswogen hervor wie ein reißender Löwe; es war höher und breiter als gewöhnliche Pferde und hatte stärkere Füße. Es ging auf die Stute los, belegte sie und wollte sie mitnehmen, da schrie es aber der Mann mit seinem Gefolge an, und sie stürzten mit Lanzen aus der Höhle hervor, sodass es entfloh und wie ein wütendes Kamel ins Meer zurückkehrte. Der Mann band darauf die Stute los und ließ sie eine Weile auf der Insel springen. Es kamen dann noch viele andere dazu, die auch mit Stuten auf der anderen Seite der Insel waren. Als nun alle versammelt waren, nahmen sie die Polster aus der Höhle und ließen, was noch von Lebensmitteln übrig war, zurück. Wir gingen dann immer fort, bis wir zur Stadt des Königs Mihrdjan kamen, der sich sehr freute, als er die Pferde ankommen sah. Man erzählte ihm mein Abenteuer und stellte mich ihm vor; er hieß mich willkommen, erkundigte sich nach meinem Wohle und ich erzählte ihm alles, was mich betraf. Der König war sehr erstaunt und sprach: »Bei Gott, du betrittst nun ein neues Leben; gelobt sei Gott, der dich gerettet hat!« Er schenkte mir Kleider, zog mich in seine Nähe und seine Großmut ging so weit, dass er mich zum Aufseher über die Küsten des Meeres machte. Lange genoss ich seine Freigebigkeit, wofür ich ihm seine Geschäfte besorgte, bei denen ich auch meinen eigenen Vorteil fand. Sooft Kaufleute oder andere Reisende uns besuchten, erkundigte ich mich nach Bagdad, denn ich hoffte immer, jemand zu finden, der dahin reisen würde; aber niemand war je dort gewesen, niemand wusste was von Bagdad. Mir ward nun bald unheimlich in der Fremde, nach einer so langen Entfernung vom Vaterlande und von meinen Leuten. Einst kam ich zum König und grüßte ihn, da fand ich indische Kaufleute bei ihm; wir grüßten uns gegenseitig, sie fragten mich nach meinem Lande und erzählten mir dafür von Indien und wie seine Einwohner in verschiedene Stämme eingeteilt wären. Unter diesen seien die Schakirijeh die vornehmsten, weil sie nie ein Unrecht begehen, noch jemand beneiden, denn das Völkchen der Brahmanen, das nie Wein trinkt, aber doch immer munter und heiter in Scherz und Freude lebt. In ihrem Lande gibt es Pferde, Kamele und Rindvieh. Sie sagten mir auch, dass die Indier sich in zweiundvierzig Sekten teilen. In dem Lande des Königs Mihrdjan sah ich eine Insel, Kasel genannt, in der man Tag und Nacht Tamburin und andere Instrumente spielen hört; die Seeleute sagten mir, die Einwohner seien recht wackere und verständige Leute. Auch sah ich in jenem Meere zwei Fische, einen zweihundert Ellen lang, und einen andern, hundert Ellen lang, deren Kopf dem einer Nachteule glich. Überhaupt begegnete mir auf dieser Reise so viel Wunderbares, dass ich gar nicht alles beschreiben kann. Nachdem ich einige Zeit in diesem Königreiche zugebracht hatte, ging ich einst nach meiner Gewohnheit ans Meeresufer; da landete ein Schiff, sehr reich beladen. Ich blieb stehen, bis die ganze Ladung ausgeschifft war, um sie aufzunehmen. Da kam der Kapitän des Schiffes zu mir und sagte: »Herr! Wir haben noch Waren auf dem Schiff, deren Eigentümer wir auf einer Insel verloren haben, wir wissen nicht, ob er noch am Leben, oder ob er umgekommen ist!« Ich fragte ihn nach dessen Namen und er sagte: »Sein Name steht auf seiner Ladung, er heißt Sindbad der Seemann und war von Bagdad aus auf unser Schiff gekommen.« Der Kapitän erzählte mir dann alles, was vorgefallen, »und«, setzte er hinzu, »wir haben ihn nicht mehr gesehen. Wir wollen daher seine Ladung verkaufen, ihren Wert aufnehmen und das Geld seiner Familie bringen.« Nun erhob ich meine Stimme und sagte dem Kapitän: »Ich bin Sindbad der Seemann, den du aus deinem Schiff auf jene Insel ausgeschifft, und dieser und jener war mit uns; als der Fisch sich zu bewegen anfing, riefst du den Reisenden zu, sich zu retten; einige stiegen schnell aufs Schiff, andere blieben zurück, zu diesen gehörte auch ich«, und so erzählte ich ihm alles, was mir widerfahren, von Anfang bis zu Ende. Er sagte: »Gelobt sei Gott für deine Rettung.«

Der Kapitän neigte jedoch nachdenkend seinen Kopf und schwieg, dann sagte er: »Es gibt keinen Schutz und keine Macht, außer bei Gott, dem Erhabenen. Es ist keine Redlichkeit und kein Glauben mehr unter den Menschen.« Ich fragte ihn, warum er dies sage? Und er antwortete: »Weil du mich den Namen Sindbads nennen hörtest, und ich dir schon seine ganze Geschichte erzählt habe, gibst du dich für ihn aus, um dich dieser Ladung zu bemächtigen. Bei Gott! Das ist eine Sünde; denn ich und alle, die mit auf dem Schiff waren, sahen ihn mit eigenen Augen ertrinken.« Ich sagte ihm: »O Kapitän! Höre meine Erzählung und merke wohl auf! Denn Lüge ist nur Sache der Heuchler, ich habe dir ja schon alles erzählt, wie es mir gegangen und wie ich gerettet worden bin.« Ich erinnerte ihn dann noch an das, was zwischen mir und ihm auf dem Schiffe vorgefallen war, ehe wir zur Insel kamen, und an verschiedene Zeichen zwischen uns, von dem Tage an, wo wir von Bassrah abreisten. Als er von mir diese Zeichen vernahm und meine Sache ihm klar ward und er sich unsrer Gespräche erinnerte, überzeugte er sich, dass ich wirklich Sindbad sei, und benachrichtigte davon alle, die auf dem Schiffe waren; sie versammelten sich um mich, grüßten mich, erkannten mich und glaubten mir, sodass nun auch der Kapitän von meiner Aufrichtigkeit überzeugt ward. Ich erzählte den Kaufleuten alles, was ich gelitten und gesehen, und wie ich gerettet worden, und sie waren sehr erstaunt darüber. Der Kapitän übergab mir dann alles, was mir gehörte. Ich öffnete sogleich einen Ballen, nahm einiges Kostbare heraus, schenkte es dem König Mihrdjan und sagte ihm, dass dieser Kapitän der Herr des Schiffes sei, auf dem ich war, und dass meine sämtlichen Waren angelangt seien, worauf er mich sehr ehrte und mir viele Geschenke machte. Ich verkaufte dann meine Ladung und gewann sehr viel daran; dann kaufte ich andere Waren von dieser Stadt, packte sie ein und brachte sie aufs Schiff. Nachdem ich vom König Mihrdjan, der mir noch viele Geschenke machte, Abschied genommen hatte, reisten wir mit Erlaubnis des erhabenen Gottes ab. Die Bestimmung begünstigte uns mit einem guten Wind, und wir reisten glücklich Tag und Nacht, von Insel zu Insel und von Meer zu Meer, bis wir in Bassrah ankamen. Freudig über unser Wohl gingen wir in die Stadt, und nach einem kurzen Aufenthalt daselbst reisten wir nach Bagdad. Ich begab mich mit den vielen Waren, die ich mitgebracht, in mein Stadtviertel, grüßte meine Nachbarn und Freunde, kaufte mein Haus wieder und bewohnte es mit allen meinen Verwandten, die sich sehr über mein Glück freuten. Dann kaufte ich viele Sklavinnen und Sklaven, Häuser und Güter, schöner als die früheren waren, die ich hatte verkaufen müssen. Ich schaffte mir alles wieder neu an, was ich früher vergeudet. Alle meine Leiden vergaß ich in kurzer Zeit und lebte wieder ganz in der schönsten Freude, in angenehmer Gesellschaft, bei gutem Essen und Trinken. Das ist's, was meine erste Reise betrifft.

»Doch die Nacht umgibt uns schon; du hast uns durch deinen Besuch viel Freude gemacht: Bleibe daher noch bei uns zum Nachtessen. Komme dann morgen wieder, damit ich dir mit Gottes Segen erzählen kann, was mir auf der zweiten Reise begegnet ist.« - Als das Nachtessen vorüber war, ließ Sindbad dem Lastträger hundert Dinare auszahlen. Derselbe nahm sie an und ging mit seiner Last seines Weges, ganz erstaunt über das, was er gehört hatte; ebenso alle anwesenden Freunde Sindbads.

Der Lastträger konnte kaum den Tag erwarten, als er aufstand, sich wusch, sein Morgengebet verrichtete und zu Sindbad dem Seefahrer ging. Er wünschte ihm Guten Morgen, küsste die Erde zu seinen Füßen und dankte ihm für seine Wohltaten. Drauf, da die übrigen Freunde auch schon da waren, bildeten sie einen Kreis um ihn, wie am ersten Tage. Sindbad der Seefahrer bewillkommte den Lastträger und sagte zu ihm: »Deine Gesellschaft ist uns sehr angenehm.« Hierauf hieß er sie sich zum Tische, der mit den köstlichsten Speisen bedeckt war, setzen, und sie ließen sich es wohl schmecken; dann wurde der Weintisch gebracht, auf welchem es an auserlesenen frischen und trockenen Früchten, Leckerbissen, Wohlgerüchen von Blumen und allerlei Sorbetten, nicht fehlte. Als sie sich satt gegessen und getrunken hatten, sprach der Seefahrer zu dem Lastträger: »Höre mir, Bruder! aufmerksam zu, was ich von den Abenteuern meiner zweiten Reise erzählen werde: Sie sind weit merkwürdiger als die der ersten und ich habe noch Härteres auf derselben gelitten.« Er begann hierauf wie folgt:

Zweite Reise Sindbads.

Nach meiner ersten Reise war ich, wie ich gestern erzählt habe, wieder zu meinem frühern Wohlleben in Gesellschaft von Freunden zurückgekehrt. Diese Lebensweise dauerte eine Weile. Eines Tages, als ich sehr vergnügt war, ergriff mich die Lust zu reisen und zu handeln wieder. Ich kaufte Waren, die sich zu einer Seereise eigneten, und schiffte mich auf einem guten Schiffe mit anderen Handelsleuten ein. Nachdem wir uns den Segen Gottes erfleht hatten, lichteten wir die Anker und gingen unter Segel.

Wir fuhren von Insel zu Insel, von Land zu Land, von Stadt zu Stadt, sahen uns alles an und machten vorteilhafte Tauschgeschäfte. Eines Tages warf uns das Geschick, nach Gottes Willen, auf eine Insel, die reich an verschiedenen Fruchtgattungen, Blumen und Vögeln, aber so verlassen war, dass wir weder eine Wohnung, noch überhaupt ein menschliches Wesen entdecken konnten. Der Kapitän ankerte vor dieser Insel, die Reisenden stiegen aus und ergötzten sich an diesen Bäumen, Bächen und Vögeln, und bewunderten die Schöpfung Gottes. Auch ich verließ das Schiff, setzte mich an einer sprudelnden Quelle nieder und ließ mir von einem Sklaven kostbare Speisen auftragen. Nachdem ich gegessen und getrunken hatte, schickte ich den Diener wieder mit dem Tische aufs Schiff zurück, ich aber erquickte mich an der klaren Luft, die mich umwehte, und schlief ein. Als ich erwachte, sah ich das Schiff nicht mehr, und fand mich ganz allein, das Schiff war abgesegelt und niemand hatte an mich gedacht. Da überfiel mich so großer Kummer und Ärger, dass mir fast die Galle zersprang, denn ich hatte keinerlei Lebensmittel, noch sonst was bei mir, war innerlich und äußerlich erschöpft und verzweifelte am Leben. Ich gab mich allerlei Gedanken hin, seufzte und jammerte, schalt mich selbst, dass ich eine zweite Reise unternommen, da ich doch zu Hause mit meiner Familie bei größtem Überflusse an Speisen, Getränken und Kleidung, in Ruhe hätte leben können.

Ich bereute es, Bagdad verlassen und mich nochmals auf die See begeben zu haben, nachdem ich das erste Mal schon so viel gelitten, und sogar ohne Gottes besondere Gnade umgekommen wäre. Ich geriet fast von Sinnen.

Zuletzt ergab ich mich in den Willen Gottes, ging eine Weile gedankenlos umher, dann stieg ich auf einen hohen Baum, um von da aus nach allen Seiten zu spähen, ob ich einen Menschen entdecke. Meine Blicke schweiften über die Meeresfläche hin, konnten jedoch nichts als Himmel und Wasser entdecken.

Endlich erblickte ich auf der Insel etwas Weißes. Ich stieg vom Baume und wendete mich nach der Seite, wo ich den Gegenstand meiner Aufmerksamkeit wahrgenommen hatte.

Schon in einiger Entfernung bemerkte ich, dass es eine außerordentlich große weiße Kugel war. Näher gekommen berührte ich sie und fand, dass sie zarter als Seide war. Ich ging um dieselbe herum, um nach einer Öffnung zu sehen, ohne dass ich jedoch eine entdecken konnte; ich hielt es auch für unmöglich, hinaufzusteigen, da sie sehr glatt war. Sie konnte fünfzig Schritte im Umfange haben. Als die Sonne sich zum Untergang neigte, verfinsterte sich auf einmal die Luft, wie wenn sie von einer dunklen Wolke bedeckt gewesen wäre. Großes Erstaunen über diese Erscheinung befiel mich, denn wir waren im Sommer, ich entdeckte aber, dass sie von einem Vogel von außerordentlicher Größe herrührte. Es fiel mir bei, dass mir die Matrosen oft von einem Vogel, den sie Rock nannten, erzählt hatten, und dass die große Kugel, die mich in ein solches Erstaunen versetzt hatte, ein Ei dieses Vogels sein müsse. In der Tat, er schlug sein Gefieder auseinander und ließ sich darauf nieder, gleichsam um es auszubrüten.

Als der Vogel auf dem Ei saß und seine Füße ausstreckte, erhob ich mich, band mich daran fest mit der Binde meines Turbans, denn ich dachte bei mir: Morgen wird der Vogel seinen Flug fortsetzen und könnte dich auf diese Weise von dieser verlassenen Insel auf bewohntes Land bringen, dann machst du die Binde wieder los, brachst nicht mehr auf Inseln umherzuziehen und bist vor wilden Tieren sicher. So brachte ich die Nacht wachend zu. Am folgenden Morgen flog er, sobald der Tag anbrach, davon und trug mich tief in die Wolken hinein, dass ich nichts mehr unter mir sah; er schien das Gewicht, das an einem seiner Füße hing, durchaus nicht mehr zu spüren, als wenn eine Feder an seinen Krallen hinge; darauf stieg er aus der schreckhaften Höhe wieder herab mit einer Schnelligkeit, die mir die Besinnung raubte. Als er wieder mit mir Boden gefasst hatte, band ich schnell die Binde los, die mich an ihn gefesselt hatte. Kaum war mir dies jedoch gelungen, als er mit dem Schnabel eine Schlange von unerhörter Größe erfasste und mit ihr davonflog. Hierüber war ich sehr erstaunt und verlor meinen Mut. Nachdem ich mich wieder etwas gefasst hatte, stellte ich Betrachtungen über meine Lage an. Der Ort, wo ich mich befand, war ein großer Hügel, unter mir war ein großes, weites Tal, von allen Seiten mit Bergen umgeben, deren Spitzen sich in den Wolken verloren, sodass kein Auge sie sehen konnte, noch jemand imstande war, sie zu ersteigen. Ich machte mir Vorwürfe über das. Was ich getan und sagte: Es gibt keinen Schutz und keine Macht, außer bei Gott, dem Erhabenen! Sowie ich einer Gefahr entgehe, gerate ich in eine andere.

Während ich im Tale umherging, entdeckte ich, dass dessen Boden aus Diamant bestand. Es ist ein sehr harter, fester Stein, den man weder mit Eisen, noch mit Stahl brechen kann, und der zum Zerschneiden von Porzellan und Perlen und Mineralien gekauft wird. In dem Tale gibt es auch eine große Anzahl Schlangen, so lang und dick, wie ein großer Dattelbaum, sodass jede von ihnen einen Elefanten hätte verschlingen können. Während des Tages zogen sie sich in ihre Höhlen, aus Furcht vor dem Vogel Rock, zurück und kamen erst des Nachts zum Vorschein.

Ich ging im Tale umher, bis ich eine große Höhle erblickte, ich ging auf sie zu und trat hinein. Den Eingang, der nieder und eng war, verstopfte ich mit einem großen Stein. Als ich mich aber in der Höhle umsah, entdeckte ich eine große Schlange, welche auf Eiern von der Größe eines Elefanten lag. Ich konnte die ganze Nacht vor Furcht nicht schlafen, denn ich erblickte bald noch andere von gleicher Art. Doch nahm ich mich zusammen und hielt mich wach, bis der Tag anbrach und einen Schein in die Höhle warf, da schob ich den Stein von der Höhle weg, ging heraus, und wandelte, vom langen Wachen und von Furcht wie eine Leiche aussehend, im Tale umher. Auf einmal fiel ein geschlachtetes Tier vom Berge herab. Als ich dies sah, fiel mir ein, was mir früher ein Kaufmann erzählt hatte: Es gibt einen Berg von Diamantstein, der aber so hoch ist, dass ihn niemand besteigen kann, die Kaufleute gebrauchen aber eine List, um sich Diamantsteine zu verschaffen. Sie schlachten ein Lamm, ziehen ihm die Haut ab und werfen das Fleisch in das Tal, sodass Steine an dem frischen Fleisch hängen bleiben. Wenn dann die Adler dieses Fleisch nehmen und damit auf die Höhe fliegen, so gehen die Landsleute auf die Adler los und zwingen sie durch starkes Geschrei, davonzufliegen und das Fleisch im Stich zu lassen, worauf die Kaufleute die Diamanten von den Fleischstücken lösen und mitnehmen, und das Fleisch den Raubtieren überlassen. Sie bedienen sich dieser List, weil es kein anderes Mittel gibt, um Diamanten und Magnetsteine zu gewinnen.

Ich fing an, viele Diamanten zu sammeln und einzustecken. Ich nahm also das Stück Fleisch und band es mit dem Tuche meines Turbans an meine

Brust fest. Bald kam ein Adler und fasste mit seinen Krallen dasjenige Stück, in das ich mich hineingebunden hatte, und trug es auf den Gipfel des Berges und wollte es verzehren, aber die Handelsleute, die in der Nähe waren, schrien laut und machten großen Lärm mit Brettern, um den Adler von seiner Beute zu verscheuchen, was ihnen auch gelang. Ich aber machte mich, sobald der Adler das Lamm verlassen hatte, los und blieb danebenstehen. Einer derselben näherte sich hierauf und suchte nach Steinen an dem Tiere, und als ein keine fand, schrie er: Wehe! Wehe! Alle meine Mühe war vergebens, meine Reise bringt mir keinen Vorteil. Als er dann seinen Blick auf mich warf, erschrak er. Ich sagte: »Fürchte nichts, mein Bruder, ich bin ein Mensch wie du, ich bin auf wunderbare Weise hierher gekommen. Auch sollst du keinen Schaden haben, ich besitze viele Diamantsteine und gebe dir mehr, als du an diesem Tiere gefunden hättest, dem ich meine Rettung verdanke, da ich mit demselben auf diesen Berg gekommen bin, sei nur ohne Sorge!« Ich hatte nicht sobald geendigt, als die anderen Handelsleute, die mich bemerkt hatten, sich um mich versammelten und ihr Erstaunen, mich zu sehen, ausdrückten, das ich noch durch Erzählung meiner Geschichte vermehrte. Sie sagten mir, dass ein jeder von ihnen ein solches geschlachtetes Tier ins Tal werfe, und zeigten mir die Diamanten, die jeder gewonnen hatte. Da zog ich eine Handvoll aus meiner Tasche und gab sie dem Kaufmann, mit dessen Lamm ich auf den Berg gekommen war, und da es mehr war, als er gefunden hätte, freute er sich sehr und dankte mir. Die übrigen Diamanten verkaufte ich den Kaufleuten und ließ mir einen Beutel geben und legte das übrige Geld in einen Gurt, den ich bei mir trug. Ich reiste dann mit ihnen von Land zu Land und von Stadt zu Stadt, machte überall Geschäfte, bis wir glücklich in Bassrah anlangten.

Unter vielen Inseln, die wir durchwanderten, war auch eine, auf welcher der Kampferbaum wächst, der so dick und laubig ist, dass hundert Menschen in seinem Schatten Platz haben. Die Flüssigkeit, die den Kampfer gibt, fließt aus einer Öffnung, die man mit einer langen Lanze oben am Baume macht. Dieselbe sieht wie Milch aus, verdichtet sich wie Gummi und bildet den Saft des Baumes; nachdem die Flüssigkeit ausgelassen, dörrt der Baum und stirbt ab.

Auf der nämlichen Insel gibt es Rhinozeros, Tiere, größer und stärker als der Elefant, sie weiden wie Büffel, deren es viele Sorten auf dieser Insel gibt, und wie Stiere bei uns frei umher; sie tragen ein zehn Ellen langes starkes Horn, so dick wie ein Dattelbaum. Man sieht darauf Umrisse, die einen Menschen vorstellen. Das Rhinozeros schlägt sich, wie mir ein Reisender erzählt hat, mit dem Elefanten, durchbohrt ihm den Leib mit seinem Horn und trägt ihn auf seinem Kopfe, ohne eine Last zu spüren, umher, bis er tot ist; bald jedoch fließt im Sommer bei der Hitze das Fett des Elefanten über seine Augen und macht sie blind. Darauf kommt der Vogel Rock, umfasst sie beide mit seinen Krallen, um sie in sein Nest zu tragen und seine Jungen damit zu füttern. Ich habe auf jener Insel noch andere Merkwürdigkeiten und Wunderdinge gesehen. Als wir nach Bassrah kamen, hielten wir uns einige Tage auf, dann reisten wir nach Bagdad. Meine Familie freute sich über meine glückliche Ankunft und meine Freunde beglückwünschten mich und ich machte ihnen sowohl als meinen Nachbarn viele Geschenke, setzte wieder mein Handelsgeschäft fort mit allerlei Waren und Edelsteinen, derer ich mehr als früher besaß, schaffte mir schöne Diener an und ließ es wohl sein bei gutem Essen, Trinken und allerlei Zerstreuungen. Ich ward wegen meiner Abenteuer bewundert und von jedem, der eine große Reise unternehmen wollte, zu Rat gezogen.

Hiermit schloss Sindbad die Erzählung seiner zweiten Reise. Er gab noch hundert Zechinen dem Lastträger und lud ihn auf den folgenden Tag ein, die Erzählung der dritten Reise zu hören.

Der Lastträger ging nach Hause und kam den darauffolgenden Tag wieder. Man setzte sich zu Tische. Sindbad fuhr, nach genommener Mahlzeit, folgendermaßen fort:

Dritte Reise Sindbads.

Wisset, meine Freunde! Nachdem ich, wie ich euch gestern erzählt habe, einige Zeit in Bagdad mich dem Wohlleben hingegeben hatte, kam mir wieder die Lust zu reisen und zu Erwerb, denn der Mensch sehnt sich immer nach etwas, ich packte daher viele Waren für eine Seereise zusammen, vergaß meine frühern Leiden, reiste nach Bassrah, und ging am Ufer des Meeres umher. Da sah ich ein großes Schiff, auf welchem angesehene, rechtschaffene und fromme Kaufleute sich befanden, ich ließ meine sämtlichen Waren auf das Schiff bringen und die Kaufleute freuten sich mit meiner Gesellschaft. Wir reisten mit Gottes Segen ohne Unfall und machten großen Gewinn. Eines Tages, als wir ganz vergnügt auf wogendem Meere waren, stieß der Kapitän ein Jammergeschrei aus, schlug sich ins Gesicht, riss sich die Haare vom Barte aus und zerriss seine Kleider. Dann rief er laut: »O ihr Kaufleute! Wir sind alle verloren.« Als wir fragten, was es gebe, sagte er: »Wisset, dass die heftigen Stürme uns vom Wege abgeführt haben und unser Missgeschick hat uns an die Affeninsel gebracht, auf welcher Affen wie Heuschrecken umherspringen. Noch ist kein Mensch auf diese Insel gekommen, der nicht seinen Tod gefunden hätte.« Der Kapitän warf die Anker aus und ließ die Segel einziehen, aber alsbald kamen die Affen von der Insel her auf uns zu, stiegen von allen Seiten her auf das Schiff in so großer Zahl, dass wir sie weder töten noch fortjagen konnten. Bald bissen sie auch mit ihren Zähnen das Ankertau und die Segelstricke durch, zogen das Schiff ans Land, ließen uns aussteigen und verschwanden mit dem Schiffe samt allem, was darauf war. Diese Affen hatten gelbe Augen, schwarze Gesichter und klebrige Haare. Wir gingen, ohne zu wissen, was aus uns werden sollte, auf der Insel umher und nährten uns von Pflanzen. Da leuchtete uns eine Wohnung mitten in der Insel entgegen, und als wir uns näherten, bemerkten wir ein großes, wohlgebautes, hohes Schloss, mit einem großen Tore und zwei Flügeln von Ebenholz. Wir traten hinein und befanden uns in einem großen Hofe, in welchem viele Gebeine umherlagen und viel grünes und trockenes Holz aufgespeichert war. Wir wunderten uns sehr darüber, blieben jedoch, da wir sehr müde und niedergeschlagen waren, im Schlosse, in welchem wir keinen Menschen sahen.

Während wir in diesem Zustande der Verzweiflung waren, bebte auf einmal die Erde mit uns und mit einem Geräusch, ähnlich dem Brausen des Sturmwindes, trat eine schwarze Menschengestalt, groß wie ein Palmbaum, zu uns heran. Sie hatte rote Augen, ein schwarzes Gesicht, weite Nasenlöcher und einen großen Mund. Sie setzte sich auf eine Bank und ruhte ein wenig aus, dann heftete sie ihre Augen auf uns und trat uns näher. Beim Anblick dieses Riesen bebten und zitterten wir vor Angst. Er fasste mich dann, setzte mich auf seine Hand wie einen Sperling, drehte mich herum und befühlte mich, wie es ein Metzger mit einem Schlachttiere tut, und stellte mich dann auf die Seite, fern von meinen Reisegefährten. Er verfuhr dann mit diesen in gleicher Weise, bis er an den Kapitän kam, welcher der Fetteste von uns war. Diesen packte er am Nacken, warf ihn aufs Gesicht, setzte seinen Fuß auf das Genick und zerbrach es. Hierauf holte er viel Holz herbei und zündete ein Feuer an, und als das Holz zu Kohlen ward, nahm er einen großen Bratspieß, durchbohrte damit den Kapitän, hob ihn über die Kohlen, drehte ihn rechts und links über denselben, bis er gebraten war, legte den Leichnam vor sich hin, bis er kalt war, darauf riss er mit den Nägeln von ihm herunter, aß davon, bis er satt war, und warf die abgenagten Beine auf die Seite. Dann kehrte er nach seinem Platz zurück, legte sich auf die Bank und schnarchte wie ein Tier, das man schlachtet. Wir aber blieben voneinander getrennt stehen und wagten es nicht, aus Furcht, uns wieder zu vereinigen, bis Gott den Morgen leuchten ließ und der Riese seines Weges ging, ohne dass wir wussten, wohin, dann traten wir wieder zusammen und bedauerten den Kapitän und dachten: Morgen wird es einem anderen von uns ebenso ergehen, und wir werden alle hinsterben, ohne dass jemand etwas von uns wisse. Wir beschlossen, auf der Insel ein Versteck zu suchen, oder zu entfliehen. Wir fanden aber keinen sicheren Ort, wir kehrten daher, nachdem wir einige Pflanzen als Nahrung zu uns genommen, wieder in das Schloss zurück und setzten uns auf unsern früheren Platz. Kaum saßen wir, so erbebte die Erde, der Riese erschien, trat auf uns zu, nachdem er ein wenig auf der Bank ausgeruht hatte, drehte uns einen nach dem anderen herum, ergriff dann einen von uns und verfuhr mit ihm wie mit dem ersten. Nachdem er ihn gebraten und verzehrt hatte, legte er sich wieder auf die Bank und schnarchte, wie wenn ein Sturmwind brauste, die ganze Nacht durch, wir aber konnten vor Furcht nicht schlafen. Als der Tag leuchtete, verließ er uns, wir traten dann zusammen, klagten über unsere Lage und dachten: bei Gott, besser ertrinken als gebraten werden. Da sagte einer von uns: »Meine Freunde, lasst uns eine List ersinnen, diesen Verruchten zu töten und uns und allen Gläubigen Ruhe zu schaffen.« Die übrigen Kaufleute stimmten mit diesem Vorschlag überein, ich aber sagte: »Guter Rat ist noch besser als Totschlagen, wollt ihr durchaus töten, so lasset uns vorher von diesem Holz ein Floß bauen, das wir am Ufer bereithalten. Gelingt es uns, den Riesen zu töten, so mag daraus werden, was Gott will, wenn nicht, so steigen wir auf das Floß und rudern in die hohe See und vertrauen auf Gott. Werden wir gerettet, nun gut, ertrinken wir, so sterben wir als Märtyrer und werden doch nicht getötet und verbrannt.« Mein Rat wurde gutgeheißen, wir trugen alsbald Holz nach dem Ufer, nahmen Stricke, die um das Schloss herum lagen und allerlei Fetzen, die wir zusammenflochten, und banden damit das Floß fest, das wir am Ufer befestigten. Hierauf kehrten wir in das Schloss zurück und kaum hatten wir unsern früheren Platz wieder eingenommen, so bebte die Erde und jenes Ungeheuer kam wieder mit einem Getöse wie ein Sturmwind, fasste einen von uns und verfuhr mit ihm wie mit dem ersten. Als er ihn gebraten und verzehrt hatte, schlief er wie gewöhnlich wieder ein. Da nahmen wir den eisernen Spieß, an dem er die Menschen gebraten hatte, legten ihn auf die Kohlen, trugen noch mehr Holz hinzu und legten einen zweiten Spieß daneben. Als sie rot wie feurige Kohlen waren, gingen wir damit auf den verruchten Schwarzen zu, der wie der Donner schnarchte, und bohrten die Spieße in seine Augen. Er stieß einen fürchterlichen Schrei aus, erhob sich von der Bank und ging im Hofe umher, nach uns greifend, wir verbargen uns aber, doch überfiel uns große Angst und wir sahen schon den Tod vor Augen. Indessen hatte er das Gesicht verloren und er ging unter grässlichem Geheul und Gestampf zur Türe hinaus, sodass die Erde unter uns bebte. Wir verließen das Schloss und begaben uns an das Ufer der Insel, wo wir unsere Flöße stehen hatten und wir sagten zueinander: Wenn der Verruchte bis nach Sonnenuntergang ausbleibt, so dürfen wir annehmen, dass er umgekommen ist, kehrt er aber wieder ins Schloss, so müssen wir uns auf die Flöße begeben und fortrudern und uns in den Willen Gottes ergeben. Während wir uns so besprachen, kam der Schwarze mit zwei andern, die noch stärker und gräulicher waren als er und wie Werwölfe aussahen, mit Augen wie glühende Kohlen. Als wir ihn so, auf die Schultern seiner beiden Gefährten gestützt, dem Schlosse zugehen sahen, begaben wir uns auf unsere Flöße, die wir so schnell als möglich vom Ufer wegzurudern suchten. Die Riesen bemerkten dies zeitig, bewaffneten sich mit großen Steinen, liefen auf das Ufer zu und warfen uns die Steine nach, von denen uns viele trafen und töteten, während andere ins Meer fielen. Da ich und meine Kameraden mit allen Kräften ruderten, so befanden wir uns bald auf der hohen See und wurden ein Spiel der Winde und Wellen, die uns hin und her warfen, wir waren nur noch unsrer drei, die übrigen waren umgekommen und wurden, wie sie tot waren, von uns ins Meer geworfen. Trotz aller Hungerqual hörten wir doch nicht auf, mit aller Kraft zu rudern und uns gegenseitig zu ermutigen, bis wir vom Winde gegen eine Insel getrieben wurden, auf welcher wir Bäche, Bäume und Vögel fanden. Da wir vor Ermüdung, Hunger und Furcht wie Leichen waren, freuten wir uns über unsere Rettung und stärkten uns an den Früchten dieser Insel. Als der Abend nahte, legten wir uns nieder und schliefen ein. Auf einmal wurden wir von einem Geräusch, ähnlich dem eines Sturmwindes, geweckt und groß war unsere Furcht, als wir uns von einer mächtigen großen Schlange umzingelt sahen. Sie fuhr auf einen meiner Kameraden los und würgte ihn hinunter; man sah nur noch seine Schultern und seinen Kopf aus ihrem Rachen hervorstehen; er schrie laut und die Schlange machte eine schnelle Bewegung, indem sie sich zusammen und gleich darauf wieder auseinander rollte. Wir hörten seine Gebeine krachen und verschlungen war der ganze Mann! Darauf ging die Schlange wieder ihres Weges. Wir beiden übrigen fürchteten, die Schlange möchte auch bald in ähnlicher Weise mit uns verfahren und wir sagten: »Es gibt keinen Schutz und keine Macht außer bei Gott, dem Erhabenen. Schon fühlten wir uns glücklich, der Grausamkeit der Riesen und der Wut der Wellen entgangen zu sein; und jetzt befinden wir uns in Lagen, die noch schrecklicher sind.«

Wir gingen auf der Insel umher, um eine Zuflucht zu suchen, fanden aber keine, wir aßen von den Früchten, die darauf wuchsen, mit der schrecklichen Vermutung, dass einer von uns von der Schlange noch diesen Abend aufgefressen werde. Endlich bemerkten wir einen hohen Baum, auf den wir stiegen, um uns die Nacht über in Sicherheit zu bringen. Gleich darauf nahte sich die Schlange dem Baume, auf dem wir waren. Sie legte sich an dessen Stamm und erreichte meinen Kameraden und würgte ihn hinunter, ich stieg auf die obersten Zweige und dachte, wenn ich herunterstürze und umkomme, so habe ich doch Ruhe vor dieser Angst vor dem Hunger und den Strapazen in der Fremde. Indessen ging die Schlange, nachdem sie meinen Gefährten am Baume zermalmt hatte, wieder ihres Weges, und ich brachte die Nacht allein auf dem Baume zu, erschüttert von dem, was ich gesehen, und entschlossen, mich vom Baume herunterzustürzen, falls die Schlange wiederkehren sollte, denn ich dachte lieber so sterben, als von der Schlange verschlungen zu werden. Am folgenden Morgen wollte ich mich ins Meer werfen, aber mein Innerstes sträubte sich dagegen, denn der Mensch hängt doch am Leben. Ich machte mich daher auf, suchte verschiedenes Holz und trockenes Gesträuch zusammen, aus dem ich Stricke flocht, ich umgab mich dann von allen Seiten mit festgebundenen Brettern und Scheitern, sodass ich wie in einer Kiste lag und die Schlange mich nicht erreichen konnte. Die Schlange kam des Abends und schlich um mich herum. Sie konnte meiner jedoch nicht habhaft werden wegen des Walls, der mir zum Schutze diente, und trieb es so bis zum Tage, indem sie unter fortwährendem Gezische sich bald näherte, bald wieder entfernte; ich sah alles und war dem Tode nahe vor Furcht. Als der Tag nahte, zog sie sich zurück; ich machte mich alsbald von dem Holze los, lief auf der Insel umher, aß einige Früchte und gelangte auf einen Hügel, von welchem ich ein Schiff mitten in den Meereswellen erblickte. Ich rief aus voller Kehle demselben entgegen, winkte mit dem Zweige eines Baumes und ward sogleich von der Schiffsmannschaft gesehen.

Das Schiff näherte sich dem Ufer und die Leute fragten mich, wer ich sei. Ich antwortete: »Ich bin ein Mensch, nehmet mich auf, ich will euch erzählen, wie ich hierhergekommen.« Sie nahmen mich auf, brachten mir einigen Proviant, und als ich mich gestärkt hatte, erzählte ich ihnen meine ganze Leidensgeschichte von meiner Abreise aus der Heimat an bis zum Augenblick, wo ich aufs Schiff kam, und sie waren sehr erstaunt über meine Abenteuer! Sie zogen mir dann meine zerfetzten und übel riechenden Kleider aus, warfen sie in das Meer, brachten mir andere, reine Kleider, sowie auch verschiedene Lebensmittel und frisches Wasser. So ward ich wieder neu belebt, nachdem ich schon der Verzweiflung preisgegeben war, und ich wähnte mich im Traume, als ich, nach so schweren Leiden, mich wieder in solchem Wohlbehagen sah.

Wir hielten eine Zeit lang das Meer bei günstigem Winde und landeten endlich bei Kalaset, woher man das Sandelholz bezieht und gingen im Hafen dieser Insel vor Anker. Meine Reisegefährten und sämtliche Handelsleute fingen an, ihre Waren ausschiffen zu lassen, um sie zu verkaufen, oder um Tauschhandel zu treiben. Unterdessen rief mir der Schiffskapitän und sprach zu mir: »Höre, mein Herr! Du bist fremd und arm und hast uns erzählt, was du gelitten, darum will ich dir Gutes zuwenden und um Gottes willen Nutzen verschaffen.« Als ich hierauf antwortete, ich sei allerdings in größter Dürftigkeit, er möge tun, was ihm gut dünke, fuhr er fort: »Wisse! Auf dem Schiffe befinden sich Waren, die einem Handelsmanne von Bagdad gehörten, der mehrere Jahre mit uns gereist ist, und den wir dann verloren haben. Wir wollen seine Waren verkaufen, das Geld dafür nehmen und es nach Rückkunft seinen Erben zustellen, sowie sie sich als solche ausweisen werden. Du aber sollst sie verkaufen und einen entsprechenden Lohn dafür in Empfang nehmen, wovon du auf der Reise leben kannst.« Ich dankte Gott, sprach kein Wort, und nahm mich zusammen, bis alle Waren ausgeladen waren, und die Kaufleute sich miteinander unterhielten; da wendete ich mich zum Kapitän und bat ihn, mir Näheres über den Eigentümer dieser Waren zu berichten, und als er erzählte, wie sie ihn auf einer Insel zurückgelassen, weil sie ihn ganz vergessen hatten und dabei auch meinen Namen nannte, war meine Freude grenzenlos und ich rief laut: »O Kapitän, o ihr Kaufleute! Bei Gott, ich bin Sindbad der Seefahrer, die Waren gehören mir, alle Kaufleute werden es bezeugen.« Da sagte der Kapitän: »Wie magst du dies behaupten?« und er wollte nichts von allem glauben. Bald versammelten sich die Übrigen um uns; die einen glaubten mir, während mich die anderen für einen Lügner hielten. Da trat auf einmal ein Handelsmann aus ihrer Mitte hervor, grüßte mich und sprach: »Du hast wahr gesprochen, Sindbad der Seemann; dieses Geld und diese Waren gehören dir.« (Doch höre, so erzählte Sindbad, wie dies zuging.) Dieser Kaufmann sagte: »Ich erzählte euch vor Kurzem das Wunderbarste, was mir jemals auf Reisen begegnet, als ich nämlich einst Diamanten sammelte und vom Diamantberge herab Fleischstücke auswarf, wie einst ein Mensch daran festgebunden war. Dies war Sindbad, der mir dann viele Diamanten schenkte, von denen er die Taschen voll hatte. Wir reisten dann zusammen nach Bassrah, von wo er sich nach Bagdad begab, ich weiß nicht, was ihm inzwischen zugestoßen, danke aber Gott, dass er wieder bei uns ist, um euch zu überzeugen, dass ich euch die Wahrheit berichtet, und dass ihn der Herr wieder zu seinen Waren geführt.« Nachdem dieser Kaufmann so gesprochen, gab ich dem Kapitän noch andere Zeichen, sodass er keinen Zweifel mehr hatte und mich aufs Neue willkommen hieß und umarmte und sagte: »Gott sei für deine Rettung gepriesen.« Nachdem ich dann meine ganze Geschichte erzählt und noch andere Beweise angeführt hatte, wurden mir meine Waren ausgeliefert, ich handelte damit und machte ungewöhnlich großen Gewinn.

Von der Insel Kalaset segelten wir nach Indien, wo ich Gewürznelken, Ingwer und andere Spezereien einkaufte. Von hier segelten wir nach Sind, wo wir auch Handel trieben und uns das Land ansahen. Auf dieser Reise sah ich unzählbare Merkwürdigkeiten, unter anderem Fische wie Stiere und Esel, auch Vögel, die aus einer Seemuschel hervorgehen und auf dem Wasser Eier legen und ausbrüten und nie das trockene Land betreten. Endlich kam ich, nach einer langen Reise von Insel zu Insel, in Bassrah an und erreichte schließlich wieder Bagdad mit mehr Geld und Waren, als ich selbst wusste. Ich machte meinen Freunden und Bekannten viele Geschenke, kleidete Weisen und Witwen, schaffte mir wieder Sklaven und Sklavinnen an, und lebte in süßer Behaglichkeit an guten Speisen und Getränken, an Musik, Gesang und schönen Mädchen mich ergötzend, froh und heiter und gedachte nicht mehr der ausgestandenen Leiden. Das ist der Schluss meiner dritten Reise.

Sindbad ließ dann Speisen auftragen, gab dem Lastträger wieder hundert Goldstücke und sprach: »Komme morgen wieder, du sollst dann hören, was mir noch Merkwürdigeres auf der vierten Reise begegnet ist.« Der Lastenträger versprach es und ging nach Hause, verwundert über das, was er von Sindbad gehört hatte: Des anderen Tages ging er wieder zu ihm. Als sie alle beisammen waren, schmausten sie wie den vorhergehenden Tag; später begann Sindbad:

Vierte Reise Sindbads.

Ich lebte einige Zeit allen Lebensgenüssen hingegeben und vergaß alle früheren Strapazen im Übermaße meines Glücks und meiner blühenden Geschäfte. Eines Tages besuchten mich vornehme Kaufleute, die durch ihr Gespräch über Handel und Reisen auch meine Wanderlust wieder weckten, sodass ich beschloss, mit ihnen zu reisen, um neue Länder zu sehen. Ich kaufte kostbare Waren für den Seehandel ein und begab mich mit meinen Freunden auf ein großes Schiff. Wir waren längere Zeit unterwegs, als wir eines Tages bei einer bisher außerordentlich günstigen Fahrt von einem Windstoß getroffen wurden, der den Kapitän zwang, die Segel einzuziehen und die Anker auszuwerfen, - der Sturm kam aber dann von vorne, zerriss unsere Segel sowie das Ankertau und schlug den Mastbaum um, sodass das Schiff unterging und eine große Anzahl Handelsleute ertranken und die Ladung zugrunde ging.

Ich und einige andere Handelsleute hatten das Glück, uns an einem Brette festhalten zu können, auf dem wir einige Zeit bei stillem Winde mit Händen und Füßen fortruderten. Dann erhob sich der Sturm wieder und die Wellen trieben uns, nach Gottes Bestimmung, gegen eine große Insel. Wir stiegen ans Land, außer uns vor Erschöpfung, Hunger, Durst und Kälte, und nährten uns von einigen Pflanzen. Die Nacht aber ruhten wir am Ufer aus. Den darauf folgenden Tag entfernten wir uns mit dem ersten Strahl der Sonne vom Ufer, drangen auf der Insel vor und bemerkten Wohnungen, denen wir uns näherten. Sogleich kam ein Schwarzer aus den Hütten uns entgegen. Ohne uns zu grüßen, ergriff er uns und führte uns zu ihrem Oberhaupte. Man stellte uns eine Speise vor, die wir nicht kannten, noch je gesehen hatten. Meine Kameraden, an denen Hunger gezehrt hatte, aßen davon. Ich aber hatte einen Ekel davor und wollte trotz meinem Hunger nicht einmal davon kosten; dies war mein von Gott beschiedenes Glück, denn kurz darauf bemerkte ich, dass meine Kameraden den Verstand verloren hatten, und wie Rasende weiter aßen. Man reichte uns darauf Kokosnussöl; meine Kameraden, die schon von Sinnen waren, aßen auch hiervon und rieben sich damit ein. Ich erstaunte darüber und sah dann, dass es Magier waren, die jeden Fremden, der zu ihnen kam, mästeten und ihrem König, der ein Werwolf war, gebraten zu essen gaben. Dies geschah meinen Kameraden, die durch diese Speisen ihren Verstand verloren hatten, ich aber blieb zwei Tage bei ihnen und enthielt mich aus Furcht und Angst jeder Speise und jeden Getränks. Ich zehrte sichtbar ab und meine Haut dorrte aus: Die Schwarzen bemerkten meinen krankhaften Zustand und ließen mich leben und kümmerten sich gar nicht um mich.

Auf diese Weise konnte ich mich eines Tags von den Wohnungen der Schwarzen entfernen und, mich von den Pflanzen der Insel nährend, verstohlen weiter gehen. Da bemerkte ich in der Ferne einen Greis und ging auf ihn zu, um zu sehen, wer er sei. Er war der Hirt, der die Menschen auf die Weide führte, welche vom König verzehrt werden sollten. Er musste sie, nachdem sie von der genannten Speise gegessen hatten, ins Freie führen, wo sie von den Früchten der Insel gemästet wurden, bis sie recht fett wurden. Als ich dies wahrnahm, fürchtete ich mich und wollte umkehren; der Greis, welcher merkte, dass ich verständiger als die anderen war, gab mir durch ein Zeichen zu verstehen, dass ich den Weg nach rechts einschlagen sollte, um zu meinem Ziele zu gelangen. Ich folgte dieser Weisung, schlug den bezeichneten Weg rechts ein, fürchtete immer, verfolgt zu werden, lief bald, ging dann wieder langsam und ruhte aus, und endlich, als die Nacht hereinbrach und ich weit entfernt vom Greis war, legte ich mich nieder, konnte aber vor Angst und Müdigkeit nicht schlafen. Ich stand wieder auf, ging die ganze Nacht durch, des Morgens ruhte ich wieder aus und stärkte mich an einigen Pflanzen und Früchten und setzte so meinen Marsch sieben Tage lang fort.

Am achten Tage bemerkte ich in der Ferne einen Greis, ich ging auf ihn zu und erreichte ihn erst beim Sonnenuntergang. Da fand ich bei ihm weiße Menschen, die beschäftigt waren, Pfeffer zu sammeln, sie kamen mir sogleich, als sie meiner ansichtig wurden, entgegen und fragten mich, wer ich sei und woher ich komme. Ich erzählte ihnen, wie ich Schiffbruch gelitten, auf diese Insel gekommen und in die Hände der Schwarzen gefallen sei. Sie unterbrachen mich mit der Frage: Durch welche Wunder ich den Schwarzen habe entkommen können, welche diese Insel beherrschen. Ich erzählte ihnen alles von Anfang bis zu Ende, was hier zu wiederholen überflüssig wäre, und sie waren höchlich verwundert darüber.

Sie brachten mir dann etwas zu essen, und als ich gegessen und ausgeruht hatte, schiffte ich mich mit ihnen ein, und wir begaben uns auf die Insel, woher sie gekommen waren. Sie brachten mich zu ihrem König, der mich begrüßte und begierig, meine Geschichte zu hören, sich dieselbe genau erzählen ließ.

Nachdem ich alles erzählt hatte, beglückwünschte er mich, hieß mich sitzen und ließ mir zu essen geben; ich pries Gott, dankte ihm für seine Güte und blieb in seiner Hauptstadt, welche sehr bevölkert war und großen Handel trieb. Dieser reizende Aufenthalt tröstete mich mächtig über mein Unglück, und die Güte, die der König für mich hatte, machte mich vollends zufrieden, und ich befreundete mich bald mit den Bewohnern der Stadt.

Ich bemerkte in diesem Lande etwas, das mir sehr ungewöhnlich schien. Jedermann ritt auf den besten Pferden ohne Steigbügel und ohne Sattel. Ich fragte eines Tages den König, warum er sich keines Sattels bediene. Seine Antwort war, ich spreche ihm von Dingen, deren Anwendung er nicht kenne. Ich bat um die Erlaubnis, einen Sattel zu verfertigen und ging sogleich zu einem Schreiner und lehrte ihn, einen Sattel nach einer Zeichnung bauen, die ich ihm gab. Als derselbe fertig war, fütterte ich ihn mit Wolle aus und besetzte ihn mit Leder. Drauf ging ich zum Schmied, der mir eine Gebissstange und Steigbügel, wie ich ihm zeigte, machte.

Als alles dies aufs Beste fertig war, ging ich hin zum König, suchte eines seiner besten Pferde aus, legte ihm Sattel und Zaum an und bat ihn, das Pferd zu besteigen. Der König bestieg dasselbe und hatte an der Erfindung solches Gefallen, dass er mir seine Freude durch die glänzendsten Geschenke bezeigte. Drauf machte ich verschiedene Sättel für die übrigen Großen des Reichs, die mir alle Dinge schenkten, die mich binnen Kurzem zum reichen Mann machten. Auch bei den übrigen Einwohnern kam ich in großen Ruf und war allgemein geschätzt und geachtet, weil ich den Schreiner gelehrt hatte, das Gerippe zum Sattel zu verfertigen und den Schmied, Zaum und Steigbügel zu schmieden. Eines Tages sagte mir der König: »Sindbad! Ich habe dich gern und weiß auch, dass alle meine Untertanen dasselbe tun. Ich habe eine Bitte an dich; du musst mir versprechen, sie zu erfüllen, dann wirst du alles Gute erlangen.« »König!« war meine Antwort, »was verlangst du von mir?« Der König erwiderte: »Mein Wunsch ist, du nehmest eine der vornehmsten Töchter meiner Stadt zur Frau, damit dich dieselbe fessele und du einer der Unsrigen werdest, ich will dir Einkünfte verschaffen, die dir gestatten, im Überfluss zu leben.« Da ich nicht wagte, dem Befehl des Königs zuwiderzuhandeln, so erwiderte ich: »Du hast zu gebieten, o König der Zeit!« Er ließ alsbald den Kadi und die Gerichtszeugen rufen und verheiratete mich mit einer vornehmen, adeligen, sehr schönen Frau, die viel Geld und Güter besaß. Er wies mir dann eine Wohnung an, schenkte mir Sklaven und gab mir Diener und bestimmte mir ein Gehalt und Rationen. Ich freute mich damit und dachte: Ich gebe mich der Fügung Gottes hin, will er mich einst wieder in meine Heimat zurückführen, so kann es niemand hindern, und es bleibt mir dann die Wahl, ob ich die Frau mitnehme oder entlasse. Indessen liebte ich bald meine Frau und ward auch von ihr geliebt, sodass wir eine geraume Zeit sehr glücklich lebten. Eines Tages hörte ich ein Jammergeschrei aus dem Hause meines Nachbarn, mit dem ich befreundet war. Ich fragte nach der Ursache dieses Jammers und vernahm, seine Gattin sei gestorben. Ich hielt es für meine Pflicht, ihn zu besuchen. Ich ging zu ihm, um ihn zu trösten und fand ihn tief bekümmert. »Gott stärke dich, vermehre deinen Lohn, erbarme sich der Verstorbenen und verleihe dir ein langes Leben!« war meine Anrede. »Ach!« rief er aus, »was können mir deine Wünsche nützen? Ich habe bloß noch eine Stunde zu leben! Ich sehe dich und alle meine Freunde nicht wieder bis zum Auferstehungstage.« Ich fragte: »Wieso dies?« »Wisse«, erwiderte er, »man wird alsbald meine Frau waschen und in ein Totengewand hüllen und beerdigen und mich mit ihr begraben. Dies ist der Gebrauch unseres Volks: Der lebende Mann wird mit seiner gestorbenen Frau und die lebende Frau mit ihrem gestorbenen Mann begraben, damit sie auch nach dem Tode vereinigt bleiben.« Ich sagte: »Bei Gott, das ist eine abscheuliche Sitte, der sich niemand gern unterwirft.« Während wir uns so unterhielten, kamen die meisten Stadtbewohner herbei, um die Trauernden zu trösten. Man legte dann die Frau in einen Sarg und ging damit ans Ende der Insel bis zu einem großen Stein, der eine große Zisterne bedeckte. Der Stein wurde aufgehoben, und der Leichnam sowohl als der lebendige Mann wurden an einem Strick hinabgelassen. Der Mann, dem man einen Krug Wasser und sieben Brötchen mitgab, löste den Strick ab, der wieder heraufgezogen wurde, worauf dann die Öffnung wieder mit dem Stein geschlossen wurde und jeder seines Weges ging. Als ich hierauf wieder zum König kam, sagte ich ihm: »O mein Herr! Wie mögt ihr Menschen lebendig begraben?« Er antwortete: »So ist es Sitte bei uns: Stirbt ein Mann, so wird seine Gattin mit ihm begraben, stirbt eine Frau, so folgt ihr der Gatte ins Grab. So war es Sitte bei unsern Vätern und Ahnen und den Königen vor uns.« Ich sagte: » Das ist eine schlimme Sitte«, dann fragte ich: »Gilt dieses Gesetz auch für Fremdlinge?« »Allerdings«, erwiderte er mir, »sind sie nicht davon ausgenommen.« Die Furcht, dass meine Frau vor mir sterben könne und dass ich dann lebend mit ihr begraben würde, flößte mir sehr trübe Gedanken ein. Ich befand mich wie in einem Gefängnis durch diese Worte des Königs und verabscheute meinen Aufenthalt in einer solchen Stadt. Am Ende beruhigte ich mich wieder und dachte: vielleicht sterbe ich vor meiner

Frau, oder wird mir Gott helfen, dass ich vor ihrem Tode in meine Heimat zurückkehre. Aber nach einiger Zeit erkrankte sie, hütete das Bett und starb.

Mein Schmerz war groß, denn ich konnte nicht mehr entfliehen. Viele Leute kamen, um mich und die Verwandten der Frau zu trösten, und der König selbst erschien auch, um mir sein Beileid zu bezeugen. Man stattete alsbald meine Frau aus und trug sie in einem Sarge nach jenem Berge, hob den Stein von der Zisterne, dann sprach man mir Trost zu und verabschiedete sich von mir. Ich schrie: »Ist es erlaubt von Gott, einen Fremden lebendig zu begraben? Ich bin nicht von den Eurigen, kannte eure Sitte nicht, hätte ich sie gekannt, so würde ich keine eurer Frauen geheiratet haben.« Sie hörten mich aber nicht an und hatten kein Mitleid mit mir. Sie banden mich fest, ließen mich in die Zisterne hinab und riefen mir zu: Mache den Strick los! Als ich dies nicht tat und fortwährend schrie, warfen sie den Strick auf mich herab und deckten die Öffnung wie gewöhnlich zu. Da sie gewohnt waren, den Verstorbenen die schönsten Kleider und den kostbarsten Schmuck anzuziehen, so geschah dies auch bei meiner Frau, welche wertvolle Edelsteine an ihrem Schmuck hatte. Als die Leute fort waren, sah ich mich in der Zisterne um, welche von einem abscheulichen Gestank angefüllt war, und vernahm ein leises Stöhnen, das meine Angst noch vermehrte. Es kam von einem Manne, der wenige Tage vor mir hinabgelassen worden war. Ich wurde fast rasend vor Verzweiflung und dachte: Es gibt keinen Schutz und keine Macht außer bei Gott. Gottes Wille geschehe! Warum musste ich mich in dieser Stadt verheiraten, ich war doch früher so vergnügt. Ich erinnerte mich an mein früheres glückliches Leben und dachte: Wäre ich doch wenigstens einen schönen Tod gestorben und gewaschen und beerdigt worden! Bei Gott, so wie ich einem Unheil entkomme, stürze ich in ein anderes, und am Ende soll ich so jämmerlich umkommen und lebendig begraben werden. Gott verdamme das Gelüste nach weltlichen Dingen, nur meine Gier hat mich in so verzweifelte Lage gebracht. Ich fuhr dann fort, mir selbst Vorwürfe zu machen und mir zu sagen, dass ich dies und noch mehr von Gott verdient habe, da ich ein freies, ruhiges Leben geführt hatte und nicht geruht, bis ich in eine dunkle Zisterne zu Leichen geworfen wurde. Ich wünschte mir den Tod, wendete mich dann vom Satan ab und flehte Gottes Schutz an. Ich hatte jedoch eine schlimme Nacht, war hungrig und durstig, und befand mich in solcher Dunkelheit, dass ich den Tag nicht von der Nacht unterscheiden konnte. Ich streckte die Hand nach dem Brot aus und aß etwa die Hälfte eines Brötchens, nahm auch ein wenig Wasser aus dem Krug, denn ich dachte: Ich will wenig essen, vielleicht rettet mich Gott noch. Dann ging ich an den Seiten der Zisterne umher und sah, dass es eine große Höhle war, in welcher viele Leichen und Knochen umherlagen. Plötzlich ging die Öffnung der Zisterne wieder auf, es kam Licht von oben, und ich dachte: Es wird vielleicht wieder jemand begraben. Ich blickte hinauf, ohne gesehen zu werden, und bald ließ man einen toten Mann und eine hübsche lebendige Frau zu mir herab, der man, wie gewöhnlich, einen Krug Wasser und sieben Brötchen mitgab. Sobald die Leute von der Öffnung fern waren, machte ich mich auf und gab ihr schnell mit einem der Knochen, die umherlagen, zwei Schläge auf den Kopf, wovon sie die Besinnung und das Leben verlor. Ich nahm dann ihr Brot und ihr Wasser und was sie an Schmuck und Edelsteinen an sich hatte und nährte mich von diesem Brot, nahm aber nie zu viel zu mir, damit der Vorrat lang währte, denn ich hoffte immer noch auf Gottes Hilfe. So lebte ich längere Zeit, indem ich immer die Leute, die man lebendig herabließ, erschlug und mich ihres Vorrats bemächtigte. Eines Tages, als ich so da saß, hörte ich ein Rasseln an den Knochen, die an der Seite der Zisterne lagen. Ich stand auf, um zu sehen, was dies bedeute, denn ich fürchtete mich, da bemerkte ich, wie etwas vor mir herging, ich ergriff einen Knochen und verfolgte den Gegenstand, er lief aber vor mir weg. Ich verfolgte ihn so lange, bis ich ein Licht entdeckte, das in der Ferne einem Sterne glich. Ich ging diesem Lichte immer näher und dachte, vielleicht hat die Zisterne eine zweite Öffnung und entdeckte zuletzt, dass es von einer Öffnung des Felsens kam, die nach dem Meere ging und durch welche Tiere kamen, um die toten Gebeine zu fressen. Als ich dessen gewiss war, beruhigte ich mich und sah wieder neues Leben vor mir, nachdem ich mich dem Tode verfallen geglaubt hatte, und mir war, als träumte ich. Ich gab mir Mühe, um durch die Öffnung zu gelangen und befand mich am Ufer des Meeres, durch einen hohen Berg von der Stadt getrennt, nach welcher gar kein Weg führte.

Ich dankte Gott für meine Rettung. Drauf ging ich in die Höhle zurück, um das Brot und Wasser zu suchen, das ich noch darin hatte, dann kehrte ich wieder zurück und nahm alle Diamanten, Perlen, Rubinen, goldene Armspangen mit den übrigen Goldstoffen, die sich in den Bahren befanden, weg, um sie ans Meeresufer zu tragen. Ich machte mehrere Packen daraus und hüllte sie in Totengewänder ein. Ich ging dann jeden Tag wieder in die Höhle, erschlug die Leute, die man lebendig herabgelassen und nahm ihr Brot und ihr Wasser. Nach einiger Zeit, als ich so am Ufer des Meeres saß, bemerkte ich ein Schiff, das vorüber segelte. Ich rief aus vollem Halse, damit man mich höre und winkte mit einem Fetzen von einem Totengewande, das neben mir lag. Man bemerkte mich, und die Schaluppe ward abgesandt, um mich an Bord zu führen. Auf die Frage der Matrosen, wer ich sei und wie ich mich an diesem Ort befinde, wo sie vor mir noch keinen Menschen gesehen, antwortete ich, ich sei ein Kaufmann und habe mich auf einem Schiffe befunden, das untergegangen ist und mit großer Anstrengung mich hierher mit einigen Effekten und etwas Schmuck gerettet. Ich sagte ihnen aber nichts von dem, was mir in der Stadt und in der Höhle widerfahren, weil ich fürchtete, es möchte jemand aus der Stadt auf dem Schiffe sein.

Sie nahmen mich mit meinen Effekten auf, und als ich auf das Schiff kam, sammelte sich alles um mich herum, und als der Kapitän mich ausfragte, wiederholte ich, was ich den Matrosen erzählt hatte und bemerkte, dass ich meine ganze Ladung verloren, kein Geld besitze und nur einigen Schmuck aus dem Schiffbruch gerettet habe. Ich bot ihm dann einiges davon an, da er mich doch aufgenommen, er nahm aber nichts an, indem er sagte, dass er Gott zu Ehren jeden, der Schiffbruch gelitten oder auf einer Insel verlassen ist, aufnehme und mit Proviant versorge, und dass er sich freue, mich außer aller Gefahr auf seinem Schiffe zu sehen. In der Tat versorgte mich der Kapitän unentgeltlich, bis wir glücklich nach Bassrah kamen, von wo ich, nach kurzem Aufenthalt, mich nach Bagdad begab. Ich teilte meine Schätze mit meiner Familie und mit meinen Freunden, beschenkte die Armen und Waisen und lebte wieder einige Zeit in Lust und Wonne mit meinen Freunden. Das sind die Abenteuer meiner vierten Reise, komme aber morgen wieder, sagte er hierauf zu Sindbad, dem Landmanne, um die Geschichte meiner fünften Reise zu vernehmen, die noch wunderbarer als die der früheren ist. Er ließ ihm dann wieder hundert Dinare geben, und am folgenden Morgen, als er wiederkehrte und man gegessen und getrunken hatte, begann der Seefahrer folgende Erzählung:

Fünfte Reise Sindbads.

Die Genüsse übten solche Gewalt auf mich aus, dass ich schnell die ausgestandenen Leiden und Strapazen vergaß. Aufs Neue reizte mich der Trieb, fremde Länder zu sehen; ich kaufte daher Waren, ließ sie einpacken und reiste damit nach Bassrah. Als ich an das Ufer des Meeres kam, sah ich ein großes Schiff, auf dem viele Kaufleute waren. Ich kaufte es, nahm einen Kapitän und Matrosen in Sold und bestieg es mit einem Sklaven und Dienern. Wir lasen die erste Sure des Korans und reisten mit Gottes Hilfe Tag und Nacht, von Stadt zu Stadt und von Land zu Land, bis uns das Geschick auf eine verlassene Insel trieb, wo wir ein Ei des Vogels Rock fanden, das in der Ferne einer Kuppel gleich sah. Das Junge war gerade im Begriff herauszuschlüpfen, und dessen Schnabel war schon sichtbar.

Die Handelsleute, die sich mit mir eingeschifft hatten und auch mit mir ans Land gestiegen waren, schlugen mit Steinen auf das Ei los, brachten darin eine Öffnung an, aus der sie das Junge des Vogels Rock herausnahmen. Sie schlachteten es und nahmen viel Fleisch davon. Ich schlief neben dem

Schiffe; als ich erwachte, rief ich ihnen zu, das Ei nicht zu berühren, da sonst der Vogel unser Schiff zertrümmern würde, aber sie hörten nicht auf meine Worte, so sehr ich sie auch deshalb anschrie. Während wir so sprachen, verfinsterte sich die Atmosphäre, und die Sonne verhüllte sich, obgleich es zur Mittagszeit war. Die Sonne ward wie von einer schwarzen Wolke überzogen, und als wir gen Himmel sahen, bemerkten wir, dass die vermeintliche Wolke die Flügel des Vogels Rock waren, der in der Luft über seinem Ei umherkreiste. Der Kapitän rief uns zu, so schnell als möglich das Schiff zu besteigen, um nicht vom Rock getötet zu werden. Wir eilten auf das Schiff und entfernten uns eilig vom Ufer. Inzwischen sah sich der Vogel nach seinem Ei um und stieß ein furchtbares Geheul aus, als er es zerbrochen fand. Er verfolgte uns dann mit seinem Weibchen, und trotz aller Anstrengung, das Schiff so schnell als möglich in Bewegung zu setzen, fanden sie sich doch bald über unserm Schiffe, und wir bemerkten, dass jeder zwischen seinen Krallen ein Felsenstück von ungeheurer Größe hielt. Der Rock ließ hierauf das Felsenstück, das er hielt, über uns herfallen; der Steuermann konnte jedoch noch schnell genug dem Schiffe eine andere Wendung geben, wodurch jenes ins Meer fiel und dasselbe bis auf den Grund aufwühlte, sodass das Schiff in die Höhe gehoben und dann wieder niedergeworfen ward und nahezu unterging. Kaum waren wir durch Gottes Hilfe dieser Gefahr entronnen, so ließ das Weibchen die noch größere Felsenmasse mitten auf unser Schiff fallen, sodass es zerschmettert ward. Die Matrosen und Reisenden ertranken; ich selbst kam unter Wasser, glücklicherweise konnte ich mich an einem Stücke der Schiffstrümmer halten. Indem ich mich so drei Tage mit der Hand hielt und mit den Füßen ruderte, wurde ich endlich mit günstigem Winde gegen eine Insel getrieben.

Ich war wie eine Leiche vor Hunger, Müdigkeit und Ärger, und ich machte mir wieder Vorwürfe, dass ich mein glückliches Leben aufgegeben und aus Übermut mich neuen Gefahren ausgesetzt hatte. Als ich indessen eine Weile geschlafen und mich gestärkt hatte, ging ich auf der Insel umher und fand sie reich an Vögeln, Bächen und Baumfrüchten. Ich aß und trank, bis ich gesättigt war, und legte mich des Abends nieder in großer Furcht, weil ich keine Spur von einem menschlichen Wesen entdeckt hatte.

Als ich ein wenig auf der Insel zwischen Bäumen und Bächen vordrang, bemerkte ich einen Mann, der bei einem tätigen Wasserrade saß. Er war ganz nackt, hatte nur eine Schürze aus Palmfasern und einen Gürtel aus geflochtenen Blättern an. Ich dachte, er ist vielleicht fremd wie ich und näherte mich, ihn grüßend. Er erwiderte meinen Gruß mit Anstand und Freundlichkeit und hieß mich willkommen. Ich fragte ihn, wer er sei, woher er komme und auf welchem Orte ich mich befände. Er gab mir durch Zeichen zu verstehen, dass ich ihn zu dem Brunnen des Wasserrads tragen sollte.

Anfangs dachte ich mir, dass sein Zustand wirklich diese Hilfe nötig mache; ich nahm ihm daher auf meinen Rücken und trug ihn bis an den bezeichneten Ort, dann hieß ich ihn absteigen und wollte ihn niedersetzen, ich konnte ihn aber nicht von den Schultern herunterbringen, denn er hatte mir die Beine um den Hals geschlungen, deren Haut der eines Büffels glich und die so schwer, wie ein Berg waren. Als ich sah, in welch neues Unglück ich mich gestürzt, rief ich: »Es gibt keinen Schutz und keine Macht, außer bei Gott, dem Erhabenen. Sooft ich von einem Übel frei bin, stürze ich in ein anderes.« Mein Herz ward von Schrecken erfüllt, die Welt schwarz vor meinen Augen, und ich fiel wie eine Leiche zur Erde nieder. Er hob seine Beine ein wenig auf, und ich ruhte und sah, dass seine Beine meinen Hals noch ärger zerschunden hatten, als wenn er mit einer Peitsche geschlagen worden wäre. Ich erhob mich und wollte davonlaufen, aber er rief mich zurück und befahl mir, ihn unter den Bäumen umherzutragen, und als ich mich nicht beeilte, sprang er wieder auf meine Schultern und stieß mich mit seinen Füßen, dass ich glaubte, er habe mir Brust und Rippen zerbrochen. So trug ich ihn dann mitten in die Insel, denn so oft ich stehen blieb, schlug er mich, ich war wie sein Gefangener, sodass ich am Leben verzweifelte. Er aber aß von den Früchten der Bäume und verunreinigte mich und stieg weder bei Tag noch bei Nacht von meinem Nacken herunter, selbst wenn er schlief, hatte er seine Beine fest um meinen Hals geschlungen, sodass ich mich nicht losmachen konnte, und wenn ich nicht alsbald nach seinem Wunsche aufstand oder weiter ging, so schlug er mich auf die Seiten und auf die Brust, und seine Schläge waren ärger als Peitschenhiebe, sodass ich aus Furcht vor ihm ganz gehorsam sein musste. Ich wünschte den Tod herbei und machte mir Vorwürfe, dass ich mich von meiner Leidenschaft aus der Ruhe in solche Qualen habe stürzen lassen, auch nahm ich mir vor, in Zukunft mich keinem Menschen mehr zu nähern, der mich um Hilfe angeht.

Eines Tages fand ich auf meinem Wege mehrere trockene Kürbisse; ich nahm einen ausgetrockneten, höhlte ihn schön aus und drückte den Saft mehrerer Trauben hinein. Als ich den Kürbis angefüllt hatte, schloss ich die Öffnung wieder, die ich am oberen Teile angebracht hatte, und legte ihn einige Tage in die Sonne, bis der Traubensaft sich in starken Wein verwandelt hatte. Dann trank ich jeden Tag davon, und er gab mir Kraft und berauschte mich, dass ich keine Müdigkeit mehr fühlte. Eines Tages ward ich vom Weine so munter, dass ich anfing zu singen, Verse zu rezitieren, die Hände zusammenzuschlagen und mit dem Greis hin und her zu hüpfen.

Als der Greis die Wirkung merkte, die das Getränk auf mich gemacht hatte, gab er mir zu verstehen, dass er auch davon trinken wolle; ich reichte ihm daher den Kürbis hin, den er ergriff und bis auf den letzten Tropfen leerte. Er wurde alsbald sehr heiter, klatschte mit den Händen, hüpfte auf meinen Schultern, seine Beine fingen an sich zu lockern, er zitterte an allen Gliedern und wurde ganz betäubt, da löste ich ihm seine Beine von meinen Schultern, setzte ihn auf die Erde und freute mich sehr, als ich ihn noch immer ganz bewusstlos sah. Ich holte dann einen großen Stein zwischen den Bäumen hervor, warf ihn mit aller Kraft auf seinen Kopf, sodass ich ihm den Hirnschädel zerschmetterte und sein Blut sich mit seinem Fleische mischte. Gott eilte mit seiner Seele in die Hölle. (Möge er kein Erbarmen mit ihm haben!)

Ich ging dann wieder an das Ufer an die Stelle zurück, an der ich mich früher befand, und nährte mich von den Früchten der Insel und sah immer nach dem Meere hin. Groß war meine Freude, als eines Tages ein Schiff heransegelte und an dieser Insel ankerte. Ich ging auf die Mannschaft zu, grüßte sie, man erwiderte meinen Gruß und bald sammelten sich alle Leute vom Schiffe um mich, um zu hören, wie ich hierher gekommen. Nachdem ich nun meine ganze Geschichte erzählt hatte, sagte der Kapitän: »Der Alte, den du erschlagen hast, wird der Scheich des Meeres genannt, niemand ist ihm noch lebendig entkommen, und wer unter ihm umgekommen ist, den hat er gefressen.« Man wünschte mir Glück zu meiner Rettung, schenkte mir Lebensmittel und Kleidungsstücke und nahm mich mit auf das Schiff, das nach wenigen Tagen gegen eine große Stadt getrieben wurde, die am Ufer des Meeres lag, mit einem großen, festen Schlosse, welches Mauern mit einem eisenbeschlagenen Tore umgaben. Durch dieses Tor begeben sich die Bewohner der Stadt des Abends an das Ufer und besteigen ihre Nachen, auf denen sie mitten im Meere die Nacht zubringen, aus Furcht vor den Affen. Ich dachte mit Bewunderung darüber nach und erinnerte mich an meine früheren Abenteuer mit den Affen und gedachte auch meiner Freunde. Während ich aber so, in Gedanken vertieft, in der Stadt umherging, segelte das Schiff weiter, und ich bereute es, mich davon entfernt zu haben, aber meine Reue konnte mir nichts mehr nützen. Als ein Mann aus dieser Stadt mich so nachdenkend sah, sagte er zu mir: »Du scheinst hier fremd zu sein.« Ich antwortete: »Allerdings, ich befand mich auf dem Schiffe, das hier geankert hatte, und während ich mich in der Stadt umsah, segelte es weiter und ließ mich zurück, ich bin nun allein, ganz unbekannt mit der Stadt und ihren Bewohnern.« Der Mann erwiderte: »Sei ohne Furcht, geh mit mir auf meinen Nachen, denn wenn du die Nacht in der Stadt bleibst, kommst du um.« Ich folgte ihm und stieg in seinen Nachen, der sich ungefähr eine Meile weit von der Küste entfernte und erst des Morgens wieder nach der Stadt zurückgebracht wurde, welche an der Grenze des Landes der Schwarzen lag, denn wer die Nacht über in der Stadt blieb, wurde von den Affen aufgefressen. Den Tag über ging jeder seinem Geschäfte nach. Mich aber fragte der Mann, der mich aufgenommen hatte: »Verstehst du kein Handwerk?« Ich antwortete: »Bei Gott, ich bin kein Handwerker, ich war ein reicher Kaufmann, trieb Handel, habe aber durch Schiffbruch alles verloren.« Ich erzählte ihm dann meine ganze Leidensgeschichte, und als er sie mit großem Erstaunen angehört hatte, sagte er, indem er mir einen baumwollenen Beutel mit Steinen gefüllt überreichte: »Nimm diesen Beutel und folge mir!« Er führte mich dann zu einer Gesellschaft und sagte: »Hier ist ein fremder Mann, der Schiffbruch gelitten und nichts mehr besitzt und kein Handwerk versteht, nehmet ihn mit, lehrt ihn euer Geschäft, vielleicht erwirbt er so viel, dass er damit in seine Heimat zurückkehren kann.« Die Leute, denen er mich so empfohlen hatte, hießen mich willkommen und sagten: »Bei unserem Haupte und unsern Augen.« Hierauf sagte der Mann: »Tu nun, was sie tun, und wenn du zurückkehrst, so komme wieder zu mir.« Er verließ mich dann, nachdem er mir noch einige Lebensmittel gegeben hatte. Ich dankte ihm und schloss mich den Übrigen an, bis sie zu hohen, glatten Bäumen gelangten, auf die kein Mensch hinaufklettern konnte, und unter welchen viele Affen lagen. Als die Affen uns sahen, stiegen sie auf die Bäume. Die Leute warfen ihnen Steine aus ihren Taschen nach, worauf die Affen Früchte pflückten und herabwarfen. Als ich sie näher betrachtete, waren es Kokosnüsse, und die Bäume waren Kokosnussbäume, deren Früchte nur auf diese Weise gewonnen werden konnten.

Ich nahm dann auch Steine aus meinem Beutel und schleuderte sie gegen die Affen, die mich wieder mit Nüssen bewarfen, die ich in großer Zahl sammelte. So brachten wir den ganzen Tag zu, und des Abends kehrten wir in die Stadt zurück, und ich übergab dem Manne, der mich aufgenommen, was ich gesammelt hatte. Er freute sich und sagte: »Geh jeden Tag mit den Leuten und bringe, was dir Gott beschert, vielleicht bringst du so viel zusammen, dass, wenn du sie verkaufst, du mit dem Erlös in deine Heimat zurückkehren kannst.« Ich dankte ihm und wünschte ihm viel Gutes für das, was er mich gelehrt und fuhr fort, Nüsse zu sammeln und zu verkaufen und das Geld um mich herum zu binden. Eines Tages ankerte ein Schiff vor dieser Stadt, auf welchem viele Kaufleute waren, die mit ihren Waren Tauschhandel trieben. Ich ging zu meinem Wirte und sagte ihm, dass ich die Absicht habe, mit dem angekommenen Schiffe abzureisen. Er ging zum Kapitän, mietete mir einen Platz, gab mir noch einige Lebensmittel und nahm Abschied von mir. Ich begab mich auf das Schiff mit vielen Kokosnüssen, denn ich hatte nur einen Teil derselben verkauft, auch schenkten mir meine Gefährten noch viele Nüsse, und wir reisten von Insel zu Insel, bis wir an eine große Stadt kamen. Ich vertauschte meine Nüsse gegen Gewürznelken und Pfeffer und sah mir den Pfefferbaum an, von dem man mir sagte, er trage große Büschel, und neben jedem Büschel wachse ein großes Blatt, das ihn beschatte und gegen Regen schütze, und wenn er aufhört, sich wieder nach unten wende. Wir kamen auch auf andere Inseln, auf welchen verschiedenes Aloeholz wächst, deren Bäume im Meer wurzeln. Die Bewohner derselben sind dem Weine und der Unsittlichkeit ergeben und wissen nichts vom Gebete. Dann kamen wir auf die Insel der Perlensammler, ich gab Tauchern viele Kokosnüsse und ließ sie für mich untertauchen und vertraute dabei auf Gott. Sie brachten viele kostbare Perlen herauf, und ich wurde reicher, als ich es je war. So reisten wir immer weiter bis nach Bassrah. Hier hielt ich mich einige Tage auf, um auszuruhen, dann mietete ich ein Schiff und reiste mit allen meinen Waren nach Bagdad zu meiner Familie und zu meinen Freunden, von denen ich geglaubt hatte, ich würde sie nie mehr wieder sehen. Nun lebte ich wieder wie früher in Lust und Wonne und vergaß bald alle meine Leiden. Das sind meine Abenteuer der fünften Reise, so schloss Sindbad seine Erzählung, ließ dann Sindbad, dem Landmann, wieder hundert Dinare geben und lud ihn ein, am folgenden Morgen wiederzukehren, um die Ereignisse der sechsten Reise zu hören.

Sechste Reise Sindbads.

Am folgenden Morgen erzählte Sindbad der Seefahrer: »Nachdem ich längere Zeit im höchsten Glück gelebt hatte und immer reicher wurde, kamen reisende Kaufleute zu mir und sprachen von ihren Reisen und von ihrem großen Gewinn, da überkam mich auch wieder die Lust zu reisen, und fremde Länder zu besuchen. Ich kaufte kostbare Waren für eine Seereise, schaffte mir Proviant an und mietete ein Schiff nach Bassrah. Hier fand ich ein großes Schiff, mit vielen angesehenen Kaufleuten, ich reiste mit ihnen, nach dem Willen Gottes, von Meer zu Meer, von Insel zu Insel und von Stadt zu Stadt, machte überall Geschäfte und lebte sehr vergnügt, bis eines Tages der Kapitän plötzlich seine Matrosen anschrie, sich wie ein Weib ins Gesicht schlug, den Turban vom Haupt warf und sich den Bart ausraufte und rief: »Wehe! Mein Haus ist verödet! Meine Kinder sind Waisen!« Als wir ihn in solchem Zustand sahen, wurde das Licht zu Finsternis in unsern Augen. Wir gingen auf ihn zu und fragten ihn, was vorgefallen? Er antwortete: »Wir können diesem Berg nicht entrinnen, es ist ein hoher Berg und darunter ein sehr harter, wir haben den Weg verfehlt und das Schicksal hat uns an einen Ort getrieben, von welchem noch niemand entkommen ist, doch seid fest im Glauben und betet zu Gott, vielleicht ist eine reine Seele unter euch, deren Gebet Gott erhört, dass wir gerettet werden.« Wir fingen an zu beten und der Kapitän stieg auf den Mastbaum, um zu sehen, wo wir uns hinwenden könnten, er fand aber kein Mittel, das Schiff abzulenken, er stieg daher wieder herunter und fiel vor Gram ohnmächtig auf das Schiff. Bald darauf wehte uns ein Wind vom Berg entgegen, das Schiff drehte sich dreimal im Kreise herum, stieß dann zweimal gegen den Berg und wurde zerschmettert, und was darauf war, ging unter. Manche Reisende, worunter auch ich, klammerten sich an der Seite des Berges an und es gelang ihnen, ihn zu erklimmen, andere ertranken. Als wir auf dem Berg waren, sahen wir eine Insel mit großen Bäumen und am Ufer lagen viele Gebeine und Hirnschalen von Menschen und viele Waren und wertvolle Gegenstände von zertrümmerten Schiffen, welche der Wind und die Wellen dahin getrieben hatten. Ich ging, über meine Lage nachdenkend und mir Vorwürfe machend, dass ich mich neuen Gefahren ausgesetzt, mit den anderen Geretteten auf der Insel umher, bis wir an eine frische Quelle kamen, die aus dem Berg entsprang. Wir tranken und gingen weiter und waren erstaunt über die Masse kostbarer Güter, die am Ufer herumlagen und von gescheiterten Schiffen herrührten. Auch fanden wir allerlei Edelsteine auf dem Berg sowohl als auf dem Grund der Quelle, von welcher wir tranken, desgleichen sahen wir verschiedene Sorten edle Aloebäume. Auch fließt Ambra an der Seite eines Bächleins wie Wachs, das die Seetiere verschlingen, dann aber im Meere wieder ausspeien, worauf es Farbe und Beschaffenheit ändert. Alles dies findet sich auf dieser Insel, die aber wegen des Berges, an welchem die Schiffe scheitern, unzugänglich ist. Wir gingen nun ratlos umher, ohne zu wissen wohin, und wurden immer schwächer, denn wir mussten uns von Pflanzen nähren. Sooft einer von uns starb, wuschen wir ihn, hüllten ihn in seine Kleider und beerdigten ihn am Ufer der Insel. Unsere Zahl ward immer geringer, sie schmolz bald auf drei zusammen und schließlich blieb ich allein noch am Leben. Ich machte mir Vorwürfe und dachte: Wäre ich doch vor meinen Gefährten gestorben, sie hätten mich doch gewaschen, eingehüllt und beerdigt, während jetzt niemand dies tun kann. Ich grub mir dann ein tiefes Grab und dachte, wenn ich meine Lebenskraft gesunken fühle, so lege ich mich hinein und sterbe darin.

Während ich damit beschäftigt war, konnte ich mich nicht enthalten, mir Vorstellungen darüber zu machen, dass ich schuld an meinem eigenen Unglück sei, und meine Reue zu gestehen, dass ich abermals ohne Not mich auf die Reise begeben habe.

Gott, der Allmächtige, flößte mir dann den Gedanken ein: Dieser Bach, der unter die Erde fließt, müsse notwendig an irgendeiner Stelle wieder hervortreten. Wenn ich ein Floß baue und mich damit dem Laufe des Wassers anvertraue, so werde ich entweder mit Gottes Hilfe gerettet, oder zugrunde gehen; ist letzteres der Fall, so ist es doch besser auf dem Bache, als hier umzukommen.

Ich fing sogleich an, das Floß zu bauen: Ich machte es aus Schiffstrümmern und dicken Seilen, die von den gescheiterten Schiffen am Ufer umherlagen, und band sie so stark zusammen, dass ein Fahrzeug daraus entstand, wie ein Fischerkahn, so fest wie mit Nägeln beschlagen und ungefähr so breit wie der Bach. Als es fertig war, belud ich es mit einigen Packen Perlen, Edelsteinen, grauem Bernstein und Aloeholz. Ich packte alles mit einigen Pflanzen zur Nahrung fest zusammen und schiffte mich auf meinem Floße mit zwei kleinen Rudern ein, und überließ mich dem Laufe des Stroms, indem ich mich dem Segen des Allmächtigen empfahl.

Sowie ich mich in der Höhle befand, sah ich keine Tageshelle mehr, und der Lauf des Flusses riss mich fort, ohne dass ich bemerken konnte, wohin. Ich fuhr während einiger Tage in dieser Dunkelheit, ohne dass ich einen Lichtstrahl entdecken konnte. Ich fand zuweilen die Wölbung der Höhle so nieder, dass ich nahe daran war, mir den Kopf zu verletzen, auch war an manchen Stellen der Bach so eingeengt, dass ich die Ruder auf den Kahn legen musste. Ich bereute, was ich getan, und vor Todesangst vergaß ich Hunger und Durst. So ging das fort, bald schlief ich ein, bald erwachte ich wieder, bald wurde der Bach eingeengt, bald war er wieder breit und die Strömung trieb den Kahn immer vorwärts. Endlich fiel ich vor Schwäche und Hunger in einen festen Schlaf, und als ich aufwachte, sah ich mich auf einem freien Felde, am Ufer eines Flusses, woselbst mein Floß angebunden war, und mitten unter einer großen Zahl Indianer und Schwarzer. Sie redeten mich an; ich verstand jedoch ihre Sprache nicht. In diesem Augenblick war ich so von Freude ergriffen. Dass ich nicht wusste, ob ich wachte oder träumte, und rief mir die Worte des Dichters zu:

> »Lasse dem Schicksal seinen Lauf und schlafe ohne Sorgen, im Augenblick, wo du darüber erschrickst, hat Gott schon alles anders gefügt.«

Einer der Schwarzen, welcher sah, dass ich nicht antworten konnte, sagte in arabischer Sprache: »Der Friede Gottes sei mit dir!« Ich antwortete: »Mit dir sei Gottes Friede und Segen!« Drauf erzählte er mir: »Wir bewohnen das Feld, das du siehst, und sind gekommen, dasselbe aus dem Flusse zu bewässern. Wir bemerkten deinen Kahn, in welchem du schliefst. Wir haben ihn festgebunden und gewartet, bis du aufwachtest. Erzähle uns, wer du bist und wo du herkommst.« Ich antwortete ihnen, dass sie mir vorher etwas zu essen geben sollten, da ich sonst verhungere, und dass ich dann ihre Neugier befriedigen würde.

Sie brachten mir alsdann mehrere Speisen, womit ich meinen Hunger stillte. Als ich mich gestärkt und beruhigt hatte, erzählte ich ihnen ganz getreu alles, was mir zugestoßen war, und sie bezeugten mir ihre Verwunderung darüber. Sobald ich geendigt hatte, sagten sie untereinander: »Wir müssen unserem König Nachricht geben von diesem Fremden und ihn zu ihm führen.« Dann sagten sie mir: »Wir wollen dich zu unserem König führen.« Ich erwiderte, ich sei bereit, ihnen zu folgen. Sie nahmen mich alsbald in ihre Mitte und zogen auch den Kahn mit, in welchem alle meine Edelsteine, Perlen und Ambra waren. Als ich vor dem König stand, bewillkommte er mich, hieß mich zu ihm sitzen und erkundigte sich nach meinen Verhältnissen. Ich erzählte alles und der Mann, der mich angeredet hatte, verdolmetschte es ihm. Er war sehr erstaunt über mein Abenteuer und erwies mir viele Ehre, worauf ich ihm einige Perlen und Edelsteine zum Geschenk machte; er nahm das Geschenk an, ließ Speisen und Getränke auftragen und mir eine Wohnung im Schlosse einräumen. So lebte ich eine geraume Zeit bei ihm hochgeehrt und erzählte ihm von meiner Heimat und von der Regierung Harun Arraschids, wodurch mein Ansehen noch größer ward,

Eines Tages, als ich so dasaß, hörte ich, dass Kaufleute nach Bassrah reisen wollten; da ich sie kannte, beschloss ich, mich ihnen anzuschließen und dachte, der König wird mich ihnen empfehlen. Ich begab mich alsbald zu ihm, küsste die Erde vor ihm und teilte ihm meinen Entschluss mit. Er schickte alsbald zu den Kaufleuten, empfahl mich ihnen, machte mir viele Geschenke und stattete mich mit allen Reisebedürfnissen aus. So reisten wir denn im Vertrauen auf Gott, von Meer zu Meer und von Insel zu Insel, bis wir, nach Gottes Willen, in Bassrah anlangten, von wo ich nach wenigen Tagen mich nach Bagdad begab. Meine Familie hatte mich schon tot geglaubt und freute sich daher sehr über meine Ankunft. Ich teilte wieder viele Geschenke an meine Freunde sowie an die Armen aus. Der Kalif hörte von meiner Rückkehr und ließ mich rufen. Ich küsste die Erde vor ihm und überreichte ihm seiner würdige Edelsteine und Perlen, sowie auch etwas Ambra und Aloeholz, und erzählte ihm auf sein Verlangen, was mir auf der ganzen Reise widerfahren, vom Tage an, als ich Bagdad verlassen hatte. Er nahm mein Geschenk an, hörte mir mit Erstaunen zu, erwies mir große Ehre und befahl seinen Sekretären, die ganze Geschichte niederzuschreiben und zur Belehrung für jeden, der sie hört, in der Schatzkammer aufzubewahren. Ich lebte nun wieder in Bagdad, allen Genüssen des Lebens hingegeben und vergaß bald, was ich gelitten hatte. Das sind meine Abenteuer von der sechsten Reise. Morgen komme wieder, sagte er zu Sindbad dem Landmann, um die meiner siebenten Reise zu vernehmen, die noch wunderbarer und entzückender sind. Er ließ ihm wieder hundert Dinare geben, und als er am folgenden Tag wiederkehrte und die übrigen Freunde beisammen waren und gegessen und getrunken hatten, begann Sindbad der Seefahrer also:

Siebente Reise Sindbads.

Nachdem ich einige Zeit höchst angenehm in Bagdad gelebt hatte, überwältigte mich wieder die Reiselust. Ich kaufte allerlei Waren, packte sie in Ballen zu einer Seereise und begab mich, blindlings der Leitung Gottes vertrauend, nach Bassrah. Hier fand ich ein großes Schiff mit vornehmen Kaufleuten, mit denen ich mich befreundete und einschiffte.

Als wir eine Strecke weit gefahren waren, erhob sich ein starker Sturm, und es regnete so stark, dass wir unsere Ladungen mit allerlei Kleidungsstücken und Tüchern zudeckten, und zu Gott beteten, dass er die Gefahr von uns abwende; der Schiffskapitän aber umgürtete sich, nahm seine Zuflucht zu Gott vor Satan, stieg auf den Mastbaum und sah sich nach allen Seiten um; darauf schrie er die Leute, die auf dem Schiffe waren, an, schlug sich am Kopf und ins Gesicht, warf seinen Turban ab und raufte sich mit folgenden Worten seinen Bart: »Fleht Gott um Rettung an! Weint um euer Leben und sagt einander Lebewohl!« Wir fragten ihn, was geschehen sei? Er antwortete: »Wir sind von unserm Wege abgekommen und der Wind wird uns bald ans äußerste Ende der Welt gebracht haben.« Er stieg dann vom Mastkorb herunter, öffnete eine Kiste und nahm einen blauen baumwollenen Beutel mit Erde gefüllt heraus. Darauf holte er eine Tasse Wasser, mischte die Erde unter dasselbe und roch daran, um davon zu kosten; darauf brachte er ein Buch herbei, las darin und brach in Jammer aus, indem er sprach: »Wisset, dieses Buch sagt etwas Wunderbares, das darauf deutet, dass, wer auf dieses Meer gerate, untergehe. Es heißt das Meer des königlichen Landes. Hier ist das Grab des Propheten Salomo, Sohn Davids, Friede sei mit ihm! Kein Schiff, das auf dieses Meer kommt, bleibt unbeschädigt.« Wir waren sehr erstaunt über die Worte des Kapitäns. Kaum kamen wir jedoch wieder zu uns selbst, so krachte das Schiff nach einem heftigen Windstoß, von dem es getroffen worden war. Wir sagten einander Lebewohl, weinten und beteten das Totengebet und ergaben uns in den Willen Gottes. Da schwammen drei ungeheuere Fische, groß wie Berge, auf uns zu und umgaben unser Schiff und der größte unter ihnen öffnete seinen Rachen, um das ganze Schiff zu verschlingen, denn er war so weit wie ein Stadttor, oder wie ein breites Tal. Wir flehten Gottes Hilfe an und kurz drauf hob ein starker Sturmwind das Schiff in die Höhe und schmetterte es im Herunterfallen gegen den Kopf eines Fisches, sodass es in Stücke ging und wir alle ins Meer sanken. Aber der erhabene Gott ließ uns ein großes

Brett ergreifen, woran wir uns klammerten und ich ruderte wieder mit den Füßen, wie bei früheren Schiffbrüchen, Wind und Welle warfen uns damit an das Ufer einer Insel. Todeskrank von Hunger, Kälte, Durst, Müdigkeit und Wachen kamen wir daselbst wie elende Küchlein an. Ich machte mir Vorwürfe über das, was ich getan, und sagte zu mir: »Meine früheren Reisen haben mich nicht bekehrt; so oft ich in großer Gefahr war, habe ich mir vergebens vorgenommen, nicht mehr zu reisen, darum verdiene ich, bei Gott, was mir widerfährt, denn ich lebte in größtem Wohlstand und Gottes Huld hatte mir geschenkt, was ich nur wünschen konnte. Ich weinte lange, flehte Gottes Gnade an und rief ihn als Zeugen auf, dass ich, wenn ich diesmal gerettet werde, nie mehr meine Heimat verlassen und nie mehr von einer Reise sprechen würde, ging mit zerknirschtem Gemüt am Meeresufer umher, indem ich mir die Verse des Dichters ins Gedächtnis zurückrief:

> »Wenn die Dinge sich verwickeln und einen Knoten bilden, so kommt eine Bestimmung vom Himmel und entwirrt sie. Habe Geduld; was dunkel war, wird hell werden, und der den Knoten geknüpft hat, wird ihn vielleicht auch wieder lösen.«

So irrte ich lange am Meeresufer umher, aß von den Pflanzen der Erde und trank das Wasser der Quellen. Als ich so längere Zeit in Jammer und vielfacher Not gelebt und mir den Tod gewünscht hatte, fiel es mir ein, wieder einen kleinen Nachen zu bauen und darauf, wie früher einmal, das Meer zu befahren. Ich dachte: Werde ich gerettet, so ist es eine Fügung Gottes, gehe ich unter, so ist meine Qual zu Ende.

Ich sammelte mir dann Holz und Bretter von den gestrandeten Schiffen, zerriss mein Kleid und flocht einen Strick daraus, womit ich die Bretter und das Holz fest zusammenband, dann ließ ich den Nachen ins Meer und ruderte darauf drei Tage lang, ohne zu essen oder zu trinken, auch ließ mich die Furcht nicht schlafen. Am vierten Tage kam ich an einen hohen Berg, aus welchem Wasser in die Erde floss. Ich hielt hier an und sagte zu mir: Es gibt keinen Schutz und keine Macht, außer bei Gott, dem Erhabenen! Wärest du doch an deinem Platze geblieben und hättest Datteln und andere Pflanzen gegessen. Hier jedoch musst du umkommen! Eine Rückkehr war jedoch nicht möglich, denn ich konnte den Kahn in seinem Laufe nicht aufhalten, den der Fluss unter den Berg, wie unter eine Brücke, durchtrieb. Ich legte mich in den Nachen, doch war dessen Raum so eng, dass ich oft Seiten und Rücken an den Bergwänden aufstieß. Nach einiger Zeit kam ich mit Gottes Hilfe wieder unter dem Berge hervor in ein weites Tal, in das hinab sich das Wasser mit einem donnerähnlichen Geräusch ergoss. Ich hielt mich mit der Hand an dem Nachen fest, mit dem die Wellen rechts und links spielten. Ich fürchtete mich sehr, ins Wasser zu fallen, und vergaß darüber Essen und Trinken: Indessen schwamm der Nachen, von der Strömung und dem Winde pfeilschnell getrieben, bis mich die Bestimmung nach einer volkreichen Stadt von großem Umfang brachte. Da ich außerstande war, den Nachen anzuhalten, so warfen mir die Leute der Stadt, als sie mich sahen, Stricke zu, die ich jedoch nicht fassen konnte, bis sie zuletzt ein großes Netz über den ganzen Nachen zogen und mich damit ans Land brachten. Ich war nackt und abgehärmt wie ein Toter, vor Hunger und Durst, Wachen und Anstrengung. Da kam ein Mann auf mich zu, warf ein hübsches Kleid um mich, und nahm mich mit sich nach Hause, wo er mich in ein Bad führte. Alle seine Leute bewillkommten mich freudig, hießen mich sitzen und brachten mir zu essen. Ich aß, bis ich satt war, denn ich war sehr hungrig. Dann brachten mir Knaben und Sklavinnen warmes Wasser, womit ich mir die Hände wusch. Hierauf dankte ich Gott, der mich gerettet. Auch wurde mir ein besonderer Ort an der Seite des Hauses angewiesen, woselbst ich von Sklaven und Sklavinnen bedient wurde. So blieb ich drei Tage lang, am vierten Tage kam der Alte und sagte: »Herr, du bist uns willkommen, und das Jahr ist durch deine glückliche Ankunft gesegnet.« Meine Antwort war: »Gott erhalte dich und belohne dich für das, was du an mir tust!« Er jedoch sagte zu mir: »Wisse, mein Sohn! Während du hier als Gast weilest, habe ich durch meine Diener deine Waren ans Land bringen und inzwischen trocknen lassen. Willst du nun mit mir auf den Markt gehen und sehen, wie sie verkauft werden?« Ich wusste nicht, was ich antworten sollte, da ich keine Waren mitgebracht hatte. Ich sagte ihm dann: »Mein Vater! Du weißt das besser.« Er versetzte: »Das ist deine Sache, lass uns gehen, um deine Waren zu verkaufen und andere einzutauschen, und um auch selbst mit den Kaufleuten bekannt zu werden.« Ich gehorchte und folgte ihm.

Auf dem Markte grüßten und bewillkommten mich alle anwesenden Handelsleute und wünschten mir Glück zu meiner Rettung. Zugleich fand ich, dass unter den Waren, wovon der Alte gesprochen hatte, die Balken und Bretter verstanden waren, die ich auf der Insel gesammelt hatte. Als der Makler das Holz ausrief, überboten sich die Kaufleute bis zu 10.000 Dinaren. Dann bot niemand mehr. Der Alte sagte zu mir: »Mein Sohn! Das ist der jetzige Wert deiner Ware, die im Augenblick nicht gesucht ist, wenn du willst, kannst du sie verkaufen, wenn du sie aber noch liegen lassen willst, so kannst du einen höheren Preis erzielen.« Ich sagte: »Ich überlasse es deinem Gutdünken.« Darauf erwiderte er: »Nun, ich will dir noch weitere hundert Dinare geben, wenn du mir dein Holz verkaufen willst.« Ich schloss den Handel ab, worauf er das Holz in sein Magazin bringen ließ und mit mir in das Haus ging, das er mir angewiesen hatte und er schickte mir 10 100 Dinare und eine Kiste mit einem Schlosse und sagte mir, ich soll das Geld verschließen und den Schlüssel bei mir tragen, da ich nichts davon auszugeben brauche, solange ich bei ihm bleibe.

Nach Verlauf einiger Zeit nahte er sich eines Tags mir mit den Worten: »Ich will dir einen Vorschlag machen, willst du ihn annehmen?« - »Lass hören«, war meine Antwort. »Wisse«, fuhr er fort, »ich bin ein alter, reicher Mann, habe keinen Sohn, wohl aber eine junge Tochter von schönem Gesichte und hübschem Wuchse. Ich wünsche, dass du sie heiratest, bei mir bleibest und mein Sohn werdest; ich übergebe dir mein ganzes Vermögen.« Ich schwieg, denn so viele Güte beschämte mich. Er aber fuhr fort: »Tue, wie du willst, du kannst meine Tochter heiraten, oder auch so hier bleiben, ohne an etwas Mangel zu leiden, oder mit Waren in deine Heimat zurückkehren. Unser Land«, fügte er hinzu, »ist die Grenze des bewohnten Landes, hinter uns beginnt der vierte Weltteil, der unbewohnt ist.« Auf alles dies konnte ich bloß erwidern: »Tue, Herr! Mit deinem Knechte, wie du willst, du bist ja wie ein Vater gegen mich, ich bin hier fremd und habe auch infolge meiner vielen Leiden und Strapazen jede Einsicht verloren.« Er ließ hierauf den Kadi und Zeugen rufen und verheiratete mich mit seiner Tochter, indem er ein großes Fest veranstaltete und mich ihr zuführte. Ich fand sie, wie er gesagt hatte, wunderschön, liebenswürdig und hübsch gewachsen. Sie hatte einen reichen Schmuck an Ketten, Juwelen und goldenen Ringen, die waren wohl tausend Dinare wert. Den Wert ihrer Kleider aber konnte niemand schätzen. Ich lebte eine Zeit lang mit ihr; ihr Vater hatte mich zum Herrn aller seiner Güter gemacht, und ich war wie ein Eingeborner der Stadt und trieb großen Handel. Ich entdeckte, wie bei jedem Neumonde den Leuten Flügel wuchsen und ihre ganze Gestalt sich veränderte und die der Vögel annahm; sie flogen gen Himmel, und nur die Kinder blieben zu Hause. Als nun wieder einmal Neumond war und die Leute ihre Gestalten veränderten, hing ich mich an einen fest und sagte: »Bei Gott, du musst mich mitnehmen.« Er drehte sich herum und sagte mir: »Dies ist unmöglich.« Mit vieler Mühe brachte ich es endlich dahin, dass er mich auf den Rücken nahm, mit mir so hoch in die Luft flog, dass ich hören konnte, wie die Engel Gott preisen. Darauf rief ich: »Gelobt und gepriesen sei Gott!« Aber kaum hatte ich diese Worte gesagt, da fiel ein starkes Feuer vom Himmel auf sie, dass sie fast verbrannten, sie entflohen sämtlich, und derjenige, der mich trug, warf mich auf den Gipfel eines hohen Berges. Sie waren alle ganz mutlos, schalten auf mich, gingen fort und ließen mich allein. Ich bereute, was ich mir selbst getan und sagte: Es gibt keinen Schutz und keine Macht, außer bei Gott, dem Erhabenen! So oft mir Gott gnädig ist und mich aus einer schlimmen Lage befreit, stürze ich mich in eine andere;

ich machte mir Vorwürfe, etwas unternommen zu haben, das über meine Kräfte war. Ich ging an den Seiten des Berges herum, ohne zu wissen, wohin? Da begegneten mir zwei Jünglinge, welche wie der Mond aussahen, jeder von ihnen hatte einen goldenen Stock in der Hand; ich ging auf sie zu, grüßte sie und sie bewillkommten mich. Dann sagte ich ihnen: »Ich beschwöre euch bei Gott, wer seid ihr?« Sie antworteten: »Wir sind Einsiedler, die auf diesem Berge wohnen und Gott anbeten;« sie gaben mir auch einen Stock, wie sie einen hatten, gingen ihres Weges und ließen mich allein. Da kam auf einmal eine große Schlange unter dem Berge hervor und trug im Rachen einen Mann, der nur noch mit dem Kopfe heraussah. Der Mann schrie: »Wer von dieser Schlange mich befreit, den wird Gott vor jedem Unheil bewahren.« Ich schlug die Schlange mit dem goldenen Stocke, den mir die Jünglinge gegeben hatten, und sie spie den Mann aus; ich schlug sie dann noch einmal und sie entfloh. Da kam der Mann und sagte mir: »Weil du mich so tapfer gerettet hast, so will ich dein Gefährte werden und dir beistehen.« Ich hieß ihn willkommen und ging eine Weile mit ihm auf dem Berge umher. Da nahte sich uns eine Menge Menschen, und siehe da! Der Mann, der mich auf dem Nacken getragen hatte, war unter ihnen. Ich grüßte ihn und sagte: »Ist es so, dass Brüder gegeneinander verfahren?« Der Mann antwortete: »Freund! Du hättest uns beinahe ins Verderben gestürzt, dadurch, dass du den Namen Gottes erwähntest.« Ich bat ihn um Verzeihung und er ließ sich bewegen, mich auf seinen Rücken zu nehmen, jedoch musste ich die Bedingung eingehen, den Namen Gottes nicht mehr auszusprechen. Ich gab hierauf den goldenen Stock dem Mann, den ich von der Schlange befreit hatte, und nahm Abschied von ihm. Ich kam kurz darauf auf dem Rücken meines neuen Landmanns zu Hause an, meine Frau, der ich von meiner Reise nichts gesagt hatte, und jetzt erst erzählte, wie es mir gegangen, wünschte mir Glück zu meiner Rettung und riet mir, nie mehr mit den Leuten dieser Stadt umzugehen, da sie ungläubige Genien seien, die den Namen Gottes nicht kennen und ihn nicht anbeten. Sie fuhr dann fort: »Da mein Vater tot ist und wir hier niemanden mehr haben, so wollen wir unsere Güter verkaufen und in deine Heimat ziehen.« Ich gab meine Einwilligung dazu und wartete, bis jemand aus der Stadt auch abreisen wollte; um mich ihm anzuschließen. Eines Tages hörte ich, dass eine Anzahl Fremder, die sich in der Stadt aufhielten, abreisen wollten und dass sie ein großes Schiff gebaut hatten. Ich begab mich zu ihnen, mietete einen Platz, schiffte mich mit meiner Frau und aller meiner beweglichen Habe ein, und ließ die liegenden Güter zurück, und wir reisten von Insel zu Insel und von Meer zu Meer, bis wir glücklich in Bassrah anlangten. In Bassrah hielt ich mich nicht auf, sondern ging schnell nach Bagdad, der Friedensstadt. Gelobt sei Gott! Der mich mit meinen Freunden, worunter auch du,

Sindbad der Lastträger, gehörst, wieder vereinigt hat. Das ist der Schluss der Erzählung Sindbads.

Als Schehersad dieselbe geendigt hatte, sprach ihre Schwester Dinarsad: »Schwester! Wie angenehm und entzückend ist deine Erzählung!« Da antwortete sie: »Was ist dies alles gegen die Erzählung von den Schlafenden und Wachenden? Die ist noch weit wunderbarer, der Sultan war begierig, sie zu hören, und sie begann:

Erzählung vom Schlafenden und Wachenden.

»Ich habe vernommen, König der Zeit! Dass unter dem Kalifen Harun Arraschid ein Handelsmann lebte, der einen Sohn, mit Namen Abul Hasan Alchali hatte. Derselbe erhielt bei seines Vaters Tode ein ungeheures Vermögen, das er in zwei Teile teilte; die eine Hälfte sollte unangegriffen bleiben, von der anderen lebte er. Seine gewöhnliche Gesellschaft waren Krieger und Handelsleute, die ihm den einen Teil seines Vermögens bald durchbringen halfen. Dann ging er zu seinen Freunden und Gesellschaftern, stellte ihnen seine Lage vor und sagte ihnen, wie wenig ihm geblieben sei; aber niemand kehrte sich an ihn. Mit zerknirschtem Herzen über diese Unbill ging er zu seiner Mutter und erzählte ihr, was ihm widerfahren sei. Sie aber sprach: »O Abul Hasan! Dies sind die Kinder des Jahrhunderts; hast du Vermögen, so nähern sie sich dir; hast du nichts mehr, so entfernen sie sich von dir.« Sie betrübte sich um seinetwillen und er seufzte und sprach unter Tränen folgende Verse:

> »Ist mein Vermögen gering, so kümmert sich niemand um mich; ist es aber groß, so befreunden sich alle Leute mit mir. Mancher ist nur wegen meines Besitzes mein Freund geworden, und hat sich in einen Feind verwandelt, als ich mein Gut verlor.«

Abul Hasan ging dann nach dem Orte, wo er die andere Hälfte seines Vermögens aufbewahrt hatte, und lebte davon, er schwor, mit keinem seiner früheren Freunde mehr zusammenzukommen, sondern sich jede Nacht eine andere Gesellschaft zu wählen und sie des Morgens wieder zu verlassen. Er setzte sich deshalb jeden Abend auf die Brücke, sprach jeden Fremden an, den er vorübergehen sah, führte ihn in sein Haus und brachte die Nacht in dessen Gesellschaft zu; des Morgens ließ er ihn gehen, ohne sich weiter nach ihm umzusehen oder ihn nur zu grüßen. So trieb er es ein ganzes Jahr hindurch. Als er eines Abends nach seiner Gewohnheit wieder auf der Brücke saß, kamen der Kalif und Masrur, das Schwert seiner Rache, vorüber, verkleidet, wie sie häufig zu tun pflegten. Als Abul Hasan sie sah, ging er auf sie zu, ohne sie zu kennen, und sprach, wie folgt, zu ihnen:

»Wollt ihr wohl mit mir in meine Wohnung gehen und essen und trinken, was dieselbe bietet, nämlich doppeltes Brot (so übereinander gebacken), gekochtes Fleisch und klaren Wein?« Der Kalif wollte nicht einwilligen, aber Abul Hasan beschwor ihn bei Gott, er möge doch sein Gast sein und seine Hoffnung nicht täuschen, und drang so lange in ihn, bis er einwilligte und ihm diese Gnade erwies. Abul Hasan freute sich sehr, ging dem Kalifen voran und unterhielt ihn, bis sie in seine Wohnung kamen. Der Kalif ließ seinen Diener vor der Türe und trat ein, und Abul Hasan ließ, sobald er sich niedergelassen hatte, eine Mahlzeit vorsetzen, wovon er selbst aß, damit es seinem Gaste besser schmecke. Abul Hasan brachte auch, nachdem sie ihre Hände gewaschen hatten, Weingefäße, setzte sich wieder neben den Kalifen, trank selbst und schenkte ihm ein und unterhielt ihn. Der Kalif bewunderte diese Gastfreundschaft und Wohltätigkeit und sagte: »Lass mich wissen, wer du bist, damit ich dich für deine Wohltaten belohne.« Abul Hasan antwortete lächelnd: »Herr! Fern sei von mir die Rückkehr zur Vergangenheit, ich will kein zweites Mal mit dir zusammentreffen.« Der Kalif fragte verwundert: »Warum?« Abul Hasan antwortete: »Meine Geschichte ist sonderbar und mein Benehmen hat seinen Grund.« »Welchen Grund?« fragte der Kalif. Abul Hasan antwortete: »Die Ursache hat einen Schweif.« Als der Kalif darüber lachte, sagte jener: »Ich will dir meine Worte durch die Geschichte von dem Feinschmecker und dem Koch klar machen. Wisse, mein Herr!

Ein Feinschmecker stand eines Morgens auf und hatte kein Geld mehr. Die Welt ward ihm eng, er verlor allen Mut und legte sich wieder schlafen, bis die Sonne am höchsten stand und ihn die Hitze nicht mehr ruhen ließ und ihm Schaum vor den Mund stieg. Ohne einen Dirham zu besitzen, ging er am Laden eines Kochs vorüber, der eben einen Topf über dem Feuer stehen hatte, worin reines Fett war und woraus die köstlichsten Gewürze dufteten. Der Koch stand hinter den Töpfen, putzte die Waage ab, wusch die Schüsseln rein, kehrte den Laden aus und bespritzte ihn mit Wasser; da kam der Feinschmecker, grüßte ihn, ging in den Laden und sagte zu dem Koch: »Wiege mir für einen halben Dirham Fleisch, für einen viertel Dirham Gemüse und für einen viertel Dirham Brot.« Der Koch wog ihm alles vor, was er begehrte; er aß alles auf und leckte noch die Schüssel aus, wusste aber nicht, wie er seine Zeche bezahlen sollte. Er sah sich im ganzen Laden um, endlich fiel sein Blick auf ein umgestürztes Becken; er hob es auf und fand einen frischen Pferdschweif darunter, von dem noch das Blut tropfte, und er merkte wohl, dass der Koch Pferdefleisch verkaufe. Als er diese Schandtat entdeckte, freute er sich, wusch seine Hände, schüttelte den Kopf und ging fort. Als dies der Koch bemerkte, schrie er ihm nach: »Haltet den Dieb, den Betrüger!« Der Feinschmecker blieb stehen und sagte:

»Dummkopf! Was schreist du mir so nach.« Der Koch geriet in Zorn, stieg vom Laden herunter und sagte: »Was redest du noch, du Fleisch-, Gemüse- und Brotesser! Du, der, nachdem alles aufgegessen ist, weggeht, ohne die Zeche dafür zu zahlen.« Der Feinschmecker sagte: »Du lügst, du Viehsohn!« Da packte ihn der Koch am Hals und schrie: »Herbei, ihr Muselmänner! Das ist das Erste, was ich heute verkaufte; dieser Mann kommt, verzehrt meine Speisen und bezahlt mir nichts dafür!« Die Leute versammelten sich um sie, schalten den Feinschmecker und sagten: »Bezahle ihm, was du gegessen hast!« Er sagte: »Ich habe ihm einen Dirham gegeben, ehe ich in seinen Laden trat.« Der Koch aber beteuerte bei allem, was heilig ist, dass er hiervon nichts wisse. Der Feinschmecker hingegen beschwor die Wahrheit seiner Behauptung, schimpfte und schlug ihm endlich ins Gesicht. Zuletzt packten sie einander an und würgten sich. Als die Leute dies sahen, fragten sie: »Was bedeutet dieser Streit und warum schlagt ihr euch?« Da sagte der Feinschmecker: »Ein Verbrechen (dsanb) ist die Ursache unseres Streits.« Der Koch, der dies hörte, sagte: »Bei Gott, du hast recht, es war ein Dirham, den du mir gegeben, und du hast nicht für einen ganzen Dirham verzehrt, lass dir daher, was dir noch gehört, zurückgeben.« Der Koch hatte wohl gemerkt, was der Feinschmecker mit dem Worte dsanb sagen wolle.

»Nun, mein Freund! Auch meine Geschichte hat ihren Grund.« Der Kalif lachte und sprach: »Lass ihn hören!«

Abul Hasan sprach: »Mit Vergnügen; wisse, ich heiße Abul Hasan Alchali; als mein Vater starb, hinterließ er mir ein großes Vermögen, das ich in zwei Teile teilte, den einen zum Aufbewahren, den andern, um damit in Gesellschaft meiner Freunde und Genossen zu leben. Niemand war mir bekannt, der nicht auch zu meinen Tafelfreuden geladen ward. Durch diese Ausschweifungen schwand bald mein noch so großes Vermögen zur Hälfte. Ich ging daher zu meinen bisherigen Freunden, die mir so wacker geholfen hatten, dasselbe durchzubringen, und verlangte Beistand und Hilfe von ihnen, die sie mir jedoch alle verweigerten. Kein einziger wollte einen Laib Brot mit mir teilen. Dies schmerzte mich; ich ging daher zu meiner Mutter, klagte ihr mein Leid, sie aber sagte zu mir: »So sind die Freunde, besitzt du Güter, so essen sie dich arm, und hast du nichts, so verlassen sie dich!« Hierauf nahm ich die zweite Hälfte meines Vermögens wieder heraus und schwor, niemand mehr länger als eine Nacht zu meinem Tischgenossen zu machen, und ihn dann nicht mehr zu grüßen, noch sonst mit ihm zu verkehren. Daher waren auch vorhin meine Worte zu dir: »Ferne sei von mir, dass Vergangenes wiederkehre; denn ich werde nur diese Nacht mit dir zusammen sein.« Als der Kalif dies hörte, lachte er heftig und sagte: »Bei Gott, mein Freund! Du bist hinlänglich entschuldigt, da ich nun die Ursache kenne und weiß, dass sie ein Verbrechen deiner Freunde ist; doch aber werde ich, so Gott will, nicht ganz von dir scheiden.« Da sagte Abul Hasan: »Habe ich dir nicht gesagt, ferne sei von mir, dass Vergangenes wiederkehre?«

Es ward dann eine gebratene Gans und feines Brot aufgetragen, die Abul Hasan zerschnitt und dem Kalifen vorlegte; sie aßen miteinander, bis die satt waren; dann brachte man ihnen Wasserbecken, Kanne und Potasch, und sie wuschen ihre Hände. Darauf ließ Abul Hasan drei Wachskerzen und drei Lampen anzünden und den Weintisch bringen, und setzte alten, klaren, gewürzten Wein darauf, der wie Moschus duftete; er füllte damit den ersten Becher an und sagte: »Gast! Lass uns ohne Zwang fröhlich und heiter sein! Wenn du willst, so betrachte mich als deinen Diener! Möchte ich nie mit deinem Verluste heimgesucht werden!« Er trank dann aus, füllte den zweiten Becher und reichte ihn dem Kalifen, dem Abul Hasan in Worten und Tun so wohlgefiel, dass er sich vornahm, ihn zu belohnen. Als Abul Hasan ihm den Becher überreichte, nachdem er ihn geküsst hatte, sagte er folgende Verse:

> »Hätten wir eure Ankunft vorher gewusst, wir würden euch das Innerste unseres Herzens oder das Schwarze des Auges gereicht haben. Wir hätten unsere Brust als Teppich zu eurem Empfang ausgebreitet und wäret ihr selbst über unsere Augenlider einhergeschritten.«

Als der Kalif diese Worte hörte, nahm er ihm den Becher ab, küsste ihn und trank ihn aus; darauf gab er ihn wieder zurück. Abul Hasan nahm den Becher, füllte ihn wieder, trank ihn aus, füllte ihn nochmals, küsste ihn dreimal und reichte ihn dem Kalifen mit den Worten:

> »Eure Ankunft bringt mir Ehre, das bekenne ich, seid ihr ferne, so kann euch niemand ersetzen.«

Er sagte dann zum Kalifen: »Trinke zu deinem Wohl, zu deinem Heil und zur Entfernung alles Übels.« So tranken sie fort bis Mitternacht und waren guter Dinge. Drauf sagte der Kalif zu Abul Hasan: »Hast du irgendeinen Wunsch, den du erfüllt, oder irgendein Übel, das du beseitigt wünschest?« Er antwortete: »Bei Gott! Ich habe kein anderes Verlangen, als dass ich einmal herrschen, befehlen und verbieten könnte, ohne jemand darüber Rechenschaft zu geben.« Der Kalif erwiderte: »Sage mir, Freund! Wozu das?« Abul Hasan antwortete: »Ich wünsche von Gott, mich an meinen Nachbarn rächen zu können. In meiner Nachbarschaft befindet sich eine Moschee, darin sind vier Scheiche, die sich immer ärgern, wenn ein Gast zu mir kommt; sie schimpfen und schmähen mich dafür, und drohen mir, mich beim Fürsten der Gläubigen zu verklagen; sie haben mich schon so geplagt, dass ich beim erhabenen Gott wünsche, nur einen Tag herrschen zu dürfen, um einem jeden von ihnen vierhundert Peitschenhiebe geben lassen zu können, und zwar vor der Moschee, dann würde ich sie in der Stadt herumführen und vor ihnen ausrufen lassen: Das ist der Lohn und noch der geringste Lohn für den, der gegen andere Leute gehässig ist und ihre Freude stört! Dies ist mein einziger Wunsch.« Der Kalif sprach: »Gott erfülle denselben! Lass uns nun austrinken; denn diese Nacht bleibe ich bei dir und vor Tag gehen wir zusammen fort!« Abul Hasan sagte: »Fern von mir!« Da füllte der Kalif einen Becher, warf ein Stückchen Bendi (eine häufig zum Schlaftrank gebrauchte Pflanze), von der Insel Kreta, hinein, reichte ihn dem Abul Hasan und sprach: »Ich beschwöre dich bei meinem Leben, Freund! Trinke aus diesem Becher!« Abul Hasan sagte: »Nun, bei deinem Leben; ich nehme ihn aus deiner Hand!« Kaum hatte er daraus getrunken, so fiel er wie ein Toter auf sein Gesicht zur Erde. Der Kalif ging weg und sagte seinem Diener Masrur, der außen stand: »Geh hinein zu dem Mann, der schlafend daliegt, trage ihn in meinen Palast und schließe die Türe dieses Hauses zu.« Dann ging er fort. Masrur nahm Abul Hasan auf die Schulter, schloss dessen Türe und folgte seinem Herrn.

Der Tag war angebrochen und schon hatte der Hahn gekräht. Er ging mit Abul Hasan auf den Schultern in den Palast und legte ihn zu den Füßen des Beherrschers der Gläubigen. Dieser lachte und schickte zu Djafar, dem Barmakiden, und sagte zu ihm, als er erschien: »Merke dir diesen Mann! Und wenn du ihn morgen an meiner Stelle auf dem Throne der Kalifen in meinem Gewande siehst, so bleibe in seinen Diensten und befehle allen Fürsten, Großen und Hohen des Reichs, seinen Befehlen Folge zu leisten; auch du selbst tue, was er befiehlt, und widersetzte dich während des Tags keinem seiner Befehle.« Djafar vernahm gehorsam die Befehle des Kalifen und entfernte sich. Der Kalif ging dann zu den Sklavinnen, die im Schloss waren und sagte ihnen: »Wenn dieser Mann, der hier schläft, morgen erwacht, so küsst die Erde vor ihm, bekleidet ihn mit dem Ehrenkleid und bedient ihn in allem, wie mich selbst. Darauf sprechet zu ihm: Du bist der Kalif!« Er trug ihnen dann noch mehr auf, was sie ihm sagen und tun sollten, verbarg sich dann hinter einem Vorhang und schlief. So viel, was den Kalifen angeht. Abul Hasan aber schlief in einem fort, bis die Sonne schon hochstand. Da nahte sich ihm eine Sklavin und sprach: »Herr! Es ist Zeit, das Morgengebet zu verrichten.« Als Abul Hasan die Worte der Sklavin hörte, lachte er und sah sich verwundert um, bald nach den azurnen und vergoldeten Wänden, bald nach der Decke, die ganz golden war; er sah viele Zimmer rings umher, deren Türen mit seidenen, goldgestickten Vorhängen behangen waren; allerlei goldene, porzellanene und kristallene Gefäße, schöne Betten und Teppiche auf den Böden ausgebreitet, brennende Lampen, und eine Menge von Sklavinnen, Dienern, Mamelucken und hübschen Knaben, die ihn umringten. Abul Hasan ward ganz verwirrt und sagte: »Entweder ich träume, oder dies ist das Paradies und die Wohnung des Friedens.« Er drückte dann die Augen wieder zu und legte sich nieder. Da sagte ihm ein Diener: »Herr! Fürst der Gläubigen! Es ist doch sonst nicht deine Gewohnheit!« Es nahten sich darauf alle Sklavinnen des Schlosses und richteten in sanft auf. Er befand sich auf einem hohen Bette, das ganz mit Seide gefüllt war, und sie hielten ihn mit einem Kissen in die Höhe. Wie er nun die Größe des Schlosses und alle diese Sklavinnen und Diener zu seinem Dienste bereit sah, lachte er über sich selbst und sagte: »Bei Gott! Ich weiß nicht, ob ich schlafe oder wache.« Bald stand er auf, bald setzte er sich wieder. Die Mädchen lachten heimlich über ihn. Er ward ganz verwirrt in seinem Kopfe und biss sich auf die Finger, bis es ihn schmerzte; dann schrie er und wurde böse. Der Kalif sah ihm zu, ohne von ihm bemerkt zu werden, und lachte. Abul Hasan wandte sich zu einer Sklavin und rief ihr zu; als sie kam, sagte er: »Beim erhabenen Gott! Bin ich Fürst der Gläubigen?« Sie sagte: »Ja, Herr! Beim allmächtigen Gott! Du bist jetzt Fürst der Gläubigen.« Er sagte: »Du lügst, Dirne!« Er wandte sich dann zu dem großen Diener und rief ihm zu; als er kam und die Erde vor ihm küsste, fragte er: »Wer ist der Fürst der Gläubigen?« Der Diener antwortete: »Du, Herr!« Da sagte er: »Du lügst, Schurke!« Er wandte sich dann zu einem anderen Verschnittenen und sagte: »Sprich, Alter! Bin ich Fürst der Gläubigen?« Der antwortete: »Bei Gott, Herr! Du bist jetzt Fürst der Gläubigen und Stellvertreter des Herrn der Welten.« Abul Hasan lachte über sich selbst, indem er sich in Vermutungen über die Veränderung erschöpfte, die mit ihm vorgegangen war, und sagte: »Wie soll ich nun in einer Nacht Fürst der Gläubigen geworden sein, da ich doch gestern noch Abul Hasan war?« Da trat ein alter Diener hervor und sagte: »Der Name Gottes sei mit dir! Du bist der Fürst der Gläubigen und Stellvertreter des Herrn der Welten.« Abermals schlossen alle Sklaven und Sklavinnen einen Kreis um ihn, und ein Mameluck reichte ihm ein paar seidene mit Gold gestickte Schuhe; Abul Hasan nahm sie und wollte sie in den Ärmel stecken. Da sagte der Mameluck: »Herr! Das ist ja für deine Füße, damit du leicht gehest!« Abul Hasan schämte sich, warf sie aus dem Ärmel heraus und zog sie an die Füße; der Kalif starb fast vor Lachen. Als er ganz angekleidet war, brachten ihm Sklavinnen ein goldenes Waschbecken mit einer silbernen Kanne, gossen ihm Wasser über die Hände, und er wusch sich; dann breiteten sie einen Teppich unter ihm aus, damit er bete; er wusste aber nicht, wie er beten sollte, und er kniete zwanzigmal nieder und fiel zur Erde und dachte immer bei sich selbst: »Bei Gott! Bin ich wirklich Fürst der Gläubigen? Wäre es ein

Traum, wie könnte alles so in Ordnung aufeinanderfolgen?« Und so redete er sich nach und nach ein, er sei wirklich der Kalif. Als er das Gebet vollendet hatte, umgaben ihn Mamelucken und Sklavinnen mit seidenem Weißzeug; dann kleideten sie ihm das Ehrenkleid des Kalifen an und gaben ihm ein langes Schwert in die Hand; ein großer Sklave ging voraus und kleine Mamelucken folgten ihm nach, bis sie zum Audienzsaal kamen, da hoben sie den Vorhang auf und er setzte sich auf den Thron des Richters und Beherrschers der Gläubigen. Hier sah er die vielen Vorhänge, die vierzig Türen, die berühmten Männer, wie Alidjli, Arrakaschi, Abadan, Djedim und den Gesellschafter Abu Ischak; um ihn blinkten Schwerter, vergoldete Klingen, scharf treffende Pfeile nebst Bogen; er sah Perser, Araber, Türken, Deilamiten und eine Menge Prinzen, Veziere, Truppen und Volk, sowie die Vornehmen des Reichs und die Herren der Gewalt; die Macht der Abassiden und das Ehrfurcht gebietende Ansehen des Propheten erschienen ihm in voller Pracht. Er setzte sich auf den Thron des Kalifen und legte das Schwert auf seinen Schoß. Da kamen alle Leute, küssten die Erde vor ihm und wünschten ihm ein langes Leben. Drauf trat Djafar, der Barmakide, hervor, küsste die Erde und sprach: »Mögen deine Füße den Boden Gottes betreten, das Paradies deine Wohnung sein, und die Hölle die deiner Feinde! Niemand tue dir was zuleide und das Feuer der Hölle glimme nicht für dich, großmächtiger Kalif und Beherrscher der Länder!« Abul Hasan schrie ihn an: »Hund der Söhne Barmaks! Geh sogleich du und der Polizeioberste der Stadt nach dem Ort so und so in das Stadtviertel so und so, gib der Mutter Abul Hasans hundert Dinare und grüße sie von mir; dann nimm die vier Scheiche und den Imam der Moschee des Viertels, lasse jedem von ihnen vierhundert Prügel geben und sie auf den Kamelen rückwärts sitzend in der Stadt herumführen. Der Ausrufer gehe vor ihnen mit den Worten her: Das ist der Lohn und der geringste Lohn für den, der durch Schmähen und Übelreden seine Nachbarn stört, und dadurch ihnen Vergnügen, Essen und Trinken verbittert; drauf verbanne sie aus der Stadt.«

Djafar sagte: »Dein Wille ist mir Gebot!« verließ Abul Hasan, ging in die Stadt und tat, wie ihm befohlen worden. Abul Hasan fuhr fort, als Kalif zu handeln; er gab und nahm, erteilte Befehle und Verbote, und alles, was er befahl, wurde vollzogen, bis der Tage zu Ende war. Dann erlaubte er den Leuten zu gehen, und die Fürsten und Großen des Reiches gingen ihren Geschäften nach. Da erschienen die Diener und wünschten ihm langes Leben und handelten in seinem Dienste; sie hoben den Vorhang auf und er trat in den Saal des Harems. Er fand dort Wachskerzen und Lampen in buntem Schimmer brennen, und Sängerinnen, die auf Instrumenten spielten. Er ward ganz verwirrt in seinem Kopfe und sage: »Bei Gott! Ich bin doch der Fürst der Gläubigen.« Als er in den Saal kam, traten ihm Sklavinnen entgegen, führten ihn auf den erhöhten Raum im Saal (Iwan)[51] und brachten ihm einen herrlichen Tisch mit den köstlichsten Speisen; er aß, solange es ihm schmeckte, bis er satt war. Er rief dann einer Sklavin zu: »Wie heißt du?« Sie antwortete: »Tarka.« Er fragte eine andere: »Wie ist dein Name?« und sie antwortete: »Tochfa.« So fragte er alle Mädchen nach ihrem Namen; dann ging er in den Trinksaal; er fand alles vollständig besetzt. Es waren zehn große Schüsseln mit allerlei Früchten, Backwerk und Süßigkeiten darauf; er setzte sich und aß davon, bis er genug hatte. Er fand dann drei Gruppen Sängerinnen und kam ganz außer sich. Die Sängerinnen setzten sich und es standen viele Diener, Mamelucken, Sklavinnen, Jünglinge und Mädchen um ihn herum; ein Teil setzte sich und der andere blieb stehen. Die Mädchen sangen und machten auf verschiedenen Instrumenten Musik, wovon der Saal harmonisch wiedertönte. Abul Hasan glaubte in diesem Augenblick, er wäre im Paradies; es wurde ihm wohl im Herzen und er war höchst vergnügt. Er machte den Mädchen viele Geschenke; bald rief er diese zu sich, bald küsste er jene; dann spielte er wieder mit einer andern, gab der einen zu trinken und der anderen zu essen. Bis die Nacht völlig angebrochen war. Dann befahl der Kalif, der diesem allen zugesehen und daran seine größte Freude hatte, einer dieser Sklavinnen, ein Stück Bendj in den Becher zu werfen und es Abul Hasan zu trinken zu geben. Das Mädchen tat, wie ihr der Kalif befohlen und kaum hatte Abul Hasan den Becher geleert, so sank ihm sein Kopf vor Schlaf auf seine Schultern. Der Kalif trat dann lachend hinter dem Vorhang hervor und rief dem Diener, der Abul Hasan hierher gebracht hatte, und sagte zu ihm: »Bringe diesen wieder in sein Haus zurück!« Der Jüngling trug ihn in seine Wohnung, legte ihn dort nieder, ging fort, schloss die Tür hinter sich zu, und kehrte dann wieder zum Kalifen zurück, der bis zum Morgen schlief.

Auch Abul Hasan schlief, bis Gott den Morgen hell leuchten ließ; als er erwachte, schrie er:»O Tafacha! O Racha! O Muska! O Tochfa!« Er schrie so lange, bis ihn seine Mutter hörte, wie er fremden Mädchen zurief. Sie stand auf, ging zu ihm und sagte: »Der Name Gottes sei mit dir! Steh auf mein Sohn! O Abul Hasan, du träumst!« Als er seine Augen öffnete und eine alte Frau bei sich sah, hob er die Augen auf und sagte: »Wer bist du?« Sie aber fragte: »Erkennst du deine Mutter nicht?« Er sagte: »Du lügst, ich bin Fürst der Gläubigen, der Kalif Gottes!« Seine Mutter schrie: »Gott erhalte dir deinen Verstand, mein Sohn! Schweig, sonst ist es um unser Leben und dein

[51] Die Säle im Orient sind in zwei Teile geteilt; der Türe gegenüber ist ein niederer Raum, dann auf beiden Seiten ein erhöhter, zu welchem eine oder mehrere Stufen hinaufführen.

Vermögen geschehen, wenn jemand dies hört und es dem Kalifen hinterbringt.« Bei diesen Worten erwachte er ganz, erkannte seine Mutter und seine Wohnung; strengte seinen Verstand an und sprach: »Bei Gott! Mutter! Ich sah mich im Traume im Palast des Kalifen, von Sklavinnen und Mamelucken umgeben, habe regiert und Befehle ausgeteilt.« Und kurz darauf sagte er: »Beim allmächtigen Gott! Es war doch kein Traum!« Dann besann er sich wieder und sagte: »Es ist doch wahr, ich bin Abul Hasan Alchali und habe nur im Traum den Kalifen gespielt und Befehle und Verbote erlassen.« Dann dachte er wieder nach und sagte mit voller Bestimmtheit: »Es war doch kein Traum, ich bin der Kalif, ich habe ja Ehrenkleider und andere Geschenke ausgeteilt.« Seine Mutter aber sprach: »Mein Sohn, du spielst mit deinem Verstand, du wirst ins Irrenhaus kommen und stadtkundig werden; denn was du gesehen hast, kommt vom Teufel; es sind teuflische Täuschungen des Traumes; so spiegelt oft der Teufel das Verschiedenartigste dem menschlichen Verstand vor. Sage mir, mein Sohn! War gestern Abend jemand bei dir?« Abul Hasan dachte nach und sagte: »Ja, es schlief jemand bei mir, dem ich meine Geschichte erzählte, und ohne Zweifel gehörte der zu den Teufeln; denn du hast doch recht, meine Mutter, ich bin Abul Hasan.« Da sagte seine Mutter: »Höre, was ich dir Angenehmes zu erzählen habe! Gestern kam der Vezier Djafar, der Barmakide, und ließ den Scheichen der Moschee und dem Imam jedem vierhundert Prügel geben, dann wurden sie aus der Stadt verbannt, und es wurde vor ihnen ausgerufen: Das ist der Lohn und der geringste Lohn für diejenigen, die ihre Nachbarn kränken und ihnen ihr Leben verbittern! Und mir hat er 100 Dinare geschickt und mich grüßen lassen.« Da schrie Abul Hasan: »Du verdammte Alte! Wie willst du mir weismachen, ich sei nicht Kalif, ich habe doch Djafar befohlen, die Scheiche zu prügeln und sie öffentlicher Schande preiszugeben; auch bin ich es, der dir 100 Dinare mit einem Gruße gesendet. Ich bin wirklich der Fürst der Gläubigen, du verdammte Alte! Und du bist eine Lügnerin und willst mich verwirren.« Er stand dann auf und schlug seine Mutter mit einem Mandelbaumstock, bis sie um Hilfe schrie.

Die Nachbarn kamen zu Hilfe und hörten, wie Abul Hasan zu ihr sagte: »Du verfluchte Alte hast mich verzaubert, bin ich nicht der Fürst der Gläubigen?«

Die Leute sprachen unter sich: »Kein Zweifel, der ist gewiss rasend geworden.« Deswegen ergriffen sie ihn, banden ihn und führten ihn ins Irrenhaus; der Aufseher fragte: »Was ist diesem Jüngling?« Da antworteten sie: »Er ist rasend!« Abul Hasan aber rief in einem fort: »Bei Gott, sie lügen! Ich bin nicht rasend, ich bin der Fürst der Gläubigen!« Der Aufseher sagte: »Du lügst, du Verruchter aller Wahnsinnigen!« Er zog ihm dann seine Kleider aus, legte ihm eine schwere Kette um den Hals, band ihn an ein hohes

Gitter und schlug ihn zweimal des Tages und zweimal in der Nacht. Nach zehn Tagen kam seine Mutter zu ihm und sagte: »Mein Sohn Abul Hasan! Werde wieder verständig; das ist das Werk der Teufel.« Abul Hasan erwiderte: »Du hast Recht, Mutter! Ich will von jetzt an bloß Abul Hasan sein und nicht mehr rasen; lasse mich nur freimachen, denn ich gehe fast zugrunde!« Seine Mutter ging zum Aufseher, machte ihn frei und kehrte mit ihm in seine Wohnung zurück.

Als der Monat zu Ende ging und ein neuer begann, wünschte Abul Hasan wieder einmal Wein zu trinken; er ließ nach seiner Gewohnheit wieder seine Wohnung mit Teppichen ausschmücken, auch Speisen und Wein bereithalten und ging auf die Brücke, um jemand zu erwarten und ihn nach seiner Gewohnheit einzuladen. Da ging der Kalif an ihm vorüber. Abul Hasan grüßte ihn aber nicht und sagte: »Keinen Gruß, keinen Willkomm den Verrätern! Ihr seid ein Teufel!« Der Kalif ging auf ihn zu und sprach: »Mein Freund! Habe ich dir nicht vorher gesagt, dass ich wieder zu dir komme!« Abul Hasan sagte: »Ich will nichts mit dir gemein haben, denn das Sprichwort sagt:

»Es ist besser und angenehmer, von einem Freunde fern zu sein;
denn wenn das Auge nichts sieht, betrübt sich auch das Herz
nicht.«

»Und in Wahrheit, Freund! In der Nacht, die wir zusammen zechend zubrachten, war es, als wenn der Teufel mich besessen hätte.« Der Kalif sagte: »Und wer war der Teufel?« Abul Hasan antwortete: »Du!« Der Kalif lächelte, setzte sich zu ihm, gab ihm süße Worte und sprach: »Freund, als ich von dir wegging, ließ ich die Türe offen, vielleicht ist dann der Teufel zu dir gekommen.« Abul Hasan sagte: »Frage nicht nach dem, was mir widerfahren; warum hast du die Tür offengelassen, dass der böse Geist mir nahen konnte.« Hierauf erzählte Abul Hasan von Anfang bis zu Ende alles, was ihm widerfahren. Der Kalif lachte, ohne es jedoch Abul Hasan merken zu lassen; dann sprach er zu ihm: »Gelobt sei Gott, dass er das Übel von dir abgewendet hat, und ich dich wieder wohl sehe!« Abul Hasan entgegnete: »Ich werde dich dennoch nicht zum zweiten Mal zu meinem Gesellschafter und Tischgenossen nehmen; denn das Sprichwort sagt: Wer an einem Steine stolpert und sich ihm wieder nähert, verdient Tadel. Ich werde also nicht mehr mit dir zusammen zechen, weil ich keinen guten Ausgang davon sehe.« Der Kalif schmeichelte dem Abul Hasan und bestürmte ihn so lange mit Bitten, ihn doch als seinen Gast mitzunehmen, bis Abul Hasan nochmals einwilligte, ihm Speisen vorstellte und ihn mit Worten freundlich unterhielt. Er erzählte dann noch einmal dem Kalifen alles, was ihm widerfahren, und der Kalif lachte heimlich. Die Speisen wurden abgetragen und der Weintisch gebracht. Abul Hasan füllte den Becher, küsste ihn dreimal, dann gab er ihn dem Kalifen und sagte: »Ich bin der Diener meines Gastes! Lass es dich nicht reuen; sei munter und verlass mich nicht!« Dann sprach er folgende Verse:

»Höre die Worte des Ratgebers! - Das Leben hat keinen Reiz ohne Wein! Ich trinke immerfort, in die tiefste Nacht hinein, bis zuletzt der Schlaf meinen Kopf auf den Becher stürzt. Meine Freude ist der Wein, der wie die Sonne strahlt und dessen Feuer die Sorgen verscheucht!«

Als der Kalif diese Verse hörte, wurde er ganz entzückt; er nahm den Becher und trank ihn aus; so zechten sie die ganze Nacht durch, bis ihnen der Wein in den Kopf stieg. Da sagte Abul Hasan zum Kalifen: »O mein Gast! Ich weiß nicht, wie mir geworden ist. Mir ist, als wäre ich Fürst der Gläubigen gewesen und habe Befehle gegeben und Geschenke verteilt: Es war wirklich kein Traum.« Der Kalif sagte: »Es sind Täuschungen des Traumes!« Dann warf er ein Stückchen Bendj in den Becher und sprach: Bei meinem Leben! Trinke diesen Becher leer!« Abul Hasan nahm ihn und trank.

Der Kalif hatte großes Wohlgefallen an dem ganzen Wesen Abul Hasans und sagte zu sich: »In Wahrheit, ich will ihn zu meinem Tischgenossen und Gesellschafter machen.« Sobald Abul Hasan indessen den Becher ausgetrunken hatte, fiel er um. Der Kalif stand sogleich auf und sagte zu seinem Diener: »Bringe ihn in das Schloss und lege ihn auf mein Bett nieder.« Ins Schloss zurückgekehrt, befahl er dann seinen Sklavinnen und Mamelucken, ihn wieder zu umgeben, und verbarg sich an einem Ort, wo ihn Abul Hasan nicht sehen konnte. Er befahl ferner einer Sklavin, die Laute vor ihm zu spielen, und den übrigen Sklavinnen, sie auf anderen Instrumenten zu begleiten. Gegen Morgen erwachte Abul Hasan vom Lärm der Lauten, Tamburinen, Flöten und des Gesangs.

Als er sich wieder im Schlosse von Sklavinnen und Dienern umgeben sah, sagte er: »Es gibt keinen Schutz und keine Macht, außer bei Gott, dem Erhabenen! Der Teufel ist gewiss wieder, wie das erste Mal, in mich gefahren. O Gott, beschäme den Teufel! Ich fürchte mich vor dem Irrenhaus und vor dem, was ich daselbst gelitten habe.« Er drückte die Augen zu, legte den Kopf in seinen Schoß, lachte ein wenig, hob dann den Kopf wieder auf, als er mit einem Male das Schloss beleuchtet sah, den Gesang der Sklavinnen hörte. Ein Diener ließ sich dann ihm zur Seite nieder und sprach: »Setze dich, o Fürst der Gläubigen! Und betrachte einmal dein Schloss und deine

Sklavinnen!« Abul Hasan sagte: »Beim Schutze Gottes! Bin ich wirklich der Fürst der Gläubigen? Lügt ihr nicht? Ich bin gestern nicht ausgegangen und habe nicht Recht gesprochen, sondern getrunken und geschlafen, bis dieser Diener mich aufweckte.« Indessen richtete Abul Hasan sich auf und setzte sich aufrecht. Er erinnerte sich an alles, was ihm mit seiner Mutter begegnet, wie er sie geschlagen, wie er dann ins Irrenhaus gekommen war, ja, er sah noch die Spuren der Prügel, die ihm der Aufseher gegeben. Er wurde ganz irre an sich selbst, dachte nach und fragte: »Bei Gott! Ich weiß nicht, wie mir ist, noch wie mir geschehen.«

Abul Hasan wandte sich dann zu einer von den Sklavinnen und sagte sie: »Wer bin ich?« Sie antwortete: »Der Fürst der Gläubigen!« Er sagte: »Du lügst, Dirne! Wenn ich wirklich der Fürst der Gläubigen bin, so beiße mich in den Finger!« Sie biss ihn heftig in den Finger, bis er sagte: »Es ist genug.« Er fragte dann einen alten Diener: »Wer bin ich?« Der antwortete: »Du bist der Fürst der Gläubigen!« Abul Hasan ließ ihn gehen; er wurde ganz verwirrt und sann lange nach; dann wendete er sich zu einem kleinen Mamelucken und sagte zu ihm: »Beiße mich ins Ohr!« und er neigte sein Ohr nach dessen Munde hin. Der Mameluck war noch sehr jung, hatte noch wenig Verstand und biss das Ohr beinahe entzwei, auch verstand der Mameluck nicht Arabisch, und so oft Abul Hasan ihm sagte: »Genug!« verstand dieser: »immer zu!« und biss nur immer heftiger. Die Sklavinnen achteten nicht auf Abul Hasan, der nun um Hilfe schrie; der Kalif aber wurde vor Lachen fast ohnmächtig. Endlich schlug Abul Hasan den Mamelucken, bis er sein Ohr losließ; dann warf er sein Kleid ab und tanzte unter den Mädchen herum, die ihm aber die Hände banden und sich fast totlachten. Der Kalif fiel in Ohnmacht vor vielem Lachen. Als er wieder zu sich kam, trat er zu ihm heraus und sagte: »Wehe dir, Abul Hasan! Du bringst mich um vor vielem Lachen.« Abul Hasan wendete sich zu ihm, erkannte ihn und sagte: »Bei Gott! Du bringst mich, meine Mutter, die Scheiche und den Imam der Moschee um.« Der Kalif rief ihn dann in seine Nähe, nahm ihn zu sich aufs Schloss, gab ihm eine Frau und machte ihn zum ersten seiner vertrautesten Gesellschafter, welche waren: Idjli, Rakaschi, Abdan, Hasan, Farrasdak, Lus, Sukr, Omar Attartis, Abu Nawas, Abu Ishak und Abul Hasan; man erzählte von jedem eine Geschichte, die in einem anderen Buch erwähnt werden.

Abul Hasan stand dem Kalifen so nahe und wurde so sehr vor allen anderen vorgezogen, dass er neben ihm und seiner Gattin Subeida, Kasems Tochter, zu sitzen pflegte, und ihre Schatzmeisterin heiratete, welche Nushat Alfuad (Herzenslust) hieß. Mit dieser führte er ein so üppiges und freudenreiches Leben, bis alles, was sie besaßen, verschwelgt war. Als sie nichts mehr hatten, sagte Abul Hasan zu seiner Gattin Nushat Alfuad: »Ich möchte gerne gegen den Kalifen eine List gebrauchen, und wünsche, dass du ein gleiches mit der Frau Subeida tust, um zweihundert Dinare und zwei Stücke Seidenzeug von ihnen zu bekommen.« Seine Frau sagte: »Tue, was du willst!«

Nushat Alfuad fragte dann Abul Hasan: »Was willst du denn tun?« Da antwortete er: »Wir wollen uns tot stellen; wenn ich mich wie ein Toter ausstrecke, so breite ein seidenes Tuch über mich aus, löse meinen Turban auf, binde die Zehen meiner Füße zusammen, lege ein Messer und ein wenig Salz auf mein Herz, dann lass deine Haare flattern und geh zu deiner Herrin Subeida, zerreiße dein Kleid, schlage dir ins Gesicht und schreie. Sie wird dich dann fragen, was dir widerfahren? Du antwortest ihr: Mögest du lange leben! Abul Hasan ist tot! Sie wird dann über mich trauern und weinen und ihrer Schatzmeisterin befehlen, dir hundert Dinare und ein Stück Seidenzeug zu geben, zu dir aber sagen: Gehe und besorge das Nötige zu seiner Beerdigung, und lass ihn fortbringen. Du nimmst die hundert Dinare und das Stück Seidenstoff und kommst wieder zu mir. Ich stehe dann auf und du legst dich an meinen Platz; darauf gehe ich zum Kalifen und sage ihm: Mögest du leben für Rushat Alfuad! Ich zerreiße meine Kleider und zerraufe meinen Bart. Er wird dann über dich trauern, seinem Schatzmeister befehlen, mir hundert Dinare und ein Stück Seidenstoff zu geben, und mir sagen: Geh, mache die Anstalten zu ihrer Beerdigung und lass sie fortbringen! Und alsbald komme ich wieder zu dir.« Rushat Alfuad freute sich über den Vorschlag und sagte: »Es ist wahr, diese List ist vortrefflich.« Sie drückte ihm dann die Augen zu, band ihm die Füße zusammen, bedeckte ihn mit einem Tuch, und tat, wie ihr Herr ihr gesagt hatte. Sie zerriss ihr Kleid, entblößte ihr Haupt, ließ die Haare aufgelöst flattern und ging zur Frau Subeida, wo sie schrie und weinte. Als die Frau Subeida sie in diesem Zustand sah, fragte sie: »Was bedeutet dein Weinen? Was ist dir geschehen?« Sie antwortete weinend und klagend: »Mögest du lange für Abul Hasan leben, Herrin; denn er ist tot.« Die Frau Subeida war sehr betrübt darüber und sagte: »Der arme Abul Hasan!« und weinte ihm eine Träne. Dann befahl sie ihrer Schatzmeisterin, an Rushat Alfuad hundert Dinare auszuzahlen und ihr ein Stück Seidenstoff zu geben; und sagte zu Rushat Alfuad: »Geh', statte ihn aus und lass ihn beerdigen!« Rushat Alfuad nahm die hundert Dinare und das Stück Seidenzeug und ging freudig nach Hause zu Abul Hasan, um ihm zu erzählen, wie es ihr ergangen. Er stand ebenso freudig auf, umgürtete sich und tanzte; die hundert Dinare und das Stück Seidenzeug aber bewahrte er auf.

Abul Hasan streckte dann Rushat Alfuad auf dem Boden aus und tat mit ihr, wie sie vorhin mit ihm getan hatte; dann zerriss er sein Kleid, raufte sich seinen Bart aus, löste sich seinen Turban auf und lief zum Kalifen, der im Richtersaale saß, und schlug sich auf die Brust vor ihm. Der Kalif fragte ihn: »Was ist dir, Abul Hasan?« Der weinte und sprach. »O wäre doch dein Gesellschafter nie gewesen und seine Stunde nie gekommen.« Der Kalif fragte: »So spreche doch!« Abul Hasan sagte endlich: »Mögest du leben, Herr! Für Rushat Alfuad; sie ist tot!« Der Kalif rief aus: »Es gibt keinen Gott außer Gott!« und schlug die Hände übereinander. Er tröstete dann Abul Hasan und sagte zu ihm: »Sei nicht betrübt, du sollst eine andere Frau haben!« Dann befahl er dem Schatzmeister, er solle Abul Hasan ein Stück Seidenzeug und hundert Dinare geben. Dieser gab ihm, was der Kalif befohlen; dann sagte der Kalif: »Geh', statte sie aus und lass sie auf eine anständige Weise beerdigen!« Abul Hasan nahm, was ihm geschenkt worden, ging freudig nach Hause zu Rushat Alfuad und sagte ihr: »Steh' auf! Denn schon haben wir unsere Absicht erreicht.« Sie stand auf; er übergab ihr die hundert Dinare und das Stück Seidenzeug, worüber sie sich freute. Sie legten das Gold zu dem Gold, und das Seidenzeug zu dem, das sie schon hatten, setzten sich nieder und waren fröhlicher Dinge.

Sobald Abul Hasan vom Kalifen weggegangen war, um Rushat Alfuad auszustatten, hob der Kalif in seiner Bestürzung den Divan auf und ging, gestützt auf Masrur, den Scharfrichter der Rache, um die Frau Subeida wegen ihrer Sklavin zu trösten; da fand er sie weinend und die Ankunft des Kalifen erwartend, um ihn wegen Abul Hasan zu trösten. Der Kalif sagte: »Mögest du lange leben für deine Sklavin Rushat Alfuad.« Sie antwortete: »Herr! Gott erhalte meine Sklavin! Und mögest du leben für deinen Gesellschafter Abul Hasan, denn er ist tot.« Der Kalif lächelte und sagte zu seinem Diener: »O Masrur! Wahrlich, die Frauen haben wenig Vernunft; ich beschwöre dich bei Gott, war nicht eben Abul Hasan bei mir?« Da sagte die Frau Subeida und lachte mitten im Schmerze: »Lass doch deinen Scherz! Ist es nicht genug, dass Abul Hasan tot ist, soll auch noch meine Sklavin tot sein? Sodass jedes von uns etwas verliere; und du sagst noch, ich habe wenig Vernunft?« Der Kalif erwiderte: »Gewiss, Rushat Alfuad ist tot!« Aber die Frau Subeida sagte: »Abul Hasan war gewiss nicht bei dir und du hast ihn nicht gesehen: Hingegen war Rushat Alfuad eben bei mir, traurig, weinend, mit zerrissenen Kleidern; ich habe sie getröstet und ihr hundert Dinare und ein Stück Seidenzeug reichen lassen, und ich erwartete dich, um dich wegen deines Gesellschafters Abul Hasan zu trösten; ich wollte eben nach dir schicken.« Der Kalif lachte und sagte: »Es ist niemand anders als Rushat Alfuad gestorben.« Aber die Frau Subeida sagte: »Es ist niemand anders als Abul Hasan gestorben.« Der Kalif wurde so zornig, dass ihm die Haschimitische Ader zwischen den Augen anschwoll. Er sagte zu Masrur: »Geh in das Haus Abul Hasans und sieh, wer dort gestorben ist!« Masrur lief fort, und der Kalif sagte zur Frau Subeida: »Willst du wetten?« Sie sagte. »Ja, ich wette, dass Abul Hasan tot ist!« und der Kalif: »Und ich wette, dass Rushat Alfuad tot ist! Ich setze den Lustgarten zum Preis gegen dein Schloss und den Bildersaal.« Sie blieben nun beisammen, um die Rückkehr Masrurs zu erwarten, der eilig fortgelaufen war, bis er in Abul Hasans Quartier kam.

Abul Hasan saß an ein Fenster gelehnt und bemerkte, wie Masrur gegen seine Wohnung kam; da sprach er zu Rushat Alfuad: »Mir ist, als hätte der Kalif, nachdem ich ihn verlassen, den Divan aufgehoben und wäre zu Frau Subeida gegangen, um sie über deinen Verlust zu trösten, während sie ein gleiches mit ihm tun wollte, und zu ihm sagte: Gott vermehre deinen Lohn für den Tod Abul Hasans! Und als habe der Kalif ihr dann geantwortet: Niemand anders, als Rushat Alfuad ist gestorben, möge dich Gott für sie leben lassen! Sie wird dann wieder erwidert haben: Nein, dein Gesellschafter Abul Hasan ist gestorben, und er wird behauptet haben. Nein, Rushat Alfuad ist tot! Sie werden dann so lange gestritten haben, bis der Kalif zornig wurde und sie miteinander wetteten und Masrur abschickten, um zu sehen, wer der Gestorbene ist. Das Beste ist nun, du legst dich hin, damit Masrur dich tot sieht, es dem Kalifen berichtet und meine Worte bestätigt.« Rushat Alfuad streckte sich hin und Abul Hasan deckte sie mit ihrem Tuche zu, und setzte sich ihr zur Seite und weinte. Da kam Masrur ins Zimmer und grüßte Abul Hasan; er sah Rushat Alfuad ausgestreckt, deckte ihr Gesicht auf und sagte: »Es gibt keinen Gott außer Gott! Unsere Schwester Alfuad ist tot; wie schnell raffte sie die Bestimmung weg! Gott erbarme sich deiner und befreie dich von jeder Schuld!« Er kehrte dann zurück und erzählte dem Kalifen und der Frau Subeida, was vorgefallen, und lachte dabei. Der Kalif sagte. »Das ist keine Zeit zum Lachen, du Verruchter! Erzähle uns, wer gestorben.« Masrur sagte dem Kalifen: »Bei Gott, Herr! Abul Hasan ist wohl, und nur Rushat Alfuad ist tot.« Der Kalif sagte zu Subeida: »Du hast dein Schloss bei der Wette verloren,« und lachte sie aus und sagte: »Masrur! Erzähle was du gesehen!« Der sagte: »In Wahrheit, meine Gebieterin! Ich bin in einem fort gelaufen, bis ich in Abul Hasans Wohnung kam, da sah ich Rushat Alfuad tot ausgestreckt, und Abul Hasan saß ihr zur Seite und weinte; ich grüßte, tröstete ihn und setzte mich neben ihn; drauf entblößte ich Rushat Alfuads Gesicht und sah, dass sie tot war; denn ihr Gesicht war aufgedunsen. Ich sagte dann zu Abul Hasan: Lass sie bald beerdigen, damit wir für sie beten, und er sagte: wohl! So verließ ich ihn, damit er alle Anstalten zur Beerdigung treffe, und kam hierher, um es euch zu berichten.« Der Kalif lachte und sprach: »Wiederhole alles dies deiner Herrin, die so wenig Vernunft hat.« Als die Frau Subeida die Worte Masrurs hörte, geriet sie in Zorn und sagte: »Nur der hat wenig Vernunft, der einem Sklaven etwas glaubt!« und sie schimpfte über Masrur, während der Kalif lachte.

Masrur war böse und sagte dem Kalifen: »Wer gesagt hat, die Weiber haben wenig Vernunft und Glauben, hat die Wahrheit gesagt.« Da sagte die Frau Subeida: »Du scherzest mit mir und dieser Sklave spottet meiner, um dir zu gefallen; ich selbst will jemand schicken, um zu sehen, wer gestorben ist.« Sie rief dann ihrer alten Erzieherin und sagte ihr: »Geh schnell in das Haus Rushat Alfuads und sieh, wer von den beiden gestorben ist; säume aber nicht!« Der Kalif und Masrur lachten, und die Alte lief in einem fort bis in die Straße Abul Hasans. Als dieser sie sah und erkannte, sagte er zu Rushat Alfuad: »Mir ist, als hätte die Frau Subeida nach uns geschickt, um zu sehen, wer gestorben ist; denn sie wird Masrur, der gesagt hat, du seist tot, nicht glauben, und hat darum ihre alte Erzieherin geschickt, um Nachricht zu erhalten. Nun ist's besser, ich stelle mich tot, damit du vor der Frau Subeida nicht als Lügnerin erscheinst.« Abul Hasan streckte sich dann hin und Rushat Alfuad bedeckte ihn, und band ihm seine Augen und seine Füße zu, setzte sich ihm zur Seite und weinte. Als die Alte hereintrat, sah sie, wie Rushat Alfuad dasaß und weinte und bei ihrem Eintritt laut aufschrie, auch sagte sie zu ihr: »Sieh' einmal, was mir geschehen! Abul Hasan ist tot und hat mich allein gelassen!« Sie jammerte dann fort, zerriss ihre Kleider und fügte hinzu: »O, wie gut er war!« Die Alte sagte. »Es ist wahr, du hast ein Recht zu jammern, da ihr aneinander gewöhnt wart.« Da die Alte wusste, was Masrur dem Kalifen und der Frau Subeida berichtet, sagte sie zu Rushat Alfuad, Masrur habe zwischen dem Kalifen und der Frau Subeida Uneinigkeit gestiftet. Rushat Alfuad fragte: »Welche Uneinigkeit, meine Mutter?« Die Alte antwortete: »O meine Tochter! Masrur ist zum Kalifen und der Frau Subeida gekommen und hat ihnen gesagt, du seist gestorben, Abul Hasan aber sei wohl auf.« Rushat Alfuad sagte: »O meine Tante! Ich war ja eben bei meiner Gebieterin und sie hat mir hundert Dinare und ein Stück Seidenzeug gegeben. Sieh nun, in welchem Zustand ich bin, wie einsam und verlassen! Ich weiß nicht, was ich anfangen soll; o wäre ich doch gestorben und lebte dafür er noch!« Sie weinte dann und die Alte weinte mit ihr. Dann trat die Alte näher und deckte Abul Hasans Gesicht auf. Sie sah seine Augen verbunden und davon sein Gesicht aufgedunsen; sie deckte ihn wieder zu und sagte: An der Tat, du hast Abul Hasans Tod zu betrauern!« Sie tröstete sie noch und ging wieder zur Frau Subeida und erzählte ihr, was sie gesehen. Die Frau Subeida sagte ihr lächelnd: »Erzähle es dem Kalifen, der behauptet, ich habe wenig Vernunft und Glauben, und der diesen verruchten, lügnerischen Sklaven über mich erhoben hat.«

Masrur sagte: »Diese Alte lügt! Ich habe Abul Hasan gesund gesehen, und Rushat Alfuad lag tot.« Die Alte sagte: »Du lügst! Und willst zwischen dem

Kalifen und der Frau Subeida Zwist stiften.« Masrur erwiderte: »Niemand anders, als du lügt, verruchte Alte! Und deine Gebieterin lässt sich von dir betören und glaubt dir.« Die Frau Subeida schrie ihn an, denn sie wurde von seiner Rede beleidigt und brach in Tränen aus. Da sagte der Kalif: »Ich und du und mein Diener und die Alte, wir alle lügen! Das Beste ist wohl, wir vier gehen zusammen und sehen, wer von uns die Wahrheit gesagt hat.« Masrur sagte: »Lasst uns gehen, damit ich diese verruchte Alte einmal wegen ihrer Lügen durch eine Portion Prügel zurechtweise.« Die Alte erwiderte: »Du Verrückter! Gleicht denn dein Verstand dem Meinigen? Du hast nicht mehr Verstand, als ein Huhn!« Masrur wurde böse über diese Worte und wollte über sie herfallen. Aber die Frau Subeida hielt ihn zurück und sagte: »Wir werden gleich sehen, wer von euch beiden gelogen hat.« Sie machten sich nun alle vier auf, wetteten miteinander und gingen gerade vom Schlosse in das Quartier Abul Hasans. Als dieser sie sah, sagte er zu seiner Frau: »Wahrlich, nicht jeder Dreck ist ein Kuchen, und nicht immer kommt der Krug ganz davon. Mir ahnt, die Alte hat ihrer Gebieterin erzählt, wie sie uns getroffen hat, und ist mit Masrur in Streit geraten; sie haben nun auf unsern Tod gewettet und sind selbst gekommen, der Kalif, die Frau Subeida, der Diener und die Alte.« Rushat Alfuad erhob sich von ihrem Lager und sprach: »Was ist nun zu tun?« Abul Hasan erwiderte: »Wir müssen uns nun beide tot stellen; wir wollen uns ausstrecken und den Atem zurückhalten.« Rushat Alfuad befolgte seinen Rat, und sie streckten sich beide hin, banden ihre Füße zusammen, drückten ihre Augen zu, hielten den Atem zurück und bedeckten sich der Länge nach mit einem Tuch.

Als der Kalif, die Frau Subeida, Masrur und die Alte in Abul Hasans Haus kamen und diesen neben seiner Frau tot ausgestreckt sahen, da weinte die Frau Subeida und sagte: »Sie haben solange Böses von meiner Sklavin gesagt, bis sie wirklich gestorben ist. Doch glaube ich, dass der Tod Abul Hasans sie so geschmerzt hat, dass sie auch starb.« Der Kalif sagte: »Komme mir nicht mit deinen Worten zuvor, sie ist vor Abul Hasan gestorben, denn Abul Hasan ist mit zerrissenen Kleidern und ausgerauftem Bart, mit Ziegelsteinen seine Brust zerschlagend, zu mir gekommen, und ich habe ihm hundert Dinare und ein Stück Seidenzeug geben lassen und ihm gesagt: Geh, lass sie beerdigen! Ich will dir noch eine bessere Sklavin geben, die sie dir leicht ersetzt. Es scheint daher, dass er das nicht verschmerzen konnte und nach ihr gestorben ist. Ich habe also die Wette gewonnen.« Die Frau Subeida aber widersprach lange dem Kalifen, und sie stritten so heftig, dass zuletzt der Kalif, der den beiden Toten zur Seite saß, sagte: »Bei dem Grabe des Gesandten Gottes (Gott sei ihm gnädig und bewahre ihn!) und bei dem Grabe meiner Väter und Vorväter! Wenn jemand mir sagt, wer von ihnen beiden zuerst gestorben ist, will ich ihm tausend Dinare geben!«

Als Abul Hasan dies hörte, sprang er schnell auf und sagte: »Ich war es der zuerst starb, Fürst der Gläubigen, halte nun deinen Eid und gib die tausend Dinare her!« Dann stand auch Rushat Alfuad auf und trat zum Kalifen und zu der Frau Subeida vor, die sich sehr freuten, beide wohl zu sehen; sie wünschten ihnen Glück zu ihrer Genesung und merkten wohl, dass ihr Tod nur eine List war, um Geld zu bekommen. Aber die Frau Subeida machte Rushat Alfuad Vorwürfe und sagte ihr: »Du hättest ja auf eine andere Weise von mir fordern können, was du brauchtest, ohne mein Herz so zu betrüben.« Rushat Alfuad antwortete: »Ich schämte mich, meine Gebieterin!« Der Kalif fiel aber vor Lachen fast in Ohnmacht und sagte: »Abul Hasan! Du bist einer der Ausgelassenen und machst immer tolles Zeug!« Abul Hasan antwortete: »Fürst der Gläubigen! Ich habe nach dieser List gegriffen, weil alles Geld, das du mir gegeben, dahin war; denn ich schämte mich, wieder von dir zu fordern; schon wie ich allein war, sparte ich kein Geld; nun, da du mir diese Sklavin zur Frau gegeben, würde ich dein ganzes Vermögen durchbringen, wenn ich es besäße. Ich habe daher, als alles aufgezehrt war, diese List gebraucht, um hundert Dinare und ein Stück Seidenzeug zu erlangen; alles als Mildtätigkeit unseres Herrn (des Kalifen)! Nun aber halte schnell deinen Eid und gib mir tausend Dinare!« Der Kalif und die Frau Subeida lachten und kehrten wieder ins Schloss zurück; der Kalif gab dem Abul Hasan die tausend Dinare und setzte hinzu: »Nimm sie als Geschenk deiner Wiederauferstehung vom Tode!« Dann ließ der Kalif die Einkünfte und Besoldung von Abul Hasan erhöhen, und sie lebten in Lust und Freuden fort, bis der Zerstörer alles Vergnügens, der Trenner aller Vereinigung, der Verwüster aller Schlösser, und der, der die Gräber bevölkert, sie überfiel.

Hier endigte Schehersad ihre Erzählung, und in der folgenden Nacht begann sie von Neuem.

www.ingramcontent.com/pod-product-compliance
Lightning Source LLC
Chambersburg PA
CBHW060817310726
48980CB00002B/324

* 9 7 8 3 8 4 6 0 8 4 6 7 0 *